Zum Buch:

Veronica ist eine clevere Studentin und hat gelernt, sich allein durchs Leben zu schlagen. Deshalb liebt sie ihre Unabhängigkeit und will diese um keinen Preis aufgeben. Dass sie in einer Notlage ausgerechnet beim größten Playboy des gesamten Colleges unterkommt, ist ihr darum überhaupt nicht recht. Denn der heiße Caleb ist vor allem für seine zahllosen Affären bekannt. Auf keinen Fall will sie sich in seine Eroberungen einreihen. Dabei fühlt sie sich mehr zu ihm hingezogen, als gut für sie ist …

Zur Autorin:

Isabelle Ronin ist eine kanadische Autorin aus Winnipeg, Manitoba. Seit ihrem enormen Erfolg auf Wattpad – »Du bist mein Feuer – Chasing Red« wurde mehr als 200 Millionen Mal gelesen – haben sich mehrere große Verlage weltweit die Rechte an dem Roman gesichert.

Lieferbare Titel:

Du bist alles

Isabelle Ronin

Du bist mein Feuer

Roman

Aus dem Englischen von
Sabine Schilasky

MIRA® TASCHENBUCH

1. Auflage: Mai 2019
Ungekürzte Ausgabe im MIRA Taschenbuch
Copyright © 2019 by MIRA Taschenbuch
in der HarperCollins Germany GmbH, Hamburg

Copyright © 2017 by Isabelle Ronin
Originaltitel: »Chasing Red«
The author is represented by Wattpad.

Leseprobe
© 2018 by Isabelle Ronin
Originaltitel: »Spitfire in Love«
The author is represented by Wattpad.

Umschlaggestaltung: HarperCollins Germany / Birgit Tonn,
Artwork zero-media.net, München
Umschlagabbildung: FinePic / München
Satz: GGP Media GmbH, Pößneck
Printed in Germany
Dieses Buch wurde auf FSC®-zertifiziertem Papier gedruckt.
ISBN 978-3-7457-0006-0

www.mira-taschenbuch.de

Werden Sie Fan von MIRA Taschenbuch auf Facebook!

1. Kapitel

Caleb

Die ganze Tanzfläche war erleuchtet von roten und grünen Laserstrahlen aus den rotierenden Deckenlampen. Es war Freitagabend und der Club voller Leute, die zur wummernden Musik des DJs tanzten und umherhüpften. Sie erinnerten mich an Pinguine, die sich in der Kälte zusammendrängten, nur dass die hier wie auf Crack waren.

„Was ist denn mit dir los?", brüllte Cameron mir ins Ohr und boxte mir leicht auf den Arm. „Das war schon die Vierte heute Abend, die du abgewimmelt hast, und wir sind eben erst angekommen."

Ich zuckte mit den Schultern. Dass mich bedeutungsloser Sex und eintöniges Flirten mittlerweile ziemlich anödeten, wollte ich nicht so direkt zugeben. Es käme mir irgendwie erbärmlich vor. Na gut, gegen den Sex hatte ich nichts, doch in letzter Zeit wollte ich noch etwas anderes. Eine Herausforderung vielleicht. Den Nervenkitzel der Jagd.

Hastig stürzte ich mein Bier herunter. „Wenn man sich immer denselben Mist reinzieht, wird es eben langweilig", antwortete ich.

Justin lachte dröhnend und zeigte mit seiner Bierflasche zur Tanzfläche. „Guck dir das an, Mann. Ach du Scheiße!", rief er und stieß einen schrillen Pfiff aus.

Mitten auf dem Dancefloor tanzte ein Mädchen – nein, streicht das – sie *bewegte* sich auf so sinnliche Art, dass ich nicht anders konnte, als hinzustarren. Es war wie … sofort dachte ich an Sex, und offenbar ging es auch anderen so, denn viele Blicke richteten sich auf sie. Ihr perfekter Körper – Marilyn-Monroe-Maße – war in ein kurzes, enges Kleid gehüllt, das sich wie eine zweite Haut an sie schmiegte.

Und es war auch noch in einem sündhaft scharfen Rot. Verdammt.

Ich könnte ein bisschen gesabbert haben, als sie sich vorbeugte und etwas Verträumtes mit ihren Hüften anstellte, sodass das lange schwarze Haar bis zu ihrer Wespentaille schwang. Die hohen spitzen Absätze ließen ihre Beine endlos lang wirken.

„Dieses Mädchen muss ich mit nach Hause nehmen", schrie Justin aufgekratzt.

Der Satz war billig und nervig genug, um mich aus meiner Trance zu reißen. Ich hasste Fremdgehen, und Justin hatte eine Freundin.

Auch Cameron schaute ihn missbilligend an. Dann blickte er auf, weil ihn eine Rothaarige aufforderte. Grinsend schüttelte er den Kopf und flüsterte ihr etwas ins Ohr. Die Rothaarige lachte. Er nickte mir zu, und zusammen hauten sie ab.

„Hallo, Team-Captain."

Ein weicher, nach schwerem, blumigem Parfüm duftender Körper drängte sich seitlich an mich. Ich schaute zu Claire Bentley. Ihre Augen waren viel zu stark geschminkt. Nichts gegen die Wunder, die Make-up in einem Mädchengesicht bewirken kann. Aber Claire sah aus, als ob man sie auf beide Augen geboxt hätte. Oder wie ein Waschbär.

„Claire. Alles klar?" Ich lächelte sie an, doch das ermunterte sie nur, sich an meinen Arm zu hängen.

Oh nein! Warum hatte ich bloß schon wieder mit ihr geschlafen?

„Ach, na ja, geht so." Sie klimperte mit den Wimpern und schob ihre Brüste in meine Seite, sodass ich nicht anders konnte, als kurz zu ihrem Ausschnitt zu gucken. Ihre Brüste starrten mich förmlich an. Mann, eine Nacht im Suff, und schon hatten diese schicken Dinger für mich ausgedient.

Ein Träger ihres Kleids rutschte von ihrer Schulter. Sie sah durch ihre Wimpern zu mir hoch, und ich überlegte, ob sie diesen Blick geübt hatte. Dennoch fand ich ihn sexy. Wäre es ein anderes Gesicht gewesen, hätte er wahrscheinlich mein Interesse geweckt. Vielleicht.

„Du schuldest mir einen Drink, Caleb. Ich habe meinen verschüttet, als du vorbeigelaufen bist." Ihre Zungenspitze berührte ihre Oberlippe.

Ich bemühte mich, nicht die Augen zu verdrehen. Sie übertrieb es, und ich wollte nicht die ganze Nacht in ihren Klauen gefangen sein. Während ich mir das Hirn zermarterte, wie ich sie loswerden könnte, ohne sie zu kränken, schaute ich mich verzweifelt nach Cameron und Justin um, doch von denen war keiner in Sicht. Arschlöcher.

„Hey, Baby." Meine Augen weiteten sich vor Staunen, denn das Mädchen, das ich vorhin so schamlos auf der Tanzfläche angestarrt hatte, schlang ihre Arme um meine Taille und befreite mich aus Claires Klammergriff. Sie sah mich so an, dass ich vergaß zu atmen.

Sie war umwerfend.

„Er ist mit mir hier", sagte sie zu Claire, ohne dabei den Blick von mir abzuwenden. Ich war gebannt davon, wie sich ihr Mund bewegte. Sie hatte volle Lippen, die in einem sehr, sehr scharfen Rotton geschminkt waren.

„Stimmt doch, oder?" Ihre Stimme war sanft und tief. Sie erinnerte mich an dunkle Zimmer und heiße, rauchige Nächte.

Es kam mir vor, als ob mein Herz für eine irre Sekunde in meinem Brustkorb hüpfte. Es könnte auch eine volle Minute gewesen sein, vielleicht waren es sogar zwei Minuten. Völlig egal. Sie war nicht im klassischen Sinne schön. Vielmehr war ihr Gesicht markant, auffällig: hohe, stark definierte Wangenkochen, lange dunkle Brauen über katzenhaften Augen, in denen sich Geheimnisse verbargen. Und ich wollte jedes einzelne davon enthüllen.

Da ich nicht reagierte, sondern nur starrte, zog sie die Augenbrauen zusammen. Ihr matter Goldteint schimmerte im gedämpften Licht. Und ich fragte mich, wie sich ihre Haut wohl anfühlen würde. Rasch fasste ich sie an den Armen, bevor sie sich abwenden konnte, und legte ihre Hände in meinen Nacken. Ich hatte recht gehabt mit meiner Vermutung: Ihre Haut war glatt und weich. Mehr, war alles, was ich denken konnte.

Ich beugte mich näher zu ihr, sodass meine Lippen fast ihr Ohrläppchen berührten, und flüsterte: „Wo warst du denn?" Ich spürte, wie sie erschauerte, und musste grinsen. „Ich suche schon mein ganzes Leben nach dir."

Langsam, als hätte ich alle Zeit der Welt, strich ich mit der Nasenspitze von ihrem Ohr zu ihrem Hals, doch ehe ich mehr tun konnte, trat sie einen Schritt zurück.

„Sie ist weg", sagte sie. „Du bist in Sicherheit. Jetzt darfst du mir einen Drink ausgeben, weil ich dich gerettet habe."

Ich steckte meine Hände in die Hosentaschen, um nicht gleich wieder nach ihr zu greifen. Schon jetzt fehlte mir das Gefühl, sie in den Armen zu halten. „Klar, was möchtest du?"

Sie schüttelte ihr Haar nach hinten, und ich konnte nicht anders, als sie zu beobachten. Ich war fasziniert. „Etwas Starkes. Heute Abend will ich jemand anders sein. Ich will … vergessen."

Das war mein Stichwort. Ich legte eine Hand unten an ihren Rücken und zog sie zu mir, bis unsere Gesichter nur noch Zentimeter voneinander entfernt waren. „Bei mir kannst du jede sein, die du willst." Ihr Duft vermischte sich mit meinem Atem, und er machte mich süchtig. „Warum gehen wir nicht weg von hier und irgendwohin, wo ich dich alles vergessen lassen kann, Red?"

Eisig starrte sie mich an, stemmte die Hände flach gegen meine Brust und stieß mich weg. „Hat mich auch gefreut, Arschloch." Sie winkte mir zu und ließ mich stehen. Wie ein verirrter Welpe blickte ich ihr nach. Was war das denn gewesen? Hatte sie mich eben etwa einfach so abblitzen lassen?

Dieses Gefühl war mir so fremd, dass ich nichts weiter tun konnte, als ihr nachzuschauen, bis sie in der Menge verschwunden war. Sie schwankte ein bisschen, anscheinend hatte sie zu viel getrunken. Fast wäre ich ihr nachgerannt, um mich zu vergewissern, dass es ihr gut ging. Aber sicher hätte sie mich dann nur angespuckt. Ihre Freunde würden sich um sie kümmern.

Doch was hatte ich falsch gemacht? Sie sendete alle richtigen Signale aus, dass sie an mir interessiert war. Wollte sie, dass ich ihr erst einen Drink spendierte? Komisch. Heute Abend hatte ich mir eine Herausforderung gewünscht – und sie dann bei der ersten Gelegenheit wie der letzte Idiot verbockt.

„Caleb!", hörte ich ein anderes Mädchen hinter mir rufen, aber ich war nicht mehr in der Stimmung für irgendwas außer meinem Bett.

Vor dem Club schloss ich die Augen und atmete die frische Luft tief ein. Danach lief ich rasch zum Ende des Parkplatzes, wo mein Wagen stand, denn ich wollte nicht, dass mich jemand sah und zurück in den Club zerrte. Lieber würde ich mir den Arm abkauen, als da wieder reinzugehen.

Allerdings wurde ich langsamer, da mir eine Frau auffiel, die an der schmutzigen Mauer des Clubparkplatzes lehnte. Wahrscheinlich hatte sie zu viel getrunken und kotzte sich die Seele aus dem Leib. Ich hätte sie gern in Ruhe gelassen, aber als ich wieder hinsah, näherte sich ihr ein Typ. Mein Beschützerinstinkt setzte ein, sobald sich der Mann aufrichtete und auf sie zuschritt.

Die Frau veränderte ihre Position, und das Licht der Straßenlaterne fiel auf ihr Gesicht. Ungläubig starrte ich hin, denn ich erkannte Red wieder. Ich musste nicht lange überlegen, sondern rannte auf sie zu. Der Kerl hatte mich noch nicht bemerkt, weil er völlig auf sie fixiert war. Auf seine Beute. Doch das Einzige, was er heute Nacht erbeuten würde, wäre eine blutige Nase, wenn er sich nicht sofort verzog.

Sowie er mit einer Hand ihren Unterarm packte, knurrte ich beinahe. Meine Wut erstaunte mich selbst, und ich musste sie bändigen, sonst würde mir die Situation hier gleich um die Ohren fliegen. Der andere Typ nahm mich endlich wahr, was ich daran erkannte, dass er plötzlich wie versteinert wirkte.

„Hey, Baby! Wo steckst du denn?", rief ich und schlenderte betont lässig und unbekümmert auf die beiden zu. Red sah ich lieber nicht an, weil ich mich vor ihrem Blick fürchtete. Sollte sie auch bloß ansatzweise verängstigt erscheinen, würde ich diesem Dreckskerl nämlich die Faust ins Gesicht rammen. „Ich suche dich schon überall. Aber jetzt habe ich dich ja gefunden."

Der Typ hielt sie immer noch fest, also stellte ich mich leicht breitbeinig hin, dehnte meinen Nacken und spannte meine Armmuskeln an. Dabei blickte ich ihm direkt ins Gesicht. Der Perversling trat einen Schritt rückwärts, dann noch einen und noch einen, bevor er sich umdrehte und in die entgegengesetzte Richtung rannte.

„Blöder Arsch", murmelte ich.

„Wie h…hast du mich genannt?"

Verblüfft, dass sie es gehört hatte, wandte ich mich zu ihr. Wie betrunken war sie eigentlich?

„Nicht dich. Obwohl man über ‚blöd' streiten könnte. Was machst du hier ganz allein. Holla!" Schnell streckte ich die Hände aus, um sie aufzufangen, als sie erneut schwankte. „Alles klar bei dir?"

Im Club war es zu dunkel gewesen, doch jetzt fiel mir auf, dass sie sehr blass war und ihre Augen glasig wirkten. Ohne auf ihre Antwort zu warten, hob ich sie hoch. Sie stieß nur einen kleinen Laut aus.

„Musst du kotzen?", fragte ich und schüttelte sie sanft, da sie nicht reagierte.

Das war offenbar keine gute Idee: Sie stöhnte leise und hielt beide Hände vor ihren Mund. Da es aber nicht so schien, als müsste sie sich gleich übergeben, setzte ich sie vorsichtig in meinen Wagen.

„Dir wird doch nicht hier drinnen schlecht, oder? Der Wagen ist ganz neu." Sie sah aus, als wäre sie schon weggetreten. „Wo wohnst du? Ich fahre dich hin."

„O…obdachlos", presste sie wimmernd hervor, und ich war schon überrascht, dass sie überhaupt auf meine Frage antwortete. „Aus der Wohnung g…geflogen."

Ich lehnte mich an die Kopfstütze, atmete tief durch und strich mir übers Gesicht. Was nun? Ich könnte sie in einem Hotel abliefern und für einige Tage die Kosten übernehmen, damit sie untergebracht war, solange sie sich eine neue Wohnung, einen Job oder was auch immer suchte. Das war schon mehr, als ein x-beliebiger Fremder tun würde. Aber dann schaute ich sie an, und all diese Pläne verpufften.

Sie hatte die Augen geschlossen, ihr Atem ging gleichmäßig und ruhig, aber sogar im Schlaf wirkte sie besorgt. Das Mädchen, das auf der Tanzfläche so stark gewirkt hatte, schien nun unglaublich verwundbar. Ihr Gesicht kam mir irgendwie bekannt vor, wie ein Bild, das man vor langer Zeit gesehen hat. Allerdings wusste ich nicht, wo ich ihr schon mal begegnet sein könnte. Ein Gesicht wie ihres würde ich doch garantiert nicht vergessen.

Mein Bruder zog mich gern damit auf, dass ich gegen verzweifelte Mädchen einfach machtlos war. Vermutlich hatte er recht, denn ich beschloss, sie bei mir unterzubringen. Ich redete mir ein, dass sie in einem Hotel nicht sicher wäre, schon gar nicht in ihrer gegenwärtigen Verfassung. Weiß der Himmel, was hätte passieren können, wäre ich eben nicht aufgekreuzt!

Ich ließ den Motor an und drehte die Klimaanlage voll auf. Sie würde einen höllischen Kater haben, wenn sie morgen früh aufwachte. Wir waren nur noch Minuten von meinem Apartment entfernt, als sie plötzlich im Beifahrersitz zuckte und die Hände vor den Mund presste.

Scheiße, nein!

Sie kotzte mir den ganzen Wagen voll.

Fast hätte ich geweint. Mein funkelnagelneues Auto! Das Würgegeräusch war schon übel genug, aber der Gestank war so beißend, dass ich mich beinahe selbst übergab. Hastig öffnete ich sämtliche Fenster und das Schiebedach, bevor ich endlich aus- und wieder einatmete.

„Oh verdammt, Mädchen. Eine gute Tat und …"

Erneut spuckte sie.

„Maaaann!"

Ich war so angefressen, dass ich große Lust hatte, sie doch in einem Hotel abzusetzen. Ich kannte dieses Mädchen schließlich nicht mal. Und selbst mein Retterkomplex hatte seine Grenzen. Aber dann brachte ich es doch nicht fertig.

Resigniert parkte ich auf meinem Stellplatz, stieg aus und näherte mich widerwillig der Beifahrerseite. Die Luft anhaltend, machte ich sie sauber, so gut es eben möglich war, bevor ich sie aus dem Wagen hob. Sie stank zum Himmel.

In der Lobby drückte einer der Sicherheitsmänner den Fahrstuhlknopf für mich, weil ich keine Hand frei hatte. „Hat Ihre Freundin zu viel getrunken, Sir?"

„Na, wir wissen doch beide, dass ich keine Freundin habe, Paul." Ich zwinkerte ihm zu, und er lachte leise.

Sobald sich die Lifttüren auf meiner Etage öffneten, lief ich geradewegs zum Gästezimmer. Sie rollte sich zusammen wie eine kleine

Katze und wimmerte, während ich sie behutsam aufs Bett legte. „Mom", stieß sie schluchzend hervor.

An der Tür verharrte ich und drehte mich zu ihr um. Was immer dieses Mädchen durchgemacht haben mochte, es war nicht schön. Eigentlich sollte ich sie waschen und in frische Klamotten stecken, doch sie würde es bestimmt nicht witzig finden, wenn sie morgen früh feststellte, dass sie von einem Fremden ausgezogen worden war. Und dann könnte ich ein Auge oder eine Hand einbüßen. Das riskierte ich lieber nicht. Ihr Atem beruhigte sich wieder. Im Nachhinein könnte ich nicht sagen, wie lange ich dort gestanden und ihr beim Schlafen zugesehen hatte.

Veronica

Warmer Sonnenschein auf meiner Haut weckte mich. Ich genoss die saubere weiße Bettdecke über mir und dachte, wie nett es von meiner Mom war, sie frisch zu beziehen. Zufrieden lächelte ich und kuschelte mich ein.

Meine Mom. Das war nicht möglich. Meine Mom war tot.

Ich schoss hoch, und mir wurde schwindlig. Mehrmals blinzelte ich, blickte mich um und schluckte die Panik herunter, die mir in die Kehle stieg, denn ich kannte dieses Zimmer nicht. *Wo zur Hölle bin ich? Und was ist das für ein ekliger Gestank?*

„Es wäre wirklich hilfreich, wenn du jetzt nicht panisch würdest", murmelte ich und erschrak, weil mein Atem so entsetzlich roch. Den Mund geschlossen, atmete ich einige Male ein und aus, um mein rasendes Herz zu beruhigen.

Wenigstens hatte ich noch meine Sachen an, auch wenn die voller eingetrocknetem … Erbrochenen waren. Daher der Gestank. Das war ich! *Oh mein Gott.*

Ich konnte mich an alles erinnern, was gestern war, bis auf den Abend. Verschwommene Bilder waberten mir durch den Kopf, doch nichts Konkretes, das mir einen Anhaltspunkt geben könnte. Aus der Wohnung geworfen zu werden, weil ich die letzten zwei Monate die Miete nicht aufbringen konnte, war brutal gewesen. Die meisten meiner Sachen zurückzulassen war mir leichtgefallen, weil das meiste sowieso alt, billig und vom Flohmarkt war. Ich hatte nur meine guten Sachen und Erinnerungsstücke von meiner Mutter mitgenommen und im Schließfach auf dem Campus verstaut.

Zum ersten Mal in meinem Leben war ich nicht in den Club gegangen, um Drinks zu servieren oder Tische abzuwischen, sondern um mich zu betrinken. Es war meine Art, dem Leben den Stinkefinger zu zeigen. Ich vertrug nicht viel, also brauchte es nicht lange, bis ich sehr betrunken war.

Ich hatte schon immer zur Paranoia geneigt, daher schaute ich jetzt hastig auf meine Hände und stellte erleichtert fest, dass ich noch alle meine Finger hatte. Meine Beine steckten unter der weißen Decke, und ich fragte mich, ob sie nach wie vor an meinem Körper hingen. Ich wackelte mit den Zehen. Super, das funktionierte also weiterhin. Als Nächstes hob ich mein Kleid an, weil ich mich vergewissern wollte, dass ich keine frischen Wundnähte oder Schmerzen hatte. Jemand hätte meine Leber stehlen können, meine Nieren oder andere lebenswichtige Organe. Nachdem ich festgestellt hatte, dass sämtliche Körperteile intakt waren, sah ich mich genauer in dem Zimmer um.

Es als Zimmer zu bezeichnen erschien mir wie eine schamlose Untertreibung. Es war größer als meine ganze Wohnung und teuer und geschmackvoll eingerichtet. Ein breites Fenster mit schweren weißen Vorhängen nahm fast die ganze Wand rechts von mir ein und bot einen erstklassigen Blick auf die Stadt. Es musste ein hohes Gebäude sein, denn die Innenstadt wirkte von hier aus klein.

Hatte ich gestern Abend noch etwas anderes getan, außer mich zu betrinken? Wie zum Beispiel … oh Hilfe, mit einem Fremden geschlafen? Ich hob den Hintern und machte einige Beckenbodenübungen, als würden mir die verraten, ob ich noch Jungfrau war. Na ja, wund fühlte ich mich jedenfalls nicht. Erneut geriet ich in Panik …

„Tief einatmen, Veronica. Tief einatmen."

Leise stieg ich aus dem Bett, und meine Füße versanken in einem weichen Teppich. Wem immer das hier gehören mochte, er musste steinreich sein, und ich hatte nicht vor, ihm zu begegnen. Was wäre, wenn er im großen Stil mit Drogen dealte? Wie sollte er sonst an so viel Kohle kommen? Oder vielleicht wollte er mich auch erst mal mästen, bevor er meine Organe stahl und verkaufte?

Krieg dich ein, blöde Nuss!

Ehe ich mich nach draußen schleichen konnte, entdeckte ich ein Badezimmer, das direkt von dem Raum abging, und ergriff meine Chance. Anschließend schlich ich mich vorsichtig zur Tür und linste hinaus. Trotz meiner Panik fiel mir auf, wie unglaublich hier alles war. Solche Apartments kannte ich bisher nur aus Hochglanzmagazinen. Alles sah elegant und modern aus. Teure Gemälde hingen an weißen Wänden, und ein riesiger Fernseher stand vor einer L-förmigen Couch. Unter meinen Füßen schimmerte ein Parkettboden.

Angesichts von so viel Luxus schnitt ich eine Grimasse.

Das Leben war unfair, schoss es mir durch den Kopf, während ich nach der Wohnungstür Ausschau hielt. Mir stockte allerdings der Atem, als ich in einem Bereich, bei dem es sich um die Küche handeln musste, jemanden entdeckte. Dieser Jemand hatte mir seinen nackten Rücken zugekehrt, und ich konnte erkennen, dass er groß und braun gebrannt war. Als er einen Arm bewegte, spannten sich seine gut definierten Muskeln an.

Wie eine Idiotin verharrte ich nervös und ängstlich auf der Stelle. Als hätte er meine Anwesenheit gespürt, drehte er sich plötzlich zu mir um, und seine Augen weiteten sich.

Das Gesicht kannte ich.

Caleb. Caleb Lockhart!

Oh nein, nicht er! Das durfte nicht wahr sein. Ich war in der Höhle der männlichen Campus-Schlampe aufgewacht!

Ein Stück Brot fiel ihm aus dem Mund, während er mich weiter angaffte. Seine bronzefarbenen Locken waren zerzaust und standen in alle Richtungen ab, als wäre er eben erst aufgestanden. Seine Brust und der Bauch waren sehr muskulös und sehr nackt. Vor ihm war ein Küchentresen, der in Höhe seiner Taille endete, sodass ich nicht erkennen konnte, ob er weiter unten etwas anhatte.

Lieber Gott, hoffentlich hat er unten herum etwas an.

Und dann grinste er. Als hätte er alle Zeit der Welt, ließ er seinen Blick von meinem Haar bis zu meinen Zehen und wieder zurück gleiten. Ich fühlte ein Kribbeln.

„Hey, Baby, du siehst aus, als hättest du eine wilde Nacht gehabt", flüsterte er heiser.

Oh Gott!

„Haben wir ... hast du ...?", stammelte ich und verschränkte meine Arme vorm Oberkörper, um meine Brust vor seinem lasziven Blick zu schützen.

Er zog eine Augenbraue hoch, während er darauf wartete, dass ich meine Frage beendete. Mein Mund war ausgetrocknet, und in meinem Kopf setzte ein unangenehmes Pochen ein. Ich sah nach unten zu meinen nackten Füßen und fragte mich, wo ich meine Schuhe gelassen hatte. *Dämliche, dämliche Kuh.*

„Sag es mir einfach."

„Was genau soll ich dir sagen?" Seine Augen funkelten amüsiert, und in seinen Wangen bildeten sich Grübchen. Er wusste ganz genau, was ich meinte, aber anscheinend hatte er Spaß daran, unschuldige Leute zu quälen. Idiot.

Als er einen Schritt vortrat, ging ich einen zurück und schrie: „Bleib weg von mir!"

Stirnrunzelnd hob er beide Hände. „Was ist denn in dich gefahren?"

Hektisch blickte ich mich nach etwas um, was ich als Waffe benutzen könnte. Falls er beschloss, mich anzugreifen. „Warum bin ich hier?"

„Erinnerst du dich nicht?"

Auf einmal wollte ich mir die Haare raufen. „An was soll ich mich erinnern?"

Seine Miene verfinsterte sich, als würde er an etwas Unangenehmes denken. „Irgendein Perversling hätte dich gestern Abend fast verschleppt und eventuell vergewaltigt. Ich habe dich gerettet."

Mir klappte die Kinnlade runter.

„Und du hast mir den ganzen Wagen vollgekotzt." Er machte eine kurze Pause. „Zwei Mal."

„Mich v...vergewaltigen?" Meine Erinnerungen waren verschwommen, doch ich wusste noch, dass ich mich gegen die Annäherungsversuche von jemandem gewehrt hatte. Und wenn *er* das gewesen war?

Er nickte und starrte mich immer noch sehr eindringlich an. Irgendwas am Blick seiner grünen Augen weckte die Erinnerung an eine tiefe Männerstimme, die murmelte, *Ich suche schon mein ganzes Leben nach dir ...* Ich schüttelte den Kopf, um sie zu vertreiben, und funkelte ihn wütend an. „Woher soll ich wissen, dass du nicht dieser Kerl warst?"

„Oh bitte", sagte er und verdrehte die Augen. „Ich muss kein Mädchen zwingen, mit mir zu schlafen."

Er lehnte sich an die Arbeitsplatte, verschränkte die Arme vor seiner eindrucksvollen Brust und legte den Kopf schräg. Sein Bizeps spannte sich an, die Muskeln traten vor. Unverhohlen musterte er mich weiter.

„Danke", meinte ich leise, blieb jedoch misstrauisch. Wenn man in einer rauen Gegend aufwuchs, wurde Misstrauen zur Normalität. Da war ich nicht anders als andere. „Ich weiß gar nichts mehr von gestern Abend."

„Du warst betrunken", half er mir auf die Sprünge.

„Ja, an den Teil erinnere ich mich."

„Und du bist nicht verkatert?"

Ich schüttelte den Kopf.

„Erstaunlich", bemerkte er beeindruckt.

„Hör mal, wenn es dir nichts ausmacht, gib mir meine Schuhe, und ich verziehe mich."

„Nicht so schnell."

„Was?" Fünf Schritte entfernt stand eine Tischlampe, die ich notfalls als Waffe benutzen konnte.

„Du hast mir meinen Wagen vollgekotzt, und ich habe den erst vor wenigen Wochen bekommen."

Oh. Ich biss mir auf die Unterlippe. „Ist dein Dad nicht reich?" Ich deutete mit einer ausholenden Geste auf die luxuriöse Einrichtung um uns herum. „Kannst du den nicht einfach von jemandem reinigen lassen?"

Er zog die Augenbrauen hoch. „Also willst du, dass jemand anders deinen Dreck wegmacht?"

Ich biss die Zähne zusammen. „Was willst du von mir?"

Er hockte sich auf den Tresen, sodass ich seinen Körper in voller Pracht sah. Ich schluckte. Wenigstens hatte er eine Jogginghose an.

„Kannst du denn irgendwohin, wenn du jetzt abhaust?" Auf der Arbeitsplatte neben ihm stand ein Obstkorb voller Äpfel. Er griff nach einem. Was für ein Glück er hatte, jederzeit Essen in Reichweite zu haben, wenn er es wollte. Er brauchte nicht zu fürchten, dass er hungern musste ... oder obdachlos wurde.

„Was ist das denn für eine Frage? Natürlich nach Hause." Wo zu Hause war, konnte ich nicht sagen, aber das wusste er ja nicht.

Er schmiss den Apfel hoch, fing ihn auf und warf ihn erneut in die Luft. „Und wo ist das?"

Mein Magen grummelte leise vor Hunger. „Das geht dich nichts an."

„Tja, ich habe dir das Leben gerettet. Und ich glaube ans Energiesparen, also will ich nur sicher sein, dass du meine Energie nicht verschwendest. Gestern Abend habe ich dich gefragt, wo du wohnst, und du hast mir erzählt, dass du obdachlos bist. Ehrlich, im Moment siehst du aus, als hätte dir gerade jemand deinen letzten Dollar geklaut."

Vor Schreck riss ich den Mund auf.

„Du hast mich verstanden", erwiderte er, legte den Apfel zurück in den Korb und verschränkte erneut die Arme. Führte er mir absichtlich seine Muskeln vor?

„Warum interessiert dich das?", hakte ich nach.

Es dauerte einen Moment, ehe er antwortete: „Kannst du wirklich irgendwohin?" Sein sanfter, mitfühlender Tonfall machte mich fertig. Ich fühlte, wie mir die Tränen kamen. Und ich sah ihm an, dass es ihm unangenehm war. Er sprang vom Tresen, schritt zum Kühlschrank und öffnete ihn.

„Hier", meinte er leise und reichte mir eine Wasserflasche. Ich wollte mich bedanken, traute meiner Stimme allerdings nicht. Als ich aufblickte, wich er vor mir zurück. „Dir ist bewusst, dass du stinkst, oder?"

Ich lachte. Ich musste so sehr lachen, dass ich mich auf den Boden hocken musste, damit ich nicht auf die Nase fiel. Und dann fing ich an zu weinen. Er musste mich für irre halten.

„Wieso bleibst du nicht ein bisschen, bis du eine Wohnung gefunden hast?"

Ich war so schockiert, dass ich ihn nur stumm anstarren konnte. Er zuckte mit den Schultern. „Ich erkenne es, wenn Leute am Ende ihrer Kräfte sind."

Am Ende ihrer Kräfte? Ich wurde wütend. Ich hasste es, zu jemandem hochschauen zu müssen, wenn ich mit ihm sprach; deshalb stand ich wieder auf. Er war immer noch deutlich größer, und das ließ mich erst recht sauer werden. „Hör mal, ich mag obdachlos sein, doch ich will deine Almosen nicht."

„Wohin willst du sonst? In ein Obdachlosenasyl? Pass auf." Er hielt ein Finger vor mein Gesicht. „Erstens, ich lebe allein, also hast du hier nur das Vergnügen meiner Gesellschaft. Zweitens", er hob einen zweiten Finger, „bist du hier allemal sicherer, weil du mich hast, der dich beschützt. Und drittens", er nahm einen dritten Finger hinzu, „Bingo! Du kannst hier umsonst wohnen."

Ich wurde skeptisch. Das klang zu schön, um wahr zu sein. „Warum hilfst du mir?" Das Leben hatte mir schon oft genug einen Schlag verpasst, daher wusste ich, dass es nichts umsonst gab. Caleb öffnete den Mund, doch es kam kein Ton heraus. Schließlich schüttelte er den Kopf. „Keine Ahnung."

Mit Caleb Lockhart zusammenwohnen. In dieser riesigen Wohnung. Umsonst. Oder alternativ zum Obdachlosenheim gehen oder auf der Straße leben. „Ich werde nicht deine Hausnutte."

Er wirkte gekränkt. „Kleines, eine Prostituierte werde ich nie brauchen. Hast du diesen Körper gesehen? Glaubst du ehrlich, dass ich für Sex Geld hinblättern muss? Außerdem", fügte er grinsend hinzu, „falls du dich dazu entschließen solltest, mit mir zu schlafen, wirst du *mich* bezahlen."

Wow. Von seinem gewaltigen Ego müsste er eigentlich permanent Kopfweh haben. Ich sah ihn angewidert an und gab vor zu gähnen. „Alles, was du sagst, klingt unglaublich spannend. Ich verstehe gar nicht, warum ich die ganze Zeit gähnen muss."

Seine grünen Augen wurden größer, und er blickte mich eindringlich an. Diesmal habe ich ihn wohl richtig auf die Palme gebracht, dachte ich, doch dann passierte etwas völlig Unerwartetes.

Er fing an zu lachen. „Du gefällst mir", sagte er. „Ich meine, du siehst ja echt hammermäßig aus, aber ich hätte nicht gedacht, dass das tiefer geht."

Hatte er mich gerade beleidigt?

„Ich biete dir einen Ausweg aus deiner Notlage an. Warum greifst du nicht zu?" Er hielt sich mit zwei Fingern die Nase zu. „Und kannst du bitte duschen gehen? Du magst ja umwerfend sein, doch ich verbringe meine Zeit nicht mit jemandem, der nach Kloake riecht."

Ich schnaubte. Natürlich hatte er recht. Ich musste richtig, wirklich schlimm, stinken. Aber ... „Und was willst du als Gegenleistung?"

„Nicht jeder will was von dir", antwortete er ernst.

„Ach, glaubst du das wirklich?" Ich lachte verbittert. „Jeder will was von einem, auf die eine oder andere Art. Hast du das noch nicht kapiert?"

Er legte den Kopf schräg und schaute mich einen Moment lang nachdenklich an. Ich fragte mich, was er sah. Durch mein Äußeres, meine Figur, wirkte ich auf andere oft so, als wäre ich auf *Spaß* aus. Sie hatten ja keine Ahnung, dass das nun wirklich das Letzte war, was ich wollte. Das Allerletzte. Ich war viel zu sehr damit beschäftigt, zu überleben und mir meine nächste Mahlzeit zu erarbeiten, um an so was wie Vergnügen auch nur zu denken. Der gestrige Abend war eine Ausnahme gewesen. Total unnormal für mich.

„Ich könnte putzen", bot ich an. Tat ich das hier wirklich? Warum nicht? Die Welt hatte mir schon lange keine Freikarte mehr geschenkt. Ich war überfällig für eine.

„Ich habe schon dreimal die Woche eine Putzkraft", antwortete er.

„Ich kann kochen."

Er runzelte die Stirn. „Mach dich nicht über mich lustig. Das ist nicht nett."

Ich verdrehte die Augen.

„Kannst du ehrlich kochen?" Er sah wie ein kleiner Junge aus, der den letzten Keks ganz unten in der Dose entdeckt hatte.

„Ja."

„Abgemacht!"

Das war zu einfach. „Du hast gesagt, dass du allein wohnst, aber wie kannst du dir so eine Wohnung leisten?"

Die Frage machte ihn sichtlich verlegen. Ich hoffte, dass er nicht dachte, ich wollte herausfinden, wie viel er auf der Bank hatte. Dass ich eine Goldgräberin war. Doch wie sollte er das nicht denken? Schließlich kannte er mich gar nicht.

„Hör mal", presste ich zischend hervor, denn es ärgerte mich, wenn jemand an meinen moralischen Grundsätzen zweifelte. Ich mochte arm sein, aber ich war keine Schmarotzerin. Meine Hände waren der Beweis, wie schwer ich arbeitete, und darauf war ich stolz. Noch ein Jahr, dann würde ich meinen Abschluss in der Tasche haben. Ich hatte hart geschuftet, um mir ein besseres Leben zu ermöglichen. Viel hatte ich nie gebraucht; ein regelmäßiger Job, ein einfaches Zuhause und ein verlässlicher Wagen waren mehr als genug, damit ich glücklich war. Und ich wollte nie wieder hungern. Diese Ziele würde ich auch ohne die Hilfe von irgendwem erreichen. „Ich war bloß neugierig. Falls du denkst, dass ich eine Goldgräberin bin …"

Er hob eine Hand. „Kannst du bitte aufhören, mir Worte in den Mund zu legen? Glaubst du wirklich, dass ich dieses Leben will? Das … das." Er deutete auf den Raum. „Glaubst du, das macht mich glücklich?" Seine Gesichtszüge hatten sich verhärtet, und seine Hände waren zu Fäusten geballt. Ich verstummte. Wir beide standen verlegen da, doch nach ein paar Sekunden zog er die Augenbrauen hoch, als sei nichts gewesen. „Weißt du was, ich kann meine Collegesachen erledigen, während du mir heute Abend was kochst."

Der Moment unvermuteter … Verwundbarkeit, oder was immer es auch gewesen sein mochte, war wieder vorbei.

„Warte mal", meinte er. „Ich kenn nicht mal deinen Namen."

„Veronica Strafford."

„Ich bin Caleb Lockhart."

Ich erwiderte sein Lächeln nicht und verriet ihm auch nicht, dass ich schon wusste, wer er war. Wer denn nicht? Sicher kannte ihn auf unserem Campus jeder.

„Auf welchem College bist du?", fragte er.

„Mich hier wohnen zu lassen heißt nicht, dass ich mein Inneres vor dir ausbreiten muss, oder?"

„Genau genommen hast du das schon. In meinem Wagen, schon vergessen?", erinnerte er mich trocken. „Bitte, geh duschen. Und leih dir gern frische Klamotten von mir. Du darfst dich sogar", meinte er grinsend, „bei meiner Unterwäsche bedienen."

Ich schnaubte. Wir beiden standen uns gegenüber, unsicher und in unsere jeweiligen Gedanken versunken. Tat ich das Richtige, indem ich hierblieb? Wohin sollte ich sonst?

„Du kannst in dem Zimmer wohnen, in dem du letzte Nacht geschlafen hast. Es hat ein eigenes Bad." Er ging hinter den Tresen, auf Abstand zu mir. „Ich haue gleich ab. Fühl dich ganz wie zu Hause."

Ich nickte. Es kam mir komisch vor. War das hier tatsächlich gratis? Wie konnte er mich in seinem Apartment allein lassen, wenn er mich überhaupt nicht kannte? Er konnte unmöglich sicher sein, dass ich ihn nicht komplett ausraubte.

„Danke. Ich ..." Ich stockte. „Danke", wiederholte ich. Und ich meinte es ernst.

Er nickte. Ich wandte mich von ihm ab und nagte an meiner Unterlippe. Wo zum Teufel war noch mal das Zimmer? Ich schaute erst nach links, dann nach rechts. Seine Wohnung war riesig, und ich war in Panik gewesen, als ich den Raum verlassen hatte.

„Gibt's ein Problem?", fragte er hinter mir.

Ich zuckte zusammen und drehte mich um. „Ich ... ich habe vergessen, wo das Zimmer ist. Sag es mir einfach, und dann mache ich einen Bogen um dich." Ich merkte, wie ich rot wurde.

Als er nicht antwortete, blickte ich auf und sah, wie er mich lächelnd anstarrte.

„Was?", fragte ich.

„Mann, ganz schön feindselig, was?" Er lief an mir vorbei. „Folge mir."

Ich ging ihm nach und bemühte mich, nicht allzu sehr auf seinen Körper zu glotzen. Fast hätte ich aufgeheult, sowie er sich plötzlich umdrehte, mir zuzwinkerte und sagte: „Willkommen in meinem Apartment, Red. Ich hoffe, du genießt deinen Aufenthalt."

2. Kapitel

Caleb

Mädchen waren meine Schwachstelle.

Das wusste ich, aber noch nie hatte ich für ein Mädchen meine Regeln gebrochen.

Bis gestern Abend.

Schweiß rann über mein Gesicht, während ich den Ball mit beiden Händen hielt, die Arme reckte und meinen Wurf ausführte. Ich fluchte vor mich hin, denn ich verpatzte es zum zweiten Mal.

Was dachte ich mir denn nur dabei?

Ich hatte schon beschlossen, ihr Geld zu geben, damit sie sich etwas Eigenes mieten könnte, doch als ich sie heute Morgen sah, den Trotz in ihren dunklen Augen, vor allem aber die Traurigkeit, die sie verbergen wollte, lösten sich meine Vorsätze in Rauch auf.

Ich fing das saubere Handtuch, das Cameron mir auf dem Weg zurück zur Umkleide zuschmiss, und wischte mir damit das Gesicht ab. Das Training war brutal hart gewesen, und ich war abgelenkt.

Justin überholte mich und lief rückwärts vor mir her. „Hat deine Mommy heute Morgen vergessen, dich zu stillen, Lockhart? Du hast grottenschlecht gespielt, Alter."

Ich schleuderte ihm das Handtuch ins Gesicht.

„Wohin bist du gestern Abend verschwunden?", fragte Cameron. Er achtete nicht auf Justins Gemecker.

„Ja, ich habe gesehen, wie du mit diesem scharfen Teil im Club geredet hast. Bist du zum Schuss gekommen?"

Warum wollte ich ihm eine verpassen? Justin redete dauernd wie eine menschgewordene Müllhalde. Das hatte mich nie gestört. Doch ich mochte es überhaupt nicht, wenn er so über *sie* sprach.

Ich zog mein durchgeschwitztes Trikot aus, knüllte es zusammen und warf es ohne jeden Anflug von Reue in Justins Gesicht.

„Hey, was soll das, du Sack?"

Cameron lachte, wurde jedoch ernst, als er mich ansah. Ich fand schon immer, dass er die unheimlichsten blauen Augen hatte, die ich je bei einem Menschen gesehen hatte.

„Alles gut?", fragte er.

Ich öffnete meinen Spind, griff mir meine Tasche und hockte mich auf die Bank, um nach einem sauberen Shirt und Jeans zu suchen.

„Klar. Ich muss mich nur mal flachlegen lassen."

Justin schnaubte. „Als hättest du auf dem Gebiet ein Problem."

Wenn er wüsste, was für eine heftige Abfuhr ich gestern Abend kassiert hatte, würde er sich schlapplachen.

Ich war auf dem Weg zu den Duschen, als auf meinem Handy eine Textnachricht einging.

SANDRA BODELLI: *Hey, Hübscher. Willst du rüberkommen? Meine Mitbewohnerin ist heute Abend weg.*

Ich stutzte. „Wer ist Sandra Bodelli?"

Justin trat hinter mich und schaute auf mein Telefon. „Verdammt, hast du ein Schwein, Cal! Weißt du nicht mehr? Das Mädchen aus Ingenieurwissenschaft, das letzte Woche beim Training war?"

Verständnislos starrte ich ihn an.

Und er schüttelte den Kopf. „Wie kannst du die vergessen haben? Sie hat ihre Nummer in dein Telefon eingetippt. Blond, große Augen", hier wölbte er die Hände vor der Brust, „super Arsch etc.?"

Ich zuckte mit den Schultern. „Meinetwegen."

Justin lachte wie ein Irrer. Ich ignorierte ihn und schickte einen Text an Sandra, dass ich sie in einer Stunde treffen würde.

Heute Abend würde ich Red vergessen.

Leicht betrunken und abgekämpft, stolperte ich um zwei Uhr morgens zurück nach Hause. Es war dunkel, aber ich machte kein Licht an, als ich mich direkt im Wohnzimmer auszog.

Ich öffnete den Kühlschrank, nahm den Orangensaft heraus, holte mir – weil ich mal wieder die Stimme meiner Mutter im Kopf hörte, dass ich nicht direkt aus der Packung trinken soll – ein Glas aus dem Schrank und schenkte mir etwas ein. Nach drei Gläsern stieß ich laut auf.

Dann steuerte ich mein Schlafzimmer an, bereit, sofort aufs Bett zu fallen und einzuschlafen.

„Aua! Was soll das denn?"

Die Lichter gingen an und blendeten mich, während ich mich vor Schmerz auf dem Fußboden krümmte.

„Oh mein Gott!", schrie Red und hielt sich die Augen zu. „Du bist nackt!"

„Was zur Hölle machst du denn?", brüllte ich und warf ihr einen vernichtenden Blick zu. Sie hatte meinen Baseballschläger mit beiden Händen gepackt.

Wusste ich es doch! Sie war eine Mörderin, eine Profikillerin, die von irgendeinem Psycho auf mich angesetzt worden war.

„Tut mir leid! Ich dachte, du bist ein Einbrecher!", schrie sie.

Ein Einbrecher? In meiner eigenen Wohnung?

Alles tat mir weh: mein Kopf, mein Rücken, meine Arme, meine Beine. Ich rollte mich auf dem kalten Boden auf den Bauch.

„Leg lieber den Schläger hin, denn sonst, das schwöre ich, versohle ich dir den Hintern", drohte ich. Sie musste meine Warnung nicht ernst genommen haben, denn ich hörte, wie sie herumwuselte. Einen Moment später landete ein Stück Stoff auf meinem nackten Arsch. Sicher würde ich das witzig finden, wenn erst mal der Schmerz verklungen war.

Ich fühlte, wie sie sich neben mich kniete und in meinen Nacken atmete. „Entschuldige, Caleb. Ich dachte ehrlich ... hey, alles in Ordnung?"

Als sie mir eine Hand auf die Schulter legte, zuckte ich zusammen. Sofort zog sie die Hand wieder weg. Dabei war es nicht so, dass mich ihre Berührung störte. Sie fühlte sich viel zu verflucht gut an.

„Sehe ich so aus?", fragte ich schroffer als beabsichtigt. „Wieso erschießt du mich nicht einfach? Dann hast du es hinter dir."

Ich konnte förmlich spüren, wie mir ihr wütender Blick Löcher in den Kopf bohrte. „Hättest du das Licht angemacht wie ein normaler Mensch, hätte ich dich nicht geschlagen."

Ich brachte noch genug Kraft auf, um den Kopf zu heben und sie stirnrunzelnd anzublicken, doch kaum sah ich, was sie anhatte, vergaß ich vollkommen, dass ich wütend war. Sie trug ein sehr großes weißes Shirt, auf dem vorn das Bild einer fetten orangefarbenen Katze mit einer Margarita in der Pfote prangte.

„Woher hast du die fette Katze?", fragte ich und konnte mir das Grinsen nicht verkneifen.

Sie blinzelte. „Was?"

„Ich glaube nicht, dass das mein Shirt ist." Ich stockte. „Oder?"

„Wahrscheinlich würdest du dir einiges von meinem Respekt verdienen, wenn es so wäre, aber nein. Ich hatte es mit einigen anderen Sachen im Schließfach auf dem Campus, und die habe ich heute geholt, während du weg warst."

Irgendwas war doch bei mir nicht richtig, denn Sandra in ihren Dessous hatte mich kein bisschen erregt. Reds unförmiges Shirt tat es aber schon. Oder vielleicht lag es nur an ihr. Ich hatte mir eine lahme Ausrede ausdenken müssen, um bei Sandra abzuhauen, und am Ende den Abend mit Cameron verbracht und getrunken.

„Warum lächelst du jetzt? Mit deinem Kopf stimmt was nicht, oder?"

Lächelte ich? Das hatte ich gar nicht gemerkt. Ich legte die Wange auf den Boden, schloss die Augen und atmete ihren Duft ein. Ich konnte das Erdbeershampoo riechen, das sie benutzt hatte.

Und ich entschied, dass Erdbeeren von jetzt an mein Lieblingsobst sein würden.

Sie saß immer noch neben mir, nahe genug, dass ich nach ihr greifen und sie auf mich ziehen könnte. Etwas sagte mir, dass mir das einen Tritt in die Eier einbringen würde, also blieb ich, wo ich war, und inhalierte ihren Duft zufrieden.

„Es tut mir leid, Caleb", murmelte sie nach einer Weile.

Mein Gott, diese Frau würde noch mein Tod sein! Mal fauchte sie mich an wie ein verwundeter Tiger, dann wieder war sie sanft und süß wie ein kleines Kätzchen.

„Schon gut, Red. Ich denke, ich habe noch ein paar Gliedmaßen übrig, die du misshandeln kannst. Aber bitte nicht mehr heute Nacht, einverstanden?"

Um des Effekts willen wackelte ich mit den Fingern und Füßen, doch es kam keine Reaktion von ihr.

Sie winkelte die Beine an, lehnte ihr Kinn auf ein Knie, und eine dunkle Haarsträhne fiel ihr in die Stirn. Ich hätte sie ihr zu gern hinters Ohr gestrichen.

„Wieso nennst du mich so? Falls es dir noch nicht aufgefallen ist: Mein Haar ist dunkel."

Meine Lider wurden schwer, und ich wollte sie schon zufallen lassen, als ich ihre Zehennägel bemerkte. Sie waren in einem sexy Rot lackiert. Und sie fragte sich, warum ich sie „Red" nannte?

„Weil du gestern Abend dieses scharfe rote Kleid anhattest. Und wegen deiner Lippen. Bei deinem Mund denke ich an ... Nein, ich glaube nicht, dass du hören willst, woran ich denke."

Sie ignorierte meine Bemerkung und stand auf.

„Es ist spät. Brauchst du Hilfe, um in dein Zimmer zu kommen?" Es klang, als wollte sie ein Nein hören.

„Du weißt, dass ich nackt bin, oder?" Ich blickte zu ihr auf, und sie starrte mich wütend an. „Dieses Handtuch, mit dem du meinen Hintern bedeckt hast, ist nicht groß genug, um das zu verhüllen, was vorn ist."

Was hatte ich da gerade gesagt? Ich rechnete fest damit, dass sie erbost davonstampfen würde, doch sie überraschte mich dadurch, dass sie loslachte. Es war ein lautes, freches Lachen und so ungehemmt, dass ich grinsen musste. Ich wollte, dass sie weiterlachte. Allerdings war ich so fertig, dass mir nichts einfiel, womit ich sie wieder zum Lachen bringen könnte.

„Ich kann dir jederzeit einen Leichensack besorgen", bot sie an. Ich konnte an ihrer Stimme hören, dass sie grinste.

„Du bist unheimlich", meinte ich.

„Nicht so unheimlich wie du."

Ich schloss die Augen, immer noch idiotisch lächelnd. „Flirtest du jetzt mit mir, Red?"

Falls sie antwortete, verpasste ich es, denn das Nächste, was ich mitkriegte, war, wie ich zum Duft gebratenen Bacons aufwachte. Ich war nach wie vor auf dem Boden, doch sie hatte mir ein Kissen unter den Kopf geschoben und mich zugedeckt.

Groggy setzte ich mich auf und stellte fest, dass meine Sachen von gestern nicht mehr auf dem Boden verteilt lagen. Sie musste alles eingesammelt haben, während ich schlief. Ich ging in die Küche und entdeckte sie am Herd.

Wohlige Wärme breitete sich in meiner Brust aus. Sie machte Frühstück.

Für mich.

Ich musste mich daran erinnern, dass sie bloß ihren Teil des Deals erfüllte. Dennoch war ich glücklich darüber.

Ich lehnte mich an die Wand und genoss den Anblick. Es hatte etwas Süßes und Heimeliges, einem Mädchen zuzusehen, das einem Frühstück zubereitete. Die Gerüche, die Geräusche ... das Mädchen.

Ihr Haar hatte sie zu einem unordentlichen Knoten hochgebunden, aus dem sich einzelne Strähnen lösten und auf ihrem zarten Hals kräuselten. Die Eleganz und Geschmeidigkeit ihrer Bewegungen erinnerten mich daran, was für eine fantastische Tänzerin sie war.

„Hallo, Fremde", begrüßte ich sie, als sie sich umdrehte.

Sie quiekte erschrocken auf und ließ beinahe den Teller fallen.

„Bist du morgens immer so schreckhaft?"

Halbherzig lächelte sie. Vermutlich steckte hinter ihrer Reaktion mehr, als sie mir zeigen wollte, doch ich ließ es gut sein.

„Wieso ziehst du dich nicht an, dann kannst du frühstücken?", schlug sie vor.

Ich bohrte meine Zunge in die Innenseite einer Wange. „Meinst du, mich ausziehen und dich zum Frühstück vernaschen?"

Manchmal fragte ich mich, ob meine Mutter mich als Säugling mal so hatte fallen lassen, dass ich auf dem Kopf gelandet war. Sogar ich selbst fand, dass ich mir den Mund öfter mit Seife auswaschen sollte, bei dem Dreck, der da rauskam. Doch Red musste sich allmählich an mich gewöhnen, denn sie schüttelte nur den Kopf.

Ich ging in mein Schlafzimmer, putzte mir die Zähne und stieg in meine Jeans. Als ich wieder zurückkam, balancierte sie zwei Teller auf einem Arm. Wie machte sie das bloß?

Während ich ihr zusah, wie sie fachmännisch die Teller auf den Tresen stellte, setzte ich mich hin.

„Drei von vier Fächern in deinem Kühlschrank sind voll mit Orangensaft", bemerkte sie, wobei sie fragend die Brauen hochzog.

„Klar. Hast du erraten, dass ich das Zeug hasse? Wo hast du Kochen gelernt?"

Es verstrich ein Moment, ehe sie antwortete: „Als ich klein war, hatte meine Mom drei Jobs, also war ich oft allein. Ich musste entweder Kochen lernen oder für den Rest meines Lebens Erdnussbutterbrote essen."

Ich dachte kurz nach. „Magst du Erdnussbutter?"

Etwas an ihrem Lächeln weckte eine Erinnerung, doch die war wieder fort, bevor ich sie einfangen konnte. „Mein Lieblingsessen."

„Okay, ich besorge welche."

„Das musst du nicht", sagte sie sofort.

„Weiß ich." Und weil mir klar war, dass sie auch widersprechen würde, wenn ich behauptete, Gras sei grün, wechselte ich das Thema. „Hey, ich habe eine Idee, wie diese Mahlzeit richtig nett sein kann."

Sie sah mich etwas skeptisch an, während sie mir ein Glas Orangensaft hinstellte.

„Kennst du diese französischen Zimmermädchen-Kostüme?", fuhr ich fort und tat mir Eier, Bacon und Toast auf. „Kurzer schwarzer Rock, weiße Schürze, Spitzenhaarband? Natürlich brauchst du noch weiße Strümpfe und hohe Schuhe. *Oui, Monsieur* Lockhart, isch ole es Ihnön. *Oui, Monsieur* Lockhart, Sie säen eute *fantastique* aus. *Fantastique.*"

„Ich hätte da mal eine Frage", begann sie, stand vor mir und stemmte die Hände in die Hüften. „Was genau willst du eigentlich mal werden, *wenn* du groß bist?"

Mit diesen Worten drehte sie sich um und rauschte davon.

Was hatte ich denn jetzt schon wieder angestellt?

Ratlos legte ich meine Gabel hin, lehnte mich auf dem Stuhl zurück und rieb mir das Gesicht.

Ich wollte, dass sie mit mir frühstückt.

Ich wollte ihre Gesellschaft.

Was zum Teufel passierte mit mir?

Ich kam mir vor wie ein Hund, der um Aufmerksamkeit bettelte.

Ich war Caleb Lockhart. Ich bettelte nie um die Aufmerksamkeit eines Mädchens. Die Mädchen waren es, die sich um mich scharten und meine Gesellschaft wollten.

Mir wurde klar, dass ich verwöhnt und dieses Mädchen sehr, sehr anders war.

Wie es schien, ging mein Wunsch doch noch in Erfüllung.

Veronica

Mein Herz pochte wie verrückt, als ich die Zimmertür hinter mir abschloss. Die Hand noch am Türknauf, presste ich die Stirn gegen das Holz und senkte die Lider.

Musste Caleb die ganze Zeit halb nackt herumlaufen?

Der Typ war ein wandelndes Werbeplakat. Und es war schwer vorzutäuschen, dass er keinerlei Wirkung auf mich hatte. Früher oder später würde er mich durchschauen.

Caleb umgab eine Aura entspannten Selbstvertrauens. Er war sich seiner Wirkung auf das weibliche Geschlecht allzu bewusst und fühlte sich sehr wohl damit. Er war genau der Typ Mann, von dem ich mich normalerweise fernhielt.

Was für eine Ironie des Schicksals, dass ich neuerdings mit ihm unter einem Dach wohnte!

Ich stemmte mich von der Tür ab und schaute auf meine Uhr. Die Campus-Bibliothek öffnete jetzt. Ich wollte dort den Computer benutzen, um mich online für Jobs zu bewerben und meinen Lebenslauf auszudrucken, damit ich ihn an so viele Firmen in der Innenstadt wie möglich schicken konnte. Das hatte ich bereits einige Male getan, leider erfolglos, doch ich musste es weiter versuchen.

Die Wirtschaft in Green Pine, Manitoba, hatte sich noch nicht ganz von der Rezession erholt. Es war schwerer denn je, Jobs zu finden, vor allem solche, die sich nicht mit meinen Seminaren überschnitten. Inzwischen wusste ich nicht mal mehr, ob ich es mir leisten könnte, mein Studium zu beenden.

Vielleicht wurde es Zeit, dass ich in eine andere Gegend zog, wo es reichlich Arbeitsstellen gab, doch ich mochte die Seenlandschaft von Manitoba so sehr, schätzte die freundliche Atmosphäre kleiner Städte, die Vielzahl an unterschiedlichen Kulturen und Gebräuchen. Außerdem war es ja nicht so, als könnte ich mir schon wieder einen Umzug leisten.

Wo ich wohl wäre, wenn Caleb mir nicht angeboten hätte, bei ihm zu wohnen? Ich schuldete ihm einiges, und ich würde einen Weg finden, es wiedergutzumachen. Irgendwie.

Ich sammelte meine Bücher zusammen und öffnete die Nachttischschublade, um sie dort zu verstauen.

Unwillkürlich schrie ich auf. Die Schublade war zum Bersten voll mit Kondomen!

Gütiger Himmel! War das hier etwa das Zimmer, in dem Lockhart mit seinen Groupies schlief? Ich konnte nur hoffen, dass er die Bettwäsche gewechselt hatte. Und wenn nicht? Iiih! Eilig zog ich das Bettzeug ab und nahm mir vor, es später zu waschen. Vielleicht sollte ich gleich das ganze Zimmer desinfizieren.

Dann duschte ich und machte mich fertig für den Tag. Mein Haar war noch feucht, als ich das Zimmer verließ und mit einem sehr festen und nassen Körper kollidierte.

„Aua!", schrie ich und rieb mir die Stirn.

„Hey, Red."

Ich blickte auf und war sprachlos.

Caleb hatte mal wieder einen nackten Oberkörper, und seine unglaublich muskulöse Brust glänzte vor Schweiß. Mit den Händen hielt er die Enden eines weißen Handtuchs, das um seinen Nacken hing. Er hatte Pflaster an den Fingern, und ich konnte Abschürfungen an seinen Händen sehen.

Trainierte er jeden Tag?

„Willst du irgendwohin?", fragte er. Seine grünen Augen blitzten, als hätte er etwas vor.

Ich räusperte mich, nickte und weigerte mich, tiefer als bis zu seinem Hals zu sehen. „Arbeiten."

„Ah, verstehe." Er schwieg kurz. „Immerzu ernst."

Die Hitze, die sein Körper ausstrahlte, machte mir zu schaffen. Sehr sogar. Und die Art, wie er mich anschaute, half nicht wirklich. Ich trat einen Schritt zurück.

Da war ein herausforderndes Funkeln in seinem Blick, als er fragte: „Willst du mal was sehen?"

Misstrauisch schaute ich ihn an. „Eigentlich nicht."

Sein Lächeln wurde breiter, dann streckte er die Arme zu beiden

Seiten weg und spannte seine eindrucksvollen Bizepse an. Die Linien und Wölbungen seiner Muskeln waren fest, seine Haut war gebräunt und straff.

„Pass mal auf." Mit noch so einem Grinsen drehte er sich zur Seite, sodass ich freien Blick auf seinen Po hatte. Der war ohne Frage rund und knackig und ... Dies hier lief definitiv aus dem Ruder.

„Achte auf meinen Hintern", sagte er augenzwinkernd. „Ich lasse ihn tanzen, nur für dich. Pass gut auf. Den besten Teil habe ich dir noch gar nicht gezeigt."

Er fing an, seine Brustmuskeln zu bewegen. Es sah aus, als wären da kleine Käfer unter seiner Haut. Im Grunde unheimlich. Ich fing so heftig an zu lachen, dass ich mir die Arme um den Bauch schlingen musste. Der Typ war verrückt!

„Was meinst du, Kleines? Ich hab's doch, hmm? Ich hab's echt richtig drauf."

Ich schüttelte den Kopf. „Das Einzige, was du für dich als Pluspunkt aufführen kannst, ist, dass dich noch keiner für den Zoo ausgesucht hat. Dein Gehege wartet schon. Sicher kannst du dich da dann unter deiner Spezies chic zur Schau stellen."

Er klimperte mit den Wimpern. „Du würdest bezahlen, um mich zu sehen. Gib's zu. Na los, Red!" Plötzlich wurde er ernst und fragte mich mit leiser, tiefer Stimme: „Willst du einen Striptease?"

Wir zuckten beide zusammen, als seine Gegensprechanlage laut summte.

Er rieb sich übers Gesicht und murmelte: „Verflucht! Ich hatte vergessen, dass ich heute mit meiner Mutter zu einer Wohltätigkeitsveranstaltung muss. Kannst du dich bitte ein paar Minuten in deinem Zimmer verstecken? Und sei bitte richtig, richtig still."

„Angst vor deiner Mommy?"

„Na, und ob! Es könnte auch komisch werden zu erklären, warum du hier bei mir wohnst. Gib mir nur einige Minuten. Eine halbe Stunde höchstens, dann kannst du weg."

Wenn seine Mom nicht wollte, dass ich hier bei ihm war, sollte ich mir lieber so schnell wie möglich eine andere Bleibe suchen. Ich musste noch heute einen Job finden.

Mir entfuhr ein frustrierter Seufzer. „Ich muss weg, Caleb. Ich habe heute eine Menge zu erledigen. Und ich kann sagen, dass ich die Putzhilfe bin."

„Nein! Du hast ja nicht mal einen Besen bei dir. Vertrau mir, ich werde sie so schnell los, wie ich kann. Dann kannst du los."

„Na gut."

Ich lauschte auf die Geräusche vor der Tür und hörte die sanfte Stimme einer älteren Frau, gefolgt von Calebs tieferer. Zwanzig Minuten später wurde leise an meine Tür geklopft.

Vorsichtig blieb ich, wo ich war, und wartete. Langsam öffnete sich die Tür. „Red?"

Ich ging hin, blieb allerdings hinter der Tür. „Ich bin hier", murmelte ich.

„Ich muss weg. Also ... bis heute Abend?"

Wir standen auf beiden Seiten der Tür und flüsterten wie Kinder, die ein gemeinsames Geheimnis hatten.

„Klar", antwortete ich.

„Wirst du mich vermissen?"

Ich stockte. „Sicher doch, Caleb."

Er räusperte sich. „Bis später, Red", sagte er leise und machte die Tür zu.

„Bis später, Caleb", flüsterte ich ins Nichts.

3. Kapitel

Veronica

Den Rest des Vormittags verbrachte ich in der Bibliothek damit, mich online für Jobs zu bewerben, meinen Lebenslauf auszudrucken und eine Liste von Firmen anzulegen, bei denen ich mich vorstellen wollte.

Bewaffnet mit Kopien meines Lebenslaufs, zog ich von einem Laden in der Innnenstadt zum nächsten.

Vier Stunden war ich allein zu Fuß unterwegs, füllte Formulare und Fragebögen aus. Ich war erschöpft, hungrig und entmutigt, weil ich ohne Ende „Tut mir leid, aber wir haben zurzeit keine Jobs" oder „Wir melden uns bei Ihnen" gehört hatte.

Die Pancakes, die ich zum Frühstück gegessen hatte, waren schon seit Stunden verdaut. Ich hätte zwischendurch etwas essen sollen, wollte aber das letzte Geld, das ich noch hatte, nicht für Essen vergeuden. Ich konnte warten, bis ich wieder bei Caleb war.

Ich seufzte und fiel fast hin, als sich die Sohle meines Schuhs endgültig auflöste.

Vollkommen geschafft starrte ich zu der klaffenden Lücke unter meinem Fuß. Meine Kehle wurde eng, und mich überkam der dringende Wunsch, den Witz, zu dem mein Leben geworden war, mit einem Lachen zu quittieren.

Es wäre auch zum Schreien komisch, wäre der alte, aufgetragene Schuh nicht der letzte Strohhalm gewesen, an den ich mich klammerte.

Solange Mom noch lebte, schafften wir es knapp, uns mit dem, was wir beide verdienten, über Wasser zu halten. Doch als es ihr immer schlechter ging und sie nicht mehr arbeiten konnte, war ich gezwungen, zusätzlich zu meinem Studienkredit noch ein Darlehen aufzunehmen, damit wir unser Dach über dem Kopf behielten.

Am Ende musste sie ins Krankenhaus, und ich beschloss, mir ein Zimmer in einem Haus mit fünf anderen Leuten zu mieten, um Geld zu sparen. Da war es alles andere als sicher, weshalb ich anfing, ständig ein Taschenmesser bei mir zu tragen und meine Wertsachen im Schließfach am College zu verwahren.

Nach Moms Tod sparte ich so viel, wie ich konnte, und zog in ein Apartment nahe dem College, an dem ich ein zweijähriges Kochstudium absolvierte.

Die Einzimmerwohnung war so groß wie eine Briefmarke, die Möbel waren gebraucht und alt, und die Gegend war fies.

Aber es war meine Wohnung.

Alles darin hatte ich mit meinem erarbeiteten Geld bezahlt. Ich hatte meine Privatsphäre und musste das Bad mit niemandem teilen, nicht den Dreck von jemand anderem wegputzen, nicht mehr jede Nacht fürchten, jemand würde meine Sachen stehlen oder ... Schlimmeres.

Doch all das war jetzt vorbei.

Das Tanzstudio, in dem ich seit der Highschool gejobbt hatte, musste wegen Insolvenz schließen, sodass auf einmal ein Großteil meines Verdienstes weg war. Ich hatte noch einen Teilzeitjob als Kellnerin in einem kleinen Restaurant, aber mit den wenigen Stunden dort reichte es nicht mehr, um meine Kosten zu decken. Als mein Vermieter mich rauswarf, weil ich mit zwei Monatsmieten im Rückstand war, zerbrach etwas in mir.

Dann begegnete ich Caleb, und jetzt war ich hier.

In richtig bitteren Zeiten fiel Mom immer irgendwas ein, was sie sagen konnte, um uns aufzumuntern. Als sie im Krankenhaus dahinsiechte, drückte sie meine Hand mit ihrer schon so schwachen und sagte: *„Alles, was in deinem Leben geschieht, bereitet dich auf die Zukunft vor, Veronica. Eisen muss durch Feuer gehen, um zu schmelzen und zu einem Schwert zu werden. Sei stark, denn dies hier ist nur eine Prüfung. Du wirst geschmolzen und zu einem stärkeren Menschen geformt. Das Brennen des Feuers wird vergehen, und du wirst zur Ruhe kommen. Gib nicht auf, Schatz."*

Ich schloss die Augen, atmete tief ein und nahm mir einen Moment, um mich wieder zu fangen. Das Leben hatte mich gelehrt, dass es auf niemanden wartete. Ich musste weitermachen. Nachdem ich die Augen wieder geöffnet hatte, war ich bereit, den Tag in Angriff zu nehmen.

Es war spät, als ich wieder in Calebs Wohnung zurückkehrte. Ich war erschöpft, hatte jedoch ein riesiges Grinsen im Gesicht. Es war ein sehr produktiver Tag gewesen.

Ich öffnete den Kühlschrank und überlegte, ob ich Calebs Abendessen fertig haben könnte, ehe er zurück war, und danach im Gästezimmer verschwinden könnte, bevor er mich sah.

Die Höflichkeit verlangte, dass ich ihn über meinen Stundenplan informierte, anstatt einfach zu kommen und zu gehen, wie ich wollte. Deshalb notierte ich meine Termine auf einem Post-it und klebte den Zettel an den Kühlschrank.

Als ich hörte, wie die Wohnungstür aufging, stöhnte ich frustriert.

Leise schlich ich ins Wohnzimmer, wobei ich mit einer Hand das Taschenmesser umklammerte, das ich immer bei mir trug – für den Fall, dass jemand anders als Caleb gerade in die Wohnung eingedrungen war. Vorsicht war besser als Nachsicht.

„Red?"

Sowie ich Calebs Stimme hörte, atmete ich erleichtert aus. Er lag ausgestreckt auf der Couch, die Fernbedienung in der Hand, und zappte sich durch die Kanäle. Seine schwarzen Lederschuhe und die Smokingjacke hatte er auf dem Fußboden verteilt. Ich schenkte mir das betrübte Seufzen. Es schien eine lästige Angewohnheit von ihm zu sein. Eine von vielen.

Ich stand hinter ihm und bewunderte, wie der Bronzeton seines Haars im Licht glitzerte.

„Was gibt es zum Abendessen?" Er legte die Füße auf den Couchtisch.

„Ich komme gerade erst von der Arbeit. Aber ich kann dir jetzt etwas kochen, wenn du willst."

Er schaute über seine Schulter zu mir hin. Falls mein Herz aussetzte, war das eine völlig normale und gesunde Reaktion auf den Anblick eines wunderschönen Gesichts. Es hatte nichts zu bedeuten.

„Versuchst du jetzt schon, dich aus dem Deal zu mogeln?", fragte er und blickte wieder zum Fernseher.

Beleidigt stemmte ich die Hände in die Hüften und funkelte ihn wütend an. „Sofern du keine Orangensaftsuppe mit Pop-Tarts-Einlage willst, musst du mir schon ein paar Minuten geben. Es dauert nicht lange. Außerdem haben wir keine Lebensmittel im Haus."

Er legte den Nacken auf die Rückenlehne der Couch und streckte den Hals so weit nach hinten, bis er mich kopfüber angucken konnte. „So kriege ich Nackenschmerzen. Warum kommst du nicht rum, damit wir wie normale Menschen reden können? Es sei denn, du willst das hier auf animalische Art klären. Damit hätte ich auch kein Problem."

Ich kniff die Augen zusammen.

Er seufzte. Mit einer geschmeidigen Bewegung drehte er sich um, stieg über die Couchlehne und hockte sich drauf. Seine Beine waren so lang, dass er mit beiden Füßen fest auf dem Boden stand, und er musterte mich amüsiert. „Mir ist langweilig", verkündete er.

Ich zog die Augenbrauen hoch. Erwartete er etwa, dass ich ihn unterhielt?

„Und?"

„Du schuldest mir ein Abendessen."

„Ich habe doch gesagt …"

Ein Grinsen breitete sich auf seinem Gesicht aus, während er seine rote Krawatte lockerte. „Du kannst mich auch anders bezahlen."

Mir klappte die Kinnlade runter und ich starrte ihn fassungslos an.

Er lachte. „Warum hast du eigentlich immer so dreckige Gedanken?"

Ich blinzelte einmal. Zweimal. *Meine* Gedanken waren dreckig?

Er stemmte sich von der Couch ab, schlüpfte in seine Schuhe, schnappte sich seine Schlüssel und einen Helm vom Couchtisch und lief an mir vorbei. Ich dachte, er wollte verschwinden, spürte aber plötzlich, wie seine Hand mein Handgelenk umfing und er mich mit zur Tür zog.

„Oh, echt jetzt, was soll das denn, wohin willst du mich zerren?"

Er war groß, sodass ich bei jedem seiner Schritte zwei machen musste, um mitzuhalten.

Er drückte den Fahrstuhlknopf. „Auf meine Maschine."

„Deine *Maschine*?"

Er fing an zu lachen, während er mich in den Fahrstuhl bugsierte. „Mir ist noch kein Mädchen begegnet, das mir so die Worte im Mund verdreht wie du. Du hast eine schmutzige Fantasie, Red."

„Wie bitte? *Ich* soll eine schmutzige Fantasie haben?", platzte ich empört heraus.

Die Türen öffneten sich, und er zog mich in die Tiefgarage.

„Meine Maschine." Er drückte seine Zungenspitze innen an die Wange. „Mein Motorrad."

Ich riss meinen Arm los und rieb das Handgelenk an meiner Jeans. Seine Haut war heiß und weckte die seltsamsten Gefühle in mir.

Caleb blieb stehen und blickte sich zu mir um. „Gibt's ein Problem?"

„Es ist Sonntagabend. Hast du morgen keine Seminare?"

„Doch. Und?", antwortete er schulterzuckend. „Ich bin am College, nicht in der Highschool. Ich kann Kurse ausfallen lassen, wenn ich will."

„Sicher kannst du das. Du bist reich. Du musst dir nicht alles erarbeiten."

Seine Augen verdunkelten sich. „Gefällt es dir, in irgendwelche Schubladen gesteckt zu werden, weil du arm bist?"

Danach schwieg er, stopfte die Hände in die Taschen und sah mich nachdenklich an. „Glaubst du, Geld zu haben, schützt mich vor Schmerz?"

Beschämt verstummte ich. Als ich den Mund aufmachte, um mich zu entschuldigen, schnitt er mir das Wort ab: „Kommst du jetzt mit oder nicht?"

Da ich ein schlechtes Gewissen hatte, nickte ich. „Ich komme mit."

Wir blieben vor einer riesigen schwarzen Maschine stehen. Ungläubig starrte ich ihn an. Das Ding sah aus, als würde es kleine Kinder frühstücken.

„Bist du schon mal Motorrad gefahren?" Er warf den Helm in seinen Händen hin und her wie einen Ball.

Ich trat einen Schritt zurück. „Da steige ich nicht drauf."

Sein Lachen war tief und sexy. Wieder fasste er mein Handgelenk und zog mich näher – näher, als es die Höflichkeit zwischen Fremden erlaubte.

„Ich weiß ja nicht", flüsterte er, und sein Daumen malte träge Kreise auf meine Handfläche. „Aber ich habe das Gefühl, dass es dir gefallen wird."

Mein Atem stockte. Ich schluckte. Er lachte leise, da ich mich losriss.

„N...nein. Ich würde meine Gliedmaßen lieber dabehalten, wo sie sind, vielen Dank."

Grinsend neigte er den Kopf zur Seite. „Ach ja? Wo bleibt da der Spaß? Regel Nummer eins", sagte er und setzte mir vorsichtig den Helm auf, „Sicherheit geht vor." Er schloss den Riemen unter meinem Kinn.

„Regel Nummer zwei", fuhr er fort und klappte das Visier nach unten. Ich fühlte mich ein bisschen klaustrophobisch, deshalb öffnete ich es wieder. „Wenn ich eine Kurve fahre, lehnst du dich hinein. Nie in die Gegenrichtung, verstanden?"

„Klar."

Er lächelte und sah mich einen Moment lang an. Seine Augen waren von einem Grün, das ich in Flaschen abfüllen und hochpreisig verkaufen könnte. Und weil mich ärgerte, wie anziehend ich sie fand, klang meine Stimme automatisch feindselig. „Was ist?"

Er zuckte die Achseln und schwang ein langes Bein über das Motorrad. „Spring rauf."

Als ich nicht reagierte, hob er vielsagend die Brauen. Es war eine stumme Frage, was mich aufhielt. Ich rührte mich immer noch nicht, und seine Augen glitzerten herausfordernd. „Hast du Angst?"

In diesem Moment sah er wie ein sexy Teufel aus, der meine Seele in die Hölle entführen wollte. Und jede Minute davon auskosten würde.

Meine Haut kribbelte vor Wut. Er irrte sich. Das würde ich ihm beweisen. Ich stieß ein spöttisches Schnauben aus, stieg hinter ihm auf und hielt mich an den Sattelseiten fest.

„Wo ist *dein* Helm?", fragte ich.

„Ich habe nur einen", antwortete er. Er war so nahe – nahe genug, dass ich seinen maskulinen Duft atmete. „Keiner fährt dieses Bike außer mir. Du bist die erste Beifahrerin."

Er startete und ließ den Motor ein paarmal aufheulen. Die Maschine erbebte heftig.

„Ich habe die letzte Regel vergessen", meinte er beiläufig und sah über die Schulter zu mir. Ich konnte hören, dass gleich wieder etwas Anzügliches kommen würde.

„Sicher wirst du mir die gleich verraten."

Er grinste. „Halt dich an mir fest. Und richtig gut."

„Nein danke."

„Wie du willst."

Ich schrie auf, sowie die Maschine nach vorn preschte, und schlang automatisch meine Arme um ihn. So konnte ich deutlich fühlen, dass seine Schultern und sein harter Bauch vor Lachen vibrierten.

Also hatte er es mit Absicht getan! Na gut, diese Runde hatte er gewonnen.

Ich mochte das Bike nicht – es war laut und gefährlich … dann fuhr er die Straße hinunter, und der Wind peitschte mir kühl und feucht auf die Haut.

Freiheit.

So fühlte es sich an. Ich schloss die Augen, und für einen Moment, ganz kurz nur, erlaubte ich mir, das Prickeln zu genießen.

Mir klopfte das Herz bis zum Hals, als Caleb im Zickzack die Kurven nahm und Straßenecken schnitt. Ich erinnerte mich an das, was er gesagt hatte, lehnte mich nach links, wenn er es tat, und klammerte mich noch fester an ihn.

„Wohin wollen wir?", schrie ich.

„Fliegen."

Was? Hatte er „fliegen" gesagt?

Danach hörten wir auf zu reden. Ich verlor jedes Zeitgefühl, vergaß meine Sorgen und die Gefahren, die über mir schwebten. Stattdessen beobachtete ich, wie die Sonne am azurblauen Himmel versank. Vögel segelten im Wind und schickten ihre Klagelieder in den Abendhimmel.

Caleb fuhr plötzlich im Schneckentempo, als wir uns einer alten Eisenbahnbrücke näherten, und mir wurde bewusst, dass ich buchstäblich an seinem Rücken klebte. Mein Kinn war auf seiner Schulter. Hastig rutschte ich zurück. Sein Körper spannte sich an, als wüsste er, warum ich das tat.

Eine Gruppe von mehr oder minder halb nackten Leuten stand seitlich auf der Brücke – Mädchen in Unterwäsche oder Bikinis und Jungen in Shorts oder Boxershorts. Was war hier los? Sie johlten und lachten.

Dann sah ich zwei Typen, die sich gegenseitig anschrien. Als der Größere von beiden den Kleineren stieß, fuchtelten dessen Arme wie Rotorblätter, bevor er wieder gegen die Brüstung geschubst wurde. Er verlor das Gleichgewicht und fiel.

Gütiger Himmel!

„Nein!", schrie ich entsetzt.

Mir sackte das Herz in die Hose, als ich ein Platschen hörte. Ich sprang vom Motorrad, rannte hin, packte die Brüstung und raffte meinen Mut zusammen, um nach unten zu schauen. Ein Kopf durchbrach die Wasseroberfläche, gefolgt von einem Triumphschrei.

Ich blinzelte. Jetzt wurde mir klar, dass dies hier eine Party war, auf der es als normal galt, Leute von einer Brücke zu stoßen. Ich spürte, wie meine Wangen heiß wurden, als ich das Gelächter um mich herum hörte. Noch nie hatte ich gesehen, wie Leute so etwas machten. Wo war ich hier hineingeraten? Verlegen drehte ich mich langsam um.

Warum hatte Caleb mir nichts gesagt? Was für ein Idiot!

Er schlenderte auf mich zu, und er schaute mich mal wieder amüsiert an. „Tut mir leid, Red. Ich hätte dich warnen müssen."

Dabei wirkte er kein bisschen reumütig. Ich wollte ihm das Grinsen aus dem Gesicht wischen. Stattdessen starrte ich ihn nur wütend an.

„Was?" Er lachte.

Sein weißes Hemd war schon aufgeknöpft, und er streifte es ab, um es achtlos auf den Boden fallen zu lassen. Ich hatte ihn schon mit freiem Oberkörper gesehen, doch das änderte nichts an dem Effekt. Unweigerlich musste ich hinschauen und ihn bewundern.

Sein Körper war ein Kunstwerk. Lang, schlank und braun gebrannt. Seine Armmuskeln spannten sich an, als er zu seiner Gürtelschnalle griff und – ich wandte den Blick ab.

„Das ist das erste Mal, dass ein Mädchen weggguckt, wenn ich meine Hose ausziehe."

Ich wurde knallrot. „Ach was? Ich wusste nicht, dass es da unten irgendwas Interessantes zu sehen gibt."

Da er nicht antwortete, blickte ich wieder auf. Sein Lächeln war teuflisch, als er sagte: „Na, dann guck mal genau hin."

Oh, er war zum Wahnsinnigwerden! Provozierend, definitiv. Ärgerlich, unbedingt. Das war alles. Auf keinen Fall fand ich ihn interessant. Überhaupt nicht. Aber ich konnte meinen Blick nicht abwenden, als er sich mit einem eleganten Sprung auf die Brüstung setzte und sein tadelloses Balancegefühl demonstrierte, indem er sich zu mir umdrehte. Er grinste herausfordernd, und seine Augen funkelten frech. Ohne den Blick von mir abzuwenden, streckte er die Arme weit aus und ließ sich fallen. Ich hörte ihn schreien, bevor er auf dem Wasser aufschlug. Mein Puls explodierte geradezu. Ich packte die Brüstung und starrte nach unten, um ihn zu suchen. Sobald er wieder auftauchte, stieß ich einen erleichterten Seufzer aus.

„Bist du Calebs aktuelles Spielzeug?"

Verwundert sah ich zu dem Mädchen neben mir. Sie war wunderschön, hatte blondes Haar und eine kurvenreiche Figur, die sie in einem orangenen Bikini in Kindergröße zur Schau stellte. Ihre großen Augen standen so weit auseinander, dass ich an einen Alien denken musste. Und ihr Blick war unverhohlen feindselig.

„Nein", erwiderte ich steif.

Sie zog eine Braue hoch und schob ihre Brüste vor, als wären das Orden, mit denen sie angeben wollte. „Warum bist du dann mit ihm hier?"

„Als Babysitter." Ich wandte mich ab und beschloss, sie zu ignorieren.

Sie schnaubte und verschwand.

Ich musste darauf achten, mich nicht mit Caleb herumzutreiben, wenn ich in Ruhe gelassen werden wollte. Offensichtlich bestand das Gefolge des beliebtesten Jungen auf dem Campus aus einem Rudel weiblicher Hyänen, und die würden nicht zögern, jeder potenziellen Konkurrenz die Augen auszukratzen. Und ich war eindeutig keine Konkurrenz.

„Red!"

Ich drehte mich um und entdeckte Caleb, der auf mich zulief. Das Haar klebte ihm nass an der Stirn. Wasser rann über seinen durchtrainierten Körper. Mann, könnte er das mal eine Minute abstellen?

„Du bist dran", brachte er japsend hervor und blieb vor mir stehen. Er beugte sich vor und stemmte die Hände auf die Knie, um wieder zu Atem zu gelangen.

Ich war zu sehr damit beschäftigt, ihn anzustarren, weshalb es etwas dauerte, bis seine Worte mein Gehirn erreichten.

„Oh nein. Im Gegensatz zu dir habe ich keinen Todeswunsch."

„Was ist aus dem Mädchen geworden, das ich im Club kennengelernt habe?"

„Das war ich nicht."

Absichtlich streckte er seinen Körper sehr langsam, bis er in all seiner Modelpracht vor mir stand.

„Komm schon. Leb mal ein bisschen. Oder hast du solche Angst vor dem Leben, dass du lieber in deinem Schneckenhaus bleiben willst?"

Als ich ihn nur eisig ansah, schüttelte er den Kopf, warf mir einen enttäuschten Blick zu und wandte sich um. Er ließ mich stehen.

Heiß. Mir war heiß vor Wut. Wie konnte er es wagen! Verwöhnter reicher Fuzzi! Verantwortungsloser, rücksichtsloser, suizidaler Irrer!

Ich war tough. Er kannte mich nicht. Ich streifte meine flachen Schuhe ab und zog mein Shirt aus. Den überraschten *Holla*-Rufen und Pfiffen um mich herum schenkte ich keine Beachtung.

Sollten sie ruhig glotzen! Ich wusste, dass ich gut aussah. Gut genug, um eine Weile als Model zu arbeiten – so lange, bis der Fotograf mich für ein einschlägiges Magazin nackt knipsen wollte. Da war ich schneller weg, als er „Ausziehen" sagen konnte.

Caleb drehte sich wieder zu mir um, und seine Augen weiteten sich vor Schreck. Ich schaute ihn direkt an, *trotzig*, während ich meine Jeans aufknöpfte und sie von mir warf. Ich hatte meine beste Unterwäsche an – einen roten Spitzen-BH mit passendem Slip. Beides war nicht neu, sah aber immer noch sexy aus. Bevor ich wusste, was zum Teufel ich da eigentlich tat, stand ich schon vor der Brüstung, kletterte rauf, und wenige Sekunden später war ich in der Luft.

„Warte!", hörte ich Caleb rufen.

Doch da war es schon zu spät.

Gott steh mir bei, ich sterbe, dachte ich, als mir der kalte Wind entgegenschlug. Der Fall kam mir wie eine halbe Ewigkeit vor, und als mein Körper auf dem eisigen Wasser aufschlug, empfand ich Schock und Entsetzen. Die Schwerkraft zog mich tiefer, tiefer und tiefer ... *Wo zur Hölle ist der Grund?*

Panisch kämpfte ich mich nach oben, kam an die Oberfläche und atmete köstlich süße Luft ein.

Ich hatte es getan! Ich hatte es verdammt noch mal getan!

Plötzlich fühlte ich Hände, die meine Schultern packten und mich schüttelten.

„Bist du wahnsinnig?"

Ich blinzelte das Wasser aus meinen Augen und erkannte Calebs Gesicht, ungläubig und besorgt.

„Ja!", rief ich.

Ich war euphorisch, begeistert. Meine Brust kam mir so voll vor, als ob ich gleich platzen würde.

„Noch mal!", rief ich.

Er lachte – so ein sorgloses, wildes Lachen, und ich war ... glücklich. Ich brauchte einen Moment, bis ich das Gefühl erkannte. Es war so lange her, seit ich es zuletzt empfunden hatte.

An einem einzigen Abend hatte dieser Junge meine Welt aus dem Schatten ins gleißende Licht geholt.

Gefährlich. Ja, er war gefährlich.

„Tut irgendwas weh?", flüsterte er. Er strich an meinen Armen auf und ab, immer wieder, sanft und langsam, bis ein Kribbeln meine Arme hinauffuhr und geradewegs in meinen Bauch. Dort verwandelte es sich in Schmetterlinge. Es lag daran, wie er mich ansah, wurde mir auf einmal klar. Daran, wie er mich hielt. Gebannt von diesem Augenblick, konnte ich bloß den Kopf schütteln.

„Was für eine Wilde du bist, Red."

Wasser rann ihm von der Stirn, über die Nase und auf die Lippen. Seine Zunge glitt heraus, um es zu schmecken. „Zeig mir mehr."

Ich erschauerte, aber nur, weil mir kalt wurde. Denn ich konnte nicht einmal vor mir selbst zugeben, dass Caleb mich erregte. Er war wie ein Ausflug in den Dschungel: mysteriös, abenteuerlich und gefährlich – ein Terrain, auf dem ich mich noch nie bewegt hatte. Wenn ich nicht aufpasste, würde ich mich darin verlaufen und nie wieder hinausfinden.

Wir stiegen zu einer weiteren Runde auf die Brücke, dann zu noch einer und noch einer, bis ich den Überblick verlor, wie oft Caleb und ich gesprungen waren. Er wich nicht von meiner Seite.

Beim Springen machte er Saltos und andere verrückte Sachen, bei denen mir fast das Herz stehen blieb. Als ich nach dem letzten Sprung aus dem Wasser auftauchte, war er nirgends zu sehen. Ich tauchte wieder unter und riss die Augen weit auf, aber unter Wasser war es zu dunkel.

„Caleb?"

Furcht stieg ähnlich winzigen Stacheln in meine Kehle. Wieder tauchte ich und suchte.

Nichts.

Dann blieb ein Schrei in meinem Hals stecken, weil etwas meine Taille umfasste und mich nach unten zog. Ich drehte mich um und sah Caleb, der den Mund zum Lachen aufgerissen hatte, sodass Blasen vor ihm aufstiegen. Ich kniff die Augen halb zu, als er wegschwamm.

Ah, wenn du es so willst! Ich jagte auf ihn zu und wollte ihn untertauchen. Leider war er schneller.

Er griff nach mir, doch statt nach meinen Hüften fasste er nach meinem Slip. Ich hatte keine Zeit zu reagieren, als er mich nach unten zog und seine Hände meine Beine streichelten, während er an mir vorbeiglitt. Ich wollte ihm erneut nachjagen, da spürte ich, wie das Slipgummi riss. *Was zum Teufel ist das denn?* Meine Augen wurden tellergroß vor Entsetzen, denn ich fühlte, wie das Gummi nachgab und der Stoff auftrieb.

Oh Gott!

Der Stoff war sehr dünn und nicht direkt brandneu. Er musste eingerissen sein, als Caleb daran gezogen hatte. Sofort bedeckte ich mich vorn und hinten, während ich versuchte, den Slip wieder an Ort und Stelle zu ziehen. Mir ging die Puste aus, und bald müsste ich auftauchen.

Oh Gott, oh Gott, oh Gott!

Als ich nach oben kam, sah ich Caleb ungefähr drei Meter von mir entfernt, und wenn er mich nochmals nach unten zog, würde er ...

„Caleb!"

Mein Tonfall musste so verängstigt geklungen haben, dass Caleb ernst wurde und sich umsah. „Was ist los? Bist du verletzt?"

Ich klammerte den Stoff fest, als Caleb sich näherte.

Caleb wischte sich das Wasser aus den Augen und musterte mich besorgt. „Was ist?"

Ich biss mir auf die Unterlippe. „Könntest du ... kannst du mir meine Jeans holen?"

Er runzelte die Stirn. „Okay?"

„Jetzt gleich."

Er schaute mich an, als sei bei mir eine Schraube locker. „Jetzt gleich?"

„Jetzt gleich."

„Warum?"

„Bitte." Mein Gesicht glühte. „Hol sie einfach."

Nun wurde er misstrauisch. „Was verschweigst du mir?"

Ich wollte schreien vor Wut. Warum konnte er sie nicht einfach holen?

„Ich rühre mich nicht weg, ehe du mir verrätst, warum", beharrte er.

Stöhnend presste ich mir eine Hand an die Stirn, worauf ich sofort fühlte, wie der Stoff wieder auftrieb, und ihn rasch festhielt.

Er würde sich nicht von der Stelle rühren. Also musste ich es ihm verraten ...

„Mein ... Slip."

Unwillkürlich richtete sich sein Blick nach unten.

„Sieh nicht hin!"

Ein Raubtiergrinsen umspielte seine Lippen, und seine grünen Augen blitzten. „Was ist mit deinem Slip?"

Ich räusperte mich. „Das Gummi ist gerissen."

„Hä?"

„Das Gummi, das ihn zusammenhält, ist ..." Frustriert hob ich beide Hände. Das war so peinlich!

„Wie ist das passiert?"

„Du warst das! Als du mich nach unten gezogen hast."

Jetzt glich sein Grinsen dem der Grinsekatze aus *Alice im Wunderland*. Erbost blickte ich ihn an und warnte ihn stumm, bloß nichts zu sagen. „Hol meine Jeans!"

Seine Augen funkelten immer noch, und es machte mich nervös. Was dachte er jetzt?

„Wenn ich sie hole", sagte er so lässig, als würde er über das Wetter reden, „was kriege ich dafür?"

„Wie bitte?"

Sein Lachen war tief und sexy. Er legte sich auf den Rücken und trieb gelassen um mich herum. „Ich glaube, du hast mich verstanden."

„Caleb!", warnte ich ihn, doch mir wurde ganz schwindlig.

Er schwamm näher. „Also, was bekomme ich?"

„Wenn du nicht sofort meine Jeans holst, werde ich ... werde ich ..." Erneut biss ich mir auf die Lippe und überlegte, womit ich ihm drohen könnte. Doch das Denken war schwierig, solange ich fast nackt war und Caleb Lockhart mich ansah, als wollte er mich in einem Happs verschlingen. „...dir im Schlaf einen Stromschlag verpassen!", beendete ich den Satz lahm.

Er lachte und schwamm um mich herum. Sein Bein streifte meins, und ich erschauerte. Das Funkeln in seinen grünen Augen sagte mir, dass es kein Versehen gewesen war.

„Caleb, verdammt!"

Er lachte. Entsetzt riss ich die Augen weit auf, als seine Hände unter Wasser glitten.

„Was machst du denn?"

„Hierfür wirst du mir was schuldig sein, Red." Seine Hände tauchten wieder auf, und er reichte mir seine Boxershorts.

„Willst du mich verarschen? Du steigst doch nicht nackt aus dem Wasser, oder?"

Er lachte lauter.

„Ich meine es ernst!"

„Nein, heute ist nicht dein Glücksabend. Ich trage Boxershorts *und* einen Slip. Du weißt schon, als Halt." Er zwinkerte. „Normalerweise habe ich nur Boxershorts an. Das zur Info für dich."

Ich atmete hörbar aus, während ich die Boxershorts griff und sie mir anzog. Das allerdings gestaltete sich unter Wasser nicht ganz einfach. Und natürlich starrte er mich mit diesem idiotischen Grinsen an und genoss die Show.

Ich war so aufgekratzt! All die Dinge, die ich heute Abend getan hatte, wer ich mir zu sein erlaubt hatte … Noch nie war ich so wagemutig gewesen. Und in meinem ganzen Leben hatte ich noch nicht so viel Spaß gehabt.

„Hunger?", fragte er.

Spielerisch zupfte er an einer meiner Haarsträhnen, während wir zurück auf die Brücke gingen. Er hatte nur seine Unterhose an, dennoch bewegte er sich selbstbewusst, fühlte sich sichtlich wohl in seiner Haut. Beim Anblick seiner kräftigen Beinmuskeln musste ich schlucken.

„Auf der anderen Seite der Brücke grillen sie Hamburger. Möchtest du?"

Ich nickte.

Er grinste. „Super. Gib mir eine Minute, ja?"

Dann lief er weg, und als er zurückkam, reichte er mir sein Hemd. Ich wollte ihn fragen, warum er mir nicht meine Sachen gebracht hatte, aber so, wie er mich ansah, verstummte ich.

„Damit dir nicht kalt wird", murmelte er. Seine Stimme klang heiser, während er zusah, wie ich mir sein Hemd überstreifte.

Ich wurde rot vor Verlegenheit.

„Da fehlt noch was", flüsterte er.

Mein Atem stockte, als er näher kam und er mich eindringlich mit seinen grünen Augen anschaute. Langsam griff er nach dem Kragen, und ich zitterte, als seine Finger meine Haut berührten.

„Ich muss das zuknöpfen", erklärte er leise.

Er sah mich unverwandt an, während er die Seiten des Hemds zusammenhielt und ohne Eile den obersten Knopf schloss.

„Und das", sagte er sanft und fasste nach dem zweiten Knopf.

„Ich kann das selbst", erwiderte ich heiser.

Er lächelte wie der sprichwörtliche böse Wolf. „Sicher, Red."

Caleb führte mich zum Grillplatz; er weigerte sich, mich erst meine Jeans anziehen zu lassen.

Gruppen machten mir nichts aus, auch wenn ich mich lieber nicht dazugesellte, sofern ich es nicht musste. War man unter Leuten, gab es über kurz oder lang Probleme. Und die brauchte ich nicht in meinem Leben; erst recht nicht jetzt.

Caleb holte mir einen Hamburger, und ich aß ihn ruhig, während wir uns unter die anderen mischten – oder vielmehr: er. Sie scharten sich um ihn. Mir wurde klar, dass es nicht nur sein perfektes Aussehen oder seine Beliebtheit waren, die alle zu ihm hinzogen. Es waren sein Charisma und seine Natürlichkeit.

Caleb war wie die Sonne. So warm, so groß und so strahlend, dass man nicht anders konnte, als ihm nahe sein zu wollen. Aber was würde passieren, wenn ich dieser Sonne zu nahe kam?

„Caleb", gurrte eine weibliche Stimme.

Ich drehte mich um und erblickte dieselbe Blondine, die mich an einen Alien erinnert hatte, auf Caleb zutänzeln.

„Daidara."

So hießen die Wesen auf ihrem Planeten heutzutage? Bei dem vertrauten Lächeln, das Caleb ihr schenkte, verkrampfte sich mein Magen. Es war offensichtlich, dass sie miteinander geschlafen hatten.

Na und? Caleb war ein Playboy. Das sollte mich nicht überraschen. Trotzdem fühlte sich mein Herz plötzlich schwer an, und ich wollte nach Hause. Ich stieg wieder zur Brücke hoch, um nach meinen Sachen zu suchen, konnte sie jedoch nirgends finden, deshalb ging ich zu der Stelle, an der Calebs Motorrad stand. Hier wollte ich warten, bis er bereit war aufzubrechen.

Es parkten mehrere Fahrzeuge hier, zwischen denen Leute hin und her liefen. Mir gegenüber lehnte eine Gruppe College-Studenten an einem blauen Truck. Sie lachten, doch einer von ihnen fiel mir auf.

Er lachte nicht mit, sondern spielte einen Song auf seiner Gitarre. Sein Kopf war nach vorn gebeugt, um die Musik zu hören. Dann blickte er auf und schaute in meine Richtung.

Es war zu dunkel, als dass ich seine Züge genau erkennen konnte, aber ich war sicher, dass er mich anschaute. Etwas an ihm drängte mich, seinen Blick zu erwidern. Er neigte den Kopf zur Seite, als wartete er, dass ich etwas sagte. Ich sah weg.

Da mir ein bisschen kalt wurde, verschränkte ich die Arme vor der Brust. Wo blieb Caleb?

„Es scheint ganz so, dass du das hier brauchst", sagte eine etwas raue Männerstimme hinter mir.

Ich wandte mich um und blinzelte beim Anblick des atemberaubenden Gesichts. Es war der Junge mit der Gitarre. Sein Lächeln war ein bisschen schief, während er lässig meine Hand ergriff, sie nach oben drehte und ein blaues Handtuch drauflegte.

Jemand rief etwas, und er blickte sich über die Schulter um. Er rief zurück, bevor er mich wieder anschaute. „Man sieht sich, Engelsgesicht", sagte er und lief wieder zu seinen Freunden. Seine Gitarre hing an einem Gurt auf seinem Rücken.

Und so fand Caleb mich. Er blickte finster drein, als er sich zu dem Jungen umsah, der mir das Handtuch gegeben hatte. Nachdem er sich wieder zu mir umdrehte, waren seine Augen kalt.

„Zieh dir was an, ja?", sagte er rau.

„Was ist denn mit dir los?"

Er zuckte mit den Schultern, nahm mir das Handtuch aus den Händen und reichte mir meine Klamotten. Stumm zogen wir uns beide an. Dabei stellte Caleb sich so vor mich, als wollte er den Jungen gegenüber die Sicht auf mich versperren.

„Fahren wir", meinte er frostig.

Er schwang sich auf sein Motorrad. Seine Ausstrahlung war geradezu gefährlich. Er lächelte nicht mehr. Und meine gute Laune schwand.

Ich stieg hinter ihm auf und legte linkisch die Arme um ihn. Er verspannte sich unter meiner Berührung, und sofort zog ich mich zurück. Seine Reaktion kränkte mich.

Doch er hielt meine Arme fest und schlang sie um seinen Oberkörper. Als ich die Hitze seines Rückens fühlte, rang ich nach Luft. Plötzlich hatte ich das Bedürfnis, von ihm wegzulaufen – so weit weg wie möglich.

Diesmal verlief die Fahrt schweigend. Als wir wieder in seinem Haus waren und mit dem Lift nach oben fuhren, wurde die Stille beklemmend. Ich konnte Caleb praktisch grübeln hören. Was wäre, wenn er seine Meinung geändert hatte und mich jetzt rauswarf? Egal, das kümmerte mich nicht. Ich würde sofort verschwinden. Notfalls könnte ich auf der Straße leben oder in einem Obdachlosenasyl. Irgendwo.

Er tippte den Code für sein Apartment ein, und nachdem das Alarmlämpchen grün wurde, öffnete er mir die Tür. Doch ich ging nicht hinein. Stattdessen blickte ich kurz zum Fahrstuhl und überlegte, ob ich hinrennen sollte.

„Red."

Sein Blick verschlug mir den Atem. Das Grün war intensiver, dunkler. Er stand nahe genug, dass ich ihn berühren könnte, aber er war es, der mich berührte, indem er mir eine Haarsträhne hinters Ohr strich.

„Komm rein", flüsterte er. „Bitte."

Wie hypnotisiert trat ich in die Wohnung und beobachtete, wie Caleb die Tür hinter sich zuzog.

Ich konnte fühlen, dass er mich ansah, konnte sein leises Atmen hören. Und mein lautes Herzklopfen ebenfalls. Ich schaute ihn an und rang nach Luft, weil er mich so intensiv anstarrte.

„Danke", flüsterte er.

„Wofür?" Auch ich flüsterte.

Ein zartes, geheimnisvolles Lächeln erschien auf seinem Gesicht. „Dass du mir heute Abend etwas anderes gezeigt hast."

Und dann ging er weg.

4. Kapitel

Veronica

Ich war fest entschlossen, Caleb am nächsten Morgen nicht zu begegnen. Deshalb wachte ich früher als gewöhnlich auf. Keiner hatte meine Gedanken jemals so beherrscht wie er in dieser Nacht.

Danke, dass du mir heute Abend etwas anderes gezeigt hast.

Was meinte er damit? Meinte er, dass ich anders war als all die Mädchen, mit denen er sonst zusammen war? Aber er war ein Profi auf dem Gebiet. Es musste ein Satz sein, den er dauernd einsetzte, um die Mädchen umfallen zu lassen wie Bowling-Pins.

Ich hätte nicht so empfänglich für seine Tricks sein dürfen. Letzte Nacht hatte ich beschlossen, unseren Kontakt zu begrenzen. Caleb sollte nicht herausfinden, dass ich dasselbe College besuchte wie er. Je weniger er über mich wusste, desto besser.

Ich unterdrückte ein Gähnen, während ich die restlichen Eier aus dem Kühlschrank zubereitete. Danach schnappte ich mir das oberste Blatt von einem Haftnotizblock, den ich in einem der Schränke gefunden hatte, und schrieb:

Caleb,
habe dir Eier zum Frühstück gemacht. Wir müssen später einkaufen. Bin um kurz nach 17 Uhr zurück.
Veronica

Calebs Haus lag im schicken Teil der Stadt, wo es keine Bushaltestellen gab, sodass ich zwanzig Minuten bis zur nächsten Station laufen musste. Und von da dauerte die Fahrt noch fast zwei Stunden. Mit einem Auto hätte ich nur eine halbe Stunde zum College gebraucht.

Die Sommerferien standen vor der Tür, und ich merkte, wie sich meine Stimmung aufhellte. In den Semesterferien konnte ich mehr arbeiten und genug zusammenkriegen, um mir eine eigene Wohnung zu nehmen und Caleb zu bezahlen. Ich wusste, dass er mein Geld weder wollte noch brauchte, aber mein Stolz verlangte, dass ich ihm alles bezahlte.

Meine Seminare waren lang und langweilig, und ich ertappte mich dabei, wie ich über ihn nachdachte. Ich kniff mich fest, um die Grübelei abzustellen. Das war verrückt. Ich musste mich zusammenreißen.

Es war zwanzig nach fünf, als ich zurückkam. Während ich auf den Fahrstuhl wartete, spürte ich, wie sich jemand neben mich stellte. Mir war sofort bewusst, dass er es war. Es lag an seiner Präsenz – die geradezu danach schrie, sie wahrzunehmen.

Ich schaute zu ihm hoch und stellte fest, dass er mich bereits mit seinem üblichen Lächeln anschaute. Seine Augen funkelten amüsiert.

„Hi", sagte er.

„Hi." Ich riss meinen Blick von ihm los und widerstand dem Impuls, mir das Haar hinters Ohr zu streichen.

Er starrte immer noch. Ich konnte seine Augen auf mir *fühlen*.

Die Fahrstuhltüren öffneten sich. Ich ging einen Schritt nach vorn.

„Warte."

Ich blieb stehen und drehte mich um.

Warum schlug mein Herz so schnell?

„Willst du jetzt zum Einkaufen fahren?"

Nein. Ich will nicht noch mehr Zeit mit dir verbringen. Ich will nicht, dass du mich mit diesen intensiven grünen Augen ansiehst.

„Klar", antwortete ich stattdessen.

„Ich habe meinen Wagen zurück." Er strahlte, als wir an dem Portier vorbeiliefen. „Er steht vorn."

Das erklärte, warum er den Aufzug am Haupteingang nahm. Normalerweise kam er aus der Tiefgarage, wo er seinen Wagen und das Motorrad parkte.

Heute trug er eine graue Beanie, ein dunkelblaues Shirt, schwarze Jeans und schwarze Stiefel. Er ging voraus, damit er mir die Beifahrertür öffnen konnte, daher konnte ich lesen, was hinten auf seinem T-Shirt stand: I WAS BORN READY.

Ich verkniff mir ein Grinsen. *Allzeit bereit.* Besser konnte man ihn gar nicht beschreiben.

Inzwischen erinnerte ich mich wieder, was an dem Abend im Club geschehen war. Und auch an das letzte Mal, als ich in seinem Auto saß und mich übergeben musste. Zweimal. Ich rechnete fest damit, dass er mich jetzt damit aufziehen würde, doch er erwähnte es mit keiner Silbe.

Genau genommen sagte er gar nichts. Und ich fragte mich, ob er die prickelnde Spannung wahrnahm, die sich durch unsere körperliche Nähe aufbaute. Ich nämlich fühlte sie deutlich – als Kribbeln auf meiner Haut, als Reiz für meine Sinne.

Aber spielte es denn überhaupt eine Rolle, ob er diese Gefühle teilte? Es war ja nicht so, dass ich deswegen irgendwas unternehmen wollte ... Also war ich nicht mal ansatzweise neugierig. Kein bisschen.

Lügen haben kurze Beine, und die kürzesten sind deine!

Er bog in eine Parklücke vor dem Supermarkt. Ich stieg so schnell aus, wie ich konnte, und lief sofort los, um einen Einkaufswagen zu holen.

„Nun ...", meinte er, während er sich nach dem Vierteldollar bückte, der mir aus der Hand gefallen war, als ich ihn in den blöden Schlitz an der Einkaufswagenverriegelung schieben wollte.

Beim Bücken spannte sich seine Jeans um die Beine ... und über einem sehr, sehr sexy Hintern. Rasch wandte ich den Blick ab, bevor Caleb mich beim Glotzen erwischte.

„Was wollen wir einkaufen?", fragte er und steckte die Münze rasch selbst in den Schlitz. Danach zog er den Wagen aus der Reihe und schob ihn zum Eingang.

Ich zuckte mit den Schultern. „Was willst du denn essen?"

„Hamburger, Pommes, Steak, Pasta, Meeresfrüchte? Und ..."

Ich sah ihn an, da er nicht weiterredete. Erneut lächelte er geheimnisvoll.

Woran denkt er denn jetzt wieder?

„Und?", fragte ich.

„Dich", antwortete er.

Und ich verdrehte die Augen.

Ja, sicher doch! Mich und dazu möglichst noch die gesamte blonde weibliche Bevölkerung, dachte ich gereizt.

Die Fisch- und Meeresfrüchteabteilung lag am nächsten, daher schlug ich vor, dorthin zuerst zu gehen.

„Sieh dir bloß diese armen Dinger an", rief er. Seine Stimme klang aufgeregt wie die eines Kindes.

Ich folgte seiner ausgestreckten Hand mit dem Blick und entdeckte, dass er auf ein Wasserbassin mit ein paar riesigen Krebsen deutete.

„Ich glaube, der da starrt dich an", witzelte er.

Ich musste lachen. „Welcher?" Ich konnte nicht anders, als mich von seiner guten Laune anstecken zu lassen.

„Der da." Er zeigte auf den größten Krebs, dessen Augen sich oben aus dem Panzer wölbten. „Er sieht aus wie dieser Typ aus Star Trek."

Jetzt prustete ich vor Lachen.

„Oh Mann, ich weiß noch, dass ich mit vier so einen Krebs als Haustier wollte", fuhr er fort und beugte sich über das Becken. Dann rümpfte er die Nase. „Wie bereitet man die überhaupt zu?"

„Man kocht sie lebend", erklärte ich.

Caleb wirkte so niedlich entsetzt, dass ich fast schon wieder grinsen musste.

„Jepp. Das, oder du frierst sie lebendig ein", fügte ich hinzu.

„Du verarschst mich."

Ich schüttelte den Kopf.

„Das ist ja wohl so was von gar nicht die Art, wie ich sterben möchte."

Ich presste die Lippen zusammen, um mir das Lachen zu verkneifen. Er wirkte total entgeistert – und schien es völlig ernst zu meinen.

Ich holte eine Tüte Shrimps aus dem Tiefkühlschrank und packte sie in den Wagen. Caleb stand immer noch vor dem Wasserbassin und grinste sehr breit. Ich ging zu ihm, weil ich wissen wollte, was er jetzt schon wieder so komisch fand, und musste mir auf die Lippe beißen, als ich sah, wie ein Krebs auf einen anderen krabbelte und sich ihre Scheren so verwirrten, dass man nicht erkennen konnte, welche zu wem gehörte.

„Diese Krebse sind ganz schön abartig", bemerkte er und lachte. „Die treiben es vor unseren Augen. Guck dir das an! Lauter Exhibitionisten."

Das war's. Ich musste so lachen, dass mir die Tränen in die Augen traten.

Danach regte ich an, dass er einfach alles in den Wagen werfen sollte, worauf er Appetit hatte, und ich würde mir dann schon ausdenken, was ich daraus mache. Caleb holte wahllos Sachen aus den Regalen.

„Such dir auch aus, was du willst", meinte er großzügig wie immer. Er schob den Wagen durch den Gang mit Keksen und Chips.

Aus dem Augenwinkel erspähte ich eine Packung Schokoladen-Cupcakes mit Erdnussbutterglasur. Obendrauf waren glitzernde Streusel, die aussahen, als würden sie im Mund zergehen. Ich seufzte und lief weiter.

„Warte. Ich will noch Cupcakes", verkündete Caleb und nahm die Packung, die ich gerade so sehnsüchtig beäugt hatte.

Ich bezweifelte, dass er die wirklich wollte. Ein derart schlanker und durchtrainierter Typ aß nichts Süßes. Ihm war einfach aufgefallen, wie gierig ich die Dinger angestarrt hatte. Warum war er bloß so nett? Eigentlich sollte ich ihn doch *nicht* mögen. Aber er war schlicht ... aufmerksam.

„Möchten Sie etwas probieren?", fragte eine ältere Frau in einer Ladenuniform mit einer weißen Schürze und Handschuhen, die Probierhäppchen verteilte.

„Gern, Ma'am. Danke." Caleb griff nach dem kleinen Keks in einer Cupcake-Form, den sie ihm hinhielt. „Und ich nehme auch gleich einen für die Dame", erklärte er, wobei er mit dem Kopf in meine Richtung deutete.

Die ältere Frau lächelte mir zu. „Schoko, Vanille oder Erdnussbutter?"

„Sie nimmt Erdnussbutter", antwortete Caleb für mich. „Die mag sie am liebsten."

Einen Moment lang schaute ich ihn an, erstaunt, dass er sich daran erinnerte. Als ich sein Grinsen sah, schaute ich rasch weg.

Ich wollte schon die Hand nach dem Keks ausstrecken, als Caleb ihn rasch aus dem Papierförmchen schälte. Ungläubig und mit offenen Mund starrte ich ihn an und holte tief Luft, um etwas zu sagen. Er lächelte nur und steckte mir den kleinen Keks in den Mund, wobei sein Daumen flüchtig meine Zunge berührte. Und dann verharrte sein Zeigefinger auf meiner Unterlippe und rieb sie sanft.

„Entschuldige, da war nur etwas Glasur auf deiner Lippe", murmelte er, klang jedoch gar nicht so, als würde ihm irgendwas leidtun.

Mir wurde heiß. Ich spürte, wie ich rot anlief. Verlegen und von oben bis unten erhitzt, drehte ich mich um und ging weg.

Bis wir die Kassen erreichten, war unser Einkaufswagen mehr als voll, sodass schon dauernd Sachen herauspurzelten. Mit dem, was wir da reingepackt hatten, könnte man eine zwanzigköpfige Familie satt bekommen. Ich wandte mich ab, als die Kassiererin sagte, wie viel Caleb bezahlen sollte, und summte vor mich hin, denn ich wollte es lieber nicht hören.

Nachdem wir alles in seine Wohnung geschleppt hatten, war ich völlig erledigt. Allein beim Anblick der vielen Tüten auf der Arbeitsfläche – und auf dem Fußboden – wurde mir fast schwindlig. Caleb half mir, alles zu verstauen.

Mein Herz schlug jedes Mal schneller, wenn ich ihn dabei ertappte, wie er mich anschaute. Oder wenn seine Hand zufällig meine streifte. Am Ende waren wir beide so geschafft und hungrig, dass Caleb Pizza bestellte.

Etwas an der Art, wie er mich ansah, rührte an mein Herz. Das gefiel mir nicht. Ich fühlte mich auf einmal entblößt und verwundbar. Also nahm ich mir ein Stück Pizza und verzog mich in mein Zimmer.

Ich durfte keinen Jungen in mein Leben lassen. Deshalb beschloss ich, ihn künftig zu meiden. Ich sorgte dafür, dass wir uns weder morgens sahen noch nach meinen Seminaren und bevor ich zu meiner Abendschicht ins Restaurant musste.

So wurde es Freitag. Der Tag verlief ziemlich langweilig, wie immer. Ich war gerade auf dem Weg zu meinem Spind, als ich schlagartig erstarrte. Direkt vor mir lief Caleb mit einer Gruppe von Freunden, und wenn ich weiterging, würde er mich unweigerlich entdecken. Eilig drehte ich um und nagte an meiner Unterlippe, während ich in die entgegengesetzte Richtung davoneilte. Mir war, als hätte ich gesehen, wie er aufblickte, aber sicher konnte ich mir nicht sein. Ich hoffte sehr, dass es nicht stimmte.

Natürlich dachte ich an ihn. Es passierte immer wieder, egal, wie sehr ich mich bemühte, es nicht zu tun. Ich dachte an den Abend auf der Brücke. Und ich erinnerte mich an sein Lachen. An seine Berührung. Daran, wie Schmetterlinge in meinem Bauch tanzten, während er im See die Arme um mich schlang. Wie er mich in dem Supermarkt geneckt hatte und wie viel Aufmerksamkeit er mir schenkte – so viel, dass er sogar bemerkt hatte, dass ich Lust auf diese Cupcakes hatte. Und als ich neulich den Schrank öffnete, fand ich mehrere Gläser Erdnussbutter.

Ich hasste mich dafür, dass ich so oft an ihn dachte. Wir hatten uns seit Tagen nicht gesprochen, und er hatte nie versucht, mich aufzuspüren, weshalb ich zu dem Schluss gelangte, dass ich bloß ein Zeitvertreib von vielen für ihn war. Jener Abend auf der Brücke hatte ihm nichts bedeutet. Ich bedeutete ihm nichts.

Selbstverständlich nicht. Was hast du erwartet?

Das Wochenende kam, und ich arbeitete den ganzen Samstag. Am Sonntag wollte ich mir dringend einen zweiten Job suchen. Ich wachte früh auf und fing an, Frühstück und Mittagessen für Caleb vorzubereiten, da ich erst spätabends zurückkommen würde. Wenn nötig, würde ich zu jedem einzelnen Laden in der Stadt gehen und mich um einen Job bewerben.

Ich stellte gerade seinen Teller in den Speisenwärmer, als ich Schritte hinter mir hörte. Ich spürte, wie sich meine Augen vor Panik weiteten.

„Warum gehst du mir aus dem Weg?", fragte er. Nein, man konnte nicht behaupten, dass er um den heißen Brei herumredete.

Um ein Haar hätte ich seinen Teller fallen lassen. Er stand vor mir, ein Handtuch um seinen Nacken geschlungen und nur in einer grauen Jogginghose. Schweiß glänzte auf seiner Stirn, auf seinem eindrucksvollen Oberkörper, auf seinem harten Bauch, neben der schmalen Haarlinie, die in seinem Hosenbund verschwand. Offenbar hatte er eben sein Work-out beendet. Wieder entdeckte ich einige Pflaster an seinen Fingern und einen langen Kratzer auf seinem Unterarm. Anscheinend konnte er sich nicht einfach so hinsetzen und entspannen. Die ganze Woche schon hatte ich ihn auf irgendwas einhämmern gehört, er hatte die Fenster repariert und sogar sein Bad neu gefliest. Mich wunderte, dass er solche Sachen konnte. Nicht dass es eine Rolle spielte.

Ich räusperte mich. „Ich … ich gehe dir nicht aus dem Weg."

Er legte den Kopf schräg und musterte mich prüfend. Ich blieb stocksteif stehen, auch wenn ich mich innerlich krümmte.

Wieso musste er so gut aussehen?

„Ich hätte dich nie für eine Lügnerin gehalten", meinte er.

Zorn wallte in meiner Brust auf. Und dann wurde mir bewusst, dass er recht hatte. Ich log, was ich jedoch nicht zugeben würde.

„Wolltest du irgendwas?", fragte ich gereizt.

Er rieb sich mit einer Hand übers Gesicht. „Ja."

Dann trat er sehr langsam auf mich zu. Seine grünen Augen hypnotisierten mich geradezu. Wie versteinert stand ich da, konnte mich nicht rühren, nicht atmen. Die Luft zwischen uns war so aufgeladen, dass man die Spannung fast mit Händen greifen konnte.

Verlangen.

Das hatte ich noch bei keinem zuvor gefühlt. Warum musste es ausgerechnet Caleb sein? Er blieb einen Schritt entfernt stehen, die Hände in den Taschen, den Blick unverwandt auf mein Gesicht gerichtet.

„Ich will, dass du aufhörst", flüsterte er.

„Aufhören?"

„Mit dem, was auch immer das ist, was du mit mir machst."

Ich musste schlucken, weil ich einen Kloß im Hals hatte. Er verengte die Augen. Sie blitzten vor Wut. „Ich muss dich aus dem Kopf kriegen."

Ich kniff meine Lippen zusammen und ballte die Hände zu Fäusten. Dasselbe könnte ich zu ihm sagen, machte es aber nicht. Ich schwieg und wartete ab. Dann wurde sein Blick weicher. Ich hielt den Atem an, als er näher kam. Seine Hände griffen nach meinem Haar und strichen es hinter meine Ohren.

„Du. Du bist etwas ganz Besonderes, Red. Nächstes Mal werde ich mich nicht losreißen können", sagte er, ehe er sich umdrehte.

Es klang wie ein Versprechen.

5. Kapitel

Veronica

Was in dem Apartment mit Caleb gewesen war, hatte zur Folge, dass ich mit doppeltem Eifer nach einem Job suchte. Die neuen Empfindungen, die er in mir weckte, fühlten sich bedrohlich an, und mich erschreckte erst recht, wie schnell ich alle meine gründlich einstudierten Vorsichtsmaßnahmen vergaß, wenn er in der Nähe war.

Den restlichen Vormittag verbrachte ich in der College-Bibliothek, um mich online für weitere Jobs zu bewerben, noch mehr Lebensläufe auszudrucken und eine Liste aller Firmen zu machen, die Leute einstellten.

Danach marschierte ich in jedes Geschäft und jede Firma in der Innenstadt und im weiteren Umkreis und gab dort meinen Lebenslauf ab, egal, ob sie auf meiner Liste standen oder nicht.

Hinterher ging ich nochmals in die Bibliothek, um nachzusehen, ob mittlerweile neue Jobs im Netz aufgetaucht waren, aktualisierte meine Liste und begab mich erneut auf Arbeitsjagd. Nach drei Stunden war nur noch ein einziger Name auf der Liste übrig.

Hawthorne Auto Repair Shop – Kassierer/Bürohilfe. Persönliche Bewerbung erwünscht. Gehalt Verhandlungssache.

Die Werkstatt lag von allen potenziellen Arbeitsplätzen am weitesten von meinem College entfernt, was mich allerdings nicht abschreckte. Ich stieg in den Bus und hoffte auf Glück.

Die Werkstatt selbst befand sich in einer großen, langen Halle, die metallgrau mit dunkelblauen Akzenten gestrichen war. Das Büro ging seitlich davon ab.

Ich hörte das Surren von Maschinen, das Kreischen von Metall, das gegen Metall rieb, und als ich die Bürotür öffnete, schlug mir ein schwerer Dieselgeruch entgegen.

Hinter dem Tresen stand eine große, gertenschlanke Brünette, die die Augen hinter einer schicken Brille zusammenkniff, während sie einem Mann lauschte, von dem ich annahm, dass er ein Kunde war.

Für einen Sekundenbruchteil huschte ihr Blick zu mir, weil die Glocke über der Tür bimmelte, als sie wieder zufiel.

„Glauben Sie etwa, dass ich diese Steuern auf die Rechnungen setze? Wenn dem so wäre, würde ich noch eine Arschlochsteuer erheben, direkt vor der Idiotensteuer. Vor allem für *manche* Leute", sagte sie in einem sehr sachlichen Ton. Dabei zog sie eine perfekt gezupfte Braue hoch.

Dann warf sie sich ihr sehr modisch geschnittenes Haar über die Schulter.

„Ich behaupte ja nicht, dass das für Sie gelten würde, doch wenn Sie uns nicht für unseren Service bezahlen, kriegen Sie Ihren Wagen nicht. Lassen Sie es drauf ankommen, falls Sie mir nicht glauben", warnte sie. Ihre leicht schrägen Augen funkelten herausfordernd, während der Mann nach den Schlüsseln auf dem Tresen griff. „Versuchen Sie ruhig, den Wagen von diesem Gelände zu fahren, ohne Ihre Rechnung, *inklusive* Steuern zu bezahlen, und ich versichere Ihnen, *Sir*, dass Sie vielleicht vor mir fliehen können, aber nicht vor den Cops."

Ich biss mir auf die Unterlippe und überlegte, ob ich umdrehen und gehen sollte, um zu einem günstigeren Zeitpunkt wiederzukommen.

Erneut sah sie kurz zu mir hin und zwinkerte.

Also hielt ich mich im Hintergrund, wartete aber. Der Streit ging noch eine Weile weiter, bis der Kunde am Ende seine Rechnung, *inklusive* Steuern, bezahlte, sich seine Schlüssel schnappte und verschwand.

Und mein Eindruck war, dass er von Glück reden konnte, mit dem Leben davongekommen zu sein.

„Mistkerl", murmelte die Brünette vor sich hin. „Hinfort, negative Energie. Puh. Hallo, Schönheit. Sind Sie hier, um einen Wagen abzuholen?"

Sie war völlig gnadenlos, und ihre braunen Augen richteten sich klar und direkt auf mich. Unwillkürlich musste ich grinsen. Ich mochte sie.

Ich konnte nicht umhin, ihr langes, unkonventionelles grünes Kleid zu bestaunen, ebenso wie die goldenen Schnürsandalen. Sie hatte einen kleinen Schönheitsfleck seitlich von ihrer Oberlippe, und sie musste Halbasiatin sein.

Ich schüttelte den Kopf. „Tut mir leid, nein. Ich bin hier, um meinen Lebenslauf abzugeben, falls die Stelle noch frei ist. Ich hatte Ihre Anzeige im Internet gesehen."

Ihre makellos geformten Brauen zogen sich zusammen. „Welche Anzeige?"

Sie griff nach meinem Lebenslauf und überflog ihn.

„Ich bin Veronica Strafford."

„Kara Hawthorne. Süße, ich denke, Sie haben die falsche Werkstatt …"

„Hey, Kar!"

Wir beide drehten uns zu der Stimme um. Ein junger Typ in einem Overall öffnete den Hintereingang zum Büro und streckte seinen Kopf hindurch. Aus der Werkstatt drangen Geräusche herein, die aber nicht ohrenbetäubend waren.

„Dad hat mir gesagt, ich soll eine Teilzeitstelle im Internet ausschreiben, damit du ein bisschen entlastet wirst. Gern geschehen." Er sah zu mir hin und grinste. Dann zwinkerte er.

„Hörst du bitte auf zu zwinkern, Dylan? Du siehst aus, als hättest du einen epileptischen Anfall. Warum hat Dad *dich* gefragt und nicht mich?" Sie klang beleidigt.

Er verdrehte die Augen. „Immer mit der Ruhe. Genau deshalb hat er dich nicht gefragt. Du bist wie ein ausgeflippter Psycho, und du brauchst Hilfe." Erneut zwinkerte er mir zu.

Ich presste die Lippen zusammen, um nicht zu lachen. Mir kam es wie das übliche Gezanke zwischen Geschwistern vor.

„Fahr zur Hölle. Entschuldigen Sie diesen Idioten. Wir lassen ihn nicht allzu oft aus seinem Käfig", sagte Kara grinsend.

Ich erwiderte ihr Lächeln.

„Das habe ich gehört!", meinte Dylan, bevor er wieder verschwand und die Tür hinter sich zuzog.

Sie wedelte geringschätzig mit der Hand hinter ihm her und wandte sich wieder mir zu. „Okay, lassen Sie mich noch mal sehen."

Sie schaute erneut auf meinen Lebenslauf. „Können Sie mir drei Referenzen geben?"

„Sicher." Ich reichte ihr ein Blatt mit meinen Referenzen.

„Warten Sie kurz, solange ich die hier überprüfe." Sie ging in das hintere Büro, um zu telefonieren.

Strahlend lächelnd kehrte sie zurück. „Ich habe zwei von den dreien erreicht. Doch ehe wir Weiteres besprechen, habe ich einige Fragen an Sie."

„Okay."

„Tragen Sie Pelz?"

„Nein."

„Echtes Leder?"

Meine Mundwinkel zuckten. „Nein."

„Gut. Ich bin Tierfreundin. Sind Sie Veganerin oder Vegetarierin?"

„Ähm ... nein."

„Ein Jammer." Sie stieß einen Seufzer aus, ehe sie breit grinste. „Sie sind eingestellt. Haben Sie Lust, heute anzufangen?"

Mein Herz vollführte einen Tanz in meiner Brust, und ich spürte, wie ich breit grinste.

„Das würde ich sehr gern."

„Dann sag Kar zu mir." Sie lächelte. „Und da ich dich wahrscheinlich höllisch rumscheuchen werde, willst du erst mal mit mir essen gehen, damit wir den Rest bereden können?"

Eifrig nickte ich. „Klingt super."

„Es gibt ein vegetarisches Restaurant gleich die Straße runter. Bist du damit einverstanden?"

Sie holte ihre Handtasche und ein Schlüsselbund aus einer Schreibtischschublade, drehte ein Schild in der Tür um, auf dem stand, dass sie in einer Stunde wieder da wäre, und schloss hinter uns ab.

Da ich nun einen Job gefunden hatte, erlaubte ich mir, zur Feier des Tages essen zu gehen, aber nur dieses eine Mal. Ich brauchte jeden Cent, um meine Schulden abzubezahlen.

Bei Pommes, Champignon-Burgern und Milchshakes besprachen wir meinen Stundenlohn, meine Aufgaben und was Kar von mir erwartete.

Normalerweise wurde ich mit niemandem schnell warm, aber bei Kar ging es gar nicht anders. Manche Leute fanden ihre unverblümte Art vermutlich einschüchternd, aber ich mochte ihre Direktheit richtig gern.

Wir lachten über ihre Taktiken bei schwierigen Kunden, als sie mitten im Satz abbrach, sich ihre Augen vor Schreck weiteten und sie für einen winzigen Moment verletzt wirkte, bevor sie sich wieder im Griff hatte.

„Mein Ex. Mein Ex aus der Hölle. Er ist hier. Sieh nicht hin!"

Doch das tat ich bereits. Sie stieß ein unglückliches Knurren aus und funkelte mich wütend an. Angesichts ihrer finsteren Miene musste ich lachen.

Ein dunkelhaariger Typ setzte sich drei Tische von uns entfernt hin, und seine verblüffend blauen Augen verdunkelten sich, als er Kar ansah. Nur für einen winzigen Moment schweifte sein Blick zu mir, ehe er zu Kar zurückkehrte.

„Er starrt dich an", bemerkte ich, nachdem ich mich endlich wieder zu ihr umgedreht hatte.

„Zum Teufel mit ihm. Ich wünschte, er würde lebendig verbrannt, lebendig gehäutet. Lebendig gekocht."

„Du bist unheimlich."

Erbost schaute sie mich an. „Und du bist zum Kotzen. Er hat genau gesehen, wie du ihn gemustert hast. Jetzt weiß er, dass ich über ihn geredet habe. Sein Ego ist sowieso schon aufgebläht genug." Zunächst verengten sich ihre Augen, dann leuchteten sie auf. „Lass mich da ein bisschen reinpiksen, damit etwas Luft rauskommt. Gehen wir", befahl sie und stand von ihrem Stuhl auf.

Sehnsüchtig betrachtete ich meinen Burger und fragte mich, ob mir Zeit bliebe, den einpacken zu lassen. Doch ein Blick zu Kar genügte, um mir zu sagen, dass es nicht dazu kommen würde.

Sie sah sehr entschlossen aus.

Und ich staunte nicht schlecht, als sie neben dem Tisch ihres Ex stehen blieb.

„Hallo, Cameron." Sie klimperte mit den Wimpern, und ihre Stimme klang äußerst frech. „Wie wirken die Drogen, Schatz?"

Cameron, der gerade aus seinem Glas getrunken hatte, verschluckte sich beinahe.

Seine Begleitung sah verwirrt zu Kar auf. „Drogen?"

„Oh, tut mir leid, hast du das nicht gewusst?" Kar schlug einen gekünstelt mitleidigen Tonfall an. „Er braucht Drogen, um *ihn* hochzukriegen. Das wird ein sehr kurzer, sehr *weicher* Ritt für dich, Süße. *Ta-daa*, bis dann!" Sie schnippte mit den Fingern, um sich zu verabschieden, und eilte aus dem Restaurant.

„Verdammt noch mal, Kara!"

Ich erschrak, als ich Camerons Stimme hörte. Er stand auf, rutschte fast von der Bank und rannte Kar nach. „Kara! Komm sofort zurück!"

Als ich die beiden draußen einholte, bot sich mir ein überraschendes Bild. Cameron hatte Kars Arme gepackt, und seine Lippen waren auf ihren. Ich sah verwirrt zu, wie sie ihm ihr Knie zwischen die Beine rammte und er zu Boden sackte, das Gesicht schmerzverzerrt.

„Kara, du …"

Er beendete den Satz nicht, denn sie trat ihm in den Bauch.

„Was soll das denn, Kar?", schrie ich und zerrte sie von dem armen Kerl weg.

Sie reckte die Nase in die Höhe und blickte hämisch auf ihn herab. „Wag es ja nie, nie wieder, mich mit deinen dreckigen Griffeln anzurühren, du dreckiger, schwanzloser Trottel!"

6. Kapitel

Veronica

Ich kam erst spät nach Hause. Nachdem ich aus dem Fahrstuhl getreten war, tippte ich Calebs Code neben der Wohnungstür ein. Die Tür gab ein leises Piepen von sich, bevor die Riegel aufgingen. Das Licht war an, und es roch leicht nach verbranntem Toast. Caleb musste zu Hause sein.

Ich kriegte ein schlechtes Gewissen, weil ich kein Abendessen vorbereitet hatte. Eigentlich wollte ich früher wieder zurück sein, um ihm etwas zu essen zu machen, aber ich war länger als geplant bei Kar gewesen. Ich nahm mir vor, meinen anderen Teilzeitjob zu kündigen, weil Kar mir mehr Stunden und einen besseren Lohn anbot.

„Caleb?", rief ich und bedeckte meine Augen mit den Händen. Ich linste durch einen Spalt zwischen zwei Fingern, um gerade so eben mitzubekommen, wohin ich ging. Es war besser, sehr vorsichtig zu sein, schließlich hatte er die Angewohnheit, zu Hause nackt herumzulaufen. Ich erinnerte mich …

Dann schüttelte ich den Kopf, um diese Gedanken zu vertreiben und vor allem das Gefühl zu verdrängen, das mich bei der Vorstellung, ihn wiederzusehen, durchlief. Ich sollte es wahrlich besser wissen. In meinem Leben war kein Platz für Ablenkungen, erst recht nicht jetzt, da ich obdachlos und pleite war.

Er mochte mich verzaubert haben, aber das hieß nicht, dass ich mich breitschlagen ließe … zu was auch immer. Nicht dass er mich gebeten hätte. Und selbst wenn er es täte, wäre er der Letzte, mit dem ich mich auf irgendwas einlassen würde.

Ich fand ihn in der Küche, wo er vor dem offenen Kühlschrank stand und ein Glas Orangensaft trank. Er trug einen schicken schwarzen Anzug und eine Krawatte, und sein bronzefarbenes

Haar war nach hinten gegelt, sodass es sein umwerfendes Gesicht perfekt umrahmte.

Der Anzug traf mich unvorbereitet. Er sah darin so gut aus, dass es mir unwirklich vorkam. Musste er etwa schon wieder mit seiner Mutter zu einer Wohltätigkeitsveranstaltung?

Ich stand einfach nur da, unbeweglich und unfähig, meinen Blick abzuwenden. Seine grünen Augen wurden ein wenig größer, sowie er mich sah, doch dann verschleierte sich sein Blick, wurde beinahe wachsam. Er schaute mich ebenfalls an, sagte aber nichts.

Stille.

Verlegen wollte ich weggucken, konnte meinen Blick aber nicht von seinen Lippen abwenden. Sie waren rosig, unwiderstehlich und wahrscheinlich kalt, weil er gerade sein Lieblingsgetränk getrunken hatte.

Seine Zunge schnellte vor, um die Reste abzulecken. Zu spät. Die Schmetterlinge wirbelten schon wieder in meinem Bauch und richteten Unsägliches mit meinen Gefühlen an.

„Hi, Red. Gefällt dir, was du siehst?" Seine Stimme war rauchiger als sonst.

Oh Gott!

Abgesehen von heute Morgen, war es länger her, seit ich mit ihm zusammen gewesen war, und nun überwältigte es mich, seine volle Aufmerksamkeit zu haben. Ich wurde rot und sah nach unten. Wo war meine Stimme? Mein Verstand? Ich durfte ihn nicht die Oberhand gewinnen lassen.

„Verstehe", meinte er leise, und seine Stimme wurde noch tiefer. „Willst du einfach so tun, als würde ich dich jetzt gerade nicht scharfmachen?"

Oh Gott. Oh Gott. Oh Gott.

Hilflos beobachtete ich, wie er langsam auf mich zulief und er mich aus seinen halb geschlossenen Augen anschaute. Er blieb wenige Zentimeter vor mir stehen. Ich konnte eine zarte Note seines Eau de Cologne riechen, die Wärme fühlen, die sein Körper abstrahlte.

„Ich habe dir gesagt, dass ich mich das nächste Mal nicht zurückziehen kann", flüsterte er.

Mit einer einzigen, schnellen Bewegung hatte er mich an die Wand gedrückt. Sein Blick bohrte sich brennend in meinen Blick, bevor er zu meinem Mund schweifte und dort verharrte.

„Ich sollte dich in Ruhe lassen." Er benetzte sich die Lippen mit der Zunge, dann sah er mir wieder in die Augen. „Aber ich kann nicht. Ich bin gierig, und ich will mehr."

Ich schloss die Lider, während seine Finger eine Linie von meiner Wange bis zu meinem Hals zeichneten, wo mein Puls raste.

„Ich denke an dich." Er senkte den Kopf, und ich schnappte nach Luft, als seine weichen Lippen zart meinen Hals streiften. „Ich denke sehr viel an dich."

„Caleb." Sein Name kam mit einem Atemstoß über meine Lippen. Ich fühlte mich berauscht. Verzaubert.

„Nur einmal schmecken." Er atmete tief ein. „Du duftest so gut."

Ich ballte meine Finger zu Fäusten, weil ich mich davon abhalten musste, ihn zu berühren.

Sanft und spielerisch strichen seine Hände über meinen Körper, bis er mich an den Hüften fasste. „Küss mich", bat er, saugte an meiner Unterlippe, strich mit der Zunge darüber und knabberte behutsam an ihr. Und dann schlang er einen Arm um meine Taille, zog mich an sich, während seine andere Hand meinen Nacken umschloss. Seine Lippen wurden hart und fordernd, provozierten mich, den Kuss zu erwidern.

Ich rang nach Luft, als er eine Hand in mein Haar krallte, gierig meinen Mund öffnete. Sein Kuss wurde unersättlich, beinahe verzweifelt, während ich ihn erwiderte.

Die Welt verschwamm. Ich fühlte nur noch. Und dann hörte ich ein Stöhnen. Das war ich. Das Geräusch stammte von mir.

„Nein!", sagte ich dicht an seinen Lippen, stemmte die flachen Hände an seine Brust und schob ihn weg. Er ließ mich los. Wir waren beide außer Atem.

Langsam stieß er die Luft aus, und ich hörte ihn schlucken, während er seine Stirn an meine lehnte. Ich konnte seinen Atem fühlen, roch seinen maskulinen Duft.

„Red ..."

„Nicht."

Verwirrt rannte ich in mein Zimmer. Ich musste so bald wie möglich hier weg. Unmöglich konnte ich in seinem Apartment bleiben. Er überwältigte mich, machte mich schwach.

Meine Hände zitterten, als ich meine Lippen berührte. So war ich in meinem ganzen Leben noch nicht geküsst worden.

Sollte es sich anfühlen, als würde ich gebrandmarkt?

Ich hatte nie geglaubt, was auf dem Campus über Caleb Lockhart geredet wurde. Es hieß, er könnte mit einem Kuss einen toten Fisch zum Leben erwecken.

Jetzt glaubte ich es.

Weil ich Caleb am nächsten Morgen auf keinen Fall begegnen wollte, stand ich früh auf, um ihm sein Frühstück zu machen, klebte eine Nachricht an den Kühlschrank und hetzte los zum College.

Nach dem, was gestern Abend passiert war, wollte ich ihm nicht gegenübertreten. Es hätte nicht geschehen dürfen. Und es würde nie wieder vorkommen. Wenn ich nachgab, wäre ich bloß *irgendein* Mädchen unter seinen vielen Eroberungen, eine weitere Kerbe in seinem Bettpfosten. So sollte er mich nicht sehen.

Und warum interessierte mich plötzlich, was er von mir dachte?

Das tat es nicht.

Sollte es nicht.

Der Tag mit seinen dunklen, Ungutes verheißenden Wolken passte zu meiner Stimmung, während ich durch die Korridore zu meiner zweiten Veranstaltung lief. Es sah nach Regen aus, und morgens, als ich das Haus verließ, war es ungewöhnlich kühl gewesen. Ich konnte gar nicht erwarten, dass der Tag vorbei war. Ein Blick auf die Uhr sagte mir, dass ich noch einige Minuten hatte, ehe meine Vorlesung anfing.

„Red!"

Oh Gott, *nein*!

Nur ein Mensch nannte mich so. Ich ging schneller, ignorierte ihn und hoffte, dass er aufgeben und mich in Frieden lassen würde. Als ich den Vorlesungssaal erreichte, fühlte ich mich sicherer und quetschte mich auf den einzigen freien Platz in der zweiten Reihe.

„Lockhart, Alter!", schrie der Typ hinter mir.

Lockhart?

Ich schaute so schnell hoch, dass mir schwindlig wurde.

Caleb stand an der Tür. In seinem grauen Pulli mit den aufgekrempelten Ärmeln, die seine Unterarme frei ließen, und der dunklen Jeans sah er maskulin und umwerfend aus.

„Was tust du denn hier? Du bist doch gar nicht in diesem Kurs."

Das stimmt! Er dürfte nicht hier sein. Gibt es keine Vorschrift, die verbietet, dass Studenten sich in Veranstaltungen setzen, für die sie nicht eingeschrieben sind?

„Heute schon", antwortete er. Sowie Caleb mich entdeckte, grinste er bis über beide Ohren. Ich blickte rasch nach vorn und sprach ein stummes Dankgebet, weil alle Plätze in meiner Reihe besetzt waren.

„Ich sehe da etwas, was mir gefällt", bemerkte er.

Ich konnte das Grinsen in seiner Stimme förmlich hören und biss die Zähne zusammen. Warum brauchte der Professor so lange? Er müsste längst hier sein.

„Veronica Strafford", flüsterte jemand hinter mir.

Ich drehte mich um. Ein Typ aus meinem Seminar, mit dem ich noch nie gesprochen hatte, lächelte mich amüsiert an und reichte mir ein gefaltetes Papier, das ich verständnislos anstarrte.

Sein schwarzer Pony verdeckte eines seiner dunklen Augen, doch mit dem anderen sah er mich aufmerksam an. „Für dich", erklärte er und drückte mir den Zettel in die Hand, als ich immer noch nicht danach griff.

Mein Blick wanderte zu Caleb, der mich mit Augen anschaute, die vor Lachen förmlich glitzerten. Erneut wandte ich mich demonstrativ nach vorn und zerknüllte das Papier in meiner Faust. Ich spürte ein Piken im Rücken und drehte mich verärgert um.

„Er sagt, du sollst es lesen, sonst tauscht er die Plätze mit dem Kerl neben dir."

Nun knirschte ich mit den Zähnen. Ich hätte ihm den verdammten Zettel gern ins Gesicht geschleudert, wollte aber keine Szene machen. Also faltete ich das Blatt auseinander.

Mir tut es NICHT leid, dass ich dich gestern Abend geküsst habe.
Caleb.

Wieder zerknüllte ich das Papier in meiner Faust.

„Was hast du ihr gegeben?", fragte ein anderer Typ hinter mir. Es war nicht der von eben. Waren ihm seine Leute aus dem Team etwa alle hierher gefolgt? „Eine Nachricht? Was steht drin?"

Ich wollte den Zettel gerade zerreißen, als ihn mir jemand aus der Hand riss.

„Amos, du Bastard! Komm sofort her!", schrie Caleb, doch er lachte dabei.

Entsetzt beobachtete ich, wie Amos aufs Podium sprang und sich räusperte, um die anderen auf sich aufmerksam zu machen.

„Zettel rumreichen wie in der Highschool, was? Und du bist wer noch mal?" Er sah mich grinsend an.

„Veronica Strafford!", schrie jemand.

Warum konnte ich mich bloß nicht bewegen? Oder etwas sagen? Mir war klar, dass ich irgendwas tun müsste, aber ich war wie gelähmt. Es fühlte sich an, als würde ich hilflos einer Massenkarambolage zusehen.

„Dann wollen wir mal gucken, was wir hier haben", fuhr er fort.

Alles Blut wich aus meinem Gesicht, während ich beobachtete, wie er das Papier auseinanderfaltete, wobei er jede seiner Bewegungen theatralisch übertrieb. Dann machte er große Augen, bevor seine Stimme laut und monoton durch den Saal hallte.

„Mir tut es nicht leid, dass ich dich gestern Abend geküsst habe. Caleb."

Ich wollte mich zusammenrollen und sterben.

Im ganzen Kurs hob ein wildes Raunen an. Ich spürte die Blicke, die mich von allen Seiten trafen wie Kugeln. Was war in den Typen gefahren, das vor allen vorzulesen? Und dank seines Vortrags klang es auch noch so, als käme die Nachricht von mir! Als wäre *ich* diejenige, der es nicht leidtat, Caleb gestern Abend geküsst zu haben. Verdammt!

„Das reicht für heute an Unterhaltung für euch, Kinder!"

Ich drehte mich um und funkelte Caleb wütend an. Er grinste und wirkte kein bisschen zerknirscht. Am liebsten hätte ich ihm in die Eier getreten, um dieses Grinsen zu vertreiben.

Ich wartete nicht mal mehr auf den Professor, sondern rannte nach draußen, verzichtete auf die Vorlesung.

„Red, warte!"

Ich fuhr herum, bereit, ihn in Stücke zu reißen. „Du hast dir schon zwei Schnitzer geleistet", fuhr ich ihn an und ballte die Fäuste, um mich zu bremsen, ehe ich ihn ohrfeigte.

Sein Lächeln verschwand. „Heißt das, ich habe nur noch einen übrig?"

„Aaaach!" Erneut wirbelt ich herum, diesmal schnell genug, dass mein Haar in sein verflucht schönes Gesicht peitschte.

„Autsch. Das hat wehgetan."

Gut so! Doch es verschaffte mir keine Befriedigung. Ich schämte mich so, war so zornig ...

Ich wusste, dass er mir folgte, denn ich konnte seine Schritte hören; er versuchte mich einzuholen. Ich ging schneller, rannte beinahe, und schaute wütend über die Schulter zurück.

„Red, nein!"

Und in dem Moment, in dem ich wieder nach vorn sah, krachte ich mit dem Kopf gegen die Glastür.

Mir schwirrte der Kopf, und mein Gesicht pochte. Jetzt schäumte ich vor Wut, und mir war die Situation so rasend peinlich, dass ich die Augen schloss und tief durchatmete. Mir war bewusst, dass mich Leute anstarrten und mich auslachten. Das konnte ich hören.

Es war ganz allein meine Schuld.

„Lass mich in Ruhe!" Ich kochte förmlich.

Erbost stieß ich die Türen auf und hoffte, sie würden ihm beim Zufallen gegen die Nase knallen. Ich wollte mich nur noch irgendwo verkriechen.

„Geht es dir gut?", fragte er.

Ich biss die Zähne zusammen und beachtete ihn nicht.

„Red, was ist los?"

Abrupt blieb ich stehen und starrte ihn fassungslos an. „Ist das dein Ernst?"

Meine Wut schien ihn zu erschrecken. Doch ich war außer mir.

„Bist du tatsächlich so wütend?", fragte er leise, und seine Miene wurde sanfter, während er mich forschend musterte.

„Ich mag es nicht, wenn man mich in die Enge treibt", antwortete ich nach einer kurzen Weile. „Ich mag es nicht, ein verwöhntes Kind zu bewirten. Und am allerwenigsten mag ich es, wenn man mich zu etwas zwingt, was ich nicht will."

Seine Augen weiteten sich schockiert, bevor sie vollkommen erkalteten.

„Verstanden", sagte er knapp, drehte sich um und ging weg.

In den darauffolgenden Wochen machten wir einen Bogen umeinander.

Ich stand früh auf und bereitete ihm seine Mahlzeiten, stellte sein Abendessen in den Kühlschrank und hinterließ ihm eine Nachricht, wie er es aufwärmen sollte.

Gewissenhaft besuchte ich meine Seminare und fuhr hinterher mit dem Bus zur Arbeit. Wenn ich danach nicht in der Bibliothek war, unternahm ich etwas mit Kar. Die Rückkehr in Calebs Wohnung zögerte ich jeden Tag so lange wie möglich hinaus, für den Fall, dass er vorhatte, mit mir zu sprechen. Aber er versuchte es nicht mal, was bei mir ein Stechen in der Brust auslöste, das ich mir nicht erklären konnte und ignorierte.

Ich kam mir wie ein Eindringling vor, ein unerwünschter Untermieter in seinem Zuhause. Täglich sagte ich mir, dass ich meine wenigen Sachen packen und verschwinden sollte. Aber wohin hätte ich gehen können?

Ich wollte schon Kar fragen, ob sie bereit wäre, mir ein Zimmer in ihrer Wohnung zu vermieten, allerdings schien es mir zu aufdringlich, das auch nur anzusprechen. Und ich wollte mich ihr nicht aufdrängen. Auch wenn ich fast jeden Tag mit ihr verbrachte, kannten wir uns ja erst seit wenigen Wochen.

Hätte Caleb gesagt oder auch nur angedeutet, dass er mich nicht mehr bei sich haben wollte, oder sich verhalten, als sei ihm meine Anwesenheit ein Dorn im Auge, wäre ich sofort abgehauen. Doch das tat er nie.

Die wenigen Male, die ich ihn in dem Apartment sah, nickte er mir jeweils höflich zu. Ich erwiderte den Gruß immer mit einem Nicken und ging schnell weiter, ehe er etwas sagen konnte. Nicht dass er dazu Anstalten gemacht hätte.

Ich musste einfach noch dieses Semester beenden, dann würde

ich ausziehen. Bis dahin sollte ich eigentlich genug für Kaution und Miete eines kleinen Apartments gespart haben. Normalerweise machten mich die Nebenjobs glücklich, die mir meine Professoren gelegentlich anboten, zum Beispiel Nachhilfe geben oder Prüfungsbögen durchsehen, weil sie zusätzliches Geld brachten, aber diesmal funktionierte der Gute-Laune-Kick irgendwie nicht. Es munterte mich kein bisschen auf, die Hausarbeiten der Studenten von Mr. Phillips zu korrigieren.

Caleb hatte meine Seifenblase zerplatzen lassen, und das nahm ich ihm übel. Noch wütender war ich auf mich selbst, weil ich es zugelassen hatte. Wenn ich jedoch ehrlich zu mir war, musste ich zugeben, dass ich mich am meisten darüber ärgerte, dass ich Caleb so sehr vermisste.

Das war doch lächerlich. Wie konnte ich jemanden vermissen, mit dem ich nur ein paarmal zusammen gewesen war? Wie konnte jemand, den ich kaum kannte, eine solche Wirkung auf mich haben? Vor allem zeugte es von Schwäche. Und ich konnte mir jetzt keine Schwäche leisten.

Meine Stimmung wurde mit jedem Tag düsterer. Das Einzige, was mich aufheiterte, war die Zeit, die ich mit Kar verbrachte.

Ich war schon im Büro, faltete Rechnungen und steckte sie in Umschläge, um sie wegzuschicken, als die Türklingel bimmelte.

Ich blickte auf. Kar schlenderte herein. Sie schwang die Hüften, und ihre goldenen Armreifen klimperten. Es war Sonntag, und ich wusste, dass sie sonntags mit ihrem Dad und ihrem jüngeren Bruder zur Messe ging und hinterher freiwillig mit aufräumte. Trotzdem war ihr Make-up noch makellos und keine einzige Falte in ihrer Kleidung. In meinem T-Shirt und meiner Jeans kam ich mir schäbig vor.

„Wie war es in der Kirche?"

„Ich bin immer noch eine Sünderin. Was denkst du wohl, warum ich jeden Sonntag hingehe?" Sie legte ihre Handtasche auf ihren Schreibtisch. „Was hältst du von diesem Einteiler. Sehen meine Möpse da drin nach mindestens Körbchengröße B aus?"

„Ja, sie sehen super aus. Was hast du eigentlich immer mit deinen Brüsten?"

Theatralisch seufzte sie. „Hey, nicht jede ist mit so riesigen runden Dingern gesegnet wie du, also sei nicht fies." Sie wedelte mit ihrer Hand herum. „Meine sind eher wie Mückenstiche, und deshalb rede ich so viel über sie, wie ich will."

Sie trank einen Schluck von ihrem Smoothie und schüttelte sich. „Bäh. Ich weiß, dass das Zeug gesund ist, aber ich schwöre, diese Smoothie-Bar ein Stück weiter die Straße runter tut nichts als Wurzeln und Dreck in ihr Gesöff. Sollten die Dinger wirklich schmecken wie Scheiße, die zehn Tage auf dem Rasen gelegen hat?"

Ich rümpfte die Nase, während sie noch einen Schluck trank. Der Smoothie sah sehr grün aus. „Vielleicht fängst du gleich an zu muhen."

„Übrigens habe ich ein tolles Kleid bei dem Lagerverkauf in der 5th Avenue entdeckt. Ich kann dir neue Sommersachen besorgen, wenn du willst …"

Ich lehnte mich auf meinem Stuhl zurück und stöhnte.

Fragend sah mich Kar an. „Was ist denn mit dir los? Du schmollst hier rum, als hättest du dem Falschen einen geblasen."

Erneut stöhnte ich und spielte an dem Deckel meines Kokosnusssafts. Als ich wieder hochschaute, beäugte Kar mein Getränk mit unverhohlener Gier.

„Weißt du was? Wir tauschen. Hier." Sie schnappte sofort nach meinem Saft und drückte mir ihren Smoothie in die Hand. *„Du brauchst das. Denn du siehst aus, als hättest du den falschen …"*

Ich hob eine Hand. „Können wir bitte aufhören, über Körperteile zu reden?"

„Na gut." Sie nippte an *meinem* Getränk. „Was ist los?"

Es war lange her, seit ich irgendwem etwas von mir erzählt hatte. Nachdem mein Dad uns verlassen hatte, war ich gezwungen gewesen, erwachsen zu sein, weshalb ich mich manchmal eher wie neunzig fühlte als wie zwanzig.

Sollte ich es ihr sagen? Warum eigentlich nicht? Aber es fühlte sich schräg an, auch nur daran zu denken, mich jemandem anzuvertrauen. Dennoch erzählte ich ihr auf einmal alles über Caleb.

„Du wohnst bei ihm?" Sie starrte mich fassungslos an. „Er ist höllisch scharf, aber ein notgeiler Hengst. Das weißt du, oder?"

Plötzlich entwickelte mein Mund ein Eigenleben und wollte gar nicht mehr stillstehen. Alles kam heraus. Als ich Kar von dem Kuss erzählte, quollen ihr fast die Augen aus dem Kopf. Nach einer Weile beruhigte sie sich wieder, und ich sagte ihr, dass ich fest entschlossen war, nach einer Wohnung, einem Zimmer oder irgendwas Billigem zur Miete zu suchen, damit ich von Caleb wegkam.

Sie schüttelte den Kopf. „Hast du gewusst, dass er Camerons bester Freund ist? Hast du? Tja." Sie schnalzte mit der Zunge und blickte mich stirnrunzelnd an. „Warum hast du mir das nicht früher erzählt, du Nuss? Dir ist doch wohl klar, dass du von jetzt ab bei mir wohnst, ja?"

„Was?" Vor Schreck konnte ich sie nur anstarren.

„Warum nicht?"

„Du kennst mich kaum. Ich arbeite erst seit einigen Wochen hier."

Sie grinste breit. „Ich habe genug Tage mit dir verbracht, um zu wissen, dass du keine Serienmörderin bist. Außerdem liebe ich dich jetzt schon, Zicke."

Mir wurde die Brust eng. Ich wollte sie umarmen, doch stattdessen lächelte ich nur. „Ich dich auch, Bitch."

7. Kapitel

Veronica

Als ich Calebs Wohnung betrat, fiel mir sofort auf, wie still es war. Wenn Caleb sonst früh nach Hause kam, konnte ich immer verbrannten Toast riechen. Er stellte den Toaster zu hoch ein, wenn er nicht aufpasste. Aber jetzt war keine Spur davon, als ich die Küche betrat. Ich wollte ihm sagen, dass ich morgen auszog, ehe ich meine Sachen packte.

Eine Bewegung auf dem Balkon ließ mich reflexartig nach meinem Taschenmesser greifen. Das Mondlicht war schwach, sodass ich meine Augen anstrengen musste, um etwas zu erkennen.

Ich öffnete die Glasflügeltüren und trat hinaus in die Nachtluft.

Caleb hockte im Dunkeln, die Ellbogen auf den Knien und den Kopf gesenkt, als würde er trauern.

Ich wusste, dass etwas passiert sein musste. Etwas Schlimmes.

So bedrückt und einsam hatte ich ihn noch nie erlebt.

„Caleb?"

Einzig eine leichte Bewegung seines Kopfes verriet mir, dass er mich wahrnahm.

Langsam ging ich zu ihm. Dies war das erste Mal seit Wochen, dass ich mich ihm freiwillig näherte. Meine Augen hatten sich mittlerweile an die Dunkelheit gewöhnt, sodass ich ihn deutlicher sehen konnte. Ich hatte schon so lange keinen Blick mehr auf sein Gesicht aus nächster Nähe erhaschen können, dass es mich wie ein Hieb traf. Trotz seiner Trauer konnte ich nicht anders, als seine Schönheit zu bewundern.

„Willst du allein sein?", fragte ich leise.

Es verstrich ein Moment, bevor er antwortete: „Nein."

Ich setzte mich neben ihn und wartete auf ein Zeichen, irgendwas von ihm, was mir sagte, was ich tun sollte.

„Meine Eltern lassen sich scheiden", sagte er nach einer Weile. Seine Stimme klang vollkommen ungerührt, als würde er mich bei Tisch um den Salzstreuer bitten.

Es gab nichts, was ich erwidern könnte, um seinen Kummer zu lindern. Vorsichtig griff ich nach seiner Hand und hielt sie fest. Wenn es eines gab, was ich ihm in diesem Moment anbieten konnte, war es meine Nähe. Seine Hand fühlte sich kalt an, und sie war viel größer als meine. Deshalb rieb ich sie mit beiden Händen, um sie zu wärmen. Und ich sah ihn an. Seine Lider waren gesenkt, sein Mund wirkte verkniffen und hart.

„Ich hatte damit gerechnet. Schon länger, eigentlich", flüsterte er so leise, dass ich ihn kaum verstand.

„Er hatte andere Frauen. Er hat meine Mutter so oft betrogen, aber sie stand weiter zu ihm. Sie hielt nichts von Scheidung. Als ich sie heute sah, hat sie geweint. Ich konnte sie kaum aus dem Bett bekommen, damit sie etwas aß."

Seine Hand ballte sich zur Faust, als seine Wut hochkam. Ich wusste, dass er diesen Zorn nur mühsam beherrschte.

„Ich hasse ihn, verdammt. Ich könnte ihn umbringen."

„Könntest du", antwortete ich ruhig. „Doch was würde das bringen? Ich frage mich oft, warum sich das Leben bestimmte Leute aussucht, die es bestraft."

Ich fühlte, dass er mich anschaute, doch ich blickte hinaus in die Nacht.

„Egal, wie sehr du die Leute schützen willst, die du liebst, Caleb, du kannst es nicht. Du kannst nur für sie da sein. Du kannst ihren Weg nicht bestimmen, weil es allein ihrer ist. Es ist ihr Kampf, nicht deiner."

Es waren keine Sterne am Himmel. Die Stadt war zu hell, zu grell, erstickte ihr Licht.

Ich holte tief Luft und fuhr fort: „Ich habe zu akzeptieren gelernt, dass es nicht meine Schuld ist, wenn mir oder Menschen, die ich liebe, etwas Schlimmes passiert. Es ist einfach die Art, wie das Leben einen behandelt. Es ist nicht fair. Wenn man zu den Glücklosen gehört, muss man kämpfen. Stärker sein. Stärker sein, weil man keine andere Wahl hat. Stärker sein, als man ist, weil man sonst mit den

Schwachen untergeht. Das Leben kann dich verschlucken und wieder ausspucken. Und dann stirbt man mit gebrochenem Herzen."

So wie meine Mom.

Mir war bewusst, dass ich zynisch war, doch das Leben hatte mich desillusioniert. Als ich zu Caleb hinsah, stellte ich fest, dass er mich beobachtete. Seine Augen waren sehr grün, und sein Blick bohrte sich förmlich in mein Gesicht.

„Hör auf zu grübeln, Caleb. Wehr dich." Ich lächelte ihn an und drückte seine Hand. „Gib mir ein Lächeln, denn ohne dein Lächeln stimmt was nicht im Universum."

Nun blitzten seine Augen überrascht, und ich wurde rot, denn das hatte ich gar nicht sagen wollen. Aber anscheinend war es die Nacht der Beichten im Dunkeln.

Denn die Wahrheit war, dass ich ihn vermisste. Es war absurd, jemanden zu vermissen, den ich kaum kannte, doch es war, als hätte sich mir seine Präsenz tief im Innern eingeprägt. Und ich empfand den Verlust jetzt, da er vor mir saß, noch viel intensiver. Es fiel mir schwerer, die Wahrheit zu leugnen, ja, es war mir geradezu unmöglich, solange er sich ganz auf mich konzentrierte.

Er lächelte, und ich fühlte, wie sich eine Schwere in meiner Brust löste, die mir vorher gar nicht bewusst gewesen war.

Ich stand auf und grinste. „Pancakes?", fragte ich.

Sein Blick war sanft. Caleb erhob sich von seinem Stuhl und blieb vor mir stehen.

Ich schaute mit angehaltenem Atem zu ihm hoch.

„Danke, Red", flüsterte er, und seine Stimme war wie ein Streicheln.

Ich nickte nur. Mir wurde die Brust eng, und ich hatte keinen Schimmer, was an meinem Gesicht abzulesen war, deshalb drehte ich mich weg und ging in die Küche.

Ich zuckte leicht, als ich fühlte, wie er nach mir griff und seine Finger mit meinen verschränkte. Unwillkürlich blickte ich auf unsere verwobenen Hände, und die Berührung brachte mein Herz zum Hüpfen. Ich schaute wieder in seine Augen, und er lächelte. Sein Blick war weich und verletzlich.

„Lass meine Hand nicht los, Red", sagte er und führte mich aus dem Apartment.

„Was ist mit Pancakes?", fragte ich verwirrt.

„Pancakes heißt, deine Hand zu halten und jetzt gleich an den Strand zu gehen."

Nun geriet mein Herzschlag erst recht ins Stolpern.

Er blickte über die Schulter zu mir, weil ich nicht reagierte, und grinste, während der Lift uns in die Tiefgarage brachte. Ehe ich die Beifahrertür erreichte, war er schon da und hielt sie mir auf.

„Bereit?", fragte er, während wie unsere Gurte anlegten. Das Funkeln in seinen Augen war zurück.

„Bereit", antwortete ich.

Ohne zu zögern, fasste er erneut nach meiner Hand und legte unsere ineinander verschlungenen Hände auf die Mittelkonsole.

Zum Strand fuhr man von Calebs Apartment aus eine gute halbe Stunde. Wir hatten die Fenster geöffnet, sodass der Wind in mein langes Haar blies. Es war dunkel, und die Straßen waren frei.

Ich war aufgeregt, energiegeladen, und gleichzeitig hatte Calebs Hand in meiner etwas Tröstendes, das meine nervösen Gedanken beruhigte.

Er warf mir einen Seitenblick zu, während sein Daumen meine Handinnenfläche streichelte.

„Ich bin froh, dass du hier bei mir bist, Red."

Ich musste schlucken, weil ich einen Kloß im Hals hatte. Keiner hatte das jemals zu mir gesagt. Ich blickte wieder aus dem Fenster, damit er nicht mitbekam, was seine Worte mit mir anrichteten.

Heute Nacht erlebte ich eine Seite an Caleb, mit der ich nicht gerechnet hatte. Ich wusste nicht, was ich davon halten sollte, oder vielleicht doch, weigerte mich aber, darüber nachzudenken.

Ich wusste lediglich, dass ich diesen Jungen mochte, wie ich noch nie zuvor jemanden gemocht hatte.

Er parkte vor den Läden, die schon geschlossen waren. Als wir über den Strand liefen, fühlte sich der weiße Sand kühl unter unseren Füßen an.

Der Wind war ein bisschen kalt, und ich schlang die Arme um meinen Oberkörper, um mich zu wärmen. Da bemerkte ich, wie Caleb seine Jacke auszog.

„Hier, Red", sagte er und hängte mir die Jacke über die Schultern.

„Was ist mit dir?"

„Halt einfach meine Hand. Du wärmst mich."

Dabei war er derjenige, der mich innerlich wärmte, indem er erneut meine Hand ergriff und mich dicht an seine Seite zog, während wir gingen.

„Ich weiß, dass du mich gemieden hast", begann er nach einem Moment. Da war kein Vorwurf in seiner Stimme, nur Verständnis. Was mich überraschte. „Ich weiß, dass du die letzten Wochen nichts mit mir zu tun haben wolltest, aber ich habe immerzu an dich gedacht. Genau genommen", korrigierte er sich, und seine Stimme wurde tiefer. „Ich glaube, ich bin ein bisschen besessen."

Er seufzte, da ich nicht so schnell antwortete, wie er sich das gewünscht hätte. „Es tut mir leid, wenn ich dir das Gefühl gegeben habe, dich zu etwas zu zwingen, was du nicht willst."

Ich schüttelte den Kopf. „Mir tut leid, dass ich das gesagt habe. So ist es eigentlich nicht ... Du verwirrst mich, Caleb."

Natürlich wartete er darauf, dass ich mehr sagte, es ihm erklärte, aber mir blieben die Worte im Hals stecken.

„Manchmal denke ich, dass du ein sehr trauriges Mädchen bist."

Er war aufmerksamer, als ich ihm zugetraut hatte. Denn mir wurde bewusst, dass er recht hatte. Ich war schon sehr lange Zeit traurig. Ich war so lange ausgehungert nach Liebe und Zuneigung, dass ich vergessen hatte, wie sie sich anfühlten. Und ich hatte mich geweigert, jemanden an mich heranzulassen, weil ich Angst hatte, wieder verletzt zu werden. Dieser Junge aber hielt meine Hand und riss meine Schutzwälle Stein für Stein ein.

Es machte mir Angst.

„Alles, woran ich denken konnte, war, wie ich dich wieder zum Lächeln bringe. Und nicht zu diesem unechten, wie du es Leuten zeigst, um höflich zu sein. Ich wollte dein echtes Lächeln sehen, bei dem deine Augen leuchten und sich deine Lippen bis zu den Ohren dehnen."

In meinem Kopf dröhnte es. Was versuchte er zu sagen?

„Du verwirrst mich", wiederholte ich. „Ich ... ich verstehe nicht, was du willst."

„Tust du nicht?", fragte er ernst und sehr direkt.

Ich sah zur Seite, denn seine Augen glühten vor Emotionen.

Wer war dieser Junge? Dieser ernste, nachdenkliche Junge, der mich anschaute, als könnte er mir in die Seele blicken.

„Ich ... ich bin noch nicht so weit, Caleb."

Er nickte. „Das ist in Ordnung. Ich warte inzwischen schon sehr lange darauf, dass du in mein Leben kommst, da kann ich auch noch ein bisschen länger warten."

„Findest du nicht, das geht etwas zu schnell?"

„Die Sache ist die, dass ich mir völlig im Klaren bin. Ich weiß, dass du es bist. Mir ist egal, ob ich dich erst gestern kennengelernt habe. Ich würde dich trotzdem wollen, ob heute, morgen, in fünf Tagen ..." Er verstummte, und ich fürchtete, er würde so etwas sagen wie „oder ewig" – oder irgend so etwas Lächerliches.

Ich glaubte nicht an „ewig". Ein „Für immer" war für Leute da, die an Märchen glaubten. Und ich hatte noch nie an Märchen geglaubt.

„Du machst mir Angst."

Leise lachte er. „Weiß ich. Aber das musst du aushalten." Er stockte. „Wie willst du denn einen so heißen Jungen wie mich aufgeben?"

Er war wieder zurück.

„Aber eines musst du mir versprechen", sagte ich.

„Was?"

„Küss mich nicht."

Er legte wieder auf diese unverwechselbare Weise den Kopf schräg, während er mich musterte. Ich zog die Schultern hoch, denn jedes Mal, wenn er das tat, kam es mir vor, als würde er zu viel von mir sehen.

„Du hast Angst vor meinen Küssen." Das war keine Frage. „Du hast Angst vor dem, was sie dich fühlen lassen."

Ich stieß einen geringschätzigen Laut aus und wandte mein Gesicht ab. Dabei schluckte ich den Klumpen Feigheit hinunter, der sich in meiner Kehle verkeilt hatte. Natürlich hatte er recht. Doch wie konnte er wissen, was ich fühlte, bevor es mir selbst klar wurde?

„Wie soll ich etwas versprechen, wenn klar ist, dass ich kläglich scheitern werde?"

„Kannst du es wenigstens versuchen?", beharrte ich.

„Nein, Red."

Er schaute zum Wasser, seufzte und drehte den Kopf zu mir.

„Ich denke nicht, dass ich es könnte, selbst wenn ich wollte. Da habe ich gar keine Wahl mehr. Ich muss dich berühren, dich atmen. Ich muss sehen, wie du zu mir hochsiehst und lächelst, so wie vorhin. Ich muss dich glücklich sehen oder mürrisch oder wütend. Ich sehne mich nach allem an dir. Ich sehne mich sogar ein bisschen zu sehr nach allem an dir."

Ich hielt den Atem an, während mein Herz wie verrückt hämmerte.

Plötzlich hockte er sich in den Sand, den Rücken an einen abgebrochenen Baumstumpf gelehnt, und zog mich mit sich nach unten.

„Lehn dich mit mir zurück."

Ich hatte ungefähr fünf Sekunden, bevor er mich zu sich hinunter zog; mein Rücken an seinen Oberkörper geschmiegt, meine Beine zwischen seinen gefangen. Ich ertrank in Caleb.

„Entspann dich. Ich werde dich heute Abend nicht küssen, wenn du es wirklich nicht willst."

Auf einmal wollte ich, dass er mich wieder küsste.

Was stimmte nicht mit mir? Als er es mir anbot, wollte ich nicht, doch jetzt, da er mich womöglich nicht küssen würde, wollte ich nichts dringender als das?

Ich lehnte meine Wange an seine Schulter und atmete ihn tief ein. Er verkrampfte sich.

„Tu das nicht, wenn du heute Abend nicht geküsst werden willst. Meine Selbstbeherrschung ist nicht unbegrenzt – und ..." Er beendete den Satz nicht.

„Und?", fragte ich, wobei meiner Stimme deutlich anzumerken war, dass ich grinste. Selbst in meinen eigenen Ohren klang ich ... glücklich.

Caleb konnte mir nicht widerstehen. Caleb, der umwerfende und charmante Junge, den jede wollte, konnte mir nicht widerstehen. *Mir*, die daran gewöhnt war, von keinem gewollt zu werden. Das schien mir unwirklich.

„Provozierst du mich absichtlich?", fragte er.

Alles Verspielte war aus seinen Augen verschwunden, als er mein Gesicht mit beiden Händen umfasste, sodass ich ihn anschauen musste.

„Was willst du, Red?", flüsterte er heiser.

Ich öffnete den Mund, doch es kam kein Laut heraus. Kapierte er nicht, dass ich meine Meinung geändert hatte und von ihm geküsst werden wollte? Schleuderte ich ihm nicht sehr deutliche Signale entgegen?

„Sag es, oder ich tue es nicht", drohte er, und seine grünen Augen fixierten mich, sodass ich aufgeben musste.

„Küss mich, Caleb."

Das musste ich nicht zweimal sagen. Sein Mund eroberte meinen hemmungslos. Keine Spur mehr von den hauchfeinen Küssen, vom Necken und Verführen. Dies hier war ein Brandzeichen. Seine eine Hand war auf meinem Rücken, drückte mich an ihn, während die andere in mein Haar tauchte und meinen Kopf hielt, sodass er den Kuss kontrollierte.

Du gehörst mir, sagte sein Kuss. Und wir küssten uns sehr, sehr lange.

8. Kapitel

Veronica

Mehrere Minuten waren vergangen, seit der Wecker geklingelt hatte, aber ich lag immer noch im Bett und dachte an das, was gestern Abend geschehen war, als es an der Tür klopfte.

„Caleb?", rief ich erschrocken.

„Kann ich reinkommen?", hörte ich ihn hinter der Tür murmeln.

„Nein!" Rasch setzte ich mich auf, dachte an meinen Morgenatem und mein zerwühltes Haar. „Gibst du mir zwei Minuten?"

Ohne seine Antwort abzuwarten, stürmte ich ins Bad, putzte mir die Zähne und bürstete mein Haar. Ich stutzte, als ich mein Spiegelbild sah. Etwas an mir war anders. Meine Wangen wirkten rosig, meine Augen leuchtender.

„Red?"

Ich atmete laut aus und öffnete die Tür. Bei seinem Anblick flatterten Schmetterlinge in meinem Bauch.

Er lächelte, und seine grünen Augen strahlten, als er mich anschaute. Sogar mit schlafverwirrtem Haar und einem Kissenabdruck auf der linken Wange sah er atemberaubend aus.

„Schläfst du nackt? Hast du deshalb zwei Minuten gebraucht?"

Ich wurde rot, konterte aber: „Das würdest du gern wissen, was?"

Das Funkeln in seinen Augen verriet mir, was er dachte.

„Darf ich reinkommen?"

Er hob die Arme, und ich bemerkte, dass er ein Tablett trug. Darauf waren ein Teller mit deformierten Pancakes, Butter und Sirup dazu, eine Schale mit halbierten Erdbeeren, ein dampfender Becher mit grünem Tee und ein Glas Orangensaft. Und an der Seite lag eine Rose.

Ich sah zu ihm auf, als er sich räusperte. Erst jetzt wurde mir bewusst, dass ich das Tablett eine ganze Weile angestarrt haben musste, während es mir vorkam, als würde mein Herz beschwipst durch den Brustkorb schweben.

„Ich habe dir Pancakes gemacht, weil wir gestern Abend nicht mehr zu denen gekommen sind", erklärte er.

Wurde er rot?

„Aber es tut mir leid, dass ich sie ein bisschen vergurkt habe."

Er sah so anbetungswürdig süß aus! Und mich überfiel der unerklärliche Impuls, ihn zu küssen und mir die Seele aus dem Leib zu schreien, doch beides zügelte ich.

„Komm rein", brachte ich mühsam heraus.

Sein Blick war viel zu verständnisvoll, und er lächelte. „Atme, Red. Das geht vorbei."

Er war bisher nie in diesem Zimmer gewesen, seit ich hier wohnte. Und mir war es immer sehr groß erschienen, doch als ich ihn beobachtete, wie er in den Sitzbereich ging, fühlte es sich auf einmal klein an.

„Komm, lass uns essen." Er winkte mich zu sich und stellte das Tablett auf den kleinen runden Tisch vor den hohen Fenstern. Als er die Vorhänge zurückzog, fiel Sonnenlicht herein, und der Blick auf die Stadt unten machte alles vollkommen.

Nein, dachte ich, Caleb machte alles vollkommen. Selbst in einem fensterlosen Keller würde seine Gegenwart alles verbessern.

Es wäre so leicht, ihm nachzugeben, mich für ihn fallen zu lassen. Aber was wäre, wenn er meiner überdrüssig wurde? Wo wäre ich dann?

Meine Gefühle für ihn wurden stärker, und mir war, als würde ich mich auf unsicherem Terrain bewegen. Das ließ mich misstrauisch werden und eine defensive Haltung einnehmen. Vor allem aber fühlte ich mich verwundbar. Ich trat einen Schritt zurück.

„Caleb, ich habe keine Zeit, mich hinzusetzen und zu essen. Mein Bus geht in einer Stunde."

„Von jetzt an fahre ich dich zum College."

„Das kannst du nicht."

„Doch, kann ich."

Wütend funkelte ich ihn an. „Nein, kannst du nicht."

„Ich kann und ich werde", erwiderte er stur.

Ich stemmte die Hände in die Hüften. „Warum kommandierst du mich herum?"

Er stieß einen Seufzer aus. „Können wir nicht einfach in Ruhe essen? Ich habe die hier für dich gemacht. Und ich habe mir richtig viel Mühe gegeben, weil … ich dich heute Morgen zum Lächeln bringen wollte."

Ich merkte, wie ich weich wurde. Er hasste Kochen, doch er hatte es für mich getan. Er zog mir einen Stuhl heran, verrückte den anderen Stuhl so, dass wir nebeneinandersaßen.

„Woher hast du die Rose?" Meine Mundwinkel wollten sich zu einem Lächeln verziehen, also biss ich mir auf die Unterlippe.

Er sah mich unter halb gesenkten Lidern an. „Die habe ich unten in der Eingangshalle geklaut. Die werden sie nicht vermissen."

Ich nickte nachdenklich und biss mir fester auf die Lippe. „Danke für die Pancakes."

„Gern geschehen."

Er zeigte nervös auf den Teller.

Da die Anzahl der Pancakes schon ziemlich zusammengeschrumpft war, nahm ich meine Gabel, pickte ein Stück auf und steckte es mir in den Mund. Dann kaute ich langsam.

Knirsch.

„Ähm", murmelte ich und versuchte, die kleinen Eierschalstückchen so dezent wie möglich auszuspucken.

Caleb senkte den Kopf und reichte mir eine Serviette.

„Tut mir leid. Ich habe noch nie Pancakes gemacht. Aber ich wollte dir welche servieren." Er klang verlegen und traurig.

Oh, verdammt noch mal!

Ich legte beide Hände an seine Wangen und küsste ihn auf den Mund. Wir beide erstarrten.

Eins, eintausend. Zwei, zweitausend. Drei, dreitausend …

Ich wollte zurückweichen, aber er umfing mein Gesicht und hielt mich fest. Und dann begannen seine Lippen, sich zu bewegen.

Sein Kuss war nicht so, wie ich ihn in Erinnerung hatte.

Er war besser.

Weiche Lippen, sanftes Knabbern, Necken, Reizen.

„Du schmeckst so gut. Besser", korrigierte er. Seine Stimme war tiefer und rauchiger als sonst. „Bist du jetzt meine Freundin, Red?"

Seine Hände hielten nach wie vor mein Gesicht, sodass ich seinem Blick hilflos ausgeliefert war. Ich sah zur Seite.

„Nein", antwortete ich.

Er zog die Hände weg. „Was dann?", fragte er.

Panik regte sich in meiner Brust und machte sie eng. Ich hatte das Gefühl zu ersticken. Warum konnte er es nicht gut sein lassen?

Er wollte zu viel, zu schnell.

„Nichts", sagte ich und lehnte mich zurück. „Wir sind befreundet."

„Ich bin nicht bloß mit dir befreundet. Normale Freunde begehren sich nicht so wie ich dich." Sein Tonfall war schroff, angriffslustig.

Ich stand auf und ging auf Abstand. „Ich bin nicht bereit, das zu diskutieren."

„Na gut." Er richtete sich auf. „Wie du willst. Aber ich will nicht, dass du irgendjemanden außer *mir* küsst."

Das war ein Befehl, purer Besitzanspruch. Und es gefiel mir ganz und gar nicht.

„Hey, Kumpel, hör mal gut zu!", fuhr ich ihn an und bohrte ihm einen Finger in die Brust. „Nur, weil ich dich gestern Abend geküsst habe, darfst du mir noch lange nicht sagen, was ich zu tun oder zu lassen habe!" Seine Brust war steinhart. „Wag es noch einmal, und ich bin weg."

Er biss die Zähne zusammen, und seine Miene verfinsterte sich.

„Das hier!", platzte ich heraus und zeigte auf uns beide. „Das kommt dabei raus, wenn wir uns küssen. Es verkompliziert alles."

„Nein", widersprach er betroffen und wischte sich mit der Hand übers Gesicht. „Tut es nicht. Ist Exklusivität denn zu viel verlangt? Bist du mit jemand anderem zusammen? Ist es deshalb?"

Es war nur eine schwache Note, aber mir entging der gekränkte Unterton nicht. Und meine Wut schwand.

„Nein, Caleb." Ich sah ihn an, damit er erkannte, dass ich es ehrlich meinte. „Ich bin mit keinem zusammen. Allerdings auch nicht mit dir."

„Doch, bist du", beharrte er.
„Nein, bin ich nicht."
„Wie nennst du das denn, was gestern Abend war?", fragte er.
Ich hielt den Mund.
„Ich habe dich geküsst. Und", ergänzte er, „du hast meinen Kuss erwidert."
Ich knirschte mit den Zähnen.
„Du hast mich erst vor ein paar Minuten wieder geküsst", fügte er hinzu. „Muss ich dich daran erinnern?"
Sein Ton hatte nichts Verspieltes mehr. Er war ernst und entschieden.
„Ich bin nicht dein Eigentum." Ich ballte die Fäuste.
Blitzschnell stand er vor mir. Nahe, oh, so nahe. „Du machst mich wahnsinnig", flüsterte er heiser.
Sein Atem fächelte über mein Gesicht. „Wahnsinnig", wiederholte er, ehe er den Kopf neigte. Er küsste meine Unterlippe sanft, biss hinein und zog an ihr, bis ich nach Luft rang.
Ich schloss meine Augen, wollte mehr. Dann spürte ich, wie ich mich an ihn lehnte, ihn an mich ziehen wollte, von ihm wollte, dass er mich an sich presste. Was er auch tat. Freude und Verlangen strömten durch meinen Körper, sowie er mich weiterküsste, und er begann mit seiner Zunge meine zu umspielen.
„Was willst du, Red?", murmelte er.
Mit der Zunge zeichnete er die Konturen meiner Lippen nach, und ich stöhnte unwillkürlich auf. „So, wie du mich küsst, erkenne ich, dass du mich willst. Und nicht bloß als einen Freund von vielen."
Innerlich zerrissen, stieß ich mich von ihm ab. Es war zu viel. Er war zu viel. Ich drehte mich weg und wollte rausgehen, doch er fasste mich am Arm.
„Bitte, lauf nicht weg", bat er leise. „Ich glaube nicht, dass ich das kann. Wenn du nur befreundet sein willst, dann will ich nichts von dir."
Mein Herz schlug sehr laut und sehr schnell.
Seine Augen glühten förmlich, während er mich ansah. „Ich will zu viel von dir, um nur ein Freund zu sein. Das kann ich nicht aushalten."

Alles oder nichts? Das war ein Ultimatum. Wieder wurde ich panisch.

Ich will dich noch nicht verlieren, Caleb.

„Verlang das nicht von mir. Du willst zu viel, verlangst zu viel. Das geht alles so schnell."

Er schloss die Augen, senkte den Kopf und legte beide Hände in den Nacken, während er sich hinsetzte.

„Tut mir leid, du hast recht", meinte er ruhig. Als er aufblickte, wirkte er sehr ernst. „Ich weiß selbst nicht, was zum Teufel ich hier tue. Mir ist klar, dass ich es falsch angehe, und dennoch kann ich anscheinend nicht aufhören. Ich will schlicht alles von dir. Alles. Und ich habe keinen Schimmer, wie …" Er verstummte hilflos und ließ die Hände fallen.

Mir wurde das Herz schwer. Warum hatte ich das Gefühl, dass ich ihn in die Arme schließen wollte und seinen Schmerz vertreiben?

Ich fiel, stürzte … und es gab kein Sicherheitsnetz, weil Caleb mir das genommen hatte.

Er verlangte, dass ich alles riskierte.

„Können wir es langsam angehen?", fragte ich, nachdem ein Moment verstrichen war.

Er holte tief Luft und nickte. „Ja, machen wir das. Wie wäre es, wenn du dich anziehst und wir zusammen zum College fahren?" Sein Lächeln war anbetungswürdig. „Falls du damit einverstanden bist."

Ich seufzte. „Okay."

Mir war bewusst, dass er am Ende doch gekriegt hatte, was er wollte.

9. Kapitel

Veronica

„Also hast du mich gestern Abend für nichts und wieder nichts meine Wohnung putzen lassen?"

Kars Augen sprühten Funken, während sie mich wütend ansah.

„Caleb braucht jetzt eine Freundin", antwortete ich lahm.

Sie schlürfte einen extragroßen Erdbeer-Milchshake mit zwei gelben Strohhalmen. Kar war laktoseintolerant, aber das schien sie nicht weiter zu stören.

„Ist der aus Sojamilch?"

Sie starrte mich trotzig an. „Ich darf richtige Milch trinken. Schließlich bin ich Lakto-Vegetarierin, keine Veganerin. Das ist ein riesiger Unterschied."

„Aha."

Wir waren auf dem Weg zu einem Hot-Yoga-Kurs. Kar bestand darauf, dass wir zusammen hingingen, um ihre Entschlossenheit zu stärken, noch mal durchzustarten, ohne – wie sie sich ausdrückte – das Arschloch Cameron. Sie sagte, dass sie neue Sachen ausprobieren, neue Leute kennenlernen und nach vorn schauen musste.

Ich fand, dass es sinnvoller wäre, wenn sie aufhörte, dauernd über ihn zu reden, aber wofür sind Freundinnen da, wenn nicht, um sich trotz aller Macken gegenseitig zu unterstützen? Oder, in ihrem Fall, trotz Abhängigkeit.

„Und wie viel hast du tatsächlich geputzt?", fragte ich.

Sie blickte zur Seite. „Ich habe das Bett frisch bezogen."

„Das ist alles?" Ich grinste.

Sie zwickte mich in die Wange. „Ja-ha!"

Es nieselte leicht, und die Temperaturen waren unter zwanzig Grad gefallen. Der Frühling hielt hartnäckig sein Krönchen fest und weigerte sich stur, es an den Sommer weiterzugeben. Einige Einheimische hatten dennoch bereits von Pullis und langen Hosen zu Shorts und Spaghettiträgern gewechselt.

„Also lassen sich seine Eltern scheiden, ja?", fragte Kar.

Mein Lächeln verschwand. „Ja, aber erzähl das keinem."

„Wem soll ich es denn erzählen? Oprah? Echt jetzt." Sie verdrehte die Augen. „Einige Kinder trifft es härter als andere, wenn sich die Eltern trennen, schätze ich."

Ich runzelte die Stirn, sagte jedoch nichts.

„Jedenfalls sollte man deshalb unbedingt mit möglichst vielen Kerlen ausgehen, bevor man sich festlegt. Denn weißt du was? Ich habe bislang nur mit diesem Arsch geschlafen."

„Cameron?"

„Nein, Brad Pitt, verdammt! Ver!"

„Ach ja? Und wie viel hat er dir hinterher bezahlt?", konterte ich.

Ihr Lachen war laut und so ansteckend, dass ich mitlachen musste. Dann wurde sie wieder ernst.

„Ich fühle mich völlig vertrocknet", sagte sie und seufzte. „Sollte ich mich so ausgetrocknet fühlen? Wie die Bahara."

„Du meinst die Sahara", korrigierte ich.

Wieder verdrehte sie die Augen. „Du weißt doch, dass ich in meinem früheren Leben blond war, oder? Das ist meine Ausrede, und bei der bleibe ich. Mein Gehirn ist schon nicht allzu mies, aber, im Ernst, du bewegst dich da oben auf NASA-Niveau."

Lachend schüttelte ich den Kopf.

Sie schlürfte den Rest ihres Milchshakes und warf den Becher mit Schwung in einen Mülleimer. Er prallte am Rand ab, fiel auf das Pflaster und verbreitete eine Pfütze, die wie rosafarbenes Erbrochenes aussah.

„Scheiße!", zischte Kar und biss sich auf die Unterlippe.

„Das ist Umweltverschmutzung. Heb ihn lieber auf", empfahl ich, als sie weiterlief.

Doch ehe sie reagieren konnte, hatte schon jemand anders nach dem Becher gegriffen.

„Ich möchte nicht, dass jemand ein Bußgeld bezahlen muss", sagte eine belustigte Männerstimme. „Hi."

Der Typ war groß und hatte militärisch kurz geschnittenes Haar, das seine kantigen Züge betonte. Als er lächelte, bildeten sich in den Winkeln seiner dunkelbraunen Augen kleine Fältchen. Der Bartschatten an seinem eckigen Kinn ließ ihn sehr maskulin wirken. Seine braun gebrannten, muskulösen Arme ließen keinen Zweifel daran, dass er regelmäßig ins Fitnesscenter ging. Er trug ein schwarzes Muskelshirt, das dunkle, aufwendige Tattoos enthüllte, und da waren eine ganze Menge.

„Hi", stieß Kara hervor.

„Ich bin Theo."

„Kara."

Als er beim Reden den Mund öffnete, sah ich ein Zungenpiercing. Kars Gesichtsausdruck brachte mich fast zum Lachen. Ihr Mund stand offen vor Staunen, und ihre großen haselnussbraunen Augen quollen ihr beinahe aus dem Kopf.

Theo schaute Kar neugierig an, während er den Becher in den Müll schmiss. Ich knuffte sie unauffällig in die Seite. Kar blinzelte mehrmals, ehe sie wieder zu sich kam, doch es war zu spät. Ein Wagen hatte vor uns gehalten, und Theo stieg bereits ein und winkte uns zum Abschied zu.

„Scheiße, Ver. Ich glaube, ich habe gerade den Typen gefunden, der mich entjungfern wird."

Ich lachte. „Kleiner Hinweis am Rande, Kar. Du bist schon längst entjungfert."

„Dann eben zum zweiten Mal?"

„Sofern dir kein zweites Jungfernhäutchen gewachsen ist, glaube ich nicht, dass es ein zweites Mal gibt."

Sie liebte es, über Sachen zu reden, die in manchen Kreisen tabu sein dürften, doch ich wusste, dass es hauptsächlich viel Lärm um nichts war.

„Yoga löst Spannungen, und das brauchst du jetzt offenbar dringend, Kar. Komm jetzt."

„Pizza kann das auch, meine Liebe. Oder sich flachlegen lassen."

Ich zog eine Grimasse, nahm ihre Hand und zerrte sie ins Gebäude.

Es war wie ein Schlag ins Gesicht, als wir den Kursraum betraten. Die heiße Luft umfing mich wie ein Ganzkörperanzug. Wir waren etwa zehn Minuten dabei, als ich zu Kar hinschaute. Sie wirkte grün im Gesicht. Oh, oh.

„Kar", flüsterte ich. „Geht es dir gut?"

Wir durften eigentlich nicht reden, doch sie sah aus, als würde sie gleich umkippen.

Sie schüttelte den Kopf. „Können wir verschwinden?"

Mittendrin abzuhauen war auch nicht erlaubt. Die Lehrerin wollte, dass wir uns hinlegten und verschnauften, wenn uns schwindlig wurde. Zum Teufel damit.

„Klar, gehen wir."

Mitleidige Blicke trafen uns, als ich Kar aufhalf. Die Lehrerin kam, um nach uns zu sehen, aber Kar sagte ihr, dass alles gut sei. Auf dem Flur empfing uns die klimatisierte Luft wie ein Lebenselixier.

„Verdammt, ja!", presste Kar hervor, entwand sich meinen Armen und breitete ihren verschwitzten Leib auf dem Fußboden aus. „Da drin roch es so widerlich. Und bei diesen Exorzisten-Tanzbewegungen hat jemand einen fahren lassen. Ich schwöre, wenn du mich wieder da reinschleifst, schlage ich dich windelweich, meine Liebe. Ich prügle dich bis zum Jüngsten Tag und direkt runter in die Hölle."

Ich prustete vor Lachen, und es hallte durch den Flur.

Als die Yogalehrerin die Tür öffnete und uns mit einem vernichtenden Blick zurechtwies, zog ich Kar hoch, und wir stolperten zu unseren Spinden.

An den Wänden hingen Bilder von Buddha und asiatischen Gärten, alle in einem fröhlichen Orangeton mit hellbraunen Akzenten. Auf der rechten Seite der Umkleide waren drei Kabinen, auf der linken die Spinde.

„Ich hatte dir gesagt, dass du diesen Milchshake nicht trinken sollst, Kar."

Sie stöhnte und steuerte direkt auf eine Kabine zu. „Warum muss ich laktoseintolerant sein? Warum? *Warum?*", jammerte sie und knallte die Tür hinter sich zu. „Wieso zum Teufel ziehen die Leute die Toilette nicht ab? Denken die, mir macht das Spaß, ihren Mist anzugucken? Den zu riechen? Zieht doch gefälligst ab, verdammt!", stieß sie knurrend hervor.

Ich hörte die Spülung.

„Wahrscheinlich hast du recht. Du musst dich flachlegen lassen. Das oder in die geschlossene Psychiatrie."

„Ich werde diesen Gott finden, den wir vorhin gesehen haben. Wart's nur ab. Der ist scharf genug, um mit diesem Arsch Cameron zu konkurrieren. Und er hat sogar ein Zungenpiercing. Hast du gewusst, dass Cameron auch eins hat? Und ich weiß nicht, ob dir das klar ist, aber unsere Namen sind praktisch gleich. Cam/Kara/Kar – hört sich an wie Karma. Ist das nicht beschissen süß?"

Und es geht wieder los, dachte ich.

10. Kapitel

Caleb

Das Letzte, wofür ich mich gehalten hätte, war ein klammernder fester Freund.

Ich verabredete mich, hing mit Mädchen ab, schlief mit ihnen, aber das war auch schon ungefähr alles. Mit keiner war es auch nur ansatzweise ernst gewesen, und das fand ich gut so.

Red allerdings bewirkte, dass ich mehr wollte. Sie brachte mich dazu, meine Welt mit anderen Augen zu sehen und zu erkennen, wie leer sie gewesen war, bevor sie in mein Leben trat. Noch nie war ich einem Menschen wie ihr begegnet. Sie war das schönste Mädchen, das ich in meinem ganzen Leben gesehen hatte, aber es war vor allem ihr Wesen, was mich immer wieder zu ihr zog.

Ich hatte miterlebt, wie sie jeden Tag hart arbeitete, und nie hörte ich, dass sie sich beklagte – nicht ein einziges Mal. Sie arbeitete schwer, ohne viel zu erwarten, und wenn sie mehr bekam, als sie erwartet hatte, wurde sie misstrauisch. Es war, als würde man jemandem zugucken, der täglich im Krieg mit der Welt stand. Und vielleicht tat sie das. Vielleicht hatte sie deshalb diese hohen Schutzmauern um sich errichtet, hinter denen sie sich konsequent verschanzte. Vielleicht war sie so an diesen Schutzwall gewöhnt, dass sie gar nicht mehr wusste, wie sie ihn einreißen könnte.

Sie war wie ein Puzzle, bei dem einige Teile fehlten. Eventuell könnte ich ja meine eigenen Teile so formen, dass ich sie vervollständigte. Noch wollte sie sich nicht zu mir bekennen. Sie war nicht bereit, und ich würde warten.

Ich bewegte mich hier auf gefährlichem Terrain, und ich hatte keine Ahnung, wie eine echte Beziehung funktionierte, aber ich war noch nie der Typ gewesen, der leicht aufgab, wenn er etwas wirklich wollte. Und ich wollte eine Beziehung mit diesem Mädchen.

Ein paar Wochen waren vergangen, und ich hatte Red überredet, sich von mir zum College fahren zu lassen. Mit einiger Anstrengung. Sie gab keinen Zentimeter nach. Und wenn doch, musste ich mir das mühsam erarbeiten. Dann wieder passierte es, dass sie morgens schon weg war, wenn ich aufwachte, also achtete ich darauf, an diesem Morgen früher aufzustehen.

Ich stand ungern früh auf, doch für sie würde ich alles tun.

Jetzt schaute ich zu ihr hin, als wir zum College fuhren. Ihr Haar wehte im Wind, und mein Herz tat ein bisschen weh.

„Was machst du heute Abend nach deinem letzten Seminar? Und erzähl mir nicht, du arbeitest, denn ich weiß, dass es dein freier Abend ist."

Sie nagte an ihrer Unterlippe. Warum sah sie bloß so unentschlossen aus? Als müsste sie mit sich ringen, ob sie mir die Wahrheit sagen sollte oder nicht. Es war ja nicht so, als hätte ich vor, sie heute Abend zu vernaschen. Na ja, noch nicht.

„Ich übe für die Prüfungen."

„Welche Prüfungen?"

Sie atmete pustend aus. „Worum geht es eigentlich?"

„Heute Abend bauen sie auf dem Campusparkplatz ein Autokino auf. Komm mit mir hin." Wieder warf ich ihr einen Seitenblick zu.

„Ich weiß nicht, Caleb …"

Sie gab bereits nach. Das hörte ich an ihrer Stimme. Ich grinste sie an. Ihr Mund zuckte. Mein Mädchen lächelte selten, doch wenn sie es tat, fühlte ich mich wie Superman.

„Willst du etwa nicht vor aller Welt mit deinem Freund angeben? Jeder buhlt um meine Aufmerksamkeit, aber sie gehört einzig und allein dir, Red."

Sie schnaubte.

„Du bist schon eine tolle Trophäe", erwiderte sie sarkastisch. „Aber du bist nicht mein fester Freund, Caleb."

Es kam häufig vor, dass Leute sich ein falsches Bild von mir machten. Nur weil ich viel lächelte, hieß das nicht, dass ich alles total locker nahm. Ich war durchaus verwundbar, nur eben richtig gut darin, meine Gefühle hinter einer lässigen Fassade zu verstecken.

Und was sie gerade gesagt hatte, schmerzte. Ich wusste nicht, ob sie es ernst meinte oder ob es nur ein Witz sein sollte. Sie musste meine veränderte Stimmung bemerkt haben, denn sie wandte sich zu mir und sah mich an.

„Entschuldige. Das war ein Scherz", meinte sie leise und in entschuldigendem Ton. In ihren Augen lag etwas Flehendes.

Wie könnte ich wütend auf sie sein, wenn sie so süß war? Ich war in Wahrheit auch nicht mehr sauer, aber ich wollte dennoch, dass sie sich meine Vergebung verdiente. Andersherum musste ich mich schließlich immer viel mehr anstrengen, und sie sollte auch mal das Gleiche für mich tun. Sie sollte fühlen, dass ich es wert war.

„Caleb?"

Ich nickte kurz. Ich konnte gar nicht erwarten zu sehen, was sie als Nächstes tun würde.

Sanft berührte sie meinen Arm, und es durchfuhr mich wie ein Stromschlag, ihre Haut auf meiner zu spüren. Sie musste es auch gefühlt haben, denn sie zog die Hand wieder weg.

„Na gut, aber nur, wenn Kara dabei ist."

„Kara?"

„Kara Hawthorne. Sie war mal mit deinem Freund Cameron zusammen."

Sie erzählte mir, wie sie sich kennengelernt, auf Anhieb verstanden und angefreundet hatten. Ich kam mir erbärmlich vor, weil ich ein bisschen eifersüchtig wurde.

Ich kannte Kara durch Cameron. Als sie sich trennten, weigerte Cameron sich, über sie zu reden. Bis heute brachte er nicht mal ihren Namen über die Lippen.

„Also kommst du?" Ich setzte ein idiotisches Grinsen auf. Und sie lächelte ein bisschen. Prompt reckte ich die Faust in die Luft und schrie aus voller Kehle, „Los, Caleb, los, Caleb! Los, Caleb, los, Caleb, los! Aaaaah! *Caleb!*"

Ich hätte dazu getanzt, wenn ich nicht gefahren wäre. Und ich hatte sie tatsächlich zum Lachen gebracht.

Mir war, als würde ich fliegen.

Nachdem ich den Wagen auf dem College-Parkplatz abgestellt

hatte, stieg ich rasch aus, um ihr die Tür zu öffnen, doch sie war schneller und rannte schon los, als wäre ich ein Aussätziger.

„Bis später. Falls Kar einverstanden ist, okay?"

Ich holte sie mit Leichtigkeit ein. Mir fiel auf, dass sie sich misstrauisch umblickte. Versteckte sie sich vor jemandem?

„Warte kurz. Ich möchte dich zu deinem Kurs bringen."

„Nein!"

Ich runzelte die Stirn. „Warum nicht?" Selbst in meinen eigenen Ohren klang ich wie ein bockiges Kind.

„Caleb, wir sehen uns später, okay?", sagte sie streng, winkte mir kurz zu und ging weg, so schnell sie konnte.

Warum hatte ich das Gefühl, dass sie nicht mit mir gesehen werden wollte? Schämte sie sich für mich?

Ich, Caleb Lockhart, der beste Spieler der College-Mannschaft und der begehrteste Typ auf dem Campus, wurde von einem Mädchen in die Knie gezwungen. Das hier wurde langsam absurd.

Ich wusste, dass Mädchen eines besonders liebten, und das war, über ihre Gefühle zu reden. Sie war die Einzige, die ich kannte, bei der genau das nicht zutraf. Mir war klar, dass ihr in der Vergangenheit irgendetwas zugestoßen sein musste, was sie so misstrauisch machte. Ein Exfreund vielleicht? Allein die Vorstellung, dass sie einen Exfreund hatte, weckte den Wunsch in mir, jemanden umzubringen. Ich war jetzt schon sehr besitzergreifend, und sie hasste das.

„Red!", schrie ich durch den Flur.

Sie drehte sich um, starrte mich entsetzt an, und dann fing sie halb zu laufen an, um von mir wegzukommen. Ich holte sie ein.

„Warum willst du nicht mit mir gesehen werden? Bin ich dir peinlich?", fragte ich ungläubig. Ehrlich, ich kapierte nicht, was in ihr vorging.

Und ich musste dämlich sein, denn es gefiel mir. Ich liebte es, dass ich sie nicht durchschaute, dass sie es mir so schwer machte. Vor ihr waren die Mädchen in meinem Leben berechenbar und langweilig gewesen.

„Alle sehen her!", brachte sie empört hervor.

„Na und?"

„Eben!"

Ich schlang eine Hand um ihren Arm, damit sie nicht weglaufen konnte, und hob sie in meine Arme.

„Leute!", brüllte ich in den Flur. „Sie gehört mir. Wenn ihr auch bloß ein Haar von ihr anfasst, kriegt ihr es mit mir zu tun. Jetzt erzählt es überall herum!"

Ihre Augen waren riesengroß, und ihr stand der Mund offen vor Bestürzung.

„Warum hast du das gemacht?" Sie stöhnte und vergrub das Gesicht in ihren Händen.

„Um dich zu beschützen."

„Blödsinn. Du hast dein Revier markiert, und ich habe dir schon gesagt, was ich davon halte."

Ich liebte es, wenn ihre Augen so blitzten.

„Du gehörst mir. Sieh es ein." Ich ließ sie wieder runter. „Bitte, Red, ich brauche dich da."

Ich haute ab, bevor sie eine Chance hatte, Nein zu sagen.

Gott, ich wollte sie! Ich wollte sie, wie ich noch nie in meinem Leben etwas gewollt hatte. Mir war bewusst, dass es ein harter Kampf würde, aber das war in Ordnung, weil ich wusste, dass sie den wert war.

11. Kapitel

Veronica

„Wollen wir wetten, dass irgendwer diesen beschissenen Langweilerfilm noch gegen einen Porno austauscht?" Kar nippte an einem Milchshake.

Ich verschluckte mich an meinem Getränk und schüttelte den Kopf. Und hoffte sehr, dass sie falschlag.

Der Parkplatz war von drei hohen Scheinwerfern erleuchtet, die jeden blendeten, der zu nahe bei ihnen stand. Über die Hälfte der Plätze war bereits besetzt. Alkohol war verboten, doch ich hatte schon leere Bierflaschen auf dem Asphalt erspäht.

„Tut mir leid, dass du deinen Besuch im Pflegeheim verschieben musstest, Kar."

Ihre Großmutter hatte jahrelang in einem Pflegeheim gelebt, und obwohl sie inzwischen gestorben war, ging Kar weiter einmal die Woche hin. Sie machte immer auf schroff und tough, aber im Grunde war sie ein weicher kleiner Teddybär.

Sie zuckte mit den Schultern. „Ich bringe ihnen nächste Woche ihren verfluchten Whiskey, und dann haben sie mich wieder lieb", antwortete sie.

„Ich spendiere noch einen Gin dazu. Ich bin dir was schuldig."

„Du schuldest mir dein Erstgeborenes."

„Danke, ehrlich. Caleb müsste hier irgendwo sein", sagte ich und sah mich nach ihm um. Dann entdeckte ich eine Gruppe von Jungen, die auf der anderen Seite des Platzes Basketball spielten. Da dirigierte ich Kar hin.

„Dieser Arsch Cameron soll sich lieber nicht blicken lassen, sonst stehe ihm Gott bei."

„Irgendwann musst du lernen, damit umzugehen, dass du ihn siehst. Warum glänzt dein Gesicht denn so?"

Sie zog die Brauen zusammen. „Ist das dein Ernst? Das nennt man Highlighter. Ich bin eine Prinzessin. Ich glitzere. Ich funkle. Ich herrsche über das ganze Land."

„Das Glitzerland."

„Genau. Langsam lernst du dazu."

Während wir uns dem Basketballfeld näherten, fühlte ich, wie Kar neben mir erstarrte. Ich schaute sie an. Ihr Gesicht verzog sich, und in ihren Augen spiegelte sich Schmerz.

„Kar …"

„Mir geht es bestens. Ich bin hart wie Stahl. Edelstahl, Baby."

Ich folgte ihrem Blick und entdeckte Cameron, der den Ball weitergab an … Caleb.

Ich spürte, wie sich ein riesiges Lächeln auf meinem Gesicht ausbreitete, als ich zuschaute, wie er den Ball mit seinen großen Händen fing, die Arme hob und das Ding mit einem gekonnten Wurf im Korb versenkte. Die Mädchen am Spielfeldrand jubelten. Caleb sah auf seine Uhr und blickte sich um. Er wirkte abgelenkt. Sofort spürte ich einen Stich in meinem Herzen.

Wartete er auf mich?

Ach, Caleb, was mache ich nur mit dir?

Ich holte tief Luft, weil das Brennen in meiner Brust unangenehm wurde.

Keiner hatte mich je so beachtet wie Caleb, und niemand hatte mich je so gewollt oder eine solche Wirkung auf mich gehabt. Es schmeichelte mir und schenkte mir das Gefühl, besonders zu sein, denn er könnte jedes Mädchen haben, das er wollte, und entschied sich für mich. Ich mochte ihn. Sehr. Ich war ganz kurz davor nachzugeben. Konnte ich das? Konnte ich ihm vertrauen?

Meine Angst, verletzt zu werden, war stärker als meine Zuneigung zu ihm. Ich kannte ihn kaum. Was wäre, wenn er mich nur mochte, weil ich eine Herausforderung für ihn darstellte, und er mich, kaum dass ich nachgegeben hätte, blitzschnell wieder ausspucken würde? Wie viel von mir war ich bereit zu verlieren?

Nichts, dachte ich. Ich hatte nicht vor, irgendwas von mir aufzugeben. Ich wollte nicht wie meine Mutter sein. Und dieser Junge würde mir das Herz brechen.

Meine Eltern waren drei Jahre verheiratet gewesen, bevor sie mich adoptierten. Sie konnten keine Kinder bekommen, und mein Vater wollte unbedingt welche, also holten sie mich zu sich. Wir waren glücklich, bis ich fünf wurde, mein Vater seinen Job verlor und anfing zu spielen, zu trinken und herumzuvögeln.

Ich erinnerte mich, wie ich mitten in der Nacht aufwachte, weil er sturzbesoffen in unsere kleine Wohnung torkelte, Krach machte, mit Sachen herumwarf und mir die Schuld dafür gab, dass er seinen Job verloren hatte, dass sie keine eigenen Kinder hatten und dass ich ihm seit der Adoption nichts als Pech gebracht hätte.

Ich war fünf. Damals verstand ich das nicht. Ich wusste nur, dass dieser Mann, den ich für meinen Vater hielt, der mich geliebt hatte wie eine eigene Tochter, der mich auf seinem Schoß gewippt und mich auf den Schultern getragen hatte, mir plötzlich schreckliche Angst einjagte.

Er stürmte rasend wütend in mein Zimmer, knallte die Tür gegen die Wand. Ich dachte, dass er mich umbringen wollte. Wie versteinert kauerte ich in meine Decke gehüllt in der Zimmerecke. Er wollte mir gerade einen saftigen Schlag gegen den Kopf verpassen, als meine Mutter zu schreien anfing, er solle aufhören.

Und er ging stattdessen auf sie los und schlug sie.

Ich hasste ihn inbrünstig. Dieser Mann, der einzige Mann, den ich liebte, brach mir das Herz in tausend Stücke. Seit jener Nacht war mein Herz nie wieder geheilt.

Er verließ uns für eine Weile, kehrte aber immer wieder zurück, und meine Mutter ... nahm ihn einfach wieder auf. Ich kapierte das nicht. Meine Mom war eine starke Frau, und dennoch verlor sie, wenn dieser Mann wieder in ihrem Leben auftauchte, jedwede Selbstachtung, jeden Stolz und ließ sich von ihm ein ums andere Mal misshandeln. Ich liebte meine Mutter sehr. Sie war meine beste Freundin. Doch ich glaube, dass ich sie deshalb auch ein bisschen verachtete.

Jedenfalls schwor ich mir, nie wie sie zu sein. Ich würde nicht zulassen, dass ich mich in jemanden verliebte und einen Teil von mir verlor. Ich hatte ernsthafte Probleme und wollte nun wirklich niemanden, der mich therapierte.

Selbst als sie im Sterben lag, rief sie noch seinen Namen. Doch er kam nie.

Caleb ist anders, widersprach mein Unterbewusstsein. *Caleb ist nicht wie dein Vater.*

Er war süß und freundlich, witzig und manchmal unreif, aber er war auch immer da, wenn ich ihn brauchte. Egal, wie heftig ich ihn wegstieß, er kam wieder zurück. Er musste masochistisch veranlagt sein.

Unsere Blicke begegneten sich.

Ich war nicht ganz ehrlich zu mir selbst, denn in dem Moment, als er mir zuwinkte und sich ein Grinsen auf meinem Gesicht ausbreitete, fühlte es sich an, als hätte er mich völlig in der Hand.

Ich holte tief Luft. Alles war gut. Ich mochte ihn, und das hatte ich mir bereits eingestanden. Außerdem könnte ich mich jederzeit wieder zurückziehen, wenn ich wollte. Ich würde nicht zulassen, dass ich mich in ihn verliebte. Mein Selbstschutz war stärker als alles andere.

Mehrere Mädchen näherten sich ihm und wollten ihn in ein Gespräch verwickeln. Er lächelte ihnen höflich zu, schüttelte den Kopf und lief weiter auf mich zu.

Ich war es, die er wollte.

„Hey, Red", flüsterte er. Seine Augen glänzten vor Freude. „Du bist hier."

Er stand neben mir und zupfte sanft an meinem Haar.

„Hey, Kar, schön, dich wiederzusehen. Ich wusste nicht, dass du mit meinem Mädchen befreundet bist, bis sie es mir heute erzählt hat."

Mein Mädchen?

Ich sah ihn stirnrunzelnd an, doch sein Lächeln wurde nur noch breiter.

„Hat sie nicht gesagt, dass sie neuerdings für mich arbeitet?"

„Nein", antwortete er und wurde ein bisschen ernster. „Hat sie nicht. Sie erzählt mir überhaupt nicht viel."

Wieder schnappte er sich eine Strähne von mir und zupfte daran. Ich griff nach seinem Haar und zog daran. Doch er lächelte nur und neigte sich leicht nach vorn, damit ich besser zugreifen konnte. Ich verdrehte die Augen.

Kar lachte, allerdings klang es gezwungen.

„Streng dich weiter an, dann gibt sie dir in einigen Jahren vielleicht mal ein paar Zentimeter nach, was?"

Sie schaute hektisch zum Basketballfeld und legte eine Hand an ihre Brust. Dabei krallte sie die Finger zusammen, als hätte sie dort heftige Schmerzen. Ich folgte ihrem Blick und sah, dass ein Mädchen mit Cameron flirtete.

„Scheiße, ich brauche frische Luft. Bin gleich wieder da", sagte sie, und ihre Worte überschlugen sich fast.

„Kar ..."

„Alles gut." Sie beugte sich näher zu mir. „Sei nicht bescheuert. Er mag dich wirklich", flüsterte sie mir zu, ehe sie in Richtung des Gebäudes davoneilte.

Ich schaute ihr hinterher, bis sie verschwunden war.

„Ist alles in Ordnung mit ihr?", fragte Caleb besorgt. Er hob eine Hand an mein Gesicht, um mir eine verirrte Strähne hinters Ohr zu streichen. Mir war schon häufiger aufgefallen, dass er das anscheinend sehr gern tat.

„Weiß ich nicht genau."

Er seufzte. „Ist es wegen Cameron?"

Ich nickte.

„Er redet nicht darüber, aber ich weiß, dass es ihm auch nicht gut geht. Auf seinem Handy hat er immer noch ihr Bild als Hintergrund."

Ich war überrascht. „Im Ernst?"

Er nickte und lächelte. „Red?"

Neugierig blickte ich ihn an. „Ja?"

„Wollen wir in meinem Wagen knutschen?"

Mir war nicht klar gewesen, wie leicht er mich zum Erröten bringen konnte. Ja, er liebte es, mich zu schocken.

Sein Lächeln war sehr selbstzufrieden. „Ich parke da drüben."

Ich biss mir auf die Unterlippe. Mit ihm allein zu sein war gefährlich, vor allem auf beengtem Raum.

„Lass uns ein bisschen rumlaufen und warten, bis Kar wieder da ist. Oder nein", plapperte ich nervös. „Holen wir sie. Sie ist in das C-Gebäude gegangen, glaube ich."

Ich ging voraus, rannte beinahe, doch er holte mich mühelos ein.

„Bist du nervös?"

„Selbstverständlich nicht."

Verstohlen sah ich zu ihm und stellte fest, dass er mich lächelnd anguckte.

„Ich möchte irgendwohin, wo es sicher ist." Ich hatte keine Ahnung, warum mir das über die Lippen kam. Vielleicht, weil sich mein Herz bei ihm nicht sicher fühlte.

„Sicher", wiederholte er und kniff die Augen zusammen. „Belästigt dich jemand?"

Ich schüttelte den Kopf. Mir war entfallen, wie aufmerksam er war. „Nein, und selbst wenn, kann ich auf mich selbst aufpassen."

„Dennoch", beharrte er. Er griff nach meiner Hand und malte mit dem Daumen gedankenverloren Kreise in meine Handfläche. Ich erschauerte. „Verrätst du mir, wenn jemand dir Stress macht? Ich werde dich beschützen."

Meine Kehle wurde eng, deshalb nickte ich nur. Das hatte noch keiner zu mir gesagt. Nicht so wie er. Als würde er es ernst meinen.

Wir betraten das C-Gebäude und blickten uns nach Kar um, konnten sie aber nicht entdecken. Überall waren Leute, und ich kriegte ein schlechtes Gewissen. Wahrscheinlich hatte Kar es nicht verkraftet, Cameron zu sehen. Hätte sie es mir doch nur gesagt! Andererseits war es meine Schuld, weil ich kein Handy besaß und Caleb … die Situation einfach an sich gerissen hatte.

Ich nahm mir vor, mich morgen bei ihr zu entschuldigen. Vom vielen Herumlaufen war mir heiß, deshalb ging ich zur Damentoilette runter, um mich frisch zu machen. Vor mir waren zwei Mädchen, die ebenfalls zum Waschraum liefen, und plötzlich glaubte ich, Kars Namen zu hören.

„Cameron ist wieder mit diesem Bügelbrett zusammen. Ich dachte, die hätten Schluss gemacht. Was will er denn von der?"

„Vielleicht haben sie sich wieder versöhnt. Sie schien ziemlich fertig zu sein."

Ich lief unwillkürlich langsamer und merkte, wie ich wütend wurde.

„Diese Kara sollte sich dringend von ihm fernhalten. Sie wirft sich ihm immer wieder an den Hals."

„Ich weiß nicht. Er sah auch nicht gerade so aus, als sei er über sie hinweg."

„Oh bitte, die ist doch eine Schlampe …"

Nun hielt ich es nicht mehr aus. Ich war drauf und dran, in den Krieg zu ziehen, als Caleb mich am Arm griff. Er schüttelte den Kopf. Ich biss die Zähne zusammen und rang mit dem zwingenden Bedürfnis, der Frau die Augen auszukratzen.

„Cameron hat eben geschrieben", meinte Caleb. „Er hat Kara."

„Was?" Ich war entsetzt. Kar wollte nicht mal mit ihm reden, geschweige denn mit ihm wegfahren. „Ich muss sie finden. Warum ist sie überhaupt bei ihm?"

„Ich weiß, dass die beiden im Moment nicht gut aufeinander zu sprechen sind, aber, glaub mir, Cameron würde nie zulassen, dass ihr etwas passiert. Du kannst heute Abend mit ihr reden, sie anrufen."

Ich nickte besorgt. Caleb drückte meine Hand, und ich sah zu ihm hoch.

„Ich wünsche mir, dass du dich eines Tages so um mich sorgst. Und mehr", flüsterte er.

Ich hielt den Atem an.

„Ich wünschte, du würdest …" Er brach ab, schüttelte den Kopf und seufzte. „Hast du noch Lust auf den Film? Er fängt bald an."

„Eigentlich war es ein langer Tag, Caleb", meinte ich. „Vielleicht sollten wir einfach zu dir fahren."

Tatsache war, dass ich ihm anmerkte, wie erschöpft er war. Ich hatte bemerkt, wie er einige Male die linke Schulter rollte und sie mit der Hand massierte.

Außerdem … ein Date mit Caleb in einem engen, geschlossenen Raum? Das würde doch eindeutig unter „paartypische Aktivitäten" fallen, oder nicht?

„Was möchtest du essen?", wechselte ich das Thema.

Ich hatte eine Hähnchenpastete zum Abendessen vorbereitet, aber wenn er etwas anderes wollte, könnte ich das kochen. Da er nicht reagierte, sah ich ihn an. Das Funkeln in seinen Augen war gefährlich.

„Willst du das wirklich wissen?", fragte er mit bedeutungsschwangerer Stimme. „Ich glaube nicht, dass du schon so weit bist."

Mein Herz pochte wild los.

Er blickte auf meine Lippen, ehe er mir in die Augen schaute. „Oder doch?"

Mir stockte der Atem. Er war zu viel für mich.

„Pancakes", brachte ich hervor.

Wann immer wir „Pancakes" sagten, meinten wir keineswegs, dass wir Pancakes zubereiten oder essen wollten. Es war unser Code für *„ Lass uns von hier verschwinden und zusammen etwas anderes machen!"*.

Er grinste. „Gut, dann Pancakes."

12. Kapitel

Veronica

„Haltet die Fresse, blöde Vögel!"

Ich stand auf dem Gehweg und starrte Kar an, als sie die Vögel anbrüllte, die in einem Baum munter vor sich hin tirilierten.

Caleb und ich waren gerade in seinem Apartment eingetroffen, als sein Handy klingelte. Es war Cameron, der fragte, ob er vorbeikommen könnte. Ich hatte das ungute Gefühl, dass irgendwas Übles zwischen ihm und Kar vorgefallen war, weshalb ich sofort loslief, Calebs Angebot ablehnte, mich zu fahren, und den Bus zu Kar nahm.

Sie marschierte mit einem Spaten bewaffnet auf ihre Terrasse und fing an, wie eine Irre auf eine der weißen Säulen einzuhacken.

„Äh, Kar?"

Sie drehte sich zu mir um, und ihre Hände sanken schlaff nach unten. Sie neigte den Kopf vor, und ich fürchtete, dass sie weinte.

„Geht es dir gut?", fragte ich, während ich vorsichtig auf sie zuging.

Ich blickte zu der Säule, weil ich mich fragte, was Kar derart aufgebracht hatte. Da stand irgendwas, aber was es war, konnte ich nicht mehr erkennen.

Sie stieß einen tiefen Seufzer aus. Als sie wieder aufblickte, glänzten ihre Augen, waren jedoch trocken. „Ich bin echt froh, dass du hier bist", murmelte sie und erdrückte mich fast mit ihrer Umarmung.

Als ich Feuchtigkeit auf meiner Schulter spürte, legte ich linkisch die Arme um sie.

Mir wurde das Herz schwer, denn diese Szene war mir sehr vertraut. Den Großteil meines Lebens hatte ich meine Mom weinen gesehen. Nachdem mein Dad abgehauen war, hatte sie sich tagelang im Bad eingesperrt. Doch im Gegensatz zu meiner Mutter, die keine Berührung wollte, klammerte Kar sich an mich.

„Du bist eine so erbärmliche Umarmerin", erklärte sie schniefend. „Drück mich mal richtig, Schwachmatin."

Ich verschluckte mich an meinem Lachen und umarmte sie fester.

„Komm mit rein."

Ich folgte ihr nach drinnen. Ihre Wohnung war genauso interessant wie ihre Persönlichkeit. Blassblaue Vorhänge bedeckten breite Fenster, und die cremeweiß gestrichenen Wände waren vollgeklebt mit Postkarten aus verschiedenen Ländern. Eine Wand allerdings war ausschließlich mit Fotos von ihrer Familie und Freunden verziert. Kar war ein Familienmensch, ob sie es zugab oder nicht.

Lampen mit Buntglasschirmen standen auf hohen weißen Tischen mit gebogenen Beinen. Im Wohnzimmer gab es eine Couch in Form weiblicher Lippen, flankiert von zwei hochlehnigen französischen Sesseln. Darauf lagen elegante königsblaue Zierkissen, und in der Mitte des Raums stand ein runder Couchtisch, auf dem eine unordentliche Sammlung aus leeren Bierflaschen, einem offenen Erdnussbutterglas mit einem Löffel drin sowie lauter zerknüllten Papiertüchern prangten.

„Wie ich sehe, warst du fleißig", bemerkte ich.

„Werde ich noch sein. Eine Freundin hat mich zu einer Party eingeladen. Kommst du mit? Bitte?"

Resigniert seufzte ich. Ich hatte keine Lust auf eine Party, doch anscheinend brauchte sie das jetzt.

„Das wird witzig. Ich finde jemanden für dich, und dann könnt ihr, ich weiß nicht, zusammen Bakterien beim Wachsen zugucken oder so."

Ich warf ein Zierkissen nach ihr. „Du darfst mir meinen fetten Hintern küssen."

„Sobald du meinen flachen Arsch geküsst hast", erwiderte sie augenzwinkernd und verschwand in ihrem Schlafzimmer.

„Irgendwo in meinem Schrank müsste ich ein Kleid für dich haben", rief sie aus dem Schlafzimmer. „Such dir was aus."

„Nein, passt schon, Kar, danke."

Ich war nicht für eine Party angezogen, aber das war egal. Außerdem würde ich niemals in ihre Sachen passen, und das wussten wir beide. Sie war groß und schlank, ich war klein und kurvig.

„Ver, kannst du uns ein paar Biere holen?"

„Klar."

Als ich den Kühlschrank öffnen wollte, erstarrte ich vor einem Foto, das an der Tür klebte. Es war eine alte Aufnahme von Kar auf Camerons Schoß. Ihre Arme waren um seinen Nacken geschlungen, ihre Brille saß schief, und sie lächelte idiotisch in die Kamera. Cameron hielt sie in den Armen und knabberte an ihrem Kinn. Seine Augen waren geschlossen, daher hatte er vermutlich gar nicht gemerkt, dass er fotografiert wurde.

Die beiden sahen glücklich aus.

Ich schloss meine Augen und fühlte stumm mit Kar. Dies war einer der Gründe, weshalb ich keine Beziehung wollte.

Beziehungen waren kompliziert, dafür gemacht, einen innerlich zu verdrehen, bis man nicht mehr man selbst war. Sie brachten einen dazu, blöde Dinge zu tun, von denen man sich geschworen hatte, dass man sie niemals machen würde. Lächerlich.

„Ver!", rief Kar aus dem Schlafzimmer. „Komm her. Sag mir, dass ich hier drin hübsch aussehe. Und bring endlich das Bier."

„Ich hoffe, dass du einen Slip unter diesem Witz von einem Kleid trägst, denn ich möchte wirklich nicht alles von dir sehen", sagte ich zu ihr, während ich das Schlafzimmer betrat. „Aber du siehst fantastisch aus."

„Ich werde noch fantastischer aussehen, wenn ich erst mal geschminkt bin. Willst du dich noch schminken?"

„Nein danke." Ich reichte ihr das Bier.

„Danke. Tu mir einen Gefallen, und leg wenigstens ein bisschen Lipgloss auf, bitte."

Ich runzelte die Stirn, als sie mir einen Lippenstift reichte. Nachdem ich die Kappe wieder aufgesetzt hatte, griff ich stattdessen nach einem Lipgloss.

„Was ist passiert, Kar?"

Sie zuckte mit den Schultern, obwohl offensichtlich war, dass sie nur gleichgültig tat. „Ich will heute Abend einfach nur Spaß haben", antwortete sie und setzte gekonnt ihre Kontaktlinsen ein.

Ich nickte. Sie würde mir schon noch sagen, was los war, wenn sie so weit wäre.

„Wie kann es sein", begann sie und hieb sich wütend mit der Haarbürste gegen den Kopf, „dass er charakterlich ein größerer Schwanz ist als das Ding, was er in der Hose hat?" Dann blinzelte sie. „Nein, eigentlich stimmt das nicht. Cameron hat durchaus einen ..."

„Hör auf!" Ich hielt mir die Ohren zu. „Ich will das echt nicht hören!"

Ungeduldig schnaubte sie. „Oh Mann, ich bitte dich. Tu nicht so unschuldig."

Ich sah sie im Spiegel an.

Auf einmal riss sie ungläubig die Augen auf. „Ver?"

Ich schürzte die Lippen und schüttelte den Kopf. „Ich bin noch Jungfrau", gestand ich.

„Was? Wie ...?" Ihr fiel die Kinnlade herunter. „Jungfrau wie in Jungfrau Maria?"

Ich trank einen kräftigen Schluck Bier. Dabei mochte ich Bier nicht mal.

„Verdammt. Das ist gut. Ich bin stolz auf dich. Ehrlich, richtig beeindruckt. Aber wie kommt es, dass du Lockhart noch nicht geknallt hast?"

„Kar!"

„Ich meine, wie kannst du ihm widerstehen? Und erzähl mir nicht, dass er nicht versucht hat, dich ins Bett zu kriegen. Der Mann ist ein wandelnder Ständer. Oder willst du es echt nicht?"

„So ist das nicht."

Sie unterbrach ihr Wimperntuschen, den Mund leicht geöffnet, die Augen auf mich gerichtet. Offensichtlich wartete sie auf eine Erklärung.

„Ich warte nicht bis nach der Hochzeit oder so was, aber mich jemandem hinzugeben ... das ist eine richtig große Sache für mich. Ich will, dass es etwas bedeutet. Es bedeutet ..."

Alles, wurde mir klar. Wenn ich entschied, mit jemandem zu schlafen, würde es alles für mich bedeuten.

„Verstehe. Doch, wirklich", meinte sie sehr ernst.

„Außerdem ist Caleb nicht für Enthaltsamkeit berühmt", ergänzte ich.

Das machte mir mehr zu schaffen, als es sollte.

„Hat er mit einer anderen geschlafen, seit ihr euch kennengelernt habt?"

Die Vorstellung, wie er mit einer anderen schlief, hinterließ einen bitteren Geschmack in meinem Mund. „Weiß ich nicht", erwiderte ich. „Ich glaube nicht."

Sie kniff die blitzenden Augen ein wenig zusammen. „Ganz schön frustrierend, in jemanden verliebt zu sein, der schon mit jeder geschlafen hat, stimmt's?" Ich wusste, dass sie von Cameron redete. „Vielleicht braucht er ein bisschen Konkurrenz. Auf der Party gibt es reichlich scharfe Jungs." Sie zwinkerte mir zu und plusterte ihr Haar auf. „Lass uns mal richtig unartig sein, beste Freundin."

13. Kapitel

Veronica

Kar klingelte zehnmal, als könnte sie jemand drinnen hören, wo die Party in vollem Gange war. Da niemand öffnete, drehte sie den Türknauf.

„Wer schließt denn bei einer Hausparty ab?" Wütend starrte sie die verschlossene Tür an und klatschte mit flachen Händen dagegen.

„Äh, Kar, wir können auch hintenherum gehen", schlug ich vor.

Sie pochte weiter gegen die Tür, diesmal mit den Fäusten. „Macht schon auf, ihr Arschlöcher, oder ich …!"

Plötzlich öffnete sich die Tür, und ein großer, muskulöser Typ trat heraus. Seine warmen braunen Augen strahlten vor Überraschung und Freude, als er Kar erblickte. Ich erkannte ihn sofort an den Tattoos auf den Armen wieder. Es war der Typ vom Fitnesscenter.

Er sagte etwas zu Kar, aber die ohrenbetäubende Musik von drinnen machte es unmöglich, ihn zu hören. Mit einem entschuldigenden Blick machte er die Tür hinter sich zu, sodass der Lärm ein wenig gedämpft wurde.

„Noch mal, hi", sagte er leiser und wirkte ein bisschen rot im Gesicht.

Kar war groß, musste aber dennoch den Kopf in den Nacken legen, um ihn anzuschauen, weil er noch größer war. Ich konnte ihr Gesicht nicht sehen, doch wahrscheinlich starrte sie ihn mal wieder mit offenem Mund an. „Hi! Theo, stimmt's?"

Sie setzte ihre gekünstelt süße Stimme ein, und ich schnitt eine Grimasse.

Er nickte. „Ja, ich bin Theo. Wir hatten uns beim Fitnesscenter getroffen, als du … ähm … die Umwelt verschmutzt hast, richtig?", fragte er scheu. Ein Grübchen erschien auf seiner Wange. Trotz seiner großen Gestalt hatte er etwas Jungenhaftes, und er war sichtlich erfreut, dass Kar sich an ihn erinnerte. „Freut mich, dich wiederzusehen, Kara."

„Ich weiß. Tatsächlich kann ich gar nicht fassen, dass du wieder vor mir stehst. „Meine Freundin, die hinter mir herumlungert, ist übrigens Veronica."

Vor Schreck riss er die Augen weit auf, da er mich erst jetzt bemerkte. „Hi." Er lächelte verlegen, und ich erwiderte sein Lächeln.

„Also", sagte Kar. „Dürfen wir zur Party?"

„Natürlich!" Erneut wurde er rot. „Bitte, kommt rein."

Theo hatte etwas Süßes und Bezauberndes. Ein so großer Kerl, der rot wurde und völlig durcheinandergeriet, wenn Kar mit ihm flirtete.

Musik attackierte meine Ohren, während er die Tür öffnete und uns bedeutete, hereinzugehen. Drinnen standen erhitzte Körper dicht an dicht, rieben sich tanzend aneinander. Der Geruch von Bier, Schweiß und verschiedenen Parfüms lag schwer in der Luft. Kars Augen glitzerten, und alle Wut und aller Kummer von vorhin verschwanden, als sie sich umschaute.

„Kar, ich hole was zu trinken. Viel Spaß, aber benimm dich", ergänzte ich und zeigte zur Tanzfläche.

Sie grinste mich an, blies mir einen Luftkuss zu und sagte stumm *Hab dich lieb*, bevor sie sich umwandete und Theos Hand ergriff. „Tanz mit mir, Theo."

Einen Moment lang beobachtete ich, wie sie ihn zwischen die sich wiegenden Körper auf der Tanzfläche zog, ihre Hüften im Takt der Musik schwang und um Theo herumtanzte. Er sah unglaublich linkisch aus, wie er einfach dastand, sich überhaupt nicht bewegte und immer noch rot war.

Sie mochte mit Theo flirten, aber mir war klar, dass es dabei bleiben würde, denn im Grunde wollte sie Cameron treu sein – jemandem, der ihr das Herz gebrochen hatte. Dennoch war sie nach wie vor sehr in Cameron verliebt, und als ich sie nun ansah, wurde mir bewusst, wie sehr sie diese Liebe immer noch schmerzte.

Sollte Liebe sich nicht gut anfühlen? Einem das Gefühl geben, ganz geborgen und beschützt zu sein? Warum tat sie dann so weh?

Weil ich Durst hatte, lief ich in die Küche und durchstöberte den Kühlschrank nach etwas zum Trinken. Er war fast leer bis auf wenige Flaschen Bier und eine Flasche Orangensaft. Als hätte sie auf mich gewartet, erinnerte sie mich an jemanden, den ich unbedingt vergessen wollte.

Ich griff nach dem Saft, drehte den Deckel ab und musste grinsen, nachdem ich einen großen Schluck getrunken hatte. Bei meiner Rückkehr ins Wohnzimmer konnte ich Kar und Theo nirgends entdecken. Ich wollte schon nach ihnen suchen, um mich zu vergewissern, wo Kar war und dass es ihr gut ging, als plötzlich die Musik aufhörte und ein scharfes Echo aus dem Mikrofon ertönte und meine Ohren knacken ließ.

Statt dass die Leute sich beschwerten, jubelten sie, und sofort blickte ich mich nach der Ursache für diese Reaktion um. Auf einer improvisierten Bühne mit riesigen Lautsprechern machte sich eine Band spielbereit.

Bei der gedämpften Beleuchtung war es schwierig, richtig zu sehen, doch etwas an dem Sänger kam mir vage bekannt vor. Er nahm seine Gitarre mit einer vertrauten Leichtigkeit auf, als hätte er es schon Tausende Male getan, und winkelte seine langen Beine in der zerrissenen Jeans an, als er sich auf einen hohen Hocker setzte.

Für einen Moment blickte er nach unten, um seine Gitarre zu stimmen, wobei ihm das seidige Haar in die Stirn fiel und sein Gesicht verbarg. Verärgert strich er es mit der Hand nach hinten, stand von dem Hocker auf und suchte etwas in seinen Hosentaschen. Er lachte leise in sich hinein, als er ein Gummiband fand und damit rasch sein Haar zu einem Knoten nach hinten band. Ich konnte hören, wie seine weiblichen Fans seufzten.

„Ihr habt hoffentlich einen tollen Abend. Danke, dass wir heute hier spielen dürfen", sagte er. Er hatte einen ganz leichten Akzent, den ich nicht erkannte. Französisch?

Bei der ersten Gitarrennote wurde die Menge wild, und die Mädchen kreischten: *„Damon! Damon!"*

Seine Stimme war tief, beinahe rau, und legte sich förmlich um seine Worte. Ich ergatterte eine freie Stelle neben der Treppe, wo ich mich an die Wand lehnte und meinen Orangensaft trank, während ich zuhörte.

Ein paar Mädchen hoben ihre Shirts hoch und zeigten ihm ihre Brüste. Er sah nach unten, lächelte und schien etwas verlegen, während er weitersang.

Aus dem Augenwinkel nahm ich eine Bewegung wahr und schaute hoch. Ich glaubte, Kar in die Küche gehen zu sehen. Was hatten die beiden vor?

Ich hatte keine Ahnung, was zwischen ihr und Cameron vorgefallen war, doch es musste sie zutiefst verletzt haben. Wie viel Herzschmerz ertrug ein Mensch, bevor er oder sie die weiße Flagge schwenkte? Bevor er oder sie aufgab?

Ich blieb, wo ich war, und genoss die Musik eine Weile, um den beiden Privatsphäre zu gönnen. Doch als ich schließlich in die Küche kam, sah ich nur einen Typen auf dem Fußboden liegen, der offenbar viel zu viel getrunken hatte. Wo war Kar?

Ich beschloss, mir noch etwas zu trinken zu holen, aber der Kühlschrank war leer. Seufzend lehnte ich mich an den Tresen, verschränkte die Arme vor der Brust und fühlte mich deplatziert.

Was machte Caleb jetzt gerade?

Stopp! Hör auf, an ihn zu denken!

Ich hatte ihm eine Hühnerpastete zum Abendessen vorbereitet, aber Cameron rief an, ehe wir essen konnten, und dann musste ich weg, um nach Kar zu sehen. Hatte er schon gegessen?

Hör auf!

Ich vermisse ihn.

Nein! Du vermisst ihn nicht.

Wäre er jetzt hier, würde er wahrscheinlich etwas Albernes tun, zum Beispiel aus voller Kehle mit der Band auf der Bühne singen oder mitten auf der Tanzfläche Räder schlagen. Er war so albern. Und süß. Und so attraktiv. So … anziehend.

Ich schloss meine Augen und stellte mir vor, wie er auf meine Lippen sah, wie ich mit nur einem Blick erkannte, was er dachte …

Ich blickte auf, als sich jemand räusperte. Es war der Sänger der Band, der mir so bekannt vorgekommen war. Er lehnte seitlich im Türrahmen, die Arme überkreuzt, fast so, als stünde er schon eine

Weile dort, und beobachtete mich amüsiert. Fragend schaute ich ihn an.

„Hey, Engelsgesicht. Ich …"

Auf einmal wurde er von einer Gruppe Jungen gegriffen, die seine Arme und Beine packten. Ich trat aus dem Weg, als sie ihn nach hinten schleppten, wo grölendes Gelächter die Nachtluft erfüllte. Wenig später hörte ich ihn brüllen: „Ihr Ärsche!", gefolgt von einem lauten Platschen. Sie mussten ihn in den Pool geworfen haben.

Ich musste grinsen. Das war definitiv eine Aktion gewesen, bei der Caleb mitgemacht hätte. Warum dachte ich dauernd an ihn? Stirnrunzelnd schüttelte ich den Kopf. Das war nicht gut. Ich brauchte frische Luft, um meinen Verstand zu klären.

Also lief ich nach draußen in den Garten, blieb jedoch stehen, als ich Kars Stimme hörte. Ich fand sie und Theo auf einer Steinbank, umgeben von hohen dichten Büschen, die sie beinahe vollständig abschirmten. Sie saßen einander gegenüber, doch nahe zueinandergebeugt. Ich drehte mich um, weil ich sie lieber allein lassen wollte, als ich wütend stampfende Schritte hörte.

„Theodore, uns geht das Bier aus!"

Kar und Theo wichen beide gleichzeitig zurück, und ein Mädchen bedachte die beiden mit tödlichen Blicken.

Sie war umwerfend. Ihr Haar war zu einem kurzen Bubikopf geschnitten, und als wäre das nicht schon Statement genug, hatte sie es auch noch in einem Schlumpf-Blau gefärbt. Ihr Gesicht war herzförmig mit hohen, scharf konturierten Wangenknochen. Noch faszinierender als ihr Haar fand ich allerdings ihre Augen. Die waren verschiedenfarbig: eines sehr intensiv blau, das andere dunkelbraun.

Sie war klein, hatte allerdings die Figur einer Amazone, die in einem schwarzen T-Shirt mit der Aufschrift *Bow to me you useless mortals* – verneigt euch vor mir, nutzlose Sterbliche – steckte und einer ausgewaschenen Jeans, die an den Knien fransig abgeschnitten war. Den Look vervollkommnete sie mit schwarzen Kampfstiefeln. Alles an ihr schrie „Ich trete dir in die Eier".

„Mann, ich bin beschäftigt. Kannst du nicht deinem Bruder sagen, er soll was besorgen?", murmelte Theo.

„Nein. Der tauscht gerade Speichel, Keime und weiß der Geier was mit dieser wandelnden Geschlechtskrankheit da drüben aus."

Ich musste mir ein Lachen verkneifen.

Theo wurde rot. „Mann, achte auf deine Wortwahl."

„Ich bin kein Mann!"

Sie sah aus, als wollte sie mit dem Fuß aufstampfen.

„Tut mir leid, Kara", entschuldigte er sich.

Kar sah aus, als würde sie gleich platzen vor Lachen. „Ist schon gut", meinte sie. „Wir sehen uns?"

Ich beschloss, zurück ins Wohnzimmer zu gehen, falls sie nach mir suchte. Dort stellte ich mich wieder an die Stelle neben der Treppe, wo ich abermals sehr peinlich deplatziert wirken dürfte. Wenigstens brauchte Kar nicht lange, um mich zu finden.

„Also, wir haben einen Plan", begann sie und hakte sich bei mir ein.

„Haben wir?"

„Wir beide fahren mit Theo los, mehr Bier besorgen. Er wartet vorn auf uns mit dieser Freundin. Los geht's!"

Ich runzelte die Stirn. „Du kennst ihn nicht, Kar." Sicher sah Theo wie ein süßer Junge aus, aber der Schein konnte trügen. „Was ist, wenn er sich als Menschenhändler entpuppt und uns an einen Zuhälterring verkauft? Hast du diesen Film mit Liam Neeson nicht gesehen, in dem seine Tochter entführt und in die Sexsklaverei verkauft wird?"

Laut lachte Kar auf. „Dann würde ich ihm die Eier abhacken. Jetzt lass mal einen Abend locker! Ich habe Liebeskummer und bin schon seit x Monaten, zwölf Tagen und", sie überlegte kurz, „neun Stunden nicht mehr flachgelegt worden."

„Du machst mich irre."

Sie zwinkerte. „Du liebst mich."

Sie zog mich zur Haustür, vor der Theo in einem sehr schicken 1969er-Ford-Mustang vorfuhr. Kar setzte sich nach vorn, während ich zu dem blauhaarigen Mädchen nach hinten stieg.

„Ich verstehe nicht, wieso ich hier sitzen soll, Theo", meinte sie schmollend, und ihre Stimme triefte vor Empörung. „Ich sitze immer neben dir."

„Sei nett, Beth." Theo blickte Kar und mich entschuldigend an. „Tut mir leid, sie hat heute vergessen, ihre Höflichkeitspillen zu schlucken. Übrigens ist das Beth. Beth, das sind Kara und Veronica."

„Du darfst mich Ver nennen", sagte ich lächelnd zu ihr. Sie lächelte zurück.

„Und mich darfst du Kar nennen."

Als sie in Kars Richtung blickte, verdrehte sie die Augen. Plötzlich erklang *Baby Got Back* im Wagen. Es war Beths Handy, das klingelte. Sie sah kurz finster aufs Display, bevor sie das Gespräch annahm. „Hallo! Dieser Anschluss ist derzeit auf *scheißegal* gestellt. Bitte versuchen Sie es zu einem späteren Zeitpunkt."

Ich musste lachen. Das Mädchen gefiel mir.

14. Kapitel

Veronica

„Also, Kara", begann Theo. „Was ist deine Geschichte?"

Ich sah, wie Beth wieder die Augen verdrehte und laut stöhnte. „So ist er immer! Pass bloß auf. Theo könnte einen Priester dazu bringen, gegen das Beichtgeheimnis zu verstoßen. Ehe du es merkst, erzählst du ihm von deinen dreckigsten Taten", spöttelte sie.

„Ist das wahr?", fragte Kar in einem Flirt-Ton.

Ich war froh, dass Kar ihren Spaß hatte oder zumindest sehr bemüht war, nicht traurig zu sein. Mir entging nicht, wie Beth neben mir auf der Rückbank hin und her rutschte. Sie wirkte unruhig, als wollte sie sich zwischen Theo und Kar werfen, um die beiden zu trennen. Ich musste mich anstrengen, nicht zu lachen. Das Mädchen war verrückt nach Theo. Entweder das, oder sie hatte ein ziemlich übertriebenes Bedürfnis, ihn zu beschützen.

Waren sie Geschwister? So schien es mir nicht, wenn ich bedachte, wie sie ihn anschaute. Sie sah ihn an wie ... Caleb mich ansah.

Ich seufzte. Caleb-Gedanken waren heute Nacht verboten. Ich war für einen Moment weggetreten, bis ich Beths genervte Stimme hörte.

„Also ist Theo ein Trostpflaster für dich, weil dein Ex mit dir Schluss gemacht hat?", fragte sie unvermittelt. Ihre Hand wanderte sofort schützend zu Theos Schulter.

„Beth!", warnte Theo.

Kar lachte leise. „Entspann dich. Theo ist ein netter Kerl, und ich verliebe mich nur in die bösen Jungs. Er gehört ganz dir, Süße."

Theo stöhnte im selben Moment, in dem Beth sagte: „Schön." Dann fügte sie hinzu: „Ich bin übrigens nicht immer eine Bitch. Manchmal schlafe ich auch, wie normale menschliche Wesen."

Die Spannung in der Luft verpuffte. Kar und ich lachten, und Theo schnaubte.

„Theo ist ein Softie. Dauernd nutzen ihn Leute aus, weil er so nett ist. Er braucht mich, damit ich ihn beschütze."

„Ich bilde mir gern ein, dass ich, da ich älter bin als du und männlich, eher dich beschütze."

„Hör mal", meinte Beth und schnippte an Theos Ohr. „Du kannst mir sagen, dass ich richtigliege oder du falsch. Such es dir aus."

Kar und ich genossen still, wie die beiden sich kabbelten. Sie waren wie ein altes Ehepaar.

Theo parkte vor einem Laden und bat uns, im Wagen auf ihn zu warten.

„Seht ihr, wie er einen dazu bringt, Sachen für ihn zu tun? Ich meine, welches Mädchen würde heutzutage noch hinnehmen, dass ein Junge sie so herumkommandiert? Das ist eine Gabe, sage ich euch! Das ist so nervig!", schimpfte Beth, deren Mimik ihre Verärgerung spiegelte. Ihre Augen hingegen sagten etwas völlig anderes, während sie Theo nachschaute, wie er in dem Geschäft verschwand.

Kar und ich wechselten einen vielsagenden Blick. Beth rückte zwischen die beiden Vordersitze vor, damit sie den Radiosender ändern konnte. Sie stellte einen mit Indie-Rock ein, bevor sie sich wieder auf ihren Platz hinten setzte.

„Ich glaube, das liegt daran, dass er so sehr nett ist", erklärte ich. „Er *sagt* dir nicht, was du machen sollst, sondern er *bittet* dich auf seine richtig niedliche Art. Ich mag deinen Theo."

Beth lehnte sich lächelnd zurück. Ihr schien es zu gefallen, dass ich *deinen* Theo gesagt hatte.

„Also, Kar." Beth musste sie dreimal ansprechen, weil Kar in Gedanken Lichtjahre entfernt war.

„Ja? Entschuldige." Kar strich sich mit den Fingern durchs Haar. Sie wirkte müde.

Beth stieß einen leisen Pfiff aus. „Wow, du bist noch tierisch in deinen Ex verliebt!"

Sie rückte näher zu Kar. Jetzt, da sie sicher war, dass Kar es nicht auf Theo abgesehen hatte, erwärmte Beth sich für sie. „Wenn er einen Scheiß auf dich gibt, warum liebst du ihn dann noch?"

Kar schaute sie sehr ernst an. „Würdest du Theo weiterlieben, wenn er nicht das Gleiche für dich empfindet?"

Ehe Beth darauf antworten konnte, kam Theo zurück, grinsend und mit Bier in der Hand. Einer Menge Bier. Beth rutschte wieder zwischen die Vordersitze, um den Hebel für den Kofferraum zu drücken. Sie schienen ein eingespieltes Team, was niedlich zu beobachten war. Wir waren nur einen Block von dem Laden entfernt, als der Wagen seinen Geist aufgab.

Theo stöhnte. „Oh Mann!" Er lehnte seinen Kopf auf das Lenkrad. „Das tut mir so leid."

„Ich habe dir doch gesagt, dass du diesen Schrotthaufen verkaufen sollst, Theo. Was ist es diesmal?"

„Nur die Batterie. Ich brauche Starthilfe."

„Mein Dad hat eine Autowerkstatt. Du kannst den Wagen hinbringen, und ich mache dir einen Freundschaftspreis", bot Kar an.

Theo blickte sie dankbar an. Und er lächelte verlegen.

Beth warf Theo einen Schlüsselbund zu. „Hol meinen Wagen, dann gebe ich dir Starthilfe." Sie sah uns an und erklärte: „Ich wohne nur ein paar Blocks weiter. Das kann er laufen. Los, T."

„Ich möchte euch hier nicht allein lassen. Es ist spät."

„Dies ist nicht der Moment für solchen Neandertalerquatsch, Theo. Ich habe Hunger, und ich muss mal. Los!"

Ich lächelte ihm zu, damit er wusste, dass es für mich klarging.

„Verriegelt die Türen, und haltet eure Handys bereit. Wählt 911 ..."

Beth griff nach der Fahrertür und knallte sie vor seiner Nase zu. Theo schüttelte bloß den Kopf, winkte und verschwand.

„Er ist so ein altmodischer Freak, der denkt, dass er sich um alles kümmern muss. Das ist bescheuert."

„Ich finde es süß", sagte ich lächelnd.

Sie schmollte. Der Wagen parkte unter einer Straßenlaterne, deren Licht einen Heiligenschein um Beths Kopf warf. Mit ihrem blauen Haar hatte es den Effekt, dass sie aussah wie eine Meereselfe.

„Du bist so verliebt in ihn", bemerkte Kar, die sich umdrehte und Beth anschaute.

„Was?"

„Du hast mich verstanden. Weiß er es?"

„Nein. Ja. Keine Ahnung", antwortete sie nach kurzem Zögern.

Ich sah ihr an, dass sie überlegte, ob sie uns trauen könnte oder nicht. Vermutlich beschloss sie, uns zu trauen, denn eine Minute später antwortete sie: „Er ist ganz schön schwer von Begriff, und ich will es ihm nicht sagen. Es würde das … was wir haben, kaputt machen, versteht ihr?"

Sie knackte mit ihren Fingerknöcheln und wandte sich zu Kar. „Und was war mit dir und deinem Ex?"

Ich sah besorgt zu Kar. Sie war blass und schweigsam, seit wir in dem Auto saßen.

„Ich wollte warten, bis Ver und ich allein sind, aber ich denke, wir können deine hässliche Visage in unsere kleine Gruppe aufnehmen. Was meinst du, Ver?"

Ich lachte. „Klar doch. Und wenn schon noch eine, dann vorzugsweise mit blauem Haar."

Beth strahlte mich an. „Tja, wenn wir uns schon diese Dramaqueen hier anhören, gehen wir doch wenigstens nach draußen an die frische Luft. Setzen wir uns auf die Motorhaube und trinken Bier? Ist ja kein Mensch weit und breit."

Wir waren einverstanden. Und so legten wir uns auf die Motorhaube von Theos Wagen, Kar und ich mit Beth in der Mitte. Die beiden tranken Bier, doch ich lehnte ab. Ich wollte mich nicht betrinken, falls Kar mich nüchtern brauchte.

„Also, was ist los?", fing Beth an.

Kar gab ihr eine kurze Zusammenfassung ihrer Beziehung mit Cameron. Beths Augen wurden immer größer, und ihr Mund klaffte immer weiter auf, je mehr Kar erzählte.

„Und was war, als er heute mit dir zu sich gefahren ist?", fragte sie.

Ich musste grinsen, weil sie so gut zu uns *passte*, weil sie so unbekümmert ihren Kopf auf meinen Schoß legte und ihre Füße auf Kars Beine, während sie Kars Geschichte lauschte. Als Kar nicht antwortete, schaute ich sie an.

„Kar?"

Tränen liefen ihr über die Wangen, aber sie blinzelte nicht. Ich fragte mich, ob ihr überhaupt bewusst war, dass sie weinte.

„Ich hatte diesem Jungen so viel gegeben, dass ich unmöglich mehr zu geben hatte. Das dachte ich, bevor er mich wieder mit in sein Zimmer nahm, versteht ihr? Dass ich fertig war. Dass es nichts mehr gab, was ich ihm geben könnte, ohne völlig durchzudrehen." Sie schluchzte und trank einen großen Schluck von ihrem Bier.

„Aber als ich da war, wurde mir klar, dass ich ihm noch mehr von mir geben könnte. Falls er das brauchte, um wieder zu mir zurückzukommen. Ich bin so ein erbärmlicher Loser."

„Nein, Kar."

„Hört mir jetzt bitte erst mal nur zu, okay?", bat sie mich und Beth.

Wir beide nickten ratlos.

„Ich wusste, dass er da sein würde. Ich wusste es, und dennoch bin ich mitgefahren, weil … weil ich eine Heuchlerin bin. Ich sage dauernd, dass ich ihn nicht sehen will, aber das ist gelogen. Denn ich … ich liebe ihn immer noch. Ich weiß, dass er mich auch noch liebt, aber was ich nicht verstehe, ist, was hält ihn davon ab, mit mir zusammen zu sein? Es ist, als würde er eine Barriere zwischen uns aufbauen, und über die komme ich einfach nicht rüber."

Ich verstand, was sie sagte. Auch ich hatte Barrieren zwischen Caleb und mir errichtet, nur dass ich Angst hatte, er könnte einen Weg über sie hinweg finden. Ich schüttelte den Kopf. Warum dachte ich an Caleb? Dies war Kars Abend.

„Übrigens hat Cameron ganz unterschiedliche Küsse." Sie seufzte. „Seine öffentlichen Küsse sind nur kleine Schmatzer hier und da. Dann gibt es die besitzergreifenden Küsse, bei denen er ein bisschen Zunge einsetzt. Und es gibt *den* Kuss, bei dem einen klar ist, dass er nicht aufhört, bevor er kriegt, was er von dir will, versteht ihr? Bei dem landen wir normalerweise im Bett. Und all die Male, die er mich auf die Weise geküsst hat, ist es nie vorgekommen, dass er hinterher nicht mit mir geschlafen hat. Nie. Nur heute, da hat er aufgehört." Sie fing wieder an zu weinen.

„Er hat *aufgehört*, Ver, und ich habe keine Ahnung, *warum*." Jetzt schluchzte sie, weinte laut und herzzerreißend.

Beth setzte sich auf. Sie spürte, dass Kar mich brauchte, und machte mir Platz, damit ich rüberrutschen und Kar in die Arme nehmen konnte. Sie schmiegte sich Trost suchend an mich, während Beth ihren Rücken rieb.

So hatte ich Kara Hawthorne noch nie zusammenbrechen sehen. Sie wirkte normalerweise so stark, dass ich es nicht mal für möglich gehalten hatte.

„Wir müssen nicht unbedingt gestehen, wenn wir jemanden ermordet haben, weißt du?", regte Beth an. „Ich kenne eine Menge Stellen, an denen man eine Leiche verstecken kann. Nur mal so nebenbei."

Kar sah Beth an, als wäre der ein zweiter Kopf gewachsen, dann prusteten wir alle los vor Lachen.

Kar wischte sich die Wange ab. „Verdammt, ich bin erbärmlich, oder?"

Ich nickte. „Ja, bist du."

„Mann …"

Ich hob eine Hand, um sie zu bremsen. „Hör mal, willst du wissen, was ich denke, oder nicht?"

Sie drehte sich zu mir um. „Klar will ich. Mach mich fertig."

„Ich denke, dass es nicht gesund ist, jemanden zum Mittelpunkt des eigenen Universums zu erklären. Und ich glaube, genau das hast du mit Cameron getan. Du hast Freundschaften verloren, weil du lieber mit ihm zusammen sein wolltest, und du hast dein altes Ich verloren, oder?" Ich schaute sie mitfühlend an. Ich wusste das, weil ich mit angesehen hatte, wie es meiner Mutter passiert war.

„Du weißt doch, dass Leute gern sagen: *Du vervollständigst mich*. Daran glaube ich nicht. Wie kann man jemanden vervollständigen, wenn man sich selbst in der Liebe zu ihm verliert? Wie findest du dich selbst, wenn du zulässt, dass du dich in ihm verlierst? Du musst lernen, ohne ihn stark zu sein, damit ihr, wenn es einer von euch nicht ist, nicht gemeinsam in einem Loch von Schwäche festhängt, denn das wird dich zerstören. Ihr dürft nicht zusammen schwach sein."

Ich schaute Kar an. Ihre Augen waren geschlossen, und Tränen rannen ihr über die Wangen. Ich griff nach ihrer Hand, um ihr Trost und Kraft zu geben.

„Sich an die Vergangenheit zu klammern ist nicht gesund. Wenn ihr so toll zusammen wart, warum seid ihr jetzt nicht zusammen? Vielleicht werdet ihr irgendwann wieder ein Paar, vielleicht nicht. Leute neigen dazu, sich nur an die guten Momente zu erinnern, aber das ist falsch. Du darfst die schlechten Erinnerungen nicht vergessen."

Nach einigen Momenten warf Kar sich gegen mich und schlang ihre Arme um mich. „Ich liebe dich, Ver. Danke."

„Ach, ich liebe dich auch, Ver. Du bist wie eine weibliche Ausgabe von Dr. Phil", meinte Beth und schmiss sich auf uns.

„Gruppenknuddeln", murmelte Kar dicht an meiner Schulter.

„Gibt es bei deinem Drama demnächst eine Werbepause? Ich muss mal pinkeln", brachte Beth stöhnend hervor.

Wie aufs Stichwort kam Theo in einem Toyota angefahren. Er winkte uns zu.

„Hier kommt meines", flüsterte Beth.

15. Kapitel

Veronica

Nachdem Theo seinem Wagen Starthilfe gegeben hatte, sagte Beth ihm, er sollte ohne uns zur Party zurückfahren. Es brauchte ein bisschen Überredung, bis Theo uns allein ließ, denn er wollte sichergehen, dass wir heil nach Hause kamen. Der Typ war extrem süß und aufmerksam. Kein Wunder, dass Beth in ihn verliebt war.

Da die anderen beiden betrunken waren, sollte ich fahren.

„Wohin wollt ihr?", fragte ich, während ich mich anschnallte.

Kar war halb weggetreten auf der Rückbank, und der Kopf war ihr auf die Brust gesunken. Deshalb sah ich nach, ob ihr Gurt fest war.

„Sollen wir einfach zurück zu Kar?", schlug ich vor.

Beth wühlte nach irgendwas im Handschuhfach und antwortete nicht, also ließ ich den Wagen noch eine Weile im Leerlauf.

„Aha! Ich wusste doch, dass es irgendwo hier war", rief sie triumphierend und hielt eine kleine Tube mit irgendwas in der Hand.

„Was? Was ist das?"

„Sekundenkleber!", quiekte sie aufgeregt.

„Aha. Du bist eindeutig betrunken, oder? Ich sollte euch zwei nach Hause bringen."

„Nein! Ver, glaub mir, wenn ich dir sage, dass ich definitiv *nicht* betrunken bin. Wäre ich es, würdest du nicht mal fragen."

„Okay."

„Also, wo wohnt dieser Cameron?"

„Warum?" Ich wurde misstrauisch, denn ich sah ihr an, wie es in ihrem Kopf arbeitete.

„Weil wir unserer kleinen Kar hier ihre Rache verschaffen."

Kar kiekste. „Rache?" Sie klang schläfrig, aber interessiert.

„Ich habe diesen Zauberkleber in der Hand, und davon müssen

wir nur was in das Haustürschloss von deinem Ex tun. Dann kann er nicht mehr rein, es sei denn, er tritt die Tür ein oder tauscht das Schloss aus."

„Oh verdammt, ja! Ja, bitte! Machen wir's!"

„Kara."

„Ver, bitte? Ich brauche das echt."

Ich seufzte. Diese beiden würden sich eine Menge Ärger einhandeln, wenn ich sie unbeaufsichtigt ließ. Ich wollte mich schon weigern, doch die Erinnerung daran, wie Kar vorhin geweint hatte, stimmte mich um.

„Na gut."

Sie jubelten vergnügt, klatschten in die Hände und hüpften auf ihren Sitzen wie kleine Mädchen.

Es war nach Mitternacht, und auf den Straßen war es unheimlich still. Die Straßenlaternen warfen ein fahles Licht auf die Fahrbahn, an deren Seiten Bäume Spalier standen wie Soldaten. Die Wagenfenster waren heruntergekurbelt, sodass mir die Luft über Gesicht und Haar strich wie ein Liebhaber. Ich fröstelte. Es wurde kühl, und ich musste mal.

„Park nicht direkt vor seinem Haus, okay?", sagte Beth leise, doch unverkennbar freudig.

Ich stellte den Wagen fünf Häuser entfernt ab. Machten wir das hier etwa wirklich?

„Hierfür könnten wir verhaftet werden", warnte ich die beiden.

„Das wäre es wert!" Kar rutschte nach vorn zwischen die Vordersitze.

„Warum sucht ihr nicht nach Hundehaufen und steckt ihm die auch gleich in den Briefkasten?", schlug ich sarkastisch vor.

„Scheiße, Ver, ich wusste schon immer, dass du ein helles Köpfchen bist."

„Oh Gott", stöhnte ich. Ich hatte nicht gedacht, dass sie mich ernst nehmen würde. Aber ich hätte es ahnen müssen.

„Verdammt richtig. Das war eben ein Shakespeare-Moment. Nein, warte. Ich meinte Einstein. Ein Einstein-Moment. Genial, Ver. Du bist jetzt offiziell eine Göttin in meinen verdammten Augen", lobte Beth mich und tätschelte meine Schulter.

Ich lachte. Wir stiegen alle aus dem Auto, und die beiden hakten sich bei mir ein, da ich die Nüchterne war und am sichersten auf meinen Beinen, sodass ich sie stützen konnte.

„Suchst du da nach Hundescheiße, Beth? Halt deine verfluchten Augen offen."

„Meine verfluchten Augen gehen nicht weiter auf, als sie schon sind, Baby. Ich suche ja nach Scheiße. Meine Augen sind ein Scheiße-Teleskop. Ich kann Scheiße aus einer Meile Entfernung entdecken."

Wir lachten, was in der ruhigen nächtlichen Straße irgendwie rücksichtslos wirkte. Plötzlich riss Kar sich von mir los. Sie lief wie ein Pinguin, die Oberschenkel komisch zusammengepresst. Dann hockte sie sich zwischen zwei Autos und breitete ihren Rock aus, um ihre Füße zu bedecken, aber der war zu kurz und verbarg gerade mal ihren Intimbereich. Und dann …

„Kar! Pinkelst du etwa auf die Straße?", fragte Beth, ehe sie wie verrückt loslachte.

„Sie macht auf die Straße! Hahaha!", grölte sie und zeigte auf die immer noch hockende Kar.

„Hey, Leute, habt ihr Klopapier dabei?", fragte Kar schief grinsend.

Wir machten einen solchen Krawall, dass ich eine Minute brauchte, um zu begreifen, dass etwas nicht stimmte. Etwas hörte sich nicht *nett* an. Meine Augen wurden riesengroß, als ich mich langsam und unsicher umdrehte.

Ach du heiliger Bimbam! Wenige Schritte entfernt stand ein wütender Hund, der uns knurrend anstarrte, als wären wir seine erste Mahlzeit heute.

„Äh, Leute", flüsterte ich leise. Ich zitterte wie Espenlaub.

„Ich sehe ihn", zischte Beth. „Steigt ihr auf die Autos. Der Bastard kann nicht klettern."

„Kara, rauf mit dir, los!", schrie ich, während ich langsam Beth folgte und auf einen Wagen sprang.

Kar hockte noch immer wie versteinert am Boden.

„Kara, komm verdammt noch mal zu dir, und steig auf das Auto!", brüllte ich jetzt noch lauter. Ich konnte nicht anders, als zu fluchen.

Aber sie hörte mir nicht zu. Ich schrie vor Entsetzen, als sie schließlich aufsprang und losrannte. Der gigantische Hund stürmte bellend an uns vorbei, knurrte wie ein finsteres Höllenmonster und jagte hinter Kars Füßen oder Beinen oder Händen ... oder ihrer Seele her.

Ich sprang von dem Wagen und rannte, so schnell ich konnte, um die Bestie davon abzuhalten, Kar zu fressen. Wie zum Teufel ich das anstellen wollte, wusste ich natürlich nicht. Ich blickte mich nach einer Waffe um und entdeckte in einem Vorgarten einen orangefarbenen Spielzeuglaster. Den schnappte ich mir und raste hinter Kar und dem Hund her. Mein Herz klopfte wie verrückt, als ich sah, wie Kar über einen Zaun setzte und sich mit einem Fuß zwischen den Latten verfing. Sie landete mit dem Gesicht voran im Gras.

„Kar!"

Der Hund bellte und knurrte noch ein paar Minuten weiter, ehe er schließlich aufgab und weglief. Meine Knie fühlten sich wie verkochte Nudeln an, und ich sank auf den Boden. Beim Anblick des Spielzeuglasters in meiner Hand fing ich an zu lachen wie eine Irre.

„Gehen wir uns betrinken, Bitches!", brüllte Beth hinter mir.
Ich lachte noch mehr.

Caleb

„Du siehst scheiße aus."

„Ich fühle mich auch scheiße", antwortete Cameron und ließ sich auf die Couch fallen.

Er wirkte eingefallen, als hätte er seit einer Woche nichts gegessen. Seine Sachen waren verknittert, seine Haare zerzaust, seine Augen gerötet. Vor einer halben Stunde hatte Cameron mich angerufen und panisch und verletzt geklungen. Zuerst dachte ich, dass jemand gestorben wäre, denn er sagte dauernd: „Sie ist weg. Weg, verdammt."

Ich brauchte einen Moment, um zu begreifen, dass er mit Kar zusammen gewesen war und von ihr redete. Er beendete das Gespräch mit: „Ich komme rüber. Ich muss hier verflucht noch mal raus."

Also erzählte ich Red, was los war, und sie stürmte zur Tür hinaus, um ihre neue beste Freundin zu trösten. Nicht dass ich eifersüchtig war. Das war ich nicht.

Höchstens ein bisschen.

Ich wollte nur … mehr Zeit mit ihr verbringen. Doch Cameron brauchte mich, und Kar brauchte sie. Und natürlich lehnte sie mal wieder mein Angebot ab, sie zu fahren.

„Hat sie dir das verpasst?" Ich tippte an meine Wange. Seine begann anzuschwellen.

Er hielt sich die Wange und verzog das Gesicht. „Ja, ich bin fast ohnmächtig geworden, verdammt."

Ich holte ein Eispäckchen aus dem Tiefkühler und warf es ihm zu. „Sie hat einen fiesen rechten Haken."

Er fing das Päckchen mühelos auf, legte sich auf die Couch und hielt es an seine Wange. „Das hätte ich wissen müssen. Ich habe es ihr beigebracht."

„Tut mir leid. Willst du darüber reden?", fragte ich und setzte mich ihm gegenüber hin.

„Nein. Ich brauche bloß einen Platz zum Pennen. In meiner Wohnung ist sie überall."

Verdammt wortkarger Idiot. Es ginge ihm besser, wenn er bloß mal reden würde. Ich machte mir Sorgen um ihn. Von meiner Mutter wusste ich, was mit seiner Familie passiert war, aber auch darüber sprach Cameron nie. Wahrscheinlich wäre ich gekränkt, wenn ich nicht wüsste, dass er im Grunde mit keinem sprach. Er war ein sehr verschlossener Mensch.

„Ich muss dir wohl nicht erst diesen Mist erzählen, dass ich hier bin, wenn du irgendwas brauchst, oder?"

Er winkelte den Arm über seiner Stirn an und bedeckte seine Augen. „Danke, Mann."

Falls er hergekommen war, um in Ruhe gelassen zu werden, war er hier an der falschen Adresse, denn ich würde nicht so leicht aufgeben. „Willst du ein Bier?"

„Klar."

Also tranken wir Bier, tauschten Beleidigungen aus, wie Jungs das so taten, aßen die Hühnerpastete, die Red zum Abendessen vorbereitet hatte, tranken noch mehr Bier und schliefen am Ende auf der Couch ein. Ich wachte irgendwann auf und suchte nach meinem Handy. Als ich es endlich zwischen den Couchpolstern gefunden hatte, nahm ich es mir und drückte die Home-Taste.

Ich stöhnte, als mich das grelle Licht des Displays blendete. Es dauerte einige Sekunden, ehe ich klar sehen konnte, und dann fluchte ich: „Verdammt!" Das Handy fiel auf den Fußboden.

Genervt setzte ich mich auf und griff es vom Boden. Ich hatte haufenweise Nachrichten und verpasste Anrufe. Alle von Mädchen, mit denen ich wahrscheinlich schon mal was hatte, aber keine von dem einen Mädchen, das ich wollte.

Ich wusste, dass sie kein Handy besaß, trotzdem hatte ich ihr meine Nummer gegeben, bevor sie ging, falls sie mich brauchte. Ich hatte sogar versucht, ihr mein anderes Handy anzudrehen, doch sie blieb mal wieder bei ihrer sturen „Ich mag arm sein, aber ich bin keine Goldgräberin, und deshalb verachte ich alles, was du mir gibst"-Haltung und schleuderte es mir ins Gesicht.

Unruhig ging ich in die Küche, um mir ein Glas Orangensaft zu holen, doch mir fiel ein, dass Red erst vor wenigen Stunden da gewesen war. Ich wollte sie einfach für eine Minute vergessen, denn ich wurde langsam wütend auf mich, weil ich dauernd an sie dachte. Deshalb kehrte ich ins Wohnzimmer zurück, wo Cameron zum Glück noch schlief, ließ mich auf die Couch fallen und sah noch mal auf mein Telefon – immer noch nichts von ihr.

Ich war besessen. Wann hatte ich zuletzt auf meinem Handy nach einem Anruf oder einer Textnachricht von einem Mädchen gesehen? Ah ja, das dürfte nie gewesen sein.

Ich wusste nicht, warum ich mir überhaupt die Mühe machte, meine Erfahrungen mit anderen Mädchen zum Vergleich heranzuziehen, denn bisher war nichts bei Red berechenbar gewesen.

Ich kam mir vor wie Wäsche in einer Waschmaschine, die doch nur angezogen und zu ihrem Lieblingsshirt werden wollte.

Wie ferngesteuert lief ich in der Wohnung herum und blickte zum hundertsten Mal auf mein Handy, als ich an ihrem Zimmer vorbeiging. Ich starrte auf die Tür, wollte, dass sie sich von allein öffnete. Wie ein Wissenschaftler, der durch ein Mikroskop schaute, starrte ich den Türknauf an. Das grenzte schon ans Unheimliche, doch ich hatte ja auch nie behauptet, dass ich nicht unheimlich war. Ich griff nach dem Knauf, stockte, um tief einzuatmen, und machte die Tür einen Spalt auf.

Ein wenig von ihrem Duft wehte heraus und umgab meine Nase. Erdbeeren.

Ich schloss die Augen und inhalierte.

Unheimlich.

Dies war eine Verletzung ihrer Privatsphäre. Es war völlig falsch. Vielleicht nur mal ein kurzer Blick. Ich würde mich nur umsehen, höchstens wenige Minuten bleiben. Es war nicht so, dass ich ihre Sachen durchwühlen würde … nein. Das war psycho. Ich wollte ihr bloß nahe sein, indem ich hier war. Ich öffnete die Tür ein Stück weiter.

„Was tust du da?"

Ich machte einen Satz zurück, und mir entfuhr ein sagenhaft hohes Quieken vor Schreck, für das ich mich garantiert den Rest meines Lebens schämen würde. Und sollte Cameron irgendwem davon erzählen, würde ich sofort alles abstreiten.

„Du hast mir einen Scheißschrecken eingejagt!"

„Na ja, du stehst da schon mindestens fünf Minuten. Ich war inzwischen pinkeln, und du bist immer noch da."

„Ähm …"

Er zuckte mit den Schultern und lief zur Couch, um weiterzuschlafen. Ich seufzte erleichtert. Es war nicht so, als wollte ich ihm nicht erzählen, dass Red bei mir wohnte. Er sollte allerdings nicht wissen, dass ich mich in ihr Zimmer schlich. Aber im Moment war er sowieso nicht in der Verfassung, über anderes als Bier oder Basketball zu sprechen. Wieder sah ich zu Reds Tür und stieß langsam Luft aus.

Was soll's? Ich machte auf und ging hinein.

Überall Red. Ihr Duft, ihre Sachen, ihre *Präsenz* waren so stark, dass mir schwindlig wurde.

Verdammt, mich hatte es übel erwischt.

Ich erkannte, dass sie sich eingerichtet hatte. Ein grellbunter Überwurf lag auf dem Bett, eine Bürste auf der Kommode, eine Wasserflasche stand auf dem Schreibtisch, und ihre Bücher waren ordentlich aufgestapelt auf dem Schränkchen neben dem Bett ... Das Schränkchen! Verflucht. Erst jetzt fiel mir ein, dass ich da meine Kondome aufbewahrt hatte. Einen ganzen Haufen Kondome. Ich stöhnte vor Scham.

Hielt sie mich jetzt für eine männliche Schlampe? Wahrscheinlich dachte sie, dass ich wild in der Gegend herumvögelte, und sie hätte recht. Doch seit ich ihr begegnet war, hatte ich mit keiner Frau mehr geschlafen, und das war eine beachtliche Leistung.

Ich hatte Sex, seit ich in die Pubertät gekommen war. Aber bei Red wollte ich abwarten. Ich wollte kein leichtes Spiel, nichts Unbedeutendes. Ich wollte Red.

Ich setzte mich auf ihr Bett und zog die Schublade des Schränkchens auf. Die Kondome waren weg, von ihren Büchern ersetzt. Wohin hatte sie die gepackt? Ich beschloss, sie zu fragen, wenn ich sie das nächste Mal sah. Sicher würde sie rot werden. Sie war nicht der Typ, der dezent errötete. Nein. Es war nicht so, dass sich ihre Wangen leicht rosa färbten. Sie wurde richtig rot. Es fing an ihrem Hals an, und ich konnte dann beobachten, wie es ihr Gesicht und ihre Ohren hinaufkroch, bis sie aussah wie eine reife Tomate. Das war so niedlich. Ich schob die Schublade zu und warf mich aufs Bett.

Umfangen. So fühlte ich mich. Umfangen von ihr. Mein letzter Gedanke vor dem Einschlafen war, dass ich nun offiziell als gruselig galt.

Das Nächste, was ich mitkriegte, war, wie mein Handy direkt neben mir klingelte. Ich nahm den Anruf an und brummelte etwas ins Telefon.

„Hey."

Ich riss die Augen auf. „Red?"

„Ja." Ihre Stimme war leise, wie hingehaucht, und sie hatte meine volle Aufmerksamkeit, weil sie flirtend klang. Sie hörte sich sehr ähnlich an wie beim ersten Mal, als ich ihr in dem Club begegnete. Sobald mein Verstand halbwegs wach war, wurde mir klar, dass sie betrunken sein musste.

„Wo bist du?" Ich richtete mich auf und schaltete die Lampe ein. Der Wecker zeigte drei Uhr morgens. Ich strich mir mit den Fingern durchs Haar und fragte mich, ob sie in Schwierigkeiten steckte.

„Bei Kar. Du glaubst nicht, was heute Nacht passiert ist."

Ich hörte Bewegungen im Hintergrund, als sei sie im Bett und versuchte, es sich gemütlich zu machen. Erleichtert atmete ich auf. Sie war sicher und im Bett.

„Warum erzählst du es mir nicht, Baby?", fragte ich.

Sie lachte. Das Geräusch brachte mich zum Grinsen, und ich ließ mich zurück aufs Bett fallen.

„Baby. Das gefällt mir."

„Und du gefällst mir so", erwiderte ich. Dabei stellte ich mir vor, wie sie im Bett lag, ihr Haar auf dem Kissen ausgebreitet, glücklich, schön und vollkommen sorgenfrei.

„Wie?", fragte sie schläfrig.

„Glücklich. Als würdest du dir gerade um gar nichts Sorgen machen, wie sonst immer."

Sie blieb eine Minute lang stumm, und ich dachte schon, sie sei eingeschlafen. „Du machst mich glücklich, Caleb."

Ich öffnete den Mund, um etwas zu sagen, doch es kam kein Ton heraus.

„Ich wünschte …"

„Ja?", flüsterte ich. Mein Herz raste.

„Ich wünschte, du wärst hier. Mir fehlt es, von dir geküsst zu werden", flüsterte sie.

Ich räusperte mich. „Mir auch", antwortete ich. „Dir ist klar, dass du dich morgen an nichts hiervon erinnern wirst, oder?"

„Doch, werde ich wohl", widersprach sie.

„Nein, wirst du nicht. Aber ich werde mich erinnern." Ich seufzte. „Red?"

„Ja, Caleb?"

„Brich mir nicht das Herz."

16. Kapitel

Veronica

„Wer hat diesen verfluchten Wecker auf Lautsprecher gestellt?"

Ich öffnete die Augen, als ich Kars zornige, heisere Stimme hörte, und brauchte eine Sekunde, ehe ich begriff, warum ich sie morgens hörte.

Große Mengen Alkohol, reichlich Pizza, Kar, die sich im Vorgarten die Seele aus dem Leib reiherte – oder war das Beth? Da war noch etwas passiert, aber ich konnte es nicht richtig greifen …

„Meine Augen. Mein Kopf. Mein Mund", jammerte Kar. „Was haben wir uns bloß dabei gedacht, mitten in der Woche zu feiern?"

„Es war die Abschiedsparty für Theos Bruder. Er hat gerade seinen Abschluss gemacht und einen Job in Paris bekommen", meinte Beth stöhnend. Ich glaubte, sie rechts von mir zu hören. Lag sie auf dem Fußboden?

Umpf. Mein Körper fühlte sich wie von einem großen Klavier beschwert an.

„Ich muss heute schwänzen", murmelte Kar, und es klang, als hätte sie sich gerade eine Decke über den Kopf gezogen.

„Nein!" Ich hörte, wie Beth hastig aufstand. „Verdammt, ist mir schwindlig."

Ich öffnete ein Auge. „Alles in Ordnung?"

Sie war nur ein verschwommenes Bild von blauem Haar und … war das Farbe auf ihrem Gesicht? Was zum Teufel hatten wir letzte Nacht getan?

„Nein, aber ich darf mein Seminar nicht verpassen. Theo hat heute seine Präsentation. Wie spät ist es?"

„Zeit, verdammt noch mal die Klappe zu halten und weiterzuschlafen."

Hmm. Ja. Kar war sehr klug. Es war Zeit, die Klappe zu halten und weiterzuschlafen.

Ich war so dankbar, dass ich einer der wenigen Menschen war, die keinen Kater kriegten. Na ja, eigentlich schon, aber nicht den normalen Kater mit Kopfschmerzen, ausgetrocknetem Mund und Übergeben. Ich fühlte mich einfach nur bleischwer.

„Verflucht. Wo sind meine Autoschlüssel, Ver? Ver!"

Ich stöhnte, da Beth mich schüttelte.

„Lass mich in Ruhe", murmelte ich.

„Ich zähle im Geiste gerade alle Gründe auf, warum ich dich nicht umbringen sollte", brachte Kar knurrend hervor.

Warum hielten die nicht den Mund? Ich vergrub mich tiefer in der Decke.

„Ich muss mir eine Bluse von dir leihen, Kar", sagte Beth.

Ich hörte einen dumpfen Knall.

„Au. Verdammt!", fluchte Beth.

Kar musste irgendwas nach ihr geworfen haben.

„Das wird dir noch leidtun", warnte Beth.

„Au!", sagte ich und rieb eine Stelle in meinem Gesicht, wo mich etwas Hartes getroffen hatte.

„Tut mir leid, Ver! Das sollte eigentlich Kar abkriegen."

„Bitte, sei verdammt noch mal still!", schimpfte Kar.

„Ich bin verdammt noch mal still, sobald ich meinen beschissenen Kram zusammenhabe. Ver, wo sind meine beknackten Autoschlüssel?"

Wo waren die Schlüssel? Ich glaubte, dass ich sie auf dem Wohnzimmertisch liegen lassen hatte.

„Wohnzimmer, glaube ich", meinte ich.

Ich hörte, wie sie herumlief und immer wieder fluchte. „Oh Mann, du hast nur Sachen für Fünfjährige ohne Brüste. Verdammt. Mir passt keine einzige deiner Blusen!"

Kar stöhnte. „Ich bin von Bitches mit Megamöpsen umgeben. Warum kann ich nicht wenigstens ein bisschen was haben? Gott, warum? Schon Zitronen wären echt toll, aber ich habe *Weintrauben*!"

Ich schnaubte. Und ich hörte Beth lachen. „Okay, wir sehen uns,

Bitches!", rief sie, und dann war endlich – Gott sei Dank – Ruhe. Als ich gerade wieder wegdämmerte, klingelte Kars Telefon.

„Verfluchte Scheiße!"

Sie griff nach dem Handy, und ich dachte schon, sie würde den Anrufer umbringen, aber sie meldete sich mit süßer schläfriger Stimme: „Hallo? Wer ist da? Ich glaub's nicht. Woher hast du meine Nummer? Ah, na klar, warte kurz. Es ist Caleb."

„Was?" Stirnrunzelnd kämpfte ich mich aus der Decke und knallte mir das Telefon ans Ohr.

„Hallo?"

„Hey, Red."

Caleb klang so munter heute Morgen. Ich konnte sein sonniges Lächeln vor mir sehen und seine Augen, die mich anlachten. Sein Haar war wahrscheinlich noch nass vom Duschen und nach hinten gekämmt, bis es getrocknet war. Danach stünde es in alle Richtungen.

„Hey, Caleb." Ich lächelte.

Kar pikte mir in den Rücken und stieß aufgeregte kleine Laute aus.

„Brauchst du eine Mitfahrgelegenheit?"

„Hä?" Ich stützte mich mit dem Ellbogen auf dem Kissen auf und schüttelte mir das Haar aus dem Gesicht.

„Du hast gestern gesagt, dass du heute Nachmittag eine Prüfung hast."

Ich stöhnte. „Oh Mist, die habe ich vergessen."

„Ich hole dich ab. In zehn Minuten bin ich bei dir. Bis gleich, Red."

„Caleb ..."

Er legte auf, ehe ich etwas sagen konnte. Verwirrt starrte ich das Handy an.

„Holt er dich ab?"

Ich drückte mein Gesicht ins Kissen. „Ja."

„Wow. Ich schätze, du bist diesem scharfen Typen mächtig zu Kopfe gestiegen. Und ich rede von dem Kopf oben. Na ja, und dem unten."

„Kara!" Lachend haute ich ihr ein Kissen ins Gesicht.

Ich zwang mich aus dem Bett und griff mir die größten Sachen, die ich in ihrem Wandschrank finden konnte, bevor ich duschen ging. Meine Zähne putzte ich mit dem Finger, weil Kar keine Ersatzzahnbürste besaß. Nachdem ich fertig war, betrachtete ich ihre Sachen unsicher. Ich glaubte wirklich nicht, dass die mir passen würden.

Als es an der Tür klopfte, zuckte ich zusammen.

„Red?"

Ich runzelte die Stirn. „Caleb?"

„Ich habe dir saubere Sachen, eine Zahnbürste und Frühstück mitgebracht. Und ich habe auch grünen Tee dabei."

Was stellte dieser Junge mit mir an? Es war noch nicht mal Nachmittag, und er bescherte mir schon Schmetterlinge im Bauch.

„Red?"

Ich räusperte mich. „Okay, lass sie auf dem Tresen vor der Tür. Danke."

„Jederzeit." Ich konnte mir vorstellen, wie er zwinkerte. Und plötzlich wollte ich dringend sein Gesicht sehen. Ich vermisste ihn. Das konnte ich jetzt zugeben.

Ich vermisste Caleb. Ich vermisste Caleb. Ich vermisste Caleb.

Seufzend wickelte ich mir ein Handtuch um und öffnete die Tür. Unwillkürlich stieß ich einen Schrei aus, als ich ihn direkt an dem Tresen stehen sah. Sein Blick richtete sich auf mein Gesicht, bevor er langsam an mir nach unten und wieder hinauf wanderte.

„Was soll das, Caleb? Ich habe gesagt, du sollst sie auf dem Tresen lassen."

„Das habe ich. Sie sind auf dem Tresen."

„Aber du hast nicht verraten, dass du hier auf mich warten willst!", platzte ich heraus.

Er sah aus wie ein Junge, der dabei erwischt wird, wie er einen Keks stiehlt. Er trug ein graues T-Shirt mit Rundhalsausschnitt, das seine Schultern, die Bizepse und den langen Oberkörper betonte, dazu die dunkle Jeans, die perfekt auf seinen schmalen Hüften saß. Caleb sah so gut aus, dass mein Herzschlag sich unwillkürlich beschleunigte. Und dann lächelte er. Ich war geliefert.

„Du siehst richtig sexy aus, Red."

Ich hielt den Atem an, während er sich auf mich zubewegte und mir sehr nahe kam. Ich konnte die Wärme fühlen, die von seinem

Körper ausströmte. Zum Schutz schlang ich das Handtuch fester um mich.

Caleb streifte meine Ohrmuschel mit der Nasenspitze und atmete ein. Ich erschauerte.

„Du riechst so gut", flüsterte er, und seine Stimme war tiefer als sonst. „Ich warte mit Kar in der Küche ... Bis sehr bald, Red."

Richtig. Sehr bald.

Als ich zur Küche ging, fühlte ich mich besser. Ich hörte Kars trotzige Stimme und wusste, dass sie über Cameron sprach.

„Nicht mehr. Ich habe das hinter mir", brachte sie hervor.

Caleb seufzte. „Ich weiß, dass er dich immer noch liebt."

„Das spielt keine Rolle, solange er nicht ... hat er dir das gesagt?"

Caleb wirkte unentschlossen, als müsste er sorgfältig abwägen, was er Kar erzählte. „Nein, aber so, wie er gestern aussah, geht es ihm richtig dreckig."

Sie schnaubte. „Schön." Doch sie blickte nach unten und klammerte sich an ihren Kaffeebecher. „Aber das reicht mir nicht, Caleb. Ich brauche mehr. Und ich kann nicht ewig auf ihn warten."

„Ich denke, dass er im Moment dringend einen Freund braucht, doch mich lässt er nicht an sich heran. Ich glaube, du bist die Einzige, die er an sich heranlässt, Kar."

Sie schüttelte energisch den Kopf. „Hör mal, Caleb ..."

„Kar, es geht ihm *nicht* gut."

Sie kniff die Augen zu, und eine Träne lief ihr über die Wange.

„Gib ihn nicht auf, wenn er dich am dringendsten braucht."

Schweigend lief ich zu Kar und legte ihr tröstend eine Hand auf die Schulter. Als sie die Augen öffnete und mich anschaute, brachen endgültig alle Dämme.

17. Kapitel

Caleb

„Willst du deinen Tee nicht trinken?", fragte ich Red auf der Fahrt zum College.

Das hier fühlte sich gut an. Es kam mir vor, als würden wir zu einer Routine oder einem Ritual als Paar finden – oder wie immer Mädchen so was nannten. Das war gut, oder?

Ich frischte mein Wissen über Beziehungsregeln auf. Vielleicht könnte ich Cameron fragen, doch dann fiel mir wieder ein, dass er in Beziehungen ein Totalversager war. Meinen Bruder Ben vielleicht? Nein, der war ebenfalls grottenschlecht in diesen Dingen.

Ich zermarterte mir das Hirn, welcher meiner Freunde eine langfristige Beziehung hatte, und stellte beschämt fest, dass es keinen gab. Sie waren alle wie ich. Es sei denn, ich zählte Andrei mit, der inzwischen seit zwei Jahren mit seiner Freundin zusammen war. Aber letztlich kam er auch nicht infrage, weil sie eine offene Beziehung führten. Was für ein Mist!

Ich wollte, dass Red nur mir *allein* gehörte.

Mir war klar, dass ich besitzergreifend war, womöglich auch ein bisschen zu übergriffig, aber ... *ich wusste nicht, wie ich anders sein könnte*.

Ich hoffte nur, dass sie all das akzeptieren würde ... alles von mir.

Wie tief die Mächtigen doch fallen! dachte ich. Caleb Lockhart hatte keinen Schimmer, wie er ein Mädchen dazu brachte, sich in ihn zu verlieben.

Liebe.
Warte mal, was?
Verdammt.

Ich schüttelte den Kopf. Ich war noch nie jemand gewesen, der seine Gefühle verbarg. Was war denn der Sinn von Gefühlen, wenn man sie nicht zugeben konnte – nicht mal vor sich selbst? Alles, was ich wusste, war, dass ich noch nie zuvor so für jemanden empfunden hatte ... und es fühlte sich richtig gut an. Wie etwas, woran ich lange festhalten könnte.

Ich sah zu ihren Händen. Es fehlte mir, ihre Hand zu halten, während ich fuhr, aber das konnte ich jetzt nicht, weil sie den Teebecher mit beiden Händen hielt.

„Red?" Ich sah zu ihr.

Sie blickte aus dem Fenster, doch ihr Körper war mir zugewandt, und ich war wenigstens nicht zu doof zu erkennen, dass sie auf mich achtete. Grundwissen Körpersprache.

„Willst du den Tee wirklich trinken?"

Sie verneinte stumm, ohne mich anzusehen. Na gut. Ich nahm ihr den Tee ab und stellte ihn in den Becherhalter. Jetzt sah sie mich verwundert an. Lächelnd griff ich nach ihrer Hand und verschränkte meine Finger mit ihren.

Na also.

Calebs Welt war wieder in Ordnung. Ich stieß einen zufriedenen Seufzer aus.

Am College setzte ich sie ab und begleitete sie zu ihrem Raum. Mir war bewusst, dass die Leute uns angafften. Ich hatte einen gewissen Ruf auf dem Campus. Das machte mir nichts aus, aber ich sorgte mich um Red. Hoffentlich schreckte es sie nicht ab.

„Also, dann treffen wir uns nach deiner Prüfung in der Cafeteria. Wir könnten etwas essen, bevor ich dich zur Arbeit fahre." Mir wurde klar, was ich tat. Ich erzählte ihr mal wieder, was sie tun sollte. Hastig formulierte ich es anders: „Wenn du willst. Wir könnten auch irgendwo anders essen. Du bestimmst."

„Caleb."

„Ja?"

„Danke für ..." Sie hob unsere verschlungenen Hände. Es war eine hilflose Geste.

Das schmerzte mich. Sie wusste nicht, wie sie ihre Gefühle ausdrücken sollte. Und ich wollte unbedingt wissen, was geschehen war, dass sie so wurde. Doch vermutlich müsste ich mir erst mal ihr Vertrauen erarbeiten.

„Du musst gar nichts sagen. Überhaupt nichts", beteuerte ich. Es war mir ernst.

Sie sagte, dass ihre Prüfung zwei Stunden dauern würde, daher beschloss ich, in den Pausenraum zu gehen und ein bisschen Billard zu spielen oder einfach mit den Leuten aus meinem Team abzuhängen. Ich wartete darauf, dass ich drankam, als ich spürte, wie mir jemand in den Rücken pikte. Ich drehte mich um und blickte in das lächelnde Gesicht von Beatrice-Rose. Sie war blond, zierlich und blauäugig.

„Hey, Caleb!", rief sie und schlang ihre Arme um mich.

„Hey, Beatrice-Rose! Wie geht es dir? Du siehst klasse aus", begrüßte ich sie und erwiderte ihr Lächeln.

Sie ließ mich los, behielt jedoch die Hände auf meinen Oberarmen. Drückte sie die Muskeln? Ja, jede Wette. Sie mochte Typen mit muskulösen Armen.

„Oh Caleb, schweig still, mein Herz. Du siehst wie immer umwerfend aus."

Es war schön, sie wiederzusehen. Ich war schon seit meiner Kindheit mit ihr befreundet – und hin und wieder mehr als das. Sie hatte eine sechsmonatige Auszeit vom Studium genommen, um nach Paris zu gehen und … Mir fiel beim besten Willen nicht ein, was sie mir vor ihrer Abreise erzählt hatte. Ah ja! Um sich selbst zu finden. Ja, Selbstfindung oder so etwas.

Schmollend schüttelte sie den Kopf. „Wieso nennst du mich Beatrice? Sag B. zu mir, so wie früher auch."

Ich grinste. „Klar doch, B. Und? Hast du in Paris deine Seele gefunden?"

Sie stockte, als hätte sie nicht mit der Frage gerechnet und müsste ihre Gedanken erst neu an die Unterhaltung anpassen. Dann warf sie den Kopf in den Nacken und lachte.

„Oh Caleb, wie sehr du mir gefehlt hast! Wie wäre es, wenn wir heute Abend mal quatschen? Dinner, selbe Zeit, selber Ort?"

Mir war bewusst, dass ich verlegen wurde. Verdammt, ich war verlegen. Wie erklärte ich ihr das? Wir hatten eine gemeinsame Vergangenheit, aber es war nie etwas Festes gewesen. Sicher kam sie dem am nächsten, was andere als meine feste Freundin bezeichnen würden, doch ich hatte sie nie so genannt. Ich hatte ja nie eine gewollt, bevor Red auftauchte.

Beatrice hatte im Laufe der Jahre ein paarmal die Initiative ergriffen, und ich hatte mitgemacht, sofern gerade nichts mit einer anderen lief. Aber das hörte irgendwann vor langer Zeit auf, weil ich unsere Freundschaft nicht kaputt machen wollte. Und es würde ganz sicher nicht heute, morgen oder irgendwann wieder passieren, weil ...

„Ich habe eine feste Freundin."

Sie nahm die Hände von meinen Armen. „Okay, Caleb. Du meinst, dass du momentan was mit einer anderen hast. Das macht nichts, denn nächste Woche ist sie ja wieder Geschichte, oder?"

Ich schüttelte den Kopf. „Nein. Bei dieser ist es mir richtig ernst."

Sie zog verwundert eine Braue hoch. Wenn ein Mädchen eine Braue hochzog, ohne zu lächeln, bedeutete das verlässlich Ärger.

„Ernsthaft, Caleb?"

Ich nickte.

„Wow. Lass mich mal kurz Luft holen." Theatralisch legte sie eine Hand auf ihre Brust, ehe sie mich breit angrinste. „Das freut mich so für dich, Caleb! Wow, das sind riesige Neuigkeiten."

Ich war froh, dass sie es so gut aufnahm, denn ich mochte Beatrice als Mensch. Sie war immer souverän und freundlich zu jedem. Deshalb verstanden wir uns so gut. Sie hatte nichts Hochnäsiges, wie andere Mädchen aus reichen Familien.

„Hast du endlich *die eine* gefunden, ja? Ich hoffe, sie macht es dir richtig schwer", sagte sie grinsend.

„Oh, das tut sie, glaub mir. Sie ist anders, musst du wissen."

Für einen Moment war sie still und musterte mich eingehend. Ich zog den Kopf ein.

„Ja, das sehe ich. Tja, dann ist es also offiziell. Ich muss sie kennenlernen."

„Wirst du sicher mal", versprach ich.

Unsere Eltern waren sehr gut befreundet, wodurch Beatrice, mein Bruder und ich als Kinder oft gezwungen waren, Zeit miteinander bei Kurzausflügen oder Treffen zu verbringen.

„Lass uns bald mal einen Kaffee trinken und reden. Wir sind doch noch Freunde, nicht?"

Ich nickte lächelnd, denn was auch zwischen uns gelaufen sein mochte, sie hatte recht. Wir waren noch Freunde.

„Natürlich."

Sie lächelte und winkte mir zum Abschied.

Ich sah auf meine Uhr. Noch zwanzig Minuten, bis Red durch war, und ich entschied, in die Cafeteria zu gehen. Ich wollte nicht, dass sie allein dort saß, und ich hatte vor, ihr etwas zu essen zu besorgen. Also kaufte ich einen grünen Tee und ein Zimtbrötchen, ehe ich mich hinsetzte, aber als ich mich zu den Tischen umdrehte, sah ich sie schon in der Ecke hinten sitzen.

„Hey, Red. Tut mir leid, ich dachte, du hast noch" – ich blickte auf meine Uhr – „zehn Minuten. Wartest du schon lange?"

Sie schüttelte den Kopf. „Ich bin eben erst gekommen."

„Wie war die Prüfung?"

Ein wunderbares Lächeln, das mich schlicht umwarf, erschien auf ihrem Gesicht. Sie war so unglaublich schön …

Verdammt, ich war völlig hinüber.

Das war es also, was sie glücklich machte, dachte ich. Eine Prüfung mit Bravour zu absolvieren. Gut zu wissen.

Ich setzte mich ihr gegenüber hin und streckte die Beine so aus, dass sie ihre umfingen. Mir entging nicht, dass sie ihre Beine enger zusammenstellte, damit sie meine nicht berührten. Sie kämpfte dagegen an. Ich grinste.

„Ich habe dir was zu essen besorgt", sagte ich und schob ihr das Tablett hin.

Sie musterte mich mit diesen verletzlich wirkenden dunklen Augen. Dieses Mädchen brach mir das Herz mit ihrem Wunsch nach Liebe.

„Du musst mir nicht gleich um den Hals fallen. Ein simples Dankeschön reicht", meinte ich.

„Warum tust du das? Warum kümmerst du dich so viel um mich?"

Ihre Frage versetzte mir einen Stich.

Meine Red. So allein. So einsam. Jetzt bin ich hier.

„Ich denke, das würdest du mir nicht glauben, selbst wenn ich es dir verrate."

Ihre Schultern hoben und senkten sich unter ihrem Seufzen. Dann beugte sie den Kopf und starrte ihren Tee an. Sie vermied es, mir in die Augen zu schauen. Was wiederum hieß, dass ich sie so unverhohlen anstarren konnte, wie ich wollte.

„Wir müssen irgendwas unternehmen wegen Kara und Cameron", sagte sie nach einer Weile.

Ich grinste. „Einverstanden. Wie wäre es diesen Sommer? Das Semester ist fast vorbei, und wir könnten ins Sommerhaus meiner Mom fahren. Da nehmen wir die beiden einfach mit."

„Ja, das hört sich gut an", stimmte sie mir zu. „Dein Haar wird lang."

Reflexartig strich ich mir mit einer Hand durch die Haare. „Ich sehe trotzdem noch super aus. Soll ich es abschneiden?"

„Nein", antwortete sie einen Tick zu schnell. „Ich meine, wie du willst. Warum fragst du mich?"

Ich runzelte die Stirn. „Wieso sträubst du dich so dagegen?"

Ich wartete auf ihre Antwort, die jedoch nicht kam.

„Du wehrst dich gegen das, was du für mich empfindest. Das fühle ich. Warum?", hakte ich nach.

Sie nagte an ihrer Unterlippe, und ich bemerkte, wie sie die Hände auf ihren Schoß nahm, um sie vor mir zu verstecken. Ich seufzte übertrieben.

„Lass uns ein Spiel spielen. Wie wäre es, wenn ich dir etwas sage, was ich über dich weiß, und du mir etwas sagst, was du über mich weißt?"

Das wirkte. Ich bekam ein halbes Lächeln von ihr.

„Müsste es nicht andersrum sein?"

Ich schüttelte den Kopf. „Nein. Ich entdecke nämlich gern selbst Dinge. Und ich mag es nicht, wenn man es mir zu leicht macht. Mir macht es Spaß, wenn ich hart arbeiten muss."

Sie neigte den Kopf zur Seite, als versuchte sie zu deuten, was hinter meinen Worten stecken könnte.

Ja, dachte ich, ich spreche von dir.

„Da du nicht sonderlich begeistert aussiehst, fange ich mal an", verkündete ich.

Sie schien nervös, aber interessiert. Jetzt hatte ich ihre Aufmerksamkeit.

„Du magst keine schwarzen Oliven."

Ihre Augen verengten sich – allzeit misstrauisch. Ich lachte.

„Woher weißt du das?"

Ich bohrte meine Zungenspitze in die Wangeninnenseite. „Tja … ich habe über dich nachgeforscht."

„Was zum …?", stammelte sie.

Ich lachte. „War nur ein Scherz. Als wir neulich Pizza bestellten, hast du die von deinem Stück runtergenommen und zur Seite gelegt. Du bist dran."

Wieder biss sie sich auf die Unterlippe. „Du hasst schmutziges Geschirr in der Spüle, ausgenommen vielleicht ein benutztes Glas. Du lässt immer ein leeres Glas stehen."

Ich lächelte so breit, dass meine Mundwinkel vermutlich meine Ohrläppchen erreichten. Sie achtete also auf das, was ich tat. Da sie ihren Tee nicht trank, nahm ich einen Schluck davon.

„Du magst die Dunkelheit nicht. Deshalb schläfst du bei Licht."

Ich wollte sie damit necken, doch etwas blitzte in ihren Augen auf – und es sah aus wie Angst. Einen Moment blieb sie still, und ich fragte mich, was sie dachte. Dann aber klärte sich der Schleier in ihren Augen, und sie grinste.

„Ich kann auch manchmal ohne Licht schlafen." Sie schwieg kurz, ehe sie die Nase rümpfte. „Deine Füße riechen."

Ich verschluckte mich an dem grünen Tee. „Hey, nur nach dem Basketballtraining!" Ich hustete. „Meine Füße sind sexy."

Erneut rümpfte sie die Nase und kämpfte mit einem Grinsen.

„Du rufst jeden Tag deine Mutter an, nur um Hi zu sagen."

Ich grinste. Wahrscheinlich war ihr nicht klar, dass ich dran war. Ich sagte auch nichts, denn ich fand es viel zu gut, dass sie über mich redete.

„Das leugne ich nicht. Ich bin ein Muttersöhnchen und stolz darauf, doch nur ein paarmal die Woche."

Ihr Zimtbrötchen aß sie auch nicht, also brach ich ein Stück davon ab und hielt es ihr an den Mund. Sie funkelte mich wütend an, nahm es aber. Zum Ausgleich brach sie beinahe die Hälfte des Brötchens ab und stopfte sie mir in den Mund.

„Du magst Mädchen."

Ich kaute hastig und schluckte. „Pah! Das war zu leicht. Aber falsch. Ich mag nur noch ein Mädchen, und es fühlt sich an, als würde das sehr lange Zeit so bleiben."

Sie schluckte. Ich griff nach ihrer Hand und rieb ihre Haut mit meinem Daumen.

„Gib mir eine Chance", flüsterte ich.

„Ich weiß nicht, was ich mit dir machen soll."

Sei bei mir.

Ich blickte in ihre Augen und hatte das Gefühl, ich könnte in ihnen versinken. Da war so vieles in diesen Augen. So viel Schmerz, so viel Liebe.

„Ich möchte dir etwas verraten", meinte ich. Als sie nickte, redete ich weiter. „Mir war noch nichts ernster in meinem Leben als die Worte, dass ich noch nie so empfunden habe."

Sie sah mich an, als wollte sie etwas sagen, überlegte es sich aber offenbar anders und schwieg. Ich ließ es gut sein. Wenn sie noch nicht so weit war, war sie es eben nicht. Ich hatte eine Menge Zeit, sie zu überzeugen. Irgendwann würde sie lernen, mir zu vertrauen.

„Pancakes?"

Sie verneinte. „Ich muss in ein paar Stunden arbeiten, Caleb. Ich kann nicht."

„Ich fahre dich zur Arbeit."

„Nein."

„Wirst du es nicht allmählich leid, dauernd Nein zu sagen?"

„Nein."

Oh, dieses Mädchen ... Sie trieb mich in den Wahnsinn. Ich rückte meinen Stuhl neben sie, und sie blickte mich misstrauisch an. An ihrem Handgelenk zog ich sie von ihrem Stuhl zu mir. Sie rang nach Luft, als sie auf meinem Schoß landete.

„Caleb", hauchte sie. „Was tust du denn?"

Ich spürte, wie mein Körper auf sie reagierte und ich sofort hart wurde. Sie roch so gut, fühlte sich so gut an. Ich schloss die Augen. Was. Zur Hölle. Tat. Ich. Hier.

„Verdammt." Frustriert strich ich mir mit der Hand durchs Haar. Ich war scharf, und dabei hatte sie nicht mal einen Finger gerührt. „Tut mir leid, Red. Ich bin bloß ..."

Geil.
Ja, Alter, sag ihr das, und es läuft super, jede Wette!
„Ich will dich."
Ihre Augen wurden riesengroß.
Jetzt begreifst du es. Bitte, lauf nicht weg.
Ich war nervös. Mein Herz raste, und mir brach Schweiß auf der Stirn aus. Red erstarrte und sah mich an wie ein Reh im Scheinwerferlicht.
„Ich will dich so sehr, dass es wehtut. Ich kann nur an dich denken. Verdammt, ich bin besessen von dir."
Mein Mund mal wieder.
Mein Problem war, dass ich manchmal zu ehrlich war, und das bekam mir nicht. Meine Hände waren an Reds Wangen. Wir waren in der Cafeteria, es war Mittagszeit, und Leute um uns herum gafften. Mir war das egal.
„Caleb, wir sind in der Cafe…"
„Die anderen interessieren mich nicht. Sie sind nicht wichtig. Keiner war das je. Bis du kamst."
Sie atmete so schwer, als wäre sie eben einen Marathon gelaufen.
„Vertraust du mir?", fragte ich.
Zunächst zögerte sie, doch schließlich nickte sie.
„Na gut. Verschwinden wir von hier. Wir haben noch Zeit, ehe deine Schicht anfängt."
Ich hielt ihre Arme, als ich aufstand, griff mir ihren Rucksack und hängte ihn mir über die Schultern, bevor ich nach ihrer Hand griff.
„Pancakes", sagte ich, aber sie antwortete nicht.
„Pancakes", wiederholte ich und wartete, dass sie reagierte.
Sie blickte mich mit diesen bezaubernden, ausdrucksstarken Augen an. „Pancakes", antwortete sie.

Veronica

Er fuhr uns wieder zum Strand. Anscheinend war der sein beliebtestes Ziel, wenn er emotional wurde. Was okay war. Ich mochte den Strand, vor allem, wenn Caleb bei mir war.
Mit ihm machte alles Spaß.

Mal wieder hielt er auf der Fahrt meine Hand. Er führte Gewohnheiten ein, denen ich nie zugestimmt hatte, dennoch brachte ich es nicht fertig, Nein zu sagen.

Die Sonne schien von einem strahlend blauen Himmel, trotzdem waren nur wenige Leute am Strand. Ich konnte das Wasser in der Luft schmecken und fühlen. Es hüllte mich ein. Die Hand, die meine hielt, und die Art, wie seine grünen Augen mich ansahen, gaben mir das Gefühl, in einem anderen Universum zu sein. Irgendwo, wo keine Probleme existierten. Irgendwo, wo Hoffnung und Glück lebten.

Er breitete eine Decke auf dem Sand aus und zog mich mit sich nach unten. Caleb lag mit dem Gesicht zu mir auf der Seite, ich auf meinem Rücken. Er streckte auffordernd einen Arm nach mir aus. Offenbar hatte dieser Ort eine besänftigende Wirkung auf mich, denn ich drehte mich ohne Widerrede zu ihm. Oder Caleb wuchs mir vielleicht ans Herz.

„Was ist los, Red?"

Mir wurde bewusst, dass ich gedankenverloren zum Strand gesehen hatte.

„Verrätst du mir, was du denkst?" Wieder griff er nach meiner Hand und verschränkte seine Finger mit meinen; für diese spezielle Geste hatte Caleb wohl ein besonderes Faible. Und mir gefiel das sehr. Manchmal, wenn ich ihn eine Weile nicht gesehen hatte, merkte ich, wie meine Finger kribbelten, als würden sie seine vermissen.

So kam es, dass ich in diese großen, schönen grünen Augen blickte, seine Hand hielt und ihm endlich von meinem Vater erzählte.

„Mein Dad war der einzige Mann, den ich je geliebt habe, und der einzige, der mir das Herz brach. Er konnte so aufmerksam und liebevoll sein, aber dann veränderte er sich auf einmal drastisch. Von einem Moment zum nächsten wurde er ein anderer Mensch.

Er gab mir das Gefühl ... wertlos zu sein. Immer erinnerte er mich daran, dass ich es nicht verdient hatte, geliebt zu werden, dass ich der Grund war, weshalb seine Beziehung mit meiner Mom scheiterte. Ich fühlte mich ... schuldig.

Er gab mir die Schuld für alles Schlechte, das ihm passierte. Immer wieder. Ich ... ich kann manchmal noch seine Stimme im Kopf hören. Dann versuche ich, sie auszublenden, aber manchmal … manchmal fühlt es sich an, als hätte er recht."

Ich schüttelte den Kopf und verscheuchte die Erinnerungen, die sich in mein Denken drängten. Caleb hielt meine Hand fester, und ich spürte, wie sich sein Körper anspannte.

„Nein, Red. Er könnte gar nicht falscher liegen."

Wieder schüttelte ich den Kopf. „Ist schon gut. Ich will wirklich nicht mehr über ihn reden."

„Hat er … dir wehgetan?"

Ich senkte den Blick, denn ich hatte Angst zu antworten.

„Red?"

Nun sah ich zu ihm hoch, sagte aber nichts. Er nickte, als wolle er mir bedeuten, dass er verstand, wenn ich noch nicht bereit war, darüber zu reden, und warum ich so war. Vorsichtig, störrisch, misstrauisch. Und dann kam alles wieder.

Ich wollte, dass er mich kannte. Aber ich hatte auch Angst, ihm von den hässlichen Facetten meines Lebens zu erzählen, weil ich fürchtete, dass sie ihn verschrecken könnten. Trotzdem gab mir etwas an Caleb das Gefühl, dass er bleiben würde. Also erzählte ich ihm von meinen Eltern.

„An einem Tag kam ich aus der Schule nach Hause, und ich erinnere mich, dass ich ganz aufgeregt war, weil meine Mom versprochen hatte, dass wir ins Kino gehen. Wir beide liebten Filme. Das war unser gemeinsames Ding, verstehst du? Filme. Ich wollte eine Komödie sehen, aber sie wollte eine Schnulze", plapperte ich.

Ich machte Anstalten, mich auf den Rücken zu drehen, doch Caleb hielt mich fest und flehte mich mit seinem Blick an, bei ihm zu bleiben. Ich gab nach.

„Jedenfalls war ich bereit, hatte uns sogar Sandwiches und Getränke eingepackt. Wir konnten uns das Popcorn im Kino nicht leisten, aber das machte mir nichts. Ich wollte einfach Zeit mit meiner Mom verbringen. Wir gingen los, und dann sah ich meinen Dad. Er saß in einem Auto. Und ich dachte, warum ist er in einem Wagen? Wir haben kein Auto … und dann stieg eine Frau zu ihm ein. Und sie küssten sich. Meine Mom", ich schluckte, „hat es gesehen, aber sie hat nichts … gar nichts gemacht. Ich sah ihr an, wie verletzt sie war. Sie presste die Faust auf ihre Brust, genau so." Ich machte die Geste vor, an die ich mich gut erinnerte. „Und schloss die Augen, um tief Luft zu holen. Ich wartete, dass sie meinen Dad zur Rede stellte, aber nichts. Dann hat sie mich nur angelächelt und gesagt, wir müssten uns beeilen, damit wir den Film nicht verpassen."

Er legte seine Arme um mich, und ich schmiegte mich an ihn. Ich würde nicht weinen. Caleb roch so gut. So vertraut.

„Sie ist gestorben, meine Mom. Ich war adoptiert worden, und ich weiß nicht, wer meine richtigen Eltern sind, aber das spielt keine Rolle mehr. Alles, was ich gebraucht habe, war meine Mom. Sie war keine perfekte Mutter, aber sie hat ihr Bestes gegeben. Ihn hat sie nie verlassen, was ich nicht verstehen konnte. Kann ich bis heute nicht."

Er begann, mir den Rücken zu reiben, und ich seufzte genüsslich. Es fühlte sich gut an. Richtig gut.

„Das verstehe ich", sagte er leise. „Ich begreife auch nicht, warum meine Mom meinen Dad nicht längst verlassen hat." Dann hielt er meine Schultern und schob mich ein wenig weg, damit er mir in die Augen sehen konnte.

„Ich schwöre, wenn wir heiraten, wird es nie eine Scheidung geben. Du bist *die eine* für mich. Bis ich sterbe. Und das gilt auch für dich, okay?"

Ich starrte ihn entsetzt an, öffnete den Mund, brachte jedoch keinen Ton heraus. Falls er versuchte, mich von meinen traurigen Erinnerungen abzulenken, war es ihm gelungen.

Er grinste mich an, legte einen Finger unter mein Kinn und klappte meinen Mund zu.

„Atme. Alles wird gut."

Ich schnaubte wütend und wollte aufstehen, doch er griff nach mir und schlang seine Arme um mich.

„Was denn? Bist du wütend, weil ich noch keinen Ring bei mir habe?"

Ich blinzelte. In meinem Bauch tanzten Schmetterlinge, und mir war ein bisschen komisch.

Caleb lehnte sein Kinn auf meinen Kopf und lachte leise. „Wenn ich dir einen Antrag mache, möchte ich dich von den Socken hauen, also, nein, heute bekommst du keinen von mir. Hab Geduld."

Ich schüttelte den Kopf. Machte er Witze? Ich versuchte nicht mal mehr, ihn zu durchschauen. Er machte *definitiv* Witze. Unmöglich konnte er das ernst gemeint haben.

Und deshalb würde ich ihn auch nicht ernst nehmen.

„Hast du es immer noch nicht kapiert? Ich bin ziemlich einfach gestrickt, Red. Du denkst bloß, ich sei kompliziert."

Schweigen.

„Wie wäre es, wenn ich dir eine Geschichte erzähle?"

Caleb und seine Geschichten. Kopfschüttelnd rang ich mit einem Grinsen. „Okay."

Ich wich ein wenig zurück, sah ihn an und bereitete mich darauf vor, ihm zuzuhören.

„Es ist eine meiner Lieblingsstellen aus *Alice im Wunderland*. Alice fragt das weiße Kaninchen: *Wie lange ist für immer?* Das weiße Kaninchen antwortet: *Manchmal nur eine Sekunde.* Dies hier", er küsste mich auf die Lippen, „fühlt sich jetzt gerade wie für immer an." Er schaute mir in die Augen. „Wie kann ich mir das nicht wünschen?"

18. Kapitel

Veronica

„Halt, spul das noch mal zurück. Was?" Kar starrte mich mit riesigen Glubschaugen an – wie ein Fisch.

Eine Woche war verstrichen, seit Caleb die Bombe mit dem Heiraten und den ganzen anderen beängstigenden Sachen platzen ließ. Ich hatte mich bemüht, es zu vergessen. Das war ein Scherz gewesen, logisch? Aber jetzt schlich es sich wieder in meinen Kopf und nagte an mir. Daher beschloss ich, es Kar zu erzählen, wartete allerdings bis nach der Arbeit. Sie zählte gerade das Geld in der Kasse.

„Du hast mich verstanden."

Kar blinzelte einmal, zweimal, dreimal. „Er ... hat dir einen Antrag gemacht? Du verarschst mich doch, Strafford!?" Sie wedelte mit einem Geldbündel in meine Richtung.

Ich lachte. „Er hat mir nicht direkt einen Antrag gemacht, sondern es nur angedeutet."

„Tja, verdammt."

Ich nickte. Ich wusste selbst nicht, was ich davon halten sollte – immer noch nicht. Einerseits war ich entsetzt, weil alles viel zu schnell ging und er es unmöglich ernst gemeint haben konnte. Andererseits regte sich ein Teil in mir, der gern hoffte und der sich verliebte ... verliebte in Caleb. Ja, dieser Teil wollte eindeutig heraus, und ich hielt ihn nur noch mühsam an der Leine.

„Was hast du ihm gesagt? Scheiße. Jetzt muss ich alles noch mal zählen." Kopfschüttelnd steckte sie das Geld zurück in die Kasse, um mir ihre volle Aufmerksamkeit zu widmen.

„Nichts." Ich zuckte mit den Schultern. „Hätte ich etwas sagen müssen? Wie kann ich ihm denn glauben, was er sagt, wenn wir uns gerade mal seit ein paar Monaten kennen, Kar? Das ist ausgeschlossen." Ich sah sie an. „Stimmt's?"

Sie schürzte die Lippen. „Ich weiß nicht, Ver. Hat Lockhart das große L-Wort gesagt?"

Ich verneinte. „Hat er nicht."

„Tja, pfff. Und er hat dir einen Antrag gemacht?"

„Nicht so direkt, aber …"

„Der Idiot ist spitz. Entweder ist er in dich verknallt, oder er ist spitz", meinte sie und schnalzte mit der Zunge. „Oder beides."

Verblüfft starrte ich sie an. „Was?"

„Er ist scharf wie ein Einhorn in der Brunft", antwortete sie achselzuckend, als hätte sie soeben ein sehr simples Problem gelöst. Sie ging zu ihrem Schreibtisch, zog eine Schublade auf und nahm ihre Puderdose heraus. Dann begann sie, sich die Nase zu pudern.

„Na ja …"

„Jungs sind süß zu dir, wenn sie geil sind. Cameron ist … war genauso. Der Idiot will nur flachgelegt werden."

Ich lachte. „Tja, ich glaube nicht, dass er das von mir kriegt."

Sie sah mich skeptisch an. „Wieso verarscht du dich selbst dauernd?"

„Ich … was?"

Sie verdrehte die Augen. „Du gibst anderen Leuten tolle Ratschläge, hast jedoch keinen Schimmer, was du mit dir anfangen sollst. Im Ernst, Ver, denk mal drüber nach. Der Typ kam zu mir nach Hause, um dich zu einer Prüfung abzuholen, die du vergessen hattest, und hat dir frische Klamotten gebracht, eigentlich wie ein Diener. Er lässt dich umsonst bei sich wohnen. Was erwartest du denn noch von ihm? Dass er dir seine Eier spendet?"

Ich schloss die Augen. Wenn sie es so ausdrückte … Ich wusste, dass er mich mochte, aber ich war mir nicht sicher, wie lange es dauern würde. Er könnte es jetzt ernst meinen, doch nichts hielt ewig.

„Du denkst, jemand wie Caleb kann sich unmöglich festlegen", folgerte sie, während sie sich die Lippen grellpink malte. Bei ihr sah das richtig gut aus.

„Bist du jetzt auch noch Gedankenleserin? Diese Farbe steht dir übrigens megagut."

Sie nickte. „Ja, ich weiß. Der Lippenstift ist sogar ohne Ausbeutung von Arbeitern oder Tierversuche hergestellt und im Angebot!

Ich habe drei verschiedene Farben gekauft. Die anderen zeige ich dir nachher. Wie dem auch sei, ich habe eine Vagina, Ver. Das weiß ich. Ich fühle es in meiner Seele. Deshalb verstehe ich dich."

Sie kam auf mich zu und versetzte mir einen Klaps an den Kopf.

„Aua!" Damit hatte ich nicht gerechnet.

„Wach endlich auf. Na gut, du willst nicht mit ihm in die Kiste, das respektiere ich. Ehrlich. Ich verneige mich vor deiner Superpower-Jungfräulichkeit, aber gib dem Typen eine Chance!"

„Ich will ihm ja eine Chance geben. Verdammt!" Ich atmete frustriert aus und raufte mir die Haare. „Ich habe Angst, das ist alles. Ich kann nicht klar denken, wenn er in der Nähe ist. Dauernd kämpfe ich mit mir, ob ich nachgeben soll oder nicht. Das hasse ich. Ich will nicht wie meine Mom sein."

„Ver, du hast schon eine Pussy. Die ist zwischen deinen Beinen. Aber du musst selbst keine Pussy sein. Für mich scheint es so, als würden die Sachen, vor denen wir weglaufen, uns immer einholen und in den Hintern beißen. Verstehst du mich, Mädchen? Du kannst weglaufen, aber es holt dich ein und beißt nur fester zu. Komm verflucht noch mal damit klar. Du bist nicht deine Mom. Du bist stärker, als sie war. Wach auf, dumme Nuss!", schimpfte sie kopfschüttelnd.

Sie hatte recht. Ich war bescheuert. Je mehr ich mich gegen Caleb wehrte, desto schwerer fiel es mir, mich von ihm fernzuhalten. Mich zurückzuziehen.

Weil ich schon zu tief drinsteckte, wurde mir klar. Ich leugnete es bloß.

Was zum Teufel passierte mit mir? Ich hatte mich schon oft durchgesetzt. Warum kam ich mir jetzt vor, als würde ich etwas vorspielen? Es fühlte sich wie das Leben eines anderen Menschen an, an dem ich gar nicht beteiligt war, sondern dem ich lediglich zusah. Wo war meine Courage? Die Sache war die, dass ich Angst hatte, wie meine Mom zu werden, und ich tat alles, um das zu verhindern. Dabei übersah ich, dass ich schon wie sie wurde, indem ich mich aus lauter Furcht nicht der Realität stellte.

Meine Realität war, dass ich Caleb wirklich mochte. Wirklich, richtig mochte.

Hatte er mit jemandem geschlafen, seit wir uns kannten? Falls er es nach all dem Irrsinn, den er mir erzählte, getan haben sollte, könnte ich tatsächlich den Mumm aufbringen, ihm die Eier abzuschneiden. Sollte es mir dennoch nicht gelingen, würde ich Kar und Beth um Hilfe bitten.

Plötzlich wollte ich Caleb dringend sehen. Ich wollte mich vergewissern, dass sich an seinen Gefühlen nichts geändert hatte. Was wäre, wenn es doch nur ein Scherz gewesen war? Mein Herz wummerte. Nein, so grausam war Caleb nicht.

Ich war vor allem, was in meinem Leben riskant war, weggelaufen. Ja, er könnte mir das Herz brechen, na und? Ich war nicht meine Mutter. Ich wäre nicht wie sie, selbst wenn Caleb mir das Herz brach.

Ich sah auf die Uhr. Noch zwei Minuten, bis wir schlossen. „Kar, können wir jetzt schon zumachen? Ich muss mit Caleb reden."

„Braves Kind. Ja, wir können jetzt schließen."

„Danke. Du bist meine Lebensretterin!"

Caleb war zum Basketballtraining gefahren, nachdem er mich zur Arbeit gebracht hatte. Er würde erst in ein paar Stunden wieder zu Hause sein. Ich machte mich daran, ihm ein tolles Abendessen zu kochen, Steaks und Kartoffeln. Welcher Junge mochte keine Steaks und Röstkartoffeln? Überhaupt schien er alles zu mögen, was ich ihm kochte. Das Einzige, von dem ich wusste, dass er es nicht essen würde, waren Käsemakkaroni. Unglaublich, dass er keine Käsemakkaroni mag, dachte ich und lachte leise.

Ich schnappte mir meinen alten MP3-Player und ließ mich von meiner Playlist beruhigen. Es funktionierte nicht. Ich war zu nervös.

Was sage ich denn nur, wenn er nach Hause kommt? Was zur Hölle soll ich bloß machen?

Caleb. Ich will Caleb.

Mist. Ich hyperventilierte. Ich hatte noch nie einem Jungen gesagt, dass ich ihn mochte. Wie fing ich an?

Ich stellte gerade seinen gefüllten Teller auf den Küchentresen, wo er am liebsten aß, als ich hörte, wie die Tür geöffnet wurde. Mein Herz raste, während ich auf ihn wartete.

„Red?"

„Caleb." Ich fand, dass ich ein bisschen piepsig klang. Deshalb räusperte ich mich.

Allein sein Anblick machte mich sprachlos. Es war offensichtlich, dass er geduscht hatte. Sein bronzefarbenes Haar war nach hinten gekämmt, was seine fantastischen Züge besonders hervorhob. Beinahe hätte ich geseufzt.

„Wie war das Training?"

Er blieb abrupt stehen und neigte den Kopf zur Seite, was bedeutete, dass er über etwas nachdachte.

Im Moment galten seine Gedanken mir.

„Hier riecht es wunderbar", bemerkte er und schob die Hände in die Hosentaschen.

Ich wollte, dass er zu mir kam, doch er blieb, wo er war, wippte auf seinen Fersen und sah mich weiter mit seinen intensiven grünen Augen an.

„Hast du Hunger?", fragte ich.

Ich sah, wie sein Adamsapfel auf- und abhüpfte. Auf einmal wirkte er nervös. War das meine Schuld?

„Ja", flüsterte er.

Langsam ging ich auf ihn zu. Seine Augen weiteten sich ein wenig, während er mich beobachtete. Ich blieb wenige Zentimeter vor ihm stehen. Nun fühlte ich seinen Atem, roch das Pfefferminzaroma.

„Ich habe etwas für dich, Caleb."

Ich legte die Arme um seinen Nacken und zog ihn dicht zu mir. Ein kleines Lächeln umspielte seine Lippen. Seine Lippen. Sie sahen so weich, so verlockend aus. Ich sah sie an, sehnte mich danach, sie auf meinen zu schmecken und zu fühlen.

„Was hast du für mich, Red?", fragte er.

Seine Stimme war tief und rau. Er sah mich unter halb geschlossenen Lidern hervor an, und seine Wimpern waren so lang, dass sie Schatten auf seine Wangen warfen.

„Einen Kuss", hauchte ich.

Besitzergreifend umschloss er meine Taille und zog mich dicht an sich. Ich hörte, wie er nach Luft rang, als sich unsere Hüften begegneten und keine Lücke mehr zwischen ihnen blieb.

„Ich will dich", murmelte er, bevor er den Kopf senkte, um meinen Mund mit seinem zu bedecken.

Er ließ seine Zunge sanft zwischen meinen Lippen gleiten und verführte mich, ihm meine Lippen zu öffnen, und dann ließ ich mich in diesen Kuss hineinfallen.

Alles verschwamm. Seine leicht rauen Hände, die über meine Haut glitten, die köstliche Wärme seines Körpers, das sanfte Knabbern seiner Zähne, das träge Lecken seiner Zunge.

Es war ein leidenschaftlicher Kuss, fest und tief, und er weckte in mir ein Verlangen nach etwas, wofür ich noch nicht bereit war. Calebs Hände waren überall auf mir, besitzergreifend, fordernd. Mir schwirrte der Kopf. Mein Herz schlug zu schnell.

Und dann klingelte sein Handy.

Ich wich zurück. Wir beide keuchten.

„Red ..."

„Geh ran, bitte. Ich brauche eine Minute."

Verdammt! Was war das denn?

Er starrte mich an, denn er war sichtlich nicht gewillt, etwas anderes zu tun, als mich weiter festzuhalten.

„Bitte", sagte ich.

Ich brauchte Zeit, um zu Atem zu kommen, ohne dass er mich so ansah. Denn ich geriet ins Stolpern. Schmolz dahin. War kurz davor, in Stücke zu zerspringen.

„Hallo? Beatrice-Rose? Ja, wie geht es dir? Nein, heute Abend kann ich nicht. Tut mir leid. Ein anderes Mal?"

Beatrice-Rose? Ein anderes Mal?

Eben hatte er mich geküsst, und jetzt plante er ein Date mit einer anderen?

Was war das denn? Er hatte sich kein bisschen geändert. Er war immer noch eine männliche Schlampe! Bilder von meinem Vater, der meine Mutter betrog, von meiner Mutter, die weinte, die ihn anflehte, die andere aufzugeben, stürmten auf mich ein ... Ich flippte aus. Ich griff nach dem Teller mit seinem Abendessen und kippte es ihm über den Kopf.

„Hey, was soll das?" Er drehte sich sehr schnell um, weshalb ihn ein Großteil des Essens verfehlte.

„Du Arsch!", schrie ich und wich zurück.

Ich packte meinen Schuh und warf ihn nach Caleb. Er duckte sich gerade rechtzeitig, sodass ich seinen Kopf um Zentimeter verfehlte. Das machte mich erst recht wütend. Ich nahm meinen anderen Schuh und warf den auch nach ihm. Diesmal fing er ihn ab. Dämlicher reflexsicherer Basketballspieler!

„Wow, hallo? Was habe ich denn jetzt wieder getan?" Er sah so verwirrt und ahnungslos aus, dass ich ihm am liebsten zwischen die Beine treten wollte.

„Willst du mich verarschen?"

Ich wollte mir die Haare ausreißen. Was für eine Unverschämtheit! Ich konnte nicht fassen, wie blöd ich war. Ich hatte tatsächlich angefangen, ihm zu glauben. Oh mein Gott, ich wollte ihm die Rübe einschlagen!

Ich suchte nach etwas, was ich nach ihm werfen könnte, aber da war nichts in greifbarer Nähe, es sei denn, ich könnte den Kühlschrank anheben und nach ihm schleudern. Vor lauter Frust schrie ich und drehte mich weg, um zu gehen. Ich wollte für immer weg!

Er fasste mich am Arm und wirbelte mich herum, wobei meine Arme gegen seine Brust schlugen. Ich wollte mich ihm entwinden, aber er hielt mich so fest, dass ich mich nicht rühren konnte.

Sein Gesicht war verzerrt vor Wut und Frust, als er mich ansah und sagte: „Ich bewege mich hier dauernd wie auf rohen Eiern, und so kann das nicht weitergehen. Was willst du von mir?"

Ich wollte ihn schlagen, doch er hielt meine Arme fest.

„Beatrice-Rose? Ein anderes Mal?", fuhr ich ihn an. „Du machst schon das nächste Date klar, nachdem du mich eben geküsst hast?"

„Mit Beatrice bin ich schon seit meiner Kindheit befreundet. Sie war gerade ein halbes Jahr in Paris, und sie wollte, dass wir uns treffen, um zu reden. Warum denkst du immer das Schlimmste von mir?"

Ich stöhnte und kam mir richtig dämlich vor. Es sei denn, er log schon wieder ... Ich sah ihn misstrauisch an.

„Hör auf, so feige zu sein, und sag mir, was du fühlst. Denn ich habe deine Spiele langsam satt, Red", stieß er wütend hervor und verstärkte seinen Griff.

Und dann wurden seine Augen sanft, wurde seine Stimme zu einem schmerzerfüllten Flüstern, als er fragte: „Willst du mich oder nicht?"

„Ja, tue ich, verdammt!"

Ich krallte mich in den Kragen seines Shirts und zog ihn nach unten, um ihn zur Strafe zu küssen. Ich küsste ihn, weil er Schmetterlinge in meinem Bauch losließ und ich ihn liebte und das Gefühl hasste. Ich küsste ihn, weil er mich auf etwas hoffen ließ, wovon ich dachte, dass es für immer kaputt war, dass ich es nie haben könnte. Ich küsste ihn, weil er Caleb war.

Und weil er *mein* Caleb sein könnte.

Seine großen Hände umfingen besitzergreifend meine Schultern, bevor sie über meinen Rücken glitten und mich fester an seinen harten Körper zogen. Ich küsste ihn energischer, biss ihm in die Unterlippe. Ich hörte, wie er nach Luft rang, und das spornte mich an, ihn noch intensiver zu küssen. Ich vergrub meine Finger in seine Arme, während ich alles nahm, was er mir gab, und ihm noch mehr gab.

Er streichelte die nackte Haut auf meinem Rücken. In meinem Kopf drehte sich alles, und mir wurde klar, dass ich atmen sollte. Also stemmte ich die Hände gegen seine Brust und schob ihn ein wenig weg. Wir beide atmeten schwer, wie immer nach unseren Küssen. Sanft drückte er seine Stirn an meine.

„Es tut mir leid, Caleb. Diese Sache zwischen uns, das ist alles so neu für mich. Jedes Mal, wenn ich dir nachgeben will, bremse ich mich. Du gibst mir das Gefühl, dass ich mit dir glücklich sein kann. Bei dir fange ich an zu denken, dass ich dir ... alles geben kann. Und meine Mom gab meinem Dad alles ... und er hat einfach ... er hat einfach ..."

„Komm her", flüsterte er sehr leise.

Ich schüttelte den Kopf. Ich musste wieder mit beiden Beinen auf der Erde stehen. So fühlte ich mich zu unsicher.

Ich spürte, wie er behutsam mein Gesicht anhob und meine Lider küsste, sodass er meine Tränen schmeckte.

„Du machst mich total wahnsinnig." Er küsste meine Stirn, meine Wange, mein Kinn.

„Ich weiß. Caleb?"

„Hmm?" Er küsste meinen Hals.

„Warte. Ich will reden."

„Hör auf zu reden, Baby", flüsterte er und strich mit den Lippen über meine Schultern. „Du verdirbst die Stimmung. Lass mich dich einfach küssen."

Ich lachte. „Okay."

Er küsste alles, mit Ausnahme meines Mundes. Und ich wollte, dass er meinen Mund küsst.

„Caleb, küss mich hier …"

„Wo?", hauchte er.

„Genau hier." Ich zeigte auf meinen Hals, aber eigentlich wusste ich gar nicht, wo *genau*. Ich wollte, dass er mich überall küsste. Mir war heiß, als würde mein Blut kochen und meine Haut brennen. Seine Lippen waren weich. So, so, so weich.

„Mhm …", machte er, wobei er an meinem Hals roch. „Du riechst so gut, schmeckst so gut."

Und dann hob er mich hoch, schlang meine Beine um seinen Körper, während meine Arme sich wie von selbst um seinen Nacken legten. Er setzte mich auf den Tresen, ohne die Lippen von meinem Hals zu nehmen. Er so nahe, so unglaublich, unfassbar nahe.

„Caleb, küss mich … meinen Mund."

„Schhh. Wir haben die ganze Nacht. Lass mich erst mal dafür sorgen, dass du dich gut fühlst."

Mit den Händen streichelte er sanft über meine Beine. „Ich möchte so dringend mit dir schlafen, dich lieben, Red. Ich kann an nichts anderes denken."

Es war, als hätte mir jemand einen Eimer kaltes Wasser über den Kopf gekippt. Ich fasste seine Hände, um sie von dem abzuhalten … was sie taten.

„Caleb, warte. Bitte, warte."

Er atmete laut, nein, wir beide atmeten laut, doch er hörte sofort auf, als ich ihn darum bat.

„Caleb, ich kann nicht. I…ich bin noch nicht so weit."

Er lehnte seine Stirn an meine, die Augen geschlossen.

„Ist schon okay. Wir gehen es langsam an."

„Ich meine … ich weiß nicht, ob ich kann. Caleb, ich bin …"

„Ich dränge dich nicht. Es liegt alles ganz bei dir, versprochen."

Ich nickte. Was würde er denken, wenn ich ihm verriet, dass ich noch Jungfrau war? Einige Jungen schreckte es ab, wenn man die J-Karte ausspielte, und sie weigerten sich, mit unerfahrenen Mädchen zu schlafen. Andere mochten gern Frauen entjungfern. Wieder andere respektierten es. Also fragte ich mich, in welche Kategorie er fiel.

„Ich bin Jungfrau." Da. Ich hatte es gesagt.

„Was?" Vor Schreck klappte ihm die Kinnlade runter.

„Ich bin Jungfrau", wiederholte ich.

Er schloss den Mund wieder. Öffnete ihn, schloss ihn abermals. Atmete pustend aus und strich sich mit den Fingern durchs Haar, während er mich unverwandt ansah.

Und dann verwandelte sich sein Lächeln in das Grinsen eines Alphawolfs. „Oh Gott, du ahnst gar nicht, wie froh mich das macht. Wie stolz ich jetzt gerade auf dich bin. Ich kann warten, Baby."

„Caleb ..." Wie sollte ich ihm erklären, dass ich emotional beschädigt war? Ich wusste nicht, wie lange es brauchen würde, bis ich ihm genug vertraute, um bereit zu sein ...

„Was?" Sein Lächeln schwand, da ich nicht antwortete. „Du willst nicht ...?" Er stockte, schaute seufzend nach unten, dann wieder in mein Gesicht. Sein Blick war bohrend. „Ich weiß, dass du mit mir schlafen willst. Das kann ich fühlen. Aber wenn du nicht so weit bist, dann bist du es nicht. Fertig."

Er küsste mich auf die Lippen. „Ich werde dir nicht wehtun, Red", flüsterte er.

Ich schmiegte mein Gesicht an seine Brust. Sein Herz schlug schnell.

„Tut mir leid, wenn ich dir Angst einjage", fuhr er fort. „Mir ist bewusst, dass ich immer total direkt bin, doch ich gebe mein Bestes. Ich werde es dennoch versauen, denn ich bin nicht perfekt." Er machte eine kurze Pause, ehe er hinzufügte: „Im Gegensatz zur allgemein verbreiteten Ansicht, ich sei Mr. Perfect."

Ich lachte und biss ihm sanft in die Brust. „Ja klar."

„Au! Angriffslustig. Ich liebe das", murmelte er und rieb sich die Stelle an der Brust, wo ich ihn gebissen hatte.

Beim dem Wort „liebe" rang ich nach Luft.

Nein, sag das noch nicht, Caleb. Ich bin noch nicht bereit, es zu hören.

Sag es, Caleb. Ich möchte es hören!

Ich hielt den Atem an.

Er sah mich an, als könnte er meine Gedanken lesen. Dann lächelte er wissend und flüsterte: „Für mich bist du alles wert, Red."

19. Kapitel

Veronica

Ich wollte mich gerade zum Schlafengehen umziehen, als an meine Tür geklopft wurde.

„Red?"

„Komm rein, Caleb."

Er öffnete die Tür zunächst halb und streckte den Kopf herein.

„Tja, nachdem du hochgegangen bist wie ein Gepard auf Crack, war es das wohl mit meinem Abendessen", neckte er mich und lächelte charmant. Er machte die Tür ganz auf und betrat das Zimmer.

Er hatte eben geduscht und rubbelte sich das Haar mit einem Handtuch trocken. Er war barfuß und mit freiem Oberkörper. Einige Wassertropfen glänzten auf seiner Brust. Mein Blick wanderte nach unten zu seinem flachen Bauch und bis zu der Linie, die schließlich in seiner Jeans verschwand. Deren oberster Knopf stand offen. Mein Mund war wie ausgetrocknet.

Ich wandte den Blick ab, denn ich *wusste*, dass ich rot wurde. Ich konnte fühlen, wie die Hitze meinen Hals hinaufkroch. Und *natürlich* war mir klar, dass er grinste. Wahrscheinlich war er mit Absicht halb nackt hergekommen.

„Ich habe Hunger", verkündete er. Allerdings sprach er das Wort *Hunger* auf eine Weise aus, als wollte er etwas ganz Bestimmtes essen … und als ich ihm in die Augen sah, wusste ich Bescheid.

Er hungerte nach *mir*.

Gütiger Himmel.

„Möchtest du…?", begann ich heiser und musste mich räuspern. „Möchtest du, dass ich dir etwas koche?"

Er atmete schnaubend aus. „Ich denke, wir müssen hier raus, ehe ich … jemanden verschlinge."

Ich starrte ihn wortlos an.

Grinsend biss er sich auf die Unterlippe. „Lass uns was essen gehen, ja? Morgen ist Feiertag, also dürfen wir lange aufbleiben. Zieh dir ein Kleid an, Red."

Sein Bekenntnis, er müsste den Drang bekämpfen, *jemanden zu verschlingen,* hatte mir dermaßen nachhaltig die Sprache verschlagen, dass ich nur stumm nicken konnte. Zufrieden zog er sich wieder zurück.

Benommen lief ich ins Bad, damit ich mich fertig machen konnte.

Allerdings hatte ich ein Problem. Das einzige Kleid, das ich besaß, war das rote Bandage-Teil, das ich in dem Club getragen hatte, und das kannte Caleb bereits.

Frustriert atmete ich aus. Das war lächerlich. Ich hatte noch nie ein Problem damit gehabt, Sachen zweimal zu tragen. Und selbst wenn ich wollte, könnte ich mir keine neuen Klamotten leisten.

Aber für Caleb wollte ich schön sein. Zum ersten Mal in meinem Leben wollte ich einen Jungen beeindrucken.

Was war Calebs Typ? Ich dachte hektisch an all die Male, die ich ihn mit einem Mädchen gesehen hatte, das sich an ihn klammerte. Eigentlich hatte ich früher nie sonderlich auf ihn geachtet, weil es zwischen Leuten wie ihm und Leuten wie mir keine Berührungspunkte gab, aber wenn ich ihn gesehen hatte, war stets eine Blondine um ihn drapiert gewesen. Ja, er hatte eindeutig eine Vorliebe für blonde Frauen.

Und mein Haar war pechschwarz.

Ich betrachtete mein Spiegelbild. Mein dunkles Haar fiel vollkommen glatt bis zu meinen Hüften. Sollte ich mir Locken drehen?

Ich legte bloß etwas Puder und den roten Lippenstift auf, nach dem er mich benannt hatte. Meine Augen waren zu groß, mein Mund zu breit. Brauchte ich mehr Make-up?

Meine Brüste sahen riesig aus. Waren meine Hüften zu breit? Sie wirkten, als hätte ich vor Kurzem ein Kind bekommen. Würde er mich in diesem Kleid sexy finden?

Was passierte eigentlich gerade mit mir? Woher kam all diese Unsicherheit?

Ich schüttelte den Kopf. Ich war auf meine eigene Art attraktiv, und das wusste ich. Das Letzte, was ich brauchte, war, mich von einer Selbstwertgefühl-Krise runterziehen zu lassen, weil der beliebteste und attraktivste Junge, den ich je gesehen hatte, mich zu einem Date einlud … na ja, eigentlich hatte er es eher angeordnet, als mich zu fragen, aber das war nebensächlich.

Was machte ein Mädchen bei einem Date? Ich wusste, dass es hierfür Regeln gab, hatte jedoch keinen Schimmer, welche das waren.

Sollte ich bezahlen oder er, oder teilte man sich die Rechnung? Was wäre, wenn er uns zu einem teuren Restaurant fuhr? In Filmen vergaß der Junge manchmal seine Brieftasche, sodass am Ende das Mädchen bezahlen musste. Ich glaubte nicht, dass Caleb so weit sinken würde, doch was wäre, wenn er tatsächlich seine Brieftasche vergaß? Ich hatte kein Geld. Vielleicht könnten wir uns dann zum Geschirrspülen verpflichten, um das Essen abzuarbeiten …

Ach! Ich grübelte mal wieder zu viel. Ich würde einfach ich selbst sein. Falls Caleb bestimmte Erwartungen hatte, tja, dann sollte er die lieber gleich in den Wind schlagen, denn …

Warum denkst du immer das Schlimmste von mir?

Das hatte er mich vorhin gefragt. Und plötzlich wurde ich traurig. Es lag im Grunde nicht an ihm. Mein Gehirn war bloß so programmiert, seit mein Vater uns verlassen hatte; deshalb dachte ich generell schlecht von Jungs.

Sich einem Jungen zu öffnen bedeutete, mein Herz zu öffnen und verletzt zu werden. Alte Wunden aufzureißen, an denen ich lieber nicht rühren würde. Es gab noch so vieles, was ich Caleb nicht erzählt hatte.

Ich atmete einige Male tief durch, um mich zu beruhigen.

Er ist nur ein Junge. Den kriegst du in den Griff.

Caleb in den Griff bekommen? Es fühlte sich eher so an, als hätte er mich im Griff. Wieder regte sich leise Panik in meiner Brust. Ich musste aufhören nachzudenken. Ich wollte den Abend mit Caleb genießen.

Vor allem begann ich zu hoffen, dass Caleb anders war. Vielleicht vertraute ich ihm noch nicht, doch ich fing langsam damit an.

Ich begutachtete mich noch einmal im Spiegel, bevor ich das Bad verließ. Das rote Kleid schmiegte sich wie eine zweite Haut an meinen Körper und betonte all meine Kurven. Es war nicht zu kurz, zeigte jedoch eine Menge Bein, und die hohen Schuhe ließen meine Beine länger erscheinen, als sie tatsächlich waren.

Und wenn ich auf diesen hohen Absätzen der Länge nach hinknallte? Ich stöhnte genervt, weil mir all diese üblen Gedanken durch den Kopf gingen.

Meine Augen glänzten, und meine Wangen hatten die Farbe, die sie normalerweise immer annahmen, wenn Caleb in der Nähe war. Ich sah … aufgeregt und nervös aus. Zeit, sich dem Unvermeidlichen zu stellen. Seufzend trat ich aus meinem Zimmer.

Sofort stockte mir der Atem beim Anblick von Caleb, der an der Wand gegenüber lehnte und auf mich wartete. Er sah hoch, als er mich hörte.

Auf dem kleinen Flur war er umgeben von Schatten und wirkte fast gefährlich. Das einzige Licht kam aus dem Wohnzimmer und hob seine kantigen Züge hervor.

Seine grünen Augen schienen mich zu streicheln, als er mich von oben bis unten musterte. Sein Blick verweilte auf meinen Augen, meinen Lippen, noch länger auf meiner Brust, den Beinen und wanderte schließlich wieder zu meinem Gesicht.

Nach dieser eingehenden Musterung war mir … heiß.

Er trug ein dunkles Abendjackett, das sich perfekt seinen breiten Schultern und dem Rücken anpasste. Kombiniert hatte er es mit einem dunkelblauen Hemd, einer dünnen Krawatte und einer dunklen Hose. Sein Haar war nach hinten gekämmt; er musste es gegelt haben, damit es an Ort und Stelle blieb.

Was war das bloß mit Caleb in einem Anzug?

Mich machte es mächtig an. Meine Hände kribbelten, wollten ihn berühren. Und gleichzeitig sah er so unwirklich aus.

„Ich könnte dich die ganze Nacht nur anschauen", sagte er, wobei seine Stimme tiefer als sonst klang.

Ich könnte dasselbe über ihn sagen, wären mir nicht gerade sämtliche Worte ausgegangen.

„Dies ist unser erstes richtiges Date, und es fühlt sich anders an." Er ging auf mich zu und umfing mein Gesicht mit beiden Händen. „Jetzt fühlt es sich sehr echt an."

Schmetterlinge. Überall in meinem Bauch.

Ich konnte das Eau de Cologne riechen und die Wärme spüren, die sein Körper ausstrahlte. Er senkte den Kopf, um mich sanft seitlich auf den Mund zu küssen. Doch dabei beließ er es nicht, sondern nahm sich Zeit, um lange und tief einzuatmen. „Gott, ich liebe es, wie du riechst. Was du mit mir anstellst …"

Ich zitterte.

Was dieser Junge mit mir anstellte, hatte ich noch bei keinem anderen jemals gefühlt.

Mit Caleb zusammen zu sein war wie eine Achterbahnfahrt, wenn es langsam eine steile Steigung hinaufging, immer weiter nach oben, während dieses nervöse Kitzeln im Bauch einsetzte. Und dann der Moment, in dem ich ganz oben war, die Augen schloss und für eine Sekunde den Atem anhielt … weil ich wusste, dass ich unmöglich aufhalten konnte, was gleich passieren mochte … Und dann, ehe ich es mich versah, stürzte ich … fiel, und mein Bauch sackte auf meine Füße, und mir war, als wollte meine Seele sich von meinem Körper lösen. Und ich lachte und schrie aus voller Kehle, bis ich heiser wurde und mir der Hals wehtat. Und kaum war es vorbei, wollte ich es gleich wieder.

Die Zeit stand still. Seine Lippen waren weich und feucht, leicht geöffnet, neckten mich. Ich streckte mich auf die Zehenspitzen, um mehr von dem Kuss zu bekommen. Lächelnd leckte er an meiner Unterlippe und knabberte leicht an ihr. Ich rang nach Luft, doch er hörte nicht auf. Er legte die Arme um mich, zog mich an seinen harten Körper und nahm sich, was er wollte. Dann hob er den Kopf und blickte mich atemlos an.

Calebs Augen waren wie tiefe grüne Seen. Die ganze Nacht könnte ich in ihnen schwimmen, ohne zwischendurch zum Luftholen aufzutauchen.

„Jetzt hast du meinen Lippenstift am Mund", flüsterte ich immer noch atemlos und wischte ihm die Farbe ab.

„Hast du gedacht, dein Lippenstift rettet dich vor meinen Küssen?", fragte er und knabberte erneut an meiner Unterlippe. „Du kannst mich so vollschmieren, wie du willst, Red."

Mir wurde schwindlig. Er konnte all diese verrückten Sachen sagen, aber ich wollte wirklich glauben, dass er sie ernst meinte.

„Nach dir", meinte er heiser, und wieder war da dieser hungrige Ausdruck in seinen Augen, den ich mittlerweile zu deuten gelernt hatte. Er hieß, dass Caleb mich küssen wollte.

Wir würden es niemals aus dem Apartment schaffen, wenn er mich weiter so ansah, deshalb drehte ich mich weg und lief vor ihm her. Ich hatte das Gefühl, dass er meinen Hintern anglotzte. Fast war ich bei der Tür, als er mich mit einer Hand abfing.

„Warte bitte. Geh nicht weg, ohne meine Hand in deiner."

Ich lächelte und schmolz dahin. „Okay, Caleb."

Im Wagen fragte ich ihn, wohin wir fahren würden.

„Das ist eine Überraschung. Das Lokal gehört einem Freund von mir. Das Essen ist sagenhaft, und es ist ein Geheimtipp."

Als er „Geheimtipp" sagte, folgerte ich, dass es teuer wäre. Ich fing an nervös zu werden, doch Caleb drückte meine Hand fester, um mich zu beruhigen.

Wie machte er das? Er wusste immer genau, was ich fühlte, so wie ihm jetzt klar war, dass ich nervös wurde.

Bäume und Gebäude rauschten an uns vorbei, als wir durch die Innenstadt fuhren. Caleb hielt vor einem modernen, glänzenden Gebäude. Die Mauern waren aus dunkelrotem Glas, sodass man nicht richtig sehen konnte, was drinnen war. Doch es schrie förmlich *Restaurant für Reiche*. Ich betrachtete es skeptisch. Da drinnen wären lauter wohlhabende Leute, und ich gehörte nicht hierher.

„Red?"

Ich sah zu ihm. Mir war bewusst, dass sich Panik und Nervosität in meinen Augen spiegelten. Wieder drückte er meine Hand.

„Entschuldige. Ich hätte dich fragen sollen, wo du essen möchtest."

Ich wollte schon sagen, dass es in Ordnung war und wir einfach reingehen sollten, als er den Kopf schüttelte. Seine grünen Augen blitzten amüsiert.

„Ich weiß das ideale Date. Steig wieder in den Wagen."

„Wie bitte?"

Er hielt mir bereits die Beifahrertür auf und schob mich hinein.

„Wohin wollen wir?"

„Zu einem meiner Lieblingsorte. Du wirst schon sehen."

Er schaltete das Radio ein und sang lauthals mit. Ich lachte, da er die hohen Töne des Songs nicht traf, aber trotzdem weiterschmetterte. Singen zählte offensichtlich nicht zu seinen Talenten.

Die Fenster waren nach unten gedreht, und der Wind wehte uns durchs Haar. Calebs gute Laune war ansteckend, er wirkte so witzig und heiter, dass ich unwillkürlich lachen musste. Er gab mir das Gefühl, dass es in Ordnung war, mich meinem Alter entsprechend zu verhalten, jung und sorglos zu sein, verrückte Dinge zu tun und mich nicht darum zu scheren, was die Leute sagen würden. Und mir wurde bewusst, dass Caleb mich so mochte, wie ich war. Bei ihm konnte ich ich selbst sein, und er würde alles an mir akzeptieren.

Er atmete laut aus, bevor er wieder nach meiner Hand griff und aus der Stadt hinausfuhr, vorbei an Wäldern und Feldern. Ich fragte ihn nicht, wohin wir wollten, weil ich mich ... rundum wohlfühlte. Musik plätscherte aus dem Radio, er hielt beim Fahren meine Hand, und hin und wieder blickte er zu mir hin.

Ich fühlte mich ... sicher. Und das erlebte ich nicht oft. Nun, bei Caleb schon oft. Er sorgte für mich, selbst wenn ich nicht direkt freundlich war.

„Gefällt dir, was du siehst?", fragte er mit einem kleinen Lächeln auf den Lippen.

Das hatte er mich schon früher gefragt, und ich wusste, worauf es hinauslief. Es war das erste Mal gewesen, dass wir uns geküsst hatten.

„Soll ich nach einer Stelle suchen, wo wir anhalten und knutschen können?", fragte er. Also erinnerte er sich genauso deutlich.

Ja, tu das.

Ich fasste nicht, wie schnell ich mir meine Gefühle für ihn eingestand. Das war so schräg. Lachend schüttelte ich den Kopf. Heute lachte ich ganz schön viel.

Wenige Minuten später waren wir in einer Ortschaft außerhalb der Stadt. Hier war ich noch nie gewesen. Die Gegend sah nach einem Touristenort aus: kleine, malerische Geschäfte, die mich an Bilder aus Märchenbüchern erinnerten, und einige kleine Restaurants zwischen bezaubernden Lebkuchenhäuschen.

Die gelbrote Sonne hing überm Horizont wie ein mächtiger Großvater in seinem Schaukelstuhl, bereit, für den Abend zur Ruhe zu kommen. Vögel huschten über den dunkelblauen Himmel und riefen singend nach ihren Gefährten, während die Nacht hereinbrach.

Ich blickte zur Uhr auf dem Armaturenbrett und stellte fest, dass es sieben Uhr abends war. Trotzdem waren noch Leute unterwegs, kauften ein, aßen, lachten und genossen einen schönen Abend mit Freunden oder der Familie.

„Ich dachte, wir sind heute mal albern, tun vielleicht so, als wären wir jemand anders."

Ich sah zu Caleb, und er lächelte mich an.

„Na gut. Und wer wollen wir sein?"", fragte ich grinsend.

„Irgendwer", antwortete er und stockte kurz. „Du kannst einfach die Meine sein, wenn du willst."

Ich will.

Fußgänger verließen die Gehwege und schlenderten in Gruppen mitten auf der Straße. Ich fürchtete, dass wir hierfür etwas overdressed waren, doch jetzt wurde mir klar, dass es die anderen nicht interessieren würde. Es sah aus, als sei gerade ein Festival zu Ende gegangen, und nun fand die Party danach statt.

Einige Leute steckten noch in unterschiedlichen Trachten aus aller Welt. Andere in Badesachen, Sommerkleidern oder Shorts, wegen der Hitze. Alles war so bunt, so voller Leben und Feststimmung. Die Musik war laut, die Leute waren glücklich und tranken und tanzten.

Caleb fuhr langsamer und manövrierte den Wagen vorsichtig durch das Gedränge von Autos und Wagen, um einen Parkplatz zu suchen. Sobald wir ausgestiegen waren, zog er mich zu einem offenen Stand, wo sie alle möglichen Sachen verkauften. Er hatte sein Jackett und das Hemd abgelegt, sodass er nur noch ein weißes Muskelshirt und die Hose trug.

„Haben Sie Ninja-Kostüme?", wollte er vom Verkäufer wissen, der einen Pikachu-Einteiler anhatte.

Hatte er vor, ein Ninja-Kostüm anzuziehen? Zutrauen würde ich es ihm.

Traurig schüttelte der Verkäufer den Kopf. „Nein, bedaure. Die guten Kostüme sind schon ausverkauft. Ich habe drinnen nur noch einen Penis-Einteiler." Er zeigte hinter sich. „Ist das dicht genug dran an einem Ninja?"

Calebs Augen blitzten. Er blickte zu mir und sah meinen entsetzten Gesichtsausdruck. Da lachte er. „Ist schon gut. Vielleicht nächstes Mal. Danke, Mann."

Wir schlenderten zum nächsten Stand, und ich war froh zu sehen, dass sie Flip-Flops verkauften. In die schlüpfte ich direkt rein. Caleb kaufte einen hellen bunten Sombrero und Sandalen für sich und bezahlte alles hinter meinem Rücken. Ich wollte ihm Geld geben, doch er weigerte sich, es anzunehmen. Nachdem wir meine hohen Schuhe in seinen Kofferraum gepackt hatten, machte Caleb eine ausschweifende Armbewegung und streckte mir seine Hand hin; gleichzeitig verneigte er sich, sodass der Sombrero sein Gesicht verbarg.

„Wo möchten Sie speisen, Señorita?" Dann sah er zu mir auf, und seine Augen funkelten. „Ich bin am Verhungern."

Lachend schüttelte ich den Kopf. Er sah bezaubernd lächerlich aus.

„Hier gibt es so viele Restaurants zur Auswahl", antwortete ich aufgeregt.

Die Stände mit den unterschiedlichen Nationalgerichten hatten schon zugemacht, aber die örtlichen Läden waren noch geöffnet. Es gab eine Familien-Pizzeria, die aussah, als würden die Besitzer ihre eigenen Gewürze anbauen, eine Eisdiele, deren Betreiber womöglich ihre eigenen Kühe hielten und molken, um aus der Milch ihr Eis herzustellen, außerdem Fischrestaurants und welche für Hamburger oder Suppen und alle erdenklichen Köstlichkeiten.

„Wie wäre es, wenn wir die Suppe in dem Restaurant da drüben nehmen?"

Er zeigte auf einen gelben Kastenbau, dessen Schild schlicht „Suppe" anpries und an dessen Fassade die Farbe abblätterte.

„Und danach essen wir dort Pizza."

Nun zeigte er zu dem weißen Gebäude daneben, vor dem Leute an Tischen unter bunten Sonnenschirmen saßen.

„Und anschließend – sieh dir das an! – eine altmodische Eisdiele. Wir können uns Eis holen und damit durch den Park spazieren.

Und wenn du brav bist ..." Er verstummte, bis ich zu ihm schaute. „...lasse ich mich vielleicht sogar von dir küssen."

Ich lächelte und ermahnte mich im Stillen, ja nicht rot zu werden. „Träum weiter."

Innen sah das Suppenrestaurant nicht besser aus als draußen. Alte Tische mit rot karierten Decken, uralte braune Stühle mit Kunststoffpolstern, beiger Linoleumboden und an den Wänden Bilder von Elvis und Madonna, um das Ganze ästhetisch abzurunden. Die Speisekarten auf den Tischen waren klebrig.

Die Kellnerin kam an unseren Tisch. Sie musste in den Fünfzigern, vielleicht sogar Sechzigern, sein, das konnte ich nicht genau erkennen. Ihr Haar war gekräuselt, weißblond gefärbt und wurde von einem neonpinken Haarband nach hinten gehalten. Ihrem Namensschild nach hieß sie Daisy. Sie schenkte uns ein breites Lächeln und fragte, was wir essen wollten, wobei sie lautstark auf ihrem Kaugummi schmatzte.

„Wir hätten gern Clam Chowder, Ma'am, große Portionen. Meine Frau ist mit Drillingen schwanger", begann Caleb.

Vor Entsetzen riss ich die Augen weit auf, als Caleb meinen Bauch rieb, sich nach unten beugte und ihn küsste.

„Es ist nämlich so, dass sie sich diesen Urlaub gewünscht hat", fuhr er augenzwinkernd fort, gestikulierte charmant und bedachte Daisy mit seinem Tausend-Watt-Lächeln.

Daisy hatte nicht den Hauch einer Chance. Sie war hypnotisiert von dem umwerfenden Profi-Schauspieler Caleb.

„Und ich musste schwer arbeiten, um das Geld anzusparen, damit sie Ihre wunderbare Muschelsuppe kosten kann", endete er und klimperte mit seinen Wimpern.

Daisy strahlte. „Und was machen Sie so beruflich, junger Mann?"

„Ich bin Stripper, Ma'am."

Ich kriegte einen Hustenanfall, denn sie sah Caleb an, als hätte er den Verstand verloren.

Ich unterdrückte mein Lachen und ergänzte: „Wir haben sechs Kinder ..."

„Gott stehe Ihnen bei!", rief sie aus, und ihre Kinnlade fiel herunter.

„Alle sind Zwillinge und alles Jungen, und jetzt bin ich mit Drillingen schwanger. Er hat nächste Woche eine Vasektomie, deshalb wollte ich, dass er noch ein letztes Mal ... seine Männlichkeit genießt, ehe sie ihm weggeschnippelt wird."

Caleb schnaubte belustigt.

Daisys Augen verengten sich, während sie überlegte, ob wir das alles ernst meinten. „Na gut, ihr Turteltäubchen", sagte sie grinsend. „Dann bringe ich euch mal euren Clam Chowder, ehe Ihrem Mann die Eier abgeknipst werden." Sie zwinkerte uns zu. Offenbar durchschaute sie uns.

Caleb und ich prusteten los, als wir sicher waren, dass Daisy außer Hörweite war.

„Also, Red ... du möchtest, dass ich meine Männlichkeit genieße?" Caleb wackelte anzüglich mit den Augenbrauen.

Lachend gab ich ihm einen Klaps auf den Arm.

„Und du willst neun Kinder, stimmt's?"

„Darüber habe ich noch nicht nachgedacht."

Er runzelte die Stirn.

Ich biss mir auf die Unterlippe. Es war gelogen. Tatsächlich hatte ich davon geträumt, eines Tages Kinder zu haben, aber damals war ich noch eine andere Person. Da war mein Herz noch nicht beschädigt gewesen, und meine Träume waren noch nicht von der Wirklichkeit zertrümmert worden. Wie sollte ich diese Kinder denn ernähren? Meine Mutter und ich hatten kaum zu essen gehabt. Was wäre, wenn wir pleitegingen, aus dem Haus geworfen und dann krank würden oder entführt ... Die Welt war ein gefährlicher, erbarmungsloser Ort.

Caleb neigte den Kopf zur Seite und betrachtete mich einen Moment lang schweigend.

„Du hast mich. Wir ziehen sie gemeinsam groß", sagte er dann. „Ich möchte, dass wir unser eigenes Basketballteam bekommen."

Mir blieb eine Antwort erspart, denn Daisy brachte unsere Bestellung, zwinkerte uns noch einmal zu und verschwand wieder.

„Hoffentlich fangen wir uns hier nicht E. coli ein", bemerkte ich.

„Ich war schon hier, als ich ...", er überlegte, „acht war? Und hinterher noch einige Male. Ich glaube nicht, dass sich irgendwas verändert hat. Es mag nicht nach viel aussehen, aber ich verspreche dir, das Essen ist sehr gut."

„Du warst schon mal hier?", stieß ich verwundert hervor.

Er nickte und wurde ernst. „Mit meinem Dad und Ben."

Da war ein Flackern in seinen Augen, das von Einsamkeit erzählte. „Dad ist in einer Kleinstadt aufgewachsen. Er war Mechaniker in einer kleinen Werkstatt. So hatte er meine Mom kennengelernt." Er griff nach meiner Hand und rieb die Innenfläche mit seinem Daumen.

Die Berührung löste ein Kribbeln aus, das sich über meinen ganzen Arm ausbreitete.

„Meine Mom war damals ein Teenager. Sie war mit Freundinnen in einer Hütte außerhalb der Stadt gewesen, und auf der Rückfahrt verfuhr sie sich und begegnete meinem Dad. Dann wurde sie mit meinem Bruder Ben schwanger. Meine Eltern haben gegen den Willen meiner Großeltern geheiratet." Er zuckte mit den Schultern. „Wie dem auch sei, anfangs war er ein netter Dad. An den Wochenenden fuhr er mit uns raus – nur er, Ben und ich, in unterschiedliche kleine Städte, *Nur mal ansehen*, sagte er. Er wollte seinen Söhnen die andere Seite der Welt zeigen, in der nicht alles so chic und protzig war wie bei den Reichen."

Er blickte auf unsere verschränkten Finger und drückte sie ein wenig.

„Was ist passiert?", fragte ich leise, als er nicht weitererzählte.

„Ich bekam eine ... kleine Schwester."

Verwundert sah ich ihn an.

„Sie war nicht lange bei uns." Seine Stimme zitterte. „Die Ärzte sagten, ihr Gehirn hätte sich nicht richtig ausgebildet. Sie starb wenige Monate nach der Geburt."

Ich drückte seine Hand, um ihn zu trösten. „Caleb."

„Meine Mom stürzte sich in ihre Arbeit. Um es zu verwinden, zu vergessen, schätze ich. Sie war oft geschäftlich unterwegs. Und mein Dad ... na ja, er veränderte sich. Ich nehme an, sie lebten sich auseinander. Das taten wir alle. Er fing an, meine Mom zu betrügen. Als wäre ihr Herz nach dem Tod ihres Kindes nicht schon gebrochen genug." Er holte tief Luft und atmete sie langsam wieder aus, als müsste er sich fangen. „Kurz danach ging Ben an die Uni."

„Und du warst allein, als du sie gebraucht hättest. Du warst doch noch ein Kind."

„Ich machte eine Menge Ärger."

Er schien verlegen und senkte den Blick auf die Tischplatte. Ich wartete darauf, dass er weiterredete.

„Ich war extrem reizbar, fing überall Streit an, war völlig außer Kontrolle. Meine Mom schickte mich zur Therapie, aber die half nicht. Ich war schlicht ein wütendes Kind."

So konnte ich ihn mir überhaupt nicht vorstellen. „Und was war dann?"

„Ben hörte davon. Er setzte für ein Semester aus und kam nach Hause, um mich wieder auf die richtige Spur zu bringen. Er hatte Freunde, die Häuser abrissen oder kauften, komplett restaurierten und wiederverkauften. Zu denen schleppte er mich mit. Ich ließ meine ganze Wut raus, indem ich mit einem Vorschlaghammer Wände einriss. Das war besser als jede Therapie. Ich fühlte mich wie Thor." Er lachte leise, doch ich hörte noch einen Rest Trauer und Schuld aus seiner Stimme heraus. „Ich verdanke meinem Bruder sehr viel."

Ich erinnerte mich an jene ersten Wochen, die ich in seiner Wohnung war, als wir nicht oft miteinander sprachen. Da hatte ich gehört, wie Caleb in der Wohnung werkelte, hämmerte, Fenster ausbesserte und das Bad neu fliese. Er hatte dauernd diese Pflaster an den Fingern, Abschürfungen an den Händen und sonstige Schmerzen von der Anstrengung.

„Und, habe ich jetzt dein Bild von dem netten Jungen zerstört?"

Er versuchte, die Stimmung zu entkrampfen, aber das ließ mich nur umso trauriger werden. Ich konnte immer noch den Kummer in seinen Augen erkennen, wenn er über diese Erinnerungen sprach. Und er sollte wissen, dass ich seinen Schmerz verstand, dass er nicht allein war, egal, wie sehr es mir wehtat, über meinen eigenen zu reden.

„Mein Dad ..." Ich räusperte mich. „Mein Dad brachte oft Frauen mit nach Hause. Ich ... weiß nicht, wie meine Mom das ... Entschuldige, das ist so abscheulich. Du sollst nur wissen, dass ich dich verstehe."

Sanft zog er an meiner Hand, sodass ich zu ihm aufsah. „Bitte, Red, erzähl weiter."

Also redeten wir über unsere Eltern, unsere Kindheit und die trivialen Dinge, die uns zu denen gemacht hatten, die wir waren. Ich erfuhr eine Menge über Caleb, und alles, was ich erfuhr, gefiel mir wirklich sehr.

Nachdem ich meine Suppe aufgegessen hatte, gab ich zu, dass er recht gehabt hatte. Sie war köstlich. Ich wollte noch eine Portion bestellen, aber Caleb bezahlte und zog mich nach draußen, damit wir in die Pizzeria nebenan gehen konnten.

„Hier bezahle ich aber...", sagte ich so bestimmt, wie ich irgend konnte.

Er schüttelte den Kopf, noch ehe ich den Satz beendet hatte. „Bei einem Date zahlt die Frau nie. An der Regel lasse ich nicht rütteln", erwiderte er deutlich bestimmter, als ich jemals klingen könnte. „Bitte", fügte er hinzu.

Er sah mich an und strich mir eine Haarsträhne hinters Ohr, die der Wind mir ins Gesicht geweht hatte.

Ich vergaß, dass ich immer noch Hunger hatte, wenn er mich so anschaute. Seine Augen sagten, dass es niemanden außer uns beiden gab und ich das schönste Mädchen sei, das er je gesehen hatte. Meine Knie wurden weich, und unwillkürlich lehnte ich mich an ihn.

Einige Kinder rannten lachend und sich gegenseitig schubsend an uns vorbei. Es brach den Zauber. Caleb räusperte sich und lächelte mich vielsagend an.

Dann führte er mich in die Pizzeria und sagte, ich solle einen Tisch aussuchen, während er für uns bestellte. Ich saß an einem der Sonnenschirmtische draußen, als mir jemand auf die Schulter tippte. Ich drehte mich um und sah Caleb, der in einer Hand eine riesige Pizza mit Bergen von Belag hielt und in der anderen ein Tablett mit zwei großen Gläsern.

„Hi, äh, ich dachte ... Ich esse jetzt schon eine ganze Weile lang abends allein ... das wird ganz schön einsam. Macht es dir etwas aus, diese Pizza mit mir zu teilen?", fragte er höflich lächelnd.

Was hat er jetzt wieder vor?

„Ich bin übrigens Caleb."

Ah, wir tun so, als seien wir Fremde.
Lachend spielte ich mit. Oh, er war so witzig!
„Ähm …" Ich nagte an meiner Unterlippe. „Ich weiß nicht genau. Eigentlich esse ich nicht mit Fremden."
Doch er setzte sich bereits und stellte das Essen vor mir ab.
„Ach, aber ich schwöre, dass ich kein Vergewaltiger oder Mörder bin." Er verzog das Gesicht. „Das kam fies raus. Ich meine …"
Ich lachte. „Ist schon gut. Gratisessen ist gutes Essen."
„Dann isst du nicht mit mir, weil du mich scharf findest?"
Ich schüttelte den Kopf, musste allerdings grinsen. Fremder oder nicht, Caleb war Caleb.
„Erzähl mir von dir. Wie heißt du?"
„Keine Namen", antwortete ich kopfschüttelnd.
„Mysteriöses Mädchen." Er schnalzte mit der Zunge. Dann schob er mir einen Teller hin und legte zwei Stücke Pizza drauf. „Iss."
Es war faszinierend zuzuschauen, wie Caleb aß. Er tat es mit solchem Genuss, kostete jeden Bissen aus, als wäre es teuerste französische Küche, keine simple Pizza. Natürlich aß er immer noch wie ein Junge, nahm viel zu große Bissen, doch er kaute immer mit geschlossenem Mund und geräuschlos.
Perfekte Tischmanieren, dachte ich auf einmal. Die wurden ihm von klein auf beigebracht.
„Also, erzähl mir, mysteriöses Mädchen", begann er und tupfte sich den Mund mit einer Serviette ab. „Was gibt dir das Gefühl, etwas Besonderes zu sein?"
Ich wurde verlegen und dachte nach. Sollte ich ehrlich antworten?
„Ich schätze, wenn sich jemand um mich kümmert. Mich zum College fährt, mir grünen Tee kauft … mir Pancakes macht."
Für einen Moment war er still. Ein Lächeln umspielte seinen Mund, während er noch einen Bissen nahm, leise kaute und schluckte, bevor er fragte: „Bist du gegen irgendwas allergisch?"
„Nein, eigentlich nicht." Ich stockte. „Du?"
Er nickte lachend. „Erdnussbutter."
Vor Schreck riss ich die Augen weit auf. „Oh mein Gott, Caleb, das tut mir leid! Ich wusste nicht …", stammelte ich und fiel aus der Rolle. Erdnussbutter war mein absolutes Lieblingsessen. Für mich

war die ein Grundnahrungsmittel, und sie stand im Vorratsschrank in dem Apartment.

Lachend schüttelte er den Kopf. „Ist schon gut, Red. Ich kann sie durchaus im Haus haben. Und es ist bloß eine harmlose Allergie, die sich bemerkbar macht, wenn ich das Zeug esse. Also küss mich nicht, nachdem du welche gegessen hast."

Ich konnte nicht fassen, dass er mir das erst jetzt sagte.

„Und?", hakte er nach und schlüpfte wieder in seine Rolle. „Liebestöter, Jungs-Boxer oder Tanga?"

Und da war er wieder, der alte Playboy. Wir stellten uns weiter Fragen, mal ernste, mal alberne. Seine waren oft ziemlich unverschämt, aber auf seine eigene witzige Art.

Nach der Pizza war ich pappsatt, dennoch bestand er darauf, dass wir das Eis probierten. Er kaufte uns zwei Waffeln mit Erdbeereis und Schokoglasur, das wir aßen, während wir durch den Park spazierten.

Wir schafften unsere Portionen beide nicht und mussten den Rest wegwerfen. Dann zog er mich mit sich ins Gras, unsere Hände fest miteinander verbunden.

„Ich bin so voll, dass ich mich wie ein Nilpferd fühle, das einen Elefanten vertilgt hat." Er klopfte sich auf den Bauch. Wie konnte er so viel essen und immer noch so einen sexy Waschbrettbauch haben?

Ich lachte, weil ich versuchte, mir das bildlich vorzustellen. „Nilpferde sind normalerweise Pflanzenfresser", klärte ich ihn auf. „Aber es gibt durchaus Berichte, dass sie auch Fleisch fressen. Daher, na gut, du bist ein Nilpferd, das einen Elefanten gegessen hat."

„Meine superkluge Red. Dein Verstand ist so sexy, der macht mich richtig scharf!"

Ich lachte. Ich erinnerte mich wirklich nicht, wann ich das letzte Mal so viel gelacht hatte.

Wir lagen lange Zeit im Gras, wohlig schweigend und einfach in den dunklen Samthimmel blickend.

Hier, auf dem Land, leuchteten die Sterne ungehindert aus der Nacht, als wollten sie mit dem romantischen Mondschein mithalten. Ich roch das Gras, dessen Duft scharf und frisch war. Die Luft fing gerade erst an, sich nach der Tageshitze ein wenig abzukühlen. Der wilde Lavendel und der Löwenzahn, die in der Stadt als Unkraut verschrien waren, hatten an diesem Ort etwas Magisches und Besonderes.

Und Caleb bewirkte, dass ich mich genauso fühlte. Für andere war ich bloß ein normales Mädchen, ein Unkraut, aber für Caleb … Er gab mir das Gefühl, magisch und besonders zu sein, wie die Blüten, die sich in enormer Fülle um uns herum ausbreiteten.

„Danke für diesen Abend, Caleb", flüsterte ich und drehte mich auf die Seite, sodass ich ihn anschauen konnte.

Er lag noch auf dem Rücken, wandte sich aber zu mir, und der Blick seiner grünen Augen war sehr intensiv. Ehe er irgendwas sagen konnte, legte ich eine Hand an seine Wange.

Er sah mich an und wartete geduldig.

Ich strich mit dem Finger an seinem Nasenrücken entlang, zeichnete die beinahe weibliche Kontur seiner Lippen und den Bogen seiner Wangenknochen nach. Er schloss die Augen, als ich langsam über seine Brauen strich, und ein kleines Lächeln umspielte seine Lippen. Auf einmal öffnete er die Augen, und mir blickten Gefühle entgegen, die mich vollends sprachlos machten. Ich beugte mich zu ihm und küsste ihn sanft.

Als ich wieder zurückweichen wollte, schlang er einen Arm um mich, umfasste meinen Nacken und zog mich an sich.

Er küsste mich so wild, als hätte er den ganzen Tag an nichts anderes gedacht, als hätte er sich den ganzen Tag nach mir verzehrt. Als sich unsere Lippen begegneten, war es wie eine Erlösung, und zugleich blühte das Verlangen in meiner Brust auf.

Er bewegte sich, bis er auf mir lag, presste seinen harten Körper an meinen. „Red", flüsterte er und saugte an meiner Unterlippe. „Meine Red."

Mein Verstand war wie freigewaschen von allem, außer den Gefühlen, die Calebs Küsse hervorriefen. Ich hätte nie gedacht, dass ein Kuss in mir das Gefühl wecken könnte, ich würde brennen und gleichzeitig wahnsinnig werden vor Verlangen.

Als er meine Lippen freigab, keuchte er. Er drückte seine Stirn für einen Moment an meine, bevor er sich rücklings ins Gras legte und einen Arm über seine Augen legte.

„Caleb?", fragte ich unsicher.

Hatte ich irgendwas falsch gemacht?

„Tut mir leid. Ich brauche ... eine Minute", antwortete er, und seine Züge waren sichtlich angespannt. „Es sei denn, du überlegst es dir anders und willst mit mir schlafen. Bleib einfach, wo du bist, und rühr dich nicht."

Von seinen Küssen schwirrte mir immer noch der Kopf, und meine Haut kribbelte, doch als ich ihn sagen hörte: „...mit mir schlafen", erstarrte ich.

„Keine Angst. Ich habe doch gesagt, dass ich warten kann. Ich verstehe das. Es ist nur, dass ich dich manchmal ... manchmal einfach nehmen will. So dringend, dass ich dich schmecken kann." Er nahm seinen Arm weg und sah mich an. „Verstehst du, was ich meine?"

Ich nickte, konnte jedoch nichts sagen. Keiner hatte mich je so gewollt. Nicht wie Caleb. Ich beobachtete, wie er seinen Atem kontrollierte, bis er wieder ruhiger wurde.

„Willst du mal wieder herkommen ... mit mir?", fragte er.

„Ja, Caleb", antwortete ich.

„Nun sieh sich einer das an! Schon fängst du an, meinem Charme zu erliegen."

Ich schaute ihn entsetzt an.

„Was?", fragte er achselzuckend. „Ich habe nicht das L-Wort gesagt, also lauf jetzt nicht gleich schreiend weg."

Meine Augen wurden noch größer. Er lachte und zog mich an seine Seite, sodass mein Körper dicht an seinem war. Mein Kopf lag auf seiner Brust, während er meinen Rücken rieb und die Arme um mich schlang.

„Ich warte auf dich, Red. Wir haben alle Zeit der Welt." Er strich mit dem Daumen über meine Lippen. „Aber, wenn du Ja sagst, werde ich schnell wie der Blitz da sein", versprach er und küsste mich im Mondschein.

20. Kapitel

Veronica

Es war nach Mitternacht, als wir die Kleinstadt verließen. Heute Nacht hatte sich etwas zwischen uns verändert, etwas in mir.

Ich war nicht ganz sicher, wo genau wir jetzt in unserer Beziehung standen. Alles, was ich wusste, war, dass ich es weiter erforschen wollte. Zum ersten Mal in meinem Leben war ich bereit, mein Herz zu riskieren.

Die Rückfahrt war angenehm ruhig. Caleb fuhr wieder einhändig und hielt meine Hand. Dunkelheit umgab uns, und hier auf dem Land war sie so schwarz, dass ich nicht mal sehen konnte, was vor uns war.

Der Mond zwinkerte, und die Sterne erwiderten sein Flirten. Es hatte eine ganz eigene Schönheit.

Trotzdem dankte ich dem Himmel für Scheinwerfer.

Ich blickte mich nach hinten um, nach anderen Wagen oder irgendwelchen Lebenszeichen. Nichts. Wir waren allein auf der Straße. Die Bäume zu beiden Seiten waren nur ein verschwommener Schattenschleier, und die gelben Fahrbahnmarkierungen leuchteten im Licht der Frontscheinwerfer auf.

„Mich erinnert das hier an diese Szene in *Jeepers Creepers*", sagte ich und erschauderte.

Caleb warf mir einen amüsierten Blick zu. „Magst du Horrorfilme?"

Ich schüttelte den Kopf. „Nein, aber ich sehe sie trotzdem dauernd."

Er lachte leise. „Wir sollten uns zusammen welche anschauen. Hast du gewusst, dass man, wenn man aufregende Dinge mit jemandem gemeinsam macht, man dieses Adrenalingefühl danach mit der Person assoziiert? Also ..." Er hob vielsagend die Brauen. „Horrorfilme stehen definitiv auf unserer To-do-Liste."

Ich versuchte, nicht zu grinsen, und scheiterte. „Unserer Liste?"

„Jepp. Ich habe eine sehr lange Liste. Du solltest dich warm anziehen. Hast du *Insidious* gesehen? Oder *Tanz der Teufel*?"

Wieder erschauderte ich. „Nein. Und ich glaube auch nicht, dass ich über Gruselfilme reden will, wenn wir weit und breit die Einzigen auf der Straße sind. Mir ist, als würde jemand über deinem Auto schweben und uns jeden Moment angreifen."

„Ich liebe deine Fantasie – Scheiße!"

Plötzlich lenkte Caleb scharf nach rechts, als ein Reh vor uns auftauchte. Ich schrie vor Angst, während ich gegen die Fensterscheibe geschleudert wurde und fast mit dem Kopf dagegen knallte.

Reifen quietschten auf dem Asphalt, dass es in meinen Ohren wehtat. Der Geruch von verbranntem Gummi waberte durch den Wagen, und ich musste husten.

Ich hörte Caleb einen Schwall Flüche ausstoßen, als der Wagen über Steine und Erde neben der Straße schlitterte. Und dann sah Caleb kurz zu mir, seine Augen angsterfüllt. Ich fühlte, wie mir alles Blut aus dem Gesicht wich.

In dem Moment wurde mir bewusst, dass wir sterben könnten.

Meine Handflächen wurden feucht, und mir brach Schweiß auf der Stirn aus. So etwas hatte ich schon einmal erlebt: dieses Gefühl von drohendem Untergang, dass etwas hinter mir her war, und egal, was ich tat, ich würde sterben.

Ich sah, wie Caleb das Lenkrad packte, sich die Adern an seinen Armen vorwölbten, während er versuchte, den Wagen unter Kontrolle zu bringen. Er schlitterte immer weiter zur Seite. Aus dem Augenwinkel erkannte ich verschwommen, wie Erde und Sand um uns herum aufwirbelten, als der Wagen über das unebene Terrain rutschte.

Der Gurt schnitt in meine Haut, hielt mich ruckartig zurück, als das Auto schließlich zum Stehen kam. Und dann war alles still.

Ich atmete durch den Mund, keuchte, als wäre ich eben eine Meile gerannt. Mein ganzer Körper fühlte sich kalt an, und ich fing an, unkontrolliert zu zittern. Meine Zähne klapperten.

Dann hörte ich, wie mein Gurt gelöst wurde, und auf einmal war ich in Calebs Armen. Er drückte mich so fest, dass ich kaum noch Luft bekam.

Was mir gleich war. Ich brauchte seine Arme um mich, brauchte die Gewissheit, dass wir beide unverletzt waren. Meine Arme legten sich um Caleb. Seine Wärme war beruhigend, und sein Duft, der so vertraut geworden war, tröstete mich.

„Baby, geht es dir gut?", flüsterte er mit bebender Stimme. Er presste seine Wange auf meinen Kopf.

Ich nickte, weil ich nicht sprechen konnte. Sein Herzschlag wummerte in meinen Ohren, wobei ich allerdings nicht ganz sicher war, ob es seiner oder meiner war. Ich wusste nicht, wie lange wir einander festhielten, doch schließlich fanden unsere Herzen in ihren normalen Rhythmus zurück. Das Pochen in meinem Kopf verschwand, und mein Atem ging wieder ruhiger.

„Geht es dir gut?", fragte Caleb noch mal und rieb meinen Rücken.

Ich nickte. „Ja ... danke, Caleb", sagte ich und hielt ihn fester. „Du hast uns beide gerettet."

Er atmete geräuschvoll aus. „Ich bin nur froh, dass dir nichts passiert ist. Hast du dir nicht den Kopf gestoßen oder so?"

Er hielt mich etwas auf Abstand, sodass er mich eingehend mustern und sicherstellen konnte, dass ich nicht verletzt war.

„Bei mir ist alles in Ordnung, Caleb. Und bei dir?", fragte ich, während ich ihn ebenfalls prüfend ansah.

Seine Augen glänzten noch von der Aufregung, aber er schien unverletzt. Gott sei Dank. Wenn ihm etwas zustoßen würde ... Ich holte tief Luft und weigerte mich, das auch bloß zu Ende zu denken.

Er versuchte zu lächeln, doch es wirkte angestrengt. „Ich denke, dass ich gerade zehn Jahre gealtert bin, aber mir geht es gut. Wenn wir das nächste Mal herfahren, nehmen wir uns auf jeden Fall ein Hotelzimmer und bleiben über Nacht."

Ich stimmte zu. Plötzlich fühlte ich mich völlig entkräftet und durstig. Ich sackte auf dem Sitz zurück.

„Bleib im Wagen. Ich gehe mal draußen nachsehen, ob was mit dem Auto ist und wie die Reifen aussehen", sagte er.

Ich bejahte stumm und betete, dass wir nicht mitten in der Einöde gestrandet waren. Von drinnen beobachtete ich, wie Caleb um den Wagen herumging und immer wieder verschwand, wenn er sich hinhockte, um die Reifen zu inspizieren. Ich fühlte die Bewegung des Autos, als er den Kofferraum öffnete. Wenige Minuten später kam er zurück, sagte, dass alles in Ordnung war, und gab mir eine Dose Orange Pop. Er musste sie im Kofferraum mitgebracht haben. Ich lächelte dankbar.

Nun fuhr er langsamer weiter und achtete sehr genau auf das, was links und rechts von der Straße war.

Als wir bei seinem Apartmenthaus ankamen, war ich völlig erledigt und ertappte mich dabei, wie ich mich seitlich an Caleb lehnte. Der Portier begrüßte uns, als wir an ihm vorbeikamen. Caleb plauderte kurz mit ihm, ehe wir zu den Fahrstühlen gingen. Die Aufzugtüren öffneten sich, und beim Einsteigen hob Caleb mich auf seine Arme. Ich quiekte und sah ihn erschrocken an.

„Caleb! Was machst du denn?"

Die Fahrstuhltüren glitten zu, und die Kabine bewegte sich nach oben.

„Du warst kurz davor zusammenzuklappen. Das kann ich nicht zulassen", antwortete er und lehnte sich seufzend an die Wand.

Auch er musste geschafft sein, denn er konnte kaum noch aufrecht stehen. Der Tag heute war unglaublich gewesen, aber auch sehr lang.

„Ich bin jetzt wieder fit, versprochen. Bitte, lass mich runter."

„Nein."

Plötzlich öffneten sich die Türen, und ich sah mit Entsetzen, wie eine ältere Frau einstieg und uns schockiert anstarrte. Als sie sich wieder gefangen hatte, funkelte sie uns wütend an und stellte sich so weit weg von uns wie möglich.

„Die jungen Leute heutzutage", murmelte sie empört. „Ohne jeden Respekt. Widerlich."

Ich gab Caleb einen Klaps auf den Arm. Doch er grinste, der böse Junge! Ich kniff ihn, aber er ließ mich immer noch nicht runter. Stattdessen hob er mich höher und neigte seinen Kopf, um mich zu küssen.

Das Murmeln der alten Frau wurde lauter.

„Was haben wir diesmal für die Nacht geplant, Liebes?", fragte er, seine Lippen dicht über meinen.

Wahrscheinlich würde er irgendwas sagen, womit er die Frau zu Tode erschreckte, aber das war nicht der Grund, warum mein Herz plötzlich schneller schlug. Meine Lippen kribbelten noch von seinem Kuss, und er hatte mich bisher nie „Liebes" genannt.

Oh nein, Caleb ... Was würde er jetzt sagen?

„Stehen Peitschen und Ketten auf dem Programm? Nein? Dann der Kugelknebel. Du darfst mich fesseln, Liebes."

Ich stöhnte.

Oh, gütiger Himmel!

Er begann, *S and M* von Rihanna zu summen. Dabei bewegte er den Kopf auf und ab, und seine Stimme klang rau, als er ein bisschen knurrte.

Zum Glück öffneten sich die Aufzugtüren, und die alte Frau stürmte hinaus, warf uns jedoch noch einen angewiderten Blick zu, ehe die Türen wieder zuglitten.

„Du bist verrückt", flüsterte ich und grinste.

„Ich mag es nicht, wenn Leute über andere urteilen, obwohl sie es wahrscheinlich selbst viel schlimmer getrieben haben."

„Woher willst du wissen, dass sie es schlimmer getrieben hat?"

Er zuckte mit den Schultern. „Wäre sie wahnsinnig anständig, würde sie nicht so schnell über andere urteilen."

Dieser Logik konnte ich nicht widersprechen.

„Du hattest angefangen, von Peitschen und Ketten zu reden", erinnerte ich ihn.

„Ja, aber nur, weil sie anfing zu meckern, dass ich dich in den Fahrstuhl trage. Was ist daran respektlos oder widerlich? Was ist, wenn ich dich getragen habe, weil wir frisch verheiratet sind? Oder weil du dir vielleicht den Knöchel verletzt hast und ich, als dein Ehemann, dich in Sicherheit bringe?"

Dein Ehemann. Das musste ich erst mal aus dem Kopf bekommen, ehe ich mich auf den Rest konzentrieren konnte.

„... und bevor man urteilt, sollte man darauf achten, dass man nicht die gleichen Dinge tut, für die man andere verachtet. Sonst ist man nichts als ein Heuchler. So wie die alte Frau."

„Kennst du sie?"

„Sie hat früher an einer teuren Privatschule unterrichtet. Sagen wir, sie darf nach dem, was sie getan hat, nie wieder Kinder unterrichten." Er schüttelte den Kopf. „Nur, weil Leute älter sind, sind sie nicht immer im Recht. Ich respektiere zunächst mal jeden Menschen, den ich kennenlerne, es sei denn, er tut etwas, das dagegenspricht. Ich behandle niemanden von oben herab, aber ich kann sehr direkt sein."

Ach, Caleb.

Die Türen öffneten sich wieder, und er trug mich aus dem Fahrstuhl.

„Warum siehst du mich so an?", fragte er verwundert.

Ich senkte den Blick und wurde rot. Glücklicherweise sagte er nichts dazu.

Er musste den Code für seine Wohnungstür eingeben, und ich rechnete damit, dass er mich wieder absetzte, was er allerdings nicht tat.

Ich räusperte mich. „Lässt du mich immer noch nicht runter?"

„Nein."

Er beugte sich vor und ging halb in die Hocke, mit mir in seinen Armen. Ich versperrte ihm die Sicht auf die Tastatur, deshalb musste er den Kopf von einer Seite zur anderen bewegen, um sie zu sehen.

„Caleb!" Ich klammerte mich kichernd an seine Arme, damit ich nicht runterfiel.

Jetzt lachten wir beide. Mein Haar war in seinem Mund, als er versuchte, die Tasten zu drücken.

„Das ist albern – oh mein Gott!", stieß ich kreischend hervor, als er das Gleichgewicht verlor.

Er landete auf dem Rücken und ich ausgestreckt auf ihm, geschützt von seinen Armen.

„Autsch!", stöhnte er, grinste jedoch.

„Wir wecken noch die Nachbarn." Wieder musste ich lachen, war allerdings zu müde, um mich zu bewegen.

Ich blieb auf ihm liegen, mit dem Kopf auf seiner Brust.

„Wir können einfach hier schlafen", murmelte ich. Ich fand es so gemütlich und war so entspannt, dass ich die Augen schloss.

„Ich bin überhaupt nicht müde", erwiderte er und hob den Kopf, um mich anzusehen.

Sofort riss ich die Augen auf. Er war plötzlich sehr ernst, und mir fehlten die Worte, während wir einander anschauten.

„Ich würde lieber etwas anderes tun, als zu schlafen."

„Ähm …" Auf einmal war auch ich hellwach, und all meine Synapsen erwachten zum Leben.

Ich stemmte mich von ihm hoch und stand auf. Eigentlich glaubte ich nicht, dass ich stark genug war, Caleb abweisen zu können, wenn er sich in den Kopf gesetzt hatte … mir zu zeigen, was ich heute Nacht verpassen könnte.

Er seufzte. „Hilf mir bitte hoch." Er streckte mir seinen Arm entgegen.

Ich schürzte die Lippen, ergriff seine Hand und quiekte, als er mich mit einem Ruck wieder nach unten zog.

„Caleb!"

Ich landete auf seinem harten Körper, und Caleb fing an zu lachen.

„Gott, du fühlst dich so gut an", murmelte er in mein Ohr.

Ich wurde rot und bemühte mich, meine Sinne beisammenzuhalten, denn ich war mir seines festen Körpers unter mir allzu bewusst.

„Caleb, lass uns reingehen."

„Und was dann?", murmelte er und knabberte an meinem Ohrläppchen.

Ich rang nach Luft. „Und dann …" Ich konnte nicht denken, wenn er das tat.

„Und dann was, Red?", hakte er nach und küsste mich jetzt hinterm Ohr.

Ich fing an zu hyperventilieren.

Er wich zurück und rollte uns herum, bis ich unter ihm lag. Sein Blick konzentrierte sich auf meinen Mund, und mit einem Finger zeichnete er die Konturen meiner Oberlippe nach, tauchte die Spitze in meinen Amorbogen.

Mir wurde klar, dass man erst erfuhr, wie empfindlich die eigenen Lippen waren, wenn jemand anders sie sanft und absichtlich neckend berührte.

Caleb machte mit meiner Unterlippe weiter, die er mit der Fingerspitze streichelte. Ich hielt den Atem an, als sein Daumen leicht auf meinen Mundwinkel drückte und meine Unterlippe nach unten zog, sodass sich mein Mund ein wenig öffnete.

Mein Atem ging schwerer.

„Beantworte meine Frage", flüsterte er. Seine Augen funkelten.

Ich blinzelte. „Welche ... Frage?"

Sein Grinsen war kurz und vielsagend, als wüsste er, welche Wirkung er auf mich hatte. Tat er wahrscheinlich auch.

„Und was tun wir, wenn wir drinnen sind?"

Ich wusste nicht, wie ich mit Caleb umgehen sollte. Er war auf Level zehn und ich auf Level ... null.

Ich brauchte Wasser. Mein Mund war so trocken, und ich hatte furchtbaren Durst.

Er seufzte. „Nicht der richtige Zeitpunkt", murmelte er.

Mit einer einzigen Bewegung sprang er auf und riss mich mit sich nach oben. Ich blinzelte wieder und brauchte einige Minuten, um mich zu erholen, doch Caleb machte bereits die Tür auf und schob mich nach drinnen.

Vor meinem Zimmer blieben wir stehen. Er drehte mich zu sich, hielt meine Hand mit seinen beiden Händen und rieb über die Innenfläche. Ich glaubte nicht, dass er es überhaupt wahrnahm. Er starrte vor sich hin und runzelte die Stirn ein wenig.

Ich wartete darauf, dass er etwas sagte. Was er nach einem Moment auch machte. „Ich muss hier Gute Nacht sagen."

Verwundert sah ich ihn an, und plötzlich begegneten sich unsere Blicke. Er wirkte angespannt und besorgt.

„Du ahnst nicht, wie gern ich mit dir da reingehen würde."

Mein Herz setzte einen Schlag aus.

„Ich werde dir nicht wehtun, Red. Aber ich bin immer noch ein Mann." Kopfschüttelnd sah er nach unten und wieder zu mir. „Danke für einen wunderbaren Abend."

Er beugte sich zu mir, bis sich unsere Nasen berührten. „Süße Träume."

Dann ging er weg.

Sanfter Lampenschein begrüßte mich, als ich aufwachte. Ich schaltete nie das Licht aus, wenn ich schlief, denn wenn ich es tat, passierte immer etwas Schlimmes.

Caleb hatte also recht, als er sagte, ich würde bei Licht schlafen. Doch woher wusste er das? Ich schloss jeden Abend meine Zimmertür ab. Aus reiner Gewohnheit. Er konnte demnach nicht hereingekommen sein, während ich schlief. Es sei denn, er hatte einen Schlüssel.

Natürlich hatte er einen Ersatzschlüssel, dachte ich mit einem mentalen Kopfschütteln über meine Blödheit.

Allerdings hatte ich einen sehr leichten Schlaf und war mir sicher, dass ich es gehört hätte, wenn Caleb nachts mein Zimmer betreten hätte. Aber eigentlich müsste er nur an meinem Zimmer vorbeigegangen sein und hätte das Licht unter der Tür gesehen.

Mit einem Auge linste ich zum Wecker. Drei Uhr. Ich stöhnte. Ich hasste drei Uhr morgens. Es war die Zeit, wenn schlimme Dinge geschahen. Zumindest meiner Erfahrung nach. Doch ich hatte furchtbaren Durst und musste dringend etwas trinken.

Ich war erschöpft und dehydriert von dem Gelage mit Kar und Beth die Nacht zuvor und von dem unglaublichen Date mit Caleb. Mich erstaunte, dass ich überhaupt noch gehen konnte.

Meine Augen waren noch halb geschlossen, während ich in die Küche tapste. Ich tastete nach dem Lichtschalter, konnte ihn aber nicht finden.

Was war denn da los?

Im Halbschlaf entschied ich mich, die Suche aufzugeben und so schnell wie möglich wieder ins Bett zurückzukehren.

Ich öffnete den Kühlschrank, nahm mir eine Orangensaftpackung heraus und stellte sie zurück in das unterste Fach, bevor ich mir eine Dose Kokosnusswasser herausholte. Ich lachte leise, weil ich daran denken musste, wie viel Orangensaft Caleb trank.

Als ich die Dose öffnete, hörte sich das Geräusch in der Stille extrem laut an. Ich wurde ein bisschen wacher, und meine Sinne stellten sich auf die Dunkelheit ein.

Da war etwas im Schatten … und beobachtete mich.

Ich verengte die Augen und versuchte zu erkennen, ob sich tatsächlich etwas oder jemand in der Dunkelheit verbarg.

Es war nichts zu sehen. Meine Fantasie musste mir einen Streich spielen. Ich drehte mich zum Kühlschrank zurück, um ihn zu schließen, und in dem Moment nahm ich das Geräusch hinter mir wahr.

Die Härchen auf meinen Armen richteten sich auf, während Angst durch meine Adern strömte und meine Glieder lähmte. Der Lärm, mit dem die Dose auf dem Boden landete, durchbrach die unheimliche Stille. Er war wie ein Peitschenknall und riss mich aus meiner Schockstarre.

Ich rannte. Rannte, so schnell ich konnte, aber alles war in Finsternis getaucht, sodass ich kaum erkannte, was vor mir war.

Ich konnte seinen Hass fühlen, der durch die Luft waberte und mich ersticken wollte. Er wollte meinen Schmerz. Er hetzte mich, genoss die Jagd, und sein leises Lachen war durch und durch böse.

Ich stolperte, schrie erschrocken auf und fing mich mit den flachen Händen auf dem kalten Boden ab.

Hinter mir ertönte ein sadistisches Lachen. Etwas Finsteres, das in die Dunkelheit gehörte.

Und etwas allzu Vertrautes.

Ich rappelte mich halb auf und drehte mich um, damit ich sehen konnte, was mich jagte. Schreie sprudelten aus meiner Kehle hervor, während ich Schritte näher kommen hörte.

Ich versuchte aufzustehen und zu fliehen, war jedoch wie versteinert und unfähig, meinen Kopf wegzudrehen.

„Lauf, Kleine, ich kriege dich", höhnte die Stimme zischelnd wie eine Schlange.

Ich zwang mich, mich zu bewegen, sprang auf und blickte mich um, sah aber nichts als Schwärze.

„Nein!", wollte ich rufen, doch nun weigerte sich meine Stimme zu funktionieren. Etwas erstickte mich ... und mir wurde klar, dass es Angst war.

„Hast du gedacht, ich finde dich nicht?"

Nein! Bitte nicht!

Ich lief schneller, bewegte meine Beine so schnell ich konnte. Und schrie auf, als ich gegen etwas Hartes stieß.

„Red! Was ist los?"

Caleb!

Er hielt mich in den Armen und sah mich besorgt an. Meine eigenen Augen waren weit aufgerissen vor Furcht, während ich ihm zu sagen versuchte, was los war. Ich öffnete den Mund, konnte allerdings nicht sprechen.

Deshalb schüttelte ich den Kopf, griff nach seiner Hand und wollte ihn panisch mit mir wegziehen.

Bitte!

„Red, beruhige dich. Was ist los?"

Er umfing mein Gesicht mit beiden Händen, damit ich ihn anschaute.

„Alles gut. Du hast eine Panikattacke. Langsam atmen. Durch die Nase ein, durch den Mund aus. Konzentrier dich!"

Sein Befehlston riss mich aus meiner Panik. Ich atmete tief und langsam ein und aus. Immer wieder.

„Was ist passiert? Warum bist du gerannt?", fragte er, und sein beherrschter Tonfall wirkte beruhigend auf mich.

Werde ich verrückt?

Panikattacke? Ich hatte noch nie Panikattacken.

„D…da war etwas i…in der Küche", stammelte ich mit schwacher Stimme.

Mein Mund öffnete sich von allein zu einem stummen Schrei, als Caleb auf die Knie sank. Er sah schockiert aus, schaute mich ängstlich und ungläubig an und hielt sich die Hände vor den Bauch. Jetzt entdeckte ich, dass Blut durch sein T-Shirt sickerte.

„Lauf!", flehte er.

Ich bedeckte meinen Mund mit beiden Händen, während ich zusah, wie Caleb auf dem Boden zusammensackte. Reglos. Leblos.

War er … tot? Nein! Nein, nein, nein!

Ehe ich die Hand nach ihm ausstrecken konnte, trat das Böse aus dem Schatten. Ein boshaftes Lächeln erschien auf seinem Gesicht, und sein Blick durchbohrte mich förmlich.

„Hallo, Tochter."

Ich hörte lautes grelles Schreien, das mir in den Ohren wehtat. Dann begriff ich, dass ich es war, deren Schreien mich aus meinem Albtraum holte. Als Nächstes vernahm ich Calebs Stimme wie durch einen Nebel.

„Red! Wach auf! Alles gut, Baby. Ich halte dich. Schhhh ... ich bin ja hier. Alles gut."

Ich zitterte. Mir war schrecklich kalt, meine Lunge fühlte sich zu voll an und drohte unter entweder zu viel oder zu wenig Luft zu kollabieren. Calebs Arme waren um meinen Oberkörper gelegt. Er rieb meinen Rücken, beruhigte mich. Und er murmelte mir beschwichtigende Worte ins Ohr, die ich nicht verstand.

Ich hörte bloß seine Stimme.

Caleb ging es gut. Er war hier. Es ging ihm gut.

Oh Gott.

Ich schlang meine Arme um ihn und vergrub schluchzend mein Gesicht an seiner Brust. Ich machte sein T-Shirt ganz nass, konnte aber nichts gegen die Tränen tun, die mir aus den Augen strömten.

Ich wusste nicht, wie lange wir so liegen blieben. Irgendwann versiegten die Tränen, und ich schluchzte nur noch leise.

Caleb streichelte immer noch meinen Rücken und summte irgendwas. Ich schloss die Augen, nahm seine Stimme in mich auf und ließ mich von ihr beruhigen.

„Willst du darüber reden?", fragte er leise.

Ich schüttelte den Kopf und fühlte, wie er nickte und mich aufs Haar küsste. Die Erinnerung an den Albtraum verflüchtigte sich bereits wie Staub in der Luft. Ich wollte sie festhalten, konzentrierte mich darauf, sie einzufangen, doch sie war fort.

„Caleb?"

„Ja, Baby?"

„Kannst du heute Nacht bei mir bleiben? Bitte?"

Er holte laut Luft. „Ja", sagte er schlicht und zog mich näher an sich, sodass mein Kopf sicher unter seinem Kinn ruhte.

Einfach so. Ohne Fragen zu stellen.

War ich, abgesehen von meiner Mom, jemals von jemandem so umsorgt worden?

Nein, nicht so. Noch nie, bis Caleb kam.

Regentropfen prasselten leicht gegen das Fenster, und der Wind heulte leise. Es tat mir gut, half mir, mich zu fangen. Ich hatte diese Geräusche schon immer geliebt, sogar als Kind.

„Magst du den Regen?", fragte Caleb sanft.

Ich schmiegte mich dichter an ihn, hielt ihn fester. „Ja."

„Erzähl mir, warum du ihn magst", flüsterte er.

„Magst du ihn, Caleb?"

Ich konnte spüren, dass er lächelte. Wahrscheinlich dachte er, ich würde mich vor der Antwort drücken, aber ich wollte wirklich seine hören.

„Ja, tue ich. Als ich noch klein war, bin ich immer nach draußen gelaufen, damit ich im Regen spielen konnte. Ich mag den Geruch sehr und das Gefühl, wie er auf meine Haut trifft. Und er schmeckt nach Meer."

Es donnerte. Das Krachen umhüllte den Raum. Donner ängstigte mich nicht. Ich mochte ihn. Und auch Caleb schien er nicht zu schrecken, denn er seufzte wohlig.

„Für mich hat er etwas von einem Neuanfang. Ich weiß nicht, ob du an Gott oder eine höhere Macht glaubst, ich ja. Ich war früher sogar Messdiener." Er lachte leise. „In diesem weißen Gewand sah ich richtig amtlich aus."

Ich lächelte. „Du hast gesagt, dass Regen für dich etwas von einem Neuanfang hat."

„Ja", antwortete er nach einem kurzen Moment des Schweigens. Er schien in Gedanken versunken, während er meinen Arm streichelte.

Ich schloss die Augen. Seine Berührung fühlte sich so gut an.

„Mir kommt es vor, als würde Gott allen Schmutz von der Welt waschen. Die Tafel sauber wischen. Uns einen Neuanfang anbieten, indem er alles Traurige, allen Kummer und alle Albträume wegspült."

Ich wusste nicht, warum ich plötzlich traurig wurde. „Einige schlimme Dinge kann man nicht wegwaschen, Caleb."

„Siehst du, und das ist einfach traurig. Es stimmt, dass es manche schlimmen Dinge gibt, die schlicht Teil der eigenen Welt sind und sich nicht wegwaschen lassen. Deshalb muss man lernen, sie zu akzeptieren, aber man darf sie nicht bestimmen lassen, wer man ist." Er drehte den Kopf so, dass er mir in die Augen schauen konnte.

„Das Schlechte in deinem Leben definiert dich nicht, Red. Deine Narben definieren dich nicht. Was dich definiert, ist das, was du gelernt hast, weil du diese Narben zugefügt bekamst, und der Weg, den du danach gewählt hast."

Ich schluckte, weil ich plötzlich einen Kloß im Hals hatte.

Was war denn, wenn die Narben so tief in einen hinein reichten, dass sie alles waren, was man sehen konnte? Was man fühlen konnte?

„Erzähl mir eine Geschichte, Caleb."

Er zog mich zurück in seine Arme. Für einen Moment war er still, doch es war eine wohltuende Stille zwischen uns.

Warm. Caleb war so warm. Mir war gar nicht bewusst gewesen, wie ausgekühlt ich war, bis er in mein Leben trat.

„Na gut, ich erzähle dir eine Geschichte", begann er, schob mein rechtes Bein zwischen seine Beine und legte meinen linken Arm um seine Taille. „Es war einmal eine gut aussehende Raupe ..."

„Eine gut aussehende Raupe?" Ich lachte.

„Schhh. Diese gut aussehende – *männliche* – Raupe, also sozusagen der Rauperich, hatte alles im Leben, was er sich nur wünschen konnte. Den ganzen Tag reichlich Blätter zu essen, grüne Zweige und grünen Boden zum Kriechen, grünen Himmel und grüne Freunde, mit denen er sich vergnügen konnte. Und dann begann er zu erkennen, dass alles grün war. Es waren unterschiedliche Grüntöne, dennoch war alles um ihn herum grün."

„Sogar die Sonne?"

„Sogar die Sonne. Da fing er an sich zu fragen: ‚Ist das alles, was das Leben bieten kann?' Er begann, unzufrieden mit dem Leben zu werden. Er überlebte, aber richtig *leben* tat er nicht. Das Grün erdrückte ihn. Grün war sein Gefängnis. Für ihn war Grün Schwarz, Dunkelheit. Also kroch er auf das grüne Gras und suchte nach etwas anderem, ohne zu wissen, dass er suchte."

Als er verstummte, sah ich zu ihm hoch. „Wonach hat er gesucht?"

„Nach Farbe." Er neigte den Kopf und sah mir in die Augen. „Du bist meine Farbe, Red."

Mir klopfte das Herz bis zum Hals. Sein Blick war intensiv, sog mich förmlich in sich auf, sodass ich mich in seinen Augen verlor.

„Und so", murmelte er, lehnte sein Kinn auf meinen Kopf und drückte mich näher an sich, „fand der Rauperich seinen Schmetterling – übrigens ein Weibchen. Sie war so wunderschön, so farbenprächtig und so voller Leben. Ihre Schönheit und Liebe füllten sein Herz jedes Mal zum Bersten, wenn er sie erblickte. Jeden Tag ihres Lebens. Und sie lebten glücklich und zufrieden bis an ihr Ende."

Ich seufzte an seiner Brust, geborgen von seinem vertrauten Geruch und seiner Wärme.

„Ich lasse nicht zu, dass dir jemand wehtut. Jetzt schlaf", flüsterte er.

Und das tat ich. Ich schlief und hatte keine Albträume.

Beim Aufwachen ruhte Calebs Arm auf meiner Brust, und sein Bein war mit meinem verschränkt. Er lag auf dem Bauch, den Kopf zu mir gedreht. Die Sonne schien ihm ins Gesicht, ihn störte es offensichtlich nicht. Er schlief einfach weiter. Da ich noch nie Gelegenheit gehabt hatte, ihn anzusehen, ohne dass er es merkte, starrte ich ihn einfach an.

Das sanfte Morgenlicht fiel auf seine leicht gebräunte Haut und verlieh ihr einen hübschen Schimmer. Sein T-Shirt war nach oben gerutscht, und seine Jogginghose hing tief, sodass die etwas hellere Haut unten an seinem Rücken entblößt war, die sonst immer bedeckt blieb.

Sein bronzefarbenes Haar hing ihm zerzaust in die Stirn. Ich strich es behutsam nach hinten, wobei ich seine Wimpern bemerkte.

Wie konnte ein Junge bloß so lange Wimpern haben?

Vorsichtig streckte ich einen Finger aus und zeichnete damit erst seinen Nasenrücken nach, dann das kantige Kinn. Zarte Bartstoppeln kitzelten meine Finger, als ich sein Gesicht streichelte.

Plötzlich öffnete er die Augen. Meine Hand erstarrte, und ich hörte auf zu atmen.

In seinen tiefgrünen Augen lag bereits ein Lächeln, was mir verriet, dass er schon länger wach war. Er wusste, dass ich ihn angeschaut und ihn berührt hatte.

„Guten Morgen", sagte er. Seine Stimme war heiser vom Schlaf. „Ich habe von dir geträumt."

21. Kapitel

Caleb

Warum konnten wir nicht einfach zu McDonald's fahren? Oder, noch besser, zu Dairy Queen? Warum wollte mein Vater jedes Wochenende in irgendwelche Kleinstädte fahren?

Ich hockte auf einer Steinbank vor einer großen alten Autowerkstatt. Hinter der Werkstatt war ein Wald, der mich an diesen Horrorfilm *Blair Witch Project* erinnerte, den ich letzte Woche mit Ben geschaut hatte.

Mein Vater war in der Werkstatt verschwunden. Was wäre, wenn er da drinnen starb? Wenn ihm dort ein Axtmörder auflauerte?

Ich schnaubte. So etwas gab es nur in Filmen. Solche Sachen passierten nicht im echten Leben, oder doch? Aber falls sie es taten, wäre das ziemlich cool. Ich könnte ein Detective sein, der seine Waffen unter einem langen schwarzen Mantel versteckte.

Ich wäre zu Hause geblieben und hätte das neue Crash-Bandicoot-Spiel auf meiner Playstation ausprobiert, aber Dad hatte versprochen, dass er mir das neue Fahrrad kaufen würde, das wir neulich im Fernsehen gesehen hatten, wenn ich mitkam.

Ein richtiges Mountainbike. Nicht dieses Mädchenrad, dass meine Mutter mir besorgt hatte. Ben zog mich dauernd damit auf, wenn wir zusammen Fahrrad fuhren, und deshalb weigerte ich mich jetzt, da draufzusteigen. Außerdem war es auch noch grün. Warum konnte es nicht schwarz oder rot sein?

„Caleb!"

Ich drehte mich um und entdeckte meinen Vater, der neben einem dicken alten Mann stand und ein Bier trank. Mit seinem weißen Rauschebart und dem dicken Bauch erinnerte mich der Typ an den Weihnachtsmann. Ich wartete nur darauf, dass er dröhnend loslachte und *Hohoho!* rief. Doch er stand einfach da und lächelte mir zu.

„Warum erkundest du nicht ein bisschen die Gegend und suchst dir jemanden zum Spielen? Geh nur nicht zu weit", meinte mein Dad.

Ich sprang ein bisschen beleidigt von der Bank. Er wollte, dass ich in diesem Kaff nach Spielgefährten suchte, in dem ausschließlich *alte* Leute wohnten? Unmöglich konnte es hier Kinder geben. Die Häuser waren alt und sahen unheimlich aus mit ihrer abblätternden Farbe und den komischen Schaukelstühlen auf den Veranden. Ich hatte noch nicht mal ein McDonald's entdeckt.

Ich lief den Weg hinter der Werkstatt entlang. Und ich ging geradeaus, damit ich mich nicht verirrte. Außerdem schien die Sonne. In Filmen kamen die schlimmen Sachen und die bösen Leute immer nachts.

Als ich einen abgebrochenen Ast vom Boden aufhob, wünschte ich mir, ich hätte einen Hund zum Spielen. Dann spitzte ich die Ohren, denn ich hörte Wasserrauschen.

Ich folgte dem Geräusch und schrie freudig auf, als ich eine Holzbrücke am Ende des Wegs erspähte. Dahin rannte ich und blickte ins Wasser unter mir.

„Cool!", rief ich. Ich hockte mich hin und sah eine Ansammlung von Fischen, die zum Schutz vor der Strömung zwischen große Steine geschwommen waren.

„Du fällst da noch rein, genau wie der doofe Junge. Er konnte nicht mal schwimmen."

Ich zuckte heftig zusammen und plumpste fast in den See, als ich die zarte Stimme hörte.

„Wer ist da?"

Es war ein Mädchen. Es hockte zwischen zwei Holzpfosten auf der Brücke und lehnte sich lässig zurück. Das erklärte, warum ich sie nicht gleich bemerkt hatte.

Zuerst fand ich, dass ihre Augen wie die von einer Katze waren. Noch nie hatte ich solche Augen gesehen.

„Wer bist du?", fragte sie und neigte den Kopf zur Seite, sodass ihr das lange schwarze Haar über die Schulter fiel.

„Caleb. Wer bist du?"

Sie grinste, wobei sie eine Zahnlücke vorn zeigte. Da musste sie vor Kurzem einen Schneidezahn verloren haben. „Heute bin ich Batgirl."

Jetzt fiel mir auf, dass sie ein Batgirl-Kostüm anhatte, aber ohne die Fledermauskappe.

„Batgirl?"

„Jepp. Die boxt und tritt und gewinnt immer, immer gegen die Bösen. Ich will mal wie sie sein!"

Sie war komisch.

Dann verzog sie das Gesicht. „Ich habe Hunger. Hast du was zu essen?"

Mir fiel das Sandwich in meiner Tasche ein, das mein Vater heute Morgen für mich geschmiert hatte. Ich ging zu ihr, und ich war froh, dass ich in diesem Kaff jemanden gefunden hatte, der nicht alt war.

„Hier." Ich setzte mich zu ihr und hielt ihr das Sandwich hin. „Das ist mit Erdnussbutter."

Sie machte einen Schmollmund und kratzte sich am Kinn. „Oh."

„Magst du keine Erdnussbutter?"

Sie bewegte den Kopf von einer Seite zur anderen. „Nee. Ich habe die noch nie gegessen. Der Böse bei mir zu Hause kann sie nicht ausstehen, deshalb gibt es da keine."

Der Böse? „Tja, ich bin allergisch dagegen."

Ihre Katzenaugen verengten sich misstrauisch. „Wieso hast du das denn in der Tasche? Ist da Gift drin?"

Ich sah sie an. Ihre Augen waren wirklich hübsch. Ich blinzelte, als sie mit beiden Händen vor meinem Gesicht wedelte, um meine Aufmerksamkeit zu wecken.

Meine Wangen wurden heiß, und ich zuckte mit den Schultern. „Mein Dad vergisst immer, dass ich dagegen allergisch bin."

Sie nickte, als würde sie es verstehen.

Stumm saßen wir nebeneinander. Mädchen waren normalerweise immer seltsam und nervig beim Spielen, aber ... sie war ... nett.

„Wie alt bist du?", fragte ich.

Sie wackelte mit vier Fingern. „Fünf."

„Das hier ist fünf", verbesserte ich sie und wackelte mit fünf Fingern. Sie wirkte nicht interessiert. „Ich bin sieben."

„Willst du das Sandwich essen?"

Ich schüttelte den Kopf und gab es ihr. Für einen Moment blickte sie es an, schnupperte daran, bevor sie es auswickelte, und nahm einen winzigen Bissen. Ihre Augen wurden größer. „Mmm ... von jetzt ab ist Erdnussbutter mein allerliebstes Lieblingssandwich."

Ich lachte. Sie war niedlich.

Ich drehte mich zum Wasser und ließ meine Füße nach unten baumeln, sodass sie die Wasseroberfläche berührten. Als ich mich wieder zu Batgirl umwandte, sah ich Reds Gesicht.

Sie lächelte mich an, berührte mein Gesicht und malte meine Augenbrauen, meine Nase und meine Lippen nach. „Danke für das Sandwich, Caleb."

Danach öffnete ich die Augen und erblickte Reds schönes Gesicht. Ihre dunklen Katzenaugen starrten mich erschrocken an.

Veronica

„Guten Morgen", murmelte er, seine Stimme rau vom Schlafen. „Ich habe von dir geträumt."

Dann sah er mich mit diesem Lächeln an, das mir sagte, dass er mich in Schwierigkeiten bringen wollte. „Willst du wissen, was?"

Das Sonnenlicht schien ihm in die Augen und ließ sie beinahe durchsichtig wirken. Sein Arm lag immer noch quer über meinen Brüsten, und sein Bein drückte mich auf die Matratze. Ich spürte die Schwere seines Arms um mich und die Wärme seiner Haut sogar durch mein Shirt. Prompt wurde ich rot und sah wahrscheinlich aus wie eine reife Tomate.

Ich quiekte, sowie er seinen Arm um meine Taille schlang und mich an sich heranzog. Hastig rutschte ich weg und sprang aus dem Bett.

Er sollte meinen Morgenatem nicht riechen.

Ich rannte ins Bad, schaute in den Spiegel und stöhnte, denn mein Haar sah wie ein verlassenes Vogelnest aus. Nach einem Unwetter. Ich schnappte mir meine Bürste und machte mich daran, hastig alle Wirbel und Knoten herauszubürsten. Meine Haare waren so dick und lang, dass ich einige Minuten brauchte, bis ich wieder vorzeigbar war. Dann wusch ich mir das Gesicht und putzte meine Zähne, so schnell ich konnte. Als ich mir gerade den Mund abtrocknete, kam Caleb herein.

Sein braunes Haar war zerzaust vom Schlafen. Seine Augen wirkten strahlend, glücklich und *so* grün, als sich unsere Blicke im Spiegel begegneten. Seine Jogginghose hing tief, und er hob sein T-Shirt hoch, um sich den flachen Bauch zu kratzen.

Er trat auf mich zu, und ich machte unwillkürlich einen Schritt zurück. Er hob fragend die Brauen.

„Bin ich morgens zu viel für dich?" Seine Augen funkelten gefährlich.

Er verfolgte mich, und ich wich weiter zurück, bis ich an die Wand stieß.

Caleb grinste.

„Kannst du nicht weiter?" Seine Stimme klang wild und ein bisschen heiser – wie die des großen bösen Wolfs.

Eines sehr sexy bösen Wolfs.

Er stand jetzt ganz dicht vor mir, und ich musste meinen Kopf nach hinten neigen, um ihm ins Gesicht zu schauen. Gütiger Gott, er sah so gut aus, dass es verboten sein sollte.

„Möchtest du mit mir duschen?", flüsterte er frech.

Ich schluckte, schüttelte den Kopf. Meine Stimme schien mich verlassen zu haben.

„Ist das ein Nein?"

Ich nickte und schüttelte erneut den Kopf.

Was zur Hölle war mit mir los?

Er kam noch näher und senkte den Kopf, sodass seine Lippen seitlich mein Ohr berührten, als er murmelte: „Was willst du dann mit mir tun?"

Ich erschauerte. In seinem Atem roch ich Pfefferminze, und mir wurde klar, dass er in seinem Zimmer gewesen sein musste, um sich die Zähne zu putzen.

„Ich weiß, dass du noch nicht so weit bist, aber wir können ... andere Dinge machen", fuhr er mit rauchiger Stimme fort.

Darüber hatte ich viel nachgedacht ... über die *anderen Dinge*.

„Red?" Ich fühlte, wie er tief Luft holte, als seine Nase seitlich über meinen Hals strich. „Willst du?"

Oh Gott.

Schwach nickte ich.

Ich will. Ich will unbedingt.

Ich rang nach Luft, als er meine Hüften umfasste und mich an sich zog, sodass sich unsere Körper berührten. Meine Augen wurden größer, sowie ich die harte Wölbung unterhalb seiner Hüften fühlte.

Ach du Schreck. Ist das …?

„Ich habe dich noch nicht mal geküsst, und du zitterst schon."

Meine Knie wurden auch sehr weich. Ich musste mich an seinen Schultern festhalten, damit ich nicht umkippte.

Er atmete laut ein, kaum dass ich ihn berührte. Langsam rieb er sich an meinen Hüften, drückte mich enger an sich, bis überhaupt keine Luft mehr zwischen uns und seine harte Erektion zwischen meinen Beinen gefangen war. Ich presste meinen Mund fest zu, damit ich nicht stöhnte.

Seine wunderbaren großen Hände lagen unten auf meinen Rücken und strich tiefer, um meinen Po zu umfangen. Er zog mich noch dichter an sich und presste seine Hüften gegen meine.

Ich schloss stöhnend die Augen.

Heiß. Mir war so heiß, aber dieses Brennen fühlte sich richtig gut an.

Caleb ließ die Hände zurück zu meiner Taille wandern, träge streichelte er mit den Daumen die nackte Haut oberhalb meiner Shorts. Dann bewegte sich eine Hand unter mein Shirt, wo sie langsam meine Rippen hinauf bis zum Rand meines BHs strich.

Ich fing an zu hyperventilieren.

„Sieh mich an", sagte er mit tiefer belegter Stimme.

Ich öffnete die Augen und bemerkte, dass er die Zähne zusammenbiss. Die Haut an seinen Wangen war angespannt. Ich hielt den Atem an, als ich ihm in die Augen schaute und das Verlangen darin erkannte.

„Ich erinnerte mich daran, wie du morgens schmeckst", flüsterte er.

Mein Mund öffnete sich, sowie seine Hand in meinen BH glitt und die Seite meiner Brust streichelte.

Er senkte den Kopf, bis seine Lippen Zentimeter von meinen entfernt waren. „Ich möchte die Erinnerung auffrischen."

Ganz zart streichelte er mit den Daumen über meine Brustwarze, und in meinem Kopf drehte sich alles. Ich stöhnte.

„Oh Gott, Caleb."

Ich hörte das Knurren hinten in seiner Kehle, bevor sein Mund sich auf meinen senkte und mich förmlich verschlang. Caleb nahm sich, was er wollte, und ich gab es ihm, weil ich gar nicht anders konnte. Und weil ich es wollte.

Sein Kuss war gierig, und seine Hände drückten mich sanft. Ich keuchte, weil er mich losließ, und rang nach Luft, als er mich an den Hüften griff und mich hochhob. Ich schlang meine Arme um seinen Hals und meine Beine um seine Hüften. Er hielt meinen Hintern mit beiden Händen und rieb sich an mir.

Um ein Haar hätte ich geschrien, als er mit dem Mund meine Wange hinunter zu meinem Hals glitt, leckend und saugend. Ich tauchte beide Hände in sein Haar und fasste fest hinein, als er mich sanft biss.

Er drückte mich gegen die Wand, während der Kuss wilder, besitzergreifender wurde. Ich fühlte, wie ich nachgab, mich von meinen Sinnen leiten ließ und mich blind in den Irrsinn stürzte.

Wieder schnappte ich nach Luft, da ich merkte, wie wir beide auf das Bett sanken. Ich war so in den Kuss vertieft gewesen, dass ich nicht mal mitbekommen hatte, wie er mich ins Zimmer trug. Sein Gewicht fühlte sich großartig an, als er sich über mich schob, ohne den Kuss zu unterbrechen.

Erneut hörte ich diesen knurrenden Laut, als er seine Lippen von meinen löste und sich links und rechts von meinem Körper aufstützte. Mit großen Augen beobachtete ich, wie er sein T-Shirt auszog und auf den Boden warf.

Und dann war er wieder auf mir, rieb seinen Körper an meinem, küsste mich auf den Mund und knabberte an meinen Lippen.

„Fass mich an", befahl er rau. Er nahm meine Hände und legte sie auf seine Brust. „Bitte."

Seine Haut war brennend heiß und fühlte sich so gut unter meinen Fingerspitzen an. Ich wollte sie schmecken, aber er ließ seinen Mund über die Unterseite meines Kinns streichen, dann neckte er mich mit seinen Zähnen. Ich glitt mit den Händen über seinen

Oberkörper, grub die Finger in seine Haut und versank in einer Flut von Empfindungen.

Gab es einen Teil an ihm, der nicht hart war? Alles an ihm war sehnig muskulös und warme Haut. Ich kam mir vor, als würde ich verschlungen. Verschlungen von ihm.

Er fasste nach meinen Beinen und schlang sie um seine Hüften. Ein erschrockener Schrei entfuhr mir, als er mich zu sich zog und hochhob, während er sich auf das Bett setzte, sodass ich auf seinem Schoß war.

„Werden wir das los, ja?", murmelte er, streifte mir das Shirt nach oben ab und warf es auf den Boden.

Sein Blick war besitzergreifend, als er meinen fast nackten Oberkörper betrachtete. Instinktiv verschränkte ich die Arme vor meiner Brust, um sie zu verbergen.

„Nicht", bat er. „Lass mich dich anschauen."

Mein Herz schlug sehr schnell, und für einen kurzen Moment fragte ich mich, ob er es hören konnte. Ich senkte den Blick, während ich langsam die Arme herunternahm und meine Hände zu Fäusten ballte.

Etwas wie dies hier hatte ich noch nie getan, und ich hatte gedacht, dass mir nie jemand begegnen würde, mit dem ich es tun wollte. Doch mit Caleb und nur mit Caleb wollte ich es. Ich wollte ihn.

„Du bist die schönste Frau, die ich je gesehen habe."

Er hob mein Kinn an, bis ich direkt in seine grünen Augen blickte.

„Die schönste", wiederholte er und küsste mich auf den Mundwinkel.

Dann nahm er meine beiden Handgelenke und hielt sie hinter mich, sodass ich unwillkürlich den Rücken durchbog. Ich atmete stoßartig aus, sowie seine Zunge über meine Haut glitt.

„Caleb!", schrie ich und stöhnte, denn er saugte durch den Stoff an meiner Brust.

Meine Arme stemmten sich gegen seine, während er weitermachte und zärtlich biss. Meine Beine spannten sich an seinen, als er sich weiter zwischen ihnen rieb, und ich dachte, ich würde ohnmächtig.

„Willst du, dass ich aufhöre?", fragte er, wobei seine Lippen erst zwischen meine Brüste und dann hinauf zu meinem Hals wanderten.

Ich will nicht, dass du aufhörst.

„Sag mir", er strich mit der Zunge über eine empfindliche Stelle an meinen Hals, sodass ich erschauerte, „dass ich aufhören soll."

Er ließ meine Hände los und streichelte mir über den nackten Rücken. Sein Finger tauchte unter meinen linken BH-Träger und schob ihn von meiner Schulter.

„Du hast fünf Sekunden, um dich zu entscheiden, Red."

Ich wollte dies hier. Ich wollte ihn.

„Hör nicht auf", murmelte ich.

Seine Augen weiteten sich, schließlich senkte er die Lider.

„Bist du dir sicher, Red?" Er zog den zweiten BH-Träger nach unten.

Ich biss mir auf die Unterlippe.

Dann löste er den BH-Verschluss auf meinem Rücken. Noch keiner hatte mich nackt gesehen. Mir stockte der Atem, und mein Herz hämmerte wie verrückt.

Bin ich bereit, dies hier zu tun?

„Warte!"

Er erstarrte und blickte mir in die Augen.

„Willst du aufhören?"

Ich nickte.

Seine Arme hörten auf, sich zu bewegen, und seine Gesichtszüge spannten sich an. Verlegen bedeckte ich meine Brüste, um den BH festzuhalten. Plötzlich fühlte ich mehr sehr nackt. Ich wollte nach einer Decke greifen und mich verhüllen, wollte, dass sich der Boden auftat und mich verschluckte.

Alles war mir nur noch peinlich. Ich biss mir verlegen auf die Unterlippe. Er sah mich eine gefühlte Ewigkeit lang an, die in Wirklichkeit nur Sekunden dauerte.

Seufzend neigte er den Kopf nach unten. Als er mich wieder anschaute, lächelte er. „Ich verstehe das, Baby."

Dabei hörte er sich an, als hätte er Schmerzen. Er hakte meinen BH wieder zu und schob die Träger zurück auf meine Schultern.

Danach atmete er geräuschvoll aus und wischte sich mit einer Hand übers Gesicht.

Stille.

„Bitte hör auf, das zu machen", sagte er heiser und presste seinen Daumen auf meine Unterlippe.

Sowie er meine Lippe freigab, fühlte ich ein Kribbeln, wo er mich berührt hatte ... was überall war.

Und ich hörte, wie er nochmals laut seufzte.

„Zögere nie, mir zu sagen, wenn du nicht so weit bist. Hast du verstanden?"

Er war immer noch hart. Das fühlte ich unter mir.

Ich nickte und senkte den Kopf. Ich kam mir vor wie eine prüde Spielverderberin, unfähig, Caleb zu geben, was er wollte – und was ich wollte.

Denn ich wollte ja ... Liebe mit ihm machen, doch irgendetwas hielt mich davon ab. Ich konnte es nicht.

„Hey", meinte er, legte die Hände an meine Wangen und zwang mich, ihn anzusehen. „Was ist los?"

Ich schüttelte den Kopf und schloss die Augen.

„Fühlst du dich mies, weil du mich gebremst hast?"

Meine Kehle wurde eng, und mir kamen die Tränen. „Caleb ..."

„Mach die Augen auf."

Ich tat es. Er blickte mich sehr ernst an.

„Du darfst dich niemals mies fühlen, wenn du mir sagst, dass ich aufhören soll. Dies war weder das erste noch das letzte Mal, dass du mir das sagst, also gewöhne dich lieber dran, in Ordnung?" Er küsste mich auf den Kopf.

„Und *ich* gewöhne mich auch lieber dran", ergänzte er, wobei er nachdenklich die Stirn runzelte.

Er hob mich hoch und setzte mich sanft auf das Bett. Dann stand er vor mir und strich sich mit den Fingern durchs Haar. „Aber jetzt brauche ich eine sehr kalte Dusche."

An der Tür blieb er stehen und schaute sich zu mir um. „Willst du mitmachen?"

Ich lachte kopfschüttelnd. Und wieder mal hatte er es geschafft, dass ich mich besser fühlte.

22. Kapitel

Caleb

Was zur Hölle hatte ich mir dabei gedacht?

Andere Sachen? Ich konnte nicht einfach andere Sachen mit ihr machen. Ich wollte *alles*. Alles von *ihr*.

Hör auf!

Verdammt. Ich hasste das. Wie zum Teufel ich es fertigbrachte, tatsächlich aufzuhören, als sie es sagte, war mir schleierhaft.

Ich beugte den Kopf nach vorn, stützte mich mit den Händen an den Fliesen ab und ließ das kalte Wasser auf meinen Rücken prasseln. Ihr Bild füllte meine Gedanken, und ich seufzte.

Dieses sexy Stöhnen, das sie von sich gegeben hatte, machte mich wahnsinnig. Sie hatte ein Muttermal direkt über der linken Brust, das ich schon allein bei der Erinnerung daran mit meiner Zunge berühren wollte.

Sie war so …

Verflucht noch mal! Ich durfte nicht an sie denken. Das hier lief aus dem Ruder.

Das Wasser war kalt, aber ich stellte es so ein, dass es richtig eisig wurde.

Denk an was anderes, Idiot.

Ich versuchte, mir die Umkleide unmittelbar nach einem Spiel vorzustellen. Der Gestank von Schweiß und stinkenden Füßen. Ja, das sollte mich runterholen.

Ihre langen Beine hatten sich himmlisch angefühlt, als sie um mich geschlungen waren …

Die eisige Dusche brachte nichts. Frustriert drehte ich das Wasser ab, griff mir ein Handtuch und trocknete mich ab. Das zweistündige Work-out, eine kalte Dusche und eine schnelle Nummer mit der Hand beruhigten mich ein bisschen. Doch allein der Gedanke, wie sie unter mir gelegen hatte, brachte mich wieder in Fahrt.

Verfluchte dicke Eier.

Ich musste hier raus, ehe ich noch etwas Verrücktes tat. Wie Veronica an der Wand zu nehmen. Oder auf dem Küchentisch. Im Bad auf dem Waschtisch. In meinem Bett. Irgendwo.

Langsam. Sie wollte es langsam angehen. Das war in Ordnung für mich. Langsam war gut. Ich war durchaus imstande, ihr Zeit zu lassen und auf sie zu warten, was allerdings nicht hieß, dass ich schweigend abwartete oder nicht alles tun würde, um sie zu überzeugen, dass wir richtig füreinander waren.

Es lag nicht allein daran, dass ich schon lange keinen Sex mehr hatte oder ich sie so dringend wollte, dass es wehtat. Mit ihr Liebe zu machen war für mich eine Form, ihr zu zeigen, wie viel ich für sie empfand … ihr zu zeigen, dass sie zu mir gehörte.

Ich duschte im Bad meines Fitnessraums und stellte erst hinterher fest, dass ich hier keine sauberen Sachen hatte. Also wickelte ich mir ein Handtuch um die Hüften, nahm mein Handy und entdeckte, dass ich eine Textnachricht von Justin hatte. Er lud mich für heute Abend zu einer Party bei sich ein. Ich ignorierte die Nachricht und ging zurück zu meinem Zimmer, als ich auf einmal wie versteinert stehen blieb.

Ich musste mir auf die Lippe beißen, um nicht zu lachen, denn vor meiner Zimmertür stand Red in meinem Bademantel, das Ohr an meine Tür gedrückt.

Wollte sie mich belauschen?

Im Ernst, ich wusste gar nicht, wohin mit meinem Grinsen!

Der Bademantel war ihr viel zu groß. Er verhüllte sie vom Hals bis zu den Zehen. Hatte sie gedacht, er würde sie vor mir schützen? Ich verkniff mir ein Lachen. Sie musste das Teil in ihrem Zimmer gefunden haben. Dort hatte ich einige Sachen von mir.

Ich beobachtete, wie sie sich aufrichtete, ihre Hände rang und tief durchatmete. Dann hob sie eine Faust, wollte an meine Tür klopfen, zögerte jedoch kopfschüttelnd. Erneut legte sie ihr Ohr an die Tür.

„Irgendwas Spannendes?"

Sie schrie auf und machte einen Satz rückwärts, bevor sie sich umdrehte, mich sah und ihre Hand auf ihre Brust presste.

„Caleb!"

Jetzt lachte ich, und das nicht bloß, weil ich sie ertappt hatte, sondern weil ich mich erinnerte, wie ich die gleiche Nummer vor ihrer Tür abgezogen hatte, bei der Cameron mich erwischt hatte.

Ihr Blick war verschleiert, als er auf meine nackte Brust fiel. Wenn sie mich so anschaute, hatte ich das Gefühl, direkt wieder zurück in den Fitnessraum zu einem weiteren heftigen Work-out zu müssen.

„Wenn du nicht aufhörst, mich so anzusehen, liegst du in zwei Sekunden unter mir auf dem Fußboden", flüsterte ich.

Sie bekam erst große Augen, dann verdunkelte sich ihr Blick. Sie war genauso geliefert wie ich. Gut.

Verdammt! Ich musste wirklich aufhören, daran zu denken, wie es wäre, ihren Körper eine Stunde oder zwei Stunden lang anzubeten. Ich sollte eine Weile von hier verschwinden, vielleicht doch Justins Party besuchen. Ich konnte nicht hier bei Red bleiben, wenn mich schon ihr bloßer Anblick gnadenlos scharfmachte.

„Hör mal", sagte ich und strich mir mit beiden Händen durchs Haar. „Ich muss für ein paar Stunden hier raus."

Sie senkte sofort den Blick, allerdings hatte ich vorher noch den verletzten Ausdruck in ihren Augen bemerkt. Ich lief zu ihr und hob ihr Kinn mit Daumen und Zeigefinger. Mir entging nicht, wie riesig meine Hand an ihrem schönen Gesicht wirkte. Red sah so zerbrechlich aus, so verwundbar.

„Red, ich kann jetzt gerade nicht bei dir sein. Es ist nicht so, dass ich nicht mit dir zusammen sein will, sondern weil ich es eben gerade so sehr will."

Ihr eben noch verwirrter Blick wurde klarer. Sie verstand, was ich meinte. Ich wollte sie sofort küssen, traute mir jedoch selbst nicht. Mit ihren Blicken flehte sie mich an, nicht zu gehen, aber ich reagierte nicht. Ich *musste* weg.

Hastig zog ich mich an und schickte einen Text an Cameron, dass ich ihn zu Justins Party abholen würde. Als ich an der Küche vorbeilief, blieb ich stehen, weil ich mitkriegte, wie Red auf einem der Barhocker saß, immer noch in meinem Bademantel. Ich liebte es, sie in Sachen von mir zu sehen.

Sie starrte aus dem Fenster, das Gesicht in beide Hände gestützt. Ich musste die Fäuste ballen, um mich davon abzuhalten, sie zu berühren. Dennoch musste ich ein Geräusch gemacht haben, denn sie drehte den Kopf zu mir, und ihre Augen weiteten sich kaum merklich.

Sie wirkte unsicher und ein bisschen traurig. Eigentlich wollte ich gar nicht gehen ... aber heute Abend war ich so scharf auf sie, dass ich unmöglich bleiben konnte. Ich brauchte einen klaren Kopf.

„Geht es dir besser?"

Als sie mich verwirrt anschaute, ergänzte ich: „Du hattest letzte Nacht einen Albtraum. Willst du darüber reden?"

Sie schüttelte den Kopf. „Alles gut. Ich erinnere mich nicht mal daran." Dann bewegte sie sich ein wenig, sodass der Bademantel vorn aufklaffte und eines ihrer wunderbaren Beine zu sehen war.

Verdammt! Ich musste dringend hier raus!

„Kommst du heute Nacht nach Hause?", fragte sie leise. So leise, dass ich sie fast nicht hörte.

„Ja."

Sie nickte. „Caleb ..."

Ich klimperte mit den Autoschlüsseln in meiner Tasche und wartete, dass sie mehr sagte. Doch sie starrte mich nur an und biss sich auf die Unterlippe.

Ich wollte an dieser Lippe knabbern.

Stattdessen presste ich die Zähne zusammen, nickte und ergriff die Flucht.

Ich sammelte Cameron ein und fuhr mit ihm zu Justins Party. Sie stieg in der Hütte seiner Eltern wenige Minuten außerhalb der Stadt. Die nächsten Nachbarn wohnten einige Meilen entfernt, daher hatte er die Musik voll aufgedreht, denn er musste sich ja keine Sorgen um Beschwerden wegen Lärmbelästigung machen.

Cameron und ich gingen runter in den Keller, wo es sehr viel weniger laut und voll war als im Erdgeschoss. Und da fanden wir Amos vor, der allein dasaß und auf seinem Handy herumtippte.

„Hey, was geht?", fragte ich und schlug mit meiner Faust gegen seine.

Amos spreizte sofort die Hand und wedelte mit den Fingern vor meiner Faust, sodass ich zurückwich.

Ich stöhnte. „Alter, du *sprengst* keine Faust! Wie oft soll ich dir das noch sagen? Das ist ein eisernes Gesetz." Ich schüttelte den Kopf.

Daraufhin grinste er hämisch, auch zu Cameron, nur diesmal machte er dieselbe Geste mit beiden Händen.

„Arsch", sagte ich.

Er grinste erst recht. „Pussy."

„Na, wo sind denn die anderen alle?", wollte Cameron wissen.

Amos strich sich die Ponysträhnen aus der Stirn und lehnte sich auf der Couch zurück. „Wahrscheinlich machen sie hinten das riesige Lagerfeuer klar. Justin lässt sich flachlegen oder tut so, als wäre er besoffen am Boden, um allen Mädchen unter die Röcke zu gucken. Ihr wisst schon, das Übliche."

Justin sollte wirklich aufhören damit.

Ich ließ mich neben Amos auf die Couch fallen, griff mir die zwei Biere, die er mir reichte, und gab eines an Cameron weiter.

Amos zeigte mit seiner Bierflasche auf uns. „Ich habe euch schon lange nicht mehr gesehen. Habt ihr euch die Augenbrauen zupfen lassen oder was?"

„Jepp. Die Beine habe ich mir auch wachsen lassen", antwortete ich lachend.

„Und die Nägel machen lassen", ergänzte Cameron, während er sein Bier öffnete.

„Oooh!" Amos zwinkerte. „Dann hättest du heute Abend ein Kleid anziehen sollen, um sie vorzuführen, Alter."

„Tue ich, sobald du mich zu einem Date bittest."

Er grinste und räusperte sich nervös. „Würde ich, wenn ich nicht schon vergeben wäre."

Ich blinzelte. „Was denn? Du hast eine feste Freundin?"

Erneut räusperte er sich. „Ich hab's noch nicht erzählt, weil ich erst sicher sein wollte, klar?"

„Du meinst das ernst", sagte Cameron.

„Ja. Ich wohne seit zwei Monaten mit ihr zusammen."

Hatte ich bis eben jeden Gedanken an Red in die hinterste Ecke meines Hirns verdrängt, rückte sie, nach Amos' Geständnis, wieder in den Vordergrund. Ich stöhnte und wartete, dass er mir mehr erzählte.

„Macht mich total irre", murmelte er einen Moment später.

„Ich kapiere echt nicht, was sie verdammt noch mal will. Was geht überhaupt in dem Kopf von einem Mädchen vor? Ehrlich, das würde ich gern wissen."

Dito, dachte ich. „Ist denn überhaupt irgendwas los?"

Sein Gesichtsausdruck wirkte gequält. „Das frage ich sie ja! Und sie sagt: *Nichts*. Aber offensichtlich ist *irgendwas*. Ich frage sie, ob es ihr gut geht, und sie sagt: *Alles ist gut*. Also glaube ich, dass sie vielleicht nur ein bisschen Freiraum will, und erzähle ihr, dass ich heute Abend losgehe und mich mit euch Jungs treffe, und sie sagt: *Prima, viel Spaß!* Es klingt aber nicht so, als würde sie das meinen. Es hört sich eher an, als wollte sie mir die Eier abschneiden. Was ist denn verdammt noch mal los mit den Mädchen? Sie treibt mich in den Wahnsinn."

„Hier, trink noch ein Bier." Ich reichte ihm noch eine Flasche.

„Danke." Er öffnete sie, setzte sie an und trank, als hätte er seit einer Woche keine Flüssigkeit bekommen. Nachdem er mächtig gerülpst hatte, fuhr er fort: „Dann wollte ich von ihr wissen, was sie sich zum Geburtstag wünscht, und sie hat geantwortet, sie wollte nichts. Ich habe immer wieder gefragt, aber sie meinte, ich soll ihr nichts schenken. Also habe ich ihr auch nichts geschenkt." Er wirkte völlig baff. „Eine Woche lang hat sie nicht mit mir geredet. Was soll das denn?"

Armer Idiot. Sogar ich kannte mich mit der Nummer besser aus. Man schenkte immer etwas, egal, was sie sagten.

„Nimm ein paar Doritos." Cameron schob ihm eine Tüte rüber.

Amos riss sie auf und kaute die Chips wie ein Affe. „Warum sagt sie mir nicht einfach, was sie wirklich will? Ich bin doch kein beknackter Hellseher."

Ich nickte. „Das ist eine Falle, Alter. Es ist dasselbe, wenn sie dich fragen, ob sie in einem Kleid dick aussehen oder ob du findest, dass ihre Freundin attraktiv ist."

Cameron lachte. „Oder welchen Farbton die Wand hat."

„Hä?"

Cameron zuckte mit den Schultern. „Nichts."

„Verdammt." Amos nagte frustriert an seinen Fingernägeln.

„Wisst ihr, wie lange ich warten muss, bis sie mal fertig ist? Sie sagt, fünf Minuten, und fünf Minuten in Mädchensprache können eine halbe bis eine Stunde sein. Ist kein Witz. Was tun die denn eigentlich so lange?"

„Das ist ein Mysterium", antwortete Cameron und grinste verhalten.

Red braucht keine zwei Stunden dafür, sich anzuziehen, dachte ich und erinnerte mich an unser erstes richtiges Date. Eher eine halbe Stunde, dann war sie fertig. Ich hatte ziemliches Glück.

Amos nickte und atmete schnaubend aus. „Ich glaube, die haben selbst keine Ahnung, was sie verflucht noch mal wollen. Und wir versuchen rauszukriegen, was das ist. Aber, Scheiße, ich bin verrückt nach dem Mädchen."

Ich weiß, wie du dich fühlst, schoss es mir durch den Kopf.

„Ich liebe ihr Haar. Das geht ihr bis zum Hintern. Höllisch sexy, allerdings haart sie auch schlimmer als mein Hund."

Ich lachte. Ich hatte ein Haar auf der Couch gefunden, das nur von Red sein konnte. Und ich hatte es aufgehoben und zwischen zwei Buchseiten gelegt.

Gott, ich bin so gruselig!

„Und ich will gar nicht erst davon anfangen, wie es ist, wenn sie ihre Tage hat", stieß Amos jammernd hervor.

Cameron und ich stöhnten.

„Alter, bitte." Cameron hielt eine Hand in die Höhe. „Wir wollen echt nichts über ... *das* von deiner Freundin wissen."

Er trank mehr Bier. „Du hast recht. Doch wollt ihr einen Tipp, wenn bei ihnen der rote Alarm ist? Reibt ihnen den Rücken. Es hilft auch, wenn ihr Eiscreme greifbar habt. Okay, das war's. Sorry, Alter."

„Schon okay."

Vier Stunden später hatte ich den Überblick verloren, wie viel Bier ich intus hatte, und war allmählich richtig betrunken. Red war jetzt weit in den Hintergrund verdrängt. Gott sei Dank. Die anderen Jungs waren zu uns gekommen und tauschten Beleidigungen und erfundene Sexgeschichten aus, um vor den andern gut dazustehen.

„Hey, Baby, willst du dir noch mehr abholen?" Justin schlug einem Mädchen auf den Hintern, als sie an ihm vorbeiging. Ich glaubte, sie vorher schon mit ihm gesehen zu haben.

„Hey!" Sie klatschte ihm eine. „Arschloch."

Wir grölten vor Lachen, weil Justin rot wurde. Dann grinste er idiotisch. „Sie liebt mich", behauptete er und schaute dem Mädchen nach.

Amos warf mit Essen nach ihm. Es könnte Pizza gewesen sein, aber so ganz genau wusste ich es nicht. „Klar doch, Kumpel."

Justin zuckte mit den Schultern. „Sie klammert sowieso zu doll."

Ich starrte auf die Bierflasche in meiner Hand, die eindeutig verschwommen war. Ich war betrunken. Wie viele Flaschen hatte ich schon geleert?

„Hey, Caleb."

Ich blickte auf, als ich meinen Namen hörte, und sah ... Red?

Was zur Hölle tat sie hier?

Meine Sicht war so verschwommen, dass ich zweimal blinzelte, um klarer zu sehen. Immer noch war sie nur ein unscharfer Umriss.

„Ich dachte, du willst vielleicht ein bisschen mit mir rumfahren. Es ist schön draußen."

Die Stimme war falsch ... Reds Stimme war nicht so schrill. Ich blinzelte erneut und schüttelte den Kopf. Es war Claire, die mit ihren Wimpern klimperte, als hätte sie einen epileptischen Anfall. Ich musste sturzbesoffen sein, wenn ich sie mit Red verwechselte.

„Der ist nicht in der Verfassung, sich um dich zu kümmern, Babe. Ich übernehme das für ihn, wenn du willst." Ich hörte Justins Angebot.

„Leck mich am Arsch, Justin."

„Schlag mich, Baby, noch ein Mal!"

Claire schnaubte und verzog sich.

Gut, auf Wiedersehen, dachte ich. Mich interessierte kein Mädchen außer dem einen. Trotzdem lobte ich Claire im Geiste, weil sie nicht mit Justin loszog. Das Letzte, was ich gehört hatte, war, dass seine Freundin mit ihm Schluss machte, weil sie ihn mit heruntergelassenen Hosen auf Lydia gefunden hatte.

Er konnte ein Arsch sein, was Mädchen betraf. Aber wenn er nicht mal ein Mädchen glücklich machen konnte, wie stellte er sich dann vor, dass er es bei zwei oder drei anderen hinkriegte? Idiot.

Wie viele Flaschen hatte ich noch gleich getrunken? Neben mir war Cameron auf seinem Platz zusammengesackt, den Kopf gegen die Sofalehne gekippt.

„Was ist da eigentlich los zwischen dir und Kar?", fragte ich. Wie üblich rechnete ich nicht mit einer Antwort. Entsprechend war ich überrascht, als er doch etwas sagte. Er musste ebenfalls betrunken sein.

„Sie bringt mich um. Nur ein Schlag." Er ballte eine Hand, als würde er ein Messer halten und es sich in die Brust rammen. „Und ich bin tot. Beschissen tot."

Amos schüttelte den Kopf. „Was hast du getan, Alter?"

„Versucht, sie zu retten."

„Wenn ich eines aus dem Zusammenleben mit meinem Mädchen gelernt habe, dann, dass Mädchen manchmal nicht gerettet werden wollen. Sie wollen das Retten übernehmen."

Cameron leerte die ganze Flasche auf ex. Danach beugte er sich vor, stützte die Ellbogen auf die Knie und rieb sich das Gesicht mit beiden Händen. Er sah müde aus, blieb aber stumm.

Die Stunden vergingen in einem Rausch, während wir weitertranken. Ich wusste, dass es nach Mitternacht war und ich nach Hause musste. Ich hatte keine Ahnung, ob Red auf mich wartete, doch ich hatte ihr gesagt, dass ich heute Nacht nach Hause kommen würde. Ich hatte ihr mein Wort gegeben, und das würde ich nicht brechen.

Fahren kam nicht infrage. Ich musste mir ein Taxi rufen, aber mir fiel die Nummer nicht ein. Anscheinend konnte ich nicht mal mein Handy richtig halten.

„Ich bringe Caleb nach Hause." War das wieder Claire? Ich war mir nicht sicher, aber die Stimme war piepsig ... erinnerte mich irgendwie an eine Maus.

Warte mal, sie wollte mich nach Hause bringen? Nein. Nicht sie.

„Lass ihn in Ruhe", sagte jemand.

Gott sei Dank.

Das Nächste, was ich mitbekam, war Justin, der Cameron bei sich rausließ und dann weiterfuhr, um mich zu Hause abzusetzen. Allein der Gedanke, in das Haus zu gehen und mit dem Fahrstuhl zu fahren, machte mich schon fertig. Ich konnte kaum die Augen offen halten, doch ich war glücklich.

Justin und ich sangen im Fahrstuhl. Mein Arm war um seine Schultern gelegt, damit er mich stützen und verhindern konnte, dass ich der Länge nach hinklatschte. Justin war oft ein Schwachkopf, aber er hatte seine guten Momente.

Ich blinzelte ihn träge an. Was hatte er gesagt? „Mein was?"

Er seufzte. „Dein Code. Um dich in dein Apartment zu bekommen. Du wiegst so viel wie eine übergewichtige Tussi nach einer Büfettschlacht, Alter. Verrat mir schon den bescheuerten Code, damit ich dich drinnen abwerfen kann."

„Ich muss nach Hause zu Red. Muss nach Hause. Ich habe ihr gesagt, dass ich komme. Ich bin ganz besessen von meiner Red."

„Ja, klar doch. Wann warst du je von einem Mädchen besessen?"

Als Nächstes kriegte ich mit, wie die Tür aufging und eine entsetzte Red vor mir stand. Sie war so schön, und ich war so froh, sie zu sehen, dass mein Lächeln sich anfühlte, als würde es mein Gesicht spalten.

„Caleb!", rief sie entsetzt und riss die Augen weit auf, da sie erkannte, wie hinüber ich war.

„Meine Red. Ich habe versprochen, dass ich zu dir nach Hause komme. Immer."

Das Letzte, was ich hörte, bevor bei mir die Lichter ausgingen, war Justins verwirrte Stimme, während er Red anstarrte und sagte: „Ich glaub's nicht!"

23. Kapitel

Justin

Der Idiot war schwer.

Hiernach schuldete er mir echt was. Und der Penner Cameron auch. Bei mir gibt's nichts umsonst.

Was bin ich denn, das bescheuerte Sozialamt?

Einer der Vorteile, wenn ich mit Caleb abhing, war, dass ich so in Kreise kam, die mir normalerweise verschlossen geblieben wären. Ich hasste es, den verwöhnten reichen Bastarden den Arsch zu küssen, die glaubten, dass sie Gold und Regenbögen kackten; aber was sein musste, musste eben sein.

Es half, Beziehungen zu haben, erst recht jetzt, wo es unserem Familienunternehmen gar nicht gut ging. Ich brauchte all die reichen Idioten zur Unterstützung, wenn ich in dieser beknackten Gesellschaft überleben wollte.

Was für einen Dreck ich machen muss, dachte ich genervt und ächzte unter dem tonnenschweren Caleb. Im Fahrstuhl sang er diesen blöden Quatsch.

„Sing mit mir, Alter. Das ist Bon Jovi."

Wütend sah ich ihn an. „Ich hasse Bon Jovi, verdammt."

Er war so ein Loser.

„Wie? Bon Jovi ist ein Großer. Na gut, dann Aerosmith."

Er machte kurz Pause, hickste und sang weiter.

„Ich vermisse sie. Ich vermisse meine Red."

Schon die ganze Fahrt hatte er von dieser Red gefaselt. Wer war das? Oder was war sie? Ein Hund vielleicht? Halluzinierte er? Soweit ich wusste, hatte Caleb keine Freundin.

Er hatte Affären. Jeder schien den Kerl zu lieben. Alles schien so leicht für ihn, fiel ihm in den Schoß, ohne dass er darum bitten musste – Mädchen, Freunde, Geld … die Rolle des Teamcaptains in der Basketballmannschaft.

Was zum Teufel bin ich? Eine Statue?

Klar, ich war nicht so hübsch wie er, aber ich sah verdammt heiß aus. Ich war fast täglich im Fitnesscenter, um den scharfen Körper zu kriegen, den ich jetzt hatte. Klar, ich hatte auch schon Mädchen, die hinter mir her waren. Und ich zeigte ihnen, wer der Boss war.

Ich. Ich war der Boss.

Keine Bitch machte mich zur Pussy.

Die besten Mädchen waren die, die Caleb wollten. Die rannten ihm dauernd hinterher, und wenn er sie nicht mehr wollte, kamen sie zu mir. Aber ich hatte es satt, nur seine Reste abzukriegen.

Endlich waren wir an seiner Tür. Der blöde Arsch konnte gar nicht mehr klar denken.

Ich hätte den Portier bitten sollen, uns reinzulassen, dachte ich.

Er hatte eine tolle Wohnung hier, der reiche Mistkerl. Nur er und noch ein reicher Arsch auf der ganzen Etage. Der Flur war mit Teppichboden ausgelegt, und an den dunkelgrünen Wänden hingen abstrakte Gemälde und teurer Kram, der „Geld" schrie. Die hatten sogar diese riesigen Kristalllampen an der Decke ... wie hießen die noch mal? Kronleuchter. Ja, das war es. Protzige Bastarde.

Ich hatte gehört, dass Calebs Großvater ihm nach seinem Tod diese Bude und einen gigantischen Batzen Geld hinterlassen hatte. Hätte ich doch auch einen reichen toten Opa, der mir alles vererbt.

Das war so verflucht unfair.

„Wie ist der Code?"

Er murmelte irgendwas, aber ich verstand kein Wort.

Ich starrte ihn an und überlegte, ob ich ihn wegstoßen sollte. Vielleicht knallte er dann mit dem Kopf ans Geländer. Vielleicht würde er sterben. Ich könnte den Cops jederzeit sagen, dass er so besoffen war, dass er ...

Die Tür ging auf, und ein scharfes Mädchen stand da, total fassungslos.

„Caleb!"

„Ich glaub's nicht."

Ich keuchte auf, da Caleb schwer auf mich sackte. Der Idiot war eingepennt. Das Mädchen sah ihn richtig erschrocken und besorgt an. Die kannte ich doch.

„Du bist das Mädchen aus dem Club neulich." Ich betrachtete sie, von ihrem Haar bis hinunter zu ihren billigen Schuhen. Sie wirkte sehr unsicher, war aber echt heiß. Sie war genau mein Typ, im Gegensatz zu diesen stinklangweiligen Blondinen, die Caleb anscheinend mochte. Was mich auf die Frage brachte, was verdammt noch mal sie hier machte.

„Was zur Hölle machst du hier?", fragte ich.

Caleb ließ nie Mädchen bei sich pennen, soweit ich wusste. Normalerweise schmiss er sie nach dem Sex raus.

„Dir muss ich gar nichts sagen", antwortete sie wütend und griff nach Calebs anderem Arm, um ihn mit mir zu seinem Zimmer zu schleppen.

Offensichtlich kannte sie den Weg. Wer zum Teufel war sie?

Red. Caleb hatte von einer Red geredet. Wahrscheinlich war das ein Mädchen und kein Hund, aber diese Kleine hatte keine roten Haare.

„Ich rufe die Polizei, wenn du mir nicht erzählst, was du verdammt noch mal in Calebs Wohnung machst."

„Nur zu. Dann stehst du wie ein Idiot da."

Wir ließen Caleb aufs Bett fallen. Er stöhnte und drehte sich auf die Seite. „Red", murmelte er.

Ich wandte mich zu ihr und kniff die Augen zusammen. „Bist du sicher?" Ich ging näher an sie heran, als höflich war.

Sie wich zurück, eindeutig panisch. Ich sah, wie ihr Blick rasch umherwanderte und bei der Lampe verharrte. Ich grinste. Wollte sie mich mit dem Ding schlagen?

Was für eine Wildkatze. Sie müsste richtig klasse im Bett sein, das würde ich wetten. Sobald Caleb mit ihr fertig war, würde ich zu ihrer Rettung herbeieilen. Die hier würde mir mehr Spaß machen als die anderen.

„Geh weg von mir, Arschloch", stieß sie fauchend hervor, und ihre dunklen Augen sprühten förmlich Flammen.

Frech. Ich mochte sie aggressiv.

Erneut grinste ich. „Er hat noch nie ein Mädchen über Nacht bleiben lassen." Ich lehnte mich an den Bettpfosten und verschränkte die Arme vor der Brust, damit sie bemerkte, was für Muskeln ich hatte, falls ihr das noch nicht aufgefallen war. Dabei schaute ich mir Calebs Zimmer genauer an.

Es war fantastisch eingerichtet mit einem großen Bett, auf dem dicke weiße Decken und graue Kissen lagen. Vor dem Bett war ein riesiges Fenster, durch das man die ganze Innenstadt sehen konnte. Topaussicht. Nur das Beste für den lieben Caleb.

Er hatte hier sogar einen kleinen Sitzbereich mit einem Flachbildfernseher und einer Xbox. Es gab eine Tür, von der ich wusste, dass sie in sein Bad führte, und eine andere, die zu seiner Ankleide gehörte, in die ich eigentlich wollte.

Ich war schon mal in seinem Apartment gewesen, als Caleb uns auf ein paar Drinks eingeladen hatte, und da hatte ich mich aus purer Neugier in sein Zimmer geschlichen. Ich hatte sogar eine Piaget-Uhr aus seiner Ankleide als Souvenir mitgehen lassen. Er hat nie gemerkt, dass sie weg war. Er hatte einen ganzen Kasten voller teurer Uhren, und ich wollte mir eigentlich diese niedliche Rolex ausborgen, die ich letztes Mal entdeckt hatte. Zu schade, dass diese Schlampe hier war.

„Du bist doch keine von seinen Stalkerinnen, oder? Hast du dich hier reingeschlichen, als er weg war?"

„Ich rufe den Sicherheitsdienst, wenn du nicht verschwindest."

Also keine Stalkerin. Vielleicht hatte Caleb sie an dem Abend im Club aufgerissen, und sie waren immer noch zusammen.

Eine ziemliche Leistung von dir, Caleb, dachte ich. Er blieb mit keinem Mädchen länger als ein paar Wochen zusammen.

„Du bist nicht sein üblicher Typ."

Wieder musterte ich sie. Sie hatte ein Kapuzenshirt und eine Yogahose an, aber ihr Körper war definitiv an den richtigen Stellen scharf. Sie erschauderte und zog ein angewidertes Gesicht.

Ich biss die Zähne zusammen und stemmte mich vom Bettpfosten ab. Aus irgendeinem Grund machte mich dieses Mädchen wütend. So, wie sie mich anschaute, kam ich mir vor wie eine Wanze, die sie zertreten wollte.

Was? Glaubte sie, ich wäre nicht gut genug für sie? Sie war doch bloß eine von Calebs Schlampen. Für wen hielt sie sich? Sie war nichts Besonderes.

Er würde sie bald mit einem Tritt in ihren hübschen Arsch nach draußen befördern, und dann kam sie bei mir angekrochen. Ich würde der Bitch eine gute Zeit verschaffen und ihr den versnobten Ausdruck aus dem Gesicht wischen.

„Ich finde allein raus, lass nur. Tja, ich schätze, man sieht sich." An der Tür blieb ich stehen und blickte mich zu ihr um. „Red, richtig?"

Sie wurde blass, sagte aber nichts.

„Ich hatte schon gehört, dass er mit irgendeiner Dunkelhaarigen vom College zusammen ist. Oder war das wieder eine Blondine? Ich wusste nicht, dass du das bist. Oder vielleicht eine von ihnen." Ich wartete ihre Reaktion ab. Nichts. „Dann sehe ich dich wohl am College, Süße." Ich zwinkerte ihr zu und verließ das Zimmer.

Noch haute ich allerdings nicht ab. Caleb hatte eine Menge teure Sachen, die ich wollte. Eines Tages ... ich schwöre, da würde ich die auch haben. Einer der Gründe, weshalb ich ihn nach Hause gefahren habe, war der, dass ich seinen heißen Wagen fahren wollte. Das würde er nie erlauben, wenn er nicht völlig besoffen war.

Ich war immer noch genervt wegen der Rolex. Dieses Schmuckstück kostete leicht zwanzig Riesen. Und es war kein Stehlen, wenn man es von jemandem nahm, der es nicht brauchte, soweit ich es nach mir ging.

Also gut. Ich wusste, dass er einiges von seinen Sachen in seinem Gästezimmer hatte. Darin würde ich mich schnell umsehen, solange die Schlampe mit Caleb beschäftigt war.

Was ist das denn? dachte ich, als ich leise die Tür zum Gästezimmer öffnete. Drinnen waren lauter Mädchensachen. Hier roch es sogar nach Mädchen, nach beknackten Erdbeeren.

Wohnte sie hier bei ihm?

Ach du Scheiße!

Wie es schien, hatte Caleb Lockhart jemanden in seine Bude gelassen ... zum ersten Mal. Dieses Mädchen musste echt der Knaller im Bett sein, wenn Caleb sie dabehielt.

Das war *sehr* interessant. Ich kannte diverse Exfreundinnen von Caleb, die immer noch in ihn verschossen waren und bestimmt ihren Spaß mit diesem Mädchen haben würden. Die konnten dieser kleinen Red mächtigen Ärger machen, vor allem die eine Blondine, die ich kannte. Je schneller dieses Mädchen Caleb verließ, umso früher wäre sie in meinem Bett.

Als ich das Zimmer verließ, schrie ich fast vor Begeisterung, weil mir goldene Manschettenknöpfe auffielen, die achtlos auf einen Tisch im Flur geworfen worden waren. Sie waren fast von einer Porzellanvase versteckt. Bevor mich jemand bemerkte, steckte ich sie ein.

Ich lief wieder an Calebs Zimmer vorbei und blieb stehen, als ich sie sprechen hörte.

„Caleb, was hast du dir dabei gedacht?"

„Ich vermisse dich, Red."

Wow. Der Typ verstand es sogar, Mädchen in sich verliebt zu machen, wenn er sturzbesoffen war.

Ich wollte schon abhauen, da bekam ich mit, wie sie sagte: „Ich vermisse dich auch."

Wie es klang, war sie schon in ihn verliebt. Typisch.

„Legst du dich zu mir, Red?"

Anscheinend bedeutete sie Caleb auch etwas. Er klang jedenfalls, als stünde er schon komplett unter ihrer Fuchtel. Gut. Dann würde es seinen Stolz noch mehr kränken, sie mit mir zu sehen. Noch besser.

Verdammt. Das würde ein Spaß.

24. Kapitel

Veronica

„Du bist so ein Weichei, wenn du verkatert bist", ärgerte ich Caleb. Er lag in eine dicke weiße Bettdecke gewickelt in seinem Bett und hielt sich stöhnend und jammernd ein graues Kissen aufs Gesicht.

Heute Morgen war ich in seinem Bett aufgewacht, von seinen Armen umschlungen. Es war das zweite Mal, dass ich neben ihm geschlafen hatte, und ich stellte fest, dass es sich ... gut anfühlte. Richtig gut.

Seinen warmen festen Körper hinter mir zu spüren wurde langsam vertraut.

Caleb mochte die Löffelstellung, dachte ich lächelnd, während ich mich vorsichtig neben ihn setzte. Er stöhnte, als die Matratze sich bewegte.

„Du stinkst, Caleb."

Er gab einen unverständlichen Laut von sich.

„Setz dich bitte auf, damit du das Aspirin schlucken kannst."

„Warum schreist du mich an, Red?", presste er stöhnend hervor. Seine Stimme war von dem Kissen gedämpft, und er rührte sich nicht.

„Ich schreie nicht." Aus irgendeinem Grund musste ich grinsen. Nach der Szene gestern war ich einfach nur froh, dass zwischen uns alles wieder normal war. „Weißt du, was gegen einen Kater hilft?"

Er grummelte.

„Betrunken bleiben."

Nun bewegte er das Kissen zur Seite, bis ein grünes Auge zum Vorschein kam, mit dem er mich amüsiert anschaute. „War das gerade ein Witz?" Er klang, als würde er mich auslachen.

Und ich fühlte, dass ich rot wurde. Einmal riss ich einen Witz, und er musste mich prompt verunsichern. Er hätte auch ein Lachen vorspielen können. Ich machte nie Witze. Und ich weiß nicht, warum ich es jetzt versucht hatte. Das war so peinlich!

Er fing leise zu lachen an, doch natürlich nicht über meinen Witz, sondern über mich.

„Ach, du bist ein Idiot!" Ich schob das Kissen wieder über sein Gesicht und achtete darauf, dass sich die Matratze möglichst stark bewegte, als ich aufstand.

„Au, au, au! Warum bist du so gemein zu mir, Red?"

Ich grinste. Das hatte er verdient! Als sein Stöhnen verklungen war, lag er wie tot da. Rührte sich nicht. Redete nicht.

Oh nein. Ich fühlte mich mies. Das hätte ich nicht tun sollen. Aber er hatte mich geärgert ... und ich nur reagiert.

„Ich habe dir Orangensaft gebracht."

Nichts.

„Ich fahre zur Arbeit. Nimm das Aspirin."

Er antwortete nicht.

„Caleb?"

Immer noch nichts. Er musste wieder eingeschlafen sein. Sein Arm hielt das Kissen über seinem Gesicht, allerdings nicht ganz, sodass das Licht ihn blenden musste. Leise schloss ich die Vorhänge, um ihn nicht zu wecken.

Meine Schritte waren sowieso durch den dicken Teppich in dem Raum gedämpft. Vor letzter Nacht war ich noch nie in seinem Zimmer gewesen.

Es war ziemlich ähnlich eingerichtet wie meines, nur größer. Und unordentlicher. Nicht schmutzig, bloß chaotisch. Er hatte die schlechte Angewohnheit, seine Sachen beim Ausziehen da liegen zu lassen, wo er sie hinschmiss, doch ich stellte fest, dass seine DVDs und CDs ordentlich auf seinem Computertisch sortiert waren.

Ein riesiger Sessel war da, den er offenbar als Ablage für all seine Kleidung und sonstigen Kram benutzte. Seine Lehrbücher lagen wahllos verteilt auf dem Fußboden, als hätte er sie aufgeschlagen und entschieden, dass sie seine Aufmerksamkeit nicht lohnten.

Wir hatten immer noch keinen Film zusammen geschaut. Das stand auf seiner Liste, dachte ich und grinste dabei vor mich hin wie eine Irre. *Unserer* Liste.

Er schnarchte schon wieder, deshalb brachte ich den Mut auf, mich zu ihm zu beugen und ihn sanft auf die Wange zu küssen.

Was macht er mit mir?

„Erhol dich, Caleb. Bis später", flüsterte ich.

Ich wollte schon gehen, da fiel mein Blick auf etwas auf seinem Schreibtisch. Es war ein kleiner schwarzer Kasten, dessen Deckel halb offen stand, und es ragte eine neongrüne Haftnotiz heraus. Ich sollte wirklich nicht spionieren, aber ich fragte mich, ob das …

Ich drehte mich um, um mich zu vergewissern, dass er nicht wach war. Er schnarchte immer noch leise. Also klappte ich den Kasten leise auf, und mein Herz vollführte einen gewaltigen Sprung, als ich den Stapel an Post-its sah, die ich ihm an den Kühlschrank gepappt hatte.

Ich fühlte, wie mir von meinem Herzen bis hinunter zu meinen Zehen warm wurde.

Er hatte sie alle aufbewahrt, sogar die vom ersten Tag.

Oh Caleb!

Ich legte sie alle wieder zurück, wie ich sie vorgefunden hatte, blickte ein letztes Mal zu ihm hin und ging zur Arbeit.

Als ich in den Bus stieg, fragte ich mich, ob ich Caleb von seinem Freund letzte Nacht erzählen sollte. Der Widerling hatte gesagt, er würde mich auf dem Campus sehen. Lieber würde ich Skorpione und Taranteln futtern, als ihn wiederzusehen. Mir hatten sich buchstäblich die Härchen auf den Armen aufgestellt, während er mit mir redete und mich anglotzte wie ein Stück Fleisch.

Zum Glück war das College riesig. Da würde er mich nicht finden, zumal ich geübt darin war, mich vor Leuten zu verstecken.

Er mochte Caleb nach Hause gefahren und ein Gesicht wie ein Engel haben, jungenhaft fast, mit blondem Haar und blauen Augen, doch ich traute ihm nicht. Der Schein konnte trügen, und bei ihm tat er es definitiv.

Welche Schlüsse hatte er wohl gezogen, nachdem er mich letzte Nacht bei Caleb gesehen hatte? Ich wollte nicht, dass auf dem Campus jemand erfuhr, dass ich mit Caleb zusammenlebte.

Arme Leute mögen kein Geld haben, aber sie haben einen Ruf, auf den sie stolz sein können. Einen guten Ruf. Und moralische

Grundsätze. Die kann man nicht für Geld kaufen. Vergiss das nicht, Veronica.

Das hatte meine Mom gesagt. Was würde sie wohl davon halten, wenn sie noch am Leben wäre und herausfände, dass ich bei einem Jungen wohnte? Sie würde mir das Fell über die Ohren ziehen.

Aber ich war verzweifelt gewesen, als ich Caleb begegnete. Zu der Zeit schien es mir die beste Entscheidung. Und jetzt hatte sich einfach alles eingespielt, und irgendwie fühlte es sich richtig an, bei ihm zu sein.

Es war ja nicht so, als würden wir miteinander schlafen.

Ich schloss die Augen, und mir wurde heiß, da mir ein Bild von uns beiden in den Kopf schoss. Wie er meine Haut küsste, leckte, schmeckte. Oh Gott. Stopp!

Daran durfte ich nicht denken. Ich durfte nicht daran denken.

Kar hatte den Tag freigenommen, um mit Beth ein Kleid für ihre Abschlussfeier auszusuchen, deshalb öffnete ich allein das Büro, nachdem ich bei der Werkstatt eingetroffen war. Es war mehr los als sonst, weil Samstag war und ich allein, was ideal war. Auf die Weise blieb mir nicht viel Zeit, an Caleb zu denken.

Das Bürotelefon klingelte, und ich sah Beths Namen auf der Anruferkennung. Grinsend nahm ich ab.

„Wann legst du dir endlich ein Handy zu, du Nuss?"

„Bald. Wie läuft das Einkaufen?"

„Eine Wurzelbehandlung wäre mir lieber."

„So schlimm?"

„Kar hat mich in jeden bescheuerten Laden in der Stadt geschleppt. Hör mal, Ver, du weißt ja, dass ich schon schlau geboren wurde. Sehr, sehr schlau. Die Schule hat mich verblödet, alles klar?"

Ich lachte. „Was ist passiert?"

„Hier ist gerade ein Ausverkauf. Und da heißt es, 70 Prozent auf alles, kapiert?"

„Mhm." Ich blickte zur Uhr. Eine halbe Stunde noch, bis wir schlossen. Ich sollte lieber anfangen aufzuräumen, dachte ich, raffte Papiere zusammen und begann mit der Ablage.

„Und kennst du das, wenn die noch einen roten Aufkleber auf die

Sachen kleben, dass man noch mal soundso viel Prozent abziehen soll?"

„Mhm."

„Hier steht, man soll noch mal dreißig Prozent abziehen. Bin ich jetzt blöd, oder sind die Sachen demnach *umsonst*? Siebzig Prozent plus dreißig Prozent macht doch hundert Prozent! Umsonst!"

Lachend griff ich nach dem Hefter. „Nein. Sagen wir, der Originalpreis ist hundert Dollar; du ziehst siebzig Prozent ab, dann bist du bei dreißig Dollar. Wenn jetzt noch mal dreißig Prozent zusätzlich zu den siebzig Prozent abgezogen werden …" Ich rechnete im Kopf nach. „Dreißig Prozent von dreißig Dollar sind neun Dollar. Du ziehst also neun Dollar von dreißig Dollar ab, und der endgültige Preis ist einundzwanzig Dollar. Verstanden?"

Am anderen Ende herrschte Stille.

„Beth?"

Sie räusperte sich. „Entschuldige, Ver. Ich glaube, mein Hirn ist gerade explodiert."

Ich verdrehte die Augen und lachte, während ich Belege zusammenheftete. Sicher scherzte sie nur. „Frag lieber Kar noch mal. Sie kennt sich aus. Oder einen der Verkäufer. Die erklären es dir."

„Tja, hier ist nur eine Verkäuferin, und die hasst mich. Ich habe bloß versucht, nett zu sein, und mich erkundigt, im wievielten Monat sie ist."

„Und?"

„Na ja, sie ist nicht schwanger. Woher soll ich das denn wissen? Ihr Bauch ist ganz schön rund. Und zwar richtig *schwanger* rund."

Ich sollte wirklich nicht lachen.

„Hey, Bitch. Probier das hier an. Ist das Ver am Telefon?", hörte ich Kar sagen. „Gibt sie mir mal."

Es folgten ein Kleiderrascheln und ein Türknallen, dem ich entnahm, dass Kar gerade Beth in die Umkleide gesperrt hatte.

„Hey, Ver. Warte kurz. Ich probiere ein Kleid an." Sie probierte ein Kleid an? Wollten sie nicht für Beth einkaufen? Ich lachte, weil mir klar war, dass Kar nicht widerstehen konnte. Sie liebte Shoppen.

„Ich mache ein Foto und schicke es … verdammt, ich vergesse immer, dass du immer noch kein Handy hast! Wir kaufen dir nächste

Woche eins, Loser. Warum sehe ich heute im Spiegel so gut aus, aber auf Bildern potthässlich? Im Ernst! Verdammt!" Ich hörte, wie sie laut durch einen Strohhalm trank.

„Du trinkst einen Milchshake, stimmt's?"

Sie war doch laktoseintolerant!

„Du kennst mich so gut. Oh Mann, ich sehe sagenhaft aus."

„Ja, tust du."

„Ich liebe dich. Jedenfalls, wie war dein Feiertag gestern?"

Da ich nicht reagierte, rang sie übertrieben nach Luft. „Hast du dich von ihm entjungfern lassen?"

Ich schwieg.

„Ver, hast du ihm den Nektar der Götter angeboten?"

Ich verschluckte mich. „Nein."

Stille.

„Hmm", stöhnte sie. „Blowjob?"

Ich war fassungslos. „Nein!"

„Okay." Sie schnalzte mit der Zunge. „Hat er dich …?"

Ich stöhnte. „STOPP!"

„Also dicke Eier."

Stille.

Woher wusste sie solche Sachen?

„Ja."

Sie lachte. „Ach, Ver, du bist gnadenlos. Armer, armer Caleb."

„Was für eine beste Freundin bist du eigentlich? Ich muss auflegen, hier kommt ein Kunde. Reden wir später?"

„Na gut. Ich habe Kalorienbomben-Notfallfutter für solche Gelegenheiten zu Hause. Komm heute Abend oder morgen vorbei. Wir können uns auch den ganzen Abend mit Beth vollstopfen, einverstanden? Und über diesen wunderbaren, umwerfenden Mann reden, den du anscheinend zu gern folterst."

Diesen wunderbaren, umwerfenden Mann. Ja, das war Caleb, schoss es mir durch den Kopf, und ich lächelte vor mich hin, während ich den Kunden bediente.

Ich wusste, dass Caleb mühelos Sex bekommen hatte, bevor er mich kennenlernte, und er war sehr verständnisvoll mir gegenüber. Sogar extrem verständnisvoll.

Aber wie lange noch?

Da sind meine Zweifel wieder, dachte ich finster, nachdem der Kunde gegangen war und ich mich auf meinem Stuhl zurücklehnte.

Würde Caleb mich irgendwann betrügen, wenn ich mich weiter weigerte, mit ihm zu schlafen? Gab es für so etwas eine Regel? Wie zum Beispiel maximal drei Monate oder irgendwas ähnlich Blödes? Ich war entschieden gegen solche Regeln. Absolut.

Worauf wartete ich? Was brauchte ich noch, ehe ich ihm glauben und vertrauen konnte?

„Hey, Red."

Überrascht und begeistert sah ich hoch, und ein riesiges Lächeln breitete sich auf meinem Gesicht aus.

„Caleb." Ich hasste es, wie atemlos meine Stimme klang. „Was tust du hier?"

„Ich hole meine Freundin ab, was denn sonst?" Er zwinkerte mir zu. Er war blass und hatte dunkle Ringe unter den Augen, sah aber immer noch fantastisch aus. Und er kam mich abholen.

Er brachte mich immer zum Lächeln, gab mir das Gefühl, besonders zu sein.

Es waren die Kleinigkeiten, die er tat, die jene Mauern Stück für Stück einrissen, mit denen ich mein Herz schützte. Bis er es irgendwann ganz in Händen hielt.

Er grinste mich an wie ein kleiner Junge.

„Hast du neue Witze für mich?"

Oh mein Gott! „Verdammt. Hör auf, mich zu ärgern!"

Er lachte, und ich blickte ihn streng an.

„Na gut, dein Scherz war nicht witzig, aber ich finde es trotzdem klasse, dass du es gesagt hast. Komm schon, gönn mir noch einen", forderte er mich heraus.

„Kommt nicht in…"

„Hey, Caleb. Wie geht's?"

„Dylan! Mir geht's super, Alter. Und dir?"

Kars Bruder sah so anders aus als sie, dass man die beiden niemals für Geschwister halten würde. Ich beobachtete, wie Caleb Dylan auf den Rücken klopfte und die beiden eine Männerversion von einer Umarmung vorführten. Während ich alles im Büro zum Feierabend klarmachte, ließ ich die Jungs quatschen. Nachdem ich fertig war, verabschiedete Dylan sich.

„Also, wohin wollen wir, Red?"

Prüfend musterte ich ihn. Er wirkte immer noch verkatert, aber eindeutig fitter als heute Morgen.

„Machen wir uns einfach einen ruhigen Abend bei dir."

„Oooh." Er klimperte mit den Wimpern und legte eine Hand an seine Brust. „Red, denkst du an mich? Mir geht es schon wieder bestens. Nur noch ein ganz bisschen Kopfweh, doch nicht der Rede wert." Grinsend bot er mir seinen Arm an.

Ich erwiderte sein Lächeln und legte meine Hand in seine Armbeuge.

„Wir können auch ausgehen, wenn du willst", fuhr er fort, während wir nach draußen gingen. „Sag mir nur, wohin du gern fahren würdest. Dein Wunsch ist mir Befehl."

Ich konnte nicht aufhören zu lächeln. „Nur nach Hause."

Plötzlich blieb er stehen, und ich wäre beinahe gestolpert, wenn er mich nicht abgefangen hätte. Sein Grinsen ging von einem Ohr zum anderen. „Nach Hause."

Wir waren gerade in Calebs Apartment eingetroffen, da klingelte sein Handy. Er sah aufs Display und zögerte.

„Was ist?"

„Das ist Beatrice."

Beatrice. Als sie das letzte Mal anrief, war ich ausgeflippt wie ein Gepard auf Crack – wie Caleb es ausgedrückt hatte. Und ich hatte deshalb ein schlechtes Gewissen. Sie waren bloß befreundet. Seit ihrer Kindheit, wie er mir erklärte. Und ich hatte überreagiert.

„Geh bitte ran."

Er zog die Augenbrauen hoch.

Ich nagte an meiner Unterlippe, um mir das Lachen zu verkneifen. „Ich verspreche, dass ich diesmal nicht ausflippe. Ich schäme mich so dafür. Bitte."

Er nickte.

„Hallo? ... Gut, und dir? ... Jetzt gleich?" Er schaute mich an. „Warte kurz." Er drückte die Stummschalttaste am Telefon. „Sie sagt, dass sie auf dem Weg hierher ist. Ist das in Ordnung für dich?"

Unsicher biss ich mir auf die Unterlippe.

„Wenn nicht, kann ich ihr absagen. Du kannst entscheiden, Red. Und es ist ehrlich kein großes Ding", versicherte er mir, wobei er mit dem Daumen meinen Ellbogen rieb.

Aus irgendeinem Grund wollte ich nicht, dass sie kam. Ich wollte nicht ... was auch immer. Wieder mal reagierte ich völlig übertrieben.

„Nein, sie kann vorbeischauen. Ich kann verschwinden, sodass ihr ein bisschen für euch seid. Ich dränge mich dir sowieso schon zu sehr auf."

„Was?", fragte er stirnrunzelnd. „Wie kommst du denn darauf?"

Ich schüttelte den Kopf. „Caleb, sag ihr, dass sie kommen soll."

„Nein", antwortete er bestimmt. „Wenn du so empfindest, sollte sie lieber wegbleiben."

„Wenn ich wie empfinde? Sie wartet." Ich zeigte auf sein Handy.

Er zuckte mit den Schultern.

„Na gut." Ich verschränkte meine Arme. „Ich gehe nicht."

Er legte den Kopf schräg und lächelte vielsagend. Schließlich nahm er das Handy wieder ans Ohr. „Okay, komm vorbei."

Nachdem er das Telefonat beendet hatte, berührte er mich an den Schultern und drehte mich zu sich um. „Du hast keinen Grund zur Sorge, Red. Du bist mein Mädchen."

Ich hielt den Atem an, während sein Daumen mit meiner Unterlippe spielte und sie sanft rieb. „Es gibt nur dich. Nur dich", flüsterte Caleb, ehe er sich vorbeugte, mich küsste und mich all meine Zweifel vergessen ließ.

25. Kapitel

Caleb

„Nur dich", meinte ich leise zu ihr und hielt ihr Gesicht umfangen.

Mit dem Daumen streichelte ich ihre Wange, und wieder mal staunte ich, wie weich ihre Haut war. Ihre dunklen Katzenaugen waren weit aufgerissen und von einer Unschuld erfüllt, die ich aus irgendwelchen Gründen packen und festhalten wollte … und nehmen. Und behalten. Und nehmen.

Beatrice würde in nicht mal einer Stunde hier sein, doch ich konnte nicht aufhören, Red an mich zu ziehen und ihre Lippen zu küssen. Ich hatte sie seit heute Morgen nicht mehr geküsst.

Und sie war wie eine Sucht. Eine Droge in meinem Blut, die durch meine Adern strömte.

Ich küsste sie gierig und ließ meine Hände über ihren Körper gleiten. Die Vertiefung auf ihrem Rücken, unmittelbar über ihrem Po trieb mich in den Wahnsinn.

„Mehr", flüsterte ich und saugte ihre Unterlippe ein. „Gib mir mehr, Red."

Ihr Geschmack machte mich scharf. Ihr *Atem* machte mich scharf.

Ihre Lider flatterten, als sie die Augen schloss, und sie seufzte, sobald meine Zunge über ihre Haut glitt und eine lange Linie von ihrem Hals zu der empfindlichen Stelle direkt unter ihrem Ohr zog. Dort küsste ich sie, und sie erschauerte.

Verdammt, wir mussten aufhören.

Nur noch ein paar Minuten, sagte ich mir. Doch als sie sich an mich drückte und ihre Brüste an meinem Oberkörper rieb, war alle Vernunft dahin.

Ich erforschte ihren Mund mit meiner Zunge. Als ich ihre Zunge spürte, explodierte ich förmlich vor Lust. Ich eroberte ihren Körper mit meinen Händen, füllte sie mit ihren vollen Brüsten. Die wollte ich sehen, entblößt für mich, und an ihnen saugen, bis ich Red wieder aufschreien hörte.

Ich hielt sie fest und schob sie zurück, bis sie mit dem Rücken zur Wand stand. Dann nahm ich ihr Bein und legte es um meine Hüfte, sodass ich mich an ihrer Hitze reiben konnte.

Sie schlang die Arme um mich, grub ihre Finger in mein Haar und zog so fest daran, dass es schmerzte. Und dann stöhnte sie. Das machte mich völlig wild.

„Oh Mann."

Ich wollte sie eigentlich nur kurz schmecken, nur kosten, doch jetzt wollte ich sie verschlingen, ihr gehauchtes Seufzen schlucken. Ihre cremige Haut genießen. Ich verlor mich in ihr ... verlor mich in meiner Red.

Als sie in meine Lippe biss und daran saugte, stöhnte ich. Sie machte dieses Ding mit ihren Lippen und Zähnen, bei denen sie für wenige Momente zärtlich an meinen Lippen knabberte und dann zubiss. Das war so verflucht sexy.

„Ich will dich so verdammt dringend", flüsterte ich ihr ins Ohr.

Ich hob sie in meine Arme, während ich sie weiter mit dem Mund eroberte.

Ins Schlafzimmer, dachte ich, allerdings fiel mir das Denken schwer. Zu weit. Ich sah zur Couch wenige Schritte entfernt und trug Red eilig hin, ohne unseren Kuss zu unterbrechen. Fest drückte ich sie auf die Couch.

Dann hockte ich mich über sie, riss mir das Shirt herunter und erstarrte. Ich sah sie an.

Vögel mich.

Ihre Lippen waren rot und geschwollen, ihre Augen glänzten erregt. Sie lag halb, aufgestützt auf ihre Ellbogen, und blickte mich an.

So verflucht schön.

Ihre Augen wurden größer, während sie sich aufsetzte und scheu ihre Hände auf meine Oberschenkel legte.

Meine Muskeln spannten sich an. Ich schluckte nervös, beobachtete sie gebannt und wartete, dass sie den nächsten Schritt machte. Und wartete ... und wartete ...

Ich glaubte, ich müsste sterben, als sie nach ihrem Shirt griff und es auszog.

Allmächtiger ...

Ich war so geliefert. Ich war ihrem Zauber völlig ausgeliefert ... und sah zu, wie sie nach meiner Hand griff. Ich beugte mich vor, sowie sie meine Hand langsam an ihre Wange führte. Sie blickte mich mit ihren dunklen, geheimnisvollen Augen an und küsste meine Handinnenfläche.

Es gab sehr wenige Momente in meinem Leben, die nur Sekunden dauerten, mir aber unwiderruflich im Gedächtnis blieben. Die einen Platz in meinem Herzen fanden und sich dort eingruben. Und mich für den Rest meines Lebens veränderten.

Dieser. Dieser Moment war einer davon.

Ich war dauernd von Leuten umgeben und hatte immer angenommen, ich würde zu ihnen gehören. Ich war nie einsam, doch auch nie wirklich glücklich. Erst jetzt, als wir einander in die Augen schauten, wurde mir bewusst, dass ich im Grunde nie zu jemandem gehört hatte.

Bis Red kam. Bis sie in mein Leben trat.

Sie war mein Zuhause. Mein Zuhause.

„Caleb." Ihre Stimme war ein zartes Flüstern, ein Sirenengesang für meine Sinne.

Verwundert öffnete ich den Mund, da sie eine Hand an meine Brust legte und mich auf die Couch schubste. Danach setzte sie sich auf mich, und mein Verstand stellte seine Arbeit ein. Sanft küsste sie meinen Hals, ließ ihre Lippen an meiner Brust hinab zu meinem Bauch wandern, wo ich ihre Zunge auf meiner Haut spürte und fast in meiner Hose kam.

Ich kannte Lust, hatte sie schon häufiger ausgelebt, als ich nachzählen wollte. Aber dies ... dies war etwas völlig anderes. Es war schmerzhaft, beinahe unerträglich. Doch es war ein guter Schmerz. Der beste Schmerz von allen. Ich wollte Red genauso besitzen, wie sie mich besaß.

Sie war Feuer, und ich wollte, dass sie mich verbrannte ... Ihre Flammen verschlangen mich.

Wie eine Motte dem Licht konnte ich auch ihr nicht widerstehen.

Ich übernahm die Führung, küsste sie mit einer Hingabe und einer Gier, die mich zum Beben brachten.

„Bett", murmelte ich. Es klang rau und belegt. Als sie nickte, stand ich auf, hob sie in meine Arme und küsste sie, während ich zu meinem Zimmer ging.

Plötzlich ertönte der Summer, und ich knurrte förmlich.

„Caleb, warte. Stopp."

Sie sagte, dass ich aufhören sollte, doch wir küssten uns weiter. Erneut erklang der Summer.

„Scheiße."

Als sie ihren Kopf unter meinem Kinn vergrub, schloss ich die Augen. Mein Körper brannte, doch mein Herz schmolz.

Diese kleine Geste vernichtete mich.

Ich liebe dich.

Mein Herz schlug, als wollte es meinen Brustkorb sprengen. Das hatte ich noch zu keinem Menschen zuvor gesagt; hatte es vor ihr nie empfunden.

Ich wartete, dass Panik, Angst oder Leugnen einsetzten ... aber nichts davon geschah. Es fühlte sich einfach ... richtig an. Als hätte ich sie von Anfang an geliebt, ohne es zu begreifen.

Ich wollte es ihr gestehen, doch stattdessen küsste ich sie auf den Kopf und roch den süßen Erdbeerduft ihres Haars. Ihr Herz raste, ihr Atem ging flach. Sie griff mit beiden Händen nach meinen Schultern und schüttelte mich leicht.

„Lass mich runter, Caleb. Geh an die Gegensprechanlage."

Schnaubend atmete ich aus. „Verdammt."

Schließlich setzte ich sie ab, wobei ich darauf achtete, dass ihr Körper verlockend an meinem entlangglitt. Sie hatte den Kopf gesenkt, um mich nicht ansehen zu müssen. Wieder mal war sie verlegen.

Dies war einer der vielen Gründe, aus denen ich nicht genug von ihr kriegen konnte. Sie konnte in einem Moment Leidenschaft und Feuer sein, im nächsten scheu und süß.

„Hey", meinte ich leise und hob ihr Kinn mit einem Finger an. Ihr Blick begegnete meinem, und zum zweiten Mal innerhalb einer halben Stunde verschlug es mir den Atem.

Sie bringt mich um, dachte ich, nur mit einem Blick. *Ein einziger verfluchter Blick.*

Sie lächelte mich an und küsste mich rasch auf den Mund. „Geh du an die Tür. Ich, ähm, richte mich nur ein bisschen her."

Als sie sich wegdrehte, fasste ich sie am Arm, zog sie an meine Brust und legte die Arme um sie. Ich hörte sie nach Luft schnappen, spürte, wie sich ihr Körper unter der Wucht der Bewegung anspannte und gleich wieder entspannte, während sie sich an mich schmiegte ... und mit einer süßen Vertrautheit in meine Umarmung. Als würden wir das hier schon sehr lange tun.

„Du bist mein Zuhause, Red."

Sie antwortete nicht mit Worten. Doch ihre Arme schlangen sich sanft und fest zugleich um mich. Und sie lehnte den Kopf seitlich an meine Brust, ihr Ohr direkt über meinem Herzen. Als würde sie dem Schlagen lauschen und das Geräusch schön finden, seufzte sie zufrieden und drückte mich enger an sich.

Ja, wurde mir klar, ich bin angekommen.

26. Kapitel

Veronica

Entspannen. Es wurde zu einem Mantra, während ich ein weißes Trägertop anzog, eilig den Lipgloss aus meiner Handtasche holte und ihn auftrug.

Verdammt. Mein Haar war eine Katastrophe. Caleb vergrub gern sämtliche Finger darin. Und jedes Mal brauchte ich hinterher eine halbe Ewigkeit, um es wieder herzurichten. Jedes Mal ... nachdem wir uns geküsst hatten.

Gott. Das war so, so knapp gewesen. Ich war immer noch nicht bereit, es mit ihm zu tun, doch ich liebte es, wenn wir uns küssten. Er ließ mich die seltsamsten Dinge empfinden ... mit seinen Händen ... seinem Mund ... Ich schüttelte den Kopf, um meine Gedanken zu ordnen. *Konzentriere dich.*

Ich hatte keine Zeit, mich um mein Haar zu kümmern, deshalb band ich es zu einem hohen Knoten auf.

Atme ein. Atme aus.

Alles würde gut werden. Es war bloß Beatrice. Calebs Freundin aus Kindertagen. Es war nichts.

Leise ging ich ins Wohnzimmer und horchte. Ich blieb stehen, sowie ich sah, dass Caleb Push-ups auf dem Boden machte.

„Caleb?"

„Ja, Baby?", fragte er schnaufend und hob den Kopf, um mich anzuschauen.

„Was tust du?"

Er streckte eine Hand hinter sich und absolvierte seine Push-ups nun einhändig. Gleichzeitig zwinkerte er mir zu. Es erinnerte mich an meinen zweiten Tag bei ihm, als er mir seine Arm- und Hinternmuskeln vorführte. Wie lange mir das her schien. Ich presste die Lippen zusammen, um bei der Erinnerung nicht zu lachen.

„Du hast mich so heißgemacht, dass ich mich abkühlen muss. Wir wollen ja nicht, dass irgendwas hochsteht, wenn Beatrice reinkommt, oder?"

Mein Lachen erstarb. Hitze strömte mir in die Wangen. Was er für Sachen sagte …

„Das war übrigens der Nachbar, aber Beatrice kommt jetzt nach oben. Hast du irgendwas mit deinen Lippen gemacht?"

Fiel ihm denn alles auf?

„Und dieses Top." Auf einmal sprang er auf, immer noch mit nacktem Oberkörper. „Red, das hilft mir jetzt nicht." Seine Stimme wurde tiefer. Auf diese Art, wie die, bevor er mich küsste. „Caleb, sie wird jeden Moment hier sein!"

Ich hob sein Shirt vom Fußboden auf und warf es ihm zu. Mühelos fing er es auf.

„Und?", fragte er und ging auf mich zu. Lachend wich ich zurück. „Darf ich keinen Kuss haben?"

Er kam immer näher. Ich wich immer weiter zurück. Dies hier erinnerte mich an das, was wir im Bad getan hatten, als wir … Konzentration!

Er schien es zu genießen, mich so vor sich herzutreiben.

„Caleb", warnte ich ihn, schaute mich um und bereitete mich darauf vor, loszurennen.

Er hielt inne, blinzelte und atmete laut aus. „Du hast recht. Was soll's? Red, ich schwöre, du machst mich zu einem wandelnden Ständer."

Ich verdrehte die Augen. „Ist das alles, woran du denken kannst?"

„Ja." Er grinste. „Falls mit allem *du* gemeint bist, dann ja."

Es klopfte leise. Caleb seufzte und streifte sich sein Shirt über. All meine Unsicherheit verflog, sobald er nach meiner Hand griff und mich mit zur Tür zog.

Als er öffnete, sah ich zunächst nur hellblondes Haar und nahm eine Note von teurem, blumigem Parfüm wahr. Dann ließ Caleb meine Hand los und stieß ein *Uff!* aus, denn Beatrice warf sich ihm entgegen und schlang ihre Arme um seinen Hals wie die Tentakeln eines Tintenfischs …

Das war gemein, ermahnte ich mich im Stillen. Sie hatte mir

nichts getan. Noch nicht, ergänzte mein Unterbewusstsein. Ich ignorierte es.

„Cal! Du hast mir gefehlt!", rief sie verzückt aus.

Meine Unsicherheit meldete sich mit voller Wucht zurück, sowie Caleb ihre Umarmung erwiderte. Dann schob er die Besucherin von sich weg und sah sie lächelnd an.

„Hey, B. Wie geht's?"

Sie war winzig. Und sehr hübsch – mit diesen klassischen Gesichtszügen einer Prinzessin, die gerettet werden musste. Genau wie man sie auf den Titeln von Schmuseromanen sah. Normalerweise war da noch ein muskulöser Mann mit nacktem Oberkörper dabei, der sie mit starken Armen hielt und ganz mit seinem Körper zu verschmelzen schien … oder so ähnlich.

Das Erste, was mir auffiel, war ihr Haar. Es war hellblond, sehr glatt und zu einem perfekten Bob geschnitten, der ihr bis knapp unters Kinn reichte. Makellos gerade Ponysträhnen reichten bis unmittelbar über ihre blauen Augen.

Es war schwer, ihre weiße Seidenbluse nicht zu bewundern, um deren Kragen eine lose Schleife gebunden war. Kombiniert war sie mit schwarzen Ledershorts, die ihre langen Beine und ein Paar königsblaue Pumps betonten. Beatrice strahlte Klasse und Reichtum aus.

Ich fühlte mich wie eine Figur aus *Jack und die Bohnenranke*. Wie der Riese darin, um genau zu sein.

Sie legte eine Hand auf Calebs Arm und drückte ihn. „Mir geht es gut. Tut mir leid, dass ich so reinplatze, aber ich war gerade in der Gegend und dachte, ich schaue mal vorbei."

„Ist schon gut", meinte Caleb und drehte sie zu mir. „Darf ich dir meine feste Freundin vorstellen? Red. Red, das ist Beatrice."

Feste Freundin? Bin ich das für ihn? Ist er jetzt mein fester Freund? Und was ist das für ein nervöses Kribbeln in meinem Bauch?

Beatrices Augen wurden größer, und jetzt endlich bemerkte sie mich. Ihre Hand glitt von Calebs Arm, während Caleb wieder nach meiner Hand fasste und unsere Finger verschränkte. Beatrices Blick folgte der Bewegung und blieb an unseren Händen hängen.

Da ist doch was, schoss es mir durch den Kopf, als für einen Sekundenbruchteil etwas in ihren Augen aufblitzte. Allerdings ging es so schnell, dass ich nicht ganz sicher war, was es bedeutete. Und dann lächelte sie mich an.

„Es tut mir so leid. Ich wollte nicht stören. Freut mich sehr, Red. Ich bin Beatrice."

Sie reichte mir die Hand. Ihre Fingernägel waren nicht lackiert, allerdings sehr geschmackvoll manikürt. Meine roten Nägel kamen mir prompt billig vor, während ich ihr die Hand schüttelte. Ihre weiche, glatte Hand.

Unsicher fragte ich mich, was sie von meiner denken mochte, die rau vom Abwaschen und Putzen war. Mir gefiel dieses Gefühl nicht. Ganz und gar nicht. Ich ließ ihre Hand so schnell wie möglich wieder los.

„Eigentlich Veronica. Caleb nennt mich Red. Freut mich auch, dich kennenzulernen."

Sie warf den Kopf in den Nacken und lachte. Hatte ich etwas Witziges gesagt?

„Cal, weißt du noch, dass du als Kind immer Yellow zu mir gesagt hast? Wie schön, dass du dieser Angewohnheit treu geblieben bist."

Erneut landete ihre Hand auf seinem Arm, und die Berührung war so selbstverständlich und lässig, als hätte sie jahrelange Übung darin.

Yellow.

Cal.

B.

Yellow…

Caleb nickte und lächelte sie liebevoll an. Mein Magen krampfte sich zusammen.

Beatrices Blick schweifte zu mir ab. „Es ist wegen meines Haars", erklärte sie und zeigte auf ihre schimmernde Haarpracht.

Langsam zog ich meine Hand aus Calebs, weil ich Raum brauchte. Er bemerkte es und runzelte die Stirn.

„Und Ben nannte ich Blue."

Er griff erneut nach meiner Hand. Ich wollte sie wegziehen, doch er umklammerte sie nur noch fester.

Ich wollte seine Hand nicht halten. Ich wollte mit dem Fuß aufstampfen und weggehen ... aber sie war hier, und da wollte ich nicht wie ein verwöhntes Kind wirken.

Beatrice lachte. „Oh Gott, ja, ich erinnere mich. Unsere Familien sind früher oft zusammen verreist. Und wir haben eine Menge Blödsinn angestellt. Wir und Ben. Na ja, belassen wir es dabei, dass er damals weniger ernst war und völlig verrückt danach, sich sein Haar blau zu färben."

Caleb grinste. „Stimmt. Inzwischen ist er dafür zu sehr mit Arbeit beschäftigt."

Ich begriff. Sie hatten einen Haufen gemeinsamer Erinnerungen. Sie standen sich nahe. Es verband sie vieles.

Vor allem aber nannte Caleb Leute nach Farben, die er mit ihnen assoziierte. Das war nicht nur ich. Es war nicht *unser* Ding. Mir versetzte es einen Stich ins Herz.

„Entschuldige bitte, Veronica. Ich wollte nicht ..." Beatrice berührte mich sanft am Arm. Es war eine tröstende Geste, als wären wir schon lange befreundet. Vielleicht fasste sie auch schlicht gern Leute an. Ich hingegen mochte nicht von Fremden berührt werden. Das war nicht *mein* Ding.

„Es ist nur so ... Ich habe Caleb seit Monaten nicht gesehen. Ich war weg, in Paris, und er gehört quasi zur Familie. Und davon habe ich ... eigentlich nicht viel."

In ihrer Stimme schwang echte Trauer mit. Und ich fühlte mich mies. Ich hätte nicht so schnell über sie urteilen dürfen. Sie und Caleb mussten sich richtig nahe sein, und sicher hatte sie ihn sehr vermisst.

Aber da war noch etwas ... Ich wusste, dass es keine rein brüderliche Zuneigung war, was sie für ihn empfand. Sie mochte Caleb. Er war mehr als nur ein Freund. Das erkannte ich an der Art, wie ihr Blick auf seinem Gesicht verharrte, wie sie ihre Hände auf seinem Körper verweilen ließ. Ich wusste so genau, wie das nur ein Mädchen wissen konnte, dass sie Gefühle für Caleb hatte.

„Entscheidet ihr, wo wir sitzen wollen – Balkon oder Wohnzimmer?", fragte Caleb, blickte jedoch einzig mich an. Ich antwortete nicht.

„Wohnzimmer ist prima", beschloss Beatrice und lief voraus. „Ich habe schon bestellt. Das Essen kommt in zehn Minuten."

Sie grinste, küsste ihre Handfläche und blies in Calebs Richtung einen Kuss. „Hast du das Übliche bestellt?", wandte sie sich an Caleb und wartete darauf, dass er sie einholte.

„Jepp."

„Perfekt!"

Das Übliche.

Wie oft war sie denn schon hier gewesen, dass es ein *Übliches* gab? Und wie nahe waren sie sich wirklich? Waren sie mal ... *zusammen* gewesen? Oh Gott, was wäre, wenn ja? Diese Situation war so schräg. Und falls sie mal zusammen gewesen waren, warum hatte Caleb es mir nicht erzählt? Ich hasste diese Gedanken. Deshalb wollte ich keinem Jungen nahe sein.

Eifersucht.

Was für ein hässliches Gefühl! Ich verabscheute es. Und ich hasste Caleb dafür, dass er diese Empfindungen in mir weckte.

Er zog mich neben sich auf die Couch, während er weiter mit Beatrice plauderte. Ich fragte sie, ob sie etwas trinken wollten, und beide verneinten. Sie redete von ihrem Parisaufenthalt und dass sie diesen Sommer wieder hinmüsste, weil ihre beste Freundin dort heiratete.

Paris. Eines Tages, schwor ich mir, würde ich auch dorthin fahren. Es wäre wunderbar, um die Welt zu reisen.

Mit Caleb, flüsterte mein Unterbewusstsein. Wieder mal ignorierte ich es.

Sie schwelgte mit ihm in Erinnerungen, fragte ihn, ob er noch wusste, wie sie zum Campen gewesen waren und er sie zum Zeltplatz zurücktragen musste, weil sie sich den Knöchel verstaucht hatte. Oder das eine Mal, als er ihr immer Erdnussbuttersandwiches machte. Ohne Marmelade. Dabei ließ sie nur eine Andeutung von Ekel in ihren Tonfall einfließen. Ich liebte Erdnussbuttersandwiches. Und, ja, ohne Marmelade. Die waren mir die liebsten. Was ich natürlich nicht sagte.

Was tat ich überhaupt hier? Die beiden brauchten mich nicht, denn es sah ganz so aus, als hätten sie auch allein eine Menge Spaß.

Ich sollte gehen. Plötzlich fühlte ich, wie Caleb nach meiner Hand griff und sie sanft drückte. Ich sah zu ihm, doch er redete noch mit ihr und lachte. Erneut drückte er meine Hand.

Mir wurde ganz warm in der Brust, und ich lächelte. Irgendwie wusste er, dass ich Trost brauchte. Ich war immer noch ... beunruhigt von dem, was ich heute Abend erfuhr, aber seine Hand in meiner war wie ein Pflaster auf dieser frischen Wunde. Überhaupt war er wie ein Pflaster auf meinen Wunden. Caleb. Ich bemerkte, dass Beatrice zu unseren verschlungenen Händen blickte und dann rasch wieder weg.

Als die Gegensprechanlage summte, stand Caleb auf. „Endlich! Ich bin am Verhungern!"

Beatrice lachte kopfschüttelnd, sodass ihr Haar um ihren Kopf schwang. „Du bist immer am Verhungern."

„Stimmt." Er beugte sich vor und gab mir einen Kuss auf den Mund. „Vor allem nach Red."

27. Kapitel

Veronica

„Hungrig nach Red", raunte er mir ins Ohr. Er küsste mich auf den Mund und lief zur Tür.

Ich wurde rot. Das merkte ich deutlich. Mein Gesicht fühlte sich heiß an, und mir wurde schwindlig. Noch dazu hatte ich ein ganz komisches Kitzeln im Bauch.

„Er ist wie ein Kind, oder?" Beatrice wies mit dem Kinn zur Tür, wo Caleb mit dem Lieferanten redete. Caleb sagte irgendwas, was den Lieferanten zum Lachen brachte.

Beatrice spielte mit dem Anhänger ihrer Kette. „Gott, er hat mir so gefehlt", flüsterte sie so leise, dass ich es fast nicht hörte. Doch eben nur fast nicht.

Erschrocken riss sie die Augen auf, als wollte sie selbst nicht glauben, dass sie es ausgesprochen hatte. „Entschuldige, Veronica! Ich habe nur laut gedacht." Sie senkte den Blick, und ich bemerkte, wie sich ihre Wangen ein wenig röteten.

Es tat weh, sie anzugucken. Sie war wie ein doppelter Fausthieb auf meine bereits vorhandenen seelischen Blutergüsse. Sie war schön, reich und hatte eine gemeinsame Geschichte mit Caleb. Und offensichtlich war sie in ihn verliebt. War er auch in sie verliebt?

„Für mich war er der Erste, musst du wissen. Den vergisst man nie. Und ich war auch seine Erste." Mir fiel auf, dass sie den Anhänger an ihrem Hals sehr fest umklammerte, so fest, dass ihre Fingerknöchel weiß wurden.

Was meinte sie? Erste Liebe? Mir wurde schlecht.

Und warum zum Teufel sagte sie mir das? Glaubte sie allen Ernstes, ich würde es wissen wollen?

„Versteh mich bitte nicht falsch. Ich weiß nicht … warum ich dir das überhaupt erzähle."

Falls sie vorhatte, mich eifersüchtig zu machen, mir zu zeigen, dass mich das Gleiche mit Caleb verband wie sie, dann könnte ihr das durchaus gelingen. Wäre sie fies geworden, hätte ich sofort zum Gegenschlag ausgeholt. Aber das wurde sie nicht. Sie klang einfach nur … traurig.

Dennoch, ich würde da so oder so nicht mitspielen.

„Ich denke …", sie stockte, als suchte sie nach den richtigen Worten. „Es war heute nur ein Schock für mich, dich mit ihm zu sehen. So habe ich ihn noch mit keiner erlebt."

Das musste ich mir wirklich nicht länger anhören.

„Tut mir leid, Veronica. Bitte, sei nicht sauer auf mich", murmelte sie.

Ich blinzelte und suchte in ihrem Gesicht nach einem Hinweis, dass sie etwas vorspielte. Schwer zu sagen. Sie wirkte und klang verletzlich. Und ernst. Wie sollte ich darauf reagieren?

„Kennst du Miranda?", fragte sie unvermittelt und lächelte strahlend.

„Nein." Ich fragte nicht, wer Miranda war, weil ich grundsätzlich nicht mehr reden wollte. Ich wollte mit meinen Gedanken allein sein, mich durch meine frustrierenden Gefühle arbeiten.

Sie berührte meinen Handrücken, und ich biss die Zähne zusammen, damit ich meine Hand nicht sofort zurückriss.

„Das Essen steht in der Küche bereit. Wann immer die Damen wollen."

Erleichtert seufzte ich und ging sofort in die Küche. Beatrice folgte mir auf dem Fuße. Caleb hatte alles auf dem Tresen arrangiert, weil er dort am liebsten aß. Ich warf nur einen Blick auf das Speisenangebot und hatte sofort einen Knoten im Bauch.

Das war Reiche-Leute-Essen: Kaviar, Trüffeln, Ziegenkäse auf Cracker und mit irgendeiner Frucht obendrauf. Und dann sah ich die Lasagne mit dem zerlaufenen Käse, bei deren Anblick ich mich ein bisschen besser fühlte. Endlich. Echtes Essen.

Ich machte den Küchenschrank auf, nahm drei Teller heraus und stellte sie auf den Tresen. Caleb reichte mir zwei Gabeln, die ich neben unsere Teller auf eine Serviette legte. Danach öffnete er den Kühlschrank, und ich wusste, dass er den Orangensaft herausholte, deshalb schnappte ich mir auch noch zwei Gläser aus dem Schrank. Sowie ich mich wieder umdrehte, stand er vor mir und wartete, dass ich ihm sein Glas hinhielt, damit er Saft hineinschütten konnte. Das war unser üblicher Ablauf, den wir mittlerweile mit geschlossenen Augen beherrschten.

„Willst du auch was davon?", fragte er Beatrice.

Sie beobachtete uns mit einem Gesichtsausdruck, den ich nicht deuten konnte. „Nein danke. Ich nehme Wein, wenn du auch welchen trinkst."

„Klar. Warte kurz, bis ich Red eingeschenkt habe." Er griff sich eine Dose Kokosnusswasser aus dem Kühlschrank und füllte mein Glas. Auch das war für uns zur Routine geworden.

Ich konnte mich entweder ihr gegenüber oder neben ihr hinsetzten. Ich wählte die Gegenüberposition.

„Hier", meinte Caleb und reichte ihr ein viertel volles Glas Rotwein, bevor er sich auf den Stuhl neben ihr sinken ließ. Sie sah ihn an, als wäre er Superman und Batman in einer Person.

Ich schob meine Gabel in den Mund, weil ich auf irgendwas beißen musste. Vorzugsweise Calebs Hand, damit er aufhörte, Beatrice so anzulächeln.

„Kriege ich auch eine Gabel?" Sie schaute auf ihren Teller.

Super. Hoffentlich dachte sie nicht, ich hätte ihr absichtlich keine gegeben. Caleb war so daran gewöhnt, einfach zwei Gabeln für uns zu greifen, dass er schlicht vergessen hatte, dass wir heute Abend zu dritt waren. Und so gemein und lächerlich das war – es freute mich ein kleines bisschen. Rasch stand ich auf und holte eine dritte Gabel.

„Ich habe Veronica eben gefragt, ob sie deine Mom schon kennengelernt hat."

Ich erstarrte.

Was sollte das denn?

„Hat sie nicht." Er sah mich an. „Sobald meine Mutter von ihrer Geschäftsreise zurück ist, nehme ich dich mal mit zu ihr, Red."

Was?

Benommen legte ich die Gabel auf Beatrices Teller. Im nächsten Moment schrie ich auf, weil mir bewusst wurde, dass ich ihr anstelle der sauberen Gabel meine benutzte gegeben hatte.

„Oh mein Gott, entschuldige!"
Caleb lachte. Manchmal konnte er so ein Idiot sein.

Hastig nahm ich ihren Teller weg und schlug ihr dabei versehentlich das Rotweinglas aus der Hand. Es fiel zu Boden und zersprang.

„Oh nein!" Sofort kniete Beatrice sich hin und hob die Scherben mit bloßen Händen auf.

Caleb hörte auf zu lachen. „Was tust du denn, B.? Stopp."
Ihre Hände bluteten, doch sie machte weiter.
„Beatrice."

Calebs Stimme wurde sehr streng. Beatrice hielt inne und blickte zu ihm auf. Ich erschrak, als ich sah, dass ihr Tränen über die Wangen liefen.

Stumm griff Caleb eine Schale und hockte sich vor sie. Dann nahm er ihre Hände und schüttelte sie behutsam aus, sodass die Glasscherben hineinfielen. Er stellte die Schale weg.

„Gehen wir ins Bad", meinte Caleb ruhig. „Ich mache das sauber."

Sie nickte kaum merklich. Beatrice sah aus wie eine zerbrochene Puppe. Caleb schlang einen Arm um ihre Schultern.

„Red, kannst du bitte das Verbandszeug holen? Ich glaube, das ist im …"

„Schon gut. Ich weiß, wo es ist. Geh ihr die Hände abspülen."
Er lächelte mir dankbar zu.
Was war hier los?

Weinte Beatrice, weil sie sich in die Hand geschnitten hatte? Nein, so wie Caleb mit ihr sprach, musste es etwas anderes sein.

Nicht mein Problem, sagte ich mir, schnappte mir den Verbandskasten aus der Wäschekammer und lief zum Bad. An der Tür blieb ich stehen, da ich Beatrices leise Stimme hörte.

„Tut mir leid, dass ich da eben zusammengebrochen bin. Sie muss mich für wahnsinnig halten. Deine Red."

„Nein, so ist sie nicht."
„Und wie ist sie?"
Es dauerte einen Moment, bevor Caleb antwortete: „Sie ist alles."
Stille.

„Beweg dich nicht. Ich muss noch einige Scherben aus deiner Hand ziehen. Was hast du dir dabei gedacht?"

„Die Demenz bei meinem Dad wird schlimmer, Cal. Ich will überhaupt nicht mehr nach Hause. Und meine Mom lässt es an mir aus. Es ist schrecklich. Ich will nicht zugucken, wie mein Dad ... Es tut weh, ihn so zu sehen", presste sie schluchzend hervor.

„Schhh. Alles wird gut."

„Ich brauche dich. Verlass mich nicht. Du bist der Einzige, der mich versteht, Caleb."

Sie tat mir leid. Demenz war eine entsetzliche Krankheit, die ich niemandem wünschte. Aber ... war ich furchtbar, weil ich mir wünschte, sie würde verschwinden? Musste sie ausgerechnet bei Caleb Trost suchen?

Andererseits gehörte Caleb nicht mir.

Doch, er gehörte mir.

Oh Gott, seit wann glaubte ich, er würde mir gehören? Caleb war geschickt, schlich sich unter meine Haut, ohne dass ich es bemerkte, bis er sich einen festen Platz in meinem Innern erobert hatte.

Wie ein Virus, dachte ich finster. Caleb war ein Virus. Und er sollte lieber nicht auf die Idee kommen, mehr mit Beatrice zu tun, als sie zu *trösten*, sonst ...

Ich räusperte mich, um die beiden auf mich aufmerksam zu machen.

„Red?"

Yellow. Darüber war ich noch nicht hinweg.

„Hey, hier ist der Verbandskasten. Wie geht es dir?", fragte ich Beatrice. Sie hockte auf dem Toilettendeckel, und Caleb kniete vor ihr. Er hielt ihre Hände.

Ich ballte meine zu Fäusten. Noch nie hatte ich gesehen, wie er die Hände von jemand anderem als mir hielt. Mir war natürlich klar, dass er ihre Schnittwunden versorgen musste, aber trotzdem. Es war blöd, doch am liebsten hätte ich ihn von ihr weggezogen.

„Besser. Tut mir leid, dass du das miterleben musstest. Normalerweise bin ich gegenüber Fremden nicht so."

Ich nickte. Mir gefiel es nicht, die beiden so nahe beieinander zu sehen. „Ich putze mal die Küche."

Den Boden aufzuwischen war eine stumpfsinnige Arbeit, die mir Zeit und Raum allein mit meinen Gedanken verschaffte. Schön war es nicht, aber ich wischte den Boden lieber zweimal. Caleb ging in der Wohnung gern barfuß, und ich wollte nicht, dass er in eine Scherbe trat.

„Red?"

Ich drehte mich um und entdeckte Caleb neben Beatrice. Wieder war sein Arm um ihre Schultern gelegt. Sie lehnte sich an ihn, den Kopf gesenkt, sodass ich ihre Augen nicht sehen konnte.

„Ich bringe Beatrice jetzt nach Hause. Ich finde nicht, dass sie in dieser Verfassung fahren sollte. Ich bin bald wieder zurück, in Ordnung?"

Nein, es ist nicht in Ordnung.

Ich ignorierte ihn und welches Spiel auch immer er hier veranstaltete. Dennoch tat mir leid, dass sie sich geschnitten hatte und dass es ihrem Vater so schlecht ging. „Ich hoffe, du fühlst dich wieder besser."

Sie blickte auf und warf mir ein angestrengtes Lächeln zu.

Caleb nahm seinen Arm von ihrer Schulter und wollte auf mich zugehen, doch Beatrice hielt ihn fest. Er schaute sie an und seufzte.

„Lass uns los", bat sie leise. „Bitte, Cal."

Bevor sie außer Sicht waren, sah Caleb sich zu mir um. Er wirkte zögerlich.

„Ich bin gleich wieder zurück."

War er aber nicht.

Er kam die ganze Nacht nicht nach Hause.

28. Kapitel

Caleb

Ich hätte sie küssen sollen, bevor ich ging.

Das war nicht gut. So hatte ich mir meinen Abend nicht vorgestellt. Verdammt.

Ich wollte einfach nur einen Abend mit Red verbringen. Allein. Einen der Gruselfilme ansehen, die ich erwähnt hatte. Pizza bestellen. Sie küssen und sie berühren, falls sie mich wieder ließ. Ich konnte nicht genug von ihr kriegen.

Ich fragte mich, ob sie eines von den Mädchen war, die sich bei Horrorfilmen die Augen zuhielten und quiekten. Oder ob sie völlig still war und wie gebannt auf den Fernseher starrte. Egal, wie sie reagierte, heute Abend würde ich es nicht herausfinden.

Ich sah zu Beatrice, die stumm aus dem Seitenfenster blickte und vor sich hin lächelte. „Geht es dir besser?"

Sie lächelte mir zu. „Ja, Cal. Jetzt bist du da, und ich fühle mich viel besser. Danke."

Ich runzelte die Stirn. Etwas an dem, was sie sagte, behagte mir nicht. Vielleicht war es das *Jetzt bist du da*.

„Du fehlst mir", murmelte sie.

Mir war nicht wohl dabei. Ich war nicht sicher, ob ich ihr sagen sollte, dass sie aufhören musste, so mit mir zu reden. Wenn das ein anderer Junge bei Red tun würde … dann würde ich durchdrehen.

„Mir fehlt mein bester Freund", fügte sie hinzu.

Mir war nicht mal bewusst gewesen, wie fest ich das Lenkrad umklammert hatte, bis sich meine Hände wieder entkrampften. Ja klar, sie betrachtete mich als ihren besten Freund.

Verstand sie überhaupt, dass sich unsere Beziehung verändert hatte? Sie war schon immer sehr besitzergreifend gewesen.

In meinem Leben waren viele Mädchen gekommen und gegangen, aber Beatrice war eine Konstante. Sie hatte gelernt, sich darauf zu verlassen. In gewisser Weise war das meine Schuld. Ich hatte nichts dagegen unternommen, dass sie sich von mir abhängig machte, und für sie wurde es zur Gewohnheit. So wie für mich.

Aber jetzt war alles anders. Ich hatte nicht erwartet, dass Red in mein Leben trat. Sie hatte mich überrumpelt. Und jetzt wollte ich nur noch sie.

Man könnte sagen, dass Beatrice das erste Mädchen war, das mich faszinierte. Als Kinder hatten wir gezwungenermaßen viel Zeit zusammen im Spielzimmer verbracht. Dornröschen war damals ihr Lieblingsfilm. Ich glaubte, dass sie die Geschichte auch deshalb so gern mochte, weil sie ebenfalls blond war und wegen der Namensähnlichkeit, denn ihr zweiter Vorname war „Rose".

Ich wusste nicht mehr, wie oft ich diesen dämlichen Film mit ihr sehen musste. Und ich würde mein linkes Ei darauf wetten, dass ich die Dialoge immer noch im Schlaf mitsprechen konnte. Nicht dass ich das irgendwem erzählen würde. Verdammt, war das peinlich.

Mir entging auch als Kind nicht, dass Dornröschen ein verwundbares, zerbrechliches Mädchen war. Die Art von Mädchen, die allein durch ihr Aussehen und die sanfte Stimme in jedem männlichen Wesen den Beschützerinstinkt weckte. Wie ein zahmes Lämmchen oder ein harmloses Kätzchen. Und nachdem man den bösen Drachen getötet hatte, der sie bedrohte, schaute sie einen bewundernd an und schenkte einem das Gefühl, ein Mann zu sein.

Beatrice erinnerte mich in vielem an Dornröschen. Sie lief immer zu mir, damit ich sie beschützte, ihr Sicherheit gab. Und es fühlte sich gut an, weil ich mir dann wie ein Held vorkam. Sie sorgte dafür, dass ich mich stark fühlte. Das mochte Neandertalerdenken sein ... aber ein Mann wollte sich nun mal wie ein Mann fühlen. Und sein Ego war einem Mann heilig.

Beatrice tat meinem Ego enorm gut.

Genau genommen war dies exakt der Typ Mädchen, auf den ich immer abfuhr. Mädchen, die gerettet werden mussten, die Schutz brauchten und mir das Gefühl vermittelten, *gebraucht* zu werden.

Dieser Wunsch, gebraucht zu werden, mochte meiner Kindheit entspringen, als mich niemand brauchte oder wollte, aber das spielte letztlich keine Rolle mehr, oder? Denn jetzt schämte ich mich einfach nur, fühlte mich bloßgestellt und verlegen, denn plötzlich erschien es mir hohl, mit solchen Mädchen auszugehen, nur weil sie mein Ego nährten.

Vielleicht war es ja das, was mich anfangs zu Red hingezogen hatte. Sie wirkte so hilflos, so verletzlich, als ich sie an jenem Abend kennenlernte. Doch dann hatte sie mir das Gegenteil bewiesen.

Red hatte mich dazu gebracht, meine Seele zu entblößen, sie hatte mir bewusst gemacht, was in meinem Leben fehlte und wie ich sein wollte. Sie brachte mich dazu, dass ich mehr tun, mehr sein wollte. Ein besserer Mensch.

Yellow. Dieser verfluchte Spitzname. Als ich Reds Gesicht gesehen hatte, nachdem Beatrice ihr das erzählt hatte, war mein erster Gedanke gewesen: *Scheiße.* Sie dachte jetzt womöglich, ich würde rumlaufen und Leute nach Farben benennen – und dass ich Red zu ihr sagte, wäre nichts Besonderes. Dabei war sie *der* besondere Mensch in meinem Leben.

Es war tatsächlich eine Angewohnheit gewesen. Leuten Spitznamen nach Farben zu geben, an die sie mich erinnerten. Was Red allerdings nicht wusste, war, dass ich im Alter von acht Jahren damit aufgehört hatte. Sie hatte dieses Bedürfnis an dem Abend, an dem ich ihr begegnete, schlicht wiedererweckt.

Jener Abend.

Sie tanzte mitten in dem Club, als würde er ihr gehören, in ihrem roten Killer-Kleid, mit den roten Lippen und ihrer ungeheuren Präsenz. Ich *musste* einfach stehen bleiben und hinsehen. Es war wie Sirenengesang. Ich konnte nicht weggucken, weil ich fürchtete, dass ich dann etwas Wichtiges versäumte. Dass ich eine Chance verpasste, die ich nie wieder kriegen würde.

Es war nicht bloß Lust. Es war eine Anziehung, die ich nicht erklären konnte.

Und als sie auf mich zukam, meinem Ego einen Tritt verpasste und mich abwies ... da *wusste* ich es. Sie war Red. Meine Red. Sie war Feuer, Leidenschaft, Stärke ...

Liebe.
Ich liebe sie.
Ich hatte es ihr noch nicht gesagt, weil ich auf den passenden Moment wartete. Ich war mir sicher, dass sie mich liebte, hatte jedoch keine Ahnung, ob sie schon bereit war, es sich selbst einzugestehen.

„… also ist es so. Stimmt's, Cal?"

Ich blinzelte. Was? Ich hatte ihr überhaupt nicht zugehört. Ich gab ein Brummeln von mir und überließ es ihr, das zu deuten, wie es ihr gefiel. Und dann wechselte ich schnell das Thema, damit sie nicht bemerkte, dass ich die letzten zehn Minuten nichts mitbekommen hatte.

„Ich dachte, du hast deine Angstattacken überwunden. Was war da in meiner Wohnung los?"

Laut rang sie nach Luft. „Sie sind wieder zurück, seit mein Dad krank ist."

„Ach, B."

Sie schniefte. „Es ist richtig schlimm geworden, Cal. Manchmal hält er mich für Grandma oder seine Schwester. Manchmal hat er keinen Schimmer, wer ich bin. Ich halte das nicht aus. Ich kann es einfach nicht."

Ich griff nach ihrer Hand, um Beatrice zu trösten. „Das tut mir leid."

Sie nickte und hielt meine Hand fest. Ich drückte ihre noch einmal und ließ sie los.

Sie tat mir sehr leid. Es war nicht leicht, mit Angstattacken zu leben, vor allem nicht in der Highschool, als sie bei ihr anfingen. Und aus irgendeinem Grund war ich der Einzige, der sie beruhigen konnte.

Ich erinnerte mich an ein Mal, als ich gerade heftig mit Sakura zugange war und wahnsinnig scharf war, weil ich schon ziemlich lange hinter ihr her gewesen war, und sie die schwer zu Erobernde spielte.

An dem Abend, als sie endlich nachgab, rief Beatrice mich panisch an und sagte, sie könnte nicht atmen. Das hat mir eine Scheißangst gemacht. Ich verließ Sakura und eilte zu Beatrice. Eine Viertelstunde brauchte ich, um sie zu beruhigen und ihr zu helfen, wieder richtig zu atmen. Seitdem rief sie mich immer an, wenn sie eine Attacke bekam, und ich war eben immer da.

„Ist schon gut. Wie gesagt, du bist jetzt ja da. Alles fühlt sich besser an."

Ich parkte in der runden Einfahrt vor ihrem Haus. „Ich kann nicht bleiben. Ich muss nach Hause zu Red."

„Bitte, Cal, bleib." Ihre blauen Augen waren riesig, und sie sah mich flehend an. „Bitte."

Sie legte ihre Hand auf meinen Oberschenkel, und ich zuckte zusammen. Sofort nahm sie die Hand wieder weg.

Ich seufzte. „Okay", stimmte ich zu, denn ich dachte an den Mist, den sie zu Hause aushalten musste. Das Mindeste, was ich tun konnte, war, sie ein bisschen zu unterstützen. „Eine halbe Stunde."

Sie schmollte. „Drei Stunden."

„Fünfundvierzig Minuten."

Sie schüttelte den Kopf. „Zwei Stunden."

„Eine Stunde."

Sie grinste mich an wie die Katze, die den Kanarienvogel gefressen hatte. „Abgemacht!"

Als hätte sie von Anfang an eine Stunde gewollt. Ich hätte es ahnen müssen. Aber ich schien sie ständig zu unterschätzen.

„Ich bin müde, Cal, doch ich habe Hunger. Die Zeit gilt erst, wenn wir gegessen haben, in Ordnung?"

„Beatrice", warnte ich sie.

„Caleb." Sie lachte.

Red würde auf mich warten. Ich musste sie anrufen und ihr Bescheid geben. Sie sollte sich wirklich ein Handy zulegen. Als ich nach meinem griff, überfiel mich Panik. Hatte ich vergessen, es mitzunehmen? Verdammt.

„Ich habe mein Handy vergessen. Kann ich mir deins leihen? Ich muss Red anrufen und ihr sagen, dass ich eine Stunde später komme."

Erneut schmollte sie. „Mein Akku ist fast leer. Ich muss ihn erst aufladen."

Ich nickte, stieg aus dem Wagen und öffnete ihr die Beifahrertür.

Das Haus ihrer Eltern war ein langer rechteckiger Bau mit drei Stockwerken und Glaswänden, weshalb es für mich immer etwas von einem Aquarium hatte. Aber natürlich hatten sie ein Tor vorn und eine lange Auffahrt, sodass man von der Straße aus ohnehin nicht hineinschauen konnte.

Dennoch dachte ich, dass sie nie nackt herumlaufen oder sich am Hintern kratzen konnten, wenn sie wollten. Ich würde lieber in einer Lehmhütte wohnen, als mich zur Schau zu stellen.

Drinnen war es ungefähr so wie draußen: teure Antiquitäten, klassische Möbel, Gemälde. Elegant, schön ... aber kalt. Es fehlte die Wärme eines Zuhauses. Mein Blick fiel auf die nackte griechische Statue in der Diele. Die war neu. Ich hatte kein Problem mit Statuen, doch dieses Ding war unfassbar hässlich. Was hatte sich der Künstler nur gedacht? Und kamen diese Hörner aus seinem ...?

„Guten Abend."

Es war Higgins. Solange ich mich erinnern konnte, war er schon ihr Butler. Und er schien immer wie von Zauberhand zu erscheinen, sobald Gäste an der Haustür waren.

„Higgins, wie geht's denn so?"

„Gut, danke der Nachfrage, Sir. Und Ihnen?"

„Caleb, mein Lieber!"

Katherine-Rose, Beatrices Mutter, kam die Treppe herunter, wie eine Königin in einem lila Kleid. Sie liebte dramatische Auftritte. Das war schon immer so gewesen. Mir entging nicht, dass sie ein Glas Brandy in der Hand hielt. Ich hatte bereits gehört, dass sie gern trank, seit es ihrem Mann nicht mehr gut ging.

Als sie bei mir war, küsste sie mich auf die Wange, und ich bemühte mich, nicht vor ihrer Fahne zurückzuweichen.

„Jedes Mal, wenn ich dich treffe, Caleb, mein Lieber, kommst du mir größer vor. Und du siehst jedes Mal noch besser aus."

„Wenn er tatsächlich weiterwächst, stößt er an die Decke."

„Beatrice-Rose! Wo sind deine Manieren?" Sie blickte ihre Tochter verärgert an, und ihre Stimme triefte förmlich vor Verachtung. „Wie unreif."

Ich konnte fühlen, wie Beatrice neben mir zusammenzuckte. Sie griff Trost suchend nach meiner Hand.

„Definitiv nicht. Ich finde sie ziemlich charmant. Und das hat sie natürlich von Ihnen, nicht wahr?", sagte ich, um die Atmosphäre zu entkrampfen.

Ihre Augen weiteten sich vor Freude, und sie lachte melodisch. „Oh, du attraktiver Teufel …"

„Nein! Diebe! Raus hier! Sie hat mein Geld gestohlen! Hilfe! Hilfe!"

Ich drehte mich zu dem Aufruhr hinter uns um und war entsetzt, als ich Liams ausgemergelte Gestalt erblickte. Er sah furchtbar aus. Seine Kleidung und seine Frisur, die früher immer makellos gewesen waren, wirkten knittrig und zerzaust. Seine Wangen waren eingefallen, sodass die kantigen Knochen in seinem Gesicht scharf hervorstanden, und seine Haut wirkte wie gestrafft. Eine Krankenschwester lief hinter ihm her und versuchte, ihn zu besänftigen.

„Kommen Sie, wir gehen in Ihr Zimmer zurück, Liam."

„Weg von mir!", schrie er und schaute sich wie ein gefangenes Tier um.

„Dad!"

Liams Blick fiel auf Beatrice, und seine Augen verengten sich. Misstrauisch. „Wer sind Sie?", brachte er hervor. „Was machen Sie in meinem Haus?"

„Dad", presste Beatrice schluchzend hervor.

„Wer verdammt noch mal sind Sie? Bleiben Sie weg von mir! Ruft die Polizei. Ich werde ausgeraubt!"

Die Krankenschwester nahm Liams Arm, und er stieß sie panisch von sich.

„Bringen Sie ihn hier weg! Ich bezahle Sie, damit Sie sich um ihn kümmern! Mein Gott!", schimpfte Katherine und schenkte sich bernsteinfarbene Flüssigkeit nach. Ihre Hände zitterten, während sie das Glas an die Lippen hob und einen großen Schluck trank. Ohne sich zu verabschieden, eilte sie davon.

Beatrice starrte ihren schlaff wirkenden Vater an. Die Krankenschwester hatte ihm irgendwas gespritzt, um ihn zu beruhigen.

„Haldol", flüsterte sie. „Sie geben ihm Haloperidol, um ihn ruhigzustellen. Glaube ich. Vielleicht haben sie das Mittel inzwischen auch geändert. Das weiß ich nicht ..." Sie murmelte so leise vor sich hin, dass ich sie nicht mehr verstand. Und dann sackte sie ganz langsam auf den Boden, weinend und niedergeschlagen.

„B." Ich hob sie hoch, und sie lehnte sich an mich, vergrub ihr Gesicht in meinem Shirt. Immer noch weinend.

Ich trug sie zu ihrem Zimmer, wo ich sie auf ihr Bett legte. Dann holte ich mir einen Sessel aus dem Sitzbereich, stellte ihn neben das Bett und setzte mich.

„Er hatte keine Ahnung, wer ich bin, Cal."

Ich hatte Mitleid mit ihr. Sie wirkte wie eine beschädigte Puppe und rollte sich zusammen, hatte allerdings aufgehört zu weinen.

„Cal, geh nicht."

Langsam kriegte ich Kopfschmerzen. Red wartete auf mich, und ich hatte sie noch nicht mal angerufen. Aber ich konnte Beatrice unmöglich in dieser Verfassung allein lassen.

„Ich brauche dich. Bitte."

„Na gut. Aber lass mich erst Red anrufen. Wo ist dein Handy?"

Sie schürzte die Lippen. „In meiner Handtasche."

Ich holte es heraus, stöpselte das Ladekabel ein und rief in meiner Wohnung an. Red ging nicht ans Telefon. Ich versuchte es wieder. Keine Reaktion. Auch gut, dann würde ich es später noch mal probieren.

„Sie muss unter der Dusche sein, denn sie nimmt nicht ab", meinte ich und kehrte zum Sessel zurück. „Ich versuche es in fünf Minuten wieder."

„Wo hast du sie kennengelernt?", fragte Beatrice einen Moment später.

„Red?" Ich lehnte mich in dem Sessel zurück und lächelte bei dem Gedanken an sie. „In einem Club."

„Oh." Sie stockte. „Wie lange kennst du sie schon, Cal?"

„Einige Monate."

„Das ist nicht sehr lange."

Ich zuckte mit den Schultern. „Lange genug." Für mich war es egal, ob ich sie seit einem Tag, einer Stunde oder einer Minute kannte. Sie war mein.

„Bleibst du heute Nacht bei mir?"

„Bis du eingeschlafen bist", antwortete ich.

„Nein, Cal." Sie streckte ihre Hand zu mir aus. „Bleib bei mir."

Sie nahm meine Hand und drückte sie. Ich drückte ihre ebenfalls, antwortete jedoch nicht.

„Erzähl mir von ihr."

An Red zu denken fühlte sich gut an. „Sie ist ... anders. Tough, total unabhängig, und sie hat ein sehr gutes Herz. Manchmal ist sie schwierig", fügte ich grinsend hinzu.

„Du sagst das, als wäre es etwas Gutes."

„Ich liebe es, wenn sie es mir schwer macht."

Stille.

„Wo wohnt sie? Ist sie auf dem College?"

Die erste Frage ignorierte ich, weil ich sicher war, dass es Red nicht gefallen würde, wenn ich jemandem erzählte, dass sie bei mir lebte. „Sie geht auf dasselbe College wie wir. Soweit ich weiß, hat sie beide Eltern verloren. Sie ist nicht so privilegiert aufgewachsen wie wir, musste sich alles hart erarbeiten."

„Der Luxus, sich alles leisten zu können, bedeutet nicht, dass es leicht ist, Cal. Das solltest gerade du wissen."

Ich blickte mich im Zimmer um und stellte fest, dass es hier genauso war wie im Rest des Hauses – alles an seinem Platz. Sie hatte nicht mal Bücher auf dem Nachttisch wie Red. Oder eine bunte Decke, die ihre Persönlichkeit spiegelte, wie Red sie hatte. Die Farben in Beatrices Zimmer waren ausnahmslos verschiedene Beige- oder Pastelltöne. Ich fand es ... langweilig. Das war früher nicht so, aber seit Red brauchte ich Farbe. Farbe war interessant, verlieh allem Leben.

Alles in diesem Zimmer sah wie für einen Möbelkatalog hergerichtet aus. Ja, dachte ich, sie und ich hatten den Luxus, uns alles kaufen zu können, was wir wollten. Das garantierte kein Glück, doch ganz sicher half es enorm, sich nicht um Geld sorgen zu müssen.

„Es ist aber immer noch leichter als für die meisten Menschen. Red hatte eine harte Kindheit."

„Hasst sie mich?"

Entsetzt öffnete ich den Mund. „Was?" Warum dachte sie das?

„Sie wirkte unfreundlich. Und sie hat mir ihre benutzte Gabel gegeben, Cal. Wie unverschämt war das denn? Sie hasst mich."

Ich lachte. „Es war deine Schuld, weil du die Bombe platzen lassen hast, dass sie meine Mutter kennenlernen muss. Und das noch, bevor ich es angesprochen hatte. Ich wollte auf den richtigen Zeitpunkt warten, um sie zu fragen."

Angewidert verzog sie den Mund. „Sie hat absichtlich mein Glas umgeworfen. Ich denke bloß …"

Ich war so verärgert, dass ich ihr ins Wort fiel. „So ist sie nicht. Wieso sagst du solche Sachen?"

„Ich meine ja nur, Cal. Was weißt du wirklich über sie?"

Jetzt wurde ich wütend. „Sei nicht albern." Ich stand auf und wollte gehen. „Ich will nichts mehr davon hören."

„Tut mir leid", entschuldigte sie sich, setzte sich auf und griff mich am Arm. „Du weißt, dass ich dich nur beschützen will … Cal, sei nicht sauer. Ich glaube nicht, dass ich heute Abend noch mehr aushalte."

Meine Wut verpuffte. Ich kam mir wie ein Arsch vor, weil ich ihr noch zusätzlichen Stress machte. Laut ausatmend ließ ich mich wieder in den Sessel fallen.

„Kannst du dich zu mir legen?", fragte sie leise und strich sich das Haar hinters Ohr. Sie sah wie ein wehrloses Kätzchen aus.

„Das geht nicht mehr."

Sie runzelte die Stirn. „Warum nicht?"

Ich zog meine Brauen hoch.

„Damit hattest du sonst nie ein Problem. Es ist ja nicht so, als würden wir Sex haben. Wir sind zusammen aufgewachsen, sind beste Freunde. Ich brauche dich bloß. Wie in alten Zeiten."

„Ja, und ich habe dir erklärt, dass es diesmal anders ist."

Sie wurde still, senkte den Kopf und umklammerte den Anhänger, den ich ihr vor langer Zeit geschenkt hatte. Ich konnte kaum glauben, dass sie den immer noch hatte. „Sie nimmt dich mir weg."

„Sei nicht kindisch."

„Nur für ein paar Minuten", bettelte sie. „Bis ich eingeschlafen bin. Du kannst mich verlassen, wenn ich schlafe."

Ich zögerte. Es fühlte sich falsch an.

„Du weißt, dass du wie ein Beruhigungsmittel für mich bist, wenn du neben mir liegst, Cal. Ich … will nicht noch mehr Pillen schlucken, um schlafen zu können. Bitte."

Nahm sie wieder Schlaftabletten? Oder meinte sie Antidepressiva? Die hatte sie vor Jahren schon mal geschluckt.

„Cal, ich will heute nicht mehr an meinen Dad denken. Dass er sich nicht mehr an mich erinnert. Dass er mich für eine Fremde hält. Du weißt ja nicht, wie sich das anfühlt. Wie sehr das wehtut."

Ich seufzte. „In Ordnung. Aber nur ein paar Minuten, dann muss ich los."

Sie rückte zur Seite, um mir Platz zu machen, und klopfte unschuldig lächelnd auf die Stelle neben sich.

Es fühlte sich verkehrt an, mich neben ihr auszustrecken, doch ich wollte nicht, dass sie Pillen nahm oder sich um ihren Dad sorgte. Es schien so wenig, ihre simple Bitte zu erfüllen. Außerdem wussten wir beide, dass sie in wenigen Minuten eingeschlummert wäre, wenn ich erst neben ihr lag. Je schneller sie einschlief, desto früher konnte ich zurück zu Red. Beatrice schmiegte sich eng an mich, den Arm um meinen Oberkörper geschlungen und ihren Kopf auf meiner Brust.

Damit hatte ich früher nie ein Problem gehabt, also wieso fühlte es sich jetzt so falsch an?

Ich muss Red anrufen, war mein letzter Gedanke, ehe ich einschlief.

Red war weich wie Seide in meinen Händen. Ihre Küsse berauschten mich, machten mich high, sodass ich mehr wollte. Ich erwiderte ihren Kuss so innig, wie sie mich küsste. Ich stöhnte, wollte mehr von ihrer Berührung. Doch etwas stimmte nicht. Sie schmeckte anders.

Dann griff sie nach meiner Jeans.

„Cal."

Red nannte mich nie Cal. Ich riss die Augen auf.

Beatrice war auf mir, und ich schob sie grob weg, ehe ich aus dem Bett sprang. Entsetzt sah ich, dass sie kein Oberteil trug. Verdammt! Ich hatte von Red geträumt und …

Oh Gott!

„Ich muss los."

„Cal …"

„Ich hatte von ihr geträumt, verdammt!"

Sie nahm die Decke und verhüllte sich.

„Ich gehe nicht fremd. Du kennst die Regeln."

„Cal, es tut mir leid. Bitte, verlass mich nicht. Ich brauche nur … bitte!"

Ich rieb mir mit den Händen übers Gesicht. „Das darf nie wieder passieren. Tut mir leid. Es war meine Schuld."

Ich hatte keine Ahnung, wie spät es war, und es interessierte mich auch nicht. Ich musste hier raus, nach Hause zu Red.

Red …

Mein Gott.

Was habe ich getan?

29. Kapitel

Veronica

Bleib.

Aber es wäre egoistisch gewesen, ihn darum zu bitten, oder nicht?

Ungeduldig warf ich mein Haar nach hinten, das mir immer wieder ins Gesicht fiel, während ich energisch die Küchenplatte schrubbte. Putzwahn hatte meine Mom das genannt. Wenn ich etwas Schwieriges oder Ärgerliches verarbeiten musste, putzte ich. Ich putzte so besessen wie eine Kaufsüchtige, die am 26. Dezember die Geschäfte stürmte und sich auf die Sonderangebote stürzte.

Beatrice war Calebs Freundin aus Kindertagen. Eine *enge* Freundin, der es schlecht ging. Natürlich war es anständig von Caleb, ihr zu helfen. Sie hatte vorhin ausgesehen, als würde sie demnächst kollabieren. Doch …

Er hätte ihr ein Taxi bestellen oder eine Freundin anrufen können, die sie abholte … irgendwas.

Vielleicht ist er in sie verliebt.

Nein, nein. Caleb war einfach ein guter Freund. Er hatte gesagt, dass es ihm noch mit keiner ernst gewesen war, bis er mich kennenlernte.

Aber sagte er die Wahrheit?

Und er hatte dir nicht mal erzählt, dass sie mal zusammen gewesen waren. Warum musste er das verschweigen?

Ich wusste es nicht.

Sie sagte, dass er ihre erste Liebe gewesen war und sie seine.

Es könnte eine Lüge sein. Und selbst wenn es stimmte, war das Vergangenheit. Es war vorbei.

Bist du sicher? Wie es aussieht, hat er immer noch Gefühle für sie. Warum sollte er dich sonst hier sitzen lassen und sie nach Hause bringen?

Sie brauchte seine Hilfe.

Falsch. Er hat sich für sie entschieden. Er spielt weit außerhalb deiner Liga. Du machst dir was vor, wenn du denkst, dass ihr eine gemeinsame Zukunft haben könnt. Verschwinde jetzt, bevor er dich verlässt.

Verlasse ihn, ehe er dir wehtut.

Glaubst du ehrlich, dass er bei dir bleibt, wenn du ihm nicht mal geben kannst, was er will? Denkst du, Beatrice würde zögern, ihm das zu geben.

Hör auf!

Alle Männer lügen. Alle Männer betrügen. Sieh dir doch nur deinen Vater an. Willst du wie deine Mutter sein? Du bist erbärmlich. Sieh dich an! Putzt seine Wohnung, während er mit einer anderen zusammen ist, und schmachtest nach ihm wie eine liebeskranke Idiotin.

Nein.

Du bist erbärmlich. Genau wie deine Mutter.

Ich bin überhaupt nicht wie meine Mutter.

Lauf weg. Kannst du das nicht sowieso am besten? Weglaufen?

Nein, nein, nein. Ich würde es versuchen. Das hatte ich ihm versprochen. Ich würde ihm vertrauen, ihm glauben. Er war völlig anders als mein Dad. Er würde mich nicht betrügen. Hatte er das nicht schon zur Genüge bewiesen?

Ich musste hier raus, um einen klaren Kopf zu kriegen.

Die Luft war kühl und feucht, als ich aus dem Gebäude trat. Es fühlte sich nach Regen an, aber ich wollte nicht gleich wieder zurück. Vielleicht sollte ich mir jetzt ein Handy kaufen. Das war schon längst überfällig.

Wie lange würde er bei Beatrice bleiben?

Ich wollte nicht darüber grübeln. Er würde schon bald zurückkommen. Ich hatte ihm keine Nachricht dagelassen. Wenn er vor mir zu Hause war, sollte er sich ruhig sorgen. Das hatte er verdient.

So also fühlte es sich an, in einer Beziehung zu sein, dachte ich, während ich ins Einkaufszentrum und zu einem der Handyläden ging. Es dauerte nur eine halbe Stunde, ein Telefon und einen Tarif auszusuchen und alles einzurichten. Ich hatte etwas von dem Geld gespart, das ich bei Kar verdiente.

War Caleb inzwischen zu Hause?

Falls ja, sollte er ruhig noch ein bisschen auf mich warten, deshalb machte ich einen Schaufensterbummel. Mir war bewusst, dass ich mich blöd benahm, aber mir gefiel nicht, wie ich mich gefühlt hatte, als er mit Beatrice wegfuhr. Und ich mochte nicht, wie erbärmlich und jämmerlich ich in meinem Kopf klang. Bestrafte ich mich oder ihn, indem ich noch nicht nach Hause ging?

Plötzlich blieb ich stehen und starrte auf die Auslage. Da war ein kleiner Schlüsselanhänger in der Form eines Pancake-Stapels mit Sahne und Erdbeeren obendrauf. Caleb fände das Ding klasse. Mit einem Kribbeln im Bauch sah ich nach dem Preis, betrat das Geschäft, kaufte den Anhänger und ließ ihn einpacken.

Ich verändere mich, stellte ich fest, während ich aus der Mall hinaus in den Regen trat. Das Geschenk und mein neues Handy waren sicher in einer Plastiktüte verpackt, die ich in meine Tasche stopfte. Ich öffnete mich mehr, seit ich Caleb kannte. Er vermittelte mir ein Gefühl von Sicherheit.

Die Leute liefen in die Gebäude, suchten Schutz vor der Nässe. Caleb hatte erzählt, dass er als Kind gern im Regen gespielt hatte. Ich beschloss, zu Fuß zu gehen und mich durchweichen zu lassen. Wäre er doch nur hier …

Ich lief langsamer, weil mir ein wenig mulmig wurde. Es kam mir so vor, als ob mir jemand folgte. Verdammt, ich hatte mein Taschenmesser vergessen. Vorhin war ich zu abgelenkt gewesen, um daran zu denken.

Doch es war sinnlos, sich jetzt darüber zu ärgern. Mein Herz schlug schneller. Ich ballte die Hände zu Fäusten, kampfbereit. Doch als ich mich umdrehte, sah ich nur ein paar Fußgänger, die gerade die Straße überquerten, und drei Leute standen an der Bushaltestelle.

Es wurde schnell dunkel. Ich hätte ein Taxi rufen sollen. Andererseits waren es nur zwei Blocks bis zu Calebs Wohnhaus. Die würde ich schon schaffen. Außerdem waren noch Menschen um mich herum unterwegs, sodass ich um Hilfe rufen könnte, wenn etwas sein sollte.

Ich ging schneller und achtete darauf, auf den belebten Straßen zu bleiben. Als ich hörte, wie sich hinter mir Schritte näherten, fuhr ich herum und stieß einen Schrei aus, denn eine dunkle Gestalt streifte mich im Vorbeilaufen.

Panisch stolperte ich unter dem leichten Stoß des Fremden und fiel hin. Der Asphalt schabte über meine Handfläche, als ich mich abfing, und schürfte mir die Haut auf.

Die dunkle Gestalt sah sich nicht mal um, sondern ging einfach weiter.

Falscher Alarm, schoss es mir durch den Kopf, aber das Herz klopfte mir bis zum Hals, während ich vor Erleichterung zusammensackte. Ich sah meine Handflächen an. Sie bluteten. Verdammt. Langsam stand ich auf und vergewisserte mich, dass ich sonst nirgends blutete und mir nichts gebrochen hatte. Bis auf die aufgeschürften Stellen war alles gut. Ich zog meine Ärmel nach unten und wischte das Blut ab.

Dann stieß ich einen stummen Schrei aus, weil mir Calebs Schlüsselanhänger einfiel. Ich griff in meine Tasche und atmete auf, denn er war noch da.

Mir war durchaus klar, wie lächerlich es war, dass ich mich mehr um einen Schlüsselanhänger sorgte als um mein viel teureres Handy. Vielleicht, weil er ein Geschenk für Caleb war. Ich hatte ihm noch nie etwas geschenkt.

Sowie ich die Apartmentanlage vor mir erblickte, rannte ich schnell hinein und hoffte, dass Caleb inzwischen wieder zurück war. Mir wurde bewusst, wie selbstverständlich seine Anwesenheit für mich geworden war. Dass ich nie nach ihm suchen musste, weil er einfach da war. Und jetzt, als er nicht da war, wurde ich nervös.

Und mein Herz fühlte sich ein bisschen leer an.

Sollte ich ihn anrufen?

Das wäre wie Nörgeln, oder? Wo waren die Grenzen in einer Beziehung? Wie waren die Regeln? Darin war ich wirklich sauschlecht.

Ich haderte mit mir, während ich mich wusch, in frische Sachen schlüpfte und meine Wunden versorgte. Er würde sicher bald zu Hause sein.

Ich hielt mein kleines Geschenk in der Hand und war ein bisschen verlegen. Wie sollte ich es ihm geben? Was sollte ich sagen?

Feige beschloss ich, es mit einer kleinen Dankesnote auf seinen Nachttisch zu stellen.

Danach schaltete ich den Fernseher ein, streckte mich auf der Couch aus und wartete auf ihn.

Moment ... War es zu doof, ihm einen Schlüsselanhänger zu schenken? Vielleicht sollte ich das Ding einfach für mich behalten. Noch nie hatte ich einem Jungen etwas geschenkt. Was mochten Typen eigentlich?

Ich bezweifelte, dass er einen Schlüsselanhänger wollte. Das war eher ein Mädchengeschenk, oder nicht? Was schenkte man jemandem, der alles hatte?

Wieso brauchte er so lange? Es musste etwas passiert sein.

Er kommt nicht nach Hause, und das weißt du auch.

Doch, er kommt.

Ich sah auf die Uhr. Es war schon nach Mitternacht.

Wo war er?

Meine Lider wurden schwer, und ich wusste, dass ich bald einschlafen würde. Das Letzte, was ich dachte, bevor mich die Dunkelheit umfing, war, dass er nicht nach Hause gekommen war.

Beim Aufwachen war ich zunächst verwirrt und brauchte eine Minute, bis ich begriff, dass ich auf der Wohnzimmercouch eingeschlafen war. Ich merkte, dass etwas auf den Boden fiel. Ich erinnerte mich nicht, mir eine Decke geholt zu haben ...

Der Fernseher lief nicht mehr, und das einzige Licht im Raum war der sanfte gelbe Schein der Lampe. Mein Herz raste heftig, als ich einen schwarzen Umriss an der Wand erblickte.

„Caleb! Du hast mich zu Tode erschreckt!"

Es war dunkel, dennoch erkannte ich ihn. Durchs Fenster fiel ein Lichtkeil herein, der sein Gesicht zur Hälfte erhellte. Doch sein Kopf war gesenkt, sodass ich seine Miene nicht richtig sehen konnte.

Er saß auf dem Fußboden, den Rücken an die Wand gelehnt. Seine Beine hatte er angewinkelt und die Ellbogen auf die Knie gestützt.

Es verstrich ein Moment, bevor er endlich etwas sagte: „Es tut mir leid, Red."

Mir kam der Gedanke, dass Caleb nie weit weg von mir saß. Er wollte mir immer nahe sein, meine Hand halten, meine Schultern berühren, an meinem Haar riechen … also warum war er jetzt da drüben?

Irgendwas stimmte nicht.

Wieder begann mein Herz wie wild zu galoppieren. Zuerst wurde ich panisch und fürchtete, dass er verletzt sein könnte. Fast wäre ich aufgestanden und zu ihm gegangen, aber er verhinderte es, indem er wieder etwas sagte.

„Zunächst tut es mir leid, dass ich dich erschreckt habe", flüsterte er sehr leise.

Zunächst? Wovon redet er?

„Ich hatte angerufen, aber du bist nicht ans Telefon gegangen."

Ich öffnete den Mund, um zu antworten, doch es kam kein Laut heraus. Mir war kalt. So kalt. Ich hob die Decke auf, die auf den Fußboden gerutscht war, und schlang sie mir um die Schultern. Die Zipfel hielt ich vorn mit den Fäusten fest. Mir ging auf, dass Caleb sie geholt und mich damit zugedeckt haben musste, während ich schlief.

„Ich bin – so schnell ich konnte – nach Hause gekommen", sprach er weiter, immer noch flüsternd. Und ich hörte jede Nuance in seiner Stimme. Er klang anders als sonst. Traurig. Schmerzerfüllt.

Schuldig.

„Entschuldige, dass ich so spät dran war."

Ich wollte ihm sagen, dass es nichts machte, aber meine Kehle war wie zugeschnürt. Ich wurde das Gefühl nicht los, dass etwas nicht stimmte. Und dass er mir sehr, sehr bald verraten würde, was es war.

„Red …" Endlich hob er den Kopf, lehnte ihn an die Wand und schaute mich an.

Ich rang nach Luft.

Die Sonne ging auf und warf einen riesigen Lichtstrahl auf jene, die sich verirrt hatten und in ihrem eigenen Schmerz und Elend trieben. Würde ich eine von ihnen sein?

Das erste Licht, das durchs Fenster hereinfiel, war so hell, dass ich Calebs schönes Gesicht richtig betrachten konnte. Er wirkte erschöpft. Ich konnte die Schatten unter seinen Augen erkennen, und seine Augen waren so dunkel, dass beinahe alles Grün fort war. Sein Mund war zu einer strengen Linie zusammengekniffen, seine Züge wirkten angespannt. Und es sah aus, als wäre er sich mehrmals mit den Fingern durchs Haar gefahren.

Dann bemerkte ich seine Kleidung. Warum war die so zerknittert? Ich schloss die Augen.

Nein. Nein. Bitte nicht ...

„Sie hatte mich gebeten zu bleiben, und das tat ich. Nur für eine Stunde, doch dann bin ich eingeschlafen."

Erst jetzt wurde mir bewusst, dass ich die Luft angehalten hatte, und atmete aus. Na gut, er war dort eingeschlafen. Er war erschöpft, und wahrscheinlich hatte er noch Kopfschmerzen von seinem Kater aus der Nacht zuvor. Das leuchtete mir ein. Aber warum sagte er es so, als hätte er mir noch etwas ... Schlimmeres zu erzählen?

„Ihr Vater ist dement, Red. Ich hatte keine Ahnung, dass es so übel ist. Er hat sie nicht mal erkannt. Sie hat es gar nicht gut verkraftet und ist vor mir zusammengebrochen. Ihre Mutter hat bloß die Krankenschwester angeschrien, dass sie ihn wegbringen soll. Es war furchtbar." Er schloss die Augen und presste seine Finger darauf, als wollte er die Erinnerungen wegdrücken.

Ich wollte zu ihm gehen, ihn trösten, tat es jedoch nicht.

Da war noch mehr. Ich wusste, dass da noch mehr war.

„Red."

Jetzt kommt es. Jetzt erzählt er es mir. Oh Gott. Bitte nicht.

Ich senkte den Blick, weil ich ihn nicht anschauen konnte. Was er auch sagen würde, es war nicht gut. Das fühlte ich in der Luft, schmeckte es beinahe. Und ich fürchtete mich davor.

„Red", wiederholte er. „Bitte sieh mich an."

Ich ballte die Fäuste, lockerte sie wieder und blickte langsam zu ihm hoch.

„Vertraust du mir?"

Drei Worte. Drei Worte, die so simpel klangen. Aber nichts könnte bedeutungsschwangerer sein als diese Frage.

Vertrauen. Letztlich lief es immer auf Vertrauen hinaus, oder nicht? Jemandem sein Vertrauen zu schenken hieß, ihm den Dolch zu reichen, mit dem er einen erstach. Einen verletzte. Einen zerstörte. Und ich hatte Caleb diese Waffe gegeben.

Erneut kniff ich die Augen zu und spürte, wie mein Herz brach. Ich wollte mich übergeben.

„Red, vertraust du mir?"

Gott, bitte nicht er. Nicht er. Bitte, lass ihn mich nicht betrogen haben. Jeder, nur nicht er.

Was hatte ich dir gesagt? höhnte mein Unterbewusstsein. *Alle Männer lügen, alle Männer betrügen. Verlass ihn, ehe er dir wehtut.*

Ohne nachzudenken, platzte ich heraus: „Hast du mit ihr geschlafen?"

Betont langsam richtete Caleb sich auf, als wollte er sichergehen, mich nicht zu erschrecken. Als sei ich ein Tier, das schon verängstigt und fluchtbereit war. Angst spiegelte sich in seinen Augen, während er mich beobachtete.

„Antworte mir, verdammt", verlangte ich ruhig, um mir nichts von dem Aufruhr anmerken zu lassen, der in mir herrschte.

Er verzog das Gesicht vor Schmerz. „Also ist das ein Nein." Das war keine Frage. „Du vertraust mir nicht."

Es war, als würde ich einem Gebäude beim Einsturz zuschauen. Und ich war drinnen. Ich wusste, was kommen würde, konnte die Risse in den Wänden sehen, das Kreischen von Stein an Stein hören ... die über mir lauernde Katastrophe. Doch egal, wie sehr ich mich bemühte zu fliehen, wie gern ich weglaufen wollte, ich konnte nicht. Alle Türen waren verschlossen, und ich war gefangen.

Und Caleb hatte den Schlüssel, ließ mich jedoch nicht raus.

Er kam auf mich zu.

„Nicht!", fuhr ich ihn an. Ich konnte mich nur noch mühsam beherrschen. Sollte er mich berühren, würde ich mich auflösen.

Mit wackligen Beinen stand ich auf, lief in mein Zimmer und fing an zu packen. Meine Hände zitterten, doch ich stopfte meine Bücher und meine Kleidung in die Tasche.

Was hatte ich dir gesagt? Er war ein Lügner, ein Betrüger. Alle Männer sind so. Sei nicht wie deine Mutter.

Ja, ich hätte es wissen müssen ... Hätte ich doch nur die Energie, ihm eine runterzuhauen, ihn zu treten ... aber die hatte ich nicht.

Ich fühlte mich einfach nur ... erschlagen. Schwer. Schmerz und Verrat waren wie Bleigewichte an meinen Gliedern.

Ich schluckte meinen Schmerz herunter, vergrub ihn tief in mir. Jetzt durfte ich ihn nicht zeigen. Ich würde ihn ihm nicht zeigen. Er hatte einen Teil von mir zerstört, aber ich ließ nicht zu, dass er mir meinen Stolz nahm. Er würde meine Tränen nicht sehen, denn das hatte er nicht verdient. Er würde nicht ... würde nicht ...

Aber meine Beine gaben nach, und ich sank vor dem Bett zu Boden, vergrub mein Gesicht in den Händen und weinte leise.

Wie konnte er?

Ich hatte keine Ahnung, wie viel Zeit vergangen war, bis ich mich endlich erhob. Wie lange hatte ich ins Leere gestarrt, tief in Gedanken versunken? Ich zwang mich aufzustehen.

Es war Zeit zu gehen.

Ich stockte, als ich aus dem Zimmer ging und Caleb draußen auf dem Boden hocken sah. Er blickte zu mir auf, und ich bemerkte die dunklen Ränder unter seinen grünen Augen, den Kummer in seinem Blick. Er sah müde und verletzlich aus.

Aber ich wusste ja jetzt, dass er ein großartiger Schauspieler war.

Alles war eine Lüge.

Ich beachtete ihn nicht und lief weiter, denn ich musste *jetzt* weg. Ich biss die Zähne zusammen, während er sich vor mir hinstellte und mir den Weg versperrte.

„Du vertraust mir nicht. Das hast du nie, stimmt's?", fragte er.

Er wartete auf eine Antwort, die ich nicht gab. Das wollte ich nicht.

„Egal, was ich jetzt sage, es spielt keine Rolle, weil du dich schon entschieden hast", fuhr er fort. Seine Stimme war belegt.

Zittrig holte ich Luft.

„Red."

Da war ein flehender Ausdruck in seinen grünen Augen, die mich baten zu bleiben.

Aber ich kann nicht. Ich kann nicht. Ich kann nicht.

„Ohne Vertrauen sind du und ich nichts", erklärte er.

Ihm vertrauen? Damit er mir lauter Lügen auftischen konnte ... Nein, dafür würde ich nicht bleiben. Ich griff nach dem Türknauf und atmete schwer.

Stille.

„Red?" Er streckte einen Arm nach mir aus, die Handfläche nach oben, und beschwörte mich stumm, seine Hände zu ergreifen. „Geh nicht."

Ich zwang die Tränen zurück und raffte all meine Kraft zusammen. „Ich muss. Leb wohl, Caleb", presste ich mühsam heraus.

Dann öffnete ich die Tür und schritt hinaus. Ich widerstand dem Drang, mich zu ihm umzusehen. Alles, was ich mit hergebracht hatte, war eingepackt …

Warum fühlte es sich dennoch so an, als würde ich alles zurücklassen?

30. Kapitel

Veronica

Jedes Anzeichen von Verwundbarkeit war eine Einladung an den Schmerz.

Betrug war wie ein tollwütiger Wolf, der den kleinsten Hauch von Schwäche spürte und dessen einziges Ziel es war, die Schwachen zu verschlingen und zu vernichten.

Wie oft müssten sich unsere Wege noch kreuzen, bevor ich endlich klug wurde?

Ich zeigte der Welt, was sie zu sehen hasste: Stärke und Ungerührtheit, während ich im Innern eine Herzschmerz-Katastrophe war.

Ich bewegte mich wie betäubt und blind vorwärts, vollends versunken in meine Qual, die nicht nach draußen zu lassen mich meine gesamte Kraft kostete. Als ich gegen etwas Hartes stieß, reagierte ich nicht mal. Ich sank einfach nur auf den Boden.

„Entschuldige. Alles in Ordnung?"

Das war eine tiefe männliche Stimme. Jemand kniete sich vor mich, doch ich konnte ihn nicht sehen, weil alles verschwommen war.

„Verdammt", fluchte er. „Hier, ich habe dich."

Ich fühlte, wie mich kräftige Arme nach oben zogen und mir dann ein Stück Stoff in die Hand gedrückt wurde. Verständnislos sah ich es an.

„Für deine Tränen", meinte er. „Du weinst, Engelsgesicht."

Tat ich das? Unwillkürlich fasste ich an meine Wange und fühlte, dass sie nass war.

„Kar", stieß ich schluchzend hervor. „Ich muss zu Kar."

„Kar? Da hast du Pech. Sie ist nicht hier, kommt aber bald zurück."

Er ging hinaus auf Kars Terrasse und ließ sich auf eine weiße Bank fallen. Ich folgte ihm und setzte mich so weit weg von ihm wie möglich.

„Ich warte hier mit dir, bis Kar wieder da ist, einverstanden?"
Ich nickte und blendete alles andere aus.

Als ich Gitarrennoten hörte, drehte ich mich zu dem Geräusch um und stellte fest, dass er spielte. Seine langen, geschickten Finger bewegten sich gekonnt über die Saiten.

Er spielte „Let Her Go" von Passenger.

Na, wenn das nicht ironisch ist! Ich war hergekommen, um zu vergessen, doch anscheinend sollte noch Salz in meine Wunde gestreut werden.

Seine Stimme war tief und ein wenig rau. Ich schloss die Augen und fühlte einen Stich in der Brust, während ich zuhörte.

Wir saßen zusammen, ohne zu reden. Ich lauschte den Songs, die er spielte, und er ließ mich in Ruhe, fragte nicht, was los war. Dafür war ich sehr dankbar.

Nach einer Weile blickte ich zu ihm hin. Ich hatte ihn schon mal getroffen, war mir allerdings nicht sicher, wo das gewesen sein könnte. Sein Haar war dick und dunkelbraun, fast schwarz, mit leichten Locken und lang genug, dass es seine Schulter berührte. Es sah zerzaust aus, als hätte er sich mehrmals mit den Fingern hindurchgestrichen. Seine Züge waren streng und schön. Sie erinnerten mich an die Statue eines Kriegerengels, die ich mal gesehen hatte.

Er trug ein schwarzes Hemd und eine alte, ausgeblichene Jeans mit Löchern auf den Knien sowie ausgelatschte Converse-Schuhe. Er saß entspannt auf der Bank, die Beine überkreuzt und die Gitarre auf dem einen Knie. Dabei wirkte er, als würde er sich vollkommen wohl in seiner Haut fühlen.

Ab und zu warf er das Haar nach hinten, sodass ich die drei silbernen Ohrstecker an seinem linken Ohr entdeckte. Um seinen Unterarm hatte er ein schwarzes Lederarmband gebunden, das an den Kanten ausgefranst war, als hätte er es seit Jahren nicht abgenommen. Und ich bemerkte, dass er mehrere Ringe an den Fingern trug.

Er holte ein schwarzes Haargummi aus seiner Gesäßtasche und nahm es zwischen die Zähne, während er sein langes dunkles Haar nach hinten raffte. Dann band er es rasch zusammen und spielte weiter.

Er hatte etwas Wildes und Maskulines an sich. Etwas Freies. Und ihn umgab eine Mir-doch-egal-Aura, um die ich ihn beneidete.

Plötzlich schaute er mich mit verblüffend blauen Augen an, und als er lächelte, bildeten sich in seinen Wangen tiefe Grübchen.

„Hast du mein Handtuch noch?" Er hatte ein Funkeln im Blick, das vermutlich jedem eine Warnung sein sollte, sich ja nicht auf ihn einzulassen, wenn man keine Schwierigkeiten kriegen wollte. Und ich hatte schon genug Probleme.

Handtuch? Wovon redet er?

Er hatte einen leichten Akzent, den ich nicht einordnen konnte. Mir fiel auf, dass ich nicht mal seinen Namen kannte, geschweige denn wusste, was er hier tat. Da hörte ich jemanden meinen Namen rufen.

„Ver?"

Kar. Ich ermahnte mich, die Fassung zu wahren, mich zu beruhigen. Und ich blieb auch ruhig, als ich mich zu ihr umdrehte, doch sobald sie fragte: „Was ist passiert?", konnte ich nicht mehr.

Meine Tränen strömten ungehemmt, und alle Gefühle, die ich so angestrengt zurückhalten wollte, sprudelten aus mir heraus. Ich dachte, dass ich mich im Griff hätte, doch ein Blick von meiner besten Freundin – die natürlich gleich sah, dass etwas Schlimmes passiert sein musste und es mir dreckig ging –, und schon flossen die Tränen unkontrollierbar. „Kar."

„Oh, Süße." Sie nahm mich in die Arme, während ich leise weiterweinte.

„Damon! Was hast du mit ihr gemacht, du Schwein! Dauernd bringst du Mädchen zum Heulen. Was hast du zu ihr gesagt?"

Er hielt beide Hände in die Höhe. „Ich bin unschuldig."

Kar schüttelte den Kopf. „Komm, gehen wir rein, Ver."

Sie führte mich in die Küche, schenkte ein Glas Wasser ein und reichte es mir. „Setz dich hin, Ver. Was ist los?"

Das Wasser war kalt und glitt wohltuend durch meine ausgetrocknete Kehle. Ich konzentrierte mich auf dieses Gefühl und wünschte mir, mein Herz wäre so hart und kalt wie die Eiswürfel, die in dem Glas klimperten.

Unsicher blickte ich zu Damon, der nun auf dem Fußboden lag und mit dem halben Oberkörper unter der Spüle verschwand. Neben seiner Hüfte war ein Werkzeugkasten, nachdem er blind griff.

„Achte nicht auf ihn", meinte Kar. „Er ist hier, um ein Leck zu reparieren." Danach zeigte sie auf ihre Ohren. „Er hat immer seine Ohrstöpsel drin, wenn er arbeitet, also hört er uns nicht. Also, Ver, erzähl mir lieber, was passiert ist, ehe ich platze und jemanden umbringe. Caleb wird der Erste auf meiner Liste sein. Na, raus damit, wie hat er es versaut?"

Ich wusste nicht, was ich davon halten sollte, dass sie umgehend unterstellte, Caleb hätte mir wehgetan.

Ich schüttelte den Kopf, denn ich wollte nicht reden und alles noch mal durchgehen. Lieber wollte ich mich irgendwo zusammenrollen und vergessen. Vielleicht sollte ich schlafen, und wenn ich aufwachte, wäre es wie ein Traum.

Kar rüttelte an meinen Schultern, da sie keine Antwort erhielt.

„Kar, ich will nur ... erst mal schlafen. Darf ich dein Gästezimmer benutzen? Ich erzähle dir hinterher alles."

„Nein, du erzählst es mir jetzt."

Ich zuckte zusammen, da es an der Tür läutete.

„Du bleibst hier. Ich erwarte bloß ein Paket. Und wenn ich zurückkomme, spuckst du besser alles aus."

Während sie fort war, legte ich die Arme auf den Tisch und vergrub mein Gesicht darin.

Ich hasste die Hoffnung und Angst, die sich in mir regten, als es klingelte. Wie erbärmlich war ich denn, dass ich glaubte, es könnte Caleb sein? Natürlich würde er mir nicht folgen. Warum sollte er? Und wollte ich überhaupt, dass er es tat?

Nein, wollte ich nicht. Genau genommen wollte ich ihn nie wiedersehen. Wenn er die Macht hatte, mich so sehr zu verletzen, und so rücksichtslos war, mir derart wehzutun, wollte ich ihn nicht mehr in meinem Leben haben. Dort hätte er gar nicht erst sein dürfen.

Ich hörte leichten Tumult im Wohnzimmer und hielt mir die Ohren zu. Wenn man mich doch nur in Ruhe lassen würde!

„Red."

Ich erstarrte.
Nein. Nein. Nein.
Mein Herz hämmerte wie verrückt, doch ich wagte nicht, mich zu rühren.
Es war seine Stimme. Calebs Stimme.
„Red", wiederholte er sanft.
Er war es wirklich.
Er war mir gefolgt.
Die verschiedensten Gefühle durchströmten mich – Erleichterung, weil er gekommen war, und Wut, weil er mich betrogen hatte.
Ich ballte die Fäuste und wünschte, ich wäre woanders. Ich wünschte, die letzte Nacht hätte es nie gegeben. Dass Beatrice nie aufgetaucht wäre ... aber das war sie nun mal. Und wäre es nicht letzte Nacht gewesen, dann eben eine andere. Es wäre trotzdem irgendwann geschehen.
Als ich seine Hand an meiner Schulter spürte, zuckte ich zusammen. Das Schaben von Stuhlbeinen auf dem Boden schmerzte in meinen Ohren. Zornig stemmte ich mich vom Tisch ab.
„Fass mich nicht an!"
Seine Berührung brannte förmlich auf mir.
Der offene Schmerz in seinem Blick verschlug mir den Atem. Ich hatte gedacht, nichts würde mich noch mehr brechen können, wenn ich ihn wiedersah. Doch der Anblick seines schönen Gesichts und dieser verwundete Ausdruck in seinen Augen trafen mich tief.
Caleb wirkte immer so cool und lässig; doch jetzt stand er völlig fertig vor mir. Seine Kleidung war zerknautscht und sein Haar strähnig und zerzaust.
„Ich hätte dich nicht aus der Tür lassen dürfen", flüsterte er.
Für einen Moment kniff ich die Lider fest zu, um mich zu fangen. Und ich biss mir auf die Unterlippe, so fest ich konnte. Vielleicht müsste ich nur hart genug zubeißen, und der Schmerz dort würde den in meiner Brust überlagern.
„Geh bitte."
„Hör mir zu. Dann gehe ich", bat er. „Bitte."
„Haben wir hier ein Problem?", unterbrach Damon, der auf einmal neben mir stand.

Calebs Blick wurde hart, als er ihn ansah. „Halt dich da raus, Damon."

„Soweit ich weiß, hast du mir gar nichts zu sagen, Lockhart."

Vor Schreck riss ich die Augen weit auf, denn Caleb trat einen Schritt auf Damon zu. Dabei dehnte er seinen Nacken, und seine Züge wirkten vor Wut wie versteinert. Seine Armmuskeln spannten sich an, als er die Fäuste ballte, bereit, Damon zu schlagen.

„Jetzt schon", erwiderte er und stieß Damon zurück. „Weg von ihr."

So feindselig und zornig hatte ich Caleb noch keinem gegenüber erlebt.

„Stopp!", schrie ich, drängte mich zwischen die beiden und drückte meine flachen Hände gegen ihre Oberkörper. Es fühlte sich an, als ob ich versuchte, zwei Berge auseinanderzuschieben.

„Stopp!", wiederholte ich und funkelte Caleb aufgebracht an. „Ich rede draußen mit dir."

„Damon!" Kar kam aus der Küche gelaufen, packte Damons Arm und zerrte daran. „Spar dir deinen Heldenkomplexmist für später auf, und lass die beiden in Ruhe. Fahren wir. Ich habe noch was bei meinem Vater vergessen."

Ich warf Kar einen dankbaren Blick zu. „Ruf mich an", meinte sie und verschwand mit Damon.

Ohne auf eine Antwort von Caleb zu warten, riss ich die Glasschiebetür auf, die in Kars Garten führte, und lief hinaus.

Die Sonne schien grell von einem klarblauen Himmel, und der Wind säuselte melodisch in den Bäumen. Vögel zwitscherten vergnügt.

Es kam mir wie eine Schweinerei vor, dass alles einfach weiterging, obwohl ich nicht dafür bereit war. Die Welt war grausam. Sie wartete auf niemanden, drehte sich einfach weiter, gnadenlos und ohne Reue, mitleidlos und ohne eine einzige Träne um einen zu weinen. Selbst wenn man schreiend auf die Knie fiel und litt, kümmerte es sie nicht.

Das wusste ich. Ich hatte es schon gewusst, bevor ich Caleb begegnete. Und dass ich jetzt so sehr litt, war meine eigene Schuld. Ich hätte ihm nie vertrauen dürfen.

Sowie ich seine Schritte hinter mir hörte, versteifte ich mich. Er war nahe genug, dass ich seine Körperwärme spüren konnte.

„Letzte Nacht habe ich nicht mit ihr geschlafen, Red. Ich würde dir niemals absichtlich wehtun."

Ich drehte mich zu ihm um. „Und warum hast du mir nicht geantwortet, als ich dich gefragt habe?"

„Weil du nicht auf *meine* Frage geantwortet hattest, ob du mir vertraust. Und ich konnte dir schlicht ansehen, dass du es nicht getan hast – dass du es nicht tust. Mir vertrauen. Das tut beschissen weh."

Ich schaute weg von ihm. Es schmerzte zu sehr, in seine Augen zu blicken.

Und ich hatte keine Ahnung, ob ich ihm glaubte. Also bemühte ich mich, eine neutrale Miene aufzusetzen.

„Sie hat gesagt, dass sie deine Erste war."

Er holte tief Luft. „Ja, das stimmt."

Es fühlte sich an, als hätte mich jemand in den Bauch geboxt. Ich schlang die Arme um meinen Oberkörper und bog die Schultern nach vorn.

„Du weißt doch, dass wir zusammen aufgewachsen sind. Und früher habe ich mir immer jemanden gewünscht, den ich beschützen konnte. Es war ein gutes Gefühl. Ich war immer für sie da, und sie hat sich angewöhnt, sich komplett auf mich zu verlassen. Das hat sich irgendwie so eingespielt. Und ich habe mich für sie … verantwortlich gefühlt."

Er zögerte kurz, ehe er fortfuhr: „Ich bin nicht sicher, wann genau es sich verändert hat. In der Highschool, nehme ich an. Wir waren mit unseren Eltern im Urlaub in Griechenland. Beatrice ging es nicht gut, und sie bat mich, mit ihr im Hotel zu bleiben. Da hat sie mich geküsst, und ich bin darauf eingegangen."

„Du meinst, du hattest Sex mit ihr."

Es dauerte einen Moment, bis er antwortete: „Ja. Meine Beziehung zu ihr war kompliziert. Über Jahre waren wir mal zusammen, mal nicht. Aber es bedeutete nie mehr als Sex …"

„Oh nein, es hat ihr garantiert mehr als das bedeutet." Ich blickte ihn vorwurfsvoll an, und meine Stimme bebte vor Wut. „Und falls du das nicht gewusst hast, bist du nicht bloß blöd, sondern unsensibel. Es ist völlig offensichtlich, dass sie in dich verliebt ist."

Auf einmal wirkte er so schockiert, dass mir klar wurde, wie wenig Ahnung er tatsächlich von Beatrices Gefühlen für ihn hatte. Und mir wurde übel. Jetzt, da er es wusste, würde er ... würde er etwas an der Situation ändern? Zu ihr zurückgehen?

„Red. Ich habe vor Monaten aufgehört, mit ihr zu schlafen – vor über einem Jahr. Ich hatte ihr gesagt, dass wir das sein lassen müssen, weil ich unsere Freundschaft nicht kaputt machen wollte. Es hätte nie eine Rolle gespielt, ob sie in mich verliebt ist. Ich bin nicht in sie verliebt und war es nie. Ich bin ..."

Ich fiel ihm ins Wort. „Was ist letzte Nacht passiert?"

Seine Nasenflügel bebten. „Gestern Abend, als sie zu weinen angefangen hat, war mir klar, dass sie kurz vor einer Angstattacke stand. Diese Anfälle hat sie schon seit der Highschool. Da hatte sie oft Probleme einzuschlafen. Dann rief sie mich an – und ich ..."

Als er nicht weitersprach, beendete ich den Satz für ihn: „Und du hattest Sex mit ihr."

Er biss die Zähne zusammen. „Ja, aber wie ich schon sagte, habe ich damit schon längst aufgehört. Sie rief mich weiterhin an, doch ich legte mich nur noch neben sie, und aus irgendeinem Grund hat sie das beruhigt."

Ich schluckte, weil ich einen Kloß im Hals hatte. „Und letzte Nacht?"

„Nachdem ich sie gestern Abend nach Hause gefahren hatte, war ihr Vater da. Er hat sie nicht erkannt, und sie war völlig aufgelöst. Ich habe sie in ihr Zimmer gebracht und ihr gesagt, dass sie schlafen soll. Sie wollte, dass ich die Nacht bleibe, aber selbst wenn ich dir nicht versprochen hätte, nach Hause zu kommen, wäre ich nicht über Nacht bei ihr geblieben. Das ist jetzt alles anders. Durch dich ist es anders, Red."

Wieder atmete er tief ein. „Ich hatte nur vor, bei ihr zu bleiben, bis sie eingeschlafen war. Aber sie hat mich gebeten, mich neben sie zu legen ..."

Nein!

Ich kniff meine Augen fest zu und presste die Lippen zusammen, um ja keinen Mucks zu machen. Dabei wollte ich schreien, um mich schlagen … ihn so verletzen, wie er mich gerade verletzte.

„Es war reine Gewohnheit. Irgendwie tat ich es schon, bevor mir bewusst war, was ich machte. Ich wollte bald zu dir zurück, und ich wusste, je schneller sie einschlief, desto eher konnte ich gehen. Aber es fühlte sich falsch an. Ich hätte das nicht machen dürfen. Ich habe es versaut, Red, und es tut mir leid. Es war ein Fehler. Ich schlief ein und träumte von dir – und ich …"

„Stopp", sagte ich ruhig, obwohl ich innerlich kreischte. „Hör einfach auf."

Wie konnte er erwarten, dass ich ihm glaubte, nachdem er gerade unwissentlich seinen Betrug gestanden hatte? Er hatte doch erzählt, dass er sie immer beruhigte, indem er mit ihr schlief. Wie kam er darauf, dass ich ihm jetzt abkaufte, es wäre diesmal anders gewesen?

Er hatte sie nach Hause gefahren und war die Nacht über bei ihr geblieben.

Hatte mit ihr geschlafen.

Verlangte er ernsthaft, dass ich davon ausging, es wäre nichts passiert? Erst recht bei seiner Vorgeschichte und seiner lockeren Einstellung zum Sex …

„Red …"

„Nenn mich nicht so!" Meine Augen brannten vor ungeweinten Tränen, die er auf keinen Fall sehen durfte. „Ich will nicht, dass du mich jemals wieder so nennst." Ich atmete so schnell, dass sich meine Brust auf und ab bewegte. „Ich will, dass du verschwindest."

Ich wandte ihm den Rücken zu und ging zum Haus.

Seine Hand klatschte gegen die Schiebetür, sodass ich sie nicht öffnen konnte. „Verdammt! Verdammt noch mal, geh nicht!"

Beim Zittern seiner Stimme brach ich innerlich zusammen.

„Ist es denn ein Verbrechen von mir, um dein Vertrauen zu bitten – es mir zu *wünschen*? Es tut weh, dass du mir nicht traust. Sogar beschissen weh."

Ich nahm die Hand von der Tür.

„Was bin ich für dich?", fragte er leise und gequält. Er drehte mich vorsichtig zu sich.

Meine Kehle war so eng, dass ich ihm nicht mal antworten könnte, wenn ich gewollt hätte. Als er eine Hand nach meinem Gesicht ausstreckte, wandte ich mich ab.

„Nicht", sagte ich erstickt.

„Bin ich ... bin ich nicht mal einen Streit wert?", flüsterte er. „Red?"

„Ich sagte doch", flüsterte ich und wurde noch wütender, weil meine Stimme bebte. „Nenn. Mich. Nicht. So."

Von Anfang an hatte ich gewusst, dass er mir wehtun würde, wenn ich das erlaubte. Ich hatte ihn an mich herangelassen, und er hatte mich schlimmer verletzt, als ich es je für möglich gehalten hätte. Jetzt wollte ich, dass er genauso litt, bevor er noch mehr Schaden anrichten und mich noch schlimmer verletzen könnte. Also schlug ich zurück, verletzte ihn so hart und so tief, wie ich konnte.

Um mich zu schützen.

„Ich will, dass du mich in Zukunft in Ruhe lässt. Ich will dich nicht sehen, nichts von dir hören. Das mit uns kann nicht funktionieren. Wird es nie."

„Lügnerin."

„Ich war verzweifelt. Du warst eine praktische Lösung."

Er fasste mich an den Armen, und seine Augen funkelten vor Rage, als er mich anstarrte. „Ich glaube dir nicht."

Ich zuckte mit den Schultern, schüttelte ihn ab und zeigte ihm, dass es mir egal war. Gleichzeitig brach mir das Herz. „Mich interessiert nicht, was du früher oder letzte Nacht mit ihr gemacht hast. *Es interessiert mich nicht.* Du kannst schlafen, mit wem du willst. Das bist du doch sowieso gewohnt. Und so hast du es immer gehalten. So bist du *wirklich*."

Seine Augen glühten förmlich vor Zorn. Ich schnappte nach Luft, als er meine Schultern fest umschloss und mich an sich riss. Ohne Vorwarnung war sein Mund auf meinem, und er küsste mich heftig. Noch nie hatte er mich so wütend geküsst.

Seine Lippen waren erschreckend hart, als wollte er mich bestrafen.

„Nein!" Ich trommelte mit den Fäusten gegen seinen Brustkorb und stieß ihn weg von mir. „Lass mich los!" Er verstärkte seinen Griff und brachte mich zum Verstummen, indem er mich erneut erbarmungslos küsste.

„Bitte mich nicht, dich gehen zu lassen, denn das kann ich nicht", sagte er dicht an meinem Mund. „Ich kann nicht."

Ich sackte gegen ihn, und aller Kampfgeist in mir war verpufft. Entsetzt stellte ich fest, dass ich zu weinen anfing.

„Ich habe dir mehr von mir gegeben als irgendjemandem vorher, Caleb", presste ich schluchzend heraus, während die Eisschicht um mein Herz herum brach.

Ich schloss die Augen, als er mein Gesicht streichelte und seine Stirn an meine drückte. „Oh Gott, weine nicht. Bitte, weine nicht."

Erneut senkte er seine Lippen auf meine, doch diesmal war sein Kuss sanft und neckend, warm und weich und riss meine letzten Schutzwälle ein.

„Ich will mehr. Nicht nur Häppchen, sondern alles von dir", sagte er leise und verzweifelt.

Als hätte er gefühlt, dass ich nachgab, legte er beide Hände sanft an meinen Nacken und streichelte mich zärtlich mit seinen Daumen. Als seine Arme meine Taille umfingen und mich dichter an sich zogen, erwiderte ich seinen Kuss. Und als seine Zunge tief in meinen Mund eintauchte und ihn eroberte, vergaß ich alles andere. Sein Körper war hart, seine Hände lagen heiß auf meiner Haut und nahmen mich in Besitz.

Und dann kehrte die Vernunft zurück.

„Nein!"

Wie oft hatte ich gesehen, dass meine Mutter meinem Vater genauso nachgegeben hatte?

Ich schob ihn von mir weg, kämpfte mit aller Kraft darum, dass er mich losließ. Würde er es nicht tun, bekäme ich Angst. Ich hatte jetzt schon solche Angst, dass ich einknicken würde, dass ich vergessen könnte, was er getan hatte, und ihm verzieh, wieder und wieder. Bis ich mich selbst verlor.

„Lass mich los!"

Als er es endlich tat, wischte ich mir wütend den Mund mit

dem Handrücken ab, um seinen Kuss auszuradieren. Ihn auszuradieren.

„Hör einfach auf! Wie werde ich dich bloß los? Mann, du bist wie ein lästiger Köter!"

Er trat einen Schritt zurück, und seine Augen funkelten vor Wut. „Ist es das, was ich für dich bin?"

Nein, aber ich muss dich jetzt verletzen.

Das Seil franst aus. Ich brauche nur noch einen Ruck, dann ist es durchtrennt.

„Du denkst nur an das, was *du* willst. Was ist mit dem, was *ich* will? Dies hier, das mit uns, ging viel zu schnell. Ich habe dir gesagt, dass ich noch nicht so weit bin, aber du hast immer auf mehr gedrängt. Ich kann dir nicht mehr geben, Caleb. Das war's. Und ich will, dass du mich verdammt noch mal in Ruhe lässt."

Ich sah ihn an, blickte in das nackte Elend in seinem Gesicht und vernichtete alles, was noch übrig war. Von mir. Von ihm. Von uns. „Ich will dich nicht."

Lügnerin.

Seine Augen wurden eisig. Und mein Herz, das ohnehin schon gebrochen war, zersplitterte endgültig.

„Du bist so feige", meinte er frostig. „Erinnerst du dich, wie du mir sagtest, dass du dich weigerst, schwach zu sein? Dass du nicht aufgeben würdest?"

Ja, ich erinnerte mich.

„Aber jetzt gibst du auf. Du bist schwach, weil du dich davor fürchtest, verletzt zu werden. Tja, weißt du was? Man muss um das kämpfen, was man wirklich will. Ich wollte dich, habe um dich gekämpft, seit dem Tag, an dem ich dir begegnet bin. Du hast mich immer weggestoßen, aber ich habe nicht aufgegeben. Ich wollte, dass du auch um mich kämpfst, so wie ich um dich gekämpft habe. Doch das willst *du* nicht."

Seine Hand zitterte, als er sich übers Gesicht rieb, und er holte tief Luft.

„Du sagst mir, dass ich dich loslassen soll. Und weil ich immer das tue, was du von mir verlangst, werde ich dich in Ruhe lassen. Ich lasse dich gehen."

Mein Kummer kam in Wellen, aber ich staute ihn in mir auf.

Caleb drehte sich um, ging weg. Er griff nach der Tür, blieb stehen, eine Hand in der Luft.

Ich hielt den Atem an, während ich zusah, wie seine Hand wieder nach unten sank und er den Kopf neigte, als musterte er den Boden. Schließlich wandte er sich um und sah mich eiskalt an.

„Leb wohl", sagte er leise. „Veronica."

31. Kapitel

Caleb

Ich surfte auf einer Wutwelle. Sie wurde zu meiner Freundin, machte mich blind für die viel tiefere Wunde, die ich tatsächlich erlitten hatte. Die Wahrheit zwang einen, sich der hässlichen Realität zu stellen, und das bedeutete Schmerz. Vielleicht klammerten die Leute sich deshalb so an ihren Zorn; der war immer noch besser als Schmerz.

Ich kniff die Augen zusammen. Meine Lunge brannte, meine Beine gaben fast nach. Ich war zwei Stunden durchgelaufen, um mich auszupowern und nicht an *sie* zu denken.

„Wie werde ich dich bloß los? Mann, du bist wie ein lästiger Köter!"

Ich rannte schneller, und meine Turnschuhe knallten auf den Asphalt.

„Ich will dich nicht."

Ich konnte meinen Atem hören, laut und scharf. Meine Brust war eng, und mein Herz hämmerte gegen meine Rippen, als wollte es meinen Brustkorb sprengen.

„Es interessiert mich nicht. Du kannst schlafen, mit wem du willst. Das bist du doch sowieso gewohnt. Und so hast du es immer gehalten. So bist du wirklich."

Schweiß rann mir über die Stirn und brannte in meinen Augen.

Scheiße.

Hatte ich schon jemals solchen Schmerz empfunden? Nein, denn ich hatte auch noch nie geliebt. Bis Red kam. Und jetzt sah man ja, was mir das gebracht hatte.

Es gab einen Grund, warum ich mich nie ernsthaft auf ein Mädchen einließ: weil ich nämlich genau das hier nicht erleben wollte. Mir war schon klar, dass ich kein Heiliger gewesen war, bevor ich sie kannte, aber, verdammt noch mal, danach war ich fast einer. Seit ich sie zum ersten Mal gesehen hatte, wollte ich keine andere mehr.

Sie hatte mich nicht darum gebeten, mich zu ändern. Ich tat es für sie. Bedeutete das denn gar nichts? Was wollte sie noch von mir? Sie hatte mir nie vertraut, mir ... *uns* niemals eine Chance gegeben.

So bist du wirklich? dachte ich verbittert.

Allein war ich besser dran. Ich wünschte mir die Zeiten zurück, in denen mich kein Mädchen mit einem einzigen Blick derart tief treffen, mich mit ihrer Gleichgültigkeit und ihrem mangelnden Vertrauen derart tief verletzen konnte.

Wütend duschte ich und zog mich an. Ich würde ihr schon zeigen, wer ich wirklich war.

Der Geruch von verschiedenen Parfüms und Schweiß, Frittiertem und Whiskey lag in der Luft, als ich den Club betrat. Technomusik schrillte mir in die Ohren, und die blinkenden Neonlichter blendeten mich, während ich mir einen Weg durch den dunklen Raum bahnte, um einen Platz zu finden. Auf der Tanzfläche herrschte bereits dichtes Gedränge.

Falls mich das alles längst nicht so reizte wie früher oder wie ich es erwartet hatte, ignorierte ich das Gefühl und blickte mich nach einem freien Tisch um. Da ich keinen finden konnte, ging ich an die Bar und setzte mich dort auf einen der Hocker. Ich winkte dem Barkeeper und bestellte ein Bier.

„Schlimmer Abend?"

Ich schaute zu der attraktiven Brünetten, die auf dem Hocker rechts neben mir saß. Sie stellte ihren Körper in einem engen schwarzen Kleid zur Schau, das viel Haut zeigte, und drehte sich zu mir um. Ihre Augen hatten diesen selbstbewussten Glanz, der sagte, dass sie ihre Wirkung auf das andere Geschlecht kannte.

Mir war dieses Spiel vertraut. Ich hatte es zahllose Male mitgemacht.

„Wird gerade besser", antwortete ich, allerdings ohne echte Begeisterung. Sie schien meinen mangelnden Enthusiasmus nicht zu bemerken, denn sie lächelte hübsch und ließ ihre weißen Zähne aufblitzen.

Wenn ich mich recht erinnerte, wäre dies der ideale Zeitpunkt, sie zu fragen, ob sie irgendwo anders hingehen wollte.

Manche Mädchen mussten umschmeichelt werden, damit sie sich besser fühlten, wenn sie mit einem Fremden schliefen; einigen musste man erst Drinks spendieren und vielleicht mit ihnen tanzen.

Alles war ein Spiel. Ein krankes Spiel, bei dem am Ende keiner wirklich gewann.

Denn hinterher würden wir uns beide immer noch leer fühlen.

Bei Red fühlte ich mich ...

„Entschuldige", sagte ich und lächelte sie bedauernd an. „Ich kann das nicht."

Bei der Vorstellung, mit einer anderen zusammen zu sein, drehte sich mir der Magen um. Ich stemmte mich vom Tresen ab.

„Du denkst nur an das, was du willst. Was ist mit dem, was ich will? Dies hier, das mit uns, ging viel zu schnell. Ich habe dir gesagt, dass ich noch nicht so weit bin, aber du hast immer auf mehr gedrängt. Ich kann dir nicht mehr geben, Caleb. Das war's. Und ich will, dass du mich verdammt noch mal in Ruhe lässt."

Zum Teufel damit.

Genervt ging ich weg.

„Bist du blind, du Arsch? Du hast den Drink meiner Freundin umgekippt und denkst, du kannst dich einfach verpissen?"

Der Typ brüllte mir ins Gesicht, und Speicheltropfen flogen aus seinem Mund. Er kam mir sehr nahe und packte meinen Arm.

„Nimm deine beschissenen Finger von mir", sagte ich ruhig.

Er schubste mich, und ich rastete aus. Ich schlug los. Das Nächste, was ich mitkriegte, war, dass ich aus dem Club geworfen wurde.

„Komm nie wieder her, Schwachkopf."

Meine Rippen taten weh, und mein Kinn pochte, als ich auf den Parkplatz stolperte. Ich sah auf meine Fäuste und bemerkte, dass sie blutig waren. Es war nicht mein Blut.

Als ich in meinen Wagen stieg, dachte ich an *sie*. Dies war nicht der Club, in dem ich ihr begegnet war, nicht derselbe Parkplatz. Dennoch dachte ich an sie.

Ich dachte an ihr rotes Kleid, ihre roten Lippen, die intensiven dunklen Augen, die einen ansahen, als würden sie einem die Seele nehmen. Augen, die älter wirkten, als sie tatsächlich waren, und die verrieten, dass sie eine Menge durchgemacht hatte.

„Ich habe dir mehr von mir gegeben, als irgendjemandem vorher, Caleb."

Ich schloss die Augen und lehnte den Kopf ans Lenkrad.

Sie hätte mir die Brust öffnen und mein Herz herausreißen können. Das wäre besser gewesen als dieses Gefühl jetzt.

Ich fuhr ziellos umher, das Radio auf volle Lautstärke gedreht, um meine Gedanken auszublenden. Mir war nicht bewusst, wohin ich fuhr, bis ich erkannte, dass ich in Kars Straße war.

Sie hatte mir gesagt, dass ich sie loslassen sollte. Was tat ich hier?

Hatte ich nicht genug davon, jemandem nachzujagen, der mich nicht wollte?

Warum kann ich sie nicht in Ruhe lassen?

Ich sollte wegfahren. Stattdessen stellte ich den Wagen ab und starrte zum erleuchteten Wohnzimmer. Immer noch war ich wütend und verletzt, doch ich war auch ein Loser und hoffte, sie zu sehen.

Dann bemerkte ich eine vertraute Gestalt auf einem Motorrad, die vor Kars Wohnung anhielt. Er hatte eine schwarze Lederjacke und eine schwarze Hose an. Sein Helm bedeckte sein Gesicht, aber ich wusste, wer er war.

Sein Kopf war zur Tür gewandt. So blieb er, der Körper angespannt, als würde er mit sich ringen, ob er reingehen oder wegfahren sollte.

Ich ließ mein Seitenfenster herunter. „Willst du ein Bier?", rief ich.

Er nahm seinen Helm ab und nickte mir zu. „Bei mir."

Ich nickte und folgte ihm.

„Stalkst du deine Ex?", fragte ich Cameron, als wir von der Küche in den Garten gingen.

Er reichte mir ein Bier und versuchte nicht mal, es zu leugnen. „Ab und zu."

„Jetzt traue ich mich nicht mehr, Leuten zu sagen, dass ich dich kenne." Ich atmete langsam aus. „Aber ich kann das noch toppen."

„Das glaube ich kaum", spottete er und setzte sich neben mich. „Was wolltest du bei meiner ...?" Er räusperte sich. „Bei Kara?"

Es war leichter, es ihm zu erzählen, da ich ihn zuerst ertappt hatte.

„Das Gleiche wie du. Red ..." Ich verstummte.

Ihr Gesicht tauchte vor meinem geistigen Auge auf – wütend, verletzt und dann eisig, als sie mir sagte, dass ich sie nicht mehr so nennen soll. „Veronica", korrigierte ich, „ist bei deiner Freundin. Sie hat Schluss mit mir gemacht."

Ihr Name fühlte sich fremd auf meiner Zunge an. Veronica. Ich liebte ihren Namen. Er war stark und schön. Doch für mich war sie Red.

„Tut mir leid, Mann."

Unruhig stand ich auf, ging am Rand des Swimmingpools entlang und blickte zu den Lichtern, die sich im blauen Wasser spiegelten.

„Tja, es lief richtig gut. Ach, Schwachsinn. Es lief *super*. Zumindest dachte ich das. Und dann habe ich es versaut." Ich trank von meinem Bier. „Beatrice war bei mir."

„Verdammt. Wusste sie von dir und Beatrice?"

Ich konnte spüren, wie sich Kopfschmerzen ankündigten, und presste die Finger auf meine Augenlider.

Sie ist nicht mehr mein Mädchen.

„Nein. Das ist noch ein Stück Mist auf meinem beknackten Haufen von Sachen, die ich ihr hätte sagen müssen."

Er nickte. „Ich hätte ihr das auch nicht erzählt, falls es dich tröstet. Und es bedeutet nicht, dass du sie belogen hast. Du hast es ihr bloß nicht gesagt."

Ich nickte. Ich war froh, dass er mich verstand. Ein Junge begriff so was.

„Aber so sieht sie es natürlich nicht. Kara ..." Wieder räusperte er sich. „Sagen wir, ich weiß, wie ein Mädchen sein kann, wenn sie von jemand anderem etwas über ihren Ex erfährt. Schön ist das nicht." Er stellte sich neben mich und gab mir noch ein Bier.

„Ich kapiere einfach nicht, warum die immer in der Vergangenheit herumwühlen wollen. Das ist wie eine bescheuerte Obsession bei denen." Er lachte leise. „Sie hatte zu mir gesagt, dass meine One-Night-Stands sie nicht interessieren. Die würden für sie nicht zählen. Aber die Geschichten, die länger als ein paar Wochen dauerten und einer Beziehung nahe kamen, die wollte sie unbedingt wissen." Er trank einen Schluck. „Als wäre das ein Heilmittel gegen Krebs oder so. Als würde es etwas daran ändern, was ich für sie empfinde." Er wischte sich den Mund mit dem Handrücken. „Für mich war sie *die eine*."

Seit der Trennung sprach er selten über Kar. Überrascht sah ich ihn an, aber er blickte gedankenversunken in die Dunkelheit.

„Du und Kar ..."

Er schüttelte den Kopf. „Ich habe dich nicht hergebeten, um über Kara zu sprechen, Mann. Ich kann nicht ... kann nicht mehr über sie reden."

Den Ausdruck in seinen Augen erkannte ich. Das war Schmerz, als würde er gefoltert. Vielleicht hatte er deshalb offener über Kar gesprochen. Weil er den gleichen Schmerz bei mir gesehen hatte.

Es tat weh, über die Frau zu reden, die man am meisten geliebt ... und verloren hatte.

„Schon klar."

„Und, willst du mir erzählen, was passiert ist?"

„Erinnerst du dich, wie sie an der Highschool diese Panikattacken hatte?"

„Ja. Du bist immer hin und hast sie gerettet. Das Mädchen hat dich schön nach seiner Pfeife tanzen lassen."

Ich stutzte. „Wie bitte?"

Er zuckte mit den Schultern. „Das erkläre ich dir später. Erzähl weiter."

Cameron hatte Beatrice nie gemocht.

„Bei mir hatte sie fast so einen Anfall, deshalb habe ich sie nach Hause gefahren. Ihre Mutter war total abgefüllt, und dann tauchte ihr Vater auf. Er ist ... richtig krank. Hat sie angeschrien und beschimpft. Er hat Beatrice nicht mal erkannt." Ich strich mir übers Gesicht. „Danach ist sie zusammengebrochen. Sie bat mich, bei ihr zu bleiben. Ich wollte nicht, denn mir war nicht wohl dabei. Ich wollte zurück zu meinem Mädchen. Aber wie zum Teufel konnte ich sie nach der Nummer im Stich lassen? Sie ist meine Freundin, und sie hat mich gebraucht. Was für ein Freund würde da einfach abhauen?"

Cameron nickte.

„Sie hat gesagt, dass sie wieder Pillen schluckt. Ich weiß nicht, was für welche, aber wenn die so sind wie die, die sie in der Highschool-Zeit genommen hatte, ist das verdammt übel. Sie hat mich gebeten, mich zu ihr zu legen. Und ich habe es versaut, Cam. Ich habe es vermasselt, weil ich nicht nachgedacht habe. Ich lag neben ihr und dachte nur, dass ich ihr helfe einzuschlafen. Ich glaubte, so würde sie schneller einschlafen, weil wir das früher auch schon gemacht hatten. Sie würde gleich pennen, und dann könnte ich verschwinden und zu meinem Mädchen zurück. Schön bekloppt von mir, denn als Nächstes wache ich auf, und sie liegt auf mir. Sie hat mich geküsst, und sie hatte ihr Oberteil ausgezogen. Verfluchter Mist."

Ich nippte an meinem Bier, doch bei der Erinnerung wurde mir schlecht.

„Verdammt", war alles, was Cameron erwiderte.

„Ich weiß."

Er hob die Brauen hoch. „Habe ich dir mal gesagt, warum ich sie nie mochte?"

„Ich glaube, ja, aber wahrscheinlich habe ich nicht zugehört."

Er zeigte mit seiner Bierflasche auf mich. „Das ist dein Problem. Bei Leuten, die dir wichtig sind, warst du schon immer blind. Sie manipuliert jeden, ist eine große Schauspielerin. Hast du gewusst, dass sie mit Justin schläft?"

„Was?"

„Ich wollte dir das morgen erzählen, wenn wir uns auf dem Campus sehen, aber jetzt bist du ja hier." Er seufzte, als wäre ihm eine große Last von den Schultern genommen worden. „Ich war gestern Abend mit Justin etwas trinken, und als er dicht war, hat er sich das Maul über Beatrice zerrissen."

„Was hat er gesagt?"

„Jeder denkt, dass ihr so eine On-off-Beziehung führt. Ich wusste natürlich, dass es eine reine Vögelbeziehung war." Er zuckte die Achseln. „Aber wenn sie nicht bei dir war, ist sie zu Justin gelaufen, um zu hören, was du ihr nicht erzählst. Das tut sie anscheinend immer noch."

„Wir waren nie richtig zusammen, und sie kann sich treffen, mit wem sie will."

Ich mochte Beatrice, liebte sie als Freundin, aber ich hatte sie nie auch nur annähernd so geliebt wie ... Red. Verflucht, ich nannte sie Red, und damit basta!

„Klar, aber das ist noch nicht alles."

Ich runzelte die Stirn. „Was noch?"

„Justin sagt, dass sie ihre Panikattacken vorgetäuscht hat."

„Wovon redest du?"

„Sie hat dir was vorgemacht, Mann. Sie hat diese Anfälle nur gespielt, damit du zu ihr kommst."

„Warum sollte sie das ...?" Ich verstummte mitten im Satz und riss entsetzt die Augen auf. Sofort dachte ich an letzte Nacht, und die Ereignisse liefen in meinem Kopf ab wie ein Film.

Sie ist in dich verliebt, hatte Red gesagt.

Mein Herz donnerte wie wild. Hatte Beatrice etwa geplant, was letzte Nacht passiert war? Hatte sie eine Panikattacke vorgetäuscht, damit ich sie nach Hause fuhr? Damit ich bei ihr blieb?

Sie kannte mich gut genug, um zu erkennen, dass ich bei Red anders war als sonst. Vielleicht hatte sie sogar begriffen, dass ich in Red verliebt war, und trotzdem küsste sie mich, während ich schlief. Hatte sie das absichtlich getan, um uns ... um mich und Red zu sabotieren? Beatrice kannte mich. Sie wusste, welche Knöpfe sie bei mir drücken musste, damit ich blieb.

Das würde sie nicht wagen.

Die Information kam von Justin, und jeder wusste, dass es ihn scharfmachte, Lügen über andere zu verbreiten. Doch was war, wenn es stimmte?

Die Kopfschmerzen bohrten mir mittlerweile ein Loch in meinen Schädel, und dieses Loch füllte sich mit Zorn. Falls Beatrice mich manipulierte, wusste ich nicht, was ich mit ihr machen würde. Die letzte Nacht hatte mich das einzige Mädchen gekostet, das ich liebte.

Ich musste die Wahrheit von Beatrice erfahren. Doch nicht heute Abend. Mir reichte es. Ich fühlte mich geistig ausgelaugt.

„Ich muss mal eine Weile abschalten. Hast du hier irgendwas, was ich zertrümmern kann?"

Er lachte. „Bedaure, nein. Aber ich habe GTA 5", bot Cameron an und klopfte mir auf den Rücken.

„Gott sei Dank."

„Dann gehen wir rein. Wenn du allerdings in meiner Crew sein willst, versuch diesmal mitzuhalten. Ich hab's satt, dir den Arsch zu retten."

Fragend sah ich ihn an. „Wenn wir fertig sind, wirst du diesen Arsch küssen."

„Dasselbe habe ich auch schon letzte Nacht zu deiner Mom gesagt."

Dem Himmel sei Dank für beste Freunde.

Ich fuhr nicht nach Hause. In meinem Apartment waren zu viele Erinnerungen an sie, und ich war nicht sicher, ob ich die heutige Nacht ertrug. Videospiele waren das beste Mittel, mein Gehirn abzuschalten.

Nachdem ich schon diverse Biere intus hatte, erzählte ich Cameron den Rest. Eigentlich erwartete ich nicht, dass er irgendwas sagte, doch das tat er.

„Für manche Menschen muss man sich mehr anstrengen als für andere, aber, verdammt, wenn sie es wert ist, dann geh zu ihr, und bieg das wieder hin."

„Und warum hast du das bei Kara nicht getan?"

Einen Moment lang schwieg er.

„Weil, sagte er dann leise, *ich* es nicht wert bin."

Dann stand er auf und verkündete, er würde ins Bett gehen.

Stundenlang starrte ich an die Decke. Ich quälte mich mit Gedanken an sie und dachte über das nach, was Cameron gesagt hatte.

Bei ihr musste ich mich definitiv mehr anstrengen als bei anderen, die ich kannte.

War sie es wert?

Verdammt, ja, das war sie.

Aber ich hatte immer noch meinen Stolz, und auf dem hatte sie ziemlich übel herumgetrampelt.

Sie hatte immer diesen Schutzschild, der andere fernhielt, sie distanziert wirken ließ, als wäre ihr alles egal. Aber das war es nicht.

Ich hatte die schlechte Angewohnheit, meine Schlüssel zu verlegen. Nie konnte ich mich erinnern, wohin ich sie geschmissen hatte. Doch Red stellte eine hübsche Schale neben den Schirmständer im Wohnzimmer und legte sie für mich da rein. Jedes Mal, wenn ich diese Schlüssel dort sah, spürte ich, wie wenig egal ihr alles war.

Genauso ging es mir, wenn ich morgens in die Küche kam und sie dort stand und Frühstück machte. Ich spürte es, wenn sie mich anschaute, als wüsste sie nicht, was sie mit mir anfangen sollte. Dann war ihr Blick zuerst verwirrt und misstrauisch, bevor er ganz warm wurde, als sagte sie sich, dass es schon in Ordnung war, glücklich zu sein. Und dann lächelte sie mich so an, dass ich ein Ziehen in der Brust spürte.

Dann geh zu ihr und bieg das wieder hin, hatte Cameron gesagt.

Das Nächste, was ich mitbekam, war das Schrillen meines Handy-Weckers. Ich wollte nicht aufstehen, hatte überhaupt nicht geschlafen, aber sie könnte am College sein, und vielleicht könnte ich ... anfangen, es hinzubiegen.

Ich lieh mir Sachen von Cameron und fuhr uns beide zum Campus.

Die anderen redeten und lachten, als wir eintrafen, aber ich konnte mich nicht darauf einlassen. Wir liefen den Korridor entlang, und ich konnte nicht aufhören, nach *ihr* Ausschau zu halten.

Sie war nicht hier.

„Du siehst beschissen aus, Alter", stellte Justin fest.

Ich sah ihn sauer an und zuckte mit den Schultern. Dann erstarrte ich. Beinahe hätte ich sie verpasst, doch ich blickte in genau dem richtigen Moment hoch. Red wirkte in Eile, als sie zum Waschraum hastete.

Hatte sie mich entdeckt? Beeilte sie sich so, weil sie nicht von mir gesehen werden wollte?

Ich ging an der Toilette vorbei, und mein Herz pochte wie verrückt. Ihr Gesichtsausdruck zog mich unwiderstehlich zu ihr. Sie hatte traurig und müde ausgesehen, als hätte sie letzte Nacht schlecht geschlafen. War es, weil sie an mich gedacht hatte? Das musste es sein.

„Also, Caleb, raus damit, liegt es an einer Pussy? Besorgt es dir deine Alte nicht richtig? Denn sonst würdest du verdammt viel entspannter aussehen ..."

Ich stieß ihn zurück. Am liebsten hätte ich ihm eine reingehauen. „Rede verflucht noch mal nicht so über sie!"

„Hey!" Cameron hielt mich zurück. Meine Schultern waren angespannt, mein Körper war kampfbereit.

Amos blickte Justin wütend an. „Das war ein bescheuerter Spruch."

„Ich habe doch bloß rumgewitzelt, Mann. Ganz ruhig." Justin hob beide Hände. „Entschuldige. Passiert nicht wieder."

Ich ignorierte ihn und drehte mich zu Cameron um. „Ich komme gleich nach."

Er nickte.

Ich ging zurück zum Waschraum, lehnte mich wie ein Stalker an die Wand und wartete auf sie.

Veronica

„Treue Männer sind wie Einhörner. Man hat von ihnen gehört, sie in Filmen gesehen und von ihnen in Märchen gelesen, aber eher würde ich einen auskotzen, als ihn im wahren Leben zu finden", erklärte Kar und verschloss den Frischhaltebeutel mit dem Sandwich, das sie mir geschmiert hatte. „Hier, Schätzchen. Iss das. Ich koche nur für Leute, die ich liebe. Verschwende meine Liebe nicht, denn *Love don't come cheap.*" Den letzten Teil trällerte sie.

Sie hatte gar nichts gekocht. Es war ein Erdnussbuttersandwich, weil sie wusste, dass ich die am liebsten mochte. Ich liebte Kar.

Sie war in einen flauschigen weißen Bademantel gehüllt, lehnte an der Kücheninsel, trank ihren Kaffee und musterte mich prüfend. „Wieso bleibst du heute nicht hier? Wir zwei haben letzte Nacht kein Auge zugetan." Sie verschluckte sich. „Oh, das kam völlig falsch raus."

Lachend griff ich nach dem Sandwich und steckte es in meine Tasche. Dann schüttelte ich den Kopf und hängte mir den Rucksack über die Schulter. „Kann ich nicht, Kar. Es ist ... Es ist besser so. Ich *muss* mich beschäftigen."

Sie sah mich verständnisvoll an. Letzte Nacht waren Beth und sie lange mit mir aufgeblieben. Wir hatten Filme angeguckt und

Eis gelöffelt, als gäb's kein Morgen. Nichts ging über einen Mädelsabend.

„Weißt du was? Das Leben könnte so viel einfacher sein, wenn wir beide lesbisch wären. Ich würde dich sofort nehmen. Wir wären perfekt füreinander."

„Und wie!"

„Ich denke immer noch, dass mehr hinter der Geschichte steckt."

„Kar", warnte ich.

Sie verdrehte die Augen. „Hast du gewusst, dass sie es total hasst, wenn man sie B. nennt? Also Leute, die nicht in ihrer Clique sind? Sie glaubt, dass es eine Art Privileg ist, das sie Leuten gewährt, wenn sie ihnen erlaubt, B. zu ihr zu sagen."

Genervt seufzte ich. Ich wollte nichts über sie hören. Allerdings erinnerte ich mich, dass sie, als ich sie bei Caleb traf, sagte, ich sollte sie Beatrice nennen.

„Er hat dir erzählt, dass er nicht mit ihr geschlafen hat, stimmt's? Sie ist Fast-Food-Sex. Nichts anderes."

Ich prustete vor Lachen. Eines der Dinge, die ich an Kar liebte, war, dass sie mich verstand, aber nicht verhätschelte. „Alles klar. Aber wenn du wiederkommst, mach mir lieber ein paar *Pancakes*."

Sie wusste, dass Pancakes ein Code von Caleb und mir war. Ich fletschte die Zähne, ehe ich die Tür öffnete. „Kannst du das ‚Leck mich' in meinem Lächeln erkennen?"

„Aber klar doch. Du liebst mich trotzdem. Bis später, Bitch." Sie blies mir einen Luftkuss zu. „Oh, und ich liebe dich auch."

Ich wäre wirklich gern bei ihr geblieben, aber dann würde ich nur noch mehr an ihn denken. Und ich hatte die Nase gründlich voll davon, an ihn zu denken. Ein gebrochenes Herz war echt ein Fulltime-Job.

Ich hielt den Kopf gesenkt, während ich durch den Korridor zu meinem Schließfach ging. Ich hatte Angst, dass ich ihm begegnen könnte, auch wenn ich wusste, wo er normalerweise herumhing. Also musste ich eigentlich nur darauf achten, diese Orte zu meiden.

Auf einmal kribbelte meine Haut, und ich sah hoch. Sofort erstarrte ich, und mein Herz schlug wie wild los.

Es war Caleb. Er war nur wenige Schritte entfernt und kam mit seiner Entourage auf mich zu. Er hatte ein schwarzes College-Sweatshirt an, die Kapuze aufgesetzt, die Ärmel bis zu den Ellbogen aufgekrempelt, dazu eine Cargohose und schwarze Stiefel. Er sah ... übermüdet, aber so unsagbar gut aus.

Es tat weh, ihn anzuschauen.

Ich floh in den Waschraum, bevor er mich entdeckte, schloss mich in einer der Toilettenkabinen ein und hockte mich auf den Klodeckel, die Arme um meinen Oberkörper geschlungen.

Das hier war erbärmlich, dachte ich wütend. Dennoch blieb ich.

Dann sah er mich eben, na und? Früher oder später würde ich ihm sowieso über den Weg laufen. Ich konnte mich nicht ewig vor ihm verstecken. Aber vorerst musste ich es tun. Ich konnte nicht anders ... nicht jetzt. Nicht mal morgen oder nächste Woche. Oder nächsten Monat.

Ich glaube, ich bin jetzt bereit, nach Japan umzuziehen – oder vielleicht nach Indonesien. Das ist ein sehr schönes Land.

Ich verkrampfte mich, als ich hörte, wie die Tür aufging.

„Veronica?"

Was zum Teufel ...?

„Ich weiß, dass du hier drin bist. Bitte, ich will nur reden."

Aber ich nicht. Ganz sicher nicht.

Ich holte tief Luft, um mich zu beruhigen. Es war unmöglich. Ich hatte bereits einen Adrenalinrausch, und mein Herz raste.

Als ich die Tür öffnete, wartete Beatrice auf mich.

Ihr Anblick weckte meine Wut – diese betont unschuldigen Augen und dieses hübsche Gesicht. Ihr Gesicht war ihre Waffe, wurde mir klar. Sie benutzte es, um Leuten vorzugaukeln, sie wäre harmlos, dabei war sie in Wahrheit so hinterhältig wie eine Schlange.

„Hi." Sie sprach leise, nagte an ihrer Unterlippe und gab sich ... schuldbewusst.

Misstrauisch blickte ich sie an.

„Ich will mich nur wegen vorletzter Nacht entschuldigen. Es tut mir so leid", erklärte sie und blickte mich zerknirscht an. „Es war meine Schuld. Caleb hatte nichts damit zu tun. Der Kuss ... vorletzte Nacht ... das war nicht seine Schuld. Es war meine."

Der Kuss.
Welcher Kuss?
Caleb hatte gesagt, er hätte nicht mit ihr geschlafen ... *Oh mein Gott!*

„Und alles, was sonst noch nach dem Kuss passiert ist, dafür ist er nicht verantwortlich, Veronica. Es tut mir so leid. Ich wollte dir nicht wehtun. Ich wollte eure Beziehung nicht zerstören ... aber es ist einfach passiert."

Meine Kehle war wie zugeschnürt, und alles an mir fühlte sich kalt und taub an. Ich starrte sie an, und sie sah reumütig und ernst aus.

Es dauerte nur eine Sekunde und wäre mir entgangen, hätte ich geblinzelt, doch so bemerkte ich, wie sich einer ihrer Mundwinkel zu einem spöttisch triumphierenden Lächeln nach oben bog.

Meine rechte Handfläche juckte.

„Veronica, Caleb und ich ..."

Weiter kam sie nicht, denn ich schritt direkt auf sie zu, hob meine Hand und klatschte sie ihr ins Gesicht. Ihr Kopf schnellte zur Seite.

Ich konnte die roten Abdrücke meiner Finger auf ihrer weißen Wange sehen.

Vor Schock stand ihr Mund offen, und sie legte eine Hand an die Wange, dorthin, wo ich ihr eine geknallt hatte. Als Beatrice mich ansah, funkelte in ihren Augen purer Hass.

„Lass das Theater", sagte ich ruhig.

„Ich ... ich weiß nicht, wovon du redest, Veronica."

Ihre Unschuldsmiene war wieder da. Ich grub die Fingernägel in meine Handflächen und widerstand dem Drang, ihr einen rechten Haken zu verpassen und ihr eventuell ein paar Zähne auszuschlagen.

„Ich kenne Menschen wie dich genau. Du magst alle anderen täuschen, doch mich nicht."

Sie leckte sich über die Lippen und schüttelte den Kopf. „Du irrst dich. Ich weiß, dass du gekränkt bist, weil er mit dir Schluss gemacht hat, aber er und ich, wir haben uns schon geliebt, bevor du aufgetaucht bist. Caleb ist ..."

„Du bist erbärmlich."

Ich zwang mich, gefasst wegzugehen, war jedoch so wütend, dass ich zu zittern begann.

Ich stieß die Tür auf und verließ den Waschraum. Meine Sicht war verschwommen, doch ich lief weiter.

„Red."

Ich fuhr so schnell herum, dass Caleb mich an den Armen festhalten musste, damit ich nicht umkippte.

Schockiert, verletzt und verwirrt blickte ich ihn an.

Was tat er hier?

Und dann wurde mir alles klar.

Er nannte mich feige, dabei war er der Feigling. Hatte er Beatrice reingeschickt, damit sie mit mir redete, während er draußen vor der Tür wartete? Er brachte nicht mal den Mut auf, es mir selbst zu gestehen.

Irgendwie hatte ich gehofft, dass er mich nicht belogen hatte, dass er gestern die Wahrheit sagte ... aber ich hatte die ganze Zeit recht gehabt. Caleb hatte mich belogen, als er behauptete, dass er nicht mit ihr geschlafen hatte. Doch das hatte er. Mit ihr geschlafen. Mit ihr geschlafen.

Zornig stieß ich ihn weg. Dann ohrfeigte ich ihn. Kränkung und Unverständnis spiegelten sich in seinen Augen.

„Ich hasse dich", schrie ich ihn an. „Und wie ich dich hasse!"

Ich drehte mich von ihm weg. Als ich hörte, wie die Toilettentür sich öffnete und Beatrice erschrocken nach Caleb rief, rannte ich los.

Ich wusste nicht, wohin ich lief, wollte einfach nur weg von ihm. Weg von den beiden.

Ich schnappte nach Luft, als ich mit etwas Hartem zusammenstieß und sich starke Arme um mich legten.

„Wir müssen aufhören, uns so zu treffen, Engelsgesicht. Hey, was ist los?"

Damon.

„Ich sollte anfangen, Taschentücher mit mir herumzutragen, wenn du so weitermachst."

„Nimm verdammt noch mal deine Hände von ihr!"

Ich wandte mich um, da ich Calebs wütende Stimme hörte. Damon schlang die Arme fester um mich.

„Ich habe gesagt, nimm verdammt noch mal deine Hände von ihr", wiederholte Caleb, und es war eine unheimliche Warnung. Seine Augen sprühten Funken vor Zorn, als er Damons Arm an meinem Oberkörper anstarrte.

„Und wenn nicht?", gab Damon zurück.

„Nein", flüsterte ich. „Lass einfach los, Damon. Ich will keinen Ärger." Ich versuchte, mich aus seiner Umarmung zu winden, doch er rührte sich nicht.

Da war ein Glitzern in seinen Augen, als er flüsterte: „Oh, ich glaube, Ärger ist dein zweiter Vorname."

Entsetzt sah ich mit an, wie Caleb ihm einen Fausthieb verpasste und Damons Kopf nach hinten flog.

Damon fasste sich ans Kinn und bewegte es hin und her, um zu prüfen, ob etwas gebrochen war. „Dafür wirst du bezahlen, Lockhart."

Nun ließ er mich los und stürzte sich auf Caleb. Er rammte ihm eine Faust in den Bauch. Danach drehten beide komplett durch. Ich versuchte, mich dazwischen zu drängen und sie aufzuhalten, doch jemand riss mich zurück.

„Halt! Aufhören! Finger weg von mir!", schrie ich.

„Tut mir leid, aber ich würde viel Geld bezahlen, um mir das anzuschauen." Der sadistische Ton bewirkte, dass ich hinter mich sah.

„Du!"

Es war einer aus Calebs Basketballteam, der Typ, der ihn neulich nachts nach Hause gebracht hatte. Der Widerling. Er hielt mich vor sich fest, mit dem Rücken zu ihm.

„Ich." Er zwinkerte mir zu. „Ich bin übrigens Justin. Ich glaube nicht, dass wir einander das letzte Mal richtig vorgestellt wurden."

„Halt sie auf!"

Damon nahm Caleb von hinten in den Schwitzkasten. Caleb stieß seinen Ellbogen in Damons Bauch. Ich kniff die Augen zu.

„Warum?"

Meinte er das ernst?

„Lass mich los!"

„Du beendest das nicht. So wütend habe ich Caleb noch nie erlebt. Den hast du echt fertiggemacht, Süße."

Ich bekam eine Gänsehaut, als ich seinen Atem an meinem Hals spürte.

Gleichzeitig kam mir eine Idee. Ich entspannte mich, um ihm zu signalisieren, dass ich mich nicht mehr wehren würde. Sobald er seinen Klammergriff lockerte, ballte ich eine Faust und rammte ihm meinen Ellbogen, so fest ich konnte, in den Magen – genau wie ich es eben bei Caleb gesehen hatte.

Er ließ mich los und fasste sich erschrocken an den Bauch.

„Du Schlampe!"

„Du kriegst noch mehr, wenn du mich noch einmal anfasst, Arschloch."

Ich verzichtete bewusst darauf, mir die schmerzenden Arme zu reiben. Ich merkte bereits, wie sich da, wo er mich gepackt hatte, Blutergüsse bildeten.

Als ich sah, dass Leute kamen, um den Kampf aufzulösen, atmete ich erleichtert auf. Dann drehte ich mich um und starrte Caleb fassungslos an. Er war völlig außer sich und knurrte Damon regelrecht an. Sein rechtes Auge schwoll langsam zu.

Damon lag rücklings am Boden, auf einen Ellbogen gestützt und massierte sich das Kinn. Er grinste schief, und an seiner Lippe war Blut.

Mein erster Impuls war, zu Caleb zu gehen, und beinahe tat ich es, blieb jedoch wie versteinert stehen, als ich sah, wie Beatrice auf ihn zulief.

Etwas in mir zerbrach. Ich wandte den Blick ab.

„Alles in Ordnung, Engelsgesicht?", hörte ich Damon hinter mir. Das sollte ich wohl besser ihn fragen. Er war schließlich meinetwegen hier reingeraten. Ich wandte mich zu ihm um.

„Damon, es tut mir so leid."

„Red."

Caleb. Ich stand mit dem Rücken zu ihm, konnte mir den flehenden Ausdruck auf seinem hübschen Gesicht aber schon vorstellen, so wie seine Stimme klang. Ich schloss die Augen und verdrängte das Bild.

„Gehen wir", sagte ich zu Damon.

Diesmal folgte Caleb mir nicht.

32. Kapitel

Beatrice-Rose

„Dad?"

Er saß in seinem Rollstuhl und fixierte eine Stelle im Garten draußen. Seine Medikamente machten ihn so benommen, dass er mich nicht hörte. Sein Blick war glasig, seine Haut trocken und blass. Die Schwester hatte versucht, ihm das Haar zu kämmen, aber sie hatte es völlig falsch gemacht. Mein Dad kämmte sein Haar nie zur Seite, sondern immer nach hinten.

Blöde Krankenschwester. Da bezahlte man sie so gut, und trotzdem konnte sie ihre Arbeit nicht anständig erledigen.

Ich kniete vor ihm, richtete mich jetzt aber auf und öffnete seine Kommodenschublade. Er mochte es, wenn alle seine Sachen ordentlich sortiert waren. Als ich seinen Kamm gefunden hatte, lächelte ich und ging zurück zu ihm.

„Ich richte nur deine Frisur, okay, Dad?"

Ich drückte seine Hand und fing an, ihm das Haar nach hinten zu kämmen. Früher hatte er dichtes dunkles Haar, aber es wurde jetzt dünner und grau. Mich ängstigte, dass die Leute, die man mochte, alt wurden.

Ich mochte keine alten Leute. Sie jagten mir Angst ein.

„Dad? Erinnerst du dich an das Kaninchen, das du mir geschenkt hast, als ich vier war? Es hieß Atlas nach diesem Titan, von dem du mir erzählt hattest, der die Welt auf seinen Schultern trug. Mir fehlen deine Geschichten, Dad."

Ich fühlte, wie Tränen in meinen Augenwinkeln brannten, hielt sie jedoch zurück.

„Früher hast du mir so viele aufregende Geschichten erzählt. Und ich glaube, Mom war eifersüchtig auf mich. Vielleicht hat sie mich deshalb immer gehasst, was meinst du?"

Als ich sein Haar mit der Hand nach hinten strich, schloss er die Augen. Ich machte weiter, bis er entspannt war.

„Ich wusste, was du getan hast, Dad. Ich habe es dir nie gesagt, aber ich hatte dich an dem Tag gesehen."

Ich suchte in seinem Gesicht nach einem Zeichen, dass er verstand, was ich ihm erzählte, aber seine Augen waren geschlossen, und seine Miene blieb ruhig und ausdruckslos.

„Ich hatte deinen Wagen draußen gehört und mich so gefreut, dich zu sehen. Aber Mom war zu Hause, und sie konnte es nicht leiden, wenn ich eure gemeinsame Zeit störte, also bin ich in meinem Zimmer geblieben. Ich wusste ja, dass du bald kommen und an meine Tür klopfen würdest, um mir ein Geschenk zu bringen."

Mein Vater hatte große Hände, doch die, die jetzt in seinem Schoß lagen, waren dünn und alt mit spinnenartigen Adern unter der Haut.

„Doch du bist nicht gekommen, und da habe ich nach dir gesucht. Ich bin zu deinem Zimmer gegangen. Mom hatte mir verboten, es zu betreten, aber du hattest mir so gefehlt. Du warst so lange weg. Dauernd warst du weg."

Ich versuchte, nicht vorwurfsvoll zu klingen. Ich war sehr gut darin, meine wahren Gefühle für mich zu behalten, allerdings sickerte davon jetzt doch etwas davon durch. Meine Mom hat mich nie gemocht, aber mein Dad hat mich sehr geliebt. Ich war sein verwöhntes kleines Mädchen. Das einzige Problem war, dass er immerzu wegmusste, geschäftlich, auf Partys, irgendwas war immer. Allerdings war das lange her, und ich hatte es ihm verziehen. Das Gefühl, verlassen zu werden, war trotzdem geblieben.

„Als ich deinen Anzug auf dem Fußboden entdeckt habe, hob ich ihn auf. Da war ein Loch im Ärmel, und ich wusste Bescheid, Dad. Ich wusste, dass Atlas daran geknabbert hatte. Ich hatte solche Angst. Deshalb habe ich nach ihm gesucht. Er versteckte sich zu gern in deiner Garage, hast du das gewusst? Also bin ich dahin gegangen. Und ich sah es. Ich sah das Blut und das weiße Fell auf deiner Werkbank. Ich sah den Hammer, mit dem du ihn umgebracht hattest. An dem war Blut. Ich wusste, dass du es warst, weil ich mich unter dem Tisch versteckt hatte, als ich dich reinkommen und alles sauber machen sah. Und ich sah dein Gesicht. Du warst wütend."

Ich kratzte meine Arme und bemerkte, dass sie zu bluten begannen, doch ich fühlte nichts.

„An dem Abend beim Essen, als du mir sagtest, dass du schlimme Neuigkeiten für mich hättest, wollte ich dich fragen, warum du das getan hast. Aber stattdessen hast du mich belogen und gesagt, Atlas wäre weggelaufen. Du hast mich belogen, Dad."

Ich zitterte. Das hatte ich so lange für mich behalten und es nie vergessen. Warum erzählte ich es ihm ausgerechnet jetzt? Vielleicht weil ich Angst hatte, dass er mich bald verlassen würde. Er würde sterben und mich verlassen. Schon wieder.

„Aber du sollst wissen, dass ich dir vergebe. Dass ich verstehe, warum du mich belogen hast. Du wolltest mich schützen. Du wolltest mir nicht wehtun. Du wolltest nicht, dass ich dich hasse, dass ich sah, wie du wirklich bist. Denn wir alle mussten unsere Rollen spielen, nicht wahr, Dad?"

Endlich öffnete er die Augen, sagte aber nichts.

Musste er auch nicht. Ich erkannte an dem Ausdruck in seinen Augen, dass er mich gehört hatte, dass es ihm leidtat und er dankbar war. Und dass er mich sehr liebte.

Ich stand auf und ging.

Wie ich meinem Vater gesagt hatte, mussten wir alle Rollen spielen, und zu meiner gehörte es, mich mit Abschaum wie Justin abzugeben. Ich hatte ihm gesagt, dass er mich beim Fotostudio auf dem Campus treffen sollte, wo ich meine Ausrüstung aufbewahrte. Ich hatte später ein Shooting mit einer fetten reichen Kuh, die ich letzte Woche kennengelernt hatte. Ich fand sie total ekelhaft, aber sie war mit meinem Lieblingsdesigner befreundet und würde meinen Namen fallen lassen, sollte mein Können sie überzeugen. Das Einzige, was ihr dickes Gesicht schön erscheinen lassen konnte, war Photoshop. Also taten wir, was wir tun mussten.

Justin war nur eine von vielen Figuren in meinem Drehbuch. Jemand, den ich benutzen konnte, um über Cal auf dem Laufenden zu bleiben, solange ich in Paris war oder wo immer meine Mutter mich hinschickte. Jemand, der die gierigen Schlampen loswerden konnte, die ein Stück von dem wollten, was mir gehörte.

Caleb gehörte mir. Ich war seine Erste. Es war nur passend, dass ich auch seine Letzte sein würde.

Jeder wusste, dass er mich eines Tages heiraten würde. Wir passten perfekt zusammen. Unsere Familien waren eng befreundet, und wir kannten uns schon, seit wir Kinder waren. Jeder wusste es, außer dieser Bitch Veronica. Ich hasste sie, wie ich noch nie im Leben jemanden gehasst hatte.

Jetzt sah ich sie, wie sie durch den Korridor ging, den Kopf gesenkt. Ihr Gesicht war spitz, fast fuchsartig, mit großen dunklen Augen und einem breiten Mund. Sie trug eine Jeans und ein weißes Trägertop, das ihrer Haut einen goldenen Schimmer verlieh. Aber mir war klar, dass sie ihre Sachen von der Heilsarmee hatte. Billige Schlampe.

Der Schimmer kam wahrscheinlich davon, dass sie und Caleb es Tag und Nacht trieben. Ich konnte es ihr nicht verübeln. Caleb war unwiderstehlich. Ich war nicht mal eifersüchtig. Er war eben nur ein Mann. Bald wäre ich an seiner Seite, und er würde sie einfach wegschicken.

Ich beobachtete, wie ihr langes dunkles Haar auf ihrem Rücken hin und her schwang, was mich an eine billige Hure erinnerte.

Huren setzen ihr Haar ein, um Männer zu verführen, Beatrice-Rose. Sei keine Hure. Binde dein Haar richtig, oder du kriegst was mit dem Gürtel.

Die Stimme meiner Mutter hallte mir durch den Kopf.

Was sah Caleb bloß in ihr?

„Sie ist verflucht heiß."

Angewidert drehte ich mich zu Justin um. „Du würdest alles vögeln, was einen Rock trägt."

„Du trägst keinen Rock, und dich habe ich auch schon gevögelt."

„Tja, ich hatte schon bessere als dich." Ich nahm meine Handtasche vom Schreibtisch und hängte sie mir über den Arm. „Du musst dafür sorgen, dass Caleb ihr nicht begegnet. Ich will mit der Bitch reden."

„Uuuh, Zickenkrieg. Darf ich zugucken?"

Ich hielt den Atem an, als ich Caleb auf dem Korridor entdeckte. Wenn er weiterging, würde er Veronica sehen. Das durfte ich nicht zulassen.

Caleb war ein ehrlicher Mensch mit einem ausgeprägten Beschützerinstinkt. Schon als wir Kinder waren, gerieten wir oft in Schwierigkeiten. Ich bettelte jedes Mal, dass er lügen sollte, um uns zu decken, aber das tat er nie. Er sagte die Wahrheit und übernahm die Verantwortung. In meiner Welt sagte eigentlich niemand die Wahrheit. Außer Caleb.

Und ich wusste, dass er Veronica erzählt hatte, was passiert war. Außerdem erfuhr ich durch einen Anruf von jemandem, dass Veronica seine Wohnung verlassen und sich die Seele aus dem Leib geheult hatte. Bei der Vorstellung konnte ich nur schwer ein Grinsen unterdrücken. Es war wirklich ein guter Tag für mich. Ich würde nicht erlauben, dass sie mir Caleb noch mal wegnahm.

„Er wird sie sehen. Tu etwas!", schrie ich Justin an.

„Er liebt diesen Arsch. Nicht deinen. Wann raffst du das endlich, Babe?"

„Ich habe gesagt, tu etwas! Lenk ihn ab. Fang eine Prügelei mit ihm an, aber verletze ihn nicht. Wofür bezahle ich dich?"

„Ja, ja."

Ich umklammerte den Anhänger an meinem Hals, als ich sah, wie Justin auf Caleb zulief. Dann drehte ich mich um und sah Veronica in den Waschraum laufen. Perfekt!

Ich ging hinter ihr her und achtete darauf, mein Tut-mir-so-leid-Gesicht aufzusetzen. Ich musste nur sichergehen, dass sie erfuhr, was vorletzte Nacht passiert war. Und natürlich ein bisschen übertreiben. Nur ein bisschen, um ihr den Rest zu geben.

Aber die Bitch war schlau. Woher zur Hölle wusste sie, dass ich ihr etwas vorspielte? Und was glaubte sie eigentlich, wer sie war, derartig auf selbstgerecht zu machen? Sie war nichts.

Als sie mich schlug, hatte ich große Lust gehabt, sie zum Klo zu schleifen und zu ersäufen, doch ich durfte sie nicht mein wahres Ich sehen lassen. Bei diesem Spiel musste ich vorsichtig sein, vor allem, wenn es Caleb betraf, also ließ ich sie gehen.

Aber ich hatte nicht damit gerechnet, dass Caleb sie bemerkt hatte und zurückkommen und auf sie warten würde. Deshalb kriegte ich fast einen Herzinfarkt, als ich ihn vor dem Waschraum entdeckte.

Wann ist er hergekommen? Hat er mich gehört?
Mist.

Ich atmete tief durch, um ruhiger zu werden. Und ich überlegte sehr genau, was ich als Nächstes tun würde.

Dann hörte ich die Geräusche eines Kampfes und Calebs Namen. Ich rannte los. Bis ich bei ihm war, war die Prügelei schon wieder vorbei. Cameron hielt Caleb zurück, und ich ging zu ihm, um ihn zu trösten.

Mein Baby brauchte mich.

Aber er schaute mich nicht mal an. Stattdessen ging er an mir vorbei und zu ihr.

Zu ihr!

Es war, als würde mir eine Klinge ins Herz gebohrt, als ich mit anschauen musste, wie er zu ihr ging und sie *anflehte*. Die Verzweiflung in seiner Stimme, der liebevolle Ausdruck in seinen Augen. Ich hätte kotzen können.

Caleb! Du gehörst mir!
„Red", flüsterte er.

Doch sie ignorierte ihn und zog mit irgendeinem heißen Typen ab.

„Caleb, bitte, rede mit mir", bat ich ihn.

Jeder hatte Risse und Sprünge in sich, und keiner konnte meine so gut kitten wie Caleb. Keiner verstand mich so wie er, schätzte mich so wie er oder zeigte mir solche Liebe. Ich brauchte Caleb beinahe so sehr wie die Luft zum Atmen. Deshalb würde ich jetzt nicht aufgeben.

Dafür sollte ich eigentlich einen Oscar kriegen.

Seine langen Beine trugen ihn schnell davon, doch heute haftete seinen Bewegungen etwas Angespanntes an. Da war eine Wut, eine Gefahr, die mich jedes Mal antörnte, wenn ich ihn ansah. Ich sah den Bronzeschimmer in seinem Haar, als die Sonne draufschien, registrierte, wie sich der Pulli über seinem breiten Rücken und den muskulösen Schultern spannte.

Er war so wunderschön. Alles an Caleb war Sex und Charme. Die Art, wie er sich zielsicher und stilvoll bewegte, wie er lächelte und wie er einen mit seinen grünen Augen ansah, als wäre man das Licht seines Lebens. Wenn er sprach und man seine tiefe Stimme hörte, wollte man erbeben vor Lust. Und wenn er mit einem schlief, vergaß man seinen eigenen Namen.

Ich wusste, dass er wütend und noch aufgewühlt von dem Kampf war. Und ich war nicht sicher, ob er gehört hatte, was ich auf der Toilette zu Veronica gesagt hatte, hoffte aber, dass das nicht der Fall war.

„Ich habe dich letzte Nacht immer wieder angerufen, aber du hast nicht abgenommen. Cal, warte bitte. Lass uns reden."

Er lief weiter, beachtete mich nicht, doch ich blieb ruhig. Caleb verzieh mir immer, schon als wir Kinder waren. Er beschützte mich, sorgte für mich. Und es gab keinen Grund, warum er es jetzt nicht sollte.

Als er bei seinem Wagen war und die Tür öffnete, wurde mir klar, dass er tatsächlich wegfahren könnte, ohne mit mir zu sprechen. Ich packte ihn am Arm.

„Cal, wir müssen …"

„Lass mich in Ruhe!"

Er riss sich los. So wütend hatte er sich noch nie von mir losgemacht, und er hatte auch noch nie so mit mir gesprochen. Er behandelte mich normalerweise immer wie ein kleines Kind. Zuerst fragte ich mich, ob er nur herumalberte. Aber dann sah ich, dass seine Hände zu Fäusten geballt waren und die Adern an seinen Unterarmen hervortraten. In meinen Schläfen setzte ein Pochen ein, und unsicher blickte ich zu ihm auf.

Dann hörte ich auf zu atmen.

Er war zornig. Der Ausdruck von Hass und Ekel in seinen Augen war lähmend. Ich streckte die Hand nach ihm aus, weil ich wollte, dass er mich beruhigte, dass er mir dies hier erklärte, doch er wich vor mir zurück.

Nein …

„Ich habe jedes Wort gehört. Jede verdammte Lüge, die du ihr erzählt hast."

Ich rang nach Luft.

All die Jahre, in denen ich mich bei den Geschäftsfreunden meiner Eltern von meiner besten Seite zeigen musste, hatten mich darin trainiert, je nach Situation das perfekte Gesicht, die perfekten Gesten und die perfekten Reaktionen zu präsentieren. Ich war darauf gedrillt, die perfekte Tochter aus gutem Hause zu sein. Die perfekte Täuschung, die perfekte Lügnerin. Doch als ich den grenzenlosen Hass in Calebs Augen sah, kriegte ich Panik. Mir fiel nichts ein, um seine Wut zu vertreiben.

Ich wusste, dass ich etwas sagen müsste, um das irgendwie wieder hinzubiegen. Normalerweise erreichte ich mit Tränen alles, was ich wollte, besonders bei Caleb. Ich quetschte sie mir raus, und die Leute kooperierten wunderbar.

„Cal, ich weiß nicht, was du gehört hast, aber ich habe mich bloß bei ihr entschuldigt. Damit sie versteht, dass das vorletzte Nacht nicht deine Schuld war."

„Es war meine Schuld", flüsterte er drohend und schaute mich wütend an. „Meine Schuld war, dass ich dir vertraut habe."

„Nein." Ich schüttelte den Kopf. Dies hier durfte nicht wahr sein. „Das meinst du nicht so. Ich wollte nur …"

„Wir beide wissen, was du wolltest. Gratuliere. Du hast mein Leben versaut."

Ich schluckte meine Panik herunter. Zwischen mir und Caleb war alles perfekt gewesen, bevor sie auf der Bildfläche erschien. Ich hatte vorgehabt, Caleb nach Paris wieder in mein Bett zu kriegen, und das dauerhaft. Ich hatte alles geplant. Sie hatte es ruiniert!

„Caleb, nein! Ich wollte dich nur beschützen. Siehst du denn nicht, wie sie ist? Was sie macht? Sie hat mich geschlagen, Caleb! Und sie hat dich wegen dieses Typen verlassen. Sie ist mit ihm weggegangen. Sie weiß ganz genau, wie sie dich manipuliert …"

„Hier manipuliert nur eine, und das bist du. Du hast mir etwas vorgespielt. Verrate mir doch mal, war es schwer, diese Panikattacken vorzutäuschen?"

Ich spürte, dass ich blass wurde. Wie hatte er das mit den Panikattacken herausbekommen? Wer hatte es ihm erzählt?

Ich zitterte vor Angst. Vor meinen Augen brach meine Welt zusammen. Ich würde ihn verlieren, das spürte ich.

„Du hast ihr erzählt, dass wir uns lieben. Ich habe dich aber nie so geliebt wie sie, Beatrice." Seine nächsten Worte zerrissen mich innerlich. „Tut mir leid, wenn du das geglaubt hast."

Obwohl er wütend war, entschuldigte er sich.

Die Tränen, die mir über die Wangen liefen, waren nicht mehr gespielt. Es fühlte sich an, als würde mir das Herz herausgerissen. Es tat so verflucht weh.

Nun war er so kalt, so unerreichbar. Ohne weiter auf mich zu achten oder mich auch nur noch eines Blickes zu würdigen, öffnete er seine Wagentür, stieg ein und fuhr davon.

Was sollte man machen, wenn der einzige Mensch, den man trösten wollte, ausgerechnet derjenige war, der einem den größten Schmerz zufügte?

Caleb war schlicht verwirrt, geblendet von seiner Lust nach dieser Schlampe. Warum sonst sollte er so besessen von ihr sein, wenn nicht wegen Sex?

Hatte er erst mal sein Verlangen gestillt, würde er schon zu mir zurückkommen. Wie er es immer tat. Ich war geduldig gewesen und hatte auf ihn gewartet, während er mit anderen Mädchen zusammen war, ihnen seinen Körper gab. Ich wusste, dass mir sein Herz gehörte, und das genügte, um mich zu beruhigen. Ich war schon von Anfang an mit Caleb zusammen, seit wir Kinder waren. Ich kannte ihn in- und auswendig. Wir hatten eine Geschichte, die sie nie löschen könnte. Caleb liebte mich. Er war bloß abgelenkt. Ich würde ihn dazu bringen, sich wieder zu erinnern. Ich würde ihn daran erinnern, wie sehr er mich liebte.

Dachte er, ich würde ihn einfach so gehen lassen? Niemals.

Er würde zu mir zurückkommen. Dafür würde ich sorgen. Ich zwang mich, aufrecht zu stehen.

Ich habe eine Menge zu tun.

33. Kapitel

Veronica

„Gehen wir", sagte ich zu Damon.
Noch ein Schlag gegen mein Herz.
Ich wünschte, es gäbe eine Möglichkeit, alle meine Gefühle abzuschalten. Es war anstrengend, die ganze Zeit Schmerzen zu haben. Fast blind davon, marschierte ich los. Ich war nicht mal sicher, wohin ich lief, wollte einfach nur weg von Caleb.
„Warte, Engelsgesicht."
Damon. Fast hatte ich vergessen, dass er bei mir war.
„Tut mir leid." Ich blieb stehen. Plötzlich wurde mir so schwindlig, dass ich umgekippt wäre, wenn er mich nicht aufgefangen hätte.
„Holla. Du musst dich hinsetzen."
Ich schüttelte den Kopf. „Mir geht es gut."
„Setz dich hin."
Sein Tonfall duldete keinen Widerspruch. Und meine Knie waren so weich, dass er mich mühelos auf die Steinbank beim Parkplatz drücken konnte.
„Du musst nicht bei mir bleiben, Damon. Bitte, geh."
Er seufzte laut, ließ sich neben mich auf die Bank fallen und streckte seine langen Beine aus.
„Dein Freund kann echt kämpfen. Das muss ich ihm lassen."
„Er ist nicht mein Freund." Das kam zu schnell heraus.
„Ach nein?", erwiderte er unbekümmert, beinahe scherzhaft. „Dann ist die Blondine seine Freundin?"
Ich knirschte mit den Zähnen.
„Aha."
Ich weigerte mich, ihm zu antworten.
„Ich mag dich. Du bist tough, aber Lockhart? Der will mich um-

bringen." Er grinste, als fände er die Vorstellung witzig, verzog jedoch sofort das Gesicht vor Schmerz. Wieder tastete er sein Kinn ab und bewegte den Kiefer hin und her. „Weil ich angefasst habe, was ihm gehört."

Ich sah auf meine Hände und stellte fest, dass sie zitterten. Rasch faltete ich sie.

„Ein Typ wie Lockhart kämpft um kein Mädchen, es sei denn, sie bedeutet ihm etwas", erklärte Damon.

Meine Brust fühlte sich eng an.

„Und der Typ ist verrückt nach dir."

Ich senkte die Lider.

„Ich weiß nicht, was los ist, aber ich habe Augen im Kopf. Ich habe gesehen, wie du zu ihm gehen wolltest, aber stehen geblieben bist, weil die Blondine zuerst bei ihm war."

„Sie ... war da, um mir zu erzählen, dass Caleb ... dass sie miteinander geschlafen haben."

„Im Ernst?", fragte Damon nach einem Moment.

„Ja. Nein. Weiß ich nicht."

Er nickte. „Verstehe."

„Ich muss los."

Ich stand auf. Sofort griff Damon nach meiner Hand und zog mich zurück auf die Bank.

„Das hat keine Eile. Wir haben den ganzen Tag Zeit." Er grinste, der Inbegriff der Sorglosigkeit, stützte seine Hände seitlich auf die Bank, lehnte sich zurück und blickte hinauf zum Himmel.

„Deine Lippe blutet."

„Seine auch. Ich wollte ihm eigentlich die Nase brechen, aber dann dachte ich, dass dir das vielleicht nicht recht wäre." Er zwinkerte mir zu. „Beantworte mir Folgendes: Hast du beide Seiten der Geschichte gehört?"

Ich antwortete nicht.

„Was hat er gesagt?", hakte er nach.

Er ließ nicht locker. Als ich immer noch schwieg, atmete er geräuschvoll aus.

„Wenn man so starke Gefühle für jemanden hat", meinte er und wurde ernst, „neigen sie dazu, alles zu beherrschen. Und wenn sie zu stark werden, können sie einen vernichten, einen auffressen."

Er spielte mit dem Ring an seinem Daumen, und sein Gesicht nahm einen gedankenverlorenen Ausdruck an, als würde er einer Erinnerung nachhängen. Schließlich grinste er wieder.

Ich kannte ihn nicht, aber er strahlte eine Offenheit und Ehrlichkeit aus, die einen dazu brachte, ihm alles zu erzählen.

„Er hat gesagt, dass er nicht fremdgeht, aber er könnte lügen", entgegnete ich.

Damon nickte. „Stimmt. Er ist ein Lügner, oder? Immerhin ist er ein Kerl." Er nahm seinen Hut ab, um sich am Kopf zu kratzen, und setzte ihn wieder auf. „Mädchen glauben eher einem anderen Mädchen als uns, selbst wenn es lügt. Andererseits könnte es natürlich auch die Wahrheit sagen. Glaubst du das?"

Nein ... Ich glaube nicht, dass Beatrice die Wahrheit sagt.

Ich wollte mir die Brust reiben, um den Schmerz zu lindern.

Warum glaubte ich ihr bloß?

Tat ich ja gar nicht.

Und doch war ich, als ich Caleb vor dem Waschraum auf mich warten sah, sofort davon ausgegangen, dass er Beatrice gebeten hatte, mit mir zu reden, weil ich ihm keine Chance gegeben hatte, mir alles zu erklären. Und weil ... er mir vielleicht nicht erzählen konnte, was sie mir gesagt hatte. Dass sie zusammen geschlafen hatten. Aber was, wenn sie log? Hatte ich nicht schon mitbekommen, dass sie andere manipulierte?

Was wäre, wenn ...?

„Für mich macht es jedenfalls den Eindruck, als wollte Lockhart sie nicht mal in seiner Nähe haben. Guck mal." Er zeigte zum Parkplatz.

Ich sah, wie Caleb in seinen Wagen stieg und Beatrice auf dem Parkplatz zurückließ. Beim Anfahren quietschten seine Reifen so laut, dass es über den ganzen Platz hallte.

Ich wusste nicht, was über mich gekommen war, aber meine Brust fühlte sich immer noch zu eng an, und ich spürte, wie Adrenalin durch meine Adern pulsierte. Vor allem aber spürte ich, dass ich Caleb wollte.

Ich wollte ihn zurück.

Ich sprang von der Bank auf, und ohne nachzudenken, jagte ich ihm hinterher.

„Caleb!", schrie ich und rannte, so schnell ich konnte, um ihn einzuholen.

Ich will mehr. Nicht nur Häppchen, sondern alles von dir, hatte er gesagt, und ich hatte ihn abgewiesen.

Ich musste mit ihm reden. Ich brauchte ihn ...

Geh nicht. Es tut mir leid! Oh Gott, es tut mir so leid, Caleb ...

Ich rannte. Raste, so schnell ich konnte, doch er fuhr sehr schnell weg.

Bin ich nicht mal einen Streit wert ... Red?

Sein Wagen wurde schneller, bog um eine Ecke, und dann war er ... fort.

Ich wollte, dass du um mich kämpfst, so wie ich um dich gekämpft habe. Doch das willst du nicht.

Ich stand da, starrte ihm nach, und Tränen liefen mir über die Wangen.

Ich wollte ihn zurück, doch ich hatte ihn so sehr verletzt, ihn so brutal weggestoßen. Weil ich zuließ, dass mich der Schmerz aus meiner Vergangenheit beherrschte, mich vernichtete. Hatte ich ihn so übel weggestoßen, dass er mich nicht mehr zurückhaben wollte?

Oh mein Gott. Bin ich zu spät?

34. Kapitel

Veronica

Mit gesenktem Kopf stand ich vor Calebs Wohnhaus und überlegte, ob ich reingehen sollte oder nicht. Dies war mal mein Zuhause gewesen ... früher.

Jetzt war es das nicht mehr.

Ich wusste ja, dass Gutes nicht von Dauer war ... Jedes Mal, wenn etwas Gutes passierte, folgte ihm etwas Schlechtes. Und vielleicht, nur vielleicht, würde es diesmal wieder gut.

Als ich das letzte Mal hier in diesem Gebäude war, hatte ich mir gerade ein neues Handy gekauft – und ein Geschenk für Caleb. Hatte er es schon gesehen? Hatte er es behalten oder weggeworfen?

Falls Caleb mich abwies, wusste ich nicht, ob ich damit klarkommen würde ...

Du hast ihn zuerst zurückgewiesen. Was gibt dir das Recht, von ihm zu verlangen, dich nicht zurückzuweisen?

Nichts.

Ich wollte, dass du um mich kämpfst, so wie ich um dich gekämpft habe. Doch das willst du nicht.

Ich kniff die Augen zu. Es tat jedes Mal weh, wenn ich seine Stimme in meinem Kopf hörte. Bisher war ich nicht bereit dazu gewesen, doch jetzt war ich gewillt, mir alles anzuhören, was er zu sagen hatte. Beatrice hatte gesagt, dass sie sich geküsst hatten, und angedeutet, dass danach noch mehr gewesen war.

Caleb sagte, sie hätten nicht zusammen geschlafen. Jetzt, da die Wut mir nicht mehr den Verstand vernebelte, war mir klar, dass er mich noch nie belogen hatte. Wenn überhaupt, war er zu ehrlich gewesen. Hätte er dann bei so etwas Ernstem gelogen? Nein, dachte ich, das hätte er nicht. Und er ... er war der einzige Mensch, der mich nie aufgab.

Bitte mich nicht, dich gehen zu lassen, denn das kann ich nicht. Ich kann nicht ...

Doch wollte er mich überhaupt noch? Oder hatte er mich nach dem, was ich getan hatte, endgültig aufgegeben?

Ich holte tief Luft und verdrängte meine Panik. Ich hatte genug davon, mich von meiner Angst steuern zu lassen ... auch wenn die sich nicht so einfach ausschalten ließ. Sie saß mir immer noch im Nacken und wartete nur darauf, die kleinste Schwäche bei mir zu entdecken.

Ich raffte allen Mut zusammen und betrat die Eingangshalle. Und erstarrte. Beatrice verließ den Aufzug, ihre Schritte schnell und entschlossen. Was machte sie hier?

Niemand durfte nach oben, ohne dass der Portier vorher angerufen und der Mieter zugestimmt hatte. Also musste Caleb erlaubt haben, dass sie zu ihm raufkam. Ich wich zurück.

Und wenn nun doch etwas zwischen ihnen lief? Wenn Caleb mich aufgegeben und erkannt hatte, dass ich die Mühe nicht wert war?

Nein, nein. Hast du nicht eben gesagt, dass du ihm glaubst? Dass du um ihn kämpfen würdest?

Verdammt richtig. Ich würde um ihn kämpfen.

Vielleicht versuchte Beatrice bloß wieder, ihn zu manipulieren, indem sie sich gekränkt und hilflos gab, um zu kriegen, was sie wollte. Falls sie noch mal was bei Caleb versuchte, würde sie von mir mehr bekommen als eine Ohrfeige.

Dieser Kuss letzte Nacht war nicht seine Schuld. Es war meine, hatte sie gesagt.

Hatte er sie tatsächlich geküsst? Ich musste es wissen, und der Einzige, der mir das sagen konnte, war Caleb. Ich musste ihn finden.

Ich beobachtete misstrauisch, wie Beatrice in ein Taxi stieg. Sie hatte sich seit unserer letzten Begegnung umgezogen. Wie das reinste Unschuldslamm sah sie aus in ihrem weißen Kleid, das über den Knien endete. Das Haar wurde von einem schwarzen Stirnband nach hinten gehalten. Ihre hohen Schuhe hatte sie gegen flache weiße ausgetauscht.

Man würde nicht mal ahnen, dass sich hinter diesem schönen Gesicht eine fiese Schlange verbarg.

Ich betete zu Gott, dass Caleb mich nicht von der Besucherliste gestrichen hatte, als ich betont lässig zu den Aufzügen schlenderte, und atmete erleichtert auf, denn der Sicherheitsmann lächelte mir zu und hielt mich nicht zurück.

Während der Fahrstuhl nach oben glitt, fing mein Herz zu rasen an. Ich war nervös, und meine Hände waren kalt und klamm. Als der Lift oben hielt, holte ich noch einmal tief Luft, bevor ich die Kabine verließ.

Meine Schritte wurden vom Teppichboden gedämpft. Es war so still im Flur, dass ich meinen eigenen Herzschlag hörte.

Bitte hasse mich nicht.

Nervös blieb ich vor Calebs Wohnung stehen und biss mir auf die Unterlippe. Ich hatte mich daran gewöhnt, ohne anzuklopfen hineinzugehen, doch mir war klar, dass ich dieses Privileg verloren hatte.

Oh Gott. Was wäre, wenn ich ihn auch verloren hatte?

Zaghaft hob ich die Hand und ballte sie zur Faust.

Mach schon!

Ich schloss die Augen und klopfte.

Nichts.

Und wenn der Portier ihn nun angerufen und ihm gesagt hatte, dass ich auf dem Weg nach oben war, und er mich nicht reinlassen wollte? Er *musste* mich reinlassen. Musste mich anhören. Das musste er …

Ich klopfte erneut. Als nichts passierte, verdrängte ich mein schlechtes Gewissen, weil ich in seine Privatsphäre eindrang, und tippte den Code in die Tastatur neben der Tür ein.

Und wenn er den Code geändert hatte?

Doch die Tür öffnete sich.

Ich schluckte den Kloß in meinem Hals herunter und ging hinein. Alles war dunkel und still. Als Erstes lief ich ins Wohnzimmer, vorbei an dem Sofa, auf dem Caleb so gern saß, die Füße auf den Couchtisch gelegt. In Gedanken sah ich ihn vor mir, wie er den Kopf zu mir drehte.

„Was gibt's zum Abendessen, Red?"

Mir tat das Herz weh. Ich blinzelte, und er war fort. Die Decke, mit der er mich in der Nacht zugedeckt hatte, in der ich ihn verließ, lag noch auf dem Boden, wo ich sie hatte fallen lassen.

War er zwischendurch gar nicht nach Hause gekomen? Wo war er?

Ich ging an der Küche vorbei und lächelte traurig, als ich mich erinnerte, wie er vor langer Zeit mal ein Abendessen zubereitet hatte. Ich hatte ihn dazu gebracht, eine Schürze zu tragen, und er hatte geschmollt, während er Kartoffeln frittierte.

„Die Pommes sind fertig! Ich werde sie Pommes à la Caleb, den fantastischen Koch, nennen!"

Ich erinnerte mich, wie ich lachte. Er hatte so stolz ausgesehen. Seine Pommes waren verbrannt gewesen und total salzig, doch ich aß sie alle auf.

Er fehlt mir. Gott, wie er mir fehlt!

Später an dem Tag hatten wir uns auf den Balkon gesetzt und für Prüfungen gelernt, aber Caleb wurde es bald zu langweilig. Er fing an, mit meinem Haar zu spielen, es mit dem Finger einzudrehen und damit meine Wange zu kitzeln. Als ich ihn nicht beachtete, zog er an der Strähne.

„Autsch! Was soll das, Caleb?" Es hatte eigentlich nicht wehgetan, sondern mich nur erschreckt. Trotzdem hatte ich ihn wütend angefunkelt.

Er hatte bloß gegrinst, und da war ein freches Blitzen in seinen Augen gewesen. Dann hatte er mein Gesicht mit beiden Händen umfangen, meinen Kopf zu sich gewandt und gesagt: „Wenn du blinzelst, willst du mich."

„Warte mal, halt!"

Ich hatte geblinzelt und gelacht, während er weiter die Hände seitlich an meinem Gesicht hatte.

„Wusste ich's doch", hatte er verkündet, mich an der Taille gefasst und mich auf seinen Schoß gezogen. „Ich wusste immer, dass du scharf auch mich bist, Red."

Er hatte mich festgehalten, damit ich nicht von seinem Schoß fiel, als er sich vorbeugte, um nach meinem Buch zu greifen. „Hier. Tu so, als sei ich dein Lieblingssessel, während du in deinem Buch liest."

Ich hatte ihn mit einem strengen Blick bedacht, mich innerlich aber ganz kribbelig gefühlt. Seit zehn Minuten hatte ich schon auf dieselbe Seite gestarrt, während Caleb mich umarmte, sein Kinn auf meine Schulter legte und an meinem Haar schnupperte.

„Ich habe heute eine alte Freundin getroffen. Und ich erwähnte, dass du meine feste Freundin bist. Sie möchte dich kennenlernen."

Ich konnte an nichts anderes denken als an *sie*. Er hatte gemerkt, dass ich sehr still wurde, und das Thema gewechselt.

Blinzelnd vertrieb ich die Erinnerung. Jetzt war mir klar, dass diese Freundin, die mich kennenlernen wollte, Beatrice gewesen war. Das war Wochen, bevor ich ihr begegnete. Also hatte sie wahrscheinlich schon damals einen Plan ausgeheckt.

Noch bevor ich an seine Schlafzimmertür klopfte und keine Reaktion erhielt, wusste ich, dass Caleb nicht zu Hause war. Wenn er in einem Raum war, war die Atmosphäre aufgeladen. Das hatte ich immer gefühlt. Ich spürte seine Nähe verlässlich, und diesmal fühlte ich nichts.

Beatrice war eben aus dem Fahrstuhl gekommen. War Caleb mit ihr weggegangen? Ich hatte ihn nicht bei ihr in der Eingangshalle gesehen, aber sein Wagen stand in der Tiefgarage, und mit dem wäre er durchs hintere Tor hinausgefahren. Aber nein, Beatrice hatte ein Taxi genommen, und wären sie zusammen ausgegangen, hätte Caleb sie gefahren.

Ich muss ihn finden.

Ich fuhr wieder nach unten und lief halb zum Parkplatz. Kar hupte, sowie sie mich erblickte. Ich hatte ihr eine Nachricht geschickt, dass ich bei Caleb wäre. Ich war froh, dass sie mich abholte, und lief zu ihrem Auto.

„Er ist nicht zu Hause", sagte ich frustriert.

Laut seufzte Kar. „Tja, spring rein, Freundin. Detective Kar hat alle Fähigkeiten, die du brauchst."

Ich grinste. Meine beste Freundin war Gold wert!

35. Kapitel

Veronica

Kar ließ den Motor an und setzte so schnell zurück, dass ich mich an meinem Gurt festhielt. „Hast du ihn angerufen?"

„Ich ... kann ich nicht. Was ist, wenn er nicht mit mir reden will?"

Sie trat auf die Bremse und sah mich an, als hätte ich eben mein Gehirn im Fußraum ihres Wagens vergossen. „Was?"

„Ich kann nicht."

„Feigling", meinte sie verächtlich und streckte mir ihre Hand hin. „Gib mir dein Handy."

„Kar, nein. Ich kann das nicht erklären, okay? Ich ... ich will ihn nicht anrufen. Ich will es nicht wissen."

„Was wissen?"

„Dass ... dass er mich nicht will. Was ist, wenn er nicht rangeht? Oder wenn er rangeht und gleich wieder auflegt? Das ist lächerlich, ich weiß. Denkst du, mir ist das nicht klar? Ich kann es nicht erklären." Inzwischen war ich so weit, dass ich mir die Haare ausreißen wollte.

„Du bist total verrückt, Ver, aber du hast Glück, denn ich bin es auch. Na gut. Ich bin sicher, dass Caleb bei Cameron ist. Ich meine, die zwei sind praktisch verheiratet. Ist nicht böse gemeint", ergänzte sie.

Ich wollte ihr sagen, dass ich es genauso sah, aber ich war ein Nervenbündel. Kar blickte kurz zu mir hin, sagte jedoch nichts.

Caleb. Caleb. Caleb.

Was ist, wenn er mich nicht sehen will?
Oh Gott.

„Alles klar, Süße?", fragte Kar nach einer Weile.

Angst und Nervosität schlugen mir auf den Magen, krochen meine Kehle hinauf, es fühlte sich an, als ob ich erstickte. Ich nickte.

„Wie sehr?"

„Ich … sehr, sehr. Ich will ihn wirklich sehr dringend zurück."

Sie nickte. „Gut. Pass auf, dass du ihm das sagst. Mal im Ernst, wir reden über Lockhart. Der Typ würde sich praktisch die Eier für dich abschneiden, wenn du auch nur *Hi* sagst."

Aber Gefühle konnten sich von einer Sekunde zur anderen ändern. Was war, wenn das mit seinen passiert war? Ich war kein einfacher Mensch und neigte dazu, Leute von mir wegzustoßen, wenn sie nett zu mir sein wollten. Ich schätzte, ein großer Teil von mir hatte darauf gelauert, dass Caleb mich enttäuschte. Das hatte bisher ja jeder Mensch in meinem Leben getan. Und sobald man erst mal daran gewöhnt war, jedem zu misstrauen, ließ sich das nur schwer abstellen. Doch für Caleb würde ich es hinkriegen.

„Na denn, da wären wir."

Ich kam mir vor wie ein trommelnder Herzschlag auf Beinen, denn nichts anderes konnte ich im Moment fühlen oder hören. Schweiß lief mir von den Schläfen, und ich wischte ihn hastig weg.

„Bist du wirklich sicher, dass du nicht erst zurück zu mir willst und dich umziehen? Ich könnte dich schminken."

Ich schüttelte den Kopf. „Nein, alles gut, Kar. Danke."

Sie zuckte mit den Schultern. „Ich meine ja bloß, je schärfer du aussiehst, umso weniger kann er sich weigern. Jungs sind visuelle Wesen, klar? Sie denken mit ihrem Schwanz. Das ist nicht ihre Schuld, sondern bloß die Art, wie sie gestrickt sind", plapperte sie weiter. „Je mehr Munition, desto besser, oder?"

Oh Gott!

„Ver? Ver!" Sie schnippte vor meinem Gesicht mit den Fingern. „Du bist völlig weggetreten. Oh Mann. Bist du sicher, dass du das schaffst?"

Ich nickte stumm.

„Ich würde mitkommen, aber du weißt ja", sagte sie und hob die Schultern. „In dem Haus wohnt der Teufel."

Erneut nickte ich. Sie klopfte mir auf den Rücken und schob mich aus dem Wagen. Meine Beine fühlten sich stocksteif an, und meine Augen waren weit aufgerissen. Ich schwankte zur Tür und klingelte.

Cameron öffnete und starrte mich verwundert an. „Hallo."

„H-hi. Ich bin ..."

„Veronica. Ja, Caleb hat mir verraten, wer du bist. Ich glaube nicht, dass wir uns schon richtig vorgestellt wurden." Er lächelte mich freundlich an und streckte mir seine Hand hin, die ich schüttelte. „Cameron."

„Ich weiß. Kar wartet im Auto auf mich."

Sofort wanderte sein Blick an mir vorbei und suchte nach Kar. Ich kannte diesen Blick, denn ich hatte ihn schon bei Caleb gesehen.

„Wie geht es ...?" Er wirkte unschlüssig. „Möchtest du reinkommen?"

Ich schüttelte den Kopf. „Ist Caleb hier?"

Er presste die Lippen zusammen, bevor er antwortete: „Der ist vor ein paar Stunden weggefahren."

Ich versuchte, mir meine Enttäuschung nicht anmerken zu lassen. „Oh. Hat ... hat er gesagt, wohin er wollte?"

„Er meinte, dass er für eine Woche in die Hütte reist."

„Eine ... Woche?"

Er nickte, verschränkte die Arme vorm Oberkörper und lehnte sich seitlich in den Türrahmen. „Warum bist du hergekommen?"

„Ich ... bin hier, weil ich ihn zurückwill."

Er lächelte. „Du bist ihm wichtiger als irgendjemand sonst. Ich habe ihn noch nie vorher so erlebt."

Mir wurde die Brust eng.

„Hör zu", sagte er und schaute mich eindringlich aus seinen blauen Augen an, „er war eingeschlafen und hatte von dir geträumt. Als er aufwachte, hockte sie auf ihm drauf und küsste ihn."

Entsetzt schnappte ich nach Luft. Das war es, was Caleb versucht hatte, mir zu erzählen, und ich hatte mich geweigert, ihn anzuhören, weil ich zu starrsinnig war, zu viel Angst hatte, ihm zu vertrauen.

„Caleb sieht immer das Gute in Leuten. Das ist seine Schwäche, und ich habe schon oft mitgekriegt, wie Beatrice genau die ausgenutzt hat." Er richtete sich auf, schob die Hände in die Hosentaschen und blickte wieder kurz an mir vorbei.

„Aber wenn er sagt, dass nichts passiert ist, dann ist auch nichts passiert. Falls du Caleb kennst, und ich glaube, das tust du, weißt du selbst, dass er ehrlicher ist, als ihm manchmal guttut."

„Ich muss mich bei ihm entschuldigen. Ich ... ich möchte ihn zurückhaben."

„Er glaubt, dass du das nicht willst. Er ist der Meinung, dass du ihn hasst und mit Damon abgehauen bist. Vielleicht braucht ihr beide einfach ein bisschen Zeit, um etwas runterzukommen." Er seufzte. „Sie war hier."

Ich runzelte die Stirn. „Wer?"

„Beatrice. Sie war auf der Suche nach Caleb, erst vor einer Stunde."

Ich sah ihn erschrocken an.

„Nein, ich habe ihr nicht verraten, wo er ist", versicherte er mir und lächelte.

Ich erwiderte sein Lächeln.

„Kannst du ...?" Wieder wanderte sein Blick zu Kar. „Kannst du für mich auf sie aufpassen?"

Ich nickte, weil er für mich auf Caleb aufgepasst hatte. Und weil ich sah, wie viel ihm an Kar lag und wie sehr er litt.

Ich verstand ihn. Obwohl ich seine Gründe nicht kannte, verstand ich, dass uns beide innere Dämonen davon abhielten, bei den Menschen zu sein, bei denen wir sein wollten.

Das kannte ich sehr gut.

Er musste noch die Fesseln zerstören, die ihn daran hinderten, sich diesen Dämonen zu stellen. Ich war gerade erst dabei, meine eigenen Ketten zu lösen, aber immerhin kämpfte ich jetzt mit meinen Dämonen.

Als ich wieder ins Auto stieg, erzählte ich Kar, was Cameron gesagt hatte.

„Sie ist wie der böse Geist in *Der Fluch*, oder? Dieses hässliche, gruselige Scheißding, das Leute verfolgt? Da gab es diese eine Szene, in der sie Dingsbums verfolgt, wie heißt sie doch gleich, die Buffy, die Vampirjägerin, gespielt hat? Kennst du die Serie? Das arme Mädchen fiel vom Krankenhausdach. *Uärgs.* Bea-Horrorschnepfe ist genau wie dieser böse Geist."

Magst du Horrorfilme? Wir sollten uns zusammen welche anschauen. Ich habe eine sehr lange Liste ... Im Geiste sah ich Calebs wunderschönes, lächelndes Gesicht, als er mir diese Fragen während einer Autofahrt stellte. Ich schüttelte den Kopf, um das Bild zu vertreiben.

„Willst du zu der Hütte? Ich fahre dich hin, aber du musst Cameron nach der Adresse fragen."

Mir stiegen Tränen in die Augen. Ich war so gefühlsduselig, dass ich mich selbst nicht wiedererkannte. Vor Kar hatte es nie eine verlässliche Konstante in meinem Leben gegeben.

Und vor Caleb ... aber ich stand kurz davor, ihn zu verlieren. Er veränderte mich. Nein, er *hatte* mich schon verändert.

„Ach, Ver, komm mal her", meinte Kar und zog mich in ihre Arme.

„Er ist weg. Caleb hat mich verlassen."

Sie rieb mir den Rücken. „Tja, du hast ihn ziemlich fies verletzt, Süße. Du hast dich wie ein Arsch ihm gegenüber verhalten", fügte sie einen Moment später hinzu. „Du hast ihn beschuldigt, dass er fremdgegangen ist, aber zum Fremdgehen gehören zwei. Glaub mir, das weiß ich! Er war bloß ein blöder, aber netter Freund, der helfen wollte, allerdings war es richtig blöd, dass er sich mit ihr in das Bett gelegt hat. Ich meine, Caleb, *im Ernst*? Würdest du ihm so einen Mist mit einem anderen Kerl antun, er würde den direkt kastrieren."

Ich schluchzte halb und musste gleichzeitig lachen. Ja, Kar war verlässlich unverblümt.

Dann wurde sie ernst. „Du bist meine Freundin, Veronica, und ich liebe dich und weiß, dass du Daddy-Probleme und einen Haufen sonstige mentale Probleme hast, aber wenn du dich von denen kontrollieren lässt, wirst du ihn verlieren. Willst du dich an deinem Ballast festhalten oder an ihm? Du kennst doch diese ganzen Sprüche, dass man, wenn man jemanden liebt, ihn gehen lassen oder ihm seine Freiheit lassen oder was auch immer für einen Bullshit tun soll, den die sich bloß ausdenken, damit ihr Mist überall zitiert wird, stimmt's? Scheiß drauf. Wenn ich jemanden liebe, halte ich den mit beiden Händen fest. Und mit beiden Füßen, denn das Beziehungsschiff legt nicht ohne mich ab."

Sie hatte recht, aber ich war in einer Familie aufgewachsen, in der ich sehr früh lernte, dass es pures Gift sein konnte, um jeden Preis bei jemandem zu bleiben und um jemanden zu kämpfen. Manchmal war es besser, die Leute gehen zu lassen, die einem wichtig waren.

Caleb jedoch war immer gut zu mir gewesen. Er war anders. Aber um das zu kapieren, musste ich ihn erst verlieren.

„Er ist ein Kerl, Ver, und du hast sozusagen seine Eier in die Gosse getreten. Also muss er sich erst mal wieder wie ein Mann fühlen. Du weißt schon, den Kopf klar kriegen, saufen, tagelang nicht duschen. Ekliger Jungskram. Aber wenn du willst, fahren wir trotzdem hin."

Ich schüttelte den Kopf. „Nicht heute Abend, Kar. Ich glaube … ich glaube nicht, dass er mich heute Abend sehen will. Ich warte, bis er wieder zurück ist. Er kommt doch zurück, oder? Er muss zurückkommen."

„Sicher wird er das, dumme Nuss. Weißt du was, wir müssen dringend was gegen deine Angst unternehmen! Ich habe Beth geschrieben. Wir treffen uns mit ihr beim Coffeeshop."

„Kar, ich will nach Hause."

Sie tätschelte meine Schulter. „Tja, Pech."

Zehn Minuten später betraten wir das kleine Café, und als mir der aromatische Duft von Kaffee und frisch gebackenem Brot in die Nase stieg, wurde mir bewusst, dass ich seit dem Morgen nichts mehr gegessen hatte. Kars Sandwich war noch in meinem Rucksack.

Im Café waren nur wenige Gäste, größtenteils College-Studenten, weil es nahe am Campus lag.

Eine alte Frau mit einem großen gelben Labrador versuchte, sich in eine Sitznische zu quetschen, aber ihr Kleid verfing sich an der Seite der Sitzbank. Sie hatte eine Sonnenbrille auf und hielt einen weißen Stock in der Hand, mit dem sie ihr Gleichgewicht hielt.

„Hallo", sagte ich ruhig. „Ich helfe Ihnen hier mal ein bisschen. Ihr Kleid hat sich an der Sitzbank verfangen."

„Ah, danke, junge Dame."

„Gern. Sie haben einen wunderschönen Hund."

Ich hockte mich vor ihn und kraulte sein Kinn.

„Ja, sie ist eine Schönheit. Übrigens heißt sie Catnip. Meine Enkelin hat sie so getauft."

Ich lachte. „Hallo, Catnip."

Die Hündin schien förmlich zu grinsen und stupste ihre Nase an meinen Arm.

„Beth ist noch nicht da. Lass uns hier sitzen", rief Kar. Sie hatte einen Platz am Fenster ausgesucht, mit Blick auf den Flughafen.

Es wurde schon dunkel, und die gelben und roten Lichter auf der Rollbahn blinkten wie kleine Feuer.

„Ich hole uns was zu trinken", bot ich an. „Schoko-Milchshake?"
„Jepp, mit Schlag… Scheiße."

Ich setzte mich erschrocken auf und sah in die Richtung, in die sie blickte.

„Sie ist hier", flüsterte Kar. „Lass uns näher bei denen sitzen. Komm schon."

Ich blickte auf. Beatrice war heute offenbar überall.

„Nein. Kar!"

Aber sie war schon losmarschiert. „Kara! Komm wieder zurück!", flehte ich.

Sie setzte sich in die Nische vor der alten Frau und Catnip. Die Sitze standen so abgewinkelt zueinander, dass Beatrice und Justin uns nicht sehen würden, solange sie sich nicht zu uns umdrehten. Ich funkelte Kar wütend an, setzte mich aber ihr gegenüber hin.

Sie grinste. Und dann grinste ich ebenfalls, denn es war genial. Ich konnte nicht richtig hören, worüber die beiden sprachen, und hätte fast losgelacht, weil Kar ständig Würgegrimassen zog. Als ich zu Beatrice blickte, blieb mir allerdings die Luft weg.

An ihrem rechten Zeigefinger baumelte der Schlüsselanhänger, den ich für Caleb gekauft hatte. Sie wirbelte ihn um den Finger herum.

Ich kochte innerlich. Mir war nicht mal bewusst, was ich tat, als ich aufstand und auf sie zustampfte.

„Woher hast du das?"

Ihre Augen weiteten sich ängstlich, aber sie versuchte, sich schnell wieder in den Griff zu bekommen. Allerdings gelang es ihr diesmal nicht so ganz, denn der Wahnsinn in ihrem Blick entging mir nicht.

„Hi, Veronica." Sie lächelte süßlich.

„Hör mit dem Theater auf. Mir reicht es." Mein Blick wanderte zu Justin, und ich sah, wie er sich zurücklehnte und grinsend die

Arme vor der Brust verschränkte, als erwartete er eine kleine Vorführung. Der Typ machte mich krank.

„Woher hast du den Schlüsselanhänger?"

„Den hier?" Sie zog unschuldig die Brauen hoch. „Justin hat ihn mir gekauft."

Justins Grinsen wurde fies. „Jepp, stimmt. Ich habe ihr den billigsten Scheiß gekauft."

„Ihr lügt."

„Ich weiß nicht, warum du mir dauernd irgendwas unterstellst. Offen gesagt reicht mir das langsam. Du bildest dir das alles ein. Ich bemühe mich ja, geduldig und verständnisvoll zu sein, Veronica, aber du machst es einem wirklich schwer. Und was genau wirfst du mir jetzt vor? Dass ich klaue?"

„Das ist auch nicht besser, als einen Jungen zu küssen, während er schläft. Ohne seine Zustimmung."

Sie wurde blass.

„Ich habe dich vorhin bei Caleb gesehen. Was wolltest du da?"

Ich hatte ihr bizarres Spiel satt. Sie war eine professionelle Lügnerin und sehr gut darin, ihre wahren Absichten zu verbergen. Doch jetzt wurde ihr Gesicht fleckig, und ihre Augen funkelten vor Wut.

„Warst du oben in seinem Apartment und hast den gestohlen? Hast dich mal wieder aufgedrängt, wo du offensichtlich nicht erwünscht bist?"

„Du Schlampe!", kreischte sie. In dem Moment, in dem sie aufsprang, kam die Kellnerin mit ihrem Kaffee um die Ecke. Beatrice schrie vor Wut, als der Kaffee auf ihrem weißen Kleid landete.

Ich hörte Kar hinter mir lachen.

„Scheiße!", schrie Beatrice. Ihr Blick wurde noch irrer, und sie fixierte mich vorwurfsvoll. Als ich sah, wie sie eine Hand hob und die Finger krümmte, wich ich einen Schritt zurück, doch sie stürzte sich auf mich und kratzte mich mit den Fingernägeln im Gesicht.

„Ich bin es, die er liebt!", stieß sie fauchend hervor. „Ich!"

Sie warf sich mir förmlich entgegen, und ich wäre garantiert hingeflogen, wenn es mir nicht gelungen wäre, rechtzeitig die Beine zu spreizen und Beatrice hinter mich zu stoßen.

Als ich ein wütendes Knurren hörte, drehte ich mich um. Beatrice lag auf dem Boden, und ihre Augen waren riesig vor Angst, während sie sich langsam auf alle viere stemmte. Catnip kauerte vor ihr, auf Augenhöhe mit Beatrice, und hatte die scharfen Zähne gebleckt, bereit zuzubeißen.

„Wenn dieser Hund mich anfällt, verklage ich Sie, Sie blinde alte Hexe. Und diesen beschissenen Coffeeshop! Schafft den Köter verdammt noch mal weg von mir!", brüllte sie, und ihre Stimme triefte vor Gift.

Jetzt war alles denkbar, denn Beatrice zeigte ihr wahres Gesicht. Und das war Lichtjahre entfernt von der niedlichen, hilflosen Person, die sie mir bei unserer ersten Begegnung vorgespielt hatte.

„Du bist so erbärmlich, dass du mir nur noch leidtust", sagte ich.

Kar stellte sich neben mich und legte eine Hand auf meine Schulter. „Wow, du bist echt nur peinlich."

Die alte Frau zog Catnip zurück. Die Hündin beruhigte sich, behielt jedoch Beatrice im Blick, um sie notfalls wieder zu warnen.

Beatrice stand auf und strich sich das Haar nach hinten, in dem sich die Extensions sichtlich gelockert hatten. Eine fiel auf den Boden. Erschrocken kickte sie die Kunststrähne weg.

„Ich verklage dich!", fuhr sie mich an.

„Weshalb? Weil du mich angegriffen hast? Wir haben hier mindestens fünf Zeugen, die alles gesehen haben", klärte ich sie auf.

Neben mir schnaubte Kar erheitert. Beatrice starrte sie an, und ich konnte richtig sehen, wie es in ihrem verschlagenen Verstand arbeitete.

„Du bist so vulgär und billig. Ich habe mich immer gefragt, was Cameron in dir gesehen hat."

„Oh mein Gott, Beatrice!", rief Kar und hob beide Hände in die Höhe. „Überrasch mich ausnahmsweise mal, ja? Sag etwas Intelligentes. Oh halt, nein, ich vergaß. Frag mich lieber, ob mich das einen feuchten Dreck interessiert." Sie zog eine Augenbraue hoch. „Ach ja, stimmt, tut es nicht."

Beatrice funkelte Kar wütend an. Dann nickte sie ruckartig Justin zu. Justin stand seufzend auf und machte einen drohenden Schritt auf Kar zu. Ehe er irgendwas tun konnte, baute ich mich vor ihm auf. „Soll ich dich wieder zusammenschlagen? Denn diesmal ziele ich tiefer."

Justin wurde rot. Ich wusste, dass er mich schlagen würde, noch ehe er seine Faust hob, doch auf einmal erstarrte er. Und ich spürte, wie sich mir jemand von hinten näherte.

Theo. Er stellte sich beschützend vor mich. Ich blickte mich um und sah Beth, die sich zwecks moralischer Unterstützung neben mir positionierte. Ihr blaues Haar leuchtete, und sie zwinkerte mir zu. Mir ging das Herz auf, und ich wollte vor Glück platzen. Sie waren meinetwegen hier, um mir zur Seite zu stehen. Vor lauter Rührung kamen mir fast die Tränen, die ich hastig wegblinzelte.

Theo sagte nichts, stand einfach nur Furcht einflößend und groß genug da, um Justin zu Brei zu schlagen. Er verschränkte die Arme und blickte auf Justin herab.

Der wich zurück. „Ich habe überhaupt nichts gemacht, Alter."

„Verschwinde", flüsterte Theo.

Justin hob die Hände, griff nach seinem Kaffee und verzog sich. Beatrice schaute von uns zu ihm und wieder zu uns. Aus ihrer Miene sprach purer Hass.

„Das ist noch nicht vorbei", presste sie hervor, schnappte sich ihre Handtasche und stapfte aus dem Laden.

„Bye, Bitch. Hoffentlich ist Enttäuschung dein Lieblingsgericht, denn was anderes wirst du in nächster Zeit nicht kriegen", rief Kar ihr hinterher.

Nachdem Beatrice fort war, breiteten Kar und Beth ihre Arme aus, und ich schmiegte mich dankbar in die Gruppenumarmung. Theo räusperte sich und klopfte uns linkisch auf den Rücken.

Ich stieß einen zufriedenen Seufzer aus.

36. Kapitel

Veronica

Eine Woche war vergangen, seit ich Caleb gesehen hatte. Eine qualvolle Woche. Eine Woche mit ungeschickten Textnachrichten und ungetätigten Anrufen. Eine Woche voller schlafloser Nächte und Albträume.

Oft träumte ich, dass Caleb mich bat, für ihn zu kämpfen, ihm nachzulaufen, doch wenn ich es tat, schien ich ihn nicht zu erreichen. Sobald ich ihm nahe war, verschwand er.

Er fehlte mir.

Es hieß immer, dass man erst weiß, wie viel einem jemand bedeutete, wenn der Betreffende fort war. Meine Mom war tot, aber ich hatte immer gewusst, was sie mir bedeutete. Bei Caleb hingegen erkannte ich jetzt erst, wie sehr er Teil meines Lebens geworden war.

Fast täglich kamen Beth, Theo und manchmal sogar Damon vorbei, um bei Kar abzuhängen. Ich hatte keine Ahnung, wie Damon dazugestoßen war, aber er gehörte inzwischen zur Gruppe. Es rührte mich, dass sie alle da waren, weil sie mich unterstützen wollten. Vorher hatte ich ja nie richtige Freunde gehabt. Keine wie sie.

In dieser Woche arbeitete ich praktisch jeden Tag in der Werkstatt und stellte erstaunt fest, dass Damon auch dort jobbte.

„Ja, er kommt und geht. Er hilft aus, wenn er hier bei seiner Mom zu Besuch ist", erklärte Kar, als ich sie darauf ansprach.

Damon hatte mir gerade die Schlüssel zu einem Pick-up gegeben, bei dem er einen Ölwechsel gemacht und einiges neu eingestellt hatte. Als ich ihn verblüfft ansah, sagte er nichts, zwinkerte mir nur zu und schlenderte davon.

„Ich glaube, ich war zehn, als ich Damon kennengelernt habe. Er war einige Jahre älter, dieser französische Junge, der so perfekt Englisch sprach. Ich meine, jedes Wort, das ihm über die Lippen kam, klang einfach perfekt, als hätte er zu jedem Wort im Wörterbuch die exakte Aussprache geübt, verstehst du? Er war so verdammt süß. Damals war ich natürlich verknallt in ihn. Das war jeder.

Sein Dad war gestorben, und seine Mom, die Kanadierin ist, zog von Frankreich hierher, um bei ihrer Schwester zu wohnen. Dann fing seine Mutter an, für meinen Dad in der Werkstatt zu arbeiten, und brachte Damon mit. Oder er kam nach der Schule her. Also sind wir in gewisser Weise zusammen groß geworden, und mein Dad hat ihn quasi adoptiert. Allerdings ist er so was wie ein Streuner. Ich meine, er bleibt nirgends lange, kommt aber immer wieder her."

Nach Hause. Man kehrte immer wieder nach Hause zurück, egal, was passierte.

„Ach übrigens, Ver. Damon jobbt in dieser Bar in der Stadt, und wir beide kennen den Besitzer. Ich helfe da ab und zu aus, und ich soll diese Woche eine Schicht übernehmen, aber … mir ist was dazwischengekommen. Kannst du vielleicht für mich einspringen?" Sie klimperte mit den Wimpern und zog einen Schmollmund, der ziemlich an einen Entenschnabel erinnerte.

„Ähm …"

„Du musst keine Drinks mixen. Du bedienst nur an den Tischen, nimmst Bestellungen von Arschlöchern auf und wäschst ab. Solche Sachen. Bitte, Ver. Ich gebe dir auch mein erstgeborenes Einhornkind."

Ich sagte Ja.

Das letzte Mal war ich in einer Bar, als ich Caleb begegnete. Inzwischen erinnerte ich mich wieder an jenen Abend. Wie er mich so aufmerksam beobachtet hatte, als wäre ich die Einzige auf der Tanzfläche. Das Selbstvertrauen, das er ausstrahlte, als er seine Arme um meine Taille schlang, und sein fast schon witziger Schock, als ich ihn zurückwies.

Ich musste aufhören, an ihn zu denken, und mich auf die Arbeit konzentrieren. Ich hatte schon in einem Restaurant und in einer Bar gearbeitet, doch hier war mehr los, und das Trinkgeld war riesig.

Vielleicht könnte ich mich für einen Teilzeitjob bewerben, solange die Schichten sich nicht mit meinen Zeiten in der Werkstatt und den Seminaren überschnitten.

Damon war auf der Bühne, saß auf einem Hocker und hatte seine Gitarre auf einem Knie. Er schien sich dort oben wohlzufühlen, als würde er schon sehr lange auftreten. Er war der Prototyp des attraktiven Musikers mit seinem schwarzen Filzhut, der Jeans und den ausgeblichenen Converse. Seine Ringe und das schlichte Silberkreuz an seinem Hals blinkten im Licht, während er seine Gitarre spielte.

Eine Gruppe Mädchen saß vor ihm. Sie kicherten und flüsterten untereinander, wobei sie zu ihm nach oben starrten. Damon zwinkerte mir zu, und ich verdrehte grinsend die Augen.

Mit einem Fuß klopfte er den Takt und stimmte „Here Without You" von *3 Doors Down* an.

Ich liebte den Song. Leise summte ich mit, während ich mich umdrehte, um die Bestellungen einer Gruppe aufzunehmen, die gerade erst gekommen war. Es waren mindestens zehn Leute, und wir waren schon voll besetzt.

Auf einmal geriet ich ins Stolpern. Mein Herz setzte für einen Moment aus, denn Caleb betrat die Bar.

Ich saugte diesen Anblick in mich auf: sein wunderschönes Gesicht, die Art, wie er ging, seine Körperhaltung. Seine Augen wirkten dunkel und traurig, und er war unrasiert. Er trug eine ausgeblichene Jeansjacke über einem schwarzen T-Shirt und hatte die Jackenärmel hochgekrempelt, sodass seine starken Unterarme zu sehen waren. An seiner einen Schulter hing ein Rucksack. Seine langen Beine steckten in dunklen Jeans und schwarzen Stiefeln. Mit großen Schritten betrat er die Bar. Dabei wirkte er gelangweilt und strich sich mit einer Hand durchs Haar.

Die Zeit stand still, als ich ihn anstarrte. Mein Herz pochte so wild los, dass es in meinen Ohren klingelte, während ich wartete ... wartete ...

Bitte, sieh mich an.

Und dann tat er es.

Mir stockte der Atem, sowie sein Blick meinem begegnete. Doch was immer ich noch an Hoffnungen hegte, ging in Rauch auf, kaum dass ich in seine Augen schaute.

Als würde er mich gar nicht kennen.

Als sei ich ihm völlig fremd.

Er hatte mich abgeschrieben.

Es fühlte sich an, als würde jemand mein Herz packen, es drücken und auseinanderreißen. Ich hörte meinen lauten Atem, und mir wurde bewusst, dass ich zitterte. Meine Beine drohten nachzugeben, und ich klammerte mich an einem der Tische fest.

„Alles klar, Süße?"

Ich nickte Crystal zu, einer der netten Kellnerinnen im Club, die ich heute erst kennengelernt hatte.

„Bist du sicher? Du hast eine riesige Gruppe an Tisch sechs. Soll ich die übernehmen?"

Ich beobachtete, wie Caleb sich zu der großen Gruppe an Tisch sechs setzte, und schüttelte den Kopf.

„Ist schon gut, Crys. Danke."

„Na schön. Schrei, wenn du was brauchst."

Ich richtete mich auf und straffte die Schultern, obwohl mir schon Tränen in den Augen brannten.

Ich bin stark. War ich immer schon. Ich schaffe das.

„Hi. Ich bin Veronica und bediene euch heute Abend. Kann ich euch was zu trinken bringen?"

Ich bemerkte, wie eines der Mädchen in der Gruppe zu dem Typen lief, der neben Caleb saß. Sie beugte sich runter und flüsterte dem Jungen etwas zu. Dabei warf sie sich das blonde Haar über die Schulter und blickte Caleb an, als wäre er ein leckeres Stück Torte. Der Junge grinste sie an, stand auf und bot ihr seinen Platz an. Sie zwinkerte ihm zu und rückte den Stuhl näher zu Caleb, bevor sie sich darauf sinken ließ.

Ich beobachtete Caleb. Er saß zurückgelehnt auf seinem Stuhl, die Arme auf dem Tisch, und starrte seine Uhr an. Mir fiel auf, dass er schwarze Motorradhandschuhe trug und die Fäuste geballt hatte. Seine Züge waren angespannt. Ich wusste, dass er sich bemühte, nicht zu mir hinzuschauen.

„Da bist du ja end... hey, Süße, du bist das!"

Beim Klang der widerlichen Stimme drehte ich mich sofort um. Es war Justin.

„Yo, Caleb, Alter, deine Ex ist hier!", grölte er über den Tisch.

Ich stieß einen stummen Schrei aus, als Caleb den Tisch kraftvoll nach vorn schob und aufstand. „Halt verdammt noch mal die Fresse", presste er warnend hervor.

Alle verstummten.

Dann wandte Caleb sich um und ging weg.

„Entschuldigt mich", brachte ich angestrengt heraus und floh.

Mein Herzschlag war ein rhythmisches Rauschen in meinen Ohren. Ich zerrte meine Schürze herunter und lief nach hinten. Zum Glück war Crystal da. Ich sagte ihr, dass ich frische Luft brauchte, und fragte, ob sie doch Tisch sechs für mich übernehmen könnte. Sie blickte mich mitfühlend an und meinte, ich sollte mir eine Pause gönnen.

Ich rannte zum Hinterausgang der Küche und hielt mir beide Hände über den Mund, um mein Wimmern zurückzuhalten.

Draußen hockte ich mich auf den Boden, vergrub das Gesicht in meinen Armen und weinte. Ich hörte nicht mal auf, als die Tür hinter mir geöffnet wurde, weil ich nicht konnte.

„Hey, Engelsgesicht."

Ich schluchzte.

„Hey, komm schon, ist ja gut."

Ich fühlte, wie Damon einen Arm um meine Schultern legte und mir unsicher auf den Rücken klopfte. Mit aller Kraft atmete ich einige Mal tief durch, beruhigte mich und wischte mir das Gesicht ab.

„Er war drinnen", sagte ich.

„Weiß ich. Ich habe ihn gesehen."

„Er hat mich angeguckt, als sei ich ihm fremd. Er hasst mich. Ich …" Ich verstummte, da ich eine Gestalt bemerkte, die auf uns zukam.

Der Hinterausgang der Küche führte zum Parkplatz der Bar. Und dann stand Caleb vor mir. Er sah uns einen Moment lang an. Sein Blick verharrte kurz auf Damons Arm, dann lief er weiter.

Ich stand auf und machte einige Schritte auf ihn zu.

„Caleb."

Er blieb stehen, stand in der Dunkelheit und wartete, dass ich etwas sagte.

Wieder wummerte mein Herz. Ich öffnete den Mund, aber es kam nichts heraus. Mit angehaltenem Atem stand ich da, als er sich endlich zu mir umdrehte.

„Amüsierst du dich?", fragte er. An seinem Gesicht war keinerlei Gefühlsregung abzulesen.

Oh Caleb!

„Nein."

Ich wollte zu ihm laufen, ihn anflehen, mich wieder zurückzunehmen, doch er war so kalt. Noch nie hatte er mich so angesehen.

Es traf mich wie ein Stich mitten ins Herz. Lähmte mich, und ich ... erstarrte einfach. All die Worte, die ich wieder und wieder im Geiste geübt hatte, waren weg. Ich brachte keinen Ton heraus.

„Man sieht sich, Veronica."

Ich schaute zu, wie er auf sein Motorrad stieg, die Füße auf den Boden stellte und sich den Helm aufsetzte. Dann ließ er den Motor aufheulen, einmal, zweimal. Er blieb noch kurz da, als würde er auf etwas warten. Ich sah, wie er sich übers Gesicht wischte und wegfuhr.

Dann brach ich heulend zusammen.

Als es an der Tür klopfte, zog ich mir die Decke bis zu den Ohren hoch und stellte mich schlafend. Wie ich schon geahnt hatte, wurde die Tür geöffnet.

„Ich weiß, dass du noch auf bist."

Es war Damon.

„Ich habe heißen Kakao. Kar hat gemeint, du musst den trinken, sonst gießt sie ihn dir eigenhändig in die Kehle."

Ich seufzte, schob die Decke weg und setzte mich im Bett auf, ohne ihn anzusehen.

Die Tür ging weiter auf, und dann kam er herein und hockte sich neben meinem Bett auf den Boden.

„Hier."

„Danke." Der Kakao war glühend heiß, aber ich trank trotzdem einen Schluck.

„Ich weiß nicht, wie du das machst, ohne vorher zu pusten. Du … trinkst das Zeug einfach so?"

Ich zuckte mit den Schultern, doch mir wurde klar, dass er mich nicht sehen konnte. „Ja. Ich mag ihn nicht lauwarm. Ich mochte ihn schon immer nur richtig heiß."

Er schüttelte sich. „Dann musst du das Gefühl mögen, wenn du dir die Zunge verbrühst. Du weißt schon, dieses trockene Brennen, als würden einem tausend Nadeln hineinpiken, nachdem man etwas richtig Heißes getrunken hat."

„Eigentlich nicht", antwortete ich. „Doch es ist den Schmerz wert."

Er nickte. Stille füllte das Zimmer, doch mittlerweile fühlten wir uns miteinander wohl genug, um sie nicht als peinlich zu empfinden.

„Wenn etwas richtig gut ist, ist es den Schmerz wert, ja?"

Ich holte tief Luft. Natürlich wusste ich, worauf das hier hinauslief. Ich hatte mich gezwungen, nicht an das zu denken, was heute Abend passiert war. Wenn ich es tat …

„Engelsgesicht", begann er und blickte mich mit seinen ernsten blauen Augen an. „Mir tut leid, wie das heute gelaufen ist."

Sobald ich an die Kälte in Calebs Augen dachte, wollte ich schreien und heulen.

„Gib dir nicht für alles die Schuld. Hör mal, ich verurteile dich nicht dafür, wie du an dem Abend reagiert hast, als du mit ihm Schluss gemacht hast. Ja, Lockhart hat eine Freundin, die ihn in der Nacht brauchte, aber er hatte auch eine feste Freundin, die zu Hause auf ihn wartete. Ich weiß, was du denkst. Wenn du nicht darauf vertrauen kannst, dass er in so einer Situation das Richtige macht, wie kannst du ihm dann in schlimmeren Situationen vertrauen?" Er seufzte laut und fuhr fort: „Sollst du deine Gefühle ignorieren, sie für dich behalten, nur weil du ihn nicht verlieren willst? Kleines, ich sage dir." Er blies in seinen Becher und trank einen kleinen Schluck. „Wenn du das tust, wirst du ihn irgendwann dafür hassen, und das zerstört eure Beziehung."

Er senkte den Kopf, sodass ich seine Augen nicht mehr sehen konnte. Als er weitersprach, klang seine Stimme belegt. „Jeder hat

Ängste, die er fest in sich verschließt." Jetzt blickte er mich wieder ernst an. „Aber das macht einen nicht schwach. Wir urteilen zu schnell über uns, wenn uns ein Fehler unterläuft, aber weißt du, was das Wichtigste ist?"

Er lächelte mich sanft an. „Es ist die Art, wie du wieder aufstehst, nachdem du gestürzt bist. Wie du dich deinen Fehlern stellst und sie wieder in Ordnung bringst. Klar?"

Ich schloss die Augen und nickte.

„Achte nicht auf Leute, die allzu schnell über dich urteilen", meinte er. Gemeint waren die anderen Studenten am College und Calebs Teamkollegen, die angefangen hatten, hinter meinem Rücken über mich zu reden. Sie hatten mitgekriegt, was zwischen Caleb und mir passiert war, gaben mir die Schuld für sein Verschwinden und tuschelten, wann immer ich auf dem Flur an ihnen vorbeikam.

„Hör nicht auf die. Sie sind Heuchler und dürfen dich ruhig hassen, so viel sie wollen. Sie begreifen nichts, weil ihr Denken von ihren eigenen Ängsten vernebelt ist. Lieber werfen sie dir deine Ängste vor, als sich mit ihren auseinanderzusetzen." Er stand auf und strich mir eine Haarsträhne hinters Ohr.

„Hübsches Engelsgesicht. Du fühlst dich furchtbar, weil du ihm wehgetan hast, und das ist in Ordnung. Aber gib noch nicht auf. Vergiss nicht all die guten Sachen, die ihr zusammen hattet, nur weil jemand versucht hat, einen Keil zwischen euch zu treiben. Er ist verletzt. Und er könnte nach heute Abend einen falschen Eindruck von dir und mir haben. Ich kann mit ihm reden, wenn du willst. Sag einfach Bescheid. Aber er braucht dich. Geh zu ihm."

Ich blickte ihm nach, als er das Zimmer verließ und die Tür halb schloss. „Gute Nacht, Engelsgesicht. Träum was Schönes."

37. Kapitel

Veronica

Ich legte meinen Unterarm über mein Gesicht, um meine Augen vor der Sonne zu schützen. Weiße Flauschwolken zogen über den blauen Himmel dahin. Ich konnte sattes Gras riechen und die kühle Erde unter mir spüren.

Seufzend schloss ich die Lider. Der ideale Zeitpunkt für ein Nickerchen. Ich sollte zufrieden sein. Immerhin war es ein herrlicher Tag.

Aber mir tat das Herz weh.

Ich fühlte etwas neben mir, rührte mich aber nicht.

„Hey, Red. Warum so ernst?"

Ich riss die Augen auf. Mein Herz schlug wie verrückt, und ich drehte den Kopf zur Seite.

„Caleb?"

Er lag neben mir im Gras. Seine klaren grünen Augen sahen mich mit diesem vertrauten Blitzen an. Sein dichtes bronzefarbenes Haar schimmerte in der Sonne. Der Wind frischte auf und blies ihm eine Haarsträhne ins Gesicht, sodass ein Auge bedeckt war. Er lächelte.

„Hi, Red."

Ich hielt den Atem an, hob eine Hand und strich ihm das Haar aus dem Gesicht.

„Du bist hier", brachte ich mühsam heraus.

„Ich war nie weg." Er nahm meine Hand in seine und drückte sie an seine Wange. „Ich habe auf dich gewartet."

Er beugte sich näher zu mir und leckte meine Wange. Und dann meine Nase. Und mein ganzes Gesicht.

Was sollte das denn?

„Wuff! Wuff! Wuff!"

„Burp! Hörst du auf? Wie oft sollen wir das noch ausdiskutieren? Du darfst Leute nicht einfach wecken. Erst recht keine hübschen Mädchen, die du nicht kennst."

Damon?

Plötzlich nahm ich ein sehr schweres Gewicht auf mir wahr. Als ich die Augen öffnete, blinzelte mich ein höchst vergnügter weißer Labrador an, dessen rosige Zunge mein Gesicht ableckte.

„Wuff!"

„Na gut, das reicht!", schimpfte Damon hörbar beschämt.

Der Hund verschwand. Ich wischte mir den Sabber ab und richtete mich auf.

„Tut mir leid. Das ist übrigens Burp, der Hund meiner Mom." Damon blickte mich entschuldigend an. Er hielt den Labrador unten am Fußende meines Bettes fest. Der Hund winselte und guckte sehr traurig. „Er kann Türen öffnen und liebt es, morgens alle zu wecken. Das ist irgendwie sein Ding." Damon nahm seinen Hut ab, um sich am Kopf zu kratzen, und setzte ihn wieder auf. „Eben hat er schon Kar geweckt."

O-oh.

Ich hörte Töpfegeklapper und Fluchen aus der Küche. Anscheinend war Kar kein Morgenmensch, wenn sie von einem Hund geweckt wurde. Damon verzog das Gesicht und wirkte ein bisschen verängstigt.

„Tja, ich verschwinde mal lieber, ehe Kar in die Luft geht." Er zerrte Burp zur Tür. „Meine Mom hat heute Morgen Croissants gebacken und mich gebeten, welche für dich und Kar vorbeizubringen. Das mit Burp tut mir ehrlich leid."

Ich strich mir mit den Fingern durchs Haar und ertastete einen Knoten. „Danke, Damon. Hat mich sehr gefreut, Burp. Ich fasse nicht, dass ihr ihn Burp, Bäuerchen, genannt habt."

Burp kläffte vergnügt, als er seinen Namen hörte.

„Ich wollte ihn Fart nennen."

Ich lachte. *Furz.* „Echt? Warum überrascht mich das nicht?"

Er rieb sich die Nasenspitze mit dem Daumen und grinste. „Wie geht es dir?"

„Ganz gut, Damon. Danke. Im Ernst."

Der Hund ließ sich auf den Boden plumpsen und wollte sich nicht weiterbewegen. Ich sah lachend zu, wie Damon sich mit ihm abmühte.

Nachdem die beiden weg waren, ließ ich mich zurück auf die Matratze fallen und seufzte erneut. Ich hatte ein schlechtes Gewissen, weil ich Damon in meinen Mist mit reingezogen hatte. Dabei war er einfach ein guter Freund.

Schon wieder ein Traum von Caleb. Schon wieder ein fieser Stich ins Herz.

Heute. Ich würde heute mit ihm reden. Ihn, wenn es sein musste, dazu zwingen, mit mir zu sprechen.

Leichter gesagt als getan, dachte ich, und die Erinnerung an Calebs eisigen Blick schnürte mir den Brustkorb zu. Ich ermahnte mich, nicht daran zu denken, sprang aus dem Bett und folgte dem Kaffeegeruch und dem verlockenden Duft von frischen gebackenen Croissants in die Küche. Normalerweise war ich morgens beim Aufwachen hungrig, doch heute Morgen hatte ich keinen Appetit.

Ich fand Kar in der Küche, wo sie sich Kaffee einschenkte.

„Guten Morgen", begrüßte ich sie und ging zum Schrank, um mir ebenfalls einen Becher zu nehmen.

Kar war morgens immer ungewöhnlich still und antwortete nur mit Grunzlauten oder einsilbig, bis sie ihre erste Dosis Koffein intus hatte. Erst danach verwandelte sie sich in den gewohnten Ausbund an Energie.

„Ich habe Burp kennengelernt."

„Ah."

Ich goss heißes Wasser in meinen Becher und tunkte einen Beutel grünen Tee hinein. „Wie sind die beiden reingekommen?"

„Hä?"

Ich wartete. Üblicherweise brauchte Kar zwei Becher Kaffee, um wach zu werden. Ich lächelte in mich hinein, während ich beobachtete, wie sie blinzelte und der schläfrige Ausdruck allmählich aus ihren Augen verschwand, als das Koffein ihren Organismus weckte. Also musste sie beim zweiten Becher sein. „Damon weiß, wo ich den Ersatzschlüssel verstecke", antwortete sie.

„Ach ja?"

„Mhm."

„Warum?"

Sicher hätte ich nicht fragen sollen. Es ging mich nichts an, aber ich wollte mich auf etwas anderes konzentrieren, als ... an Caleb zu denken. Sonst würde ich noch durchdrehen.

„Warum? Das hier", sie schwenkte ein Croissant vor meinem Gesicht, „ist einer der vielen Gründe." Sie biss von dem Croissant ab und stöhnte. „Gott, von Antoinettes Croissants kriege ich einen Genussgasmus. Nimm dir eins."

Ich schüttelte den Kopf. „Ich habe keinen Hunger."

Nun sah sie mich prüfend an. „Du bist morgens immer hungrig. Oh nein, sag nicht, dass du einen Albtraum von Beatrice hattest?"

Schön wär's. Irgendwie wäre es besser, wenn meine Albträume von ihr handeln würden. Dann würde ich wenigstens nicht immer mit diesem klaffenden Loch in der Brust aufwachen.

Ich antwortete nicht.

„Übrigens, Ver, ich habe nachgedacht. Beatrice riecht ein bisschen wie ein Klo", sagte Kar gedankenversunken. „Wie ein Klo mit einer defekten Spülung."

Ich lachte.

„Du weißt ja, dass ich unbedingt dafür bin, dass du und Caleb Babys macht, aber im Ernst! Heute ist deine Prüfung, oder? Hast du gelernt?"

„Ich lerne gleich noch weiter."

„Professor Layton vergibt keine Extrapunkte oder Projekte. Das weißt du. Du darfst diese Prüfung nicht vergeigen. Sie macht fünfzig Prozent deiner Abschlussnote aus", ermahnte sie mich.

Ich sah, wie sie Pop Tarts aus dem Schrank holte und in die Mikrowelle warf.

„Hey, vielleicht kannst du Stripperin werden, wenn du das College schmeißt. Das ist keine schlechte Idee. Stripper verdienen einen Haufen Geld. Und ich könnte deine Managerin sein. 60 : 40? Das ist ein guter Deal. Ich helfe dir, dir einen Namen auszudenken. Hmm ... mal überlegen."

Als die Mikrowellenuhr zwei Sekunden anzeigte, öffnete Kar die Tür. Das Piepen machte sie irre.

„Wie wäre es mit Lolita? Stripperinnen haben keine Nachnamen, oder? Was hältst du von Felicia?", fuhr sie fort.

Da ich immer noch nicht reagierte, kam sie auf mich zu und legte ihre Hand auf meine. „Ver", sagte sie voller Mitgefühl.

Und mir war wieder zum Heulen.

„Falls ich beschließe, Stripperin zu werden, kannst du mich managen, versprochen." Ich lächelte sie an. „Ich muss lernen. Wir sehen uns später, okay?" Ich drückte ihre Hand und ging.

Ich zwang mich dazu, ein paar Stunden lang zu lernen, kriegte aber nicht viel in mein Hirn. Schließlich duschte ich rasch, föhnte meine Haare und ließ mir ausnahmsweise Zeit mit dem Schminken. Puder, Mascara und Lipgloss. Erledigt. Rotes Trägertop und Lieblingsjeans, in der mein Hintern besonders sexy aussah. Erledigt.

Ich wollte zu Calebs Apartment fahren und dort auf ihn warten. Ein Blick auf die Uhr verriet mir, dass es fast eins war. Ich wusste, dass Calebs Seminar heute um zwei endete. Wenn ich jetzt losfuhr, wäre ich vor ihm bei seinem Apartment.

Er mochte nicht mehr so für mich empfinden wie früher, aber ... ich würde es wiedergutmachen. Ich würde einen Weg finden, es wiedergutzumachen. Und falls er mich immer noch nicht zurückwollte ... hätte ich es zumindest versucht und ihm gezeigt, wie sehr ich ihn mir wieder in meinem Leben wünschte. Selbst wenn ich zu spät kam.

Denn er war es wert.

Ich war ein Nervenbündel, als ich bei seinem Apartment eintraf. Ich klopfte, wunderte mich jedoch nicht, als niemand öffnete. Ich wagte nicht, mich selbst hineinzulassen wie gestern Abend. Ich hatte ihn verletzt, so sehr, dass er mir nicht mal mehr einen Hauch seiner Gefühle zeigte. Caleb war normalerweise nicht der Typ, der für sich behielt, was in ihm vorging. Und doch hatte er es gestern Abend getan.

Oder er empfindet wirklich nichts mehr für dich.

Nein, nein, das stimmte nicht. Er empfand noch etwas für mich. Das wusste ich. Ich musste einfach daran glauben.

Ich lehnte mich an die Wand und rutschte nach unten, bis ich auf dem Teppichboden hockte. Und wartete.

Eine Stunde, zwei Stunden, drei, vier.

Er tauchte nicht auf.

Ich merkte, wie mir wieder die Tränen zu kommen drohten. Also zog ich die Knie an meine Brust und legte den Kopf in meine verschränkten Arme.

Warum hatte ich ihn nicht angerufen? Oder ihm eine Textnachricht geschickt? Ich war so blöd ... doch jedes Mal, wenn ich anfing, seine Nummer zu wählen oder ihm eine Nachricht zu schreiben, brach ich ab, um am Ende gar nichts zu tun.

Ich wollte mit ihm persönlich reden. Er sollte erfahren, wie wichtig er mir war. Und dabei wollte ich ihm ins Gesicht sehen. Ich hatte so oft miterlebt, wie meine Mutter am Telefon weinte und meinen Vater anflehte zurückzukommen. So viele verdammte Male, dass ich es gar nicht mehr nachzählen könnte.

Plötzlich bemerkte ich, dass das Licht über dem Aufzug blinkte. Er kam nach oben.

Ich hielt den Atem an. Mein Herz raste, während ich wie gebannt auf den Fahrstuhl starrte. Und dann öffneten sich die Türen.

Caleb lehnte drinnen an der Kabinenwand. Er blickte zur Decke hoch. Er wirkte erschöpft ... niedergeschlagen. Mein Herz krampfte sich zusammen. Ich wollte zu ihm laufen, ihn an mich ziehen und nie wieder loslassen.

Und dann richtete er sich auf und trat auf den Flur.

Und blieb abrupt stehen, als er mich sah.

Ich hielt den Atem an, wartete ... wartete ...

Bitte ...

Er starrte mich eindringlich an, schließlich machte er einen Schritt nach vorn, noch einen.

Auf einmal kam er schneller auf mich zu, doch ich konnte mich nicht rühren. Ich konnte nur auf ihn warten. Eine Armlänge vor mir verharrte er.

Wir sahen einander an.

„Red", flüsterte er sanft.

Ich weinte. Und plötzlich schüttelte er mich.

„Miss? Ist alles in Ordnung?"

Blinzelnd sah ich auf und blickte in Pablos freundliches Gesicht. Schon wieder ein Traum.

Das war die Hölle.

„Was machen Sie hier auf dem Flur, Miss?"

Vor Nervosität musste ich schlucken. Ich konnte ihm nicht sagen, dass ich nicht mehr in dem Apartment wohnte, denn dann warf er mich womöglich aus dem Haus. Sicher hatte Caleb ihnen noch nichts von meinem Auszug erzählt.

„Ach, ich warte bloß auf Caleb."

Er gucke mich an, als sei ich nicht ganz dicht, sagte aber nichts. Ich konnte hören, wie er vor sich hin murmelte, als er zum Fahrstuhl zurückging. Bevor er verschwand, hörte ich noch *Vogel* und *hat wohl die Irrenpillen vergessen*.

Beschämt stemmte ich mich vom Fußboden hoch. Es war fast sieben, und wenn ich jetzt nicht ging, würde ich meine Prüfung verpassen. Ich müsste eben später wiederkommen.

Wo war Caleb?

Ich schnaufte atemlos, als ich das Stockwerk erreichte, wo die Prüfung stattfand. Mir blieben keine fünf Minuten mehr, ehe die Türen zum Klausurraum geschlossen wurden. Halb ging ich, halb lief ich und blieb abrupt stehen, als ich Caleb vor mir sah.

Das war wieder ein Traum, oder?

Er bemerkte mich im selben Moment. Er war in seinem roten Trikot, und selbst aus einigen Schritten Entfernung konnte ich erkennen, dass Schweiß auf seinem Gesicht und an seinen gemeißelten Armen glänzte. Er stand vor dem Trinkbrunnen und hatte einen Arm an seinem Mund, als hätte er ihn sich gerade abgewischt, wäre aber bei meinem Anblick erstarrt.

Ich sah ihn an.

Er sah mich an.

Die Zeit stand still.

Und dann erkannte ich ihn.

Den Schmerz in seinen Augen.

Oh Caleb, es tut mir so leid.

„Ich schließe diese Türen in zehn Sekunden, Miss Strafford. Kommen Sie jetzt oder nicht?" Professor Laytons Stimme hallte durch den Korridor.

Calebs Arm fiel zur Seite. Er wandte den Blick ab und ging auf mich zu. Ich stand wie angewurzelt da, die Augen weit aufgerissen und mit angehaltenem Atem.

Und dann ... lief er an mir vorbei.

Mir war beinahe schwindlig, als ich aus dem Klausurraum kam. Ich hatte keine Ahnung, ob ich die Prüfung bestanden hatte. Die drei Stunden lang war mir zum Heulen gewesen.

War Caleb noch da?

Ich musste nachsehen. Nachdem ich tief eingeatmet hatte, um mich zu fangen, ging ich zur Sporthalle. Sie war im Untergeschoss des Gebäudes. Da die Prüfung drei Stunden gedauert hatte, war es inzwischen dunkel draußen. Auf den Fluren herrschte Grabesstille, und alles fühlte sich kühl an. Draußen musste es noch kälter sein. Meine Schritte hallten durch den langen, verlassenen Korridor.

Ich war so in Gedanken versunken, dass ich die beiden Typen nicht gleich bemerkte, die dicht hinter mir gingen. Dann aber schnappte ich erschrocken nach Luft, ängstlich und wütend. Ich blieb stehen und sah mich verärgert zu ihnen um.

„Was wollt ihr?"

Sie blieben stehen, wirkten überrascht, weil ich so feindselig war – oder weil ich sie überhaupt wahrnahm, das wusste ich nicht genau. Der eine war groß, mittelmäßig muskulös, der andere klein, aber breit und sehr muskulös. Falls ich wegzulaufen versuchte, würden sie mich leicht einholen. Ich griff nach dem Messer in meiner Tasche und umklammerte es für alle Fälle. Der Kleinere grinste und reichte mir einen Zettel.

„Wie viel? Ruf mich heute Nacht an, Babe."

Dann verschwanden sie.

Was war das denn?

Misstrauisch schaute ich ihnen hinterher. Nachdem sie verschwunden waren, faltete ich das Papier auseinander. Darauf standen eine hingekritzelte Telefonnummer und der Name Christian. Ich knüllte den Zettel zusammen und warf ihn in den Mülleimer.

Frustriert stellte ich fest, dass die Turnhalle dunkel und leer war. Vielleicht war Caleb jetzt in seinem Apartment. Es war nach zehn

Uhr, aber ich wusste, dass er noch auf wäre. Er ging immer spät ins Bett.

Als ich zur Bushaltestelle trottete, blies der Wind stärker, und es war noch dunkler geworden. Drei Typen standen unter der Überdachung und rauchten, deshalb ging ich nicht hinein. Eigentlich sollten sie wissen, dass man in dem Wartehäuschen nicht rauchen durfte, erst recht nicht auf dem Campus.

„Hey, Babe. Ich habe gehört, du magst es grob."

Ich runzelte die Stirn. Unmöglich konnte er mich meinen.

„Wie viel für eine Nacht? Ich mag das Bild von dir, auch wenn es noch besser mit dir nackt gewesen wäre, oder?"

Was?

Bevor ich mich umdrehen und nachsehen konnte, ob er mit mir redete, kam der Bus. Ich beachtete die drei nicht weiter und stieg ein. Es würde fast zwei Stunden dauern, bis ich bei Caleb war.

Das ist egal. Ich ertrage es nicht mehr, dass Caleb verletzt ist.

Falls ich noch irgendwelche Zweifel gehabt hatte, was seine Gefühle für mich betraf, waren die verflogen, als ich vorhin den Schmerz in seinen Augen gesehen hatte. Als ich beim Haus ankam, schüttelte Pablo den Kopf.

„Er ist noch nicht zurück, Miss."

Ich schluckte meine Enttäuschung herunter. „Danke, Pablo."

Er nickte und sah mich mitleidig an. Ich überlegte, ob ich nach oben gehen und in der Wohnung auf ihn warten sollte. Oder wäre er sauer, wenn ich nach allem, was ich getan hatte, in seine Privatsphäre eindrang?

Als ich vor seiner Tür stand, rang ich erneut mit mir. Wahrscheinlich war es besser, draußen zu warten. Ich hockte mich wieder auf den Teppich und lehnte mich an die Wand.

Dann glitten die Fahrstuhltüren auf. Ich erstarrte. Genau wie in meinem Traum, dachte ich mit klopfendem Herzen. Nur war es diesmal kein Traum.

Ich sah hin und war enttäuscht, als eine schöne Frau aus dem Aufzug stieg. Sie trug ein pfirsichfarbenes Kleid unter einem teuren Mantel. Ihre hohen Absätze machten keinerlei Geräusch, während sie wie eine Königin durch den Flur schritt. Ihr bronzefarben schimmerndes Haar war zu einem Chignon gebunden.

Könnte sie die Mieterin von gegenüber sein? Nein, etwas an ihr kam mir bekannt vor, als sie näher war.

Calebs Mutter.

Oh mein Gott.

Mein Puls begann zu rasen. Ich erinnerte mich, dass Caleb erwähnte, er würde mich mal zum Dinner zu ihr mitnehmen, damit sie mich kennenlernte. Das würde nicht mehr geschehen, und ich bezweifelte, dass seine Mutter erfreut wäre, mich wie eine bescheuerte Stalkerin vor dem Apartment ihres Sohnes zu finden.

Ich schluckte, stemmte mich vom Boden hoch und betete stumm, dass sie nicht stehen blieb und mich fragte, was ich hier wollte. Mit gesenktem Kopf eilte ich zum Aufzug.

Bitte, lass sie mich ignorieren.

Das tat sie auch. Die Fahrstuhltüren schlossen sich, und ich sackte erleichtert zusammen, fuhr aber erschrocken auf, als mein Handy den Eingang einer Textnachricht meldete.

Damon: *Dein Freund ist wieder im Club. Komm, schnapp ihn dir.*

Ich wählte direkt Kars Nummer.

„Kar? Ich brauche deine Hilfe."

38. Kapitel

Veronica

Von Kar zurechtgemacht zu werden war, als würde man in die Schlacht ziehen. Ihr Arsenal war ordentlich auf dem Waschtisch ausgebreitet: Eine Palette Lidschatten und unterschiedliche Pinsel waren aufgereiht wie Soldaten, und die Lippenstifte, Puderdosen und so weiter standen da wie Panzer.

„Jetzt schließ die Augen, und lass die Meisterin übernehmen", befahl Kar stolz, krempelte die Ärmel hoch und rieb sich die Hände. „Setz dich hin, Ver, und ich werde dafür sorgen, dass du umwerfender aussiehst als die beknackte Cinderella beim Ball. Wenn ich fertig bin, wird Lockhart auf den Knien sein, um dir den gläsernen Schuh auf deinen zierlichen Fuß zu schieben. Kannst du ihn schon betteln hören?" Sie lachte. „Ich kann es nämlich."

Ich vertraute Kar. Das tat ich wirklich. Trotzdem bekam ich Angst, als ich das Tippen ihrer Finger auf meinen Wangen spürte, wo sie mir zunächst verschiedene Cremes auftrug und danach meine Wangen und Lider bepinselte, bis ich schließlich den Lippenstift auf meinem Mund fühlte.

„Kar, bitte nur den roten Lippenstift."

Sie schnaubte, und um mich bei Laune zu halten, spielte sie „Telephone" auf ihrem Smartphone. „Oh bitte, ich habe einen schwarzen Gürtel in dem hier, Ver. Du wirst den Boden unter meinen Füßen anbeten, wenn du dich erst siehst."

Sie fing an zu tanzen, hob die Arme und schwang sie im Rhythmus der Musik. „Das ist es, was ich diesem Arschloch Cameron sagen werde, wenn er aus seinem bescheuerten Dornröschenschlaf aufwacht und anfängt, mir nachzujagen. Achte auf den Text gleich, warte …"

Sie schrie den Rest des Textes aus voller Kehle mit. Er handelte davon, dass er nicht aufhören wollte anzurufen und sie keine Zeit hätte. Nachdem sie fertig war, stützte sie die Hände auf die Rückenlehne meines Stuhls.

„Okay, bereit? In drei, zwei, eins."

Sie wirbelte meinen Stuhl herum, sodass ich in den Spiegel schauen konnte.

„Na?", fragte sie und zog ungeduldig die Brauen hoch, als ich einen Moment brauchte, um zu reagieren.

„Du bist eine Zauberin", flüsterte ich und blinzelte meinem Spiegelbild zu. Ich sah wunderschön aus. Ich fühlte mich wunderschön. „Ich werde dir einen Altar bauen und dich anbeten."

„Ja, nicht? Ich bin Catwoman, und meine Peitsche ist mein tierversuchsfreies Make-up, Baby. *Roarr*. Jetzt quetsch deinen Arsch in dieses rote Kleid, und hol dir deinen Mann zurück."

„Danke!" Ich umarmte sie.

„Meine Kleine ist erwachsen geworden. Ich bin so stolz auf dich. Vergiss diesen Trick nicht, den ich dir beigebracht habe. Beiß dir auf die Unterlippe, blinzle langsam wie in einem Film, und wirf dein Haar über die Schulter, verstanden?"

„Ja, Meisterin."

„Gut. Fahren wir."

Der Club war nur spärlich von wenigen Strahlern beleuchtet, und die Musik pulsierte in meinen Ohren. Der Geruch von würzigem Essen und süßen Getränken lag in der Luft. Ich trug mein rotes Kleid, hohe Schuhe und den roten Lippenstift, den ich auch bei meiner ersten Begegnung mit Caleb aufgelegt hatte. An dem Abend, als er mich rettete.

Heute Nacht würde ich uns beide retten.

Falls er mich ließ.

Mein Herz machte einen Hüpfer, als ich Caleb mit derselben Gruppe wie gestern Abend zusammensitzen sah, nur dass heute gleich zwei Mädchen neben ihm lauerten. Eine hatte bereits ihre Hand auf seiner Schulter.

Rühr ihn nicht an!

Er hatte eine offene schwarze Lederjacke über einem weißen

T-Shirt mit V-Ausschnitt an, dazu eine dunkle Jeans. Vor ihm stand ein Drink, den er mit einer Hand umfangen hielt und anstarrte, als enthielte er die Antworten auf alle Fragen. Er wirkte nicht so, als würde er sich amüsieren oder auch nur die anderen beachten. Vielleicht hatte er vor, bald von hier zu verschwinden.

Geh nicht.
Noch nicht.
Nicht ohne mich.

Eine Blondine näherte sich ihm, und ich wurde eifersüchtig.

Caleb hatte mich bisher nicht gesehen.

Mein Herz begann zu pochen. Ich mochte keine Aufmerksamkeit und würde mich normalerweise verstecken oder weglaufen, wenn Fremde auf mich aufmerksam wurden. Doch ein Blick auf Caleb, und mir war klar, dass ich mich hiervor unmöglich drücken konnte.

Unsere Erinnerungen holten mich ein, an jenen Tag, als er mit mir aufs Land fuhr, mich zu Suppe, Pizza und Eis einlud, wir im Mondschein spazieren gingen, uns küssten und er mir sagte, wie schön ich wäre.

„*Ich dachte, wir sind heute mal albern, tun vielleicht so, als wären wir jemand anders.*"

„*Und wer wollen wir sein?*", fragte ich.

„*Irgendwer*", hatte er geflüstert. „*Du kannst einfach die Meine sein, wenn du willst.*"

Dein. Ich will dein sein, Caleb.

Plötzlich begann ein neuer Song. Es war „Blind Heart" von *Cazette*.

Ich schritt in die Mitte der Tanzfläche, hob meine Arme und schloss die Augen. Ich stellte mir vor, dass Caleb mich anschaute.

Ich blendete alles andere aus, sah nur ihn an.

Den einzigen Jungen, dem jemals mein Herz gehört hatte.

Meines schlug wie wahnsinnig gegen meine Rippen, als er

langsam ...

langsam ...

langsam ...

aufblickte und mir ins Gesicht schaute.

Seine Augen weiteten sich vor Überraschung. Er setzte sich aufrechter hin, war jetzt angespannt und beobachtete mich.

Ich legte eine Hand in meinen Nacken und schwang mein Haar zu einer Seite, während ich meine Schultern und meine Hüften im Rhythmus der Musik bewegte. Dann neigte ich mich leicht nach hinten, fuhr mir mit den Fingern durchs Haar und bewegte mich sinnlich.

Die Blondine neben Caleb versuchte, ihn auf sich aufmerksam zu machen, rückte näher zu ihm.

Fass ihn nicht an!

Ich ging auf ihn zu. Immer noch sahen wir uns in die Augen. Ich warf mein Haar über eine Schulter und lächelte Caleb aufreizend an.

Und genau wie beim ersten Mal in dem Club, kam ich zu ihm und schlang die Arme um seinen Hals. Seine Augen waren so klar und grün wie in meinem Traum, und sie betrachteten mich eindringlich. Er war so wunderschön, dass es mir schon wehtat, ihn anzusehen. Er stand auf und legte seine Arme um meine Hüften.

Einen elektrisierenden Moment lang starrten wir einander an. Ich konnte seinen harten Körper an meinem spüren, seinen maskulinen Duft riechen.

„Hey, Baby", sagte ich leise, während mein Herz wild hämmerte. „Er gehört zu mir, stimmt's?"

Seine Augen verdunkelten sich kaum merklich.

„Wo warst du denn?", fragte ich, genau wie er es mich bei unserer ersten Begegnung im Club gefragt hatte.

Erinnerte er sich?

Ich beugte mich weiter zu ihm, bis meine Lippen fast sein Ohr berührten. Und ich fühlte, wie er erschauerte. „Ich suche schon mein ganzes Leben nach dir", flüsterte ich, wie er es mir vor langer Zeit zugeflüstert hatte.

Nun war er dran zu antworten.

Ich hielt den Atem an. Was er jetzt sagte, würde entscheiden, ob er mir vergeben hatte oder nicht. Ob er mich noch wollte oder nicht.

Ein kleines Lächeln umspielte seine Lippen. „Ich habe auf dich gewartet."

Ich wollte weinen.

„Caleb …"

Seine Hände umfingen mein Gesicht, und mit seinen Daumen wischte er meine Tränen weg. „Ich erinnere mich", flüsterte er und lächelte mich an. „Dasselbe hatte ich dich gefragt, als wir uns zum ersten Mal begegnet sind."

„Ja", presste ich schluchzend hervor.

„Pancakes?", murmelte er, und in seinen Augen spiegelte sich eine solch intensive und aufrichtige Emotion, dass ich von Sehnsucht überwältigt wurde.

„Pancakes", antwortete ich.

39. Kapitel

Veronica

Wir waren wieder am Strand. Dort war alles verlassen, als hätte er den ganzen Tag auf uns gewartet.

Als hätte er auf diesen Moment gewartet.

Wir lagen auf der Decke, die Caleb auch mitgenommen hatte, als wir das erste Mal hergefahren waren. Das schien mir so lange her zu sein. Damals hatte er nach meiner Hand gegriffen und seine Finger mit meinen verwoben.

Diesmal tat er es nicht.

Ich sah zu ihm hin. Seine Augen waren geschlossen. Die Meeresbrise blies ihm eine bronzefarbene Strähne in die Stirn, und ich wollte sie zu gern zurückstreichen.

„Du fehlst mir, Caleb."

Es kam keine Antwort. Er hielt die Lider gesenkt, doch ich wusste, dass er mich gehört hatte, denn sein Brustkorb hob sich ein wenig länger als bei seinem normalen Atmen.

Ich hatte ihn richtig übel verletzt, und wahrscheinlich war er noch wütend auf mich. Er musste mich hassen, aber das war mir immer noch lieber, als dass er mir die kalte Schulter zeigte.

Ich musste ihm erklären, ihm erzählen, was ich wirklich fühlte.

Also holte ich tief Luft und raffte meinen gesamten Mut zusammen. „Mein ganzes Leben lang musste ich mir alles erarbeiten, was ich mir wünschte. Um dahin zu kommen, wo ich sein wollte. Ich musste stark sein – stärker als die meisten Leute. Weil es nicht anders ging. Und ich schloss jeden aus. Warum auch nicht?"

Ich schaute hinauf in den samtigen dunklen Himmel, an dem die Sterne und der Halbmond gleich glitzernden Diamanten hingen. Es war so wunderschön hier, so friedlich mit dem Geräusch der schwappenden Wellen. In mir jedoch braute sich ein Sturm zusammen.

„Menschen sind selbstsüchtig. Dauernd wollen sie etwas von dir, und wenn sie es haben, verschwinden sie wieder. Also ließ ich sie gar nicht erst an mich heran. Aber dann ... traf ich dich. Du hast mich dazu gebracht, zu fühlen. Mir Dinge zu wünschen, die ich mir nie zu wünschen erlaubt hatte. Und das hat mir Angst gemacht. Es hat mir solche Angst eingejagt. Deshalb traute ich dir nicht. Ich ließ nicht zu, dass ich dir vertraute. Jedes Mal, wenn ich es fast tat, zog ich mich sofort wieder zurück."

„Warum?", fragte er sehr leise.

„Weil ... weil es *wehtut*, auf das Unmögliche zu hoffen. Wie kann jemand wie du jemanden wie mich kennen wollen? Ich besitze nichts außer einem Koffer voller trauriger Geschichten und gebrochener Herzen. Ich habe mich mit Mauern umgeben, die unglaublich hoch und dick sind, und ich lasse nicht zu, dass irgendwer sie einreißt. Ich lasse niemanden herein. Aber ich habe deine Wärme gefühlt ... die durch die Ritzen drang. Woher hast du gewusst, wo du mich findest?" Meine Stimme kippte.

„Das hatte noch keiner, Caleb. Keiner sonst blieb lange genug, um es auch bloß zu versuchen." Ich fühlte eine Träne über meine Wange rinnen. „Bis du kamst."

Ich richtete mich auf, zog die Knie an meine Brust und vergrub mein Gesicht in meinen verschränkten Armen. Kurz darauf spürte ich, wie er sich neben mir bewegte. Er setzte sich dicht neben mich.

„Ich traute deinen Empfindungen für mich nicht. Ich hatte Angst. Die ganze Zeit wartete ich darauf, dass du mich enttäuschst. Das tat sonst ja auch jeder. Und ich glaube, dass ... dass irgendwas mit mir nicht stimmt. Dass etwas fehlt. Dass das, was ich bin, nicht ausreicht, damit du bleiben willst, und du irgendwie eines Tages gelangweilt bist und gehst." Ich schluchzte jetzt hemmungslos. „Mein Leben lang hat mein Vater mir erzählt, dass alles meine Schuld war. Dass ich der Grund für alles Schlechte war ..." Ich schluckte. Nein, ich wollte nicht über ihn reden. Ich wusste selbst nicht mal, warum ich ihn erwähnte.

„Ich wünschte, er würde jetzt vor mir stehen, damit ich ihm wehtun kann. Schlimmer, als er dir wehgetan hat."

Der Zorn in seiner Stimme war nicht zu überhören. Er machte eine Pause, und ich hörte ihn langsam atmen, während er sich zu beruhigen versuchte. Als er weitersprach, klang seine Stimme viel sanfter.

„Weißt du, wie ich mich gefühlt habe, als du mich verlassen hast?", flüsterte er.

Ich hob den Kopf und schaute ihm in die Augen. Die Intensität der Gefühle, die darin lagen, diese unfassbare Zärtlichkeit schnürte mir die Kehle zu.

„Ich fühlte mich zerstört. Du hattest mich zerstört. Da ist Wut, ja, doch jedes Mal, wenn ich dich sehe, verblasst die Wut. Und da ist Schmerz. Aber was wäre Liebe ohne Schmerz? Denn, jedes Mal, wenn du mich zerbrichst, machst du mich auch wieder ganz. Und hinterher geht es mir immer besser als zuvor. Also …" Er legte die Hände an meine Wangen und strich mit seinen Daumen zart über meine Haut. „Zerstöre mich."

Mir entfuhr ein Schluchzen, und ich biss mir auf die Unterlippe, damit nicht noch mehr kamen. Als Caleb die Arme ausbreitete, stürzte ich mich regelrecht hinein und ließ den Tränen freien Lauf. Er zog mich näher, bis ich auf seinem Schoß saß, meine Arme um seinen Hals und meine Beine um seine Hüften geschlungen. Er hielt mich so fest, dass ich kaum atmen konnte.

„Es tut mir leid, dass ich dir wehgetan habe. Ich habe nichts von den hässlichen Sachen ernst gemeint, die ich gesagt habe. Ich habe sie nur gesagt, um mich zu schützen. Das war selbstsüchtig und feige. Ich hatte Angst, verletzt zu werden. Aber dich zu verletzen hat nur mir selbst wehgetan – und uns beide verletzt. Ich habe dir nicht genug vertraut." Ich durchnässte sein T-Shirt mit meinen Tränen. „Es tut mir so leid, Caleb."

„Ist schon gut. Wenn ich ändern könnte, was an dem Abend passiert ist, hätte ich dich nie allein gelassen. Mir tut leid, dass ich es gemacht habe."

„Du warst eben ein guter Freund, und sie …"

„Schhh. Ich möchte das erklären."

Seufzend legte ich meine Arme fester um ihn. Ich spürte, wie er tief einatmete und mir über den Rücken strich – um mich zu trösten, aber auch sich selbst.

„Ich hatte dir ja schon erzählt, was an dem Abend passiert war, aber ich ließ dich gehen, ehe ich dir alles erklären konnte. Und das war mein Fehler, den ich ehrlich bereue. Ich war eingeschlafen, und in meinem Traum küsste ich dich, doch als ich aufwachte", er stockte, und ich fühlte, wie sich sein Körper anspannte, „da war Beatrice auf mir. Und sie hatte ihr Top ausgezogen."

Ich schnappte nach Luft.

„Ich habe sie weggestoßen. Sie war nur eine Freundin, und ich würde nie mit einer anderen außer dir zusammen sein wollen. Nur mit dir."

Er küsste mein Haar. Ich lehnte meine Wange an seine Schulter und bat ihn stumm weiterzuerzählen.

„Also bin ich von ihr weg und nach Hause zu dir gefahren. Vertrauen ist mir sehr wichtig. Meine Eltern hatten das nicht, nicht genug, dass ihre Beziehung überlebte. So sollte es bei uns nicht laufen. Und als ich dich fragte, ob du mir vertraust, hat es mir eine Menge bedeutet. Aber ich wusste ja, dass du es nicht tust."

„Caleb …"

„Schhh, hör mir zu, Baby."

Er wartete, bis ich mich entspannt hatte, und sprach weiter: „Ich ließ mich von meinem Schmerz und meinem Stolz steuern. Ich habe so viel Zeit vergeudet. Und ich hätte nie wegfahren dürfen. Aber ich wollte, dass du um mich kämpfst. Also habe ich gewartet. Du ahnst nicht, wie oft ich unbedingt zu dir gehen und dich anflehen wollte, zurück zu mir zu kommen. Ich trieb mich selbst in den Wahnsinn. Aber ich wollte … ich will, dass du erkennst, wie viel ich dir bedeute. Ich will keine Häppchen mehr. Ich will alles. Alles von dir. Das musst du wissen. Wie kannst du es nicht wissen? Du bist der wichtigste Mensch in meinem Leben. Sieh mich an", flehte er. „Als du gegangen bist … Noch nie habe ich mich so leer gefühlt. So verloren. Es war, als hättest du ein Stück von meinem Herzen herausgeschnitten und mitgenommen. Ich vermisse dich so sehr, dass mir das Atmen wehtut. Ich vermisse alles an dir. Deinen Körper, der an meinen gedrückt ist. Dein leises Seufzen und deinen schnellen Herzschlag, wenn ich dich berühre. Ich vermisse deine Hand in meiner. Ich vermisse die Verletzlichkeit in deinen

Augen, die du vor jedem außer mir verbirgst. Wie kann ich nicht in dich verliebt sein?"

Ich hielt den Atem an, wartete, dass er mehr sagte. Zugleich hatte ich Angst davor, mehr zu hören, auch wenn ich dringend mehr erfahren wollte.

„Von dem Moment an, in dem ich dich sah, war ich schon gefangen. Mit Körper, Geist und Seele. Nimm alles von mir. Es gehört dir."

„Caleb."

„Wenn ich mir einen Käfig aussuchen darf", meinte er mit belegter Stimme, „dann bist du es. Ich bin ein Gefangener, verurteilt, dich lebenslang zu lieben."

Wieder hielt er meinen Kopf, damit ich ihn anschaute, als er mir sehr ernst in die Augen blickte. „Ich liebe dich", flüsterte er.

Ich hatte das Gefühl, dass sich etwas zusammenfügte. Wie ein fehlendes Puzzleteil, das endlich seinen Platz fand.

„Und ich liebe dich, Caleb", erwiderte ich leise, bevor er seine Lippen auf meine senkte und mich im Mondschein küsste.

40. Kapitel

Caleb

Wir blieben die ganze Nacht wach.

Ich hielt sie in meinen Armen, und das war alles, was ich jetzt brauchte. Es war alles, was ich für sehr lange Zeit brauchen würde. Sie hatte mir so sehr gefehlt, dass es mir vorkam, als hätte ich ein klaffendes Loch in der Brust. Als sie die Arme um mich legte, füllte sie diese Lücke so schnell, so vollständig, dass es sich anfühlte, als wäre diese Leerstelle nie da gewesen.

Wir ließen unsere Schuhe im Kofferraum meines Wagens und schlenderten am Strand entlang, um zuzusehen, wie die Sonne aufging. Sie hatte meine Jacke und die Decke um sich gewickelt, und ich zog sie dicht an mich. Mein Arm lag um ihre Schultern, ihrer um meine Taille.

Sowie sie zu mir aufblickte, schlug mein Herz einen Trommelwirbel.

Gott, wie sie mir gefehlt hatte!

„Nicht", sagte sie ein bisschen verlegen.

„Was nicht?"

„Sieh mich nicht so an."

Ich grinste. „Dagegen kann ich nichts tun."

Sie lief rot an, blickte verlegen auf ihre Füße und strich sich das Haar hinter die Ohren.

Meine errötende Red.

Mir war klar, dass sie sich immer noch Gedanken darüber machte, was zwischen uns passiert war und welchen Schaden es verursacht haben könnte. Doch ich hatte ihr schon verziehen, noch ehe sie mich darum bat. Ich wartete nur auf sie.

Also blieb ich stehen, drehte sie zu mir und hob ihr Kinn an, damit sie mich ansah. „Ich glaube, ich werde dich noch sehr lange anstarren."

Ich beugte mich vor und küsste sie auf den Mund. Wie weich und warm ihre Lippen waren! Ihre Hände ruhten an meiner Brust, und ich spürte ihr Seufzen. Unweigerlich musste ich grinsen – an ihrem Mund.

„Du hast mich vermisst."

„Habe ich. Tue ich", antwortete sie prompt, und immer noch blickte sie mich beschämt und ein wenig traurig an.

Ich wollte, dass diese Traurigkeit verschwand.

„Vielleicht kannst du mir noch so eine Tanzvorführung gönnen", meinte ich im Scherz.

Sie lachte und gab mir einen Klaps auf den Arm, genau wie ich es gewollt hatte. „Vielleicht, wenn du dir ein Kleid anziehst."

„Aua!", jammerte ich und rieb die Stelle an meinem Arm. Sie konnte ziemlich heftig zuschlagen. „Wie wäre es mit einem Stringtanga? Oder, noch besser ..."

Sie sah mich verständnislos an.

Und ich musste erneut grinsen. „Wo hast du gelernt, so zu tanzen?"

„Meine Mom hat, solange ich denken kann, in einem Tanzstudio gearbeitet, und ich hatte da Gratisstunden. Ich hätte eigentlich gern Tanz studiert, aber dafür hatten wir kein Geld. Trotzdem ist es in Ordnung, denn ich habe jetzt andere Träume." Sie schloss lächelnd die Augen und holte Luft. „Meine Mom ... sie wäre richtig glücklich, dass ich auf dem College bin."

Ich glaubte nicht, dass sie bemerkte, wie traurig ihr Tonfall wurde, als sie von ihrer Mutter redete.

„Falls wir jemals Geld brauchen, kann ich strippen, aber du müsstest mir diese sexy Hüftbewegungen beibringen. Ich kann dann eines von diesen Outfits tragen, an denen man einfach nur zieht, und alles fällt runter."

Sie riss die Augen auf und lachte, ganz unbeschwert. Und alles war wieder gut.

Die Sonne stand inzwischen hoch am Horizont und flutete den Himmel mit Rot-, Orange- und Goldtönen. Ein riesiger weißer Vogel flog übers Wasser, schoss nach unten und fing sich sein Frühstück. Das Rauschen der Wellen legte sich beruhigend über uns.

„Die Prüfungen sind in ein paar Wochen, Caleb. Kommst du klar?"

Ich wusste, dass sie sich Sorgen machte, weil ich eine volle Woche verpasst hatte.

„Alles gut. Den meisten Stoff kenne ich sowieso schon. Außerdem habe ich genug Punkte, um zu bestehen, selbst wenn ich die Prüfungen vermassle. Was ich", ergänzte ich lachend, als sie mich empört ansah, „nicht werde."

„Du machst dieses Jahr deinen Abschluss, oder?"

„Ja, und hinterher kann ich anfangen zu arbeiten. Geld ansparen für unsere Hochzeit, ein Haus und dann Kinder."

Ich wartete kurz.

Sie sagte nichts, wirkte aber auch nicht so schockiert oder entsetzt wie früher, wenn ich von Heirat sprach.

Ein Fortschritt.

Und schließlich lächelte sie. „Ich habe noch ein Jahr bis zu meinem Abschluss."

„Ich werde warten."

Glücklich hob ich ihre Hand und küsste sie. „Kommst du jetzt nach Hause, Red?"

Sie nagte an ihrer Lippe und sah aus, als müsste sie wieder weinen.

„Ich dachte, du würdest mich nie wieder so nennen."

„Für mich wirst du immer Red sein."

Sie drückte meine Hand. „Gestern war ich bei deinem Apartment."

Ein warmes Gefühl durchströmte mich.

„Ach ja?"

Sie nickte. „Ich habe deine Mutter gesehen."

Mein Herz setzte kurz aus.

„Ich war auf dem Flur und habe auf dich gewartet. Vor deiner Tür …"

„Wie eine Stalkerin. Meine Stalkerin."

„Bilde dir bloß nichts ein", wehrte sie ab und lachte. „Sie wusste natürlich nicht, wer ich bin. Aber es ist wohl keine gute Idee, wieder zu dir zu ziehen. Ich glaube nicht, dass sie überglücklich wäre zu erfahren, dass wir zusammenleben."

Da hatte sie recht, allerdings nur, weil ich sie meiner Mutter bisher nicht vorgestellt hatte, was daran lag, dass Mom monatelang im Ausland gewesen war. Ich würde das so bald wie möglich nachholen, und dann konnte Red wieder bei mir wohnen.

Ganz offiziell als meine feste Freundin.

Ich hatte noch mehr Pläne, bezweifelte jedoch, dass sie für die schon bereit war.

„Dann iss mit meiner Mom und mir zu Abend. Und mit Ben, falls er in der Stadt ist."

Ihre Augen wurden groß. „Ich …"

„Ich rufe sie an und mache etwas für dieses Wochenende ab, vorausgesetzt, du hast Zeit. Bitte, Red, tu es für mich, ja?" Ich lächelte und setzte schamlos meine Grübchen ein. Für die hatte sie eine Schwäche.

„Okay."

Wusste ich es doch! Die Grübchen wirkten immer.

„Ich hatte meine Mom von der Hütte aus angerufen und ihr von dir, von uns erzählt. Nicht alles, aber doch so viel, dass sie eine Vorstellung hat."

Sie drückte meine Hand und sah besorgt zu mir.

„Ich habe ihr erzählt, wie verrückt du nach mir bist und dass …"

„Caleb!"

„War nur ein Scherz." Und als sie mir wieder einen Klaps gab, lachte ich. „Ich habe ihr erzählt, dass ich *die eine* gefunden habe, und sie hat gesagt, dass sie sich darauf freut, dich kennenzulernen."

Sie lehnte ihren Kopf an meine Schulter.

„Ich liebe dich", flüsterte ich.

Ich fühlte, wie sich ihr Körper für einen Moment verkrampfte, bevor sie sich wieder entspannte und dichter an mich schmiegte. Sie legte ihre Wange an meine Brust und lauschte meinem Herzschlag, während sie die Arme um meinen Rücken schlang. Taten sagen mehr als Worte, wurde mir klar, und ich lächelte.

Das, dachte ich, während ich meine Augen schloss und mein Kinn auf ihren Kopf lehnte, war ihre Antwort. Sie hatte es schon früher getan – ihre Wange an meine Brust gelegt – doch da hatte ich es nie richtig begriffen. Jetzt wusste ich, was es bedeutete.

Und es genügte mir als Antwort vollauf.

41. Kapitel

Caleb

„Wollen wir frühstücken?" Ich öffnete ihr die Beifahrertür.

Wir standen uns gegenüber. Sie war so nahe, dass ich nur meinen Arm um sie legen musste, um sie an mich zu ziehen.

Der Wind wirbelte ihre langen dunklen Haare hoch, und die schimmernden dicken Strähnen bedeckten ihr schönes Gesicht. Ich hielt den Atem an und strich ihr das Haar sanft hinters Ohr. Dann streichelte ich ihre Wange mit dem Handrücken. Red schloss die Augen und drückte sich fester an mich.

Ich möchte dich zum Frühstück, hätte ich gern gesagt. Und zum Mittagessen und zum Abendessen.

Klugerweise hielt ich den Mund. Wir waren gerade erst wieder zusammen, und ich wollte sie nicht verschrecken.

Als sie die Augen öffnete und in meine schaute, überfiel mich ein solches Verlangen nach ihr, dass ich einen Knoten im Bauch hatte.

„Wie spät ist es?" Sie flüsterte, ein bisschen heiser, als ginge es ihr genauso wie mir. Vielleicht war ich aber auch nur so verzweifelt, dass ich es mir einbildete.

Ich atmete einmal tief ein und blickte auf meine Uhr. „Zeit für Red, mit Caleb zu frühstücken."

Sie biss sich auf die Unterlippe, um nicht zu grinsen. Und scheiterte kläglich. Ihre Lippen, die letzte Nacht noch rot geschminkt waren, glänzten jetzt in ihrem natürlichen Farbton und sahen umso küssenswerter aus – wie konnte das überhaupt sein! – und verzogen sich zu einem süßen Lächeln.

„Ich habe heute noch ein Seminar, und das ist ein Vorbereitungskurs für die Prüfung, also darf ich nicht schwänzen."

Es klang ehrlich bedauernd, was mich glücklich machte, denn es bestätigte, dass sie mehr Zeit mit mir verbringen wollte.

Wir waren etwas über eine Woche getrennt gewesen, doch es fühlte sich wie Jahre an.

Sie fröstelte, als der Wind zunahm.

„Steig ein."

Ich schloss die Beifahrertür, sobald sie drinnen saß, lief auf die andere Seite des Wagens und stieg ein.

„Wann fängt dein Seminar an?" Ich drehte die Heizung voll auf.

Red wickelte die Decke fester um sich und blies sich in die Hände, um sie zu wärmen. „Um zehn."

„Dann haben wir noch Zeit. Komm her, Red."

Ich zog sie näher zu mir, bis mein Mund an ihrem Hals war und mein warmer Atem auf ihrer Haut, während ich ihren Rücken und ihre Schultern rieb.

„Besser?"

„Hör noch nicht auf", murmelte sie und lehnte den Kopf leicht nach hinten, damit ich besser an ihren Hals kam.

„Ist dir noch kalt?", fragte ich leise und küsste sie sanft auf die Schulter.

„Ja."

„Dann wärme ich dich mal auf."

Ich schob meinen Sitz nach hinten. Sie schnappte nach Luft, als ich ihre Hüften umfasste, sie hochhob und auf mich setzte, sodass ihre Beine meine Hüften umfingen.

Ihre Augen waren riesig vor Überraschung und noch etwas anderem ...

Verlangen.

Es machte ihre Pupillen größer und dunkler. Mit dem Handrücken streichelte ich ihre Schulter, neckte sie mit leichten Berührungen, die das Feuer in ihren Augen weiter anheizten.

„Du bist so wunderschön."

Ich zeichnete die Konturen ihrer Lippen mit dem Finger nach. Sie öffneten sich, sodass ich ihren warmen Atem spürte und die Augen schloss.

„Ich möchte dich beißen", murmelte ich.

Sie machte die Augen wieder auf, und in ihnen spiegelte sich der gleiche Hunger, den ich empfand.

„Ich kann einfach nicht ...", ich küsste ihren Mundwinkel, absichtlich nicht direkt ihre Lippen, „... genug bekommen ..." Ich küsste die andere Seite. Red senkte die Lider, und ich fühlte, wie sie erschauerte. „... von dir."

„Caleb."

Als sie ihren Körper an meinen presste und mir ihren Mund entgegenhob, war es endgültig um mich geschehen.

Ich vergrub meine Hände in ihrem Haar und drückte meine Lippen auf ihre. Gierig und wild genoss ich sie und nahm alles, was sie mir gab. Und ich nahm noch mehr, als ich ihr Stöhnen hörte, das mich erregte.

Ich war zu gierig, zu ausgehungert nach ihrem Geschmack, ihrer Berührung, ihrem Duft, weshalb ich nicht daran dachte, behutsam zu sein.

Ich brauchte sie. Dringend.

Mehr, war alles, was ich denken konnte.

Sie verschlang mich. Jeder Gedanke, jede Empfindung, jeder Atemzug von mir gehörte ihr.

Ihre Arme lagen um meine Schultern, ihre Fingernägel gruben sich in meinen Rücken. Ihre Beine schlangen sich fester um meine Hüften, während mein Mund über ihren Hals und die vollkommene Haut oberhalb ihrer Brüste glitt.

„Caleb."

Mein Herzschlag hämmerte in meinen Ohren. Sie lehnte sich ans Lenkrad, und ich ließ meine Hände über ihren Körper wandern und ihn anbeten. Wie gern hätte ich ihr die Kleider vom Leib gerissen ...

Sie lenkte meinen Mund zurück zu ihrem, sorglos, wild und heiß. Ich streichelte ihre Beine, drückte sie, nahm sie in Besitz. Ich wollte sie berühren, wo ich sie bisher nicht zu berühren gewagt hatte, aber nicht hier im Auto. Nicht hier.

Als sie mit der Zunge über meinen Hals glitt, fing ich vor Erregung fast an zu schielen. Wir mussten dringend aufhören, sonst ... würde ich sie doch hier auf dem Vordersitz nehmen. Und so hatte ich unser erstes Mal nicht geplant.

Ich legte eine Hand in ihren Nacken und presste meine Stirn an ihre, während unser Atem nach und nach ruhiger wurde. Reds

Augen waren geschlossen, und ihre Schultern hoben und senkten sich im Takt mit ihren Brüsten.

Ihre Brüste ... ihre ...

Denk nicht daran. Sieh nicht mal hin!

„Pancakes?"

Sie öffnete die Augen, und beinahe hätte ich gestöhnt. Sie war immer noch erregt. Ich konnte den Schatten von Verlangen in ihrem Blick erkennen. Dann schluckte sie und nickte.

„Pancakes", antwortete sie lächelnd.

42. Kapitel

Caleb

„Also." Ich atmete aus und ließ das Wagenfenster runter, um einen klaren Kopf zu bekommen. Ihr berauschender Duft füllte den Innenraum aus.

Und ich ertrank darin.

Denk an etwas anderes.

„Warst du schon mal bei Anna's?"

„Das Café mit eigener Bäckerei?"

„Ja, genau das."

Sie strahlte. „Ich liebe den Laden!"

Hätte ich gewusst, dass sie das Café liebte, wäre ich längst mal mit ihr dort gewesen.

„Dann fahren wir jetzt hin."

Ihr Lächeln inspirierte mein Herz zu einem neuen Trommelsolo gegen meine Rippen.

„Wir haben noch Zeit für ein Frühstück, bevor ich dich zu Kar fahre. Mein Kurs beginnt erst um eins, also kann ich vorher noch nach Hause und duschen. Es sei denn ..." Ich machte eine Pause und wartete, dass sie mich ansah. „Möchtest du mit mir duschen?"

Es war nur halb scherzhaft gemeint.

Ich rechnete damit, dass sie lachte oder die Augen verdrehte wie früher, wenn ich sie so etwas fragte, aber das tat sie nicht. Sie sah bloß mit einem verhaltenen Lächeln auf ihren Kusslippen aus dem Fenster.

Heißt das, sie möchte ...?

Ich räusperte mich und öffnete den Mund, um etwas Witziges von mir zu geben, aber mir wollte partout nichts einfallen.

„Dann haben wir noch Zeit zum Frühstücken", stellte sie fest.

Ich dachte wirklich, sie würde etwas anderes sagen.

Konzentriere dich auf die Straße.

„Soll ich das Radio einschalten?", fragte ich.

Ich bin nervös, wurde mir klar. *Was ist denn jetzt los?*

Ich bemerkte, dass sie zu meinen Händen am Lenkrad sah. Ich wartete.

Sie holte tief Luft, als müsste sie sich stärken, dann griff sie langsam und vorsichtig nach meiner Hand und verwob ihre Finger mit meinen.

Mehr brauchte es nicht.

Nur sie, die nach meiner Hand griff. Mehr war nicht nötig, dass ich mich wie der König der Welt fühlte.

Jack Dawson war nichts gegen mich.

Ich sah zu ihr. Sie blickte geradeaus und war rot geworden, doch ihre Hand war noch mit meiner verschränkt.

Und in diesem Moment wusste ich, dass ich für dieses Mädchen sterben würde.

Sie war *die eine*. War es immer gewesen.

„Caleb, ich glaube, wir sind eben am Anna's vorbeigefahren."

Erwartete sie etwa, dass ich mich erinnerte, wo Anna's war, wenn mein Herz vor Liebe zu ihr zu platzen drohte?

Momentan erinnerte ich mich nicht mal mehr an meinen Namen.

War der womöglich Jack Dawson?

„Hast du es dir anders überlegt?", erkundigte sie sich.

„Niemals. Ich habe mich längst entschieden. Ja, ich glaube, dass ich es schon wusste, als ich dich zum ersten Mal sah."

Ich fühlte, dass sie mich anschaute, und spürte, wie ihre Hand meine fester umklammerte.

An der Ampel kehrte ich um und bog in eine freie Parklücke hinter dem Café. Dann saß ich da und blickte stumm nach vorn.

„Ich erinnere mich, wie ich dich zum ersten Mal gesehen habe", meinte sie. „Das war nicht in dem Club, sondern auf dem Campus."

Mich interessierte überhaupt nicht, was in meinem Leben gewesen war, bevor ich sie kannte.

„Was habe ich da gerade gemacht?"

Sie grinste. „Mit drei Mädchen geflirtet."

„Eifersüchtig?", fragte ich schmunzelnd.

„Nein."

„Warum das Stirnrunzeln?"

Sie zog ihre Hand weg und verschränkte die Arme vor der Brust. „Ich runzle die Stirn nicht."

„Doch, tust du eindeutig."

„Tue ich nicht!"

„Doch, tust du …"

„Ach, das ist so kindisch!" Sie stieg aus dem Wagen und lief zum Eingang des Cafés. Ich grinste bescheuert vor mich hin, als ich ihr wie ein Welpe nach drinnen folgte.

Das Café war klein und gemütlich. Es war im Retrolook eingerichtet mit antiken Spiegeln und Schwarz-Weiß-Fotos von Paris an den grauen Feinputzwänden. Die braunen Tische und Stühle sahen alt aus, aber ich wusste, dass sie neu waren. Auf der Bar stand eine große schwarze Tafel, auf der die angebotenen Speisen und Getränke in unterschiedlichen Kreidefarben aufgeführt waren.

Red ging direkt zur Vitrine mit den appetitlichen und elegant aussehenden Gebäckarten und dem Brot.

„Die sind so hübsch", schwärmte sie, und ihre Nase stieß fast an das Glas, als sie alles bestaunte. Sie sah süß und anbetungswürdig aus wie ein Kind in einem Süßwarenladen.

Nachdem wir bestellt hatten, suchte sie einen Tisch am Fenster aus, von dem man auf die schöne Straße mit den hohen Bäumen und den blühenden Blumenrabatten blickte.

Red stützte das Kinn in die Hände, und ihre Augen leuchteten vor Freude. „Eines Tages werde ich mein eigenes Café haben. Genau wie dies hier. Doch ich würde noch eine kleine Buchhandlung mit reinnehmen, damit die Leute lesen können, während sie ihren Kaffee trinken."

Ich beugte mich näher zu ihr, stützte die Arme auf den Tisch und streichelte ihre Ellbogen. Unter dem Tisch umfing ich ihre Beine mit meinen.

Sie erzählte mir von ihren Träumen; das hatte sie noch nie zuvor getan.

„Ich werde dein erster und treuester Kunde sein", versprach ich.

„Willst du auch Pancakes anbieten?"

„Ganz besonders die", flüsterte sie lächelnd.

Ich erwiderte ihr Lächeln und malte kleine Kreise in ihre Ellbogenbeuge.

Sie redete weiter, doch der Klang ihrer Stimme war wie Sirenengesang in meinen Ohren. Mir kam es vor, als hätte ich sie ewig lange nicht mehr gehört. Ihre Lippen bewegten sich, ihre dunklen Augen strahlten. Sie war so wunderschön.

Plötzlich trat sie mich unter dem Tisch. „Caleb? Hörst du mir zu?"

„Du hast gesagt, dass du mich liebst."

Sie biss sich auf die Lippe, und ich wusste, dass sie sich das Lachen verkneifen wollte.

„Ich hatte keine Ahnung, dass du Croissants magst. Ich war sicher, dass du dich für die Zimtbrötchen entscheidest", bemerkte ich, nachdem die Kellnerin unsere Bestellung gebracht hatte. Ich griff nach dem Messer und strich Butter auf meine Pancakes.

„Normalerweise ja, aber Damon hat uns jeden zweiten Tag diese köstlichen Croissants zu Kar gebracht. Seine Mutter backt die, und ich glaube, ich muss sie wohl bestechen, damit sie mir das Rezept gibt."

Versehentlich goss ich zu viel Sirup auf meine Pancakes. Super. Ich stellte die Sirupflasche sorgsam zurück auf den Tisch und starrte auf meinen Teller.

„Caleb?" Sie klang erschrocken. „Stimmt was nicht?"

Stimmt was nicht?

Ich blickte zu ihr. „Was bedeutet er dir?"

Sie zog die Brauen zusammen. „Wer?"

Ich musste mich sehr beherrschen. „Damon."

Jetzt schien sie zu begreifen. „Oh Caleb", meinte sie kopfschüttelnd und lächelte keck. „Bist du eifersüchtig?"

„Und ob ich das bin!" Ich seufzte gedehnt. Eifersucht war erbärmlich, doch ich konnte nichts dagegen tun.

„Er ist bloß ein Freund. An dem Abend, als du uns draußen vorm Club gesehen hast, hatte er mich nur getröstet. Ich … mir ging es nicht gut."

„Ich will dir nicht vorschreiben, mit wem du befreundet sein darfst …"

„Gut."

„... aber versteh bitte, dass ich mörderisch eifersüchtig werde, wenn ich sehe, wie dich andere Typen anfassen, und dass es eine vollkommen nachvollziehbare Reaktion ist, wenn ich deinem Freund die Nase breche."

Sie verdrehte die Augen. „Ich habe dir doch gesagt ..."

„Ja, hast du, aber ist das alles, was er will? Ist er rein zufällig immer da, wenn du eine Schulter zum Ausweinen brauchst? Was ist mit mir? Ich bin *mehr* als nur ein Freund. Du kannst dich an meiner Schulter ausweinen. Die steht dir immer zur Verfügung. Meine Schulter ist Eigentum von Red. Willst du, dass ich das hier eintätowiere?" Ich zeigte auf meine Schulter. „Oder willst du ...?"

Sie rückte näher und lehnte ihren Kopf an meine Schulter.

Oh, dieses Mädchen!

Sie hatte mein Herz in der Hand. Ganz und gar.

Ich wusste das. Sie wusste es. Und sie wusste, dass ich wusste, dass sie es wusste.

„Ich weiß. Aber zu der Zeit hatte ich nicht die geringste Ahnung. Ich dachte, dass du mich hasst."

„Du machst mich fertig, Red. In jeder Hinsicht. Jederzeit. Aber begreifst du denn nicht? Ich will immer da sein, wo du bist. Immer." Ich lehnte meinen Kopf an ihren.

„Ich liebe dich", sagte ich.

Und wartete.

„Du bist nicht daran gewöhnt. Okay. Alles gut. Ich sage es einfach immer wieder, bis du es auch tust. Bis du es satthast, es von mir zu hören. Aber jedes Mal, wenn ich es sage, sollst du wissen, dass ich es ernst meine. Ich meine jedes Wort ernst."

„Ich liebe dich", flüsterte sie einen Augenblick später.

Einfach so. Ja, einfach so.

Ich gehörte ihr.

43. Kapitel

Veronica

„Wie gefällt dir das Zusammenwohnen mit Kar?", fragte Caleb, während er den Wagen durch den morgendlichen Stoßverkehr lenkte.

„Ich liebe es!"

„Nicht zu sehr, hoffe ich. Ich will dich wieder zu Hause haben."

Ich presste meine Lippen zusammen, damit ich nicht sofort übers ganze Gesicht strahlte.

Wie mir das hier gefehlt hatte! Mir war nicht klar gewesen, wie sehr, bis er weg gewesen war. Und jetzt, da ich seine Hand wieder in meiner fühlte, wollte ich sie nur noch festhalten und nie wieder loslassen. Er streichelte gedankenverloren meine Handfläche mit seinem Daumen. Ihm war nicht mal bewusst, was er tat.

Letzte Nacht, als wir am Strand entlangliefen, hatte er an meinem Haar gerochen oder es sanft zurückgestrichen, gedankenverloren meine Schulter geküsst oder meinen Arm gestreichelt. Das waren süße kleine Gesten, bei denen mir das Herz überfloss und ich fast weinte vor Rührung. Früher hatte ich sie als selbstverständlich hingenommen, doch jetzt bedeuteten sie mir alles.

Ich genoss jede einzelne von ihnen.

Um den Druck in meinem Innern zu lindern, atmete ich langsam aus.

„Caleb?"

„Ja, Liebes?"

Von all diesen süßen Namen, die er mir gab, flatterte mein Herz.

Das Fenster war halb offen, und der Morgenwind blies sein bronzefarbenes Haar nach hinten, sodass es sein umwerfendes Gesicht umrahmte. Sein Kinn war kantig, und seine Wangenknochen waren so klar definiert, dass ich sie mit den Fingern nachzeichnen wollte.

„Was ist?"

Ich blinzelte. „Wie bitte?"

Grinsend schaute er mich an. „Verrätst du mir, was dir durch den Kopf geht, Red?", fragte er leise. „Oder willst du mich nur den ganzen Tag anstarren?"

Erwischt. Verdammt.

Ich wollte bei ihm im Wagen bleiben, in dieser kleinen Blase, in der nur er und ich zählten. Aber die Wirklichkeit klopfte laut an.

Ich überlegte, was ich ihm sagen sollte. Er musste definitiv erfahren, dass Beatrice wahrscheinlich in seinem Apartment herumgeschnüffelt hatte. Sie hatte seine Privatsphäre aufs Abscheulichste verletzt, und er hatte ein Recht darauf, es zu erfahren. Wie viel sollte ich ihm erzählen? Es war so vieles passiert.

„Was ist?", fragte er, nachdem er vor Kars Wohnung angehalten hatte. „Ich kann Geheimnisse für mich behalten", ergänzte er halb im Scherz.

Dann nahm er meine Hand, bog alle Finger nach innen bis auf den Zeigefinger, mit dem er ein X auf seine Brust malte. Seine Augen waren so grün, so tief und so intensiv, als er mich ansah. „Ich schwöre", flüsterte er, hob meinen Finger an seine Lippen und küsste ihn. „Bei meinem Leben."

Ich hyperventilierte.

„Red? Möchtest du mir dein Geheimnis anvertrauen?"

Welches Geheimnis?

Mein Verstand war zu Matsch geworden.

Caleb blickte aus dem Fenster. „Ich möchte keine Wiederholung dessen, was zwischen uns war." Als er mich wieder anschaute, war er sehr ernst. „Es war die Hölle. Es war die Hölle, ohne dich zu sein."

Mein Atem stockte. „Für mich war es auch die Hölle."

„Dann erzähl mir, was dich belastet."

Ich war es nicht gewohnt, mit irgendjemandem über meine Ängste, meine Probleme, meine Bedenken oder irgendwas zu reden, was mich belastete. Aber dies hier war Caleb. In der Zeit, die wir getrennt waren, war mir klar geworden, was für einen großen Teil meines Lebens er einnahm und wie viel davon ich nie zurückbekommen könnte.

Ich wollte diesen Teil gar nicht wieder zurückhaben.

Er sollte ihn behalten.

„Kennt jemand außer mir und deiner Mutter den Code für dein Apartment?"

„Nein, nur du und meine Mom. Warum?"

„An dem Abend, als ich zu dir gefahren bin, habe ich gesehen, wie Beatrice aus dem Fahrstuhl kam."

Caleb stieß einen leisen Fluch aus. „Sie kennt den Code. Ich habe ihn ihr vor ewigen Zeiten mal gegeben. Tatsächlich hatte ich das schon völlig vergessen, bis jetzt. Verdammt! Ich ändere den Code so schnell wie möglich. Sie versteht sich gut mit den Sicherheitsleuten, und die wissen, wer sie ist. Mich würde nicht wundern, wenn sie von ihnen reingelassen wurde. Also muss ich auch mit denen sprechen." Frustriert strich er sich mit der Hand durchs Haar. Dann blitzten seine Augen. „Hat sie dich wieder belästigt?"

Ich biss mir auf die Unterlippe.

Wie viel sollte ich ihm erzählen?

Ich passte schon so lange selbst auf mich auf, verschloss alles in mir und kämpfte für mich allein, dass ich es immer noch … nicht schwierig, aber auch nicht leicht fand, über meine Probleme zu reden.

Außerdem wollte ich nicht jämmerlich klingen. Doch dies war Caleb.

Kleine Schritte, Veronica. Ganz kleine Schritte.

„Da nicht. Aber warst du schon in deiner Wohnung, seit du aus der Hütte zurück bist?"

„Ja."

„Fehlte irgendwas?"

„Nicht dass ich wüsste." Er runzelte die Stirn. „Was verheimlichst du mir?"

Er kannte mich so gut.

Ich öffnete die Beifahrertür. „Lass uns reingehen."

„Darf ich dein Zimmer sehen?", fragte er, sobald wir in Kars Apartment waren, und streifte seine Schuhe neben der Tür ab.

Mein Herz raste wie verrückt. Nervös schluckte ich. „Klar."

Ich lief voraus und atmete tief durch, ehe ich die Zimmertür aufmachte. Ohne mich umzusehen, ging ich hinein und zum Wandschrank, um mir frische Sachen zu holen, bevor ich duschte.

„Mir fehlt es, deine Sachen zu sehen. Ich vermisse den Geruch, wenn du backst oder kochst. Ich vermisse die Erdnussbutter im Schrank. Es ist nicht dasselbe, wenn du nicht da bist. Die Wohnung fühlt sich leer an."

Nun drehte ich mich um. Er lag auf meinem Bett, die Arme unter dem Kopf verschränkt und die Fußknöchel überkreuzt, und beobachtete mich.

„Kommst du zu mir aufs Bett?"

Ich wollte. Sehr gern, aber ... „Ich muss mich fertig machen, Caleb."

„Wir haben Zeit. Keine Angst, ich tue nichts. Ich will dich nur halten. Und dir ein paar Fragen stellen", fügte er hinzu.

„Was für Fragen?"

Er grinste. „Na gut, machen wir es auf meine Art, einverstanden, Red?"

„Was meinst du?"

„Ich weiß, dass du mir etwas erzählen willst. Spielen wir zwanzig Geständnisse."

„Was?"

„Das ist ein Spiel. Zwanzig Geständnisse. Anstatt Fragen zu stellen, gesteht man Sachen."

Ich beäugte ihn argwöhnisch, doch er grinste bloß.

„Und wenn ich nichts zu gestehen habe?"

Fragend zog er die Augenbrauen hoch.

„Wie wäre es mit Geständnissen *oder* Fragen?", schlug ich vor.

„In Ordnung. Leg dich zu mir, Baby", forderte er mich auf und klopfte auf den Platz neben sich. „Ich verspreche auch, dass ich nicht beiße. Bitte?" Bei seinem Lächeln erschienen die Grübchen.

„Okay."

Ich streckte mich neben ihm aus, mit dem Rücken zu ihm. Caleb legte einen Arm um meine Taille und küsste sanft meinen Hals.

„Du fühlst dich richtig an. So richtig." Er roch an meinem Haar und küsste es. „Ladies first."

„Nein, du zuerst."

Es trat nicht mal eine Pause ein, ehe er anfing. „An dem Abend in dem Club – hinter dem Club – als ich dich mit ihm sah, dachte ich, dass du mit jemand Neuem zusammen bist und mich vergessen hast." Seine Stimme war sehr ruhig und sanft geworden. Traurig.

„Nein, Caleb."

„Dass du mit ihm zusammen wärst. Ich hatte darauf gewartet, dass du zu mir kommst und mir sagst, dass noch immer ich derjenige war, den du wolltest."

„So ist es auch. Es gibt nur dich."

Ich fühlte, wie er sich hinter mir entspannte. „Ich hatte mich gefragt, ob du vielleicht zu mir wolltest, und er dich davon abhielt. Ich hatte ernsthaft überlegt, ihn zu überfahren."

Ich musste unwillkürlich lachen. „Nein, Caleb. Damon hat mir gestern Abend sogar eine Nachricht geschickt, um mich wissen zu lassen, dass du im Club warst. Er hat geschrieben, dass ich kommen und dich mir schnappen soll."

„Ehrlich? Tja, vielleicht fahre ich ihm dann doch nur über den Zeh. Du bist dran", murmelte er mir ins Ohr.

„Ich …" Ich räusperte mich, um den Kloß in meinem Hals zu vertreiben. „Als du mich mit meinem Namen angesprochen hast … tat es weh."

Er legte seinen Arm fester um mich.

„Es ist lächerlich, denn das ist mein Name, aber du nennst mich immer Red. Du hattest mich vorher nie mit meinem Namen angesprochen. Und das … tat weh." Ich atmete pustend aus. „Du bist dran."

„Sei nicht traurig, Baby."

„Bin ich nicht mehr."

„Für mich wirst du immer Red sein." Er stockte kurz. „Ich habe eine Frage. Wie oft warst du bei meiner Wohnung?"

Ich schüttelte den Kopf. „Oh nein. Das verrate ich dir nicht."

„Gib's zu. Du bist verrückt nach mir, Red."

„Du scheinst dir ja sehr sicher zu sein, du Hengst."

„Bin ich. Wahrscheinlich hast du schon einen Schrein für mich gebaut, oder? Sicher hast du Nacktbilder von mir oder so."

Ich lachte. „Träum weiter!"

„War es mehr als einmal?"

Ich nickte.

„Wusste ich es doch! Ich kann dir eine Locke von mir geben oder so, wenn du willst. Für deine Sammlung."

Als ich nicht reagierte, zog er sanft an meiner Schulter und drehte mich zu ihm.

„Was ist los, Red? Ich weiß, dass dich immer noch etwas belastet."

„Ich hatte dir ein Geschenk gekauft."

Die Sorge in seinen Augen verschwand, und er grinste breit.

Es machte mich umso wütender auf Beatrice. „Ich hatte es an dem Abend besorgt, als du Beatrice nach Hause gefahren hast. Und ich hatte es auf deinen Nachttisch gelegt."

Er runzelte die Stirn. „Da habe ich nichts gefunden."

„Weiß ich."

„Das verstehe ich nicht."

„Erinnerst du dich, dass ich Beatrice aus dem Fahrstuhl in deinem Haus kommen gesehen hatte?"

Er nickte.

„Neulich hatten Kar und ich uns mit einigen Freunden in einem Café getroffen. Da sah ich Beatrice und Justin. Sie hatte genau das Ding, das ich dir gekauft hatte, in der Hand."

Sein Blick wurde hart und kalt.

„Caleb, vergiss es einfach. Es war ja nichts Teures, nur eine Kleinigkeit. Ich besorge dir eben ein neues."

„Nein", erwiderte er streng. „Es ist eine Sache, in meine Privatsphäre einzudringen, aber dass sie mir gezielt ein Geschenk von meinem Mädchen stiehlt, ist unverzeihlich. Bitte mich nicht, das auf sich beruhen zu lassen. Das werde ich nicht."

„Caleb."

„Red, du hast mir noch nie etwas geschenkt. Denkst du echt, ich nehme das stillschweigend hin?"

„Doch genau darauf setzt sie doch. Verstehst du nicht? Sie will, dass du sie zur Rede stellst, damit sie in Kontakt zu dir bleibt. Ihr ist egal, ob du wütend auf sie bist, glücklich oder sogar voller Hass.

Sie will einfach eine Verbindung zu dir, weil sie besessen ist. Bitte, Caleb, lass es."

Er biss die Zähne zusammen. „Ich kann nichts versprechen."

„Dann versprich mir nur, dass du darüber nachdenkst. Das ist mir wichtig."

Sein Nicken war sehr verhalten.

Das also passierte, wenn ich mich ihm öffnete? Wenn er deshalb schon wütend war, würde er toben, wenn ich ihm von dem Vorfall im Café erzählte.

Ich legte die Hände an seine Wangen, fühlte die rauen Bartstoppeln an seinem unrasierten Kinn und küsste ihn leicht auf den Mund. „Sei nicht wütend."

„Ich bin nicht wütend auf dich."

„Weiß ich. Aber sei trotzdem nicht wütend." Wieder küsste ich ihn.

Aber er reagierte nicht. Er war immer noch aufgebracht wegen des Geschenks. Deshalb küsste ich ihn weiter – auf die Lippen, die Wangen, die Nase, bis er sich entspannte und mich küsste.

Ich gab ihm einen kleinen Klaps auf den Arm. „Na gut, jetzt muss ich duschen. Falls du Kaffee willst, es müsste welcher in der Küche sein."

„Du darfst noch nicht gehen." Er fasste mich an der Taille und zog mich zurück aufs Bett. Auf ihn. „Hat dir schon mal jemand gesagt, dass man beenden muss, was man angefangen hat?"

„Caleb!", warnte ich ihn.

„Red."

Ein Lachen blitzte in seinen Augen auf. Ich erkannte dieses Funkeln und rutschte schnell vom Bett, bevor er anfing, mich mit seinem Charme und seinen Küssen zu überwältigen. Heute durfte ich nicht zu spät zum Seminar kommen.

Ich öffnete den Wandschrank und holte frische Sachen heraus. Dabei fühlte ich, dass er mich anschaue, sah das freche Grinsen auf seinem schönen Gesicht praktisch vor mir. Eilig verließ ich das Zimmer, ohne mich noch einmal umzusehen, glaubte aber, im Rausgehen noch ein „Feigling" zu hören.

Ich duschte hastig und putzte mir gleichzeitig die Zähne. Auch nach zehn Minuten Föhnen waren meine Haare nicht richtig trocken, weshalb ich sie kurz entschlossen zu einem Knoten hochband, in eine Jeans und ein weißes Top mit Spitzenbesatz am Kragen und Saum schlüpfte und rasch etwas Puder und Lipgloss auflegte.

Ich war müde, weil ich nicht geschlafen hatte, aber auch erfrischt von der Dusche. Als ich in mein Zimmer zurückkam, fand ich Caleb schlafend auf meinem Bett vor.

Er lag auf dem Bauch und hatte die Arme unter seiner Wange angewinkelt. Sein Haar bedeckte seine Augen, und ich strich es behutsam zurück, damit ich ihn nicht weckte. Er wirkte so friedlich, und im Schlaf strahlte er nichts von seiner grenzenlosen Energie aus. Vom Schlafmangel hatte er dunkle Ringe unter den Augen, die seinem Gesicht jedoch nichts von seiner Vollkommenheit nahmen.

Ich küsste ihn auf die Stirn und streichelte zärtlich sein Gesicht. Dann nahm ich meinen Wecker vom Nachttisch und stellte ihn so ein, dass Caleb ausreichend Zeit blieb, in seine Wohnung zu fahren und sich für sein Seminar um eins fertig zu machen. Anschließend schrieb ich ihm eine kurze Nachricht, bevor ich ein Taxi rief und mich zum College bringen ließ.

Ich kam gerade aus meinem Seminar und war fast schon bei meinem Schließfach, als ich Lärm aus der Nähe des Aufenthaltsraums hörte. Jemand rief Calebs Namen, und sofort sorgten Adrenalin und Angst dafür, dass ich hinrannte.

Entsetzt sah ich, wie Caleb Justin am Hals gepackt hatte und gegen die Wand stieß. Der laute Knall hallte durch den ganzen Flur.

Calebs Gesicht war wutverzerrt, und seine grünen Augen wirkten dunkel vor Zorn. Dann hob er Justin einige Zentimeter vom Boden. Justin lief blau an, während er nach Luft rang, aber keine bekam. Und Caleb sagte gefährlich ruhig: „Wenn ich jemals wieder höre, dass du auch nur ihren Namen aussprichst, bist du tot, Arschloch."

44. Kapitel

Caleb

„Lass mich vergessen, Caleb." Red schloss die Augen und öffnete ihre verführerischen Mund ein wenig. „Ich möchte, dass du mein …"

Beim schrillen Piepen des Weckers riss ich die Augen weit auf. Desorientiert knallte ich automatisch eine Hand auf das Ding.

Es war ein Traum, wurde mir klar, als ich zurück auf das Bett sank und meine Augen mit einem Arm bedeckte. Ein sehr, sehr guter Traum.

Ich fühlte, wie sich ein Grinsen auf meinem Gesicht ausbreitete. Es musste kein Traum bleiben. Ich könnte Red suchen und … sie jetzt gleich küssen.

Wo war sie? Ich erinnerte mich, dass sie gesagt hatte, sie wollte duschen gehen.

Warte mal. Wie lange war ich weg gewesen?

Wieder setzte ich mich auf und blickte mich in ihrem aufgeräumten kleinen Zimmer um. Die Bücher waren ordentlich auf dem Schreibtisch aufgestapelt, auf dem Fußboden und sogar dem Fensterbrett. Ich wusste, dass es ohne Bücher nicht ihr Zimmer wäre. Wenn ich unser Haus baute, würde ich dafür sorgen, dass es eine Bibliothek für sie hatte und eine große Küche mit den modernsten Geräten und Utensilien, weil sie so gern kochte und backte.

Als an die Tür geklopft wurde, blickte ich sofort auf.

„Red?"

„Träum weiter, großer Junge. Ich bin's, Kar."

„Oh, hi, Kar."

Die Tür öffnete sich einen Spalt. „Bist du nackt?"

Leise lachte ich. „Davon träumst du vielleicht", murmelte ich.

„Hä?"

„Nein. Ich bin vollständig bekleidet. Du kannst ruhig reinkommen."

„Tja." Sie stieß die Tür weit auf. „Ich schätze, das heißt, es gibt keinen Versöhnungssex für dich."

Ich schüttelte den Kopf.

Sie sah mich mitleidig an. „Ehrlich nicht? Und ich dachte, du bist ein Meister darin."

Ich lachte. „Wo ist sie?"

„Am College. Du musst eingepennt sein. Sie hat mir eine Nachricht geschickt, dass ich dich füttern soll. Komm schon." Sie ging weg.

Beim Aufstehen bemerkte ich einen Zettel von Red neben dem Wecker. Idiotisch grinsend las ich ihn. Anschließend faltete ich das Papier sorgsam zusammen und steckte es in meine Brieftasche, bevor ich Kar in die Küche folgte.

Sie stellte gerade eine Packung Lucky Charms und eine Packung Cheerios neben eine Milchtüte auf den Tisch, als ich hereinkam. „Hier. Sie hat gesagt, du brauchst ein gesundes Frühstück. Frühstücksflocken sind gesund. Da sind Ballaststoffe drin."

Glaubte sie das im Ernst? Nein, denn ich sah, dass sie spöttisch grinste.

„Ich liebe Lucky Charms. Danke."

„Setz dich hin. Besser als das hier wird es nicht. Ich hasse Kochen. Möchtest du ein Croissant?"

„Garantiert nicht!", presste ich hervor.

„Wow. Entspann dich mal."

„Entschuldige." Ich schüttete mir Lucky Charms in eine Schale und goss Milch drüber. „Ich mag wirklich keine Croissants."

„Ja, ich glaube, das habe ich kapiert. Aber sag ihr ja, dass ich dich ordentlich gefüttert habe."

„Und ob!" Dann fragte ich betont gelassen: „Also, was läuft da mit Damon?"

Kar setzte sich mir gegenüber hin und grinste. „Was meinst du?"

Sie wusste genau, was gemeint war. Aber sie genoss es, Leute zu quälen. „Kar", warnte ich sie.

„Ach, krieg dich wieder ein." Da ich noch nichts von meinem *gesunden* Frühstück gegessen hatte, zog sie die Schüssel zu sich und begann zu löffeln. „Sie sind bloß befreundet."

Ich runzelte die Stirn. „Hat er was bei meinem Mädchen versucht?"

Fragend zog Kar eine Augenbraue hoch. „Deinem Mädchen? Gehe ich recht in der Annahme, dass bei euch wieder alles in Ordnung ist?"

Lächelnd nickte ich. „Als hätte sie dir das nicht schon erzählt. Ich weiß, dass ihr Mädchen über alles redet."

Sie verdrehte die Augen. „Wir Mädchen haben noch gar nicht geredet. Ich werde die schmutzigen Details erst später aus ihr rausholen."

„Tu das." Das machte mir nicht die geringste Sorge. Ich mochte es sogar, wenn Red über mich sprach. „Also … ich weiß, dass ihr euch alles erzählt …"

„Mhm."

„Ich dachte, das sollte *mein* Frühstück sein?" Ich holte mir die Schale zurück. „Wie gesagt …"

„Willst du etwa, dass ich ihre schmutzige Wäsche vor dir ausbreite?"

Offenbar war ich sehr durchschaubar. „Du siehst heute richtig klasse aus, Kar. Dieses Top steht dir super." Meiner Erfahrung nach erreichte man mit Komplimenten alles.

Normalerweise.

„Ja, ich weiß. Eigentlich hätte ich gern noch so eins. In Fuchsia, denke ich."

Ich sparte mir das Grinsen. „Wenn du mir mehr erzählst, schenke ich dir zwei."

„Abgemacht! Was willst du wissen?"

„Wie oft war sie bei meinem Apartment, als ich weg war?"

Als sie schließlich der Ansicht war, wir wären quitt, hatte ich das meiste von dem, was ich wissen wollte, erfahren und ihr noch einen Geschenkgutschein für Stella McCartney zusätzlich zu den beiden Oberteilen versprochen.

„Eines noch. Weiß Damon, dass sie mir gehört?"

Erneut rollte sie mit den Augen. „Was denkst du denn?" Sie schnappte sich erneut die Schale. „Musstest du alle Marshmallows essen?"

„Sag ihm, ich bringe ihn um, wenn er sie noch ein einziges Mal anfasst. Falls er vorhat, sich wieder an sie ranzumachen."

„Jetzt mal halblang! Das hat er nie! So ist Damon nicht."

„Sag es ihm einfach."

„Wieso hast du dich so auf Damon eingeschossen?"

„Red hängt nie mit Typen rum." Außer *mir*. „Aber mit *ihm* hängt sie rum."

Sie biss sich auf die Lippe.

Prompt wurde ich misstrauisch. „Was?"

„Ich schätze, du weißt nichts von Theo."

Ich richtete mich auf meinem Stuhl auf. „Theo?", fragte ich leise.

Sie winkte ab. „Nur ein Freund. Er gehört sowieso zu Beth, also hör auf, das Alphatier zu spielen. Hat sie dir erzählt, dass Beatrice in deiner Wohnung rumspioniert und den Schlüsselanhänger geklaut hat, den sie dir schenken wollte?"

Ich wollte mehr über diesen Theo wissen, doch der Schlüsselanhänger lenkte mich ab. „Das war es also, was Red mir schenken wollte? Ein Schlüsselanhänger? Den will ich wiederhaben."

„Tja, Beatrice hat ihn jetzt. Was willst du dagegen tun?"

Ich fühlte, wie ein Muskel in meiner Wange zuckte. „Sie will nicht, dass ich irgendwas mache."

„Und du tust, was sie dir sagt?"

Ich lachte schnaubend.

„Hat sie dir auch von Justin erzählt?"

Ich holte mir die Schale zurück und schüttete mehr Lucky Charms hinein. „Nur, dass er mit Beatrice in dem Café war."

Kar wurde ernst.

„Was ist los, Kar?"

„Der Arsch wollte sie schlagen, Caleb."

Langsam legte ich den Löffel hin. „Was hast du gesagt?"

„Justin wollte sie schlagen, verdammt."

Ich hasste es, wenn meine Wut mich beherrschte, denn erfahrungsgemäß ging es nie gut aus, wenn man sich davon leiten ließ. Aber jemand hatte gedroht, mein Mädchen zu verletzen, noch dazu, als ich nicht da war, um sie zu beschützen, und auch noch jemand, den ich für einen Freund gehalten hatte. Das war unverzeihlich.

Bis ich beim College ankam, war ich bereit, Justin das Gesicht zu Brei zu schlagen.

„Hey, Mann!" Amos holte mich ein. „Kannst du mal langsamer gehen? Ich habe dir was Wichtiges zu sagen."

Jetzt nicht, wollte ich ihm antworten, aber ich weigerte mich zu sprechen. Ich hatte Angst, dass ich wie ein Irrer losbrüllen würde, sollte ich den Mund aufmachen.

„Caleb, hör mir zu. Es geht um deine Freundin."

Ich blieb stehen und sah ihn wütend an. „Was soll mit ihr sein?"

Er gab mir einen zerknitterten Zettel. „Gestern Abend nach dem Training habe ich das hier in der Umkleide gefunden."

„Was. Zur. Hölle?"

Es war ein Foto von ihr, wie sie in dem Club tanzte – an dem Abend, als ich sie zum ersten Mal sah. Ihr Haar hing ihr offen über den Rücken, und ihr rotes Kleid schmiegte sich an ihren Körper. Unter dem Foto war eine Liste mit ... Preisen für sexuelle Gefälligkeiten. Dann stand da noch: *Du findest mich in Gebäude E*, und das Ganze war mit ihrem Namen unterzeichnet.

Mein Puls rauschte schrill in meinen Ohren.

„Ist das die einzige Kopie?"

„Weiß ich nicht", antwortete Amos kopfschüttelnd.

Ich holte tief Luft, um mich zu beruhigen. Es funktionierte nicht. „Wo zum Teufel ist Justin?"

„Justin? Mann, Moment mal. Ich weiß nicht, ob Justin das war."

Ich packte ihn am Kragen. „Wo. Verdammt. Ist. Er?"

„Caleb." Ich hörte Camerons Stimme hinter mir, und er klang ernst. Als ich mich zu ihm umdrehte, blickte er mich fragend an, sagte aber nichts.

Amos hob beide Hände. „Wenn du das jetzt machst, könntest du suspendiert werden. Wir sind im Abschlussjahr, Caleb!"

Ich funkelte ihn wütend an. „Ist mir egal. Keiner fasst sie an. Sag mir jetzt, wo Justin ist, verdammt!"

„Der ist im Aufenthaltsraum", antwortete Cameron. „Gehen wir."

Ich wusste nicht mal, wie ich dahin kam. Ich nahm lediglich wahr, dass meine Ohren klingelten und mein Blut in meinem Kopf rauschte, als ich Justin fand.

Sobald er mich bemerkte, riss er die Augen vor Angst weit auf. Langsam wich er zurück, als wollte er aufpassen, dass er mich nicht noch zorniger machte. Dafür war es zu spät. Ich war mehr als wütend.

Ich würde ihn umbringen.

Er schaute hektisch nach hinten, wie um nach einem Fluchtweg zu suchen, doch da war nur eine Wand. „Alter, sie hat mich angemacht …"

Es knirschte wohltuend, als meine Faust auf sein Gesicht traf. Justin torkelte rückwärts und stolperte über seine Füße. Ich war über ihm, ehe er sich wieder fangen konnte. Um mich herum wurde gerufen, doch das war mir egal.

Er hatte mein Mädchen verletzt, und dafür würde er bezahlen.

Er lag am Boden. Seine Nase blutete, und sein eines Auge war fast zugeschwollen. Aber ich war noch nicht fertig. Ich zog ihn am Kragen hoch und drückte ihn an die Wand. Dann schlang ich eine Hand um seinen Hals und drückte. Es wäre so leicht, ihm die Luftröhre zu zerquetschen. So leicht.

„Wenn ich jemals wieder höre, dass du auch nur ihren Namen aussprichst, bist du tot, Arschloch."

Ich hörte Stimmen, die ich jedoch ignorierte. Ich schüttelte Justin. „Hast du mich verstanden?"

Als ich eine Hand an meinem Rücken fühlte, erstarrte ich.

„Caleb."

Sie war es. Meine Red.

Es ging ihr gut.

Ich lockerte meinen Griff an Justins Hals ein bisschen, ließ allerdings nicht los. Der Arsch fing an zu japsen und zu husten.

„Bitte, lass ihn los." Nun stand sie neben mir und legte ihre Hand auf meinen Arm. „Bitte, Caleb."

Niemand konnte mich dazu bringen, Dinge zu tun, die ich nicht tun wollte. Niemand außer ihr.

Für sie würde ich alles tun.

Ich ließ los.

„Du blutest!", rief Red erschrocken.

Sie saß neben mir in meinem Wagen. Ich sollte mich jetzt ruhig und erleichtert fühlen, aber ich konnte uns gar nicht schnell genug von hier wegbringen.

Jemand hatte den Coach verständigt, während ich Justin verprügelte. Der Coach hatte uns zum Dekan unserer Fakultät geschickt, wo ich wohl noch immer sitzen würde, hätte meine Mutter ihn nicht angerufen.

Ich ballte meine Hand zur Faust und wollte sie von Red wegziehen. Sie hielt sie fest. „Halte still."

Im nächsten Moment fühlte ich weiches Tuch an meinen Fingerknöcheln.

„Caleb?"

Tief atmete ich ein. Jetzt, da sie in Reichweite war, wurde ich ruhiger. Sie war hier, wo ich sie beschützen konnte.

„Mir geht es gut, Red."

Ich versuchte, mich auf die Straße zu konzentrieren, aber der Gedanke daran, wie sie dem ausgesetzt war, was Justin gemacht hatte, brachte meine Wut erneut zum Brodeln.

„Ich bin hier", versicherte sie mir ruhig. „Was hat der Dekan gemeint? Bist du … suspendiert?" Ihre Sorge war nicht zu überhören. Sie sorgte sich mehr um mich als das, was ihr passiert war.

„Nein." Das wäre ich wohl, hätte meine Mutter sich nicht eingeschaltet. Sie saß im Aufsichtsrat des Colleges. Ich hasste es, meinen Namen einzusetzen, um mich aus heiklen Situationen zu befreien, vor allem mithilfe meiner Mutter. Aber für Red kämpfte ich auch unfair.

„Allerdings ist das Arschloch aus dem Team geflogen." Ich persönlich fand, dass er vom Planeten fliegen sollte. Doch ich wusste, wie wichtig es ihm war, im Basketballteam zu sein. In seinen Augen verbesserte es seinen Status, verlieh ihm eine gewisse Überlegenheit.

Er hatte noch ein Jahr bis zu seinem Abschluss, und es würde nicht einfach für ihn werden, wenn er nicht mehr im Team war. „Es war nicht das erste Mal, dass er so eine Nummer abgezogen hat."

„Wie bitte?"

„Er hatte ein Nacktbild von seiner Exfreundin an alle geschickt, nachdem sie ihn abserviert hatte."

„Im Ernst? Wie konnte er damit ungestraft durchkommen?"

„Er hatte es abgestritten. Sie konnten die E-Mail nicht zurückverfolgen, obwohl jeder wusste, dass sie von ihm kam. Diesmal hatte aber ein Erstsemesterstudent gesehen, wie er das Plakat in der Umkleide aufgehängt hat."

Sie schwieg.

„Keine Angst, Red. Ich beschütze dich. So etwas geschieht nicht wieder."

Sie schüttelte den Kopf. „Das ist es nicht. Ich will nicht das Gefühl haben, dass du mich immerzu beschützen musst."

„Das ist meine Aufgabe."

„Caleb ..."

Ich parkte vor Kars Haus. „Ich möchte, dass du heute Nacht bei mir schläfst. Bitte, ich muss das Gefühl haben, dass du in Sicherheit bist. Nur heute Nacht. Bitte, Red."

Sie nickte. „Okay."

„Ich bin bald wieder da", sagte ich. „Ich habe Amos geschrieben, dass er das Team bei sich zusammentrommeln soll. Ich muss mich vergewissern, dass nicht noch mehr von den Plakaten im Umlauf sind."

„Es ist doch vorbei. Musst du das heute Abend machen?"

Ich legte die Hände an ihre Wangen und streichelte sie mit meinen Daumen. „Ja. Er wird dir nichts mehr tun. Dafür sorge ich."

Veronica

„Die Wahrheit ist ..." Ich zögerte und schloss die Augen. „Es hat mir Angst eingejagt, Caleb ... so zu sehen."

Kar blickte mich stirnrunzelnd an. Sie saß neben mir auf der Couch und stellte mir eine Schüssel mit Popcorn, gemischt mit

M&Ms auf den Schoß. Dann nahm sie die Fernbedienung und zappte durch die Sender.

Ich schaute wieder zur Uhr. Caleb war seit Stunden weg. Was dauerte bloß so lange?

„Wie zu sehen?"

„Ich habe ihn gar nicht wiedererkannt. Als wäre er ein anderer Mensch. Er war so wütend. Es hat mich … eben an etwas erinnert."

„An etwas erinnert?" Kar schnaubte. „Wie wäre es, wenn du es mir richtig erklärst, damit ich nicht wie ein beknackter Papagei klingen muss?"

„An meinen Dad", antwortete ich zögernd.

„Oh." Kar griff nach meiner Hand und blickte mich entschuldigend an. Ich drückte ihre Hand, ließ sie los und schlang die Arme um meinen Oberkörper, weil mir auf einmal kalt war.

„Aber mir war klar, dass er mich beschützt hat. Caleb würde mir niemals wehtun."

„Ver." Wieder hielt sie meine Hand. „Lockhart würde sich eher beide Hände abschneiden, bevor er dich verletzt."

Ich nickte. „Es ist nur …"

Kars Handy klingelte. Sie sah aufs Display und riss ungläubig die Augen auf. Als würden ihrem Telefon urplötzlich Arme und Beine sprießen.

„Wer ist das?", fragte ich.

„Es ist Cameron."

Ich schaute sie verwundert an, weil sie das Handy nur anstarrte. „Willst du nicht rangehen?"

„Nein."

Doch sie nahm das Gespräch an und hielt sich das Telefon ans Ohr. Sie sagte nichts, und ihre Miene war wie versteinert. Nach einer Minute wurde sie blass.

Erschrocken setzte ich mich auf.

Kar stand von der Couch auf, begann zu flüstern und ging weg. Ich blieb, wo ich war. Wenn sie wollte, dass ich etwas von dem Gespräch erfuhr, würde sie es mir hinterher erzählen.

Wenige Minuten später kam sie zurück. Ihre braunen Augen wirkten riesig, weil sie so bleich war.

„Ver", sagte sie vorsichtig.
„Kar, du machst mir Angst. Was ist los?"
„Ver." Sie holte tief Luft. „Caleb ist im Gefängnis."

45. Kapitel

Veronica

Vier Stunden zuvor ...

„Ich bin bald wieder da", sagte Caleb. Er sah mich bedauernd an, als wollte er nicht gehen, müsste aber. „Ich habe Amos geschrieben, dass er das Team bei sich zusammentrommeln soll. Ich muss sicher sein, dass nicht noch mehr von den Plakaten im Umlauf sind."

Ich hatte ein mulmiges Gefühl, unterdrückte es aber. Bei alledem war mir überhaupt nicht wohl. „Es ist doch vorbei. Musst du das heute Abend machen?"

„Ja. Er wird dir nicht wieder wehtun. Dafür sorge ich", versprach Caleb. Er sah mich eindringlich an, während seine großen Hände meinen Kopf umfingen.

Ich schloss die Augen. Einerseits wollte ich mich ihm entwinden, andererseits wollte ich mehr von seiner Berührung. Die Erinnerung an den rasend zornigen Caleb, beinahe blind vor Rage, ließ mich einfach nicht in Ruhe.

Ich nickte und stieg aus dem Wagen. Vor Kars Wohnungstür drehte ich mich noch einmal um. Caleb parkte immer noch vor dem Haus und wartete, bis ich drinnen war, ehe er wegfuhr. Die Scheiben an seinem Wagen waren getönt, sodass ich nicht hineinsehen konnte, doch ich wusste auch so, dass er mich beobachtete.

Ich winkte ihm zu und betrat das Apartment. Sobald ich drinnen war, holte die Erschöpfung mich ein. Seit über vierundzwanzig Stunden hatte ich nicht geschlafen. Vielleicht sollte ich mich einfach kurz hinlegen.

Die Wohnung war leer. Ich blickte auf die Uhr und stellte fest, dass Kars Seminar in einer Stunde vorbei sein würde und ich uns Abendessen kochen sollte. Also würde ich nur für eine halbe Stunde die Augen zumachen ...

Ich hatte die Dunkelheit immer gehasst.

Die Dunkelheit brachte schlimme Dinge. Sie brachte Schmerz. Vor allem wenn man ein ganz böses Mädchen war.

Ich versuchte, brav zu sein, mich an die Regeln zu halten, denn wenn nicht, kam das Monster zurück. Das Monster, das so sehr wie mein Daddy aussah.

Aber jetzt war das Monster schon lange weg. Was hieß, dass ich wieder im Wald spielen konnte. Vielleicht konnte ich jetzt sogar Freunde haben. Eine von Daddys Regeln lautete, nie mit neugierigen Erwachsenen oder verfluchten Sozialarbeitern zu reden oder Freunde zu haben oder irgendeinem Blödmann zu erzählen, was bei uns zu Hause passierte. *Sei ein braves Mädchen, sonst ...* Das war seine Warnung.

Aber das Monster war fort. Also ging ich heute in den Wald und traf einen Jungen mit grünen Augen. Er gab mir sogar ein Erdnussbuttersandwich. Mir machte das Angst, und zugleich war es aufregend, das Brot zu essen, denn ich wusste, dass das Monster Erdnussbutter hasste. Doch es war ja jetzt weg, und ich konnte essen, was ich wollte.

Wir rührten Schlamm aus Erde und Wasser und malten uns damit die Gesichter an, sodass ich wie Batgirl aussah und er wie Batman. Und wir spielten den ganzen Tag. Als es dunkel wurde, musste ich gehen. Er sagte, dass er morgen zurückkommen würde und wir wieder spielen könnten.

Ich lief nach Hause und konnte es gar nicht erwarten, Mommy von meinem Tag zu erzählen. Ich stieß die Fliegentür auf, das halb gegessene Sandwich in einer Hand. Ich wollte nicht alles auf einmal essen, sondern mir etwas aufsparen. Denn wenn ich alles aß, wie sollte ich dann sicher sein, dass der Junge mit den grünen Augen echt war und nicht bloß ein Traum? Endlich hatte ich einen Freund, und ich war glücklich. Sehr glücklich.

„Hallo, Veronica."

Mir fiel das Sandwich aus der Hand, und ich bekam schreckliche Angst.

Das Monster war zurück. Es sah aus wie Daddy, doch ich wusste, dass er es nicht war. Daddy hatte nicht einen solchen Blick, als wollte er einem wehtun. Daddy war nett und würde mir oder Mommy nie was antun.

„Was ist das?" Das Monster hob mein halbes Sandwich vom Boden auf. Er roch daran und riss ungläubig die Augen auf. „Woher zum Teufel hast du das?"

Er packte meinen Arm, und ich schrie auf vor Schmerz. Es tat so weh. Tränen brannten in meinen Augen, aber ich verbot ihnen, über meine Wangen zu rollen. Das Monster hasste Tränen. Wenn ich weinte, würde er mir nur noch mehr wehtun.

„Du warst ein ungezogenes Mädchen. Weißt du, was mit ungezogenen Mädchen passiert?"

Ängstlich starrte ich ihn an. Ich wollte weglaufen, konnte mich aber nicht rühren.

„Dom! Lass sie!"

Das war Mommy. Das Monster stieß mich weg und stürzte sich auf sie. Hilflos sah ich zu, wie er sie an den Haaren in die Küche zog.

„Bitte nicht!"

Mit einer Armbewegung fegte er die Vase vom Tisch, und sie zerbrach in lauter kleine Scherben auf dem Fußboden. Die Blumen, die Mommy und ich im Garten gepflückt hatten, lagen auf dem Boden verstreut.

Er hielt Mommy immer noch bei den Haaren, als er Schränke öffnete, alles herausriss, was Mommy und ich so ordentlich eingeräumt hatten, und es kreuz und quer durch die Küche schleuderte.

„Wo zur Hölle ist sie? Ich habe dir gesagt, dass du die nicht kaufen darfst. Einfache Regeln, Tanya, aber nicht mal die kannst du richtig einhalten, oder? Du nutzloses Stück Dreck."

„Wie kannst du über Regeln sprechen? Ich habe dich gestern mit deiner Geliebten gesehen."

Er schien noch wütender zu werden und warf Mommy auf den Boden. Dahin, wo die Glasscherben lagen. Mommy schrie vor Schmerz. Und dann blickte sie mich ängstlich an und sagte lautlos: „Versteck dich!"

Ich rannte in die Waschküche, kroch in den Schrank unterm Waschbecken und drückte mir die Hände auf die Ohren, damit ich nichts mehr hörte.

Trotzdem hörte ich Mommys Schreien.

Nein, nein, nein. Bitte nicht. Ich esse nie wieder Erdnussbutter. Ich esse nie wieder ...

Und dann hörte Mommy auf zu schreien.

Ich esse die nie wieder. Versprochen. Tu meiner Mommy nicht weh.

Meine Augen waren weit aufgerissen vor Angst, als die Schranktür aufging. Das Gesicht des Monsters war wutverzerrt, als es mich angrinste. „Da bist du ja."

„Veronica! Wach auf!"

Ich öffnete die Augen, keuchend und atemlos. Kar kniete neben mir, sah mich besorgt an und rüttelte mich wach.

„Mann, was hast du denn geträumt?"

Mir wurde schlecht, und ich rappelte mich auf, um ins Bad zu laufen. Dort kniete ich mich vor die Toilette und übergab mich. Ich kniff die Augen zu.

Nein. Ich will mich nicht erinnern. Ich darf mich nicht erinnern ...

Ich ging zum Waschbecken und wusch mir den Mund und das Gesicht, während ich mich zwang zu vergessen. Der Albtraum verblasste bereits.

„Wüsste ich nicht, dass ihr bisher noch keinen Sex hattet, würde ich sagen, du bist schwanger."

Ich sah dankbar zu Kar, weil sie sich bemühte, die Stimmung zu heben. Gleichzeitig musterte sie mein Gesicht aufmerksam. Ich wich ihrem Blick aus und hoffte, dass sie nicht nach Antworten forschte, die ich ihr noch nicht geben konnte.

„Ich war nicht sicher, ob du heute Abend nach Hause kommst, deshalb habe ich *Chowmein* und vegetarische Frühlingsrollen mitgebracht", meinte sie. Ich spürte, dass sie mich immer noch ansah. „Ich bin dann in der Küche."

Ich nickte und wartete, bis sie weg war, ehe ich die Badezimmertür schloss. Ich lehnte mich von drinnen dagegen und ließ mich auf den Boden gleiten, zog die Knie an und vergrub das Gesicht in meinen Händen.

Die Albträume waren wieder da.

Ich wollte nicht mehr das verängstigte, hilflose kleine Mädchen sein, das sich im Dunkeln fürchtete. Dieses Mädchen war ich nicht mehr.

Ich atmete langsam ein und aus, um mich zu entspannen. Mir war klar, dass der Vorfall am College heute den Albtraum ausgelöst hatte. Die Szene, in der Caleb sich von Gewalt beherrschen ließ. Die Aggressivität, mit der er auf Justin losgegangen war, machte mir Angst. Ich hatte schon gesehen, wie Caleb sich prügelte, mit Damon, aber da hatte er nicht annähernd die rasende Wut ausgestrahlt wie in dem Moment, in dem er Justin die Hand an die Kehle legte ...

Keine Angst, Red. Ich beschütze dich.

Oh Caleb.

Es war lange her, seit mich jemand beschützt hatte. Caleb gab mir das Gefühl, sicher, umsorgt ... geliebt zu sein. Sogar als ich ihn von mir stieß, hörte er nicht auf, mich zu lieben.

Doch in dem Aufenthaltsraum heute, als ich dachte, er würde Justin umbringen ... da rief ich seinen Namen. Und er kam zu mir zurück. Er fügte niemandem einfach nur deshalb Schmerz zu, weil er es konnte, weil es ihm gefiel ... Er tat es nur, um mich zu beschützen. Weil ... weil er mich liebte. Er war nicht wie das Monster in meiner Kindheit. Er war nicht wie mein Vater.

Ich stand vom Fußboden auf und betrachtete mein Spiegelbild. Ich war blass, und unter meinen Augen lagen dunkle Schatten. Rasch putzte ich mir die Zähne und wusch mir nochmals das Gesicht.

Ich würde jetzt ein verdammtes Erdnussbuttersandwich essen.

46. Kapitel

Caleb

Geduld zählte noch nie zu meinen Stärken.

Ich stand am Fenster, die Hände in den Hosentaschen vergraben, und klimperte mit meinen Autoschlüsseln. Ich wollte zurück zu Red. Möglichst sofort.

Gerade hatte ich Amos nach Hause gebracht. Cameron und einige andere aus dem Team hatten mir geholfen, zum Campus zu fahren und diese verfluchten Plakate zu zerstören, sofern noch welche da waren. Es gab keine mehr. Gott sei Dank.

Justin sollte lieber schon mal anfangen zu beten und einige Opfergaben vorzubereiten, um seinen Hals zu retten, falls er je wieder versuchte, meine Red zu verletzen. Ich war sicher, dass ich nächstes Mal mehr tun würde, als ihn zu würgen.

Ich sah auf die Uhr und stellte fest, dass es schon zwei Stunden her war, seit ich Red zurückgelassen hatte. Ich sollte wohl besser zurückfahren.

„Ich muss los."

Levi versuchte den Kopf zu heben und mich anzusehen. Er war eindeutig abgefüllt. Er war mit ein paar anderen bei Amos geblieben, um zu prüfen, ob diese verdammten Fotos auch online gepostet worden waren. Anscheinend hatten die Jungs es sich danach zur Lebensaufgabe gemacht, zwei Flaschen Scotch aus der Hausbar von Amos' Vater zu vernichten. Leere Bierflaschen und Pizzakartons stapelten sich auf dem Boden.

Die anderen waren schon weg gewesen, sodass wir bei unserer Rückkehr nur Levi zusammengesackt in einem der Sessel fanden. Amos lag auf der Couch, den Blick auf den Fernseher gerichtet. Er sah sich „Avengers" an.

„Tu mir einen Gefallen, Alter, und nimm diesen Schlappschwanz mit", bat Amos mich und warf einen Blick auf Levi.

Ich zügelte meine Ungeduld. Eigentlich wollte ich direkt zu Kar fahren und Red abholen.

Bevor ich sie bei Kar absetzte, hatte ich ihr ins Gesicht geblickt und etwas in ihren Augen aufflackern sehen, das ich nicht deuten konnte. Das beunruhigte mich. Ich wollte mich vergewissern, dass alles in Ordnung war.

Wir waren erst seit Kurzem wieder zusammen, und ich wollte sie nicht noch mal verlieren. Denn wenn ich sie ein zweites Mal verlieren sollte, würde ich … wahnsinnig.

Draußen fuhr ein gelber Pick-up vorbei. Ich kniff argwöhnisch die Augen zusammen. Der Wagen sah aus wie Justins.

„Weiß Justin, dass wir uns bei dir treffen wollten?"

„Ich hatte die Nachricht im Gruppenchat verschickt."

Ich murmelte einen Fluch. In der Gruppe waren sämtliche Mitglieder des Teams.

„Warum? Glaubst du, er kommt her?"

„Das soll er mal versuchen." Ich warf Amos einen wütenden Blick zu. Mir entging nicht, dass meine Antwort sich wie eine unverhohlene Drohung anhörte.

Als der gelbe Pick-up verschwunden war, zwang ich mich dazu, mich zu entspannen. „Na gut, fahren wir, Levi."

„Was? Hast du was von Ständer gesagt?" Er hickste.

Amos lachte. „Klar doch, Alter. Aber damit kennst du dich nicht aus."

Ich schüttelte den Kopf und hievte Levi aus dem Sessel. Er war völlig hinüber.

„Wenn du in meinem Wagen zu kotzen anfängst, lasse ich dich am Straßenrand liegen."

„Hört sich guuut an", lallte er. „Wieso trässu mich? Ha'm wir geheiratet oder so?" Er spitzte die Lippen und fing an, mich zu küssen.

Lachend schob ich ihn weg. „Bleib mir einfach vom Hals, und keinem passiert was, klar?"

„Schlag mich, Meis'er. Peitsch mich. Du weiß', dass ich das mag."

Ich hörte Amos grölend lachen, bevor ich die Tür hinter uns zuzog.

„Steig ins Auto. Im Ernst. Ich muss mein Mädchen abholen."

Ich öffnete die Beifahrertür, bugsierte Levi auf den Sitz und schlug die Tür zu. Als ich mich gerade anschnallen wollte, hielt ein Streifenwagen mit Blinklicht hinter uns. Ich wartete, bis die beiden Polizisten neben meinem Fenster auftauchten.

„Guten Abend, Officers."

Beide nickten. Der eine sah aus wie Popeye, während der andere klapperdürr war. Popeye beäugte Levi misstrauisch.

„Ist das Ihr Haus?", fragte der Dürre. Sein Gesicht wirkte freundlich und offen.

„Nein, Sir. Hier wohnt ein Freund von mir."

„Was wollten Sie hier?" Wenn der Dürre der gute Cop war, war Popeye definitiv der böse. Seine Augen verengten sich, als er mich musterte.

„Ich war nur zu Besuch", antwortete ich.

„Hey, sag mal, habt ihr Jungs Donuts dabei?", fragte Levi entschieden zu betont.

Ich stöhnte.

„Anscheinend ist Ihr Freund betrunken."

„Ja, ich fahre ihn nach Hause."

„Tun Sie das?" Popeyes Ton war provozierend.

Ich nickte nur.

„Ich muss Ihren Führerschein und die Fahrzeugpapiere sehen."

Was sollte das denn?

„Was soll der Scheiß?", unterbrach Levi.

„Levi, halt den Mund. Ich mach das schon."

„Ich kauf euch zehn'ausend Schach'eln Donuts, wenn ihr uns verfluch' noch eins in Ruhe lasst."

Ich warf ihm einen warnenden Blick zu und schüttelte den Kopf ein wenig. Als ich sicher war, dass er verstanden hatte, wandte ich mich wieder den Polizisten zu.

„Tut mir leid. Gibt es einen Grund hierfür?"

Der Dürre antwortete: „Unter dieser Adresse wurde eine Ruhestörung gemeldet."

„Und dass jemand mit Drogen handelt", ergänzte Popeye.

Ich biss die Zähne zusammen.

Justin.

Levi schnaubte laut. „Ein bisschen Gras könn'e ich jetzt gebrauch'n."

Ich kniff die Augen zu. Levi, der Vollidiot.

Popeye trat einen Schritt zurück. „Steigen Sie bitte aus dem Fahrzeug, Sir."

Das brauchte ich jetzt echt nicht.

„Ich habe das Recht, mich zu weigern."

„Haben Sie", meinte Popeye spöttisch. „Wie es sich anhört, haben Sie etwas zu verbergen."

Ich atmete tief ein. „Na dann, nur zu."

Es dauerte eine Weile, aber Levi schaffte es schließlich, aus dem Wagen zu steigen. Die Officers forderten uns auf, von dem Fahrzeug wegzutreten und zu warten. Levi lehnte sich an die Hauswand und sackte nach unten.

Mir war gar nicht wohl, als ich zusah, wie die Cops mein Auto durchsuchten.

Und ich erkannte den Moment, in dem sie etwas fanden. Mir war sofort klar, dass es übel war.

Tatsächlich war es sogar richtig übel.

Officer Popeye kam auf mich zu. „Möchten Sie mir dies hier erklären?"

Er schwenkte eine kleine Tüte mit weißem Pulver vor meinem Gesicht.

Verdammt!

47. Kapitel

Veronica

Wenige Minuten nach seinem Anruf bei Kar fuhr Cameron vor, um uns abzuholen. Ein Glück! Wir fragten ihm ein Loch in den Bauch, doch er verriet uns nur, dass Caleb nicht verletzt war, dass es ihm gut ging und er uns später alles erklären würde.

Kar ließ nicht locker, doch er blieb eisern. Sie wurde sauer und stellte seine Geduld während der gesamten Fahrt auf die Probe. Ihre Beleidigungen ließen ihn kalt, ja, sie brachten ihn sogar zum Grinsen. Ich hätte ihr Gezanke sicher witzig gefunden, wenn ich nicht krank vor Sorge um Caleb gewesen wäre.

Während der gesamten Fahrt zum Revier rang ich die Hände. Kar fiel es auf, und sie versuchte, die Stimmung zu entkrampfen.

„Übrigens", sagte sie. „Caleb könnte dich mal in so ein exotisches Restaurant einladen und dich mit frittierten Falafel-Sprossen füttern."

„Was?", fragte ich nur halb aufmerksam.

„Ich habe ihm heute Morgen vielleicht ein paar falsche Informationen gegeben, als er mich über dich ausgefragt hat. Also, na ja, so getan, als sei alles, was ich ihm erzähle, absoluter Fakt, damit er bezahlt, klar?"

Ich nickte abwesend und hörte Cameron leise lachen.

„War es ein Gutschein für Stella McCourtney?", murmelte er lachend.

„Stella McC*art*ney! Du kannst dir aber auch gar nichts merken, oder?" Kar verschränkte die Arme vor der Brust und schaute aus dem Seitenfenster.

„Ich habe *eines* richtig gemacht", antwortete Cameron nach einer Weile sehr ernst. Ich sah, wie er länger als nötig zu Kar blickte.

Danach blendete ich das Gespräch der beiden aus. Es dauerte

ewig, bis wir endlich beim Polizeirevier ankamen. Mir war schlecht, als ich mit Kar und Cameron hineinging. Hinter einem unordentlichen Schreibtisch stand ein Cop. Kar drückte meine Hand.

„Seid ihr sicher, dass ihr nicht im Auto warten wollt? Ich kann ihn auch allein auslösen", bot Cameron an.

Erbost starrte Kar ihn an. „Meinst du, weil wir Mädchen sind und mit solchen Sachen nicht klarkommen? Weil wir schwach sind?"

Ich hörte Cameron seufzen. „Nein, überhaupt nicht. Dann kommt halt mit, wenn ihr wollt."

„Ich mache verfickt noch mal, was ich will, ist das klar?"

„Vorsichtig, Sonnenschein. Bei deiner Wortwahl bluten schon mal Ohren."

„Dann hoffe ich, dass du verblutest."

Cameron verstummte, und ich sah ihn entschuldigend an.

„Wir möchten die Kaution für Caleb Lockhart hinterlegen", sagte ich mit zittriger Stimme.

„Können Sie sich ausweisen?"

„Ah ja, natürlich." Meine Hände zitterten so sehr, dass ich fast mein Portemonnaie fallen ließ, während ich nach meinem Ausweis suchte.

„Veronica, ich bezahle das. Caleb würde nicht wollen, dass du das übernimmst."

„Lass ihn", fügte Kar hinzu.

Ich war viel zu verzweifelt und erschöpft, um mit ihnen zu streiten. Also nickte ich, bevor ich mich wieder dem Polizisten zuwandte. „Ich würde ihn gern sehen, wenn das möglich ist. Geht es ihm gut?"

„Wie wäre es, wenn Sie im Wartebereich Platz nehmen?"

Nach einigen Minuten kehrte der Mann zurück. „Er ist gerade im Verhörraum und wartet auf Sie. Kommen Sie bitte mit."

Er führte mich durch einen schmalen Korridor, von dem drei Türen abgingen, und ließ mir den Vortritt in einen Raum auf der rechten Seite. Drinnen standen nur ein Tisch und zwei Stühle. Auf einem saß Caleb, die Ellbogen auf den Knien und das Gesicht in die Hände gestützt. Als mir auffiel, dass sein eines Handgelenk an einen Bolzen im Boden gekettet war, ging ich beinahe in die Knie.

Oh Caleb, was hast du getan?

Wie eine fehlerhafte Filmrolle zuckten vor meinem geistigen Auge Szenen, wie er mit den anderen aus dem Team Justin jagte, oder, schlimmer noch, ihn umbrachte.

„Caleb."

Er schaute auf. Sein Blick wirkte müde und sorgenvoll. „Red."

Meine Beine zitterten, als ich auf ihn zulief. „Geht es dir gut?"

„Ja. Oh Gott." Er streckte seine freie Hand nach mir aus und zog mich an sich. „Dir ist nichts passiert. Gott sei Dank."

„Was war los?" Ich drehte mich zu dem Cop um. „Können Sie uns bitte einen Moment allein lassen?"

„Ich warte draußen", antwortete er und verließ den Raum.

„Ist Cameron mit dir gekommen?"

„Ja, und Kar. Caleb, du machst mir Angst." Ich suchte in seinem Gesicht nach einem Hinweis, ob er verletzt war. Aber abgesehen davon, dass er erschöpft wirkte, schien er unverletzt. „Was ist los?"

Seine Züge wurden hart und eisig. „Sie haben Drogen in meinem Wagen gefunden."

Mir waren alle möglichen Gründe eingefallen, weshalb er verhaftet worden sein könnte, aber Drogen waren ganz sicher nicht dabei. Mein Herz hämmerte.

„Ich wollte gerade bei Amos wegfahren und Levi nach Hause bringen. Er hatte zu viel getrunken. Da kamen zwei Polizisten und meinten, ihnen wäre ein Drogendeal bei Amos gemeldet worden. Dann wollten sie meinen Wagen durchsuchen. Ich ließ sie, weil ich ja nichts zu verbergen hatte. Und da fanden sie das Zeug." In seinem Gesicht spiegelten sich Wut und Frust. „Ich deale nicht, Red. Das würde ich niemals tun. Jemand muss sie dort deponiert haben."

„Caleb?"

„Mom?"

Ich kannte Calebs Mutter bisher nur von Bildern und der einen kurzen Begegnung auf Calebs Hausflur. Sie war schöner, als ich sie in Erinnerung hatte, und trug ein elegantes, strenges blaues Kleid. Besorgt musterte sie ihren Sohn, während sie auf ihn zuging, dicht gefolgt von einem Beamten. Die Ähnlichkeit zwischen ihr und Caleb war nicht zu übersehen: Beide hatten bronzefarbenes Haar und verblüffend grüne Augen.

„Ich habe durch Beatrice-Rose hiervon erfahren. Warum hast du mich nicht angerufen?"

Beatrice? Woher wusste sie, dass Caleb verhaftet worden war?

„Ich wollte nicht, dass du dir Sorgen machst. Mom, das ist Red. Red, meine Mutter, Miranda. So hatte ich mir deine erste Begegnung mit meiner zukünftigen Frau nicht vorgestellt, Mom."

Ich presste die Lippen zusammen, um nicht laut zu stöhnen. Dabei sollte ich mittlerweile an Calebs verbale Sprengsätze gewöhnt sein.

Sie ignorierte mich. „Hast du dich deshalb auf Prügeleien eingelassen? Und eine Woche am College versäumt? Eine Woche vor deinen Prüfungen, noch dazu in deinem Abschlussjahr. Und jetzt bist du im Gefängnis?"

Ganz kurz schaute sie zu mir hin, aber es reichte, um die Warnung in ihren Augen zu erkennen.

Mir wurde schlecht.

Caleb verfolgte den Blickwechsel zwischen seiner Mutter und mir mit besorgter Miene. Ich strengte mich an, mir nicht anmerken zu lassen, wie übel mir wurde.

Sie wandte sich dem Polizisten zu. „Machen Sie meinen Sohn los."

Er gehorchte ihr. Das Klimpern der Metallhandschellen dröhnte in meinen Ohren. Ich merkte, wie der Puls in meinen Schläfen zu einem Pochen wurde.

„Ich habe mit dem Chief gesprochen", sagte sie ebenso vorwurfsvoll wie enttäuscht. „Es wird keinen Aktenvermerk hierzu geben. Caleb, wie konntest du es so weit kommen lassen?" Ihre Stimme kippte vor Angst und Liebe. „Ich erwarte dich in einer halben Stunde zu Hause, mit einer vernünftigen Erklärung."

Obwohl ihr Gesichtsausdruck stoisch war, zitterte ihre Hand, als Miranda sie nach seiner Wange ausstreckte. „Du hast mir einen Schrecken eingejagt. Wann wirst du jemals klug, Cal?" Ich konnte ihre Sorge und Angst deutlich hören, und ich spürte auch ihre große Zuneigung zu Caleb.

Er nahm sie in die Arme und flüsterte ihr etwas zu. Es war zu leise, um es zu verstehen. Vor allem aber war nicht zu verkennen, wie nahe sie sich waren, und prompt hatte ich das Gefühl zu stören. Calebs Mutter küsste ihn auf die Wange, dann drehte sie sich um und ging mit dem Beamten hinaus, ohne mich eines weiteren Blicks zu würdigen.

„Es tut mir leid, Red. Mach dir keine Gedanken wegen meiner Mutter. Ich rede mit ihr."

Ich schüttelte den Kopf. „Sie hat recht."

Furcht spiegelte sich in seinen Augen, als er mein Gesicht umfasste. „Du überlegst doch nicht, mich schon wieder zu verlassen." Das war keine Frage.

„N…nein."

Seine Hände umfassten meine Schultern, und er zog mich dicht an sich. „Versprich es."

„Ich verspreche es."

„Vertraust du mir?"

Das hatte er mich schon früher gefragt, doch diesmal zögerte ich nicht. „Ja, ich vertraue dir, Caleb."

„Gut." Er küsste mich auf die Stirn. „Komm mit mir nach Hause, Baby."

Ich wollte bei ihm sein, erst recht nach dem, was heute geschehen war. Aber ich konnte nicht. „Nein. Deine Mutter hat *dich* eben gebeten, nach Hause zu kommen."

Er wich ein wenig zurück und schaute mich eindringlich an. „Du hast versprochen, heute Nacht bei mir zu sein."

„Sei vernünftig." Lass sie mich nicht noch mehr hassen, als sie es ohnehin schon tut, dachte ich, aber das sagte ich ihm nicht. „Sie ist wütend, Caleb. Wir sehen uns morgen. Bitte."

Er nickte ernst. „Und verschwinde nicht, Red."

„Werde ich nicht", versprach ich. Und jetzt meinte ich es ernst.

48. Kapitel

Veronica

Ich war so erledigt, dass ich nicht schlafen konnte. Das letzte Mal, dass ich mehr als fünf Stunden Schlaf gehabt hatte, war in der Nacht gewesen, bevor ich Caleb in den Club *nachjagte*, wie Kar es so hübsch ausdrückte, um ihn mir zurückzuholen.

Es ergab keinen Sinn. Eigentlich müsste ich doch in dem Moment einschlafen, in dem ich mich hinlegte, oder?

Mein Körper mochte sämtliche Energiereserven aufgezehrt haben, aber mein Verstand wollte nicht aufhören, mich mit Sorgen zu bombardieren.

Caleb hatte meinetwegen Justin zusammengeschlagen. Er war im Gefängnis gelandet, weil Justin oder Beatrice ihn reingelegt hatten. Wieder mal meinetwegen.

Und jetzt war seine Mutter meinetwegen wütend auf ihn. Ich wusste, wie sehr Caleb seine Mutter liebte, und der Gedanke, dass sie mich nicht mochte, deprimierte mich.

Doch sie hatte recht. All die schlimmen Sachen passierten Caleb meinetwegen.

Du bringst nichts als Pech. Ich hätte das andere Kind adoptieren sollen. Tanya und ich wären noch zusammen, wärst du nicht gewesen.

Die Stimme meines Vaters dröhnte durch meinen Kopf. Von allen verletzenden Sachen, die er zu mir gesagt hatte, tat dieser Vorwurf am meisten weh.

Und von allen konnte ich ihn am wenigsten vergessen. Vielleicht, weil ich tief im Innern wusste, dass er recht hatte.

Ich liebe dich, Red.

Calebs Stimme übertönte die meines Vaters. Ich drückte mir das Kissen fester an die Brust und wünschte, er wäre hier. Doch obwohl er es nicht war, brachte mich schon der Gedanke an ihn zum Lächeln. Er kümmerte sich immer um mich. Vor allem aber liebte er mich. Das konnte ich ihm inzwischen glauben. Und egal, wie viele Dämonen mir im Dunkeln auflauerten, er war mein Licht am Ende des Tunnels.

Ich zuckte heftig zusammen, da ich draußen vor meinem Fenster ein Geräusch hörte. Unwillkürlich griff ich nach einer Ausgabe von *Harry Potter und der Stein der Weisen* auf meinem Nachttisch, um sie als Waffe zu benutzen. Lautlos schlich ich neben das Fenster. Da hörte ich es wieder.

Steinchen. Jemand warf Steinchen an mein Fenster.

„Caleb?"

Ich schob die Scheibe bis ganz nach oben, und da war er und schaute mich an, den Mund leicht geöffnet.

Er war hier.

„Hi, Red", flüsterte er, und ein Grinsen erstrahlte auf seinem schönen Gesicht.

In meinem Bauch hob ein ganzer Schwarm Schmetterlinge ab.

Caleb hatte sich umgezogen und sah in dem schlichten weißen T-Shirt mit V-Ausschnitt, der rissigen Jeans und den Nikes umwerfend aus. Mit einer dunklen Beanie hielt er sein Bronzehaar aus dem wunderschönen Gesicht zurück.

Er stand unter dem Fenster, die Beine leicht gespreizt, und blickte mich an. Einen Arm hatte er nach oben gestreckt, als wäre er gerade im Begriff gewesen, noch eine Kieselladung gegen das Glas zu werfen.

„Was tust du hier?", fragte ich und bemühte mich nach Kräften, meine Begeisterung zu zügeln.

„Ich habe dich vermisst."

Ich musste mich an der Wand festhalten, damit ich nicht direkt aus dem Fenster in seine Arme sprang. Ja, ein bisschen sehr dramatisch, aber solche Regungen weckte er in mir.

Dies hier war wahnsinnig.

„Was hast du an?"

Ich verschluckte mich an meinem Lachen.

„Darf ich reinkommen?"

„Hast du Steine gegen das Fenster geworfen?"

Er nickte, immer noch grinsend.

„Hast du schon mal was von Anrufen gehört?"

„Ja, aber ich wollte dich mit meinem Charme bezaubern", antwortete er. „Ist es nicht viel netter, Steinchen gegen dein Fenster zu schmeißen, als dir eine Nachricht zu schreiben? Außerdem antwortest du auf die nie."

„Ich …" Ich sah mich nach meinem Handy um. Wohin hatte ich es gelegt?

„Darf ich jetzt durch dein Fenster klettern?" Da war ein freches Funkeln in seinen Augen.

„Wie wäre es, wenn ich dich durch die Wohnungstür reinlasse, wie ein normales menschliches Wesen?"

Er zwinkerte. „Das geht auch, aber was hältst du davon, wenn wir uns im Garten treffen? Ich habe dir etwas mitgebracht."

Ich biss mir auf die Unterlippe, um nicht zu lachen. Fast hätte ich mich geohrfeigt, weil es so lächerlich war. „Okay."

Dann schaute ich auf meine nackten Beine und überlegte, ob ich mich umziehen sollte. Ich hatte ein Trägerhemd und richtig winzige rote Shorts an. Caleb würde dieses Outfit garantiert lieben. Kurz entschlossen lief ich so leise wie möglich nach draußen.

Als ich die Tür öffnete, stand er vor mir. Mir stockte der Atem, sobald ich den riesigen Fliederstrauß in seinen Händen sah, der beinahe seinen gesamten Oberkörper verdeckte.

„Die sind für dich, meine Red."

Mir war, als würde mein Herz explodieren und zu seinen Füßen zusammenschmelzen.

Benommen zog ich auch die Fliegentür auf und trat nach draußen. Das sanfte Verandalicht beleuchtete Caleb. Er war so schön, dass es wehtat, ihn anzusehen. Und seine grünen Augen fixierten mich auf eine Weise, dass mein Herzschlag ins Stolpern geriet.

Ich verliebte mich noch mehr in ihn.

Er musste es mir ansehen, denn seine Augen wurden ein wenig größer, und er breitete seine Arme aus. Ich schmiegte mich hinein und schlang meine Arme um seinen Rücken. Das Gesicht vergrub ich an seiner Brust und atmete seinen vertrauten Duft ein.

„Du fehlst mir", meinte ich leise.

Er legte sein Kinn auf meinen Kopf und umfing mich fest. „Sag das noch mal", bat er.

„Du fehlst mir, Caleb."

Ich fühlte, wie er seufzte und seine Schultern sich entspannten, als wäre ein großes Gewicht von ihnen genommen worden.

„Du machst mich glücklich, wenn du das sagst."

„Es tut mir leid, dass ich es nicht oft genug sage."

„Kein Problem. Daran arbeiten wir noch." Caleb schwankte leicht, während er mich hielt, als würden wir tanzen. „Übung macht den Meister. Und jetzt sag, ich liebe dich, Caleb."

Leise lachte ich. „Ich liebe dich, Caleb."

Ich spürte sein Nicken. „Gut. Du kriegst eine Eins. Jetzt sag: Caleb ist der beste ... aua!"

Ich hatte ihn in die Brust gebissen.

„Wofür war das denn? Jetzt bekommst du nur noch eine Zwei minus."

Ich lächelte und konnte anscheinend nicht damit aufhören. Er war der Beste. Ich rieb die Stelle, an der ich ihn gebissen hatte. Wir tanzten einen Moment lang, umgeben von dem süßlichen, unschuldigen Fliederduft.

„Den Flieder habe ich dir deshalb mitgebracht, weil er etwas Bestimmtes symbolisiert", murmelte er mir sanft ins Ohr.

Ich erschauerte, als ich seinen warmen Atem auf meiner Haut spürte. „Und was symbolisiert er?"

„Erste Liebe."

Jetzt schlug mein Herz richtig heftig.

„Du bist meine erste Liebe, Red. Und meine letzte."

Mir schwoll das Herz an, als wollte es platzen. Als wäre es zu groß für meinen Körper. Ich wollte die richtigen Worte finden, um ihm zu gestehen, was ich fühlte, so wie er immer die perfekten Worte fand, um seine Gefühle auszudrücken.

Doch ich konnte nicht.

Also schmiegte ich einfach meine Wange an seine Brust, direkt über seinem Herzen. Und schlang meine Arme fester um ihn.
„Ich liebe dich, Red", murmelte er sanft.
„Ich liebe dich, Caleb", erwiderte ich leise.

49. Kapitel

Veronica

Caleb entfachte ein kleines Feuer in der Feuerschale in Kars Garten. Der scharfe Geruch von brennendem Holz stieg mir in die Nase. Ich war nicht sicher, welches Holz Caleb benutzt hatte, doch es roch süßlich.

Fasziniert blickte ich in die Flammen und genoss die angenehme Wärme auf meinem Gesicht. Das Feuer knisterte und fauchte, und kleine Funken stoben auf wie Glühwürmchen.

Caleb lehnte mit dem Rücken an der Holzbank. Er hatte mich zu sich auf den Boden gezogen, sodass ich zwischen seinen Beinen saß. Mein Rücken lehnte an seiner Brust, mein Hinterkopf ruhte an seiner Schulter.

Ich konnte an den Fingern einer Hand abzählen, wie oft ich mich glücklich gefühlt hatte, bevor Caleb in mein Leben trat. Seit Caleb? Da hatte ich den Überblick verloren.

Er drückte mich noch enger an sich und legte die Arme um meinen Bauch. Er konnte nicht aufhören mich zu berühren, und ich wollte es auch gar nicht. Ich fühlte, wie er mein Haar küsste und seine Wange daran rieb. Dann begann er, meine Schulter zu küssen. Die zarten Berührungen seiner Lippen auf meiner Haut jagten mir eine Gänsehaut über den Körper, und in meinem Arm breitete sich ein geradezu elektrisches Prickeln aus.

Wenn das so weiterging, würde ich nicht mehr mit ihm über die wichtigen Dinge reden können, die heute passiert waren. Aber ich musste dringend erfahren, warum ... Moment mal, warum was? Was wollte ich noch gleich so dringend wissen? Er lenkte mich ab und raubte mir jeden klaren Gedanken.

„Caleb, ich muss mit dir darüber sprechen, was ..."

Seine Nasenspitze war seitlich an meinem Hals und strich daran auf und ab. Ich hörte, wie er einatmete und träge seufzte, ähnlich einem großen Kater, der den Geruch meiner Haut auskostete.

„Hmm. Du riechst so gut. Worüber?"

Er glitt mit der Zungenspitze über meine Haut, und mein Kopf sank nach hinten.

„Was?"

Ich spürte sein Grinsen förmlich an meinem Hals, bevor er seine Lippen und dann seine Zunge über die empfindliche Stelle unmittelbar unter meinem Ohr gleiten ließ.

„Worüber, Red?", murmelte er verführerisch.

„Ähm …" Ich biss mir auf die Unterlippe, damit kein richtig peinlicher Laut aus meinem Mund kam.

„Wenn ich dich weiter küsse", raunte er und umschlang mich fester, „glaube ich nicht, dass ich aufhören kann."

Ich brauchte einen Moment, um meine Gedanken zu ordnen. Dann räusperte ich mich.

„Caleb?"

„Hmm?"

Jetzt malte er kleine Kreise auf meinen Arm, während er wieder zärtlich an meinem Ohrläppchen knabberte.

„D…deine Mutter … hasst mich."

Er stockte kurz, und ich wollte schon fast zurücknehmen, was ich gesagt hatte. Vor allem wollte ich, dass er mich wieder küsste.

„Nein, tut sie nicht. Sie hat nur nicht verstanden, was los war. Keine Sorge. Ich war bei ihr und habe mit ihr über uns gesprochen."

Er fing an, mich unter dem Kinn zu küssen.

„Was … hat sie gesagt?", hakte ich nach.

Er wich ein wenig zurück und seufzte laut. „Sie lädt uns zum Dinner ein."

Wieder biss ich mir auf die Unterlippe, diesmal aus Nervosität.

Tröstend rieb Caleb meine Arme. „Bitte?"

Jetzt seufzte ich. „Na gut."

„Du brauchst keine Angst zu haben. Sie beißt nicht." Dann presste er seine Lippen wieder an meinen Hals. „Ich hingegen schon", fügte er hinzu und knabberte zärtlich an meinem Hals.

Ich lachte zittrig. „Caleb?"

„Hmm?"

Ich schloss die Augen, und es raubte mir kurz den Atem, als er den Träger meines Tops mit den Zähnen packte und von meiner Schulter schob. Sanft küsste er die Stelle, an der eben noch der Träger gewesen war, und das Gefühl seiner weichen Lippen auf meiner Haut war so erotisch, dass ich erbebte.

Dies hier geriet außer Kontrolle. Ich musste wirklich mit ihm über das reden, was geschehen war, und wenn ich ihn jetzt nicht aufhielt, würde ich mich an gar nichts mehr erinnern außer an seine Küsse.

„C…Caleb." *Atme!* „Was glaubst du …" *Einatmen.* „… wer dich reingelegt hat?" *Ausatmen.*

Er hob den Kopf und stöhnte leise. Ich nutzte die Unterbrechung, atmete langsam ein und aus und hoffte, auf diese Weise mein wild klopfendes Herz zu beruhigen.

Caleb strich sich mit einer Hand durchs Haar. Er wirkte frustriert. „Justin."

„Vielleicht war es Beatrice."

Er erstarrte.

„Erinnerst du dich, dass deine Mutter auf dem Polizeirevier sagte, sie hätte es von Beatrice gehört? Woher wusste die von deiner Verhaftung?"

Sein Blick wurde eisig, und sein ganzer Körper spannte sich an.

„Hast du je deine Ersatzautoschlüssel wiedergefunden?"

„Nein."

„Kennt Justin den Code zu deiner Wohnung?"

„Nein, kennt er nicht."

„Weißt du noch, dass ich dir erzählt hatte, ich hätte Beatrice aus deinem Haus kommen gesehen? Und du hast gesagt, dass sie den Code zu deiner Wohnung kennt. Was ist, wenn … sie deine Ersatzschlüssel gestohlen und die Drogen in deinem Wagen deponiert hat?"

Seine Augen blitzten. „Das würde sie nicht wagen."

Ich ließ ihn einen Augenblick lang verarbeiten, was ich gesagt hatte.

„Verdammte Scheiße", murmelte er dann. „Verdammte Scheiße."

Die Luft um ihn herum vibrierte geradezu. Er war rastlos und frustriert. Die Wut, die in seinen grünen Augen funkelte, verriet mir, dass ihm langsam klar wurde, welche Rolle Beatrice in diesem Fiasko zukommen könnte. Auch wenn er immer noch nicht wirklich fassen konnte, wie hinterhältig und manipulierend seine Freundin aus Kindertagen wirklich war.

Ich könnte mich natürlich irren, und Beatrice hatte bei den Drogen, die man Caleb untergeschoben hatte, ihre Finger gar nicht im Spiel gehabt. Dennoch wollte ich diese Möglichkeit auf keinen Fall ausschließen. Caleb mochte ja annehmen, dass sie es nicht wagen würde, noch mehr Grenzen zu überschreiten, aber ich glaubte das nicht. Ich wusste, dass sie zu allem fähig war.

„Zeigt Justin dich an?"

„Warum soll er mich denn anzeigen?"

„Weil du ihn fast umgebracht hast?"

„Nein." Er atmete langsam aus. „Mein Anwalt hat sich darum gekümmert. Hör mal", sein Ton wurde sanfter. „Ich möchte nicht, dass du dir Sorgen machst. Lass es gut sein, ja? Ich regle das, vertrau mir."

„Erzähl mir nicht, dass du das regelst." Ich spürte, wie ich wütend wurde. Gut, dachte ich. *Ich war wieder da.*

Seit dem Albtraum hatte ich das Gefühl gehabt, mich selbst zu verlieren, weil es zu anstrengend war, die schlechten Erinnerungen aus meiner Kindheit zu verdrängen. Aber Zorn war gesund.

„Ich brauche diesen Neandertaler-Quatsch nicht, dass sich der Mann um alles kümmert und die Frau sich um nichts sorgen muss."

Er fing an zu lachen, was mich nur noch mehr auf die Palme brachte.

„Das ist mein voller Ernst!"

„Baby", meinte er ruhig, drehte mich zu sich und legte die Hände an meine Wangen. „Sieh mich an", bat er. „Glaub mir. Mir ist wichtig, dass du mir glaubst. Ich werde alles machen, was ich kann, um dich zu beschützen. Er kann dir nichts tun, solange ich hier bin. Und das sage ich nicht, weil ich denke, dass du nicht selbst auf dich aufpassen kannst."

Sein Blick war zärtlich. „Du bist der stärkste und unabhängigste

Mensch, den ich kenne. Aber du musst nicht mehr allein stark sein, denn ..." Er strich mit dem Daumen über meine Wange, und ich konnte nicht anders, als mein Gesicht in seine Hand zu schmiegen. „Denn jetzt hast du mich."

Mir wurde die Brust eng vor Rührung. Noch niemand hatte jemals solche Empfindungen in mir hervorgerufen.

Ich nahm seine Hand, die an meiner Wange lag, und küsste die Innenfläche. Dann küsste ich ihn auf den Mund. „Caleb", war alles, was ich sagen konnte.

Wenn du weißt, dass es jemanden gibt, der an dich denkt, der bei dir sein will und dich glauben macht, dass die Welt doch kein so schlechter Ort ist, dann ist es in Ordnung. Auch wenn alle gegen dich sind. Weil du weißt, dass es immer diesen einen Menschen gibt, der nicht von deiner Seite weicht. Und für mich ist Caleb dieser Mensch.

Doch mir gefiel nicht, dass ich mich schuldig fühlte. Es war ein hässliches Gefühl, das nicht zwischen uns stehen sollte. Ich wusste, dass es die böse Stimme meines Vaters in meinem Kopf war, und die Begegnung mit Calebs Mutter hatte diese Stimme noch verstärkt. Deshalb musste ich mich bei Caleb entschuldigen.

„Es tut mir leid, alles. Die Prügelei, deine Verhaftung, dass deine Mutter wütend auf dich war. Nichts davon wäre passiert, wenn ich nicht wäre ..."

„Nein", erwiderte er streng. Er wich zurück und fuhr sich mit den Fingern durchs Haar. „Hör zu, Red. Meine Mom hat sich geirrt. Was sie bei der Polizei zu dir gesagt hat, lag nur an dem, was Beatrice ihr erzählt hatte. Du hast die Prügelei nicht angefangen, sondern ich. Dieser Mistkerl hatte es verdient. Er hat praktisch darum gebettelt." Er verzog angewidert den Mund. „Es ist nicht deine Schuld, dass er ein perverses, krankes Arschloch ist. Dass er widerlich ist. Warum gibst du dir die Schuld für die Fehler anderer?"

Ich erstarrte. Mein Körper fühlte sich betäubt an, obwohl ich mein Herz kräftig schlagen hörte. Als sich unsere Blicke begegneten, weiteten sich seine grünen Augen ein wenig. Konnte er sehen, was ich dachte? Wusste er, was ich fühlte?

Er legte die Hände seitlich an meinen Kopf und bat mich stumm, ihn anzuschauen, doch das konnte ich nicht. „Sieh mich an, Liebes."

Zitternd atmete ich aus und blickte ihm in die Augen.

„Red, du kannst keine Liebe von jemandem erwarten, der nicht mal sich selbst lieben kann."

Mir drohten die Tränen zu kommen, doch ich hielt sie zurück.

„Ich weiß, was du denkst. Es gibt nur einen Menschen, der diesen Ausdruck in deinen Augen hervorrufen kann, und ich wünschte, ich könnte ihm jetzt sofort wehtun."

Er wusste Bescheid. Ohne dass ich ein Wort sagte, wusste er, was ich dachte.

„Menschen, die andere verletzen, damit es ihnen besser geht, die absichtlich Herzen brechen, die das Selbstwertgefühl und die Selbstachtung anderer immer wieder beschädigen …"

Meine Unterlippe bebte, und mir wurde die Kehle eng.

„Dein Vater hatte deine Liebe nicht verdient. Er war ihrer nicht würdig. Und das war nicht deine Schuld."

Ich schloss die Augen.

„Trotzdem hast du ihm deine Liebe geschenkt. Sagt das nicht eine Menge über dich? Du hast mir mal erzählt, dass du dich dafür verantwortlich fühlst, was mit deinen Eltern passiert ist. Dass dein rückgratloser Vater dir das vorgeworfen hat. Aber mir ist klar, dass du es besser weißt, Red. Du weißt, dass es nicht deine Schuld war", wiederholte er. „Und was vorhin geschehen ist, war auch nicht deine Schuld."

Ich merkte nicht einmal, dass ich weinte, bis er meine Tränen mit seinem Daumen wegwischte. Bevor ich ihn kennenlernte, hatte ich selten geweint. Für mich waren Tränen ein Zeichen von Schwäche gewesen, ein Zeichen, dass etwas Schlimmes passiert war. Doch anscheinend weinte ich jetzt nur noch, weil ich begriffen hatte, dass Tränen auch etwas Gutes bedeuten konnten.

„Baby", flüsterte er, und es klang gequält. Ich wusste ja, dass er es nicht aushielt, wenn ich weinte. Er hasste es. „Menschen können nichts geben, was sie nicht selbst besitzen. Dein Vater entschied sich, nicht zu lieben, oder er wusste vielleicht nicht, wie man liebt. Aber du weißt es. Und du hast so viel zu geben. So viel." Sanft küsste er mich auf den Mund, um mich zu trösten. „Und ich möchte das alles. Ich möchte all deine Liebe, Red."

Völlig aufgelöst warf ich mich in seine Arme und vergrub mein Gesicht an seinem Hals. „Meinetwegen dürfen die mich jetzt alle hassen. Das ist mir egal, solange du bei mir bist, Caleb. Solange du bei mir bist, halte ich alles aus."

Es dauerte einen Moment, ehe er wieder etwas sagte. „Red." Seine Stimme war heiser, und er streichelte sanft meinen Rücken, während er seine Arme schützend um mich gelegt hatte. „Ich könnte dich gar nicht noch mehr lieben, als ich es schon tue."

50. Kapitel

Veronica

Caleb breitete eine Decke auf dem Gras neben der Feuerschale aus. Dann legte er sich ausgestreckt in die Mitte, die Arme unter seinem Kopf verschränkt und die Knöchel überkreuzt. Das Sinnbild eines verwöhnten, umwerfenden reichen Jungen.

Er schloss seine Augen und summte. Ich stand neben ihm und zog die Brauen hoch. „Brauchst du sonst noch etwas, Meister? Irgendwelche Erfrischungen vielleicht?"

Grinsend öffnete er ein Auge. „Ich dachte schon, du fragst nie."

Ich schnaubte. Er war ein hoffnungsloser Fall. Hatte er mich eben noch mit seinen süßen Liebeserklärungen zum Weinen gebracht, musste ich ihm jetzt lachend einen Klaps verpassen, um die alberne Überheblichkeit aus seinem Gesicht zu vertreiben.

Ich drehte mich um, weil ich etwas greifen wollte, mit dem ich ihn bewerfen könnte. „Von wegen Erfri... aah!"

Blitzschnell hatte er sich aufgesetzt, mich um die Taille gepackt und auf seinen Schoß gezogen.

„Caleb!"

Und dann manövrierte er uns so hin, dass ich auf einmal unter ihm lag.

Provozierend schaute er mich an. „Wer ist jetzt der Meister?"

Ich presste beide Hände auf meinen Mund, um nicht loszuprusten. Und dann begann Caleb, mich erbarmungslos zu kitzeln. Ich gab unmenschliche Laute von mir, während ich versuchte, seine Hände wegzuschieben und mir gleichzeitig weiter den Mund zuzuhalten. Es war richtig spätnachts, und ich wollte die Nachbarn nicht aufwecken.

„Wer ist jetzt der Meister, Red?"

„Ich!"

„Falsche Antwort." Er schnalzte mit der Zunge. „Versuch's noch mal."

„Caleb, nicht!"

Er fasste mich an den Handgelenken und zog sie über meinen Kopf. Dort hielt er sie mit einer Hand – er war so stark – sodass er mich weiter mit seinen Fingern quälen konnte.

„Was nicht? Wenn du mir nicht die Antwort gibst, die ich hören will ..."

Ich kriegte Seitenstiche vom Lachen. „Caleb, nicht!"

„Werde ich weitermachen ..."

Ich küsste ihn. Es war unmöglich, ihn zu stoppen, es sei denn, ich gab nach und sagte ihm, dass er der Meister war. Aber ich war in einer verspielten Laune und wollte nicht aufgeben.

„Du spielst unfair", murmelte er.

„Wer ist jetzt der Meister?", feuerte ich zurück.

Seine Schultern begannen zu beben, als er stumm lachte. Und seine grünen Augen leuchteten vor Freude. Er schlang seine Arme um meine Taille und rollte sich wieder auf den Rücken, sodass ich auf ihm lag.

„Du bist es", antwortete er leise. „Also, was soll dein Sklave für dich tun? Ich habe viele Talente, Meister. Zum Beispiel kann meine Zunge ..."

Ich hielt eine Hand auf seinen Mund, bevor er den Satz beendete, denn ich ahnte, dass es etwas Schmutziges wäre.

Seine Augen blitzten amüsiert, während ich den Kopf schüttelte. Dann öffnete er seinen Mund und biss mich. Ich zog meine Hand zurück, aber es war zu spät – mir schoss eine elektrisierende Spannung den Arm hinauf bis in meine Brust.

Lachend hob er den Kopf und küsste mich wieder. Seine Lippen waren weich, glatt und warm.

Ich spürte den Kuss bis in die Zehenspitzen.

Als ich nach einer gefühlten Ewigkeit den Kopf hob, sah er mich mit einem Blick an, der es deutlicher als alle Worte sagte. *Wir beide wissen, wer der wahre Meister ist.*

In mir kribbelte noch alles, deshalb erwiderte ich nichts. Stattdessen schmiegte ich mein Gesicht an seinen Brustkorb und einen

Arm um seinen Oberkörper. Er streichelte sanft meinen Rücken. So blieben wir minutenlang liegen. Friedlich. Entspannt. Glücklich.

Schließlich hielt er eine Hand mit gekrümmten Fingern vor sein Gesicht. Ich blickte auf und stellte fest, dass er ein Auge geschlossen hatte und zum Himmel schaute.

„Was machst du?", fragte ich.

„Ich halte den Mond in meiner Hand", antwortete er leise.

Ich drehte mich, bis ich sehen konnte, was er sah. Tatsächlich war der Mond aus dieser Perspektive von seiner Hand umrahmt. Wieder entspannte ich mich und lächelte Caleb an. Er jedoch lächelte nicht. Vielmehr war sein hübsches Gesicht vollkommen ernst, und ich bemerkte eine Spur von Traurigkeit in seinen Augen.

„Du bist wie der Mond, Red", murmelte er. „Ich kann nur so tun, als würde ich dich in meinen Händen halten."

„Was meinst du?", fragte ich. Meine Stimme klang kratzig.

Er blickte mich an. „Ich habe das Gefühl, dass du mir wieder entgleitest."

Ich hatte plötzlich Probleme zu atmen. „Werde ich nicht."

Ich griff nach seiner Hand und verschränkte meine Finger mit seinen. Dann küsste ich die Innenfläche seiner Hand, ehe ich sie an meine Wange hob.

„Was mache ich nur mit dir?", fragte er und runzelte ein wenig die Stirn.

Liebe mich. Mehr nicht. Liebe mich nur.

Als hätte er diese Bitte an meinen Augen abgelesen, nickte er. „Wenn du der Mond bist, bin ich die Sterne. Da sind Millionen von mir über den Himmel verteilt." Er lächelte. „Du kannst nirgendshin, denn du bist von mir umzingelt."

Ach Caleb.

Ich atmete tief aus, um die Schwere in meiner Brust zu mindern. Mein Herz fühlte sich zu voll an.

Wieder schmiegte ich mein Gesicht an seine Brust, schloss die Augen und lauschte seinem Herzschlag.

„Darüber bin ich froh", gestand ich.

Seine ruhige sichere Berührung hatte etwas Tröstliches. Ich wurde schläfrig, eingelullt vom Heben und Senken seiner Brust. Er räusperte sich.

„Sei nicht sauer", sagte er vorsichtig.

Sofort verspannte ich mich und schaute zu ihm hoch. Er wirkte nervös.

„Ich habe noch etwas."

Er klang sogar nervös. Was ich ihm nicht verübeln konnte, denn jedes Mal, wenn er mir etwas zu geben versuchte, schleuderte ich es wieder zurück. Aber etwas in mir hatte sich verändert, sich geöffnet oder war geheilt, denn ich war nicht mehr abweisend oder misstrauisch.

Weil ich wusste, dass er mich liebte. Und es war real.

„Okay."

„Warte kurz hier. Ich bin gleich wieder da."

Mein Herz schlug sehr schnell. Ich stand auf und setzte mich auf die Holzbank, um auf ihn zu warten. Als Caleb wiederkam, waren seine grünen Augen sehr groß und die Pupillen geweitet. Er strich sich mit den Fingern durchs Haar, was ein eindeutiges Zeichen für seine innere Unruhe war.

Ich erwartete, dass er eine Geschenkschachtel oder eine bunte Papiertüte dabeihatte, aber da war gar nichts. Er setzte sich einfach neben mich. Er bewegte seinen Fuß und tippte damit leicht gegen die Seite meines Hausschuhs. Ich stupste zurück. „Hast du das Geschenk zu Hause vergessen?", fragte ich.

Er zog etwas hinter sich vor, und eine lange, schmale smaragdgrüne Schachtel tauchte in meinem Blickfeld auf.

„Ich wollte dir etwas geben, das dich jeden Tag an mich erinnert", begann er und klang immer noch nervös. „Das hatte ich für dich entwerfen lassen. Schon vor Wochen."

Ich starrte ihn an, konnte mich nicht rühren. Sein Blick war beinahe flehend.

Zaghaft nahm ich die Schachtel und öffnete sie.

Drinnen befand sich eine elegante Platinkette mit einem Schmetterlingsanhänger. Der Schmetterling war aus Weißgold, von der Größe eines Pennys und mit fantasievollen Bogengravuren auf den Flügeln. Runde weiße Diamanten waren in die Flügel eingelassen, die im Mondschein funkelten. Und ein birnenförmiger roter Beryll verband die beiden Flügel in der Mitte. Es war atemberaubend. Faszinierend.

Die Symbolik des Geschenks entging mir nicht. Zittrig atmete ich ein und merkte, wie erneut Tränen in meinen Augen brannten.

„Gefällt sie dir?"

Ob sie mir gefällt? Ich liebe sie!

Aber ich konnte nur nicken, denn ich befürchtete, dass ich losheulen würde, sobald ich den Mund aufmachte.

„Erinnerst du dich an die Geschichte von dem grünen Rauperich und dem Schmetterling, die ich dir erzählt habe?"

Erneut nickte ich. Er lächelte sanft, als wüsste er, was ich empfand. Vielleicht tat er es ja. Caleb kannte mich besser als irgendjemand sonst.

„Ich möchte die Kette gern an dir sehen." Er holte sie aus der Schachtel und hielt sie mir hin. „Darf ich?"

Mein Haar war hochgebunden, sodass ich ihm nur den Rücken zukehren musste, damit er mir die Kette umlegen konnte. Nachdem er den Verschluss in meinem Nacken geschlossen hatte, legte er die Hände an meine Schultern und drehte mich zu sich. Zärtlich blickte er mich an.

„Du machst alles wunderschön, Red."

Ich umfing den Anhänger mit der Hand. „Caleb, die ist sicher furchtbar teuer."

Seine Augen wurden dunkel, intensiv und sehr ernst. „Für dich würde ich alles verkaufen, was ich besitze."

Mir stockte der Atem, und ich ließ meine Hand sinken.

Wie sollte ich darauf antworten?

Meine Kehle war so eng, dass ich nichts hätte sagen können, selbst wenn ich es wollte. Caleb strich mit dem Daumen über meine Unterlippe, immer wieder hin und her. Ich hörte auf zu atmen, wartete auf seinen Kuss. Wünschte ihn mir. Doch dann lehnte Caleb sich wieder zurück und schaute nachdenklich ins Feuer.

Seine Stimmung veränderte sich.

Nun wurde ich unsicher und wartete, dass er etwas sagte. Irgendwas.

Nach einem Moment fragte er: „Möchtest du eine Geschichte hören?"

Ich rutschte näher zu ihm, sodass unsere Körper sich berührten. Eigentlich erwartete ich, dass er meine Hand nahm, was er jedoch nicht tat. „Ja."

Er holte tief Luft. „Es war einmal ein Junge, der alles hatte", seine Stimme wurde tiefer und wärmer. „Oder wenigstens glaubte er das. Eines Abends beschloss er, in den Wald zu gehen. Er war gelangweilt und rastlos. Etwas fehlte in seinem Leben, und er kam nicht drauf, was es war. Dann sah er einen winzigen, wunderhübschen Vogel auf dem Boden. Der eine Flügel war gebrochen.

Also nahm er den Vogel mit nach Hause und pflegte ihn, bis der Flügel geheilt war. Er steckte ihn in einen Käfig, damit er nicht wegflog und sich noch mehr verletzte. Und damit andere ihn nicht verletzen konnten. Für den Jungen war der Käfig wie ein Schutzschild.

Jeden Tag waren der Junge und der Vogel zusammen. Der Vogel sang für ihn, und es machte den Jungen glücklich. Nach einigen Tagen war der Vogel wieder gesund. Doch der Junge behielt ihn weiter im Käfig. Und dann hörte der Vogel auf zu singen.

Der Junge wusste, dass es falsch war, was er tat. Er behielt den Vogel für sich. Er war egoistisch. Der Vogel machte ihn glücklich, füllte die Leere in ihm aus, und er war zufrieden. Er wollte den Vogel behalten, ihn besitzen.

Bald jedoch erkannte er, dass er es nicht ertrug, wenn der Vogel traurig war, wenn er einsam war. Ihm wurde klar, dass er dem Vogel nichts als Glück schenken wollte, selbst zum Preis seines eigenen. Also öffnete er den Käfig." Er stockte und fuhr sich durchs Haar. „Und ließ den Vogel wegfliegen."

Sein Blick war unendlich traurig und zog mich zu ihm hin, wie nichts sonst es könnte. Ich wollte Caleb berühren, ihn trösten, hatte aber Angst, den Moment zu ruinieren. Ich würde ewig bereuen, dass ich ihm nicht vertraut und ihn verlassen hatte.

Geräuschvoll atmete er ein. „Der Vogel flog weg von dem Jungen."

Nun griff er nach meiner Hand und verschränkte unsere Finger. „Ist er zurückgekommen?", brachte ich mühsam heraus.

Ein kleines Lächeln huschte über sein Gesicht. „Ja", antwortete er, und der Kummer verschwand aus seinen Augen. „Ist er."

Ich erwiderte sein Lächeln.

„Manchmal möchte ich dich in einen Käfig stecken", gestand er. Aus seinem Blick sprach pure Leidenschaft. „Aber du bist es, die mich gefangen hält. Und das würde ich gern für immer bleiben."

In mir formte sich etwas Mächtiges. Und es zog mich tiefer und tiefer. Doch ich wollte gar nicht wieder auftauchen.

„Ich weiß, dass ich nicht direkt ein Hauptgewinn bin. Ich bin stur und impulsiv. Dauernd sage und tue ich blöde Sachen. Aber …"

Ich sah ihn an und wartete, dass er weiterredete.

„Aber bleib bitte bei mir", sagte er leise. „Bleib."

Mir ging das Herz auf. Ich wusste, dass ich die Tränen diesmal nicht aufhalten konnte. Plötzlich stand Caleb auf, und bevor ich irgendwas erwidern konnte, kniete er vor mir.

Ich hörte meinen Puls rauschen und spürte, wie meine Augen sich weiteten, als er mir ein kleines Schmuckkästchen wie eine Opfergabe hinhielt. Nun wirkte er nicht mehr nervös, sondern wie ein Mann, der sein Leben lang nach etwas gesucht und es endlich gefunden hatte. Er sah aus, als hätte er seinen ruhigen, sicheren Frieden gefunden.

Der Ring in dem blauen Samtbett verschlug mir den Atem. Weiße Diamanten umgaben einen tränenförmigen Rubin. Es war beinahe das gleiche Design wie die Kette. Zwei winzige Schmetterlinge schmückten die Diamanten zu beiden Seiten des roten Steins.

„Red, willst du meine Frau werden?"

Sprachlos, überwältigt starrte ich ihn an. Ich bemerkte, wie er schluckte. Auf einmal sah er erschrocken aus.

„Ich wollte auf den perfekten Zeitpunkt warten. Nach deinem Abschluss, aber … ich musste einfach … ich muss …" Er schloss die Augen. „Red, heiratest du mich? Willst du den Rest deines Lebens mit mir verbringen? Mit mir Kinder haben? Ich werde dir ein Haus bauen, dir einen Hund kaufen … alles, was du willst. Sag nur …"

Ich sprang in seine Arme. Mit Leichtigkeit fing er mich auf und schlang seine starken Arme um mich.

„Ja! Ja, Caleb, ich will deine Frau sein."

Er drückte mich fester an sich, und als er sprach, war seine Stimme heiser. „Ich liebe dich, Red. Du bist das einzige Mädchen, die Einzige, die mir das Herz geraubt hat. Bitte, gib es mir nicht zurück."

„Werde ich nicht", brachte ich schluchzend hervor. „Das werde ich nicht. Es gehört mir."

„Ja, es ist dein. Es wird immer dein sein."

51. Kapitel

Veronica

„Komm mit mir nach Hause, Red, und schlaf bei mir", bat Caleb. „Mir fehlt es, neben dir aufzuwachen."

Ich hatte keine Chance gegen seine anbetungswürdigen Grübchen und diese sagenhaft grünen Augen.

Also sagte ich Caleb, er solle im Wagen auf mich warten, während ich einige Sachen und die Bücher für die morgigen Seminare einpackte. Ich beeilte mich und achtete darauf, möglichst leise zu sein, um Kar nicht zu wecken.

Ich befestigte gerade eine Nachricht für Kar mit einem Magneten am Kühlschrank, da fiel mein Blick auf meinen Verlobungsring.

Oh Gott.

Ich bin mit Caleb Lockhart verlobt!

Ich presste eine Hand auf meinen Bauch, in dem es wild flatterte.

Wir kannten uns noch nicht mal besonders lange, und dennoch fühlte es sich an, als hätten wir schon eine Menge zusammen durchgemacht. Es kam mir vor, als ob ich ihn schon ewig kannte.

Es fühlte sich … so richtig an.

„Hi."

Der Anblick Calebs, wie er im Licht der Straßenlaterne an seinem Wagen lehnte, raubte mir den Atem: das Aufleuchten seiner Augen, als er mich sah, sein umwerfendes Lächeln, die Art, wie sein langer, schlanker Körper sich bewegte, um meine Taille zu umfassen und mich lange und intensiv zu küssen.

Es spielte keine Rolle, dass alle gegen uns waren. Allein Caleb zählte. Er war das Einzige, worauf es ankam.

„Selber hi", hauchte ich. Meine Lippen kribbelten von seinem Kuss.

„Bereit?" Er ließ mich los und öffnete mir die Beifahrertür. Immer der Gentleman.

Ich sah zu, wie er um den Wagen herumging, bewunderte seinen selbstbewussten Gang, genoss, wie er mich durch die Windschutzscheibe anschaute. Nachdem er eingestiegen war, drehte er sich breit grinsend zu mir.

„Nochmals hi, meine Red."

Für einen Moment saßen wir nur da und sahen einander idiotisch lächelnd an.

„Endlich", murmelte er.

Ich wusste, was er meinte. Endlich waren wir zusammen. Wir hatten uns erst gerade wieder versöhnt, doch alles um uns herum schien uns trennen zu wollen. Wenn Caleb jedoch an meiner Seite war, wenn er meine Hand hielt und mich ansah, als sei ich alles für ihn, spielte nichts anderes eine Rolle. Es war überwältigend, so für einen Jungen zu empfinden. Aber es war auch richtig gut.

Er griff nach meiner Hand und verschränkte seine Finger mit meinen, bevor er aufs Gaspedal trat, um uns zu seinem Apartment zu bringen. Es war nach Mitternacht, und die Straßen waren leer. Ich drückte den Knopf, um mein Seitenfenster zu öffnen, und schloss die Augen, als mir der Wind übers Gesicht und durch mein Haar wehte. Es fühlte sich herrlich an.

„Red, wegen dieses Dinners mit meiner Mom ..."

Ich verkrampfte mich. Sein Griff um meine Hand wurde fester, und er warf mir einen besorgten Blick zu.

„Genau genommen ist es eine Dinner-Party. Zu meinem Geburtstag."

Sein Geburtstag?

Ich stöhnte und wollte mein Gesicht in den Händen vergraben.

Wie konnte ich nicht mal wissen, wann sein Geburtstag war?

Doch ich hatte ihn nie gefragt, und er hatte es mir nie erzählt. Mit Geburtstagen verband ich nun mal keine angenehmen Erinnerungen.

„Sie gibt hin und wieder eine Party für mich in unserem alten Haus. Meine Mom wohnt dort noch. Dann kannst du sehen, wo ich aufgewachsen bin. Der Garten grenzt an einen See", fuhr er aufgeregt fort. „Da kann ich dir meine Hütte zeigen. Sie ist nur klein. Ben, mein … Dad … und ich haben sie gebaut."

Nun war ich es, die seine Hand drückte.

„Wann hast du Geburtstag?", sagte ich verlegen.

„Du weißt nicht, wann ich Geburtstag habe?", antwortete er schmollend.

Ich nagte schon beschämt an meiner Unterlippe, da sah ich, wie seine Mundwinkel zuckten, weil er sich das Lachen verkneifen musste.

„Caleb!"

Er lachte. „Ich wurde am 25. Juni geboren. Ein großes, gesundes, hübsches Baby. Ich weiß übrigens, wann du Geburtstag hast."

Meine Schultern verspannten sich.

„Ich hatte Kar gefragt. War das schlimm?"

„Tut mir leid, dass ich dich nie nach deinem Geburtstag gefragt habe. In Zukunft werde ich ihn mir merken."

Er sah mich forschend an, als wollte er sich vergewissern, dass alles in Ordnung war.

„Ist schon gut, Red", erklärte er einen Moment später.

„Wann ist die Party?"

„Das genaue Datum kenn ich noch nicht, aber irgendwann nach den Prüfungen. Du hast also noch Zeit, mir ein Geschenk zu besorgen."

Ich presste die Lippen zusammen, damit ich nicht schon wieder grinste. „Wer kommt denn alles?"

„Vampire und Werwölfe", scherzte er. „Nur Leute, Red. Und ich werde an deiner Seite bleiben, solange du willst."

„Fütterst du mich dann auch mit einem Löffel und kaust mein Essen für mich vor?" Ich klimperte mit den Wimpern.

Zunächst schien er verwirrt, aber dann warf er den Kopf in den Nacken und lachte.

Caleb parkte seinen Wagen in der Tiefgarage, stieg aus und öffnete mir die Tür. Er griff nach meiner Tasche, nahm meine Hand und zog mich zum Fahrstuhl.

Als wir seine Wohnung betraten, drückte er meine Hand fester, und ich schaute ihn an.

Er grinste.

Ich wusste, was in ihm vorging. Ich war zu Hause. Wir waren wieder zu Hause.

„Ich hole nur was zu trinken, Caleb."

„Okay. Ich ziehe mich schnell um und bin gleich wieder da."

„Ist gut."

Ich öffnete den Kühlschrank und suchte nach etwas zu knabbern. Hatte er überhaupt gegessen? Vielleicht sollte ich ihm etwas kochen.

Plötzlich hörte ich *Storm* von Lifehouse aus der Anlage. Caleb legte Lifehouse auf, wenn er sentimental war. Lächelnd summte ich mit.

Es war noch keine Minute verstrichen, als ich ihn in die Küche kommen hörte. Ich war halb im Kühlschrank verschwunden, auf der Suche nach Eiern und Schinken, damit ich ihm ein Omelett bereiten konnte.

„Ich schätze, du warst noch nicht einkaufen", bemerkte ich angesichts des sehr kärglichen Kühlschrankinhalts. „Caleb?", fragte ich, weil er nicht reagierte.

„Ja?"

Seine Stimme war ungewöhnlich rauchig. Ich drehte mich zu ihm um.

Und kriegte prompt keine Luft mehr. Caleb hatte sein Shirt ausgezogen und trug nur seine Jeans. Er lehnte mir gegenüber an der Kücheninsel, die Hände hinter sich aufgestützt, und beobachtete mich unter leicht gesenkten Lidern hervor.

Oh Gott.

Er sah so gut aus, so schön, wie er dastand. Und mich anschaute … gierig. Sein hartnäckiger, intensiver, prüfender Blick löste das ganz große Flattern in meinem Bauch aus.

Caleb zog eine Braue hoch.

„Ähm …" Ich musste erst in meinem Gehirn nach einem Gedanken suchen … Ah, richtig, Abendessen.

„Hast du schon etwas gegessen?"

Seine Zunge schnellte vor und leckte über seine Unterlippe. „Ja." Er stockte und ergänzte: „Aber mir ist schon nach Essen."

Ich hielt mich am Kühlschrank fest, denn meine Knie wurden weich. „I…ich mach dir etwas. Was möchtest du?"

Er schüttelte den Kopf, doch seine Augen verrieten mir, was er wollte. Und dann …

„Ich würde richtig gern", seine Stimme war so tief, so sinnlich, „dich essen."

Ich atmete immer schneller, und mein Herz pochte wie verrückt. „Hast du die für mich angezogen?"

Was?

Sein Blick wanderte von meinem Gesicht zu meinen Beinen – wo er einen Moment verweilte – ehe er sich wieder auf mein Gesicht richtete. „Sexy."

Ach, die Shorts!

„Komm her, Red."

Wie gebannt ging ich zu ihm und blieb ein Stück vor ihm stehen. Nahe, aber nicht zu nahe.

Er neigte den Kopf zur Seite. Dann grinste er. „Näher."

Er hatte etwas gleichzeitig Machtvolles und Unwiderstehliches an sich, wenn er in dieser Laune war – verspielt, scherzhaft und kontrollierend.

Als würde er kein Nein akzeptieren.

Als würde er sich einfach nehmen, was er wollte, wann er es wollte.

Ich schluckte und trat noch einen Schritt näher. Ein triumphierendes Lächeln umspielte seine vollen Lippen. Er fasste mit den Händen um meine Taille, zog mich an sich und hob meinen Hintern mit einer geschickten Drehung auf die Kücheninsel.

„Weißt du was?", raunte er, spreizte meine Schenkel und stellte sich zwischen sie. Mein Kopf sank nach hinten, und ich stützte mich mit den flachen Händen auf, um das Gleichgewicht zu halten.

Caleb presste seine Lippen auf den empfindlichen Punkt unter meinem Ohr und leckte und saugte daran, während er meine Beine nahm und sie um seine Hüften legte.

„Ich bin wirklich richtig hungrig", flüsterte er. „Ja, ich bin am Verhungern."

Ich unterdrückte ein Stöhnen. Der Klang seiner Stimme, so tief und leise, weckte eine tiefe Sehnsucht in mir.

„Es gibt so viele Dinge ... die ich mit dir tun will."

Er rieb seine Hüften an mir, drückte seine Erektion an die Stelle meines Körpers, an der sich jede Empfindung ins Hundertfache steigerte.

Ich konnte die Wärme spüren, die er ausstrahlte, seinen maskulinen Duft riechen. Ich war wie betrunken und schwindlig von seinen Küssen und dem Gefühl seines harten Körpers an meinem.

„Was zum Beispiel?", fragte ich wagemutig.

Es war offensichtlich, dass er nicht damit gerechnet hatte, denn er wich ein wenig zurück, fing sich aber rasch wieder und lächelte.

Er berührte seine Oberlippe mit der Zungenspitze, dann beugte er sich wieder vor und murmelte mir ins Ohr: „Ich möchte mein Gesicht zwischen deine Beine tauchen."

Ich schnappte laut nach Luft.

Heiß. Mir war heiß. Überall.

„Macht dir das Angst?"

Ich schluckte. Angestrengt. Der Kloß in meinem Hals rutschte in meine Brust, von wo aus er noch weiter nach unten wanderte und schließlich in einem Schmetterlingsschwarm in meinem Bauch explodierte. Ich schüttelte den Kopf.

Leise lachte er. „Ich war so lange ohne dich. So lange. Ich konnte kaum schlafen ohne dich, Red. Also dachte ich stattdessen an dich. Ich denke immerzu an dich."

Seine Lippen streiften mein Ohr, und sofort lief mir ein Schauer über den Rücken. „Und weißt du, woran ich dann denke?"

Seine Hände glitten nach unten, streichelten meine Beine und drückten sie besitzergreifend.

„Ich denke daran, wie du schmeckst ... in meinem Mund", flüsterte er heiser. „Ich denke daran, wie du aussiehst, wenn ich an dir sauge, dich lecke, dich verschlinge."

Ich atmete schwer, und er hatte mich noch nicht mal geküsst.

„Würdest du mich lassen?" Sein Blick war flehend. „Red?"

Anstatt zu antworten, sah ich in seine grünen Augen und legte die flachen Hände an seine nackte Brust. Ich erschrak, als ich die knisternde Spannung zwischen uns spürte. Fasziniert beobachtete ich, wie er die Augen schloss und mein Streicheln mit einem tiefen Stöhnen quittierte.

„Lass mich, Red", bat er leise, machte die Augen auf und küsste mich sanft auf den Mund. „Lass mich dich anbeten."

Mit der Zungenspitze zeichnete er meinen Lippensaum nach, um mich dazu zu bewegen, den Mund zu öffnen.

Alles war so intensiv: die brennende Berührung seiner Haut, die Wärme und der Pfefferminzduft seines Atems, die gierigen Laute, die aus seiner Kehle drangen.

„Öffne dich mir, Red."

Als ich es schließlich tat, tauchte seine Zunge in meinen Mund ein, um mich zu schmecken und zu erforschen. Seine Lippen bewegten sich ungeduldig auf meinen, als könnte er nicht genug bekommen.

Sowie ich seine Zunge mit meiner berührte, entrang sich seiner Brust ein lustvolles Keuchen. Er vergrub seine Hände in meinem Haar und drückte meinen Kopf sanft nach hinten, um den Kuss zu vertiefen, der einen überwältigenden Moment lang heiß, gierig und *wild* wurde.

Er streichelte mich unter meinem Top, bevor er es mir abstreifte. Dann griff er nach hinten und öffnete meinen BH mit einer einzigen Bewegung seiner Finger.

Mir blieb keine Zeit, unsicher zu werden, da seine Hände bereits meine Brüste umfingen und seine Daumen Kreise auf sie malten. Er fing eine Brustspitze mit dem Mund ein und saugte fest daran.

Mir war, als würde ich brennen. In mir baute sich etwas auf, das ich nicht benennen konnte. Ich war in diesem Kokon aus Wohlgefühl gefangen, den Caleb um uns herum gesponnen hatte.

Ich grub meine Finger in sein Haar, hielt mich an ihm fest, während seine Zunge mich weiter auf süße Art quälte.

„Noch nie habe ich jemanden so verzweifelt gewollt. Nie", flüsterte er, als er sich wieder aufrichtete und mein Gesicht mit seinen Händen umschloss.

Erneut küsste er mich auf den Mund. Es waren offene, feuchte

Küsse, die mich atemlos machten. „Lehn dich zurück für mich, Liebes."

Ich tat, was er verlangte, und streckte mich nach hinten aus. Mit den Händen hielt ich mich seitlich an der Kücheninsel fest und beobachtete, wie er fortfuhr, mich zu küssen, an meiner Haut zu saugen und zu knabbern, bis er den Bund meiner Shorts erreichte. Stumm fragend sah er zu mir auf.

„Red, lass mich dich lieben", bat er.

Sein Blick – dieser Hunger, dieses Verlangen, vor allem aber diese *Liebe*, gaben mir das Gefühl, wehrlos zu sein. Egal, worum er mich in diesem Moment bat, ich würde es ihm geben. Ich würde ihm alles geben.

Er war alles.

„Ja", brachte ich mühsam heraus. „Ja."

Seine Augen strahlten vor Glück, während er mir die Shorts und den Slip abstreifte.

Anschließend fasste er mich an den Hüften und zog mich näher zu sich, sodass ich ganz an die Kante der Arbeitsfläche rutschte und Caleb sich direkt zwischen meinen Beinen befand.

Er rieb seine Erektion an mir, beugte sich vor und hielt meine Handgelenke, sodass ich ihn nicht berühren konnte.

„Ich will dich. Ich will dich so sehr, dass es wehtut", murmelte er und vergrub sein Gesicht zwischen meinen Beinen.

„Caleb!", schrie ich vor Schreck, als ich seine feuchten Lippen dort spürte – an meiner intimsten Stelle.

Er küsste mich da unten genauso, wie er meinen Mund küssen würde – mit kleinen, offenen Küssen, die bewirkten, dass ich mich ihm entgegenbog.

Als ich seine Zunge fühlte, wäre ich beinahe von der Arbeitsplatte gesprungen, aber seine Hände hielten mich zurück, gaben dann meine Handgelenke frei, um meine Schenkel beruhigend zu streicheln.

„Ich wusste es", flüsterte er. „Du bist auch hier berauschend." Dann rieb er seine Nase *dort*!

Ich hatte geglaubt, dass ich nicht noch entsetzter sein könnte, doch als ich seine Nasenspitze fühlte, als ich hörte und spürte, wie er einatmete, wollte ich mich nur noch verstecken vor Scham.

„Caleb, nein!" Ich bedeckte mein Gesicht mit den Händen.

„Red", murmelte er sanft. „Nicht doch, Baby. Ich liebe es, wie du schmeckst. Ich liebe es, wie du riechst. Ich liebe alles an dir. Sieh mich an", bat er mich. Die Bitte klang fast verzweifelt.

„Red."

Ausgeschlossen. Wie konnte er das von mir erwarten? Ich war jenseits jeder Scham. Keiner hatte je …

Als ich fühlte, wie sich seine Hände sanft um meine Handgelenke legten, atmete ich stoßartig aus.

„Baby", lockte er mich und zog an meinen Unterarmen, damit er mein Gesicht sehen konnte.

Aber ich war unfähig, ihn anzuschauen …

Er küsste meine Schultern, meinen Hals, meine Wangen und murmelte mir dabei die süßesten Dinge zu.

„Du bist so verdammt schön."

„Du schmeckst traumhaft, wie eine Droge. Ich kann nicht genug bekommen."

„Hiervon träume ich schon lange."

Ich keuchte. Ich war verloren; verlor mich in ihm.

Langsam öffnete ich die Augen. Er sah mich lächelnd an.

„Hi, Schönheit."

Ich schluckte in der Hoffnung, so mein Herz an seinen üblichen Platz zurückzwingen zu können. Calebs Haar war verwuschelt von meinen Händen, seine Lippen waren rot, geschwollen und feucht vom Küssen. In seinen grünen Augen spiegelten sich so viel Zärtlichkeit und Verlangen, dass es mir den Atem verschlug.

„Ich liebe dich, Red."

„Caleb."

Er musste meine Entscheidung an meinem Blick abgelesen haben, denn er begann von Neuem – gierige Küsse und langsames Lecken und Knabbern. Er fing bei meinen Lippen an und ließ seinen Mund dann genüsslich an meinem Körper hinunterwanderten. Er nahm sich Zeit, streichelte und liebkoste mich, bis ich mich fiebrig vor Verlangen fühlte.

„Caleb, bitte …"

Er hob meine Beine auf seine Schultern und verwöhnte mich wieder an meiner intimsten Stelle.

„Das ist so verflucht gut", stieß er hervor.

Der Anblick seiner breiten Schultern und seines dunklen Kopfes zwischen meinen Oberschenkeln, das Gefühl seiner warmen Zunge, die mich hingebungsvoll streichelte, jagte elektrische Stöße durch meine Adern.

Mir entfuhren gleich mehrere Stöhnlaute hintereinander, und ich griff in sein Haar. Irgendwie konnte ich mich nicht entscheiden, ob ich ihn an mich ziehen oder wegschieben wollte. Ich wollte, dass er aufhört. Ich wollte, dass er weitermachte. Ich wollte mehr. Ich wollte eine Erlösung aus diesem quälenden Wohlgefühl.

„Ja, genau so. Ganz genau so", flüsterte er und verwöhnte mich weiter mit seinen Lippen und seiner Zunge, bis ich an ihm zuckte.

Mein Verstand versagte, sowie mich pure Wonne durchströmte, durch meine Adern schoss und schließlich silbrig über alle meine Gliedmaßen glitt, sodass ich zusammensackte und seinen Namen schrie.

Ich schwebte, völlig losgelöst von allem, und es dauerte einen Moment, bevor mir bewusst wurde, dass er mich zu seinem Zimmer getragen und behutsam auf sein Bett gelegt hatte. Er streckte sich neben mir aus, schob einen Arm unter meinen Kopf, und ich schmiegte mich an ihn, mein Gesicht in seiner Halsbeuge. Caleb zog meine Beine zwischen seine, während er mit der freien Hand beruhigend meinen Rücken streichelte. Ich zitterte immer noch.

Vage nahm ich wahr, dass Lifehouse jetzt *Everything* sangen.

„Ich bin hier, Baby", flüsterte Caleb.

Sein Tonfall weckte meine Sinne. Er klang, als hätte er Schmerzen. Auf einmal begriff ich. Seine Erektion war zwischen meinen Schenkeln, und seine Beine und Schultern waren angespannt.

„Caleb?"

„Ist schon gut, Liebes."

Aber das war es nicht. Er hatte mir gezeigt, wie es war, sich zu verlieren, doch warum fühlte ich mich dann immer noch unvollständig?

Ich wollte – *brauchte* es, ihn spüren zu lassen, was er mich fühlen ließ. Das wollte ich ihm schenken.

Ich liebte es, wie er meine Lippen liebte, wie er nicht genug von mir bekommen konnte. Ich liebte es, wie er mich küsste, als würde er jeden Teil von mir auskosten. Als könnte er nicht leben, ohne meine Haut zu schmecken. Ich liebte es, wie er seine Sehnsucht und sein Verlangen einzig mit seinen Augen ausdrückte.

Mein Herz gehörte ihm, doch ich wollte, dass wir einander *vollständig* gehörten.

„Ich bin dein, Caleb."

Er schob mich ein wenig zurück und sah mich fragend an.

„Mach Liebe mit mir."

Seine Nasenflügel bebten, und seine Augen weiteten sich.

„Bist du sicher?"

Ich küsste ihn sanft auf den Hals. „Bitte."

„Gott. Du bist noch mein Untergang", murmelte er.

Ich legte die Hände an seine Wangen, bewunderte seine schönen Züge und presste seinen Mund auf meinen. Zögerlich streichelte ich seine Lippen mit meiner Zunge, und er stöhnte, während er sich auf mich schob und den Kuss zu seinem machte.

Er hatte das Sagen, und wir beide wussten es.

Er war der Lehrer und ich seine Schülerin.

Er küsste mich auf den Mund, den Hals und oben auf die Brust, während er meine Brüste mit den Händen umfing und sie besitzergreifend streichelte.

Eine Hand ließ er über meine Rippen, meinen Bauch und meine Hüften bis zwischen meine Beine gleiten, ohne die Küsse zu unterbrechen.

Und dann waren seine Finger dort, kitzelten mich und kreisten auf mir. Ich löste meine Lippen von seinen, um laut zu stöhnen, und mein Kopf sank auf das Kissen zurück.

„So wunderschön. So mein. Komm für mich, Baby. Komm an meiner Hand."

Meine Finger gruben sich in seine Haut, während ich mich vom Bett aufbäumte, ihn anflehte, mir bitte Erlösung zu verschaffen. Sein Mund schluckte meine Schreie. Es fühlte sich an, als würde ich mich auflösen. Benommen bemerkte ich, wie Caleb aufstand. Ich hörte, dass eine Schublade aufgezogen und mit Kleidung geraschelt wurde, gefolgt von dem Knistern von Plastik. Dann war er wieder auf mir.

„Red, sieh mich an. Sieh mir in die Augen."

Ich blinzelte zu ihm auf, immer noch in der wonnevernebelten Welt treibend, in die er mich versetzt hatte. Mir fiel auf, wie angespannt die Haut um seine Lippen war, wie er die Zähne zusammenbiss, als hätte er Schmerzen. Und in seinen Augen loderten Lust und Liebe.

„Ich liebe dich. Ich werde nie jemand anderen als dich lieben", flüsterte er, bevor er in mich eindrang.

Mein Atem setzte aus, sobald ein unangenehmes Ziehen meine Benommenheit durchschnitt. Ich kniff die Augen fest zu und kämpfte gegen den Impuls, Caleb von mir zu stoßen. Mir war, als würde ich zerrissen.

„Baby, ist alles in Ordnung? Es tut mir so leid, Liebes. Der Schmerz geht gleich weg."

Die Angst in seiner Stimme bewirkte, dass ich die Lider hob. Er streichelte meine Wange, während er mich voller Sorge anschaute, und ich schmolz dahin.

„Rede mit mir, Liebes", murmelte er und küsste meine Lippen, meine Wangen, meine Nase.

Er begann, meine Unterlippe zu lecken und in seinen Mund einzusaugen. Ich fühlte, wie seine Hand mich dort unten streichelte, was das inzwischen vertraute Sehnen wiederbelebte.

Vorsichtig bewegte ich meine Hüften und stellte fest, dass der Schmerz verblasste, einem unerklärlichen Wohlgefühl wich, das sich zwischen meinen Schenkeln ausbreitete und meinen Rücken hinaufjagte. Ich biss mir auf die Unterlippe, schloss die Augen wieder und stöhnte.

„Red, verdammt. Ich kann nicht ... Bitte, beweg dich nicht, Baby."

Caleb legte eine Hand an meine Hüfte, als ich mich bewegen wollte, und befahl mir wortlos, stillzuhalten.

„Ist schon gut, Caleb. Es fühlt sich ... gut an."

„Sicher?"

Ich nickte. Und dann bewegte er sich – ruhig, langsam, zu langsam. Mein Atem wurde lauter und schneller, als er in mir hin und her glitt.

„Nimm alles – meinen Körper, mein Herz, meine Seele. Nimm sie. Sie sind dein", flüsterte er.

Dann wurde er schneller, stöhnte vor Wonne, den Mund leicht geöffnet, die Augen halb geschlossen und den Kopf in den Nacken gelegt.

Ich konnte nichts anderes tun, als meine Beine fester um ihn zu schlingen und mich so fest an seinen Rücken zu klammern, dass meine Fingernägel sich in seine Haut bohrten, während seine Stöße wild und ungestüm wurden.

„Oh Mann. Oh *fuck*!"

Caleb neigte den Kopf, küsste meinen Hals und hielt meinen Hintern fest. Er drang so schnell und tief in mich, dass ich mit einem Schrei kam.

„Ich liebe dich. Gott, ich liebe dich so sehr. Ich liebe dich so verflucht sehr", presste er stöhnend im Takt seiner Stöße hervor. Ich fühlte, wie er sich ein letztes Mal tief in mich versenkte, dann schrie er meinen Namen.

52. Kapitel

Veronica

Der Anblick von Calebs schönem Gesicht begrüßte mich am Morgen, als ich aufwachte. Er lag auf dem Bauch, die rosigen Lippen leicht geöffnet, während er friedlich schlief, einen Arm um meine Hüften gelegt.

Er musste sich die Haare schneiden lassen, dachte ich, denn mir fiel auf, dass sie lang genug waren, um seine Augen zu bedecken. Und oben standen sie in alle Richtungen ab ... als hätte jemand mit beiden Händen darin herumgewühlt und daran gezogen ...

Oh Gott.

Das war ich gewesen, letzte Nacht, als ...

Ich denke daran, wie du schmeckst ... in meinem Mund.

Ich schloss meine Augen, weil mein Atem stockte. Trotzdem begann ich zu hyperventilieren, und das musste ihn geweckt haben, denn ich fühlte, dass er sich bewegte.

„Guten Morgen, meine Red", sagte er leise. Rauchig.

Ich wusste es. Du bist auch hier berauschend ...

Als ich seine Lippen an meinem Hals spürte und er mich näher zog, sprang ich aus dem Bett und riss die Decke mit, um mich hastig hineinzuwickeln.

Dann stieß ich ein entsetztes Quieken aus und hielt mir die Hände vors Gesicht.

Nackt.

Caleb war nackt!

Oh Gott.

Zwischen meinen Fingern hindurch ließ ich meinen Blick von seinem Schritt zu seinen Augen wandern. Und mir war rasend peinlich, dass er mich völlig gelassen betrachtete, kein bisschen verunsichert, weil er nackt ausgestreckt vor mir auf der Matratze lag. Er sah meine Reaktion und bemühte sich erfolglos, nicht zu lachen.

Sofort griff ich nach dem Kopfkissen und warf es nach ihm – auf die Stelle, die er wirklich bedecken sollte. Ich hörte noch sein *Uff!*, bevor ich losrannte; besser gesagt, bevor ich wie ein panischer Pinguin ins Badezimmer floh.

Vage hörte ich noch Calebs leises Lachen und stolperte fast über Kleidung, die auf dem Boden verteilt war – *waren das seine Boxershorts?*

Ich schlug die Badezimmertür mit einem Knall zu und schloss ab. Dann hockte ich mich auf den Boden.

Oh Gott!

Ich bedeckte mein Gesicht mit den Händen und schüttelte den Kopf wie eine Wahnsinnige.

„Red?"

Ich erstarrte.

„Alles in Ordnung, Liebes?" In seinen Worten schwang ein Lachen mit, und ich merkte, wie ich noch mehr errötete.

Nein, es war definitiv nicht alles in Ordnung. „Mir geht es gut! Ich brauche nur eine Minute."

„Mach bitte die Tür auf."

Die Tür aufmachen? Ausgeschlossen. „Ich muss duschen, Caleb."

Er rüttelte am Türknauf, ängstlich riss ich die Augen auf und rutschte über den Fußboden, bis ich mit dem Rücken an der Tür lehnte. Für alle Fälle.

„Tja, dann öffne die Tür. Ich will rein."

Rein?

Meine Hände erschlafften, und ich konnte kaum die Decke greifen, bevor sie an mir herunterglitt. „Was?"

„Ich möchte mit dir duschen."

„Nein", erwiderte ich matt. „Nein, kommt nicht infrage."

Von der anderen Seite der Tür kam keine Antwort. Vielleicht war er schon gegangen.

„Ich liebe dich, Red."

Mein Herz geriet ins Stolpern. Das tat es jedes Mal, wenn er diese Worte sagte.

Es war eine stumme Liebeserklärung, aber ich hörte sie. Seine Stimme fühlte sich so nahe an, dass ich nur meine Augen schließen und mir vorstellen musste, er wäre direkt hinter mir, ohne die Tür zwischen uns.

„Willst du Pancakes?"

Ich nickte, ehe mir klar wurde, dass er mich nicht sehen konnte.

„Pancakes. Klasse. Hört sich gut an."

„Okay."

Als ich hörte, wie die Zimmertür zugemacht wurde, stand ich auf und stieg unter die Dusche. Ich verzog das Gesicht, weil das warme Wasser bewirkte, dass ich erst recht merkte, wie wund ich zwischen meinen Beinen war.

Ich schloss die Augen wieder und seufzte. Caleb war sehr rücksichtsvoll gewesen, süß und ... gründlich.

Und ich ... ich hatte nichts getan, als dazuliegen.

Mir entfuhr ein Stöhnen, als ich die Szenen der letzten Nacht in Gedanken noch einmal durchspielte. Was ich getan oder vielmehr nicht getan hatte.

Caleb hatte schon mit vielen Mädchen geschlafen.

Die Vorstellung, dass er all diese Dinge mit anderen gemacht hatte, tat mir weh. Ja, sie machte mich eifersüchtig. Und unsicher.

Ich wusste, dass die Mädchen, die vorher in seinem Leben waren, ihm nichts bedeutet hatten, dass ich seine erste Liebe war. Dennoch hatte er den anderen seinen Körper gegeben. Sie hatten, dessen war ich mir sicher, gewusst, wie man einen Jungen befriedigte, und ich ... wusste es nicht.

Warum hatte ich letzte Nacht nichts getan, um ihn zu befriedigen? Ich starrte wütend auf sein Shampoo, bevor ich danach griff und mir die Haare zu wusch.

Ich hasse es, ein Klischee zu bedienen, doch ich konnte nicht verhindern zu denken ... wie war es für ihn?

War er ... befriedigt?

Hatte ich ihn befriedigt?

Ich hasse diese Gedanken.

Was sollte ich denn tun? Ihn fragen?

Hey, Caleb, hattest du letzte Nacht Spaß? Obwohl du die ganze Arbeit erledigt hast?

Hey, Caleb. Ich weiß, das ist komisch, aber ... wenn du die letzte Nacht bewerten müsstest, wäre es hervorragend, gut, durchschnittlich oder armselig?

Oh Gott, nein. Nein, wirklich nein.

Ich trieb mich selbst in den Wahnsinn.

Auch wenn ich ihn nicht befriedigt hatte, würde er es wahrscheinlich nicht zugeben. Er würde sich Sorgen darum machen, was ich dachte oder fühlte.

Was wäre, wenn ich ihn kein bisschen befriedigt hatte?

Würde er ... sich eine andere suchen, die diese Bedürfnisse stillte?

Fast riss ich mir beim Ausspülen die Haare aus, so sehr regte mich dieses Gegrübel auf. Und die quälenden Gedanken verfolgten mich auch noch nach dem Duschen.

Vielleicht könnte ich ihn bitten, mir eine Note zwischen 1 und 10 zu geben. Nein, zwischen 0 und 10.

Nein? Nein.

Wie wäre es mit einer Sternchenbewertung?

Ach, sei still! Klappe halten. Ruhig jetzt.

Der Spiegel war beschlagen, und ich wischte ihn mit meiner ringlosen Hand ab. Den Ring und die Kette hatte ich letzte Nacht abgenommen, bevor wir bei Kar wegfuhren, und sie in meine Tasche gesteckt. Meine Tasche. Die ich in der Küche gelassen hatte.

Verdammt.

Vorsichtig öffnete ich die Tür. Zum zweiten Mal heute Morgen schmolz ich dahin, da ich die Tasche neben der Tür sah.

Caleb musste sie dorthin gestellt haben, während ich duschte.

Ich erinnerte mich, wie ich bei Kar war und Caleb gebeten hatte, meine Sachen auf den Küchentresen zu stellen. Da hatte er neben dem Tresen auf mich gewartet, und ich hatte nur ein Handtuch angehabt, sonst nichts.

Ich schnappte mir die Tasche und zog mir eilig eine Jeans und ein tailliertes weißes Top ohne Träger an, das bis knapp über meinen Nabel ging. An den Rändern waren rote Blumen aufgestickt und ein weißer Spitzenbesatz. Das Top brachte meine Schultern zur Geltung. Normalerweise trug ich solche Sachen nicht, aber Kar hatte mir das Top gekauft, und ich mochte es wirklich gern. Leider konnte ich mich nicht im Spiegel sehen, denn der war immer noch zu beschlagen.

Frustriert stöhnend wurde mir klar, dass ich in meiner Eile letzte Nacht vergessen hatte, meinen Föhn einzupacken. Mir blieb nichts anderes übrig, als mein Haar zu einem Knoten zusammenzubinden, auch wenn ich es nicht gern nass aufsteckte.

Hastig machte ich das Bett und schrie auf, als ich Calebs Boxershorts und Jeans auf dem Fußboden entdeckte.

Oh Gott.

Caleb hatte die Angewohnheit, einen Klamottenberg hinter sich zurückzulassen. Er sammelte seine Sachen nie auf, egal, wie oft ich ihn daran erinnerte.

Und – oh nein – meine Sachen müssten ... letzte Nacht ... der Küchenboden ...

Hatte er die etwa aufgesammelt?

Schluss mit dem Aufschieben. Zeit, sich der Realität zu stellen!

Ich atmete energisch aus und verließ Calebs Zimmer. Sofort roch ich Pancakes.

Ich blieb stehen, sowie ich Caleb in der Küche sah. Er stand mit dem Rücken zu mir am Herd und hatte den Kopf gesenkt. Wieder mal hatte er kein T-Shirt an, und seine Arm- und Rückenmuskeln spannten sich, als er nach der Butter auf der Arbeitsplatte griff.

Déjà-vu.

Ich fühlte mich an meinen ersten Tag in Calebs Apartment zurückversetzt. Im Geiste sah ich die Szene vor mir. Er hatte sich umgedreht, und als er mich an exakt der Stelle entdeckte, an der ich jetzt stand, war ihm ein Stück Brot aus dem Mund gefallen.

Leise lachte ich. Caleb drehte sich um, und seine Züge wurden ganz weich, während er mich anlächelte. Aufmerksam beobachtete er, wie ich auf ihn zuging.

Mein Herz vollführte einen lang gedehnten Sprung in meiner Brust.

Als ich meine Arme um ihn schlang und mein Gesicht an seinen Hals schmiegte, holte er tief Luft und zog mich an sich.

„Ich liebe dich, Caleb."

Er lehnte sein Kinn auf meinen Kopf.

„Noch mal, Red", scherzte er. „Du hast es fast. Sag es einfach immer wieder."

„Ich liebe dich."

Er stieß einen übertriebenen Seufzer aus und schüttelte den Kopf. „Du musst das eine Million Mal machen, bevor ich es befriedigend finde."

Ich verkrampfte mich bei dem Wort *befriedigend*.

War er …?

„Hmm … Du riechst wie mein Shampoo und meine Seife." Er schnupperte an meiner Wange. „Das gefällt mir."

Ich roch die Pancakes und löste mich aus Calebs Umarmung, damit ich sie fertig machen konnte.

„Wann fängt dein Kurs an?", fragte er und wickelte eine lose Strähne meines Haars mit seinem Finger auf.

„Erst um drei."

„Schön. Dann haben wir Zeit, um … was ist los?"

„Nichts. Geh duschen. Ich kümmere mich um die Pancakes."

Doch er stellte den Herd aus und umfasste mit den Händen meine Wangen.

„Ich kenne dieses Gesicht. Erzähl mir, was dich bedrückt, Red."

„Nichts, habe ich doch gesagt."

„War ich letzte Nacht zu grob?"

Ich merkte, dass ich rot wurde. „Nein."

„Was ist es dann?", fragte er.

Ich atmete frustriert aus und versuchte, mich von ihm zu lösen, aber er rührte sich nicht.

„Ich weiß nicht. Ich hatte noch nie vorher Sex. Und du … du hast nichts gesagt. Lass mich los."

Ich wollte seine Hände abschütteln, worauf er mich nur noch fester hielt.

„Du hast keine Ahnung, was mir die letzte Nacht bedeutet hat, oder?"

Ich blickte ihm in die Augen.

„Alles", flüsterte er und küsste mich sanft. „Es bedeutete mir alles."

Es war weniger, was er sagte, als die Art, wie er es sagte. Wie er mich ansah, wie er mich in seinen Armen hielt.

Er meinte es ernst. Das erkannte ich, und meine Unsicherheit verflog.

„Wie wäre es, wenn du dich hinsetzt?", schlug er vor und zog mir einen Stuhl hin. „Und mich das Frühstück für meine Königin machen lässt?"

Während er sich wieder am Herd beschäftigte, nahm ich mir leise Reinigungsmittel und einen Lappen und begann, den Tresen zu putzen. So konnte ich die Erinnerungen an letzte Nacht ausblenden.

Bleib cool und putze.

Ich wandte ihm konsequent den Rücken zu, nagte an meiner Unterlippe und wusste, dass mein Gesicht krebsrot war, während ich schrubbte. Gleichzeitig suchte ich den Boden nach Sachen von mir ab, konnte jedoch nirgends welche sehen.

Wo hatte er die bloß gelassen? Ich beschloss, nicht zu fragen und später intensiver danach zu suchen.

Das Frühstück bestand aus einem Stapel recht verformter Pancakes – Caleb hatte sich im Teigrühren verbessert, denn es war keine Eierschale mehr drin –, verkohltem Bacon und Obst, das er in kleine Stückchen geschnitten hatte.

Ich gab ihm eine Eins für seine Bemühungen, und er schien zufrieden.

Allerdings bestand ich drauf, dass wir auf dem Balkon aßen und nicht am Tresen. Er lächelte vielsagend, verkniff sich aber zum Glück jede Bemerkung.

Da bis zu meinem Seminar noch zwei Stunden blieben – seines war erst um vier – nahmen wir uns hinterher unsere Lehrbücher vor und fingen an zu lernen.

Ich starrte fünfzehn Minuten lang dieselbe Seite an und kriegte rein gar nichts mit.

Caleb trug heute ein schwarzes Shirt, das seine muskulösen Arme frei ließ. Mein Blick folgte der Linie seines Halses, den kantigen Konturen seines Kinns. Seine grünen Augen waren auf das Buch vor ihm gerichtet, und seine glatte Stirn war ein wenig gerunzelt. Mir war schon aufgefallen, dass er oft auf dem Ende seines Stifts kaute, so wie er es jetzt tat. Unwillkürlich schaute ich auf seine Lippen, die gerade so weit geöffnet waren, dass der Stift hineinpasste. Sein Mund ...

Plötzlich sah er zu mir hin.

Und mir stockte der Atem.

Sein Grinsen war träge, wissend und frech.

Ich blickte zur Seite, griff nach dem Orangensaft und trank einen großen Schluck.

„Hey, Red?"

Ich stellte das Glas mit einem dumpfen Knall zurück auf den Untersetzer.

„Was?", fragte ich betont gereizt, blätterte eine Seite in meinem Buch um und tat, als würde ich lesen.

Ich musste nicht hinschauen, um zu wissen, dass er immer noch verwegen grinste.

„Möchtest du einen Kuss?"

Ich biss mir auf die Unterlippe, weil mein Mund unbedingt lächeln wollte. „Nein."

Er beugte sich zu mir rüber. „Ich aber." Er spitzte die Lippen.

Erstickt lachte ich auf. „Caleb, rück ein Stück näher."

„Klar doch." Er schob seinen Stuhl so nahe zu mir, dass sich unsere Arme berührten. „Nahe genug?"

Sein Handy vibrierte, und da es auf dem Tisch lag, sah ich unwillkürlich zum Display.

Beatrice. Caleb ignorierte den Anruf.

„Mein Kuss, Red, wo ...?"

Es brummte wieder.

Ich seufzte. „Willst du nicht rangehen?"

„Nein", erwiderte er. „Ich habe ihr nichts zu sagen." Er nahm sein Handy und schaltete es ab. „Schläfst du heute Nacht wieder hier?"

Was sagte es über mich, dass ich mich freute, weil er sein Handy abstellte, um sich ganz auf mich zu konzentrieren? Nur auf mich.

„Das halte ich für keine gute Idee."

„Warum nicht?"

„Darüber haben wir doch schon gesprochen, Caleb. Weiß deine Mutter Bescheid?"

„Dass ich dir gestern Abend einen Antrag gemacht habe? Ja."

„Was hat sie dazu gesagt?"

Er zuckte mit den Schultern.

Mir wurde mulmig. „Sie mag mich nicht. Und das kann ich ihr nicht verübeln."

Er griff nach meiner Hand und verschränkte seine Finger mit meinen. „Sag das nicht. Ihr müsst nur mal Zeit miteinander verbringen. Ich weiß, dass sie dich auch lieben wird."

Ich lächelte. Wie immer war er optimistisch. „Wir geben es besser noch nicht bekannt", erklärte ich vorsichtig. „Ich werde es Kar und Beth erzählen, wenn ich sie treffe, aber ansonsten sollten wir es erst mal für uns behalten."

Er wandte sich von mir ab, doch mir entging nicht, dass er verletzt war.

„Warum?"

„Caleb, es ist nicht so, wie du denkst. Ich ..." Ich stockte, weil ich meine Gedanken sortieren und die richtigen Worte finden musste, damit er mich verstand. Ich hasste es, ihn gekränkt zu sehen.

Ich drehte mich richtig zu ihm. Er hatte sich auf seinem Stuhl zurückgelehnt und den Kopf gesenkt, sodass ich seine Augen nicht sehen konnte.

„Dies – wir, es ist mir zu wichtig", begann ich und betete, dass er begriff, was ich meinte. „Ich bin egoistisch und will es noch nicht mit aller Welt teilen. So weit bin ich noch nicht. Ich möchte ..."

Mit einem zärtlichen Kuss brachte er mich zum Schweigen.

„In Ordnung, Red", stimmte er sanft zu. Nun lächelte er. „Ist gut."

Es war schwer, dieses Lächeln nicht zu erwidern. „Danke."

„Aber auf meiner Party erzähle ich es allen."

Ich seufzte. „Einverstanden."

„Und du willst trotzdem nicht zu mir ziehen?"

„Können wir darüber nach den Prüfungen reden?"

„Nein, reden wir jetzt darüber." Sein Ton war so streng, dass ich aufmerkte.

„Warum bist du derart gereizt?", fragte ich genervt.

„Gereizt? Ich bin nicht derjenige, der sich dagegen wehrt, zusammenzuleben."

„Du kennst den Grund."

„Nein, kenne ich nicht, weil du nicht mal darüber sprechen willst."

„Das ist jetzt etwas anderes", entgegnete ich schlicht.

Er wartete, dass ich fortfuhr.

„Es ist nicht mehr wie vorher, als du mir bloß helfen wolltest. Wir ... sind jetzt verlobt, Caleb."

Bei dem Wort *verlobt* regte sich ein Flattern in meinem Bauch. Es war noch so neu, so überwältigend, so ... wundervoll.

„Genau. Umso mehr ein Grund, dass wir zusammenziehen."

„Caleb ..."

„Was steckt wirklich dahinter? Warum verrätst du es mir nicht?"

Er würde weiter bohren und nachhaken, bis er mit der Antwort zufrieden war. Oder bis er mich überzeugt hatte, dass er das Gleiche wollte wie ich. So war er eben.

„Deine Mutter."

„Was?"

„Deine Mutter mag mich nicht. Auch wenn du es mir nicht sagen wolltest, weiß ich, dass sie gegen unsere Verlobung ist. Und wenn wir zusammenziehen, wird sie mich erst recht nicht mögen. Ich ..." Frustriert hob ich die Hände. „Ich möchte, dass sie mich mag", gestand ich leise. „Ich weiß, wie wichtig sie dir ist, Caleb. Und ich möchte ... ich möchte, dass sie mich mag, weil es dir wichtig ist."

„Red", flüsterte er und streckte die Hand nach mir aus. „Ich liebe dich. Es macht mich glücklich, dass du mich glücklich machen willst. Baby, sieh mich an."

Er hob mein Kinn an, sodass ich direkt in seine grünen Augen blickte.

„Du bist mir wichtig. Du bedeutest mir mehr als irgendjemand sonst auf der Welt. Mehr als irgendjemand", wiederholte er. „Und ich kann es gar nicht erwarten, unser gemeinsames Leben zu beginnen. Nichts sonst spielt eine Rolle. Zieh zu mir." Er drückte mich enger an sich. „Bitte?"

Ich hatte geahnt, dass es so kommen würde. „Okay", seufzte ich leise. „Aber vorher möchte ich deiner Mutter Zeit geben, sich an den Gedanken zu gewöhnen."

„Sie wird dich lieben. Wie könnte sie das nicht? Wir holen deine Sachen bei Kar ..."

„Caleb."

„Du zögerst nur das Unvermeidliche heraus. Früher oder später wirst du zu mir kommen. Warum also nicht früher? Vermisst du mich denn nicht? Ich vermisse dich schrecklich", sagte er leise. „Ich kann nicht schlafen, wenn du nicht hier bist ... neben mir."

Inzwischen kannte ich seine Taktik. Ich wusste, wie charmant und überzeugend er sein konnte; doch was mich jedes Mal schaffte, waren seine Ehrlichkeit und sein Ernst. Wieder seufzte ich und gab auf. „Na gut. Aber erst nach den Prüfungen. Und du musst mir versprechen, dass wir versuchen, deiner Mutter etwas Zeit zu lassen. Und ich möchte, dass du mich heute nach dem Seminar zu Kar bringst."

Er runzelte die Stirn. „Warum? Du hast doch eben zugestimmt, bei mir ..."

„Caleb, du lenkst mich ab. Ich kann mich auf gar nichts konzentrieren außer auf dich, wenn du in der Nähe bist." Ich sah ihn verärgert an. „Jetzt zufrieden?"

Sein Lächeln wurde strahlender. „Ja. Du machst mich sehr glücklich, Red."

Du machst es mir so leicht, dachte ich.

„Kaufen wir ein Haus", platzte er unvermittelt heraus.

Ich fiel aus allen Wolken. „Was?"

„Ich kaufe oder baue dir ein Haus, was immer du willst. Echt jetzt."

Als ich ihn weiter fassungslos anstarrte, fuhr er fort: „Ich habe Ben gebeten, mir eine Liste von erstklassigen Immobilien in Campus-Nähe zu beschaffen, damit du nicht so weit pendeln musst. Wozu warten? Du kannst deine Traumküche haben – in der du kochen und backen kannst, was du willst. Und eine große Bibliothek für all deine Bücher. Und ich kriege meine Männerhöhle."

„Caleb, ich weiß nicht, ob ..."

„Du wirst weiter nörgeln, wenn ich die Klobrille nicht runterklappe, und wütend sein, wenn ich das letzte Stück Kuchen esse, das du im Kühlschrank vor mir versteckt hast. Und ich werde jammern, wenn ich nicht genug Platz im Kleiderschrank habe, weil du zu viele Klamotten besitzt …"

„Caleb, das geht zu schnell!"

„Lass mich dich Folgendes fragen", sagte er und streichelte meine Arme. „Willst du mit mir zusammen sein?"

„Das ist nicht fair …"

„Willst du mit mir zusammen sein, Red?"

„Du kämpfst unfair."

„Beantworte die Frage."

Ich antwortete nicht direkt, und er sah mich geduldig an. Und wartete.

„Ja, verdammt, will ich. Du weißt, dass ich das will."

Er grinste. Ihm war klar, dass er schon gewonnen hatte. „Dann suchen wir uns ein Haus. Sei bei mir, Red. Ich werde dich glücklich machen."

Für Caleb war es so simpel.

Es war halb zwei, als wir bereit waren, zum College zu fahren. Bevor wir aus der Tür traten, nahm Caleb meine Hand.

„Warte mal." Sein Blick ließ mich schon ahnen, was er wollte. „In diesem Top siehst du verdammt sexy aus."

„Caleb!"

„Aber ich finde, dass du einen Pulli drüberziehen solltest. Oder eine Jacke."

Ich hob eine Augenbraue. „Und warum?"

Oh nein, er schrieb mir nicht vor, was ich tragen durfte und was nicht! Das hatte er früher nicht getan, und daran würde sich auch jetzt nichts ändern. Bloß weil wir miteinander schliefen, hatte er noch lange kein Recht dazu.

Er deutete auf seinen Hals und seine Schultern. Ich runzelte ratlos die Stirn.

„Was soll das denn?"

„Die letzte Nacht war die beste meines Lebens." Und dann zuckte sein Mund, und er biss sich rasch auf die Unterlippe.

Ich schaute ihn misstrauisch an. Seine Augen blitzten amüsiert. „Aha."

„Ich glaube, ich habe ein bisschen ... die Beherrschung verloren und ..."

Endlich fiel der Groschen. Entsetzt riss ich die Augen auf und rannte in die kleine Toilette neben der Küche, um in den Spiegel zu gucken.

Knutschfleck.

Nein. Knutschflecke!

Da war einer seitlich an meinem Hals und einer nahe meinem Ohr. Einer – nein, korrigiere: Zwei Knutschflecke waren auf meinen Schultern. Und das waren nur die, die ich sehen konnte.

Verdammt!

„Caleb!"

„Mich wundert, dass Lockhart dich nicht gefesselt und geknebelt hat, als du ihm gesagt hast, dass du nicht mit zu ihm kommst", murmelte Kar, nachdem sie einen großen Bissen von ihrem Champignon-Burger genommen hatte.

Wir hatten unser „Trainings-Camp" in ihrer Küche aufgeschlagen. Lehrbücher, Stifte, Marker und Blöcke stapelten sich zwischen diversem Fast Food auf dem kleinen Esstisch. „Als er dich hergebracht hat, sah er aus, als würde er sich am liebsten ein Zelt in meinem Garten aufstellen."

Fasziniert beobachtete ich, wie Kar abermals einen Riesenbissen von ihrem Vierfach-Burger nahm, ihn mit einer Cola light herunterspülte und anschließend einen Eimer Pommes verschlang.

Wo lässt sie das alles?

„Tja, wenn du mich fragst", sagte sie und zeigte mit einer Pommes auf mich. „Ich wünschte, es würde in meine Möpse und/oder meinen Arsch wandern, aber nein, ich glaube, es kommt alles direkt wieder raus."

Mir war gar nicht bewusst gewesen, dass ich die Frage laut ausgesprochen hatte.

„Ich scheine nie auch nur ein Gramm zuzunehmen. Aber egal, raus damit. Der Dekan hat dich befragt?"

Ich nickte und schaute zu, wie sie sich über den nächsten Burger hermachte.

„Sag mal, hat der immer noch diesen dämlichen Schnauzer? Der, mit dem sein Gesicht aussieht wie eine Vagina?"

Ich verschluckte mich an meinem Getränk. „Kar, oh Mann!" Ich lachte. Aber was den Bart betraf, hatte sie recht.

Sie zog eine Augenbraue hoch. „Und? Ich habe nicht den ganzen Tag Zeit. Fang an zu reden."

„Ich war nach meinem letzten Kurs bei ihm. Und es war keine knallharte Befragung. Er war sogar richtig nett und wollte nur wissen, ob Justin mich belästigt hat und ob ich die Plakate gesehen habe …"

„Was nicht der Fall ist, weil Caleb es dir verboten hat."

„Na ja, nicht wirklich. Ich weiß, dass er es mir zeigen würde, wenn ich es ernsthaft wollte. Aber ich wollte sie gar nicht sehen."

„Warum nicht?"

„Warum sollte ich mir das antun? Es würde mich bloß belasten. Ich brauche solchen Mist nicht in meinem Kopf, Kar. Wenn ich das Zeug gesehen hätte, wäre ich nur noch wütender, als ich sowieso schon bin, und ich will diesem Perversling nicht mehr Aufmerksamkeit schenken als unbedingt nötig."

Sie nickte. „Verstehe." Sie lehnte sich zurück, rieb sich den Bauch und hielt eine Hand vor ihren Mund, bevor ein leiser, niedlicher Rülpser herauskam.

„Die Angelegenheit wird jedenfalls untersucht. Glaub mir, Justin steckt in ernsten Schwierigkeiten. Und anscheinend haben sich noch zwei Mädchen gemeldet, nachdem die Geschichte rauskam, und gesagt, dass er sie belästigt hat. Er ist suspendiert und darf nur noch zu den Abschlussprüfungen ans College kommen. Und auf dem Campus wird er überwacht. Es ist sogar von einem Verweis die Rede."

„Gut." Kar schnaubte. „Jeder, der halbwegs bei Verstand ist, weiß, dass er und diese Bitch Beatrice es waren, die Drogen in Calebs Wagen deponiert haben."

„Ja. Caleb hat gesagt, dass der Detective, der den Fall bearbeitet, ein Freund der Familie ist, deshalb kriegt er Insiderinformationen.

Wenn ich es richtig verstanden habe, hat er auch einen Privatdetektiv engagiert."

„Es hilft doch immer wieder, unanständig reich zu sein. Willst du deine Pommes nicht essen?"

Mich erstaunte nicht mal, dass Kar die auch noch wollte. „Nein, du kannst sie haben."

„Danke! Also ..." Sie dehnte das A, bis es wie *Aaaaalso* klang.

Ich blickte von meinem Buch auf und bekam mit, wie sie ihre Augenbrauen vielsagend auf- und abhüpfen ließ.

„Warum hast du Lockharts Jacke an?"

Natürlich wurde ich rot. „W...woher weißt du, dass das seine ist?"

Sie verdrehte die Augen. „Hältst du mich für blöd? Sein Name steht hintendrauf."

Oh. „Heute Morgen war es kalt."

„Ja, fünfunddreißig Grad kalt. Hätte ich Eier, wären die inzwischen von der Hitze gerührt und gebraten." Sie verengte die Augen. „Du schwitzt."

„Das ist bloß ... Wasser ... von vorhin, als ich abgewaschen habe. Ich habe vorhin abgewaschen. Das Geschirr."

Nun lehnte sie sich wieder zurück, verschränkte die Arme vor der Brust und grinste wie die Katze, die den Kanarienvogel gefressen hatte. „Das hast du gut gemacht. Tu dir keinen Zwang an, falls du später noch die Badewanne schrubben willst. Also." Sie wusste, dass etwas los war und sie sehr, sehr bald herausfinden würde, um was genau es sich handelte. „Was habt ihr zwei letzte Nacht gemacht?"

Mir war dermaßen heiß, dass ich inzwischen aussehen musste wie eine reife Tomate.

Plötzlich stand sie auf, beugte sich über den Tisch zu mir, packte den Reißverschluss an meinem Hals und zog ihn nach unten.

Dann starrte sie sprachlos auf meine entblößte Haut.

Ich wagte nicht, sie anzusehen, weil ich ihre Reaktion fürchtete.

„Wow! Lockhart ist ein Mensch gewordener Industriestaubsauger."

Unwillkürlich musste ich lachen.

„Kar!"

„Warum wirst du immer noch rot? Ach du heiliger Bimbambums! Du hattest wilden schmutzigen Sex mit Lockhart, stimmt's? Stimmt's?" Sie sank wieder auf ihren Stuhl.

Und dann fragte sie in einem ernsteren Tonfall: „War es harter ‚Ich schwinge mich vom Kronleuchter'-Sex oder sanfter Missionarssex von der Erfülle-meine-Seele-Sorte? Und du gehst nicht, ehe du mir alles haarklein erzählt hast!"

Ich nagte an meiner Lippe, und dann dachte ich, was soll's?

„Er hat mich gefragt, ob ich ihn heirate."

Kar blinzelte einmal. Zweimal. Öffnete den Mund, doch es kam nichts heraus.

Grinsend zog ich die Kette unter meinem T-Shirt vor. An ihr hing der Ring. Der Rubin funkelte im Licht.

„Ich habe Ja gesagt, Kar." Ich hatte plötzlich Mühe, tief durchzuatmen. „Ich habe Ja zu Caleb gesagt."

Die Woche verging wie im Flug. Es gab Abgabetermine für Projekte, Arbeiten durchzusehen und abzugeben, Online-Fragebögen, die ich immer wieder aufschob – all das zusätzlich zu meinem Teilzeitjob, Büffeln für die Prüfungen –, und Caleb.

Caleb kam täglich zu Kar, jeweils unter dem Vorwand, mit mir lernen zu wollen, aber ich musste ihn letztlich jedes Mal rauswerfen, weil es unmöglich war, mich auf irgendwas zu konzentrieren, solange er sich im selben Zimmer aufhielt.

Das Thema Justin und Beatrice war zwar nicht vergessen, doch vorerst unter den Teppich gekehrt. Es war schlicht keine Zeit, an die beiden zu denken oder sich ihretwegen Sorgen zu machen. Und es half allemal, dass ich sie weder auf dem Campus noch sonst wo sah.

Ich wurde nicht noch mal zum Dekan zitiert, wusste jedoch, dass Caleb Anrufe von dem Detective erhielt, der seinen Fall bearbeitete. Die nahm er immer draußen entgegen, damit ich nicht mithörte. Mir war klar, dass er mich vor allen Problemen abschirmen wollte. Dennoch würde ich ihn nach heute so lange ausquetschen, bis er mir alles erzählte.

Nachdem ich endlich meine letzte Prüfung hinter mir hatte, trat ich aus dem Klausursaal und wollte nur noch eine Woche lang schlafen. Und Caleb.

Ich wollte Caleb.

Er fehlte mir. Diese Woche hatte er ebenfalls viel zu tun gehabt, und die zwei Stunden pro Tag, die wir uns gesehen hatten, reichten bei Weitem nicht.

Ich ging zu dem Gebäude, in dem er seine letzte Prüfung hatte. Gerade hatte ich ihm geschrieben, dass ich in der Bibliothek auf ihn warten würde, weil die nahe bei seinem Prüfungsraum war. Caleb machte seinen Abschluss in Wirtschaftswissenschaften, und mir fiel ein, dass ich ihn nie gefragt und er mir nie gesagt hatte, was er nach dem Examen vorhatte.

Seine Familie besaß und betrieb mehrere Luxushotels und Immobilien im In- und Ausland. Caleb hatte mal erwähnt, dass sein Bruder Ben sich um ihre Geschäfte hier in Manitoba und anderen Provinzen kümmerte und seine Mutter die im Ausland leitete.

Daher hatte ich einfach angenommen, dass Caleb seinem Bruder einiges von dessen Arbeit abnehmen würde, denn er hatte schon fallen lassen, dass Ben überlastet war und praktisch kein Privatleben mehr hatte. Trotzdem sollte ich ihn fragen.

Er hatte mir Fotos von absurd schönen Häusern gezeigt – am See, in der Innenstadt, außerhalb der Stadt –, und ich wusste, dass sie jeweils über eine Million Dollar kosten mussten. „Such dir was aus, und wir sehen sie uns nach den Prüfungen an."

Nachdem ich immer um alles kämpfen und mir hart erarbeiten musste, fiel es mir schwer, ihm die Kontrolle zu überlassen.

„Würdest du nicht auch alles tun, was in deiner Macht steht, um für denjenigen zu sorgen, den du liebst? Ihm alles geben, was du kannst?", hatte er argumentiert. „Was ich dir geben möchte, ist unbezahlbar. Ich erwarte keine Gegenleistung. Darum geht es doch in der Liebe. Oder hast du das noch nicht begriffen?"

Mir war klar, dass ich mich bescheuert verhielt, dennoch fühlte ich mich nicht wohl damit, dass er alles bezahlte. Und ich war noch auf dem College. Ich hatte einen anständig bezahlten Job, aber der größte Teil meines Verdienstes ging für die Abzahlung der Schulden meiner Mutter drauf. Caleb hatte angeboten, sie zu begleichen, was ich jedoch niemals zulassen würde. Was das Haus betraf, gab er allerdings nicht nach.

„Wenn du mich glücklich machen willst, Red, lass mich dich glücklich machen."

Also nahm ich es hin.

Denn ich wollte ihn glücklich machen.

Und danach könnten wir Pläne schmieden.

Gemeinsame Pläne.

Mir war durchaus bewusst, dass ich idiotisch vor mich hin grinste, aber ich konnte nichts dagegen tun. Ich konnte es gar nicht erwarten, unser gemeinsames Leben zu beginnen.

Ein Haus, dachte ich, völlig überwältigt von der Vorstellung. Ein Haus, in dem ich mit Caleb leben würde, als seine Verlobte. Ein Haus, in dem wir zusammen Erinnerungen schufen und uns eine Zukunft aufbauten.

Nichts fühlte sich mehr wie etwas Vorübergehendes oder ein Spiel an.

Es war etwas Dauerhaftes. Reales. Etwas sehr Reales.

Ein Heim. Eine Familie. Mit Caleb.

So etwas hatte ich nie zuvor gehabt und auch nie damit gerechnet, es jemals zu bekommen.

Es schien wie ein Traum. Einer, der zu schön war, um wahr zu sein. Doch ich würde ihn annehmen. Ja, ich wollte diesen Traum mit offenen Armen annehmen und ihn beschützen.

„Hallo, Veronica."

Abrupt blieb ich stehen und drehte mich um. Mein Blick begegnete dem von Beatrice, und meine gute Laune sank in den Keller.

Sie kam in einem engen roten Kleid auf mich zu, ihre Lippen waren in der gleichen Farbe angemalt. Das Kleid war eindeutig ein Designermodell, Beatrices Make-up makellos, aber dieses Rot wirkte zu grell an ihr und erinnerte mich an ein kleines Kind, das Verkleiden spielte.

„Nächste Woche ist Calebs Party. Ich schätze, dass du hinkommst. Hoffentlich fühlst du dich da nicht allzu unwohl."

Als ich nichts sagte, redete sie weiter. „Du bist es ja eher gewohnt, bei solchen Veranstaltungen zu bedienen und nicht als Gast dort aufzutauchen, oder?"

„Das stimmt. Andererseits habe ich auch nie gewartet, dass Mommy oder Daddy mir mein Taschengeld zustecken. Ich arbeite und verdiene mir meinen Lebensunterhalt ehrlich. Aber du weißt sicher gar nicht, was das heißt."

Wut blitzte in ihren Augen auf. „Was nur beweist, wie wenig du in Calebs Welt gehörst. Männer wie Caleb heiraten Debütantinnen wie mich. Das wird in unserer Welt erwartet. Jeder wird dort auf seiner Party sein – Miranda, ihre Geschäftspartner, die Investoren. Caleb braucht eine Frau an seiner Seite, die ihm hilft, erfolgreich zu sein."

Spöttisch musterte sie mich von oben bis unten. „Wieso denkst du, dass du das sein könntest? Miranda wird dich niemals als Calebs Freundin akzeptieren. Du bist einfach nicht richtig für ihn, weil es dir an Klasse und Erziehung fehlt."

Mir wurde ein bisschen mulmig. Ja, Beatrice wusste ganz genau, wie sie mich treffen konnte. Ein Jammer für sie, dass ich mich zu wehren wusste.

„Und du hast die?"

Ihr Lächeln war sehr selbstzufrieden. „Natürlich."

„Ich glaube, bei dir sind ein paar wesentliche Schrauben locker, Beatrice. Die solltest du mal dringend nachziehen lassen. Das Letzte, woran ich mich erinnere, ist, dass du dich einem Jungen an den Hals geworfen hast, der dich nicht will. Das spricht meines Wissens weder für Klasse noch für gute Erziehung."

Ihr Lächeln erstarb. „Du Miststück."

„Ja, richtig, wenn es sein muss, kann ich durchaus ein Miststück sein. Du hingegen musstest dein Schoßhündchen losschicken, damit er für dich die Drecksarbeit erledigt, nicht wahr?" Ich dachte an Justin. „Hast du Angst, dir die Finger schmutzig zu machen?"

„Ich habe keine Ahnung, wovon du redest."

„Und ob du das weißt! Ich warne dich." Ich trat einen Schritt auf sie zu. Ich sah Caleb vor mir, wie er im Gefängnis saß, eine Hand an den Bolzen gekettet. Das genügte, um alles Mitleid zu vergessen, das ich für Beatrice empfand. Sie wich zurück, und ihre Augen sprühten förmlich Funken. „Lass Caleb in Ruhe."

„Glaubst du, dass ich Angst vor dir habe?"

„Das solltest du. Mach so weiter, dann findest du auch raus, warum."

Ich drehte mich auf dem Absatz um und ging weg.

„Veronica!", rief sie gerade so laut, dass ich sie hörte. „An deiner Stelle wäre ich sehr vorsichtig. Wir sehen uns auf der Party."

Ich schaute über die Schulter zu ihr zurück und setzte ein Lächeln auf, das sehr deutlich *Leg dich ruhig mit mir an, Bitch* sagte. „Worauf du wetten kannst."

53. Kapitel

Caleb

Es war nicht schwer, Reds Gefühle zu erraten. Ich hatte ihre Miene und ihre Stimmungen inzwischen so lange beobachtet, dass ich fast immer sagen konnte, was in ihr vorging.

Gegenüber anderen ließ sie sich nie anmerken, was in ihr vorging, doch bei mir tat sie es jetzt sehr oft. Es gab immer noch Momente, in denen sie ihre Gefühle vor mir zu verbergen versuchte, was ihr jedoch nie richtig gelang.

Im Moment war ihre Miene vollkommen neutral. Man würde nie darauf kommen, dass etwas nicht stimmte, es sei denn, man sah genau genug hin oder wusste, welcher Gesichtsausdruck bei ihr was bedeutete. Jetzt gerade war da eine winzige, kaum sichtbare Falte über ihrer rechten Augenbraue – die man übersehen würde, wenn man nicht ganz genau hinschaute.

Ich schaute immer ganz genau hin.

Und ich wusste, dass diese sehr winzige Falte ein Zeichen von Verärgerung war.

„Wie lief deine letzte Prüfung?", fragte ich, in der Annahme, dass dies der Grund für ihre schlechte Stimmung wäre.

Auch wenn ich mir nicht vorstellen konnte, was da schiefgegangen sein sollte. Sie hatte schließlich die ganze Woche die Nase in ihre Bücher gesteckt und mich kaum beachtet.

„Gut. Und deine?"

„Tja, für mich ist es jetzt vorbei. Ab sofort bin ich ein neues Mitglied im Arbeitslosenclub."

Sie sagte, dass sie Hunger hätte, also fuhren wir zu Anna's Café. Mir wäre es zwar lieber gewesen, wenn wir zu mir gegangen wären, Pizza bestellt und ein wenig Schlaf nachgeholt hätten – und vielleicht mehr. Aber ich hatte sie schon seit letzter Woche nicht mehr ausgeführt.

Außerdem wollten Mädchen das doch nach anstrengendem Lernen für Prüfungen, oder? Ausgehen und feiern?

Was wusste ich schon? Ich wollte einfach mit ihr zusammen sein. Egal wo. Vorzugsweise im Bett und allein, trotzdem würde ich sie überallhin einladen.

Sie sah nicht mich an, sondern starrte stirnrunzelnd auf ihre Fish and Chips. Ich wollte, dass sie mich anschaute. Nur mich.

Verstohlen schnappte ich mir ein paar Pommes von ihrem Teller und steckte sie mir in den Mund. Sie blickte nicht wütend zu mir auf und gab mir auch keinen Klaps auf den Arm, wie ich es erwartet hatte.

Ja, irgendwas war definitiv los.

„Falls ich irgendwas falsch gemacht habe, entschuldige ich mich dafür. Ich bin ein Idiot, und ich werde alles tun – vor dir zu Kreuze kriechen, dir Diamanten schenken, ein Auto –, nein?" Ich grinste, als sie mich mit einem genervten Blick bedachte. „Okay, wie wäre es, wenn ich dir ein großes Glas Erdnussbutter kaufe?"

Damit entlockte ich ihr immerhin ein kleines Lächeln.

„Also, warum verrätst du mir nicht, was ich angestellt habe, damit ich anfangen kann, es wiedergutzumachen? Klar", lenkte ich hastig ein, da sie mich misstrauisch beäugte. „Ich weiß, dass ich wissen müsste, was es ist, aber ich ..." Ich bremste mich, bevor ich *Ich habe keinen Schimmer* sagte. Sie würde mir das Fell über die Ohren ziehen. „Lass mich überlegen ..."

Ich wartete, bis die Kellnerin unsere Getränke nachgefüllt hatte und wieder fort war.

„Ich habe diese Woche meine Klamotten vom Boden aufgehoben, jeden Tag. So, wie du gesagt hast. Frag Maia." Maia war die unsichtbare, fantastische ältere Frau, die ich vor Jahren einstellt hatte, damit sie dreimal die Woche den Haushalt für mich machte.

Red nahm eine Pommes auf und knabberte daran.

Na gut, dann waren es nicht die Klamotten.

Ich schnupperte an meinen Achselhöhlen. „Ich bin frisch geduscht."

Jetzt zuckten ihre Lippen leicht. Diese rosigen Lippen, von denen ich wusste, wie weich, wie nachgiebig, wie köstlich sie waren, wenn Red ...

Als sie mich dabei ertappte, wie ich ihren Mund anstarrte, grinste ich.

„Hast du deine Tage?"

Nun lachte sie widerwillig und blickte mich erschöpft und zugleich liebevoll an.

„Ich habe heute Beatrice getroffen."

Mein Grinsen erstarb. „Hat sie etwas zu dir gesagt?"

„Ich wusste nicht, dass sie zu deiner Party kommt."

Ich legte meine Gabel hin. „Hätte ich die Wahl, würde ich sie nicht einladen. Eigentlich würde ich nicht mal eine Party feiern. Und wenn, dann nur mit dir."

Sie schwieg, und ich seufzte. „Meine Mutter organisiert solche Sachen. Ich habe keinen Einfluss auf die Gästeliste. Und im Grunde ist sie mir auch egal. Meine Mutter behauptet, dass es eine Geburtstagsparty für mich ist, aber ich hatte noch nie eine simple Geburtstagsfeier."

„Was meinst du?"

Ich nahm Reds Hand und malte mit dem Finger unsichtbare Kreise in die Innenfläche.

„Meine Mutter ist eine Geschäftsfrau. Diese Party ist vor allem dazu gedacht, mich unseren Geschäftspartnern und Investoren vorzustellen und neue Investoren zu gewinnen. Stell es dir so vor: Meine Mom ist ein T-Rex, und sie braucht Futter für sich und ihre Jungen. Also arrangiert sie einen Ort, an dem sich alle Tiere mit dem meisten Körperfett versammeln. Und dann fängt sie an, die fettesten herauszusuchen."

Red lachte, verdrehte die Augen und grinste mich an. „Nur *du* bringst einen solchen Vergleich!"

„Deshalb magst du mich." Ich küsste ihre Finger.

Und als ihr Atem schneller wurde und sich ihre verlockenden Lippen leicht öffneten, hatte ich große Mühe, sie nicht von ihrem Stuhl zu ziehen, zu meinem Wagen zu schleppen und um Sinn und Verstand zu küssen.

„Baby …"

Ich beugte mich so weit zu ihr, bis ich ihren Atem auf meinem Gesicht fühlen konnte. Ihre Augen glänzten vor Sehnsucht, und ich registrierte erregt, wie rasch sich ihre Brust hob und senkte, wie cremeweiß ihre Haut war. Ich wollte mit der Zunge darüberstreichen. „Lass uns …"

Und dann lehnte sie sich zurück und räusperte sich. „Welche Farbe soll ich tragen? Gibt es einen Dress- oder Farbcode?"

Ihre Hand zitterte, während sie nach ihrem Wasserglas griff und einen Schluck trank.

Für einen Moment schloss ich die Lider, um mich wieder einzukriegen, und atmete sehr tief ein und sehr langsam wieder aus. Danach öffnete ich die Augen wieder und bemerkte, dass Red wieder auf ihren Teller starrte und an ihrer Unterlippe nagte.

Verdammt.

„Klar."

Da ich nicht fortfuhr, blickte sie mich erwartungsvoll an.

„Mal sehen. Welche Farbe solltest du tragen? Wie wäre es mit durchsichtig?"

Sie reagierte nicht, und mir wurde bewusst, dass sie sich noch nicht von dem Moment eben erholt hatte. Ich glaubte nicht mal, dass sie mich überhaupt gehört hatte.

„Ah, du meinst für die Party. Rot. Trag Rot für mich."

Sie nickte.

„Hey, Red?"

„Hmm?"

„Soll ich unser Essen einpacken lassen, und wir fahren zu mir?"

Erneut nagte sie an ihrer Lippe, und ich wollte schon die Bedienung rufen. Aber dann klingelte mein Handy. Als ich den Namen auf dem Display sah, stöhnte ich beinahe. „Ich muss da rangehen. Entschuldige, Liebes."

„Nur zu."

Es war meine Mom, und sie wollte, dass ich heute mit meiner Ausbildung begann. Ja, sie konnte Zeitverschwendung nicht ausstehen, aber ich hatte eben erst mein Examen hinter mir. Und ich wollte mit Red zusammen sein.

Hätte ich die geringste Chance gesehen, dass sie mir für heute freigab, ich hätte es versucht. Doch wir beide wussten, dass meine Gnadenfrist abgelaufen war. Wäre es nach ihr gegangen, hätte ich schon neben dem College einiges in der Firma übernommen, doch da hatte ich einen Deal mit ihr ausgehandelt: Ich würde nichts mit unserem Unternehmen zu tun haben, bis ich das College abgeschlossen hatte. Danach würde ich mich ganz dem Unternehmen widmen und alles lernen, was ich musste. Sie war einverstanden gewesen.

Ein Versprechen war ein Versprechen. Außerdem war dies für Reds und meine gemeinsame Zukunft.

„Das war meine Mom. Sie will, dass ich heute nach Regina fliege, mich mit Ben treffe und meine Ausbildung anfange."

Red öffnete den Mund, um zu widersprechen – das erkannte ich an ihrem Blick. Sie hatte sich auch darauf gefreut, mich heute zu sehen. Und das war zumindest ein riesiger Trost für mich. Doch was immer sie sagen wollte, sie sprach es nicht aus. Stattdessen rief sie die Kellnerin und bestellte die Rechnung.

„Ich weiß", meinte ich leise, sobald wir in meinem Wagen saßen. Ich hatte ihre Hand ergriffen und küsste sie sanft. „Ich hatte mich darauf gefreut, den Rest des Tages und die Nacht mit dir zu verbringen. Und morgen auf Haussuche zu gehen."

„Ist schon gut, Caleb. Es hat ja keine Eile."

„Ich will es aber eilig."

Sie lächelte und strich mir das Haar aus dem Gesicht. „Du musst dir die Haare schneiden lassen."

„Ich wusste nicht, dass ich heute schon anfangen soll. Ich würde ihr ja sagen, dass wir es verschieben müssen, aber ich hatte ihr mein Versprechen gegeben. Ben bildet mich aus und ist jetzt schon auf dem Weg dorthin. Ich muss den Flieger kriegen …"

„Caleb."

Sie legte eine Hand an meinen Mund, damit ich still war. Ich leckte an ihren Fingern.

Als sie mir lachend einen Klaps auf den Arm gab, fühlte ich mich besser. Da wusste ich, dass es in Ordnung war.

„Du musst mir nichts erklären. Ich verstehe das. Und ich werde im Sommer auch viel arbeiten."

Ich sparte mir die Mühe, ihr zu sagen, dass sie überhaupt nicht arbeiten sollte, wenn es nach mir ginge. Mir war schon klar, wie ihre

Antwort lauten würde; und vor allem wollte ich nicht, dass sie jetzt sauer auf mich wurde, denn ich wusste nicht mal, wann ich zurückkommen würde. Heute war Freitag, und die Party war am Sonntag.

Mein Zeitplan würde in der nächsten Zukunft sehr hektisch sein, und schon jetzt war klar, dass ich öfter unterwegs als hier sein würde. Da wäre es schön, wenn sie an meinen freien Tagen für mich da sein könnte oder mich begleiten würde, egal, wohin ich musste. Ich wünschte mir, dass sie auf mich wartete, wenn ich von der Arbeit kam.

Doch sie wollte nicht aufhören zu arbeiten, und sie hatte noch ein Jahr am College vor sich. Es wäre unfair von mir, sie zu bitten, das aufzugeben, damit sie jederzeit dorthin mitkommen konnte, wo man mich hinschickte. Trotzdem wünschte ich es mir. Ich wünschte es mir sogar sehr.

„Ich weiß nicht, wie lange das dauert, aber ich versuche, heute Nacht oder morgen zurück zu sein."

Sie sah mich an, beugte sich näher zu mir und küsste mich scheu auf den Mund.

Ich wusste, dass sie nur einen kurzen Kuss wollte, aber ich war schon halb irre, weil ich seit Tagen von ihren Lippen träumte, von ihren Händen und den Lauten, die sie machte, wenn ich sie berührte.

Ich war fast wahnsinnig geworden, weil ich in Gedanken immer wieder jene Nacht durchspielte, in der ich mit ihr Liebe gemacht hatte. Wahnsinnig vor Sehnsucht, ihre Fingernägel an meinem Rücken zu spüren, ihre Beine, die mich umschlangen, ihre Augen zu sehen, die einen besonderen Glanz annahmen, wenn sie erreichte, was ich ihr verzweifelt zu geben versuchte.

Und so passierte es, dass ich mich nicht mehr zurückhalten konnte, als ihre unsagbar weichen Lippen meine berührten. Ich fasste in ihr Haar und zog sie zu mir. In mich hinein. Und ich verschlang sie.

Dies war Hunger. Ein Hunger, den allein sie stillen konnte.

Ich konnte an nichts anderes denken, als ihren Körper zu fühlen, während ich mir mit meinen Händen, meinen Lippen und meiner Zunge nahm, wovon ich seit Tagen träumte.

„Oh Gott, *Caleb*."

Ich biss in ihre Lippen und saugte daran. „Komm her."

Dann hob ich sie auf mich.

„Nur noch ein bisschen mehr. Gib mir ein bisschen mehr, Red."

Sie legte ihre Beine um meine Hüften, und ich rückte sie dahin, wo ich sie haben wollte. Ich umschloss ihre Hüften, drückte, zog und drängte sie an die Stelle, an der sie sich gut anfühlte.

Lust glänzte in ihren Augen. Ich stieß mein Becken nach oben und beobachtete fasziniert, wie sie ihre Hände auf meine Schultern legte und den Kopf nach hinten lehnte, damit ich an ihren Hals kam. Ich leckte gierig an ihrem Hals.

Red stieß ein sexy Stöhnen aus und begann, ihre Hüften schneller zu bewegen.

„Ja, genau so, Red. Verdammt. Mach weiter."

Ich sah zu, wie sie sich nahm, was sie brauchte, wie sie sich in dem unglaublichen Gefühl verlor, das sich aufbaute, während unsere Körper sich aneinanderrieben.

Ich würde ihr alles geben, was sie von mir verlangte. Sie war so verdammt schön, dass ich gar nicht anders konnte, als zuzusehen, wie sie sich es nahm und nahm.

Gierig küsste ich sie, bevor sie in meinen Armen erbebte.

Es verging ein Moment, bis ich endlich sprechen konnte. Red war auf mir, ihre Lippen an meinem Hals, während ihre Atmung allmählich ruhiger wurde.

„Wir hatten gerade Trockensex auf einem Parkplatz", murmelte ich.

Dann begannen ihre Schultern zu beben, und Sekunden später erfüllte ihr lautes Lachen den Innenraum des Wagens.

„Ich liebe es."

„Oh Gott, Caleb. Du machst mich verrückt."

Ich zog sie wieder an mich und küsste sie, weil ich nicht genug von ihr kriegen konnte. „Ich kann dich noch verrückter machen. Warte ab, bis ich …"

Sie murmelte irgendwas und hielt mir den Mund zu. Als sie sicher war, dass ich nichts mehr sagen würde, legte sie ihr Kinn an meine Schulter, und ich strich ihr sanft übers Haar.

„Ich komme so schnell nach Hause, wie ich kann", versprach ich.
„Ich werde warten."
„Du fehlst mir jetzt schon."
„Weiß ich", flüsterte sie. „Du mir auch."

54. Kapitel

Caleb

„Red, warte."

Ich griff nach ihrer Hand, ehe sie aus dem Wagen steigen konnte.

„Ich möchte dich zur Tür bringen."

Als ihr Blick weicher wurde, drückte ich sie an mich und hielt sie in den Armen. Ich hielt sie einfach nur fest.

Werde ich mich jemals hieran gewöhnen?

Würde ich mich jemals daran gewöhnen, wie ihr Herz jedes Mal pochte, wenn sie sich von mir in die Arme nehmen ließ, wie sie für mich alle Schutzschilde senkte, sich erlaubte, mir zu vertrauen und ... mich zu lieben? Mich schlicht zu lieben?

„Ich möchte nicht weg", flüsterte ich.

Sie umarmte mich. „Ich weiß", sagte sie leise. „Aber du bist bald wieder da."

„Denk an mich."

„Es dürfte unmöglich sein, das nicht zu tun."

Ich. Konnte. Nicht. Aufhören. Zu grinsen.

Ich schob sie ein kleines Stück von mir und sah sie an, um mir jedes noch so kleine Detail einzuprägen. „Warte mal."

Rasch holte ich mein Handy hervor und machte ein Foto von ihr, ehe sie begriff, was geschah.

„Caleb!"

„So. Alles klar." Ich steckte mein Telefon schnell weg, bevor sie danach greifen und meine Fotos anschauen konnte.

Unter den Bildern dürften ungefähr fünf sein, die nicht von ihr waren. Okay, vier vielleicht. Ich liebte es, sie zu fotografieren, wenn sie nicht hinsah.

Meistens tat ich, als würde ich eine Nachricht tippen, wenn ich in Wahrheit ein Bild von ihr schoss.

Red beim Lernen an ihrem Schreibtisch. Red, die schlief (von denen gab es mindestens fünfzig). Red, die am Herd stand und Pancakes machte. Die verärgerte Red, die meine Sachen vom Fußboden aufsammelte. Red im Seminarraum oder Vorlesungssaal.

Oh ja, ich war unheimlich.

Aber ausschließlich in Bezug auf Red.

„Wo ist dein Handy?"

Sie runzelte die Stirn. „Warum?"

„Gib es mir bitte. Keine Widerrede." Sicherheitshalber ergänzte ich: „Ich fliege heute Abend weg. Sei bitte nett zu mir."

Ich brachte sie zum Lachen, indem ich mit den Wimpern klimperte. Zögernd überließ sie mir Handy.

„Wie ist der Code?", erkundigte ich mich.

„Gib her. Ich mach das."

„Was ist es?"

Als ich aufsah, bemerkte ich, dass sie rot wurde. Ich blickte sie fragend an und wartete.

„Es ist dein Geburtstag."

Verdammt. *Verflucht!* Schon. Wieder. Kann. Ich. Nicht. Aufhören. Zu grinsen.

„Wow, so besessen bist du von mir, Red? Aua!"

Ich rieb die Stelle an meinem Arm, wo sie mich gekniffen hatte. Sie funkelte mich immer noch böse an, also lehnte ich mich kurzerhand an sie, bis wir Wange an Wange waren, und schoss ein Foto. Das schickte ich an meine Nummer, bevor ich es ihr als Hintergrundbild einstellte und ihr das Handy zurückgab.

Sie schüttelte den Kopf, doch sie lächelte.

„Bist du nervös? Wegen der Arbeit, meine ich", fragte sie.

„Ein bisschen", gestand ich. Sie strich sich eine Strähne, die sich aus ihrem Knoten gelöst hatte, hinters Ohr.

Ich musste daran denken, wie sich vorhin auf dem Parkplatz ihr Zopf gelöst hatte und ich meine Hände in die dunklen vollen Haare tauchte, während ich sie wie besinnungslos küsste. Ich hatte zugesehen, wie sie um ihre Selbstbeherrschung kämpfte. Es war ein wunderbarer Anblick gewesen, den ich sicher noch mehr genossen hätte, wenn mich zu dem Zeitpunkt nicht ein schmerzender Ständer abgelenkt hätte.

Ich liebte es, dass ich sie dazu bringen konnte, derart die Kontrolle zu verlieren. Das wollte ich unbedingt wieder erleben und vielleicht … andere Dinge tun. Als ich merkte, wie meine Hose eng wurde, hätte ich fast laut geflucht.

Und ich wurde beinahe rot, denn sie beobachtete mich, und ich hatte das peinliche Gefühl, dass sie meine Gedanken lesen konnte. Aber dann wurde mir klar, dass sie immer noch auf eine Erklärung von mir wartete.

Worüber hatten wir doch gleich gesprochen?

„Ich schätze, du wirst eine Menge Verantwortung haben", half sie mir auf die Sprünge.

Richtig. Die Arbeit.

Ich nickte, zupfte die Strähne, die sie sich hinters Ohr gestrichen hatte, wieder hervor und wickelte sie mir um den Finger.

Wann immer ich ihr nahe war, musste ich sie berühren. Dagegen war ich machtlos.

„Das stört mich nicht. Ich bin eher aufgeregt als nervös, und ich freue mich auf die Arbeit, auch wenn ich mir wünschte, du könntest mit mir kommen."

„Kann ich nicht."

Aber ich möchte gern, hörte ich aus ihrem Tonfall heraus. Natürlich sagte sie es nicht. Doch ich wusste es trotzdem. Red verriet mir ihre Gefühle mit ihren Augen.

„Ich muss arbeiten, Caleb."

Mir lag auf der Zunge zu erwidern, dass sie gar nicht arbeiten müsste und einfach bei mir sein sollte. Zum Glück schloss ich den Mund, bevor die Worte herauskommen konnten. Dennoch musste es eine Lösung geben.

„Was würdest du davon halten, wenn ich dir einen Job anbiete?"

Genervt seufzte sie. „Ich würde sagen, du kannst mich mal."

Wusste ich es doch.

„Okay." Dann riss ich die Augen übertrieben weit auf. „Was? Du meinst, jetzt gleich? Du bist wirklich unersättlich. Ich dachte, die Runde auf dem Parkplatz würde genügen, aber ich schätze … du willst jetzt erst recht noch mehr, und nun muss ich dich auf andere Weise … befriedigen."

Entsetzt starrte sie mich an und öffnete vor Schreck den Mund. Ich musste lachen.

Obwohl ich es total ernst meinte.

Ich meinte es wirklich ernst. Genau genommen dachte ich, dass ...

„Wie zum Beispiel?"

Ich erstarrte. Ihre Augen wurden dunkler vor Erregung.

Verdammt.

Meine Hose war zu eng.

Und dann schüttelte sie den Kopf, als wollte sie irgendwelche Gedanken vertreiben.

„Ich meine es ernst, Caleb. Tu es nicht."

Hä?

„Was soll ich nicht tun? Dich auf andere Weise befriedigen?"

Sie wurde so rot, dass sogar ihre Ohrmuscheln aufleuchteten. Offensichtlich war ihr die leise, verführerische Frage *Wie zum Beispiel?* unabsichtlich herausgerutscht.

Leider hatte sie damit und mit diesem Ausdruck in ihren Augen mein Gehirn gegrillt.

Ich kam nicht mit ihr mit. Sie machte mich völlig rasend.

„Nein", antwortete sie flüsternd. „Können wir bitte eine Minute lang nicht über Sex reden?"

Warum?

Dennoch nickte ich. Ich wollte sie zu nichts drängen. Aber, verdammt, ich wollte sie so sehr.

Und ich musste wirklich meine Jeans richten. Als Red aus dem Fenster sah, erledigte ich das schnell.

„Ich habe einen Job. Und ich will nicht, dass du mir Arbeit gibst. Ich möchte es allein schaffen."

Oh, jetzt waren wir also wieder an dem Punkt. Na schön. Ich seufzte. Mit Red war nicht zu reden, wenn sie in dieser Stimmung war, und ich wusste, wann sich Beharrlichkeit lohnte und wann nicht. So wie sie mich jetzt ansah, wie sich ihre Züge verhärteten, war diese Sache nicht verhandelbar.

„Na gut, dann habe ich nichts gesagt. Du hast es dir bloß eingebildet. Darf ich jetzt deine Hand halten?"

Ein hübsches Lächeln erstrahlte auf ihrem Gesicht, und ich griff nach ihrer rechten Hand, um mit ihren Fingern zu spielen.

„Du hast gesagt, dass du eine Abmachung mit deiner Mutter hattest. Ich würde gern verstehen, warum."

„Warum was?" Natürlich wusste ich, was sie meinte. Es war mir bloß unangenehm, darüber zu sprechen.

„Warum hast du während der College-Zeit nicht in eurer Firma gearbeitet? Es wäre doch eine große Hilfe für dich gewesen, oder nicht? Ich meine, am College – und auch jetzt, weil du schon mehr praktische Erfahrung hättest."

Verlegen rieb ich mir die Nasenspitze. „Ich hatte ja vorher schon für Ben gearbeitet. Und du weißt, dass ich nicht immer so verantwortungsbewusst und anständig war wie heute."

Sie zog eine Augenbraue hoch. Das weiß ich sogar sehr gut, besagte diese Miene, und ich lachte nervös.

„Schon bevor meine Eltern ... sich scheiden ließen, hatte mein Dad sich anderweitig orientiert."

Meine Verlegenheit wich so schnell der vertrauten Wut, dass ich nicht mal merkte, wie sich meine Hände zu Fäusten ballten, bis Red sie behutsam lockerte. Und auf ihre süße, stille Art ihre Finger mit meinen verschränkte.

„Ich bin einfach ausgetickt, denke ich. Ich wollte nicht, dass es mich so sehr trifft. Mein Dad hatte sich immer gewünscht, dass ich mal zum besten Hotelier von allen würde, also habe ich mir den Arsch aufgerissen. Und als er ging, flippte ich aus. Ich wollte ihn weder stolz machen noch sonst irgendwas mit ihm zu tun haben."

Ich schaute auf unsere Hände und schluckte meine Verbitterung herunter, während ich mich von Reds Berührung trösten ließ. Sie beruhigte mich.

„Aber mir wurde klar, je mehr ich ihn verachtete, je mehr ich mir einredete, dass er kein Teil meines Lebens mehr ist und mir nichts mehr zu sagen hat, desto stärker beeinflusste er meine Entscheidungen."

Ich schaute Red in die Augen. In diese dunklen Katzenaugen, die immer nachts in meinen Träumen auftauchten.

„Ich ließ mich von ihm kontrollieren, gab ihm mehr Macht über mich. Und das musste aufhören. Weißt du, wann mir das klar wurde?"

Sie schüttelte den Kopf.

„Als ich dir begegnet bin", gestand ich leise. „Du hast mich wachgerüttelt. Ich habe gesehen, wie hart du arbeitest, wie unabhängig du bist, wie engagiert und eisern. Und ich … habe mich geschämt. Vor allem aber hast du mich inspiriert. Das tust du bis heute. Und um deinetwillen möchte ich ein besserer Mensch sein."

Sie schnappte hörbar nach Luft, und ihre Finger schlossen sich fester um meine.

„Manchmal frage ich mich, wie mein Leben wäre, wenn ich dich an jenem Abend nicht getroffen hätte. Und dann kommen mir nur sehr finstere Gedanken."

„Caleb", sagte sie sanft und beugte sich vor, um ihre weichen Lippen auf meine zu drücken. „Ich muss dir etwas sagen."

„Okay."

„Ich weiß, dass du in deinem Job … jemanden brauchst, der dir helfen kann."

Jetzt war ich gespannt und setzte mich gerade hin. Wollte sie sagen, dass sie doch für mich arbeiten wollte? Ihren Job aufgeben und einfach bei mir sein?

„Jemanden, der dir das Leben leichter macht, privat und geschäftlich. Eine Frau, die Beziehungen hat, dir Türen öffnet. Die zu Mittagessen in den Country Club geht und zu Wohltätigkeitsveranstaltungen. Jemanden aus deinen gesellschaftlichen Kreisen …"

„Wow, halt, Red! Woher kommt das denn plötzlich?"

Doch dann wurde es mir schon von selbst klar: Beatrice.

Verdammt!

Frustriert raufte ich mir die Haare. Ich hatte Mühe, meine Wut zu zügeln. Beatrice stellte das bisschen Geduld, das ich noch für sie aufbrachte, gewaltig auf die Probe. Ich hatte sie schon gewarnt. Und Red hatte erwähnt, dass Beatrice ihr heute über den Weg gelaufen war. Was hatte sie Red erzählt?

„Hör mir zu. Ich bin noch nicht fertig."

Sie klang so gereizt, dass ich sie sofort wieder ansah. Ihre Augen waren dunkel und funkelten.

Verdammt, ich liebte sie, wenn sie wütend war. Ich musste wohl krank sein.

„Ja, Meister", rutschte mir heraus. Ich musste es einfach sagen.

Sie kniff die Augen zusammen. „Ich weiß das alles. Und du könntest es leichter haben, wenn du jemanden heiratest, der gesellschaftlich höher steht als ich, wie Beatrice."

„Jetzt warte mal …"

„Ich sagte, ich bin noch nicht fertig!"

Ich fühlte mich wie ein Schüler, der eine Standpauke bekam. Nur dass ich diese hier wirklich gern hören wollte, weil die Lehrerin so heiß war. Richtig heiß. Glühend heiß. Mir wurde erst bewusst, dass ich grinste, als sie wieder die Augen verengte. Und ich gab mir Mühe, mein Grinsen abzustellen.

„Ich bin nicht in deiner Welt aufgewachsen, was aber nicht bedeutet, dass ich von solchen Dingen keine Ahnung habe. Ich bin nicht blöd. Ich weiß, dass es für dich besser wäre, eine Frau aus einer prestigeträchtigen Familie zu heiraten. Eine, die Klavier spielen kann und die Kaviar, Ziegenkäse, Schnecken und lauter ekliges Reiche-Leute-Essen runterbekommt …"

„Von Schnecken kriege ich Verdauungsstörungen, Red."

Sie ignorierte mich.

„… und jemanden mit einem Abschluss in Kunstgeschichte oder Philosophie. Eine Frau, die Louboutin-Schuhe und teure Kleider trägt."

Sie wurde von Sekunde zu Sekunde wütender, und ich war fasziniert.

„Eine Frau, die deinen Haushalt schmeißt und ihre eigene Firma hat, aber immer noch genug Energie, wenn sie zu dir nach Hause kommt, und die lauter tolle Tricks im Bett kennt."

„Moment, was für Tricks?"

„Caleb!"

Jetzt stockte ihre Stimme, und in ihrem Blick, als sie mich ansah, lag etwas Verletzliches. Etwas, was sich wie Schmerz anfühlte, drückte auf mein Herz.

„Es ist mir egal", meinte sie leise. „Ich kann dir nichts anbieten, außer mich selbst. Aber das ist alles, was ich habe. Und es gehört dir."

Meine Kehle wurde eng, und ich empfand eine solch starke Liebe, dass ich zu atmen vergaß. Würde ich stehen, hätten meine Knie versagt.

Oh, dieses Mädchen. Ich gehörte ihr mit Leib und Seele. Noch nie hatte ich jemanden so sehr geliebt.

„Red."

Sie senkte den Blick zu ihrem Schoß.

Wie konnte mich ein einzelnes Mädchen so sehr gefangen nehmen? Aber das wusste ich doch. Ja, ich wusste es: Sie war nicht irgendein Mädchen. Sie war *die eine*, die mir bestimmt war.

„Das ist alles, was ich brauche", flüsterte ich.

Ich wartete darauf, dass sie mich wieder ansah. Eine Träne tropfte auf ihren Schoß, und ich … war verloren. Ich war nichts. Nichts ohne sie.

„Du bist alles, was ich brauche. Du bist alles. Nichts sonst zählt."

Ich hielt ihre Hand und legte sie an meine Brust, direkt über meinem Herzen. „Manchmal, wenn ich dich ansehe, fühlt es sich an, als würde ich platzen. Ich empfinde so viel. So viel für dich. Noch nie habe ich jemanden so gewollt, wie ich dich will, wie ich dich brauche. Ich brauche dich mehr als die Luft zum Atmen. Ich will nichts und niemanden sonst. Nur dies, dich hier bei mir. Gib mir das, gib mir dich, und ich bin der glücklichste Mann auf Erden."

Sie schlang die Arme um mich. Und ich spürte, dass sie weinte, denn ihre Tränen liefen über meinen Hals.

Sie weinte selten, und jedes Mal, wenn sie es tat, machte es mich völlig fertig. Ich wollte ihr Lachen wieder hören, ihr Lächeln sehen.

„Ich stehe sowieso nicht so auf Louboutin-Schuhe. Hast du eine Ahnung, wie diese Absätze wehtun können? Mir ist mal ein Mädchen damit auf den Fuß getreten, und ich schwöre, ich habe mir vor Schmerzen die Seele aus dem Leib geschrien."

Ihre Schultern bebten, doch diesmal vor Lachen.

„Und … von was für Tricks hast du geredet?"

Als ihr klar wurde, worauf ich hinauswollte, lachte sie laut auf, wich zurück und versetzte mir einen Klaps auf den Arm. Vor allem aber war ihre Traurigkeit verschwunden.

„Ich liebe dich, Red."

„Ich liebe dich, Caleb."

Sie holte tief Luft und lächelte mich so wunderschön an, dass mein Gehirn für eine Minute aussetzte.

Ich blinzelte. „Wie bitte?"

„Ich habe gesagt, dass du deinen Flieger verpasst. Fahr lieber los."

Ich stieg aus dem Wagen, um ihr die Beifahrertür zu öffnen, und wie immer kam sie mir zuvor.

Ich hielt ihre Hand, während wir zur Tür gingen. Red wollte sie gerade aufziehen, als ich sie zurückhielt.

„Darf ich mit reinkommen?", fragte ich.

„Musst du nicht zwei Stunden vor dem Abflug am Flughafen sein?"

„Das schaffe ich. Ich bleibe auch nicht lange. Vielleicht zehn Minuten."

Sie umfing meine Hand fester und lächelte. „In Ordnung. Komm rein, Caleb."

Sobald ich in die Wohnung trat, erstarrte ich.

Damon fläzte sich auf der Couch, eine große Schale Popcorn auf dem Schoß, und schaute sich ein Eishockeyspiel im Fernsehen an. Er blickte sich um, als er uns kommen hörte.

Was zum Teufel machte er hier?

55. Kapitel

Caleb

Sofort zog ich Red näher zu mir – besitzergreifend – bis sie praktisch an meiner Seite klebte.

„Hi, Damon", begrüßte sie ihn. „Was tust du hier?"

Ich sah ruckartig von ihm zu ihr. Sie lächelte. Und ich biss die Zähne zusammen.

„Ah, hi, Engelsgesicht."

Engelsgesicht?

Was glaubt er eigentlich, wer er ist? Wer zur Hölle hat ihm erlaubt, sie so zu nennen?

„Mein Fernseher ist kaputt. Ich gucke mir nur Wiederholungen an. Mir fehlt Eishockey."

Keiner hat dich gefragt.

Aber ich war so klug, nichts zu sagen. Sonst wäre sie nur sauer.

Was sollte ich denn nur machen? Wenn es um Red ging, konnte ich besitzergreifend sein. Und das würde ich sicher nicht verheimlichen.

Damon sah mich an und nickte mir zu. Ich war sehr versucht, es nicht zu erwidern, doch man hatte mich nun mal zur Höflichkeit erzogen. Und ich erinnerte mich, wie Red mir erzählte, Damon wäre derjenige gewesen, der ihr damals geschrieben hatte, dass ich im Club war, damit wir wieder zusammenkommen konnten. Also erwiderte ich den Gruß.

Trotzdem.

Ich verengte meine Augen und musterte ihn argwöhnisch. Vermutlich hielten ihn einige Mädchen für gut aussehend. Er hatte diese „Zähme mich, ich bin ein wilder Streuner"-Ausstrahlung. Doch Red war nicht *einige Mädchen*. Sie würde Damon nicht mal gut aussehend finden … oder?

Und was sollte das mit der Gitarre, die er dauernd mit sich rumschleppte? Garantiert benutzte er die als Mädchenmagnet. Wie ein perverser alter Mann, der mit einem niedlichen Hund herumlief, damit sich die Mädchen um ihn scharten.

Na und, dann spielte er eben Gitarre, und wennschon!

Na und, dann hatte ich eben überhaupt gar kein musikalisches Talent, und wennschon! Wenn ich irgendwas spielen wollte, waren das Videospiele, keine Weichei-Gitarre.

Warte mal. Gefiel es Red?

Vielleicht sollte ich anfangen, Gitarre zu lernen …

Mir wurde bewusst, dass ich so in meinem Groll auf Damon versunken war, dass ich einiges von der Unterhaltung verpasst hatte.

„… hört sich gut an. Sag mir Bescheid, was du mir sonst noch für Jobs besorgen kannst. Ich habe diesen Sommer Zeit."

Wie bitte? Von ihm würde sie einen Job annehmen, nicht aber von mir?

Wie logisch war das denn?

„Ich habe heute und morgen Abend einen Gig, und am Sonntag serviere ich Drinks auf einer Protzparty. Na ja, hauptsächlich stehe ich da rum und sehe gut aus", fügte er augenzwinkernd hinzu. „Wahrscheinlich kann ich dich da mit unterbringen, falls du Zeit hast."

„Oh nein, nicht dieses Wochenende. Morgen bin ich in der Werkstatt, und am Sonntag habe ich schon etwas vor. Übrigens, wo ist Kar?"

„In der Küche", antwortete er. „Möchtest du Popcorn?"

Jetzt reichte es!

„Nein, möchte sie nicht." Ich blickte ihn wütend an. „Ich muss mit dir reden, Red. Hi, Kar", fügte ich hinzu, als wir an einer sehr überraschten Kar vorbeiliefen, die uns nur fragend ansah und beide Daumen in meine Richtung reckte.

„Warte mal", meinte Red, doch ich zog sie bereits zu ihrem Zimmer. „Was ist denn los?"

Sowie ich die Tür zugemacht hatte, schloss ich ab, fasste Red ohne Vorwarnung an den Hüften und schob sie von drinnen gegen die Tür. Ihre Augen wurden dunkler vor Schreck über mein Verhalten. Doch unter dem Schock war auch Lust zu erkennen.

„Sag mir, dass du mich liebst, Red."

„Caleb, was ist …?"

Ich überwand den Abstand zwischen uns, schmiegte meinen Körper an ihren – weiche, üppige Kurven und wilder, femininer Duft, der einzig ihr gehörte. Hüfte an Hüfte, wie wir waren, musste sie fühlen, wie sehr ich sie inzwischen wollte.

Ich kniff meine Augen fest zu, rang um Selbstbeherrschung. Das Verlangen, sie hart direkt hier an der Tür zu nehmen, überwog jede Vernunft, doch ich wollte ihr keine Angst einjagen. Ich vergaß mich und wollte sie verzweifelt mit mir in den Wahnsinn reißen. Dennoch musste ich sanft sein.

„Caleb." Ihre Stimme war ruhig und tröstend, als wüsste sie, wie sehr ich mit mir kämpfte. Vielleicht stimmte das sogar.

Ich fühlte, wie sie meine Wange streifte und mich beruhigend streichelte.

„Ich liebe dich", flüsterte sie.

Als ich die Augen wieder öffnete, verschwamm ihr Gesicht vor mir. Wunderschöne dunkle Katzenaugen, in denen ich ertrinken wollte.

Ich machte mein grobes Verhalten wieder gut, indem ich sie küsste. Mit beiden Händen umfing ich ihr Gesicht, legte meinen Mund auf ihren und erforschte ihr Aroma mit meiner Zunge. Stöhnend vergrub sie ihre Finger in meinem Haar.

Als ich den Kuss beendete, waren wir beide außer Atem.

„Kar und Damon sind draußen", stieß sie keuchend hervor. „Sie werden mitkriegen, was wir hier tun."

Gut. Er sollte wissen, dass Red mir gehörte.

„Ist mir egal."

Und prompt war das Verlangen wieder da.

„Aber … wir haben … wir haben gerade … im Auto …"

„Ich will dich immer noch."

Sie biss sich auf die Unterlippe.

„Oh. Ich …"

Gott, sie war so verflucht süß und unschuldig. Und ich wollte einfach nur …

Plötzlich zuckte sie zusammen, weil laut an die Tür geklopft wurde.

„Was immer ihr da drinnen auch tut, macht weiter. Wir sind weg!", schrie Kar.

Ich räusperte mich. „Danke, Kar!", rief ich.

„Ich habe was gut bei dir, Alter!"

Als ich Red wieder ansah, blitzte eine Mischung aus Belustigung und Verlegenheit in ihren Augen.

„Willst du …?", begann ich. Mein Herz raste.

Warum war ich auf einmal so nervös?

Nur Red.

Einzig Red konnte solche Gefühle in mir wecken.

„Möchtest du mich berühren?", fragte ich heiser. „Red?"

Ihre Augen waren halb geschlossen und auf meine Lippen gerichtet, doch sie sagte nichts.

„Es tut mir leid. Du sollst nicht denken, dass du es musst … Ich möchte nur … Ich. Jetzt gerade möchte ich fühlen …" Ich atmete geräuschvoll aus und fuhr mir mit einer Hand übers Gesicht. *Scheiße.* Du machst mich echt fertig. Ich weiß nicht mal mehr, was ich da rede."

Nicht mal ich hatte einen Schimmer, was ich hier eigentlich wollte.

„Aber ich weiß es." Sie schaute mir in die Augen, und mein Atem stockte. Sie war so wunderschön. „Lass mich."

„Ich brauche das."

„Du wirst deinen Flug verpassen", flüsterte sie rau.

Ich sah zu, wie sich ihre Brust schnell hob und senkte, und ich wünschte …

„Dann nehme ich einen anderen."

Ich hielt die Luft an, denn sie ließ ihre Hände langsam zum Saum meines T-Shirts wandern. Sie zog es mir aus und ließ es auf den Boden fallen.

Sobald ihre Finger meine Haut berührten, keuchte ich beinahe schmerzvoll.

Sie sah rasch wieder zu mir auf. Ihr Blick war dunkel, verletzlich und voller Fragen.

„Habe ich was falsch gemacht?"

„Nein, Liebes. Es fühlt sich verdammt gut an."

Ich schloss meine Augen und atmete durch den Mund. Ich wollte nicht zu früh kommen, aber ...

Mist

... sie brachte mich zum *Fühlen*.

„Sag mir, was du magst, Caleb. Ich möchte, dass ... es für dich gut ist."

„Dies hier", ich führte ihre Hand zu meinem Bauch. „Du ahnst nicht, wie gut sich deine Berührung anfühlt. Alles, was du tust, ist richtig gut. Mach einfach mit mir, was du willst, Red. Was immer du willst."

„Caleb ..."

Sie strich zögerlich über meine Haut, und mir wurde klar, dass sie dies hier noch nie getan hatte. Ich war so verdammt stolz, so begeistert, dass keiner sonst sie so kannte. Und es würde auch keiner außer mir.

Sie war mein.

„Hier." Ich legte ihre Hand auf meine Brust, an mein wild schlagendes Herz. „Fühlst du das? Das machst du mit mir. Du bringst mein Herz zum Rasen, und dabei fängst du gerade erst an. Du hast die Macht, mich alles fühlen zu lassen, was du mich fühlen lassen willst. Fass mich an."

Ich las in ihren neugierig funkelnden Augen, dass sie es verstanden hatte.

Ihre Hände waren weich und glatt, als sie an meinem Körper nach unten glitten. Geschickt öffnete sie meinen Gürtel und schob meine Hose herunter. Ich schluckte angestrengt.

Ruhig und langsam presste sie ihre Lippen auf meinen Hals und küsste und leckte sich ihren Weg nach unten, immer tiefer, bis ...

„Oh Mann."

Ihr Mund war heiß, weich und feucht.

Eine Sekunde noch, und ich würde fordernder werden. Noch eine Sekunde mehr, und ich würde betteln. Eine weitere Sekunde, dann würde ich explodieren.

Ich zog Red nach oben und küsste sie wild, während ich sie zum Bett führte. Dort legte ich mich auf sie. Ich füllte meine Hände und meinen Mund mit ihrem Geschmack, ihrem Duft.

Wir beide hatten zittrige Hände, als wir hektisch an unseren Sachen zerrten. Ich war blind vor Verlangen, sie zu nehmen, zu besitzen. Als mein zu markieren.

„Caleb."

„Hier. Ich bin hier. Ich halte dich, Baby."

Durch den Lustnebel drang pure männliche Befriedigung, während ich ihren Slip herunterriss und sie laut nach Luft schnappen hörte.

Mein Puls pochte in meinem Kopf, und mein Herz schlug wie verrückt. Ich nahm ihr Bein, schlang es um meine Hüften und stieß direkt in sie hinein.

Ihr Atem stockte, und über ihre dunklen Augen legte sich ein Schleier aus Verlangen, Liebe und Sehnsucht nach Erfüllung.

Ich war vollkommen gebannt, reagierte auf jede ihrer Bewegungen, jeden ihrer Atemzüge. Die Welt könnte abbrennen, und ich würde es nicht merken. Sie war alles, was es gab. Alles.

„Caleb", flüsterte sie mit einem Staunen in ihrer Stimme, das mich mitten ins Herz traf.

Ihre Fingernägel bohrten sich in meinen Rücken, und Schmerz und Wohlgefühl trieben mich an, schneller, fester und tiefer in sie zu dringen.

Ich eroberte ihren Mund, während ich ihr erstickte kleine Schreie entlockte. Diese Lust war zügellos und schmerzhaft, denn der Drang, sie zu erobern, überwog jeden anderen Instinkt. Als sich ihr Körper unmittelbar vor dem Höhepunkt anspannte und ihre Augen vor Ekstase glänzten, vergrub ich mich tief in ihr.

Ich liebe dich, war mein letzter Gedanke, ehe ich mich fallen ließ.

56. Kapitel

Caleb

Beim Boarding grinste ich vor mich hin. Alles war großartig, denn: Red und ich hatten Liebe gemacht.

Ich hatte eine Maschine nur eine Stunde später als die geplante erwischt.

Red und ich hatten Liebe gemacht.

Red und ich hatten Liebe gemacht.

Aufgrund von a, c und d hatte ich meinen Flieger verpasst. Aber ich hätte auch zehntausend Flüge mit Freuden verpasst, wenn es bedeutete, dass ich sie noch einmal haben könnte.

Ich schrieb ihr eine Nachricht, sobald ich angekommen war.

Der Regina International Airport war klein, aber chic und modern mit seinen wuchtigen Stahlbögen, den hohen, eindrucksvollen Oberlichtern und den Glasfenstern, die üppiges Sonnenlicht hereinließen.

Große Flughäfen konnte ich nicht ausstehen, weil ich mich auf denen immer verlief. Sie schienen dauernd zu viele Ein- und Ausgänge zu haben, zu viele Leute und Treppen.

Und wäre ich scharf auf eine Matrix-Tour, würde ich mich an Neo und den Keymaster wenden.

Ich bewegte mich durch die Menge und entdeckte einen Subway-Laden, einen Tim-Hortons-Coffeeshop und einen Kiosk, an dem es unter anderem einen winzigen weißen Bären in einer roten Mounties-Uniform gab.

Sofort dachte ich an Red. Solche witzigen kleinen Sachen würde sie mögen.

Also kaufte ich den Bären.

Draußen traf mich die schwüle Hitze wie ein Schlag ins Gesicht. Red hatte mir schon ein Taxi im Voraus gebucht, und ich war sehr froh, in den klimatisierten Wagen steigen zu können.

„Miranda Inn, bitte", sagte ich zu dem Fahrer.

Ich lehnte mich gerade zurück und blickte aus dem Seitenfenster, als mein Handy den Eingang einer Nachricht meldete. Es war Ben, der mir sagte, dass wir uns in der Hotel-Lounge treffen würden, damit wir etwas trinken und ein bisschen quatschen könnten, bevor wir über Geschäftliches sprachen.

Der Erfolg des Miranda Inn verdankte sich dem angeborenen Geschäftssinn meines Großvaters. Und einer Menge Glück. Er hatte das Hotel beim Pokern gewonnen, sich alle Rechte gesichert, den Hotelnamen in den seiner Tochter geändert und konnte keine fünf Jahre später überall im Land Filialen eröffnen. Nach seinem Tod erbte meine Mutter die Hotelkette und expandierte weltweit.

Ich betrat die Lobby und ließ meinen Blick über die gedeckten Farben und die geschmackvolle moderne Einrichtung schweifen. Im Geiste nickte ich den klassischen Marmorspringbrunnen in der Mitte der Halle ab. Andererseits ... wäre es nicht cool, dort ein T-Rex-Skelett in Originalgröße aufzustellen?

Wahrscheinlich würde meine Mutter eher mich verkaufen, bevor sie Dinosaurierknochen in ihrem Hotel erlaubte. Schließlich hatte sie noch einen Ersatzsohn, also wäre das gar kein Problem.

Ich grinste immer noch, als ich Ben auf einem Platz am Fenster entdeckte, von dem aus er freien Blick in den gepflegten Hotelgarten hatte.

Unsere letzte Begegnung lag fast ein Jahr zurück. Früher war er für mich weit mehr als ein Bruder gewesen; er war auch mein bester Freund – und so was wie ein Vater für mich, nachdem unserer abgehauen war.

In seinem anthrazitfarbenen Anzug wirkte er sehr vornehm – abgesehen von den schulterlangen dunkelblonden Haaren, die ihm einen Anflug von Wildheit verliehen. Schon als Jugendlicher war er immer ein bisschen vornehm und ein bisschen wild gewesen.

Dauernd sagten die Leute, dass wir uns überhaupt nicht ähnlich sahen. Ben hatte die kräftigen, maskulinen Züge unseres Vaters, während ich die weicheren unserer Mutter geerbt hatte.

Ben strahlte etwas Verwegenes aus. Seine grauen Augen schauten klug und selbstbewusst in die Welt, und mit seinem Blick konnte er Frauen bezaubern und Männer zum Schweigen bringen. Seine etwas breitere Nase und das kantige Kinn vervollständigten das Ganze.

Ich hatte oft gegen dieses Kinn geboxt, als wir noch jung waren, genauso oft wie er gegen meines. Er war es, der mir beibrachte, wie man kämpfte.

Er musste gespürt haben, dass ich da war, denn abrupt wandte er den Kopf in meine Richtung. Und dann grinste er.

„Guck sich einer dieses Gesicht an. Immer noch potthässlich", begrüßte er mich, stand auf und umarmte mich.

„Verdammt, du hast mir gefehlt", erwiderte ich.

„Jetzt heul nicht, sonst denken die Leute noch, ich hätte mit dir Schluss gemacht", sagte er, umarmte mich jedoch noch fester. „Pflanz dich auf deinen Hintern, und erzähl, was du so getrieben hast." Wir nahmen Platz, und Ben winkte nach der Bedienung.

„Was soll die Hippie-Frisur?"

„Ah, die verleiht mir eine exotische Note." Er strich seine dunkelblaue Krawatte glatt. „Die Frauen lieben es."

Ich schnaubte spöttisch. „Die Frauen lieben dich bloß wegen deines Geldes."

Er lachte und lächelte der jungen Frau zu, die ihm eine Tasse Kaffee und mir ein Glas Orangensaft brachte. Woraufhin sie errötete. „Wir essen in einer Viertelstunde."

„Ja, Mr. Lockhart."

„Ich habe schon für uns bestellt", erklärte er. „Also, ein College-Absolvent."

Ich beobachtete, wie er Milch in seinen Kaffee gab und ihn mit einem silbernen Löffel umrührte. „Jetzt bist du richtig erwachsen und bereit, die Welt im Sturm zu nehmen."

„Fangen wir erst mal mit einem Hotel an. Ich habe gehört, dass du einen Job für mich hast."

„Wenn du willst. Mom möchte, dass du dieses Hotel hier leitest. Das braucht sehr viel mehr Aufsicht als die anderen." Er machte eine Pause, um von seinem Kaffee zu trinken. „Aber du müsstest hierherziehen."

„Ich würde lieber zu Hause bleiben", antwortete ich sofort.

In dem Punkt würde ich hart bleiben. Red hatte noch ein Jahr am College vor sich.

Fragend sah Ben mich an.

„Zumindest für ein oder zwei Jahre", ergänzte ich.

Ben setzte sich gerader hin und überkreuzte die Beine. „Das wird Mom nicht gefallen."

Ich zuckte mit den Schultern. Zwar enttäuschte ich meine Mutter ungern, doch dieser Punkt war nicht verhandelbar. „Ich werde es ihr selbst sagen."

„Hast du eine Freundin?"

„Ja." Ich grinste. „Ja, ich habe eine Freundin."

„Im Leben eines Mannes gibt es zwei Arten von Frauen", begann er, und seine grauen Augen funkelten. „Der erste Typ: Verdammt, ist die heiß. Ich will sie vögeln."

„Und der zweite?", wollte ich wissen.

„Der zweite: Verdammt, ist die heiß. Ich will sie vögeln."

Ich lachte. „Oh nein!" Ich dachte an Reds dunkle Augen, wie sie lachten vor Freude oder loderten vor Wut oder Entschlossenheit. Und mein Herzschlag geriet prompt ins Stolpern. „Sie ist mehr als verdammt heiß. Sie ist vollkommen, und ich will sie heiraten."

Ben nickte und führte die Kaffeetasse zu seinem Mund.

„Ich habe ihr schon einen Antrag gemacht."

Er verschluckte sich, stellte die Tasse wieder ab und räusperte sich. „Wie bitte?"

Ich grinste. „Vor ein paar Wochen."

„Verdammt, du geiler Bastard! Ist sie schwanger?"

Unwillkürlich musste ich an den hitzigen, wilden Nachmittag mit Red denken; ich hatte kein Kondom benutzt. War das wirklich erst wenige Stunden her?

So unvorsichtig war ich noch nie gewesen. Noch nie hatte ich Sex ohne Kondom gehabt.

„Nach heute könnte sie es sein. Aber ich hoffe nicht, denn dann wäre sie richtig stinksauer auf mich. Obwohl ich es nicht schlimm fände … wenn sie schwanger wäre, meine ich."

Im Geiste sah ich ein kleines Mädchen mit dunklem Haar und dunklen Augen vor mir. Und dann einen kleinen Jungen mit denselben Zügen. Nein, dachte ich, ich fände es überhaupt nicht schlimm.

„Was hast du mit meinem Bruder gemacht, und wo ist seine Leiche versteckt?", fragte Ben, der mich verwirrt und ein bisschen erschrocken anstarrte.

Ich lachte. Nein, das konnte ich ihm nicht verübeln. Ich war ein anderer Mensch gewesen, bevor sie in mein Leben trat.

„Du wirst Red kennenlernen – Veronica", korrigierte ich. „Am Sonntag. Mich wundert, dass Mom dir nichts erzählt hat."

„Ich war viel unterwegs. Diesen Monat hatte ich Meetings kreuz und quer in Europa und bin erst vor einer Woche aus Paris zurückgekommen. Das letzte Mal, dass ich mit Mom geredet habe, hat sie mir gesagt, dass Beatrice-Rose bei ihr war, um über dich zu reden."

Ich stieß einen Fluch aus.

„Du meinst wohl, sie wollte vor Mom über meine Verlobte herziehen."

Ich spürte die Wut, die sich in mir aufstaute, und meine Hände ballten sich zu Fäusten. Ich hatte in meinem ganzen Leben noch nie ein Mädchen geschlagen und würde es auch nie tun, aber der Gedanke, dass Beatrice fiese Lügen über Red verbreitete, reizte mich dazu, auf irgendwas einzuhämmern.

Warum ließ sie Red nicht in Ruhe?

Ich konnte damit leben, dass sie mir Stress machte, würde es jedoch nicht hinnehmen, wenn es gegen mein Mädchen ging.

Ben verengte die Augen. „Warum sollte sie über deine Verlobte herziehen?"

Ich fühlte, dass ich Kopfschmerzen kriegte, die sich zunächst als dumpfer, pochender Druck unten in meinem Nacken ankündigten. Ich legte eine Hand in den Nacken und versuchte, den Druck wegzumassieren.

„Ist deine Verlobte eine Terroristin, Hundediebin oder Stripperin?"

Der scherzhafte Ton, in dem Ben fragte, befeuerte meine Wut nur noch, weil er mich an das Plakat erinnerte, das Justin in der Umkleide des Basketballteams angebracht hatte.

Der dumpfe Schmerz kroch in meine Schläfen.

„Das war nur ein Witz, Cal. Jetzt komm mal wieder runter."

Mir wurde bewusst, dass ich mein Glas sehr fest umklammerte und es zu zerbrechen drohte. Ich zwang mich, den Griff zu lockern, und atmete tief durch. „Entschuldige. Es liegt nicht an dir. Beatrice hat mir mein Leben auf mehr Arten versaut, als ich zählen kann."

„Kannst du mir das näher erklären?"

Also erzählte ich Ben alles. Er hörte zu, ohne mich zu unterbrechen, doch mir entging nicht, dass seine grauen Augen ungläubig aufblitzten, als ich über die Szene bei Beatrice zu Hause sprach und warum Red mich verlassen hatte. Mit leiser Wut berichtete ich ihm von dem Poster, das Justin aufgehängt hatte, und mich überfiel eine tödliche Ruhe, als ich über die Drogen sprach, die man mir untergeschoben hatte.

Aus dem Augenwinkel sah ich die Bedienung in unsere Richtung kommen, doch Ben hielt einen Finger in die Höhe, um ihr zu bedeuten, dass wir nicht gestört werden wollten. Sie nickte und ging wieder.

Als ich fertig war, griff ich nach meinem Glas. Obwohl Red und ich wieder zusammen waren, empfand ich bei der Erinnerung an die Trennung immer noch einen stechenden Schmerz in der Brust.

„Und du hast einen Privatdetektiv engagiert?"

Ich nickte. Ich wusste, dass er danach zuerst fragen würde. Er beschützte mich schon, seit wir Kinder waren.

„Taugt der was?"

„Onkel Harry hat ihn mir empfohlen."

Zufrieden nickte Ben. Onkel Harry war ein alter Freund unseres Großvaters und früher selbst Privatdetektiv gewesen.

„Halte mich auf dem Laufenden", sagte er.

„Mache ich. Was ist?"

Ben hatte die Ellbogen auf den Tisch gestützt, die Fingerspitzen zusammengelegt und sie an seinen Mund gelehnt. Seine wachen grauen Augen wirkten nachdenklich.

„Hättest du mir vor drei Wochen erzählt, dass Beatrice zu so etwas fähig sei, wäre ich skeptisch gewesen, wahrscheinlich sogar sprachlos."

„Was meinst du?"

Er atmete tief ein und wurde sehr ernst. „Ich weiß, wie sehr sie dich liebt. Und ich erinnere mich, wie ihr zwei aufgewachsen seid. Versteh mich nicht falsch, ich nehme sie nicht in Schutz", sagte er eilig, bevor ich ihn unterbrechen und erwidern könnte, dass es mich einen Dreck interessierte.

Beatrices Liebe war Gift. Sofern man es überhaupt als Liebe bezeichnen konnte.

„Ich versuche bloß, die Situation zu begreifen."

Ich nickte. Ben betrachtete die Dinge stets aus allen Blickwinkeln; das war es, was ihn zu einem klugen Geschäftsmann und einem guten Bruder machte. Er erkannte, wenn man zu dicht am Geschehen war, um das große Ganze zu sehen.

„Du weißt ja, dass ich geschäftlich in Paris war – ungefähr vor drei Wochen. Da traf ich Beatrice vor einem Restaurant, in dem ich ein Meeting gehabt hatte."

Ich stutzte. Beatrice war in Paris gewesen? Vor drei Wochen ...

„An dem Tag sah ich ihr an, dass es ihr nicht gut ging. Sie war allein unterwegs und wirkte verloren."

Das waren Red und ich vor drei Wochen auch gewesen. „Mir ist egal ..."

„Cal, hör mir zu." Sein strenger Ton ließ mich aufhorchen.

„Sie sah krank aus – als würde sie schon seit einem Monat mit einer Erkältung kämpfen oder so. Sie war blass, dünner denn je, verschlossen. Also lud ich sie zum Abendessen ein. Das war ... verstörend", fuhr er fort.

Ben lehnte sich auf seinem Stuhl zurück, und sein Blick richtete sich ins Leere. „Ihr Auftreten hatte etwas Manisches. Circa zehn Minuten lang war sie absolut höflich und ruhig, und dann fing sie an, sich an den Armen zu kratzen, bis sie bluteten.

Die ganze Zeit murmelte sie etwas von ihrem Dad und ihrem Zwergkaninchen. Dann wurde sie unvermittelt völlig ruhig, um gleich danach wieder mit diesem seltsamen Verhalten loszulegen.

Schließlich habe ich gesagt, dass ich sie ins Krankenhaus bringen würde. Ihr muss klar gewesen sein, dass ich sie nicht gehen lassen würde, denn sie erzählte mir, dass sie schon in einer Klinik war."

„Einer Klinik?", fragte ich perplex.

Ben schaute für einen Moment aus dem Fenster, als müsste er gründlich überlegen, bevor er seinen Blick wieder auf mich richtete.

„Es war eine psychiatrische Einrichtung, Cal."

„Was?" Entsetzt starrte ich ihn an.

„Ich konnte es auch nicht glauben. Aber ich habe einige Beziehungen und ließ jemanden nachhaken, da sie mir nicht verraten wollte, warum sie dort war. Sie ist mittlerweile schon seit Jahren in einer Therapie. Es fing an, als ihr Vater krank wurde. Mir wurde gesagt, dass es ihr schon besser ging, doch als sie diesmal wiederkam, hatte sich ihr Zustand verschlechtert."

Oh Gott. Ich hatte keine Ahnung gehabt.

„Wann war das?"

„Vor drei Wochen. Ungefähr."

Das war in etwa zu der Zeit, als Red und ich Schluss machten, und zur selben Zeit, als ich Beatrice so schroff abgewiesen hatte. Danach musste sie sich selbst in die Klinik eingewiesen haben.

Vor lauter Schuldgefühlen wurde mir schlecht. Ich hatte gewusst, dass sie mit dem Zustand ihres Vaters nicht fertigwurde, aber hatte ich sie womöglich in eine Krise gestürzt?

„Das war als ... Red und ich uns trennten. Ich hatte mit Beatrice geredet und ihr gesagt, dass sie sich von mir fernhalten soll. Ich war richtig wütend und habe einige heftige Sachen gesagt."

Ben musterte mich aufmerksam. „Es ist nicht deine Schuld."

Vielleicht nicht, aber ich hatte dazu beigetragen.

Ich blickte auf meine Hände und ballte die Fäuste. „Sie hatte ihre Panikattacken nicht gespielt."

„Doch, hatte sie. Es gab auch echte, aber die waren sehr selten. Mir wurde berichtet, dass sie dazu neigte, sie vorzutäuschen, um zu kriegen, was sie wollte, Cal", sagte er leise.

Ich schaute ihn an und erkannte Mitgefühl in seinen Augen.

„Du darfst dir nicht vorwerfen, dass du so reagiert hast, wie du reagiertest, nachdem sie diese Nummer abgezogen hat. Solltest du es vielleicht einfach auf sich beruhen lassen? Du bist nicht blöd, kleiner Bruder. Wenn jemand dich abstechen will, würdest du auch nicht dastehen und es geschehen lassen."

Er fuhr fort: „Mit ihr stimmt etwas nicht, aber das entbindet sie nicht von jeder Verantwortung, denn sie trifft immer noch ihre eigenen Entscheidungen. Sie weiß nach wie vor, was sie tut. Und sie braucht Hilfe, weigert sich jedoch, sie anzunehmen. Ihr ist bewusst, dass sie die Menschen um sich herum verletzt und manipuliert, und … es gefällt ihr. Ihr macht es Spaß, anderen wehzutun. Das wurde mir erzählt. Ich weiß nicht, ob sie psychische Probleme oder nur … keinerlei moralische Grundsätze hat. Aber irgendwas stimmt nicht. Sie muss zurück in die Klinik."

„Inzwischen ist sie wieder zu Hause", sagte ich.

„Weiß ich. Sie verweigert die Therapie. Sie war zwar in dieser Einrichtung, wollte aber nicht kooperieren. Manchmal ist es klüger, sich zurückzuziehen und es anderen zu überlassen, ihr zu helfen. Du bist nicht für sie verantwortlich."

„Sie war meine Freundin", entgegnete ich.

Ben nickte. „Ja. Alles, was wir tun können, ist, für sie da zu sein, wenn sie bereit ist, unsere Unterstützung anzunehmen. Aber du musst auf Abstand gehen, wenn sie vorhat, ihr Leben zu zerstören und dich mitzureißen. Überlass es den Ärzten, den Fachleuten, ihr zu helfen, denn die wissen, was sie machen. Sie sind es, die Beatrice jetzt braucht."

Er zog die Augenbrauen hoch. „Alles klar?"

Ich atmete erleichtert aus. „Ja, alles klar."

Und nun brachte die Kellnerin unser Essen.

„Ich hatte im Voraus bestellt, weil ich dachte, dass du hungrig hier ankommst", erklärte er, riss das Päckchen mit dem Feuchttuch auf und wischte sich die Hände ab.

Eigentlich hatte ich keinen Hunger, aber da das Essen schon mal da war, nahm ich einen Bissen. Dann schaute ich auf Bens Steak.

„Du bist so geizig. Warum kriege ich nur einen Burger und Pommes?"

„Weil du immer Burger und Pommes nimmst."

„Schon, aber heute hätte ich gern ein Steak."

„Du willst bloß ein Steak, weil ich eines esse."

Er hatte recht. Es ging nur ums Prinzip. Wenn er früher, als wir Kinder waren, ein neues Spielzeug bekam, musste ich immer das gleiche haben. Wenn er ein Batman-T-Shirt trug, zog ich auch ein Batman-T-Shirt an.

„Tauschen wir."

„Wie alt bist du, sieben?"

„Dreiundzwanzig in nicht mal zwei Tagen."

Ich stand auf und wollte unsere Teller tauschen, doch er hielt seinen fest.

„Ich habe Geburtstag!", erinnerte ich ihn.

Er blickte mich nur gelangweilt an. „Den Bonus hast du schon vor langer Zeit aufgebraucht."

Dann zog Ben eine Münze aus der Tasche. „Lass uns drum spielen. Bei Kopf darf ich das große Stück tote Kuh haben, bei Zahl würgst du deinen Burger und die Pommes runter. Und du bezahlst nachher das Bier", ergänzte er.

„Abgemacht."

Er warf, und wir starrten beide auf die Münze. Als Ben zu mir aufsah, grinste er selbstzufrieden.

Ich schnitt eine Grimasse. „Idiot."

Sein Grinsen blieb, und er zuckte mit den Schultern. „Wo bleibt mein Bier?"

57. Kapitel

Caleb

Es war beinahe Mitternacht, als ich in mein Zimmer zurückkehrte. Ich war erledigt und wollte nur duschen und ein Aspirin gegen meine Kopfschmerzen.

Die Wissenschaft erfand laufend neue Sachen. Warum fiel denen keine Pille ein, die Kopfschmerzen innerhalb von Millisekunden verschwinden ließ?

Oder eine Duschkabine, in die man nur reingehen musste, und drei Sekunden später – schwuppdiwupp – war man vollständig sauber, ohne einen einzigen Muskel zu bewegen?

Na, wäre das nicht cool?

Ich jedenfalls wollte genau diese beiden Dinge jetzt. Doch am allermeisten wollte ich meine Red.

Ich streifte mein T-Shirt ab und ließ es auf dem Weg zum Bett fallen. Die Jeans und die Socken folgten als Nächstes, und schließlich warf ich mich bäuchlings auf die Matratze.

Red hatte mir schon so oft einen Vortrag gehalten, dass ich meine Klamotten nicht überall herumliegen lassen soll, und jetzt bekam ich einen Anflug von schlechtem Gewissen. Ja, ich erwog sogar, aufzustehen und die Sachen aufzuheben.

Aber das Bett fühlte sich so gut an, und Red würde es nie erfahren. Und …

Ganz schwach roch ich noch ihren Duft an mir. Ich könnte die Augen schließen und sie mir vorstellen.

Vielleicht sollte ich die Dusche auf morgen verschieben.

Wahrscheinlich schlief Red schon. Sie ging gern früh ins Bett.

Manchmal vergaß sie, ihr Handy stummzuschalten; dann weckten meine Textnachrichten sie. Sie hatte einen sehr leichten Schlaf.

Was sollte ich tun? Ich vermisste sie. Sie wollte noch nicht mit mir zusammenziehen, doch dem würde ich bald ein Ende bereiten. Sobald ich wieder zu Hause war, würde ich sie mitschleppen, um die drei Häuser zu besichtigen, die ich mit dem Makler ausgesucht hatte.

Als mein Handy klingelte, war ich versucht, die Mailbox rangehen zu lassen. Andererseits könnte es Red sein. Ich nahm das Gespräch an, ohne aufs Display zu schauen.

„Hallo?"

„Hi, Caleb."

Ich lächelte so breit, dass es fast wehtat.

„Wer ist da?", fragte ich übertrieben ernst.

„Ich bin's."

„Wer?" Ich drehte mich auf den Rücken und lehnte mich in die Kissen, während ich mir vorstellte, wie sie in ihrem Bett lag und sich ihr Haar hübsch auf dem Kissen fächerte. Wahrscheinlich hatte sie diese winzigen roten Shorts an, und ihre Beine waren nackt und …

Ich räusperte mich. „Bist du das Mädchen, das seine Unterwäsche unter meinem Kissen liegen lassen hat? Denn … nur zur Info, das ist nicht normal."

„Was redest du denn?" Es trat eine Pause ein. „Welches Mädchen?"

Beinahe hätte ich gelacht. Aber nur beinahe.

„Oder – warte mal", sagte ich immer noch total ernst, „du klingst eher wie das Mädchen, das von mir besessen ist. Das neulich Nacht durch mein Schlafzimmerfenster geklettert ist."

Als ich ihr leises Lachen am anderen Ende hörte, schloss ich die Lider und sah ihr Gesicht vor mir: dunkle Augen, die amüsiert funkelten, rote Lippen, die sich zu einem wunderschönen Lächeln bogen.

„Ja, und das dir die Augenbraue entfernt", beendete sie meinen Satz.

„Hä?"

„*Margos Spuren*, John Green?"

„Wer ist denn John Green, und warum entfernt der jemandem die Augenbraue? Das ist … grausam."

„Nein." Sie lachte. „Das ist der, der *Das Schicksal ist …* Ach, egal."

Aha. Sie musste ungefähr eine Million Bücher gelesen haben.

„Hi, Red", flüsterte ich.

„Hi, Caleb."

Ich wusste, dass wir beide lächelten und uns freuten, die Stimme des anderen zu hören.

„Erzähl mir von deinem Tag", bat sie.

Ich dachte an die Geschichte mit Beatrice, und meine gute Laune verpuffte. Aber dann fiel mir wieder ein, dass mein Tag mit Red richtig gut angefangen hatte. Wirklich richtig gut.

Später hatte Ben mich im Hotel herumgeführt und mir das Personal vorgestellt. Ich vergaß die Namen, sobald sie ausgesprochen waren. Das war ziemlich schlecht, und ich nahm mir vor, daran zu arbeiten. Gesichter konnte ich mir gut merken, Namen hingegen nicht.

Nach dem Rundgang zogen wir uns ins Büro zurück, um meine Ausbildung zu beginnen. Ben arbeitete wie ein Irrer, und das Gleiche erwartete er auch von jedem anderen. Wir gingen die Konten durch, machten ein Brainstorming zur Gewinnung neuer Investoren, prüften und entwickelten neue Ideen für Werbe- und Pauschalangebote für den Sommer und den Herbst, um mehr Gäste anzulocken. Es fühlte sich sehr produktiv an.

Und jetzt hatte ich mein Mädchen am Telefon.

Alles in allem war es also ein echt guter Tag.

„Mein Tag hat supergut angefangen. Ich musste immer wieder an das denken, was wir in deinem Zimmer gemacht haben", antwortete ich leise. „Bist du wund?"

Es entstand eine Pause, und ich stellte mir vor, wie sie rot wurde.

„Ein bisschen", antwortete sie flüsternd.

Und dann fiel es mir wieder ein … Mist. Kondom.

„Red?"

„Hmm?"

„Tut mir leid, dass ich kein Kondom benutzt habe."

Noch eine Pause und flaches, schnelles Atmen. „Ist schon gut."

Was meinte sie damit, dass es schon gut wäre?

„Ich nehme die Pille", erklärte sie. „Die habe ich mir vor Wochen verschreiben lassen."

„Ah, gut."

Ich runzelte die Stirn, denn mir war rätselhaft, warum mich das ein bisschen enttäuschte. Hatte ich etwa gehofft, dass sie schwanger war?

„Hast du deinen Bruder endlich wiedergesehen?"

Ihr war nach wie vor nicht wohl dabei, über Dinge wie Sex zu reden. Auch daran würde ich arbeiten. Sie sollte sich bei dem Thema irgendwann so wohlfühlen, dass sie mir sagen konnte, was sie sich im Bett wünschte. Ich wollte sie befriedigen und jedes Verlangen von ihr stillen. Ich wollte, dass sie ...

„Caleb?"

„Ja, Baby?"

„Hast du deinen Bruder endlich wiedergesehen?", wiederholte sie.

Ah, richtig.

„Ja, habe ich. Er ist ein Workaholic. Und auf mich kommt einiges an Arbeit zu."

„Du bist gut in Dingen, die du gern tust. Sicher wirst du das super machen."

Ach, meine Red. Sie war so süß, und sie wusste es nicht mal.

„Ich finde es klasse, dass du so von mir denkst. Aber ich kam mir wieder wie ein Kind vor. Früher sind Ben und ich oft mit unserem Großvater zur Arbeit gegangen. Ich bin damit groß geworden, seine Hotels zu besuchen und viel über sie zu erfahren. Schon damals haben mich die Arbeit, das Abenteuer und sogar das Drama im Hotel fasziniert."

Ich hörte, dass sie sich bewegte, dann das Rascheln von Kissen und Decken, als sie sich aufs Bett legte.

„Erzähl mir eine Geschichte von damals."

„Hmm, mal überlegen. Ich erinnere mich, wie ich dort mal als Page gejobbt habe ..."

„Echt?"

Ich wusste nicht, ob ich beleidigt oder amüsiert sein sollte, weil sie so erstaunt klang. „Ja, echt. Ich hatte dir doch gesagt, dass ich schon im Hotel gearbeitet habe. Dachtest du etwa, ich sei bloß ein verwöhnter, umwerfend aussehender reicher Junge, der in schicken Autos rumfährt und Frauen aufreißt?"

Als sie nicht antwortete, wurde mir klar, dass sie genau das gedacht hatte. Ich runzelte die Stirn. „Autsch."

Red lachte leise. „Damit triffst du dermaßen ins Schwarze, dass es schon nicht mehr witzig ist."

Ja, streu noch Salz in die Wunde, Red.

„Aber das war einmal. Ich kannte dich früher ja nicht", flüsterte sie. „Jetzt kenne ich dich."

„Und jetzt bist du dermaßen in mich verliebt, dass es schon nicht mehr witzig ist", folgerte ich. „Na gut, ich werde dir eine Geschichte erzählen. Eine aus unserem Hotel in Vegas. Du musst aber versprechen, sie für dich zu behalten. Die ist streng geheim", warnte ich.

„Ich würde mir ja in die Hand spucken und deine abklatschen, Caleb, doch dazu bist du zu weit weg", beteuerte sie so ernst und niedlich, dass ich einen Moment brauchte, um zu kapieren, dass sie scherzte.

„Frech." Ich lachte. „Da war diese sehr berühmte Schauspielerin. VIP-Status."

„Welche Schauspielerin?"

„Ah, das darf ich nicht verraten. Wir Hotelangestellten sind quasi wie Priester. Oder Ärzte. Oder Anwälte. Wir dürfen auf keinen Fall die Namen unserer Gäste preisgaben", flüsterte ich verschwörerisch.

„Wie die CIA", raunte sie. Sie spielte mit.

„Ja", murmelte ich. „Genau wie diese Jungs. Aber da du meine Verlobte bist, darf ich es dir sagen." Ich nannte ihr den Namen, und sie war beeindruckt. „Diese Spitzenschauspielerin kommt rein und bucht eine ganze Etage. Für sich. Ihr Manager und ihre Assistentin waren auf einer anderen Etage untergebracht."

„Okay, dann schätzt sie vielleicht ihre Privatsphäre. Das ist ja nicht verwerflich."

„Stimmt, ist es nicht", bestätigte ich. „Dennoch waren wir neugierig."

„Aha."

„Keiner durfte die Etage betreten, ausgenommen die Zimmermädchen und der Room-Service. Und bei VIPs strengen wir uns natürlich an, ihnen alle Wünsche zu erfüllen."

„Natürlich."

„Entsprechend war es nur logisch, dass Ben und ich uns nach oben geschlichen haben. Wir hatten uns eine Uniform vom Room-Service besorgt."

„Logisch", sagte sie und stockte. „Und, was habt ihr herausgefunden?"

„Wir dachten, dass sie einen Porno dreht oder ... jemanden umbringt. Aber wir fanden heraus, dass sie ihren Freund betrogen hat."

„Ah, deshalb haben sie sich getrennt."

„Ja", antwortete ich und legte eine dramatische Pause ein. „Sie hat ihn mit einer anderen Frau betrogen."

„Ach. Ich ... wusste gar nicht, dass sie lesbisch ist."

„Ist sie nicht. Wie sie sagt, orientiert sie sich in beide Richtungen", erklärte ich. „Aber dann kam ihr Freund, ein sehr bekannter Sänger, überraschend zu Besuch. Er hatte einen riesigen Strauß Rosen dabei und eine kleine Band, die alle Instrumente mitschleppte – Gitarren, Geigen, alles Mögliche. Er wollte ihr einen Antrag machen."

Ich hörte, wie Red nach Luft schnappte. „Oh, der arme Kerl."

„Eben. Jedenfalls hatte er beschlossen, ähm ... sich komplett auszuziehen, bevor er an ihre Tür klopfte. Wahrscheinlich dachte er, wennschon – dennschon. Die Tür geht auf, und er sieht die beiden. Zwei Minuten später flog ein Fernseher aus dem Fenster."

„Oh mein Gott!"

„Der hätte um ein Haar einen Pagen erschlagen."

Inzwischen kugelte sie sich vor Lachen. „Entschuldige. Ich sollte nicht lachen, aber ..."

„Nur zu. Es war auch irgendwie komisch, wenn man bedenkt, dass er rasend wütend und splitternackt aus dem Zimmer stürmte, bis nach unten in die Lobby."

„Was?"

„Ich schwöre, so war's. Hast du das damals nicht in den Nachrichten gesehen?"

„Ich gucke eigentlich keine Nachrichten."

„Komm schon, alle haben darüber geredet. Ich erinnere mich, dass mein Großvater überglücklich war. Es war ja Gratiswerbung für das Hotel. Egal, ob gute oder schlechte Schlagzeilen, Werbung ist Werbung. Jedenfalls war der Sänger schon eine Woche später mit einer anderen Schauspielerin unterwegs."

Sie seufzte. „Ich schätze, dann war es nicht ernst."

„Nein, vermutlich nicht. Red?"

Ich wollte, dass sie ihre gute Laune behielt, denn ich liebte es, sie lachen zu hören und einfach über Nichtigkeiten zu reden. Doch ich musste ihr auch erzählen, was ich heute erfahren hatte.

„Hmm?"

„Ich muss mit dir über etwas sprechen."

Ich hörte, wie sie tief Luft holte, als versuchte sie, sich zu wappnen. „In Ordnung, Caleb. Ich bin hier."

Ich lächelte.

Ich bin hier.

Im Grunde ein simpler Satz, dennoch beinhaltete er ein großes Versprechen.

„Ben hat mir erzählt, dass er Beatrice vor drei Wochen in Paris gesehen hat. Sie ist krank, Red."

Ich erzählte ihr alles. Genau wie Ben war sie ruhig und hörte mir zu, ohne mich zu unterbrechen.

„Du machst dir Sorgen um sie", bemerkte sie, nachdem ich fertig war.

„Nein ... doch. Ich weiß nicht", antwortete ich frustriert, setzte mich auf dem Bett auf und rieb mir das Gesicht.

„Es ist in Ordnung, dass du dich um sie sorgst, Caleb."

„Ich will es aber nicht", erwiderte ich ein bisschen zu schroff.

Ich stieg vom Bett und ging in die Küche, um mir eine Flasche Wasser zu holen. „Ich weiß nur, dass ich nicht bereit bin, ihr zu verzeihen oder sie wieder in mein Leben zu lassen. Sie hat dich verletzt."

Bei dem Gedanken drehte ich den Flaschenverschluss energischer als beabsichtigt. „Und nach dem, was du mir von deinem Treffen heute mit ihr erzählt hast, hat sie nicht vor, so bald damit aufzuhören."

„Ich komme damit klar, Caleb. Sie kann mir nichts sagen, was meine Gefühle für dich ändern würde", erklärte sie sanft, und ich hörte einen entschuldigenden Unterton heraus.

„Sie ist eine manipulierende Lügnerin. Sie täuscht Panikattacken vor, um zu kriegen, was sie will", fuhr sie fort. „Ist sie wirklich krank? Wenn dein Bruder festgestellt hat, dass sie sich ihres Handelns und ihrer Entscheidungen immer noch bewusst ist und die Macht hat, sich zu bremsen ... und dass sie ... gern andere verletzt, ist das unheimlich, Caleb. Doch es gibt ihr nicht das Recht, anderen wehzutun oder Leute zu benutzen. Du musst dich einer Qual nicht aussetzen. Keiner verdient es, misshandelt zu werden. Nicht mal sie."

„Ich weiß."

„Mein Dad ... war genauso. Er hat meine Mom fast umgebracht." Sie schluchzte kurz. „Und mich. Ihm war es egal, solange er bekam, was er wollte. Sag mir, ob das richtig ist. Sag mir, ob du dich mit solchen Leuten umgeben willst und ihren Missbrauch schlicht hinnehmen willst."

Sie holte zittrig Luft. „Sie braucht Hilfe, Caleb. Und sie tut mir leid, ehrlich, aber das heißt nicht, dass ich stillschweigend zusehe, wenn sie beschließt, Menschen zu schaden, die mir wichtig sind. Was sie jetzt gerade tut, ist ein Hilfeschrei."

„Weiß ich", erwiderte ich.

Ich hatte vorhin an der Rezeption um Aspirin gebeten, und als ich die nun auf dem Tisch vorfand, atmete ich erleichtert auf. Ich schüttete mir zwei Tabletten in die Hand und schluckte sie mit Wasser.

„Der Privatdetektiv hat mich vorhin angerufen. Er hat etwas."

„Hat er ... herausbekommen, wer die Drogen in deinem Wagen platziert hat?"

„Ja", antwortete ich. „Das war Justin."

Sie schnappte hörbar nach Luft.

„Es liegt ein Haftbefehl gegen ihn vor. Er wurde von den Sicherheitskameras in meiner Tiefgarage gefilmt. Er hatte Schlüssel zu meinem Wagen, deshalb ging der Alarm nicht an."

„Woher hatte er die Schlüssel?"

„Weiß ich nicht genau. Ich hatte die Jungs hin und wieder auf ein Bier zu mir eingeladen, bevor du bei mir gewohnt hast. Aber nur ein paarmal. Da könnte er die Ersatzschlüssel geklaut haben. Ich hatte die ja nie gebraucht. Sie lagen immer in meinem Zimmer, doch als ich nachgesehen habe, waren sie weg."

„Dann war jemand in deinem Zimmer. Fehlt sonst noch etwas?"

„Ja." Ich musste meine Wut herunterschlucken bei dem Gedanken, dass ich bestohlen worden war. Von jemandem, den ich für einen Freund gehalten hatte.

„Eine Piaget-Uhr von meinem Großvater und einiges Bargeld. Ich weiß nicht, was sonst noch. Clooney überprüft gerade die anderen Sicherheitskameras im Haus. Es gibt allerdings keine auf dem Korridor, weil ich da keine wollte. In den Aufzügen sind aber welche."

Ich ließ mich wieder auf die Matratze fallen und nahm das Kissen in den Arm. *Wenn es doch sie wäre!*

„Ich will nicht mehr darüber reden. Ich bin so müde, Red, und ich wünschte, du wärst hier."

„Ich auch. Du fehlst mir", sagte sie sanft. „Ich ... ich hatte gehofft, heute mehr Zeit mit dir verbringen zu können. Filme zu gucken, dir Essen zu kochen. Ich weiß nicht, irgendwas eben."

Meine Lider waren bleischwer, dennoch musste ich lächeln. Mein Mädchen war so süß!

Träge griff ich nach der Nachttischlampe und schaltete sie aus. Es war besser, Reds Stimme zu hören und sie mir in der Dunkelheit neben mir vorzustellen.

„Das wäre schön gewesen", murmelte ich. „Du, Red?"

„Ja?"

„Woran denkst du?"

„Ähm ..."

„Denkst du an mich? Und an das, was wir in deinem Zimmer gemacht haben?", fragte ich leise.

Flaches, schnelles Atmen war ihre Antwort.

„Denn ich", sagte ich leise, „kann nicht aufhören, daran zu denken."

„Ja", hauchte sie. „Ich auch nicht."

„Gut."

„Du hörst dich so müde an, Caleb. Schlaf ein bisschen. Ich rufe dich morgen wieder an."

„Okay", murmelte ich. „Ich habe dieses Bild von dir im Kopf, wenn ich die Augen schließe. Nur dich", flüsterte ich. „Nur dich."

Ich lehnte mich in die Kissen zurück, schläfrig und erschöpft, und ich wünschte, sie würde sich an mich kuscheln.

Ich möchte wieder Liebe mit dir machen.

Heute.

Heute Nacht.

Morgen.

Jeden Tag.

Für den Rest unseres Lebens.

„Komm bald nach Hause, Caleb."

„Immer."

Ich schloss die Augen und stellte mir weiter vor, wie sie neben mir lag – bis ich einschlief.

58. Kapitel

Veronica

„Ich weiß genau, in welchen Geschäften es hübsche, bezahlbare Kleider gibt", verkündete Kar und hakte sich bei mir ein. „Wenn wir Glück haben, finden wir eines, das richtig sauteuer aussieht."

Ich hörte, wie aufgeregt sie war, während sie mich durch die Secondhand- und Wohlfahrtsläden schleifte. Sie liebte es, Schnäppchen zu ergattern, doch als wir nichts fanden, gab sie es auf und fuhr mit mir zum Einkaufszentrum.

„Und, hast du schon ein Geschenk für deinen Süßen?"

Ich nickte. „Ich habe ihm eine Beanie gestrickt."

„Mitten im beknackten Hochsommer?"

Sie sah mich an, als sei ich eben aus einer Klapsmühle entflohen. „Die willst du ihm zum Geburtstag schenken?"

Was ist denn verkehrt daran? Bei ihr hörte es sich wie ein unverzeihliches Verbrechen an.

„Ja, na ja. Er kann sie ja im Winter benutzen. Und er trägt gern Beanies. Außerdem habe ich die selbst gemacht", verteidigte ich mich. Ich hatte richtig lange an dem Teil gesessen. „Weißt du eigentlich, wie schwer es ist, während der Prüfungswoche auch noch eine Mütze zu stricken? Ich habe die nur knapp fertig bekommen!"

Mitleidig sah sie mich an. „Hör mal, du bist meine Freundin, also muss ich ehrlich zu dir sein, sonst funktioniert das nicht."

Ich warf ihr einen mürrischen Blick zu und ließ mich in den Laden zerren.

„Dein Geschenktalent ist unterirdisch", erklärte sie.

Ich schnaubte genervt. „Trotzdem schenke ich ihm die Beanie", beharrte ich stur.

Kar seufzte. „Ich schätze, du hast Glück, dass Lockhart schon alles hat. Und ich nehme an", fügte sie hinzu, „Lockhart ist so süchtig nach dir, dass er richtig charmant finden wird, wie grottenschlecht du im Schenken bist." Sie nahm ein grünes Kleid von einem Ständer, hielt es mir an, musterte mich prüfend und hängte das Teil kopfschüttelnd zurück.

„An der Beanie ist nichts verkehrt", verteidigte ich mich. „Und wenn er sie nicht will, trage ich sie eben selbst."

Ich würde ihm die Mütze schenken, und damit basta.

„Na gut, ich geb's auf. Wir können wohl nicht alle vollkommen sein." Sie warf sich ihr goldbraunes Haar über die Schulter – ganz die Diva.

Ich bedachte sie mit einem verärgerten Blick. „Echt, Kar, du bist so vollkommen, dass es eine Statue und eine Flagge mit deinem Gesicht drauf geben müsste."

Sie zwinkerte mir zu. „Ja, ich weiß!"

Als sie noch ein grünes Kleid aussuchte – was hatte sie denn heute mit Grün? –, schüttelte ich den Kopf und sagte, dass es rot sein müsste. Kar verdrehte die Augen, und wir gingen zu einem anderen Kleiderständer.

„Also", meinte sie beiläufig, zog ein Kleid heraus und warf es mir zu. Dann marschierte sie zum nächsten Ständer, und ich folgte ihr. „Wie groß ist Lockharts Schwanz?"

Würde ich gerade etwas trinken, ich hätte mich verschluckt.

„Kar!"

Wieder rollte sie mit den Augen. „Hast du geglaubt, ich weiß nicht, dass ihr zwei gestern in deinem Zimmer Salami-Verstecken gespielt habt?"

„Oh mein Gott!" Ich lachte erstickt und blickte mich um, ob uns auch niemand hörte. Und prompt wurden meinen Wangen heiß vor Scham, denn ich sah, dass die Verkäuferin sich bemühte, nicht zu lachen. „Kar, sei verdammt noch mal still."

Sie zog bloß einmal kurz die Augenbrauen hoch.

„Probier das hier an", befahl sie und scheuchte mich in die Umkleidekabine.

Ich verriegelte die Tür hinter mir und beäugte das winzige Lycra-Teil in meiner Hand skeptisch.

„Dann verrate mir wenigstens eines." Pause. „Stimmt es, dass er die ganze Nacht kann?"

Ich biss mir auf die Unterlippe und wurde wieder rot, wenn auch aus völlig anderen Gründen.

„Du bringst mich um", jammerte Kar.

„Ja", hauchte ich nach einer kleinen Weile.

„Ja was?"

„Ja." Ich räusperte mich. „Er kann die ganze Nacht."

Stille.

„Ich fange schon mal an zu beten … für deine arme, aber total befriedigte Va…"

Ich würgte sie ab. „Kar!"

„Seele. Ich wollte Seele sagen."

Ich seufzte.

„Was ist mit seiner Zunge? Oder kann er den Helikopter?"

„Kar!"

„Ach."

Ich kannte Kar und wusste, dass sie nicht aufhören würde, ehe sie hatte, was sie wollte.

„Können wir vielleicht zu Hause darüber sprechen? Nicht hier", schlug ich vor.

Ich konnte praktisch hören, wie sie die Augen verdrehte.

„Na gut! Oh, hi, haben Sie dieses Kleid, nein, nicht das, das daneben, mit dem Schlitz bis zum Hals, ja, das. Ich möchte das in Rot. Und ist das bio?" Ihre Stimme verklang, als sie sich mit der Verkäuferin entfernte.

Ich betrachtete mein Spiegelbild und runzelte die Stirn. Das Kleid war sehr eng. Es hatte zwar lange Ärmel und bedeckte meinen Hals zur Hälfte, war aber für meinen Geschmack viel zu kurz.

Es klopfte laut an der Tür, und ich zuckte zusammen. „Los, komm raus, und lass dich angucken."

Kar verzog den Mund, als ich die Tür öffnete. „Hätte ich deinen Arsch und diese Möpse, oh Mann, ich würde reichlich Geld für Klamotten sparen, weil ich keine mehr tragen würde."

Ich schnaubte. „Ich denke nicht, dass es das ist, was ich suche, Kar."

Sie nickte. „Ja, stimmt. Du brauchst etwas Edleres. So siehst du aus wie eine konservative Nutte. Gehen wir in einen anderen Laden."

„Aber nicht in einen teuren, Kar."

„Alles gut. Ich habe Lockharts Kreditkarte."

Mir fiel die Kinnlade herunter. „D...du hast was?"

„War nur ein Witz!" Sie lachte. „Du hättest dein Gesicht sehen sollen."

Ich schnappte mir den Bügel und warf ihn nach ihr.

„Ich überlege, Calebs Mom personalisierte Teebeutel zu schenken. Oder ich könnte ihr ein Buch kaufen ..."

Kar öffnete den Mund und tat, als müsse sie sich übergeben.

„Oder", fuhr ich fort, ohne auf sie zu achten, „ich könnte Blumen mitbringen oder ..."

„Warum strickst du ihr keine Beanie?"

Ich griff in ihre Haare und zog daran.

„Aua! Schon gut. Meinetwegen. Wahrscheinlich wären ihr Diamanten lieber."

„Kar", stieß ich heraus, und garantiert hörte sie den Anflug von Panik heraus. „Ich möchte einen guten Eindruck machen. Das ist mir wichtig, weil ... es Caleb wichtig ist. Bitte! Ich brauche deine Hilfe, denn ich bin richtig schlecht in so etwas. Was meinst du?"

Sie atmete pustend aus. „Tja ... Ich kenne seine Mutter nicht. Und um deinetwillen hoffe ich, dass sie keine Bitch ist. Aber personalisierte Teebeutel? Im Ernst?"

Ich wurde unsicher. „Ich dachte ... na ja, die sind persönlicher und ... aufmerksam. Oder nicht? Caleb hat gesagt, dass sie Tee mag. Ich dachte ..."

„Ach, tut sie? Na schön, verstehe. Nein, du hast recht. Ich habe geglaubt, dass es eine von deinen total absurden Geschenkideen ist, aber wenn sie Tee mag, nur zu."

„Ja, dann schenke ich ihr die. Ich habe schon eine Kräutermischung gekauft, und ich denke, die hilft ihr, nach einem langen Tag zu entspannen. Jetzt brauche ich nur noch ein hübsches Holzkästchen oder eine Dose für die Teebeutel."

„Wie süß. Vielleicht solltest du sicherheitshalber noch eine Teekanne und einen Becher besorgen."

„Gute Idee. Danke, Kar."

Sie lächelte mich an und klopfte mir auf den Rücken. „Wozu hat man Freunde?"

Als wir bei dem Laden ankamen, blieben wir beide stehen und starrten die Schaufensterpuppe mit dem langen roten Kleid an.

Das Kleid hatte Spaghettiträger und einen herzförmigen Ausschnitt, und es saß an der Schaufensterpuppe wie eine zweite Haut. Es endete ein paar Zentimeter über dem Knie. Darüber war eine dünne Spitzenlage, die bis zum Boden reichte und einen Schlitz vorn in der Mitte hatte, um die Beine zur Geltung zu bringen.

„Fühlst du es? Das ist dein Kleid, Ver. Es spricht zu uns. Es sagt: Kauf mich, und ich werde dir das Gefühl geben, J. Los Arsch zu haben."

Nervös lachte ich. Sie hatte recht. Aber wie viel kostete das? Es sah zumindest richtig teuer aus.

Dennoch wollte ich es zu gern kaufen. Ich wollte für Caleb gut aussehen an seinem Geburtstag. Und ich wollte seine Mutter beeindrucken und einen vorzeigbaren Eindruck neben Caleb machen, wenn er den Leuten vorgestellt wurde, mit denen und für die er arbeiten würde. Ich ging um die Schaufensterpuppe herum und stellte fest, dass das Kleid einen tiefen Rückenausschnitt hatte. Zögernd griff ich nach dem Preisschild, und mir blieb die Luft weg.

„Das ist teuer, Kar."

Sie blickte auf den Preis. „Nicht für dieses Kleid. Das musst du haben."

Ich machte ein langes Gesicht.

„Ich leih dir das Geld", bot Kar vorsichtig an. Sie wusste, wie empfindlich ich auf das Thema reagierte. „Und du gibst es mir zurück, wenn du deinen Abschluss hast und einen guten Job. Wie wäre das?"

Resigniert seufzte ich. Geld von ihr anzunehmen war ausgeschlossen. Es musste eine andere Lösung geben ... Im Geiste rechnete ich durch, welche Rechnungen diesen Monat zu bezahlen waren: meine Miete, Lebensmittel und jetzt auch noch die Handyrechnung. Es war knapp. Richtig knapp.

„Ich kann nicht, Kar."

„Hi!" Eine Verkäuferin kam zu uns und strahlte uns an. „Kann ich Ihnen helfen?"

„Gut möglich", antwortete Kar, die mich immer noch anblickte.

„Mir ist aufgefallen, dass Sie sich dieses Kleid angeschaut haben. Wir sind gerade dabei, unsere Ware aus der letzten Saison abzustoßen, und dieses Modell ist im Ausverkauf für …"

„Ach du Scheiße, es ist herabgesetzt! Das war's. Du nimmst es."

„Kar, ganz ruhig. Entschuldigung, sie hat vergessen, ihre Pillen zu schlucken."

Die Verkäuferin lachte. „Wenn es Sie nicht stört, dass der Schnitt aus der letzten Saison ist, kann ich Ihnen sechzig Prozent geben. Das gilt für alle Kleider mit einem roten Preisschild."

Es war immer noch etwas über meinem Budget, doch für Caleb würde ich es nehmen. Auch wenn es bedeutet, mich einen Monat von Erdnussbuttersandwiches zu ernähren.

Während ich es anprobierte, zog Kar sich einen Sessel neben die Tür der Umkleidekabine.

„Also, wo ist Lockhart gerade?"

„In Saskatchewan", antwortete ich. „Sie haben da vor einigen Monaten ein Hotel eröffnet, und Caleb hat gesagt, dass dort noch sehr viel zu tun ist, weil es ganz neu ist. Sein Bruder lernt ihn an."

„Benjamin Lockhart?" Sie klang beeindruckt. „Hast du ihn schon kennengelernt?"

„Nein, bisher nicht. Caleb hat erwähnt, dass er zur Party kommt. Kennst du ihn?"

„Nicht näher. Ich habe bloß Gerüchte über ihn auf dem Campus gehört. Und ich habe ihn gesehen. Die Lockhart-Brüder sind beide wahnsinnig heiß, aber … wappne dich. Benjamin Lockhart ist tödlich. Du kennst doch diese Typen, die dich nur einmal anschauen – ein Blick, und du willst schon dein Höschen fallen lassen? Genau der Typ ist er. Hach."

Ich schnaubte.

„Moment mal. Heißt das, Caleb bleibt in Saskatchewan?"

Oh.

„Ich ... weiß nicht. Wir haben noch nicht darüber geredet."

„Und was, wenn er muss?", fragte sie leise. „Willst du dann mit ihm gehen?"

Wollte ich?

„Ich habe hier mein Leben."

„Schon klar." Sie seufzte. „Doch das war, bevor du Caleb begegnet bist."

Meine Knie wurden so weich, dass ich mich auf die Bank in der Umkleide setzen musste. An einen Umzug hatte ich noch gar nicht gedacht.

„Ich ... kann ich es nicht sagen, Kar. Caleb will, dass wir hier ein Haus kaufen, also ging ich davon aus ..."

„Er will ein Haus kaufen?"

„Ja."

„Wow! Anscheinend will er sich langfristig festlegen. Auf die Schenk-mir-Kinder-Art."

Ich holte tief Luft und zwang mich, ruhig zu bleiben und meine verstörenden Gedanken zu verdrängen. Ich sollte mich lieber auf die Unterhaltung konzentrieren.

„Nein", erwiderte ich lachend, was jedoch angestrengt klang.

Dennoch fühlte ich ein Flattern im Bauch, als ich mir vorstellte, eines Tages Calebs Kind in mir zu tragen. Ich schüttelte den Kopf.

„Jedes Mal, wenn ich Caleb den kleinen Finger reiche, nimmt er die ganze Hand."

„Tun sie das nicht alle?", fragte Kar verbittert. „Hör mal, ich habe dich und Lockhart die letzte Woche erlebt. Ihr guckt euch an, als wolltet ihr euch immerzu die Klamotten vom Leib reißen. Das ist ziemlich krank."

„Du bist ja nur neidisch."

„Bitch."

Ich lachte, da sie energisch gegen die Tür boxte.

„Und ich kenne dich gut genug, um zu wissen, dass du ihm nicht die ganze Hand überlassen würdest, wenn du nicht wolltest. Du bist total stur. Aber du gibst ihm nach, was bedeutet, dass du es willst. Leugnen ist zwecklos. Deshalb seid ihr so ein perfektes Paar, verstehst du? Du denkst zu viel nach, machst dir zu viele Sorgen. Er sieht so aus, als würde er es nicht, aber das habe ich durchschaut. Man meint zwar, Lockhart sei bloß einer von diesen dummen, gut aussehenden Typen, doch er ist ziemlich schlau. Und raffiniert. Der Mistkerl."

Ich lachte.

„Er weiß, was du brauchst und was du willst, auch wenn es dir selbst noch nicht richtig klar ist", fuhr Kar fort. „Und er ist da, um es dir klarzumachen und dir zu sagen, dass du keine Angst haben musst. Du bist zu vorsichtig, möchtest Risiken vermeiden, er nicht. Und er zeigt dir, wie einfach es ist, weil du es nie tust. Du grübelst zu viel. Manchmal ist es ganz simpel. Man muss nicht alles verkomplizieren."

Ich dachte an Calebs Mutter. „Aber manchmal ist es kompliziert."

„Sei verdammt noch mal still. Er liebt dich, du liebst ihn. Er will dich heiraten, du willst ihn heiraten. Ihr wollt zusammen sein. Also seid zusammen. Ganz einfach.

Probleme wird es immer geben. So läuft es nun mal im Leben. Die kriegst du geregelt. Wenn du wartest, bis du so weit bist, tja, dann kannst du ewig warten, denn eigentlich ist keiner jemals richtig bereit." Sie machte eine Pause.

Ich hörte, wie sie tief einatmete, und als sie weitersprach, war ihre Stimme leiser. „Etwas ganz anderes ist es, wenn er nicht um dich kämpfen will."

„Kar ..."

„Pah." Ich stellte mir vor, wie sie mit einer Hand vor ihrem Gesicht herumwedelte, um diese Gedanken zu verscheuchen. „Bist du platt, was für erstaunliche Weisheiten ich dir um die Ohren haue? Verdammt, ich beeindrucke mich manchmal selbst." Sie lachte, was jedoch unecht klang.

Es ging mal wieder um Cameron, und ich wusste, wenn sie darüber reden wollte, würde sie es von sich aus tun. Deshalb hakte ich nicht nach.

„Was tust du denn da drinnen? Strickst du noch eine Beanie? Komm raus, und lass mich das Kleid bewundern!"

„Du musst mir den Reißverschluss zumachen."

„Ja, ja. Jetzt schwing deinen Hintern hier raus. Verflucht, siehst du heiß aus", rief sie aus, als ich die Tür öffnete.

Sie starrte mich mit riesigen Augen an und reckte beide Daumen in die Höhe. „Wäre ich ein Kerl, würde ich dich auf der Stelle flachlegen." Sie zog den Reißverschluss zu.

„Nanu? Was für ein Kleid, Veronica!"

Zunächst war ich wie versteinert, dann drehte ich mich zu der vertrauten spöttischen Stimme um.

„Kannst du dir das leisten?", fragte Beatrice hämisch.

Sie stand neben den Kleiderständern vor uns, eine Verkäuferin an ihrer Seite. Mir fiel auf, dass sie trotz der teuren Kleidung und des makellosen Make-ups blass und abgespannt wirkte, als hätte sie abgenommen.

Von Caleb wusste ich, dass es ihr nicht gut ging. Ich atmete einmal durch und bemühte mich, Geduld und Mitleid für sie aufzubringen.

„Ich glaube, ich brauche einen Exorzisten, Ver. Hier muss es einen bösen Geist geben, der in mich dringen will."

„Sei nicht geschmacklos, Kara", fuhr Beatrice sie zischend an.

„Hast du das auch gehört?" Kar hielt sich eine Hand ans Ohr.

Beatrice ignorierte sie und blickte mich an. „Pass auf, dass du Caleb auf der Party nicht blamierst. Es werden eine Menge wichtige Leute dort sein. Oder vielleicht bleibst du lieber weg. Du wirst sowieso billig aussehen, egal, was du anziehst."

Zur Hölle mit Geduld und Mitgefühl!

Vielleicht war ich ein schlechter Mensch, denn sosehr ich mich auch anstrengte, sie zu verstehen, konnte ich nichts gegen die Antwort tun, die mir über die Lippen kam.

„Warum sollte ich wegbleiben?", fragte ich ruhig. „Wo Caleb mir doch sagte, dass ich die Einzige bin, die er wirklich auf seiner Party haben will?"

Wut blitzte in ihren Augen auf. „Du musst richtig gut im Bett sein, wenn Caleb dich bei seiner Party vorstellen will. Übrigens wird er dich früher oder später verlassen. Er langweilt sich schnell."

Sie lächelte, aber in ihren Augen spiegelte sich pure Boshaftigkeit.

"Hast du gewusst", sie blinzelte verträumt, "dass Caleb es liebt, wenn ich seinen Bauch küsse?"

Plötzlich wurde mir schlecht.

"Oder", meinte sie und grinste breiter, "wenn ich ihn ..."

"Hey, Bitch", unterbrach Kar sie. "Was machen die Extensions? Du solltest die richtig guten kaufen, sonst sieht man deine kahle Stelle."

Einen Moment lang schien Beatrice vor Entsetzen wie gelähmt.

"Ich habe keine kahle Stelle!", kreischte sie dann so laut, dass die Verkäuferin ein paar Schritte zurückwich und einige andere Kundinnen misstrauisch in unsere Richtung blickten.

"Schon gut. Das ist ja nicht weiter schlimm", sagte Kar in einem Tonfall, als würde sie mit einem Kleinkind reden. "Der erste Schritt zur Überwindung eines Komplexes ist Akzeptanz."

"Du verfluchte Bitch!"

Beatrices Gesicht war rot angelaufen, und sie ballte die Fäuste. Ihr Atem ging schwer, und Hass loderte in ihrem Blick. Mich erinnerte sie an einen tollwütigen Hund, der angreifen wollte. Unwillkürlich trat ich nach vorn, um Kar zu schützen.

Und dann war es, als hätte jemand einen Schalter umgelegt; Beatrices Gesicht verwandelte sich in eine ruhige Maske.

"Du bringst nichts als Pech", höhnte sie fies grinsend. "Pech für die Leute um dich herum. Kein Wunder, dass dein Exfreund jetzt bettelarm ist. Du hast ihn infiziert und ruiniert."

Kar wurde blass. "Was meinst du?"

Beatrice neigte den Kopf zur Seite und grinste sehr selbstzufrieden.

Bevor sie etwas sagen konnte, stellte ich mich vor sie.

"Noch ein Wort", warnte ich sie leise. Gefährlich. Meine Handflächen kribbelten. "Noch ein Wort, und du findest dein Gesicht auf dem Fußboden wieder."

Verachtung funkelte in ihren Augen, und einen Moment lang starrten wir einander an. Ich konnte den Hass spüren, der von ihr ausging.

Dann bemerkte ich, wie sie mit einer Hand in ihre Tasche griff und einen Schritt nach vorn machte.

„Ist hier alles in Ordnung, die Damen?"

Alles Boshafte verschwand schlagartig aus Beatrices Gesicht, und sie lächelte dem Manager und der Verkäuferin höflich und dankbar zu. Das komplette Gegenteil des hämischen Grinsens von eben. Mich wunderte es nicht. Sie hatte auch wie ein Unschuldslamm gewirkt, als ich sie zum ersten Mal sah.

„Ach, ich plaudere nur mit einigen Freundinnen. Wir sehen uns auf der Party, ihr Süßen", flötete sie und winkte uns zu. „Ciao!"

Mein Kleid lag in einer hübschen Papiertüte auf der Rückbank, und ich beobachtete, wie Kar gedankenverloren den Motor anließ. Sie blickte durch die Windschutzscheibe nach vorn, und mir entging nicht, dass sie besorgt wirkte.

„Was ist los, Kar?"

Sie legte ihren Kopf nach hinten. „Was hat die Bitch damit gemeint? Dass mein Ex verarmt ist? Cameron schwimmt im Geld." Sie holte tief Luft und strich sich mit einer Hand durchs Haar. Dann sah sie mich ratlos an. „Was weiß sie, was ich nicht weiß?"

„Wahrscheinlich redet sie bloß einen Haufen Bockmist, Kar."

Sie blickte wieder nach vorn. „Ja."

„Wenn du dir ernsthaft Sorgen machst, kann ich Caleb fragen."

Einen Moment lang blieb sie stumm und sah sehr nachdenklich aus.

„Nein, ist schon gut. Du hast recht. Die Kuh war sicher high. Was wollte sie da überhaupt? Das ist doch nicht ihr üblicher Laden." Sie verzog den Mund. „Kauft sie sonst nicht bei Bitches-R-Us oder so?"

Sie fuhr aus der Parklücke und hupte einige Teenager an, die beschlossen hatten, die Straße zu ihrem Skateboard-Park umzufunktionieren. Um sie herum lag lauter Müll verteilt – McDonald's-Verpackungen, Zigarettenkippen, leere Coladosen.

„Leck mich, Alte!", brüllte einer und schlug gegen die Wagenseite.

Kar ließ ihr Fenster runter, packte ihren Milchshake und warf ihn nach den Skatern.

Mir blieb vor Verblüffung der Mund offen stehen. Sie sagte kein Wort, machte nur das Fenster wieder zu und trat aufs Gas. Nachdem wir drei Blocks entfernt waren, sah sie in den Rückspiegel. Ich schloss meinen Mund wieder und blickte mich nach hinten um, ob die Skater uns folgten. Zum Glück taten sie es nicht.

„Ich habe heute einen miesen Tag", erklärte sie und grinste schief. „Wer so blöd ist, mir an einem miesen Tag dumm zu kommen, wird verstümmelt."

Sie schniefte, und ich fragte mich, ob sie weinen würde.

„Jetzt bin ich erst recht stinksauer. Die Idioten haben mich um meinen Milchshake gebracht."

„Du verträgst sowieso keine Laktose", erinnerte ich sie und hoffte, dass sie sauer würde anstatt traurig. „Den brauchtest du nicht auch noch."

Sie warf mir einen empörten Blick zu. „Allein für diese Bemerkung besorge ich mir sofort einen neuen."

Ich unterdrückte mein Lachen, als sie zu einem Tim-Hortons-Coffeeshop einbog und sich einen Frozen Coffee mit Extrasahne bestellte, wobei sie mich durchgängig warnend ansah. Ich hegte den Verdacht, dass sie emotional aufgewühlt war von dem, was Beatrice über Cameron gesagt hatte.

„Beatrice ist krank, Kar."

„Und ob sie das ist! Krank im Kopf."

Sie hätte der Wahrheit gar nicht näherkommen können. Also erzählte ich ihr, was Caleb mir letzte Nacht gesagt hatte.

„Mir ist nicht wohl bei der Geschichte. Halt dich fern von ihr, Ver."

„Ich habe jedenfalls nicht vor, eine Pyjamaparty mit ihr zu veranstalten", antwortete ich trocken.

Kar schnaubte. „Falls doch, würde die Bitch dich wohl zum Frühstück braten."

Sie parkte am hintersten Ende der Tiefgarage.

„Zu schade, dass sie nicht krank genug ist, um zwangseingewiesen zu werden. Vielleicht täuscht sie es auch nur vor, um Mitleid zu erregen. Heutzutage macht doch jeder eine Therapie, oder? Ich bin echt fies. Ich habe nicht mal einen Funken Mitgefühl mit ihr. Jeder hat irgendwelchen Mist im Leben. Manchmal haben einige mehr Mist als andere, aber das gibt ihnen nicht das Recht, andere mit

Dreck zu bewerfen. Hey, weißt du was? Vergessen wir sie. Gib mir diesen Eiskaffee."

„Aber pups nicht bei der Arbeit", ermahnte ich sie, nahm den Becher aus dem Getränkehalter und reichte ihn ihr.

Sie zeigte mir den Mittelfinger und griff nach dem Becher.

„Bist du sicher, dass du morgen arbeiten willst? Du kannst dir auch den Tag freinehmen. Immerhin hat dein Verlobter Geburtstag."

Ich verneinte. An den Wochenenden war in der Werkstatt sehr viel los. Das konnte ich Kar nicht antun. Außerdem wäre Caleb erst am Nachmittag wieder da. Er hatte angeboten, mich abzuholen, aber ich hatte ihm gesagt, dass ich mit Kar hinkommen würde.

„Okay, dann nimm den halben Tag frei", beharrte sie.

„Nein. Und wir fahren doch zusammen hin. Nach der Arbeit haben wir genug Zeit, uns umzuziehen und pünktlich da zu sein."

„Ja. Ich gebe dir Rückendeckung, Schwester."

Darauf zählte ich.

Zum hundertsten Mal heute blickte ich auf die Uhr. Warum kroch die Zeit immer dahin, wenn man auf etwas wartete?

Heute war Calebs Geburtstag, und ich war gleichzeitig aufgeregt und nervös. Ich freute mich auf ihn, fürchtete mich jedoch davor, seine Mutter wiederzusehen und seinen Bruder und all die anderen Gäste kennenzulernen. Dort würde es von reichen Leuten nur so wimmeln.

Was mich eigentlich nicht einschüchtern dürfte, aber das tat es.

Ich griff nach meinem Handy, drückte die „Home"-Taste und betrachtete das Hintergrundbild: Caleb, der mich im Wagen küsste. Prompt ging es mir besser.

Er würde dort sein.

Das war das wirklich Wichtige. Ich erinnerte mich noch an den Anruf heute Morgen.

„Heute habe ich Geburtstag", hatte Caleb aufgeregt gesagt.

Ich lachte. „Herzlichen Glückwunsch, Caleb."

„Schön wird es erst, wenn ich dich sehe. Bist du sicher, dass ich dich nicht abholen soll?"

„Ja, bin ich. Kar fährt, und es ist alles geplant. Ich treffe dich auf deiner Party."

„Vergiss mein Geschenk nicht."

Wieder lachte ich. „Wie kommst du darauf, dass ich ein Geschenk für dich habe?"

„Was?"

Er klang so erschrocken, dass ich erst recht lachen musste.

„Schreibst du dir Sexnachrichten mit Lockhart?"

Ich blinzelte und wurde mir bewusst, dass ich dämlich auf mein Handy grinste, während ich meinen Erinnerungen an heute Morgen nachhing.

„Du hast dieses unheimliche Lächeln im Gesicht", meinte Kar.

Ich verdrehte die Augen und sah wieder zur Uhr. Noch eine halbe Stunde, aber Kar fing bereits an, das Geld zum Zählen aus der Kasse zu holen.

„Wollen wir jetzt abrechnen? Es sind nur noch zwei Wagen da, die abgeholt werden, also können wir auch jetzt die Kasse machen."

„Oh ja, bitte."

„Lockhart kann es anscheinend nicht abwarten, dich zu sehen. Er schreibt dir alle fünf Minuten."

Plötzlich erstarrte Kar, denn es kamen wütende Schreie aus der Werkstatt. Wir starrten einander entsetzt an und rannten nach hinten, um nachzuschauen.

„Was zur H...?"

Die Wände bebten. Mir blieb eine Sekunde, den Schock in Kars Augen zu sehen, bevor ich die Explosion hörte.

59. Kapitel

Caleb

„Du hättest mir verraten können, dass du deinen erbärmlichen Arsch hier oben versteckst."

Ich drehte mich um und sah Cameron in seinem Smoking. Er hielt zwei Bierdosen in den Händen. Eine warf er mir zu, ehe er zu mir auf den Balkon trat, die Ellbogen auf die Steinbrüstung stützte und zu den fernen Lichtern der Stadt schaute.

„Ich brauchte frische Luft", antwortete ich. Ich war froh, dass er Bier aufgetrieben hatte. Meine Mutter bot nie Bier auf Partys an, es sei denn, der Premierminister hatte es ausdrücklich verlangt. Oder Mick Jagger. „Woher hast du das Bier?"

Cameron warf mir einen Blick zu, der so viel wie *Ich bitte dich!* hieß.

Ich nickte anerkennend und trank einen Schluck. „Anscheinend kann ich da unten nicht mal blinzeln, ohne dass irgendeiner mir ein Geschäft vorschlägt." Ich wies mit meinem Bier nach unten.

Zwischen den sanften Lichtern im großen Garten bewegten sich Frauen in eleganten Kleidern und mit glitzernden Juwelen sowie Männer in stilvollen Pinguin-Anzügen. Es wirkte wie eine schillernde Theateraufführung. Fehlte nur noch der fette Typ, der mittendrin sang.

„Ich schätze, du musst noch eine Menge lernen", bemerkte Cameron und blickte spöttisch zu den Leuten hinunter. „Leg dir lieber ein verflucht gutes Pokerface zu, denn du wirst dich noch mit einem ganzen Haufen Geschäftsangeboten herumschlagen müssen."

Ich zuckte mit den Schultern. Er hatte recht. Und eigentlich störte es mich nicht. Tatsächlich mochte ich Leute, Partys und Kontakte zu knüpfen. Normalerweise.

Aber Red war noch nicht hier.

Alles fühlte sich falsch an.

„Woher zum Teufel weißt du das?", fragte ich, weil ich schlicht gereizt war.

Er tippte sich mit der Bierdose an die Schläfe. „Weil ich ein Gehirn habe."

„Ah, na, das ist mir neu."

Er lachte leise.

„Weißt du, was man über einen Mann mit einem umwerfenden Gesicht sagt?", fragte ich.

„Dass er einen kleinen Schwanz hat?"

Ich trank einen Schluck von meinem Bier und sah ihn grinsend an. „Ich muss nicht mal reden. Ich stehe bloß rum und bekomme, was ich will." Ich legte eine Pause ein. „Immerhin halte ich ein Bier in der Hand, oder etwa nicht?"

Er lachte. „Nee, ich habe vor allem Mitleid mit dir. Ich schätze, sie ist noch nicht da?"

Zum zigsten Mal blickte ich auf die Uhr. „Sie geht nicht an ihr Handy."

Ich holte meines aus der Tasche. Keine Nachricht, keine Anrufe. *Wo ist sie?*

„Hast du … Kara angerufen?"

„Ja", antwortete ich. „Und in der Werkstatt habe ich es auch versucht, aber da geht keiner ran."

„Das sind Mädchen. Die brauchen eine gefühlte Woche, um sich fertig zu machen. Und es sind zwei!" Cameron schüttelte sich. „Außerdem hat die Werkstatt den Sommer über an den Wochenenden geöffnet. Und in der Zeit ist richtig viel los."

Ich strich mir mit den Händen durchs Haar und lehnte mich an die Balkonbrüstung. „Eine halbe Stunde noch, dann fahre ich los und hole mein Mädchen."

Er nippte gerade an seinem Bier, erstarrte und guckte mich verblüfft an. „Deine Mutter bringt dich um."

Ich schaute ihn nur schweigend an.

„Na gut", meinte Cameron und seufzte. „Aber ich fahre."

Ich grinste. „Siehst du? Ich habe nicht mal was gesagt. Stehe nur hier."

Er lachte. „Leck mich."

„Cal?"

Wir drehten uns beide um. Beatrice tauchte an der Balkontür auf. Sie trug ein rotes Kleid, und ihre Augen waren flehend auf mich gerichtet.

Mich überfielen sehr gemischte Gefühle: Mitleid, Schuld, Wut. Und irgendwo unter alldem war Zuneigung zu einem Menschen, mit dem ich aufgewachsen war. Doch im Vordergrund war der Gedanke, dass eine Freundin aus Kindertagen hasserfüllt genug war, um dem einen Mädchen wehzutun, das ich liebte.

Langsam und vorsichtig trat sie auf uns zu. Ich bemerkte, dass Cameron neben mir seine Körperhaltung veränderte. Er sah immer noch entspannt aus, doch ich wusste, dass es nur vorgetäuscht war. Wie ich wappnete auch er sich für das, was jetzt kommen könnte.

„Hi, Cameron."

„Beatrice."

„Wie geht es dir?"

„Gut."

Cameron war grundsätzlich nicht sehr gesprächig und nutzte normalerweise seine sehr blauen Augen, um einem zu signalisieren, was er dachte. Doch ich musste zugeben, dass dieser Umstand die Atmosphäre nur noch angespannter und seltsamer machte.

„Wie geht es deinem Dad?", fragte Beatrice leise.

Sie schien nicht mitzubekommen, dass weder Cameron noch ich mit ihr reden wollten. Ich hatte sie bisher während der Party gemieden, aber jetzt hatte sie mich gefunden.

„Immer noch im Gefängnis, nehme ich an", antwortete Cameron frostig.

Beatrice gab sich schockiert. „Oh. Ich …"

Cameron unterbrach sie. Er hatte keinen Nerv auf leere Worte, trotzdem wurde sein Tonfall ein wenig weicher, als er fragte: „Wie geht es deinem?"

„I…ihm geht es nicht so gut. Ich … Kann ich kurz mit Caleb allein reden?", bat sie.

Cameron lehnte sich nur noch lässiger an die Brüstung und zeigte mit seinem Bier auf mich. „Das liegt bei ihm."

Ich nickte ihm zu. Nachdem er mir einen mitleidigen Blick zugeworfen hatte, lief er kopfschüttelnd nach drinnen.

Unangenehmes Schweigen trat ein, während ich wartete, dass Beatrice etwas sagte. Sie hatte den Kopf gesenkt und die Hände vor ihrem Bauch gefaltet.

„Herzlichen Glückwunsch, Cal."

Ich nickte, doch da sie mich nicht sehen konnte, beschloss ich, endlich den Mund aufzumachen. „Danke."

Sie biss sich auf die Unterlippe und strich sich das Haar hinters Ohr.

Sie ist krank, Cal.

Ich schloss die Augen und atmete langsam aus. Beatrice brauchte Hilfe, und ich wäre ein Riesenarsch, wenn ich es nicht wenigstens versuchte.

„Wie geht es dir?", fragte ich.

Sie blickte auf, und Tränen glänzten in ihren Augen.

Sie hatte die Neigung, ihre Panikattacken vorzutäuschen, damit sie kriegte, was sie wollte ...

Ich kam mir wie ein Schwein vor, weil ich das dachte, während sie einen Freund brauchte; aber ich konnte nicht anders.

„Mir geht es gut." Ihre Unterlippe bebte. „Nein, das ist gelogen. Es geht mir nicht gut."

„Das tut mir leid", sagte ich lahm.

Als sie begann, sich am Arm zu kratzen, hielt ich ihre Hand fest. Ben hatte mir erzählt, dass sie sich blutig kratzte.

Sobald ich sie anfasste, bereute ich es.

Beatrice nahm es als Zeichen, dass zwischen uns alles wieder wie früher war. Jetzt liefen ihre Tränen. Sie trat einen Schritt nach vorn und schlang ihre Arme um mich.

„Oh Cal! Ich fühle mich so allein. Ich schaffe das nicht allein."

„Beatrice ..."

„Bitte", schluchzte sie und vergrub ihr Gesicht an meiner Brust.

Linkisch hob ich meine Arme. Ich kannte die richtige Reaktion, wenn ein Mädchen an meiner Schulter weinte, doch es war mir unmöglich, Beatrice in die Arme zu nehmen. Stattdessen klopfte ich ihr auf den Rücken.

„Bist ... bist du", brachte sie weinend hervor, „noch sauer auf mich? Cal?"

Als ich nicht antwortete, umarmte sie mich fester. „Sei es bitte nicht, Cal. Bitte. Ich glaube nicht, dass ich noch mehr Kummer verkrafte. Ich mache schon eine Menge mit meinem Dad durch, und wenn du auch sauer auf mich bist, dann ..."

„Mir tut leid, was du gerade durchmachst. Ehrlich."

„Oh Cal! Du hast mir so gefehlt! Ich wusste, dass du nicht lange wütend auf mich bleibst."

„Beatrice ..."

„Veronica ist nur eine Ablenkung, nicht? Miranda sagt, dass du nach Saskatchewan ziehst und euer neues Hotel dort leitest. Wenn du erst da bist, wird Veronica nicht mehr in der Nähe sein, um dich zu unterhalten. Ich kann mit dir gehen ..."

„Schluss."

„... und dir bei allem helfen, was nötig ist. Bei allem, Cal. Ich gebe dir alles."

„Hör mir zu."

Ich sah zur Tür, weil ich mitbekam, dass sich jemand räusperte. Als Erstes erblickte ich Ben. Und dann setzte mein Herz einen Schlag aus, denn neben ihm stand Red und starrte uns entsetzt an.

So leid Beatrice mir auch tat, empfand ich nichts als Erleichterung und Freude, weil Red endlich hier war.

Im nächsten Moment jedoch verwandelte sich meine Freude in Panik, denn mir wurde bewusst, wie das hier für sie aussehen musste. Beatrice hielt mich nach wie vor fest und weinte, und ich hatte sie in meinen Armen.

Mist!

Widerwillig schaute ich Beatrice an. „Tut mir leid. Danke für das Hilfsangebot, aber ich ziehe nicht nach Saskatchewan", meinte ich und löste ihre Arme von mir. „Meine Verlobte ist hier, und ich gehe dahin, wo sie hingeht."

„V...Verlobte?"

Unbeholfen klopfte ich wieder auf ihren Rücken und erstarrte, als ich bemerkte, wie bleich sie war.

„Beatrice? Geht es dir gut?"

Sie wich von mir zurück, drückte beide Hände auf ihren Mund und weinte noch heftiger.

„Beatrice ..."

Aber sie hörte mich nicht. Ihr Blick huschte zu Red, und mir wurde eiskalt, sowie ich den Ausdruck in ihren Augen sah. Doch der war gleich wieder verschwunden, sodass ich mich schon fragte, ob ich es mir nur eingebildet hatte.

Dann machte Beatrice auf dem Absatz kehrt und rauschte auf die Tür und Red zu.

Für einen Moment wollte ich sie aufhalten, ehe sie bei Red war. Aber sie rannte nur an ihr vorbei und zur Treppe.

Ich warf Ben einen dankbaren Blick zu, als er nickte und hinter Beatrice herging, um sie zu beruhigen.

Alles andere verblasste, als ich wieder Red anschaute.

Sie war so verlockend, so bezaubernd in ihrem roten Kleid. Ihr dunkles Haar fiel offen über ihre Schultern und ihren Rücken, genau wie ich es am liebsten mochte. Rote Lippen, dunkle Augen, wie ich es liebte.

Ich nahm ihre Hand, verschränkte meine Finger mit ihren und zog sie mit mir.

Schnell lief ich an den Gästezimmern und der Bibliothek vorbei zum Westflügel, wo mein altes Zimmer war. Sowie ich die Tür hinter mir geschlossen hatte, legte ich die Hände an Reds Wangen und drückte meine Stirn an ihre.

„Du bist hier", flüsterte ich. „Gott, ich habe dich vermisst."

Ihr Lächeln war warmherzig, während sie die Arme um meine Taille schlang und mich hielt. Mich fest hielt. „Alles Gute zum Geburtstag, Caleb."

„Jetzt ist er gut."

Ich küsste sie langsam und zärtlich, kostete es aus, sie zu schmecken. Ihre Lippen waren weich und schmeckten nach Schokolade. Nach Liebe. Nach allem.

„Du siehst traumhaft aus."

„Ich mag dich im schwarzen Anzug. Und mit der roten Krawatte. Sehr elegant." Sie schmiegte ihre Wange an meine Brust. „Wir passen gut zusammen."

„Perfekt", murmelte ich und küsste sie aufs Haar. „Bist du nicht sauer auf mich?"

Sie hob den Kopf, blickte mich an und zog eine Augenbraue nach oben. „Sollte ich?"

Ich betrachtete sie. Nein, sie sah nicht sauer oder irritiert aus; dennoch war da etwas. Irgendwas stimmte nicht. „War das eine Fangfrage?"

„Caleb." Sie flüsterte meinen Namen auf eine Art, die mir direkt ins Herz fuhr. „Ich vertraue dir."

„Und ich liebe dich." Erneut küsste ich sie. „Wo ist mein Geschenk?"

„Hier. Sie wollten, dass ich es bei all den anderen Geschenken unten lasse, aber ich möchte es dir persönlich geben." Sie nagte an ihrer Unterlippe.

„Schön, denn ich will es jetzt sofort auspacken. Sind das zwei Geschenke für mich?"

„Nein. Dies hier ist für deine Mutter."

Wie süß war das denn?

„Das wird sie freuen. Sie mag Geschenke."

Ich riss das Papier auf und sah eine rote Beanie in der Schachtel. Mir war sofort klar, dass Red die für mich gestrickt hatte, und mir wurde ganz warm ums Herz. „Die hast du selbst gemacht."

„Ja", antwortete sie atemlos. Ich schaute sie an und stellte fest, dass sie ihre Unterlippe zwischen den Zähnen hielt. „Gefällt sie dir?"

Musste sie das wirklich fragen?

„Ich finde sie klasse. Danke, Baby. Ich setze sie jetzt gleich auf."

„Nein!" Sie lachte. „Das kannst du nicht."

„Natürlich kann ich."

„Caleb", warnte sie mich und nahm die Beanie aus der Hand, ehe ich sie aufsetzen konnte.

Streng blickte ich sie an. Red musste etwas in meinen Augen erkannt haben, denn sie wich zurück und hielt die Beanie auf ihrem Rücken.

„Wo willst du hin?", fragte ich leicht provokant, während ich auf sie zuging.

Doch sie lächelte weiter geheimnisvoll und wich immer noch zurück, bis sie mit dem Rücken an die Wand stieß. Grinsend näherte ich mich ihr und legte die Hände an ihre Taille. Meine Zunge war zwischen meinen Zähnen, als ich betont langsam über ihren kurvigen Oberkörper strich – ihre Rippen und die Seiten ihrer Brüste.

Ihr Atem wurde schneller und lauter.

Ich beugte mich zu ihrem Ohr und flüsterte: „Hab dich."

Mit der Nasenspitze streifte ich ihre Wange und ihr Kinn, während ich die Wölbungen ihrer Brüste durch das Kleid umfing.

„Dieses Kleid ist Sex pur. Sag mal, Red, hast du das für mich angezogen?"

Ich hörte sie schlucken, ehe sie stumm bejahte.

„Das musst du unbedingt wieder anziehen. Ich habe ... Pläne für dich und dieses Kleid."

Sie gab ein heißes, *so* heißes Stöhnen von sich, und ich wurde steinhart.

„Ich habe noch nie ein Mädchen mit in mein altes Zimmer genommen", meinte ich beiläufig. Ich genoss die Erregung, die ich in ihren Augen las, den schnellen Puls an ihrem Hals, der mir verriet, dass sie mich wollte.

„D...das hier." Sie räusperte sich. „Das hier war dein Zimmer?"

„Ja", antwortete ich und zeichnete die Kontur ihres Ohrläppchens mit meinen Lippen nach. „Und ich habe mir vorgestellt, wie ich mit einem Mädchen hier bin." Ich saugte, leckte und saugte wieder. „Möchtest du wissen, was ich mir vorgestellt habe? Oder, noch besser, soll ich es dir zeigen?"

„Caleb, bitte ..."

„Bitte was?"

„Küss mich."

„Wo?"

„Caleb!"

Die Sehnsucht in ihrer Stimme, als sie meinen Namen stöhnte, löste eine ganz eigene Empfindung in mir aus. Und die war verdammt gut.

„Wo soll ich anfangen?" Ich ließ meine Fingerspitzen über ihren nackten Arm gleiten. „Die Auswahl ist so groß." Inzwischen war ich bei ihrem Dekolleté angekommen. „Das ist so schwer zu entscheiden. Ich brauche ein bisschen Hilfe."

Ich biss mir auf die Lippe, um nicht zu grinsen, da sie einen frustrierten Laut von sich gab.

Sie starrte auf meine Lippen und benetzte ihre. Dies war der Punkt, an dem ich wusste, dass ich sie küssen musste, weil ich sonst sterben würde.

Verlangen durchströmte mich, als ich die Finger in Reds Haar vergrub und meinen Mund auf ihre Lippen senkte. Dieses Sehnen nach ihr war mächtig, überwältigend, und ich ergab mich ihm gern.

Ich glitt mit der Zunge in ihren Mund und kostete es aus, Red zu fühlen und zu schmecken.

„Ich brauche dich. *Jetzt*", flüsterte ich.

Bevor sie antworten konnte, klopfte es an der Tür.

60. Kapitel

Caleb

„Wer ist da?", stieß ich fast knurrend hervor.

„Yo mama."

Erschrocken riss Red die Augen auf und begann, mir den Mund abzuwischen. Wahrscheinlich um die Lippenstiftspuren zu beseitigen, auch wenn ihre Lippen nicht aussahen, als wäre dort weniger Lippenstift drauf als vorher.

Ich musste mich dringend einkriegen.

Tief, ruhig einatmen. Und auf Abstand gehen, weg von ihrem fantastischen Körper und dem sündhaft verführerischen Duft ihrer Haut.

An etwas anderes denken. Mein großer Bruder sollte wahrlich nicht sehen, dass ich einen Ständer hatte, wenn ich die Tür öffnete. *Na los, denk schon!*

Milliarden Menschen auf der Erde hungern.

Kotzende Leute.

Furzende.

Der Geruch in der Umkleide direkt nach einem Spiel.

Eklig!

Ich fühlte mich besser. Nicht sehr, aber immerhin besser.

Langsam atmete ich aus. „Ist schon gut. Das ist bloß Ben", beruhigte ich Red. „Wow. Du hast immer noch Lippenstift auf deinem Mund. Wie kann das sein?"

„Kar hat mir diesen magischen Harry-Potter-Lippenstift mit Schokoladengeschmack geliehen. Caleb, halt still!", sagte sie und rieb meine Unterlippe so fest, dass es wehtat.

„Aua! Red!"

„So, gut, jetzt ist er weg. Wie sieht mein Haar aus?"

„Atemberaubend."

Sie blickte mich streng an. „Caleb, im Ernst!"

„Ich bin ernst." Grinsend legte ich die Hände an ihre Hüften und zog sie zu mir.

Wieder wurde geklopft. Red wirkte panisch. Ich küsste sie auf den Mund, bevor ich die Tür aufriss.

Ben stand draußen, die Hand zum erneuten Klopfen erhoben. Er schaute von mir zu Red und lächelte charmant. Ich sah ihn misstrauisch an.

„Starr sie nicht an", wies ich ihn zurecht.

Er beachtete mich nicht.

„Tut mir leid, dass ich mich vorhin nicht vorgestellt habe. Du musst Veronica sein. Ich bin Ben, Calebs älterer Bruder."

„Ja. *Älter.* Er ist *alt*", warf ich ein.

Auch Red beachtete mich nicht.

„Freut mich, Ben. Danke, dass du mir geholfen hast, Caleb zu finden."

„Die Freude ist ganz meinerseits."

Als er seine Hand nach ihr ausstreckte – und ich wusste aus Erfahrung, dass er ihre küssen würde –, fasste ich Reds Hand und hielt sie fest.

„Er hat Angst, dass du dich in mich verlieben könntest. Schließlich bin ich der bessere Bruder." Er zwinkerte ihr zu.

Ich schnaubte.

Red lachte leise, sah zu mir und erklärte: „Ich war unten auf der Suche nach dir. Das Haus ist so riesig, dass ich mich verlaufen hatte, und da hat Ben mich gefunden." Dann wandte sie sich zu Ben und runzelte die Stirn. „Ist Beatrice …?"

„Ihr geht es gut", antwortete Ben. „Lasst euch davon nicht den Abend verderben."

„Danke", meinte ich.

„Aber ich habe die ganze Zeit Ausreden für dich erfunden. Jetzt wird es Zeit, dass du dich deinen Gästen zeigst, kleiner Bruder."

Ich nickte und blickte lächelnd zu Red. „Ja, jetzt ist alles gut."
Sie ist hier.

Ben schüttelte halb erstaunt, halb amüsiert den Kopf. So hatte er mich noch nicht erlebt. Noch nie.

„Ich treffe euch zwei dann unten."

Ich hob Reds Hand an meine Lippen und küsste sie, bevor ich Red die Treppe hinunter und nach draußen in den Garten führte, wo die Party stattfand.

„Caleb, warte!"

Sie zog mich zurück, und ich blieb stehen. Als ich sie ansah, stellte ich fest, dass sie den Blick gesenkt hatte.

„Red?"

Sie sah zu mir hoch, und ihre Stimme war kaum mehr als ein Hauch, als sie sagte: „Ich liebe dich."

Es klang wie ein geflüstertes Versprechen, und mir wurde der Brustkorb eng.

Ich schluckte den Kloß in meinem Hals herunter, nahm Red in die Arme und küsste sie aufs Haar. „Ich liebe dich, Red."

Sie vergrub ihr Gesicht an meinem Hals und klammerte sich an mich. Diese Berührung war von einer Dringlichkeit, die mir verriet, dass etwas nicht stimmte. Ich hielt sie bei den Schultern und musterte ihr schönes Gesicht.

„Baby, was ist?"

Sie schüttelte den Kopf. „Nichts, ich ... kannst du mich bitte noch kurz festhalten? Bitte, Caleb."

„Natürlich, Liebes."

„Lass mich nicht los."

Was auch immer es war, ich würde es für sie zerstören.

„Niemals. Sag mir, was nicht stimmt."

„Heute Abend werde ich nicht zulassen, dass irgendwas nicht stimmt. Ich will, dass alles gut ist. Es ist dein Geburtstag, und du bist bei mir. Das ist das einzig Wichtige."

„Ich wünschte, du würdest mir sagen, was los ist, damit ich es richten kann."

„Hast du schon." Nun lächelte sie. Sie strich mir über die Wange und küsste mich zärtlich auf den Mund.

Da war etwas in ihren Augen, an der Art, wie ihre Blicke ein bisschen zu lange auf meinem Gesicht verharrten, als fürchtete Red, dass ich jeden Moment verschwinden könnte.

„Erzählst du es mir später?"

„Ja. Morgen. Gleich morgen früh."

Ich atmete aus. Mir war klar, dass sie mir nichts sagen wollte, weil es mein Geburtstag war und sie Angst hatte, es könnte mir den Tag verderben. Doch es nicht zu wissen, nichts tun zu können, war viel schlimmer. Andererseits schien sie es für heute Abend vergessen zu wollen, daher würde ich sie gewähren lassen. Morgen sähe es anders aus.

„Ich bin froh, dass du heute Abend den Ring und die Kette trägst."

Sie lächelte mich an. „Das hatte ich dir versprochen."

„Der Ring ist ein Symbol und zeigt allen, dass du mir gehörst. Wenn Ben es bekannt gibt."

„Bekannt gibt?"

„Unsere Verlobung, Liebes."

Sie machte große Augen, und ihr Mund öffnete sich leicht.

„Ich möchte den Rest meines Lebens mit dir verbringen, und das sollen alle wissen."

Ich sah, wie ein warmer Glanz in ihre Augen trat und sie sanft lächelte.

„In Ordnung."

Während wir auf den Pavillon zugingen, funkelten Reds Augen vor Freude über die prächtigen Blumen überall. Es waren unterschiedliche Blüten und Farben in Rot, Gelb, Blau und Lila, hübsch ausgeleuchtet von gedämpften Lichtern.

„Es ist atemberaubend. Ich kann nicht fassen, dass du hier aufgewachsen bist. Alles ist unglaublich riesig."

Ich lachte leise. „Früher habe ich hier Verstecken gespielt mit Ben und meinem … Vater. Sie konnten mich nie finden. Ich kenne die besten Verstecke. Wir können uns jetzt gleich verstecken, wenn du willst. Die würden uns nie finden. Willst du?"

„Schön wär's." Sie seufzte leise. „Ich habe immer gewusst, dass du reich bist. Aber das war ein Irrtum. Du bist extrem reich. Nein, streich das. Mach *stinkreich* draus."

Ich schnitt eine Grimasse. „Meine Mutter ist stinkreich. Ich bin es nicht."

„Das ist doch dasselbe. Ich war richtig eingeschüchtert, als mich der Butler ins Haus ließ. Es ist schon lächerlich, von einem Haus zu sprechen. Dies hier ist ein Schloss."

„Ich schenke dir eines, wenn du möchtest."

Sie lachte. „Was soll ich denn mit einem Schloss? Außerdem wären da noch mehr Fußböden, auf denen du deine Sachen verteilen kannst, und ich wäre jeden Tag erledigt, wenn ich die alle eingesammelt habe."

„Ich sammle sie selbst ein."

Sie verdrehte die Augen, doch ich grinste, bückte mich, um eine rote Blüte aus einem Topf zu pflücken, und steckte sie Red hinters Ohr.

Sie lächelte mich bezaubernd an. „Ich möchte kein Schloss, Caleb. Das wollte ich nie. Ich wünsche mir nur ein Zuhause. Ein einfaches. Mit dir."

Mein Herz vollführte einen Purzelbaum. Wie schaffte sie es bloß immer noch, dieses Gefühl bei mir auszulösen? Und ich wünschte, es würde nie aufhören.

„Dann kriegst du das", sagte ich und verschränkte meine Finger mit ihren, bevor wir weitergingen. „Ich habe ein paar Häuser in der engeren Auswahl, die wir uns ansehen können. Kannst du dir diese Woche Zeit dafür freihalten?"

„Mach ich. Sag mir Bescheid, und ich bitte Kar, mir freizugeben."

Ich wurde stutzig. „Wo ist Kar überhaupt?"

Red war zunächst sehr still. „Sie lässt sich entschuldigen, aber sie konnte heute Abend nicht kommen."

„Aha? Warum nicht?"

Sie schüttelte den Kopf. „Später", murmelte sie.

Das war also auch ein Teil von dem *Später*. Na gut.

Nun sah ich die vielen Leute und hörte die Musik und die gedämpften Gespräche, die uns entgegenwehten. Ich hörte auch, wie Red nach Luft schnappte, und spürte ihre Nervosität, da sie meine Hand fester umklammerte.

„Hast du Hunger? Lass uns erst etwas essen, bevor du meine Mutter begrüßt. Sie freut sich schon, dich heute Abend zu treffen."

Red wirkte noch nervöser.

„Was hältst du von Schnecken?", fragte ich im Scherz und führte sie über die leere Tanzfläche.

Sie lachte. „Lieber würde ich Glasscherben essen. Und ich habe keinen Hunger."

Plötzlich wanderte ihr Blick zu meinem Mund. Unwillkürlich leckte ich meine Unterlippe.

Als sie mir wieder in die Augen schaute, sagte ich leise: „Aber ich."

Sie wurde rot.

Leute sahen uns an, starrten Red an, und wer konnte es ihnen verübeln? Sie war die schönste Frau auf der Party. Auf der Erde. In dem ganzen bescheuerten Universum.

Es war nicht bloß ihre Schönheit, auch wenn die allein schon reichte, dass man innehielt und hinsah. Doch viele Menschen waren äußerlich schön, ob gottgegeben oder dank moderner Chirurgie. Bei Red waren es die Verletzlichkeit und die Geheimnisse in ihren Augen, die einen näher zu ihr lockten und dazu trieben, sie besser kennenlernen zu wollen. Und hatte man sehr viel Glück, gewährte sie einem einen flüchtigen Blick.

„Tanz mit mir, Red."

Sie blickte mit großen Augen zu mir auf. Ich lächelte nur, nahm ihr die kleine Handtasche und das Geschenk für meine Mom ab und legte beides auf einen Tisch in der Nähe. Dann kehrte ich zu ihr zurück.

Die Beleuchtung wurde noch gedämpfter, als ich Reds linke Hand an meine Schulter führte. Ich schaute in ihr hübsches Gesicht und bot ihr meine Hand. Red lächelte und legte ihre in meine hinein. Ich erwiderte ihr Lächeln, legte einen Arm um ihre Taille und zog sie näher.

„Es tut fast weh, dich anzuschauen, so schön bist du", murmelte ich und wünschte, wir wären allein.

Eine leichte Brise trug den Duft von Rosen herbei, der sich mit dem verlockenden Aroma von Reds Haut mischte. Mit einem zarten Seufzen lehnte sie ihre Wange an meine Brust.

Musik umwehte uns, und ich schloss die Augen, während ich langsam meinen Körper an ihrem wiegte.

„Ich hatte schon gedacht, du kommst nicht", flüsterte ich in ihr Haar.

Sanft streichelte ich die Haut auf ihrem Rücken. Sie fühlte sich so glatt und warm an. Als ich spürte, wie Red erschauerte, musste ich unwillkürlich grinsen. Ich wollte wirklich gern mit ihr allein sein.

„Deinen Geburtstag würde ich niemals verpassen."

„Noch eine halbe Stunde, dann wäre ich dich abholen gekommen. Du bist nicht mal an dein Handy gegangen."

„Tut mir leid, Caleb."

Da war wieder die Traurigkeit in ihren Augen, die ich wegwischen wollte.

„Ich würde sie ja bitten, deinen Song zu spielen, damit du dieses magische Dings mit deinen Hüften machen kannst …!

Sie lachte. Daran würde ich sie immer erinnern und noch unseren Kindern davon erzählen.

„… aber der Tanz ist ausschließlich für mich."

Als sie mich jetzt ansah, war keine Trauer mehr in ihren Augen, nur Belustigung.

„Was hast du eigentlich zu Beatrice gesagt? Sie schien richtig wütend zu sein."

„Ich habe ihr gesagt, dass du meine Verlobte bist."

„Ah."

„Und ich möchte nicht über sie reden."

„Sie hat das gleiche Kleid."

„Was?"

„Sie hat das gleiche Kleid an wie ich."

Ich wich ein wenig zurück, damit ich in ihr Gesicht schauen konnte. „Echt?"

„Caleb, hast du das nicht mal gemerkt?"

„Ich habe nicht so sehr auf sie geachtet. Allerdings weiß ich, wie dein Kleid aussieht."

„Und du hast nicht bemerkt, dass sie das gleiche Kleid trägt wie ich?"

„Ähm …"

Sie verdrehte die Augen und lachte leise. „Ach, Caleb."

„Tut mir leid. Ich kann nichts dafür."

Ich hatte nur Augen für sie. War das ein Verbrechen?

„Ladies and Gentlemen, darf ich um Ihre Aufmerksamkeit bitten?"

Die Band hatte aufgehört zu spielen, und wie aufs Stichwort klang leise klassische Musik aus den Lautsprecherboxen. Ich blickte hinauf zur Bühne, wo Ben mit einem Champagnerglas in der Hand vor der Band stand, um einen Toast auszubringen.

„Ich habe eine sehr freudige Mitteilung zu machen."

Und schlagartig grinste ich. Es war ein sehr breites Grinsen, das fast schon wehtat. Dann blickte ich in das Gesicht des einzigen Mädchens, das ich jemals geliebt hatte, des einzigen Mädchens, mit dem ich den Rest meines Lebens verbringen wollte. Und ich wusste, wie immer, wenn ich sie ansah, dass sie die Richtige war. Und sogar nach meinem Tod, sogar im nächsten Leben und in allen danach, würde sie die Richtige für mich sein.

In ihren Augen spiegelte sich die gleiche Freude, die ich empfand, als Ben verkündete: „Ich bin überglücklich, die Verlobung meines einzigen Bruders, Caleb Nathaniel Lockhart, mit Veronica Strafford bekannt geben zu dürfen ..."

Um uns herum ertönte Applaus, und danach blendete ich alles andere aus. Ben sagte noch etwas, die Band stimmte einen neuen Song an, doch ich konnte nur an Red in meinen Armen denken.

Ihre Augen leuchteten, ihre Wangen waren gerötet, und sie war das Schönste, was ich mir erträumen könnte.

Das Unglaublichste aber war, dass sie zu mir gehörte.

Dieses Mädchen gehörte zu mir.

Es folgten Glückwünsche, Einladungen zu mehreren Partys und Abendessen, Schulterklopfen und Frauen, die baten, den Ring sehen zu dürfen. Aber ich dachte nur darüber nach, wann ich endlich wieder mit ihr allein sein und sie küssen könnte. Nachdem sich alles beruhigt hatte, führte ich Red zu einem Tisch. Unterwegs nahm ich zwei Champagnergläser vom Tablett eines Kellners und reichte ihr eines.

„Durstig, Liebes? Ich kann dir auch ein Wasser holen, wenn du willst."

„Mr. Lockhart? Entschuldigen Sie die Störung, aber da ist ein Anruf für Sie von einem Mr. Darcy. Er sagte, es sei dringend."

Verdammt.

Ich nickte. „Danke. Ich komme gleich. Red? Ich muss Ben suchen und mich darum kümmern. Bei diesem Deal drängt die Zeit. Kommst du mit?"

Sie schüttelte den Kopf und lächelte. „Nein, ich warte hier, Caleb."

„Cameron ist hier irgendwo. Kannst du ihn für mich suchen? Und bleib bei ihm, bis ich zurück bin. Mom ist sicher gerade beschäftigt." Ich schaute mich im Pavillon um, konnte meine Mutter jedoch nirgends sehen. „Wenn ich zurück bin, finden wir sie schon."

„Klingt gut."

Ich schloss sie in die Arme und küsste sie aufs Haar.

„Ich bin gleich wieder da, Red. Geh nicht weg."

„Werde ich nicht."

61. Kapitel

Caleb

„Von allen Tagen sucht er sich ausgerechnet heute aus, um aus seiner Höhle gekrochen zu kommen?"

Ben lehnte sich auf seinem Stuhl zurück und legte die Füße auf den Schreibtisch. „Vielleicht schenkt er dir das zum Geburtstag", antwortete er und spielte mit einem Zauberwürfel. „Sei still, und setz dich auf deinen Hintern. Darcys Leute sagen das Spiel an."

Seine grauen Augen blitzten aufgeregt. Er liebte dies hier.

Mr. Darcy war ein millionenschwerer Eremit, dem ein großes Stück Land sehr nahe an der Innenstadt gehörte. Es handelte sich um einen erstklassigen Grundbesitz, und wenn wir ihn kaufen könnten, wäre es eine riesige Investition für unser Unternehmen.

Jeder wollte ein Stück davon haben, doch er hatte sehr deutlich gemacht, dass er nicht verkaufen würde. Das Glück hatte es gut gemeint mit Ben, als Mr. Darcy in einem unserer Hotels zu Gast gewesen war und Ben die Chance hatte, ihn zum Verkauf zu überreden.

Ben konnte sehr überzeugend sein, wenn er etwas wirklich wollte. Er war ein Hai, was Verhandlungen anging.

„Weißt du", begann Ben, „ich habe ein ziemlich gutes Gespür für Leute."

Er warf mir einen Blick zu und wirkte amüsiert, als er den fertig gedrehten Zauberwürfel auf den Tisch zurückstellte – was für ein Nerd! –, aufstand und sein graues Jackett auszog, um es ordentlich auf einen Stuhl zu legen.

Mir schoss durch den Kopf, dass er sich gut mit Red verstehen müsste, da sie diesen zwanghaften Ordnungsfimmel teilten.

Ben schlenderte zur Bar und machte sich einen Drink. „Deine

Veronica kommt mir wie jemand vor, der auf sich selbst aufpassen kann. Oder täusche ich mich?"

Ich sah aus dem Fenster. Mein Herz schlug schneller, als ich entdeckte, dass meine Mom sich mit Red unterhielt.

„Nein, du täuschst dich nicht", antwortete ich und nahm das Glas Scotch, das er mir reichte. „Sie ist der stärkste Mensch, den ich kenne."

„Und warum beobachtest du sie dann, als könnte sie jeden Moment entführt werden?"

Ich schnaubte. „Tue ich nicht." Doch leider wurde mir im selben Moment bewusst, dass ich genau das sehr wohl tat.

Widerwillig stemmte ich mich vom Fenster ab, lehnte mich an die Wand und blickte Ben an. „Ich will nur nicht, dass Beatrice sie wieder verunsichert."

„Du machst dir Sorgen wegen Beatrice, aber nicht wegen Mom? Dir ist doch klar, dass Mom sie bei lebendigem Leib auffrisst, falls sie Veronica nicht mag."

Ich runzelte die Stirn. „Sie wird Red mögen. Wie kann irgendwer sie nicht mögen?"

Allerdings hatte seine Frage zur Folge, dass ich wieder ans Fenster schritt und nach draußen sah.

„Mom mag mich, und trotzdem kann sie mir bis heute mächtige Angst einjagen", bemerkte Ben.

Was wenig hilfreich war.

„Das stimmt", gestand ich und trank einen Schluck. „Aber nein, ich bin hundertprozentig sicher, dass sie Red mögen wird."

Das Telefon klingelte, und ich wandte mich vom Fenster ab. Ich verließ mich auf Reds Selbstbewusstsein. Sie wurde mit allem fertig, dessen war ich mir sicher.

Es dauerte nicht lange, bis Mr. Darcys Leute zurückriefen und unser Angebot annahmen. Ben und ich hatten dafür gesorgt, dass sie es unmöglich ablehnen konnten. Ich hatte richtig gute Laune, als ich wieder nach unten lief. Ich freute mich auf den nächsten Tanz mit Red. Danach könnten wir uns vielleicht von der Party schleichen.

Wo war sie?

Ich suchte im Pavillon, im Garten und sogar in meinem Zimmer und auf dem Balkon, konnte sie jedoch nirgends entdecken. Und an ihr Handy ging sie auch nicht.

„Caleb, mein Sohn."

Mein Herz machte einen komischen Hüpfer und sackte förmlich nach unten. Vor mir stand mein Vater.

Ich hatte ihn seit Monaten nicht gesehen, und er wirkte vertraut und fremd zugleich. Um seine Augen und seinen Mund waren neue Falten, als er mich anlächelte. An seinem Arm hing seine neueste Affäre ... und Verlobte. Wahrscheinlich war sie jünger als ich.

Verachtung und Zuneigung rangen in mir, während ich meinen Vater anblickte.

Was zum Teufel machte er hier?

„Herzlichen Glückwunsch, mein Sohn."

Er trat vor, als wollte er mich umarmen. Bevor er das konnte, wich ich zurück, und sein Lächeln erstarb.

„Danke", sagte ich frostig. „Genieß den Abend ... mit deinem ..."

Kind

„... Date."

Ich drehte mich weg, um zu verschwinden.

„Caleb."

Zähneknirschend blieb ich stehen.

„Kann ich dich kurz sprechen? Sohn?"

Als ich mich wieder zu ihm wandte, ballte ich unbewusst die Fäuste. Doch ich verzog keine Miene, während ich wartete, dass er etwas sagte.

Wie konnte er es wagen, hier mit seiner Geliebten aufzukreuzen? Wollte er meiner Mutter sein Glück unter die Nase reiben? War ihm überhaupt klar, wie sehr es Mom verletzte und erniedrigte, dass er diese Frau hergebracht hatte?

„Sohn?"

Ich musste mich anstrengen, nicht das Gesicht zu verziehen. „Du übertreibst es mit dem Wort."

Auf seine verwunderte Miene hin seufzte ich.

„Ich bin ziemlich sicher, dass du längst aufgehört hast, ein Vater zu sein."

Seine Züge verhärteten sich. Ich sah zu dem Mädchen neben ihm. Sie zupfte an seinem Arm. Und der Blick, mit dem sie mich anguckte, war eine offene Einladung.

Fast hätte ich den Mund vor Ekel verzogen, doch meine Mom hatte mir beigebracht, nett zu Kindern zu sein.

„Ich will nicht unhöflich sein", erklärte ich geduldig und blickte wieder meinen Dad an. „Aber wer hat dich eingeladen?"

„Das war deine Mom."

Seine Antwort schockierte mich so sehr, dass ich ihn nur stumm anstarren konnte.

„Ich hatte sie gebeten, mir eine Einladung zu schicken, Caleb. Ich wollte dich sehen."

Jetzt wurde ich wütend. „Hat sie dir auch gesagt, dass du *sie* mitbringen sollst?"

Das schlechte Gewissen war ihm an der Nasenspitze abzulesen. „Nein, aber ..."

„War dir die Scheidung nicht genug? Willst du Mom auch noch erniedrigen, indem du *sie* herbringst?" Ich schaute hinauf in den dunklen Himmel, atmete langsam aus und betete um Geduld.

„Seien wir ehrlich und hören auf, unsere Zeit zu vergeuden. Was willst du?"

„Nichts, Sohn. Ich bin deinetwegen hier."

„Schwachsinn. Was willst du wirklich? Warte, weißt du was? Es interessiert mich nicht. Man sieht sich. Oder auch nicht."

Ich drehte mich auf dem Absatz um und ging. Mein Herz wummerte, und mein Gesicht fühlte sich heiß an, und ich rannte beinahe, um von ihm wegzukommen.

Er war meinetwegen hier? Was für ein Haufen Bockmist.

Er war ein Lügner. Er benutzte andere. Er war ein Egoist, der sich nur an seine Familie erinnerte, wenn er irgendwas brauchte. Aber damit hatte ich mich schon lange abgefunden.

Was jedoch nicht bedeutete, dass es nicht mehr wehtun konnte.

„Cal."

Was sollte das denn jetzt?

„Ich habe wirklich keine Zeit für dich, Beatrice."

„Suchst du Veronica?"

Misstrauisch sah ich sie an.

Ihr Gesicht war der Inbegriff der Unschuld, doch davon ließ ich mich nicht mehr täuschen. Hinter der Maske war sie alles andere als unschuldig.

Red hatte gesagt, sie trügen das gleiche Kleid. Ich erinnerte mich lediglich, dass Beatrice auch in Rot gewesen war. Und zwischenzeitlich musste sie sich umgezogen haben, denn nun hatte sie ein weißes Kleid an.

„Sie ist im Pavillon. Da habe ich sie eben gesehen."

„Danke."

„Warte! Caleb, ich ... ich glaube nicht, dass du sehen willst, was sie da macht."

„Was meinst du?"

„Sie ist mit diesem ... Typen zusammen."

Falls sie hier war, um Red und mir wieder Ärger zu machen, dann schwor ich ...

Ich holte tief Luft, um mich zu beruhigen, und massierte meine Nasenwurzel.

„Die wirkten sehr innig miteinander", fuhr sie fort und tat besorgt. „Sie und der Typ, mit dem du dich auf dem Campus geprügelt hast. Er hat seinen Arm um sie gelegt ..."

Ich drehte mich von ihr weg, ehe sie den Satz beenden konnte.

Hitze wallte in mir auf, und da ich schon von der Begegnung mit meinem Dad innerlich kochte, war das nun zu viel.

„Caleb? Wo hast du denn gesteckt?"

Ich ignorierte Cameron und ging weiter. Schneller. Noch schneller, bis ich schließlich rannte.

62. Kapitel

Veronica

Ich wusste, dass mich zahlreiche Augen beobachteten. Neugierige, erstaunte, abschätzende Augen. Deshalb hielt ich mich besonders gerade, bewegte mich kecker und wahrte eine neutrale Miene.

Innerlich war ich alles andere als sicher.

Ich konnte ihr Getuschel hören.

Wer ist sie?

Sieh dir den Ring an, den Caleb ihr geschenkt hat! Diese Kette! Sagenhaft!

Strafford? Ist ihre Familie auch im Hotelgeschäft wie die Lockharts? Immobilien? Welche Firma gehört denen?

Guck dir das Kleid an. Die Schuhe. Ich glaube nicht, dass ihre Familie vermögend ist.

Gefolgt von spöttischem, herablassendem Kichern von Frauen, die sich zu fangen versuchten, wenn ich vorbeiging.

Ich beachtete sie nicht.

Der Champagner, den sie tranken, hatte mehr gekostet als mein ganzes Outfit. Na und?

Wenn ich mich davon kleinkriegen ließ, würde ich mit eingeklemmtem Schwanz fliehen. Aber so hatte meine Mutter mich nicht erzogen.

Und Caleb verdiente etwas Besseres.

Ich verdiente etwas Besseres.

Also achtete ich darauf, allen ein Traut-euch-doch-Lächeln zu zeigen.

„Ich hoffe, Sie haben einen netten Abend."

Calebs Mutter kam förmlich in einem wunderschönen blauen Kleid auf mich zugeschwebt, die Frisur und das Make-up perfekt, das höfliche Lächeln ebenso.

„Mrs. Lockhart." Meine Stimme kippte.

Sie war immer noch Mrs. Lockhart, oder? Von Caleb wusste ich, dass seine Eltern geschieden waren … oder war die Scheidung noch nicht durch? Er sprach nicht gern darüber, also fragte ich nie.

Warum hatte ich nie gefragt? Oh Gott!

Ich räusperte mich. „Ja, habe ich. Guten Abend, Ma'am. Ich bin Veronica."

„Ich erinnere mich."

Ihr Ton war höflich, doch ich spürte, dass der eine Satz mit Bedeutung überfrachtet war. Dachte sie an das erste Mal, dass wir uns im Gefängnis begegnet waren?

Mit wachsendem Entsetzen überlegte ich, ob sie sich erinnerte, mich vor der Wohnung ihres Sohnes hocken gesehen zu haben wie eine Stalkerin.

„D…das ist für Sie. Sie haben ein sehr schönes Zuhause."

Es ging schnell und war sofort wieder vorbei, doch ich bemerkte ihr Zögern, bevor sie das Geschenk annahm, das ich ihr reichte. „Vielen Dank."

„Vielen Dank für die Einladung."

„Selbstverständlich. Es würde von schlechten Manieren zeugen, sollte ich die Verlobte meines Sohnes nicht einladen, stimmt's?"

Mir wurde schlecht.

Ihre Augen waren auf meine gerichtet, als sie umgehend fortfuhr: „Interessante Kleiderwahl."

Was sollte ich sagen? Danke? Es hatte eigentlich nicht wie ein Kompliment geklungen. Eher wie eine Herausforderung.

Wahrscheinlich erkannte sie, dass es kein Designerstück war, und versuchte, höflich zu sein. Oder vielleicht … Ich wurde skeptisch, als ich Beatrice die Treppe herunterkommen sah. Sie hatte sich umgezogen und trug nun ein weißes Kleid.

„Beatrice-Rose erwähnte, dass Sie gestern in dem Geschäft waren, als sie das gleiche Kleid anprobierte, das Sie jetzt tragen."

Ich rang nach Luft.

„Dieses Modell muss wahrhaft Eindruck auf Sie gemacht haben, dass Sie riskierten, das gleiche Kleid wie sie bei der Party meines Sohnes zu tragen."

Ich schloss die Augen.

Zählte bis zehn.

Ach, verdammt!

„Ich weiß, dass Sie mich nicht kennen, Ma'am, und wir sind uns nicht unter den erfreulichsten Umständen begegnet. Eines jedoch kann ich Ihnen versichern, und das ist, dass ich Ihren Sohn sehr liebe. Ich würde weder ihn noch *mich selbst* mit etwas so Erbärmlichem blamieren, wie absichtlich oder bösartig das gleiche Kleid zu tragen wie Beatrice. Oder irgendjemand sonst."

Anscheinend hatte sie nicht damit gerechnet, dass ich mich verteidigen würde, denn ihre Augen weiteten sich vor Überraschung.

„Beatrice muss da etwas verwechselt haben", fuhr ich fort. Inzwischen strömte Adrenalin durch meine Adern. „Ich hatte gestern dieses Kleid anprobiert, als sie in das Geschäft kam. Nun, wie es aussieht, hat sie sich umgezogen."

Für einen Moment blickte Calebs Mutter mich stumm an, dann antwortete sie: „Ja. Sie hatte mich gebeten, eines meiner Kleider zu leihen."

„Na, da ist es ja gut, dass sie nicht das gleiche Kleid wie Ihres ausgesucht hat."

Oh Gott. Hatte ich das wirklich gerade gesagt?

„President Miranda?"

Ich versuchte, mich wieder zu fangen, als Mrs. Lockharts Sekretärin ihr etwas zuflüsterte.

„Würden Sie mich bitte kurz entschuldigen, Veronica?"

Sicher war ich mir nicht, doch ich glaubte, einen Anflug von Respekt in ihrem Blick zu erkennen.

Meine Knie fühlten sich wacklig an, als ich ihr nachsah.

Gott, ich brauchte etwas zu trinken!

„Hallo, Veronica."

Für eine Sekunde kniff ich die Augen fest zu, dann drehte ich mich um.

Warum zum Teufel war ich nicht mit Caleb gegangen, als er es anbot?

Weil ich ihm beweisen wollte, dass ich in seiner Welt zurechtkam.

Ich wollte, dass er stolz auf mich war. Und ich wollte selbst stolz auf mich sein.

Beatrice schaute mich herablassend an. Sie war bei einem kleinen, untersetzten älteren Mann mit Bifokalbrille eingehakt.

„Ich glaube, du hast Joe noch nicht kennengelernt. Joe, das ist Veronica. Calebs ... Freundin."

„Verlobte", korrigierte ich.

Für einen Sekundenbruchteil kräuselte sich ihre Oberlippe hässlich, dann wandte sie sich lächelnd Joe zu und legte eine Hand auf seinen Arm.

„Joe ist einer der größten Investoren von Miranda Hotels. Ich bin überzeugt, dass die Hotelkette nicht ohne dich im Hintergrund laufen würde, Joe."

„Ach, aber, Beatrice. Du schmeichelst mir zu sehr."

„Unsinn." Sie klimperte mit den Wimpern und schaute wieder zu mir. „Ich habe Joe eben erzählt, ich hätte eine Ballettkarriere anstreben sollen. Die Beine dafür habe ich ja. Findest du nicht auch, Joe?"

Sie zupfte an ihrem Kleid, um etwas Bein zu zeigen.

„Unbedingt, Schätzchen."

Leise lachte Beatrice. „Was für ein Charmeur! Joe besitzt übrigens mehrere lukrative Restaurants im ganzen Land. Veronica ist vom Fach, was Restaurants angeht, nicht wahr, Veronica?"

„Ah, stimmt das?" Joe sah mich höflich interessiert an.

Beatrices Augen funkelten bösartig, während sie erklärte: „Sie hat reichlich Erfahrung als Kellnerin, wie ich hörte. Ist das nicht so, Veronica?"

Nun blickte Joe stirnrunzelnd zu Beatrice.

„Ja, die habe ich tatsächlich", antwortete ich.

Beatrice lächelte überheblich. „Wir sind momentan etwas knapp mit Personal. Sei so lieb, und bring mein Glas in die Küche, ja?", fragte sie süßlich und hielt mir ihr halb leeres Glas hin.

Beinahe hätte ich es gegriffen und ihr den restlichen Inhalt ins Gesicht geschleudert.

Wut brodelte unter meiner Haut, als ich sie ansah. Dann lächelte ich. „Sicher kannst du durchaus auch ein Schätzchen sein, Beatrice.

Wie wäre es, wenn du diese *Ballerina*-Beine nutzt und dein Glas selbst in die Küche bringst?", schlug ich genauso süßlich vor.

Joe verschluckte sich an seinem Getränk.

Was mir egal war. Ich sah rot. Wenn Beatrice glaubte, ich würde ihre Beleidigungen stillschweigend hinnehmen, hatte sie sich geschnitten.

„Ach, und kannst du mir noch eines dieser hübschen kleinen Gebäckstücke mit Sahne mitbringen? Die sind einfach zu köstlich. Ich kann überhaupt nicht aufhören, die zu essen", ergänzte ich und klimperte sehr auffällig mit den Wimpern.

Beatrices Gesicht nahm einen hässlichen Rotton an.

„Ah, und Beatrice? Versuch bitte auf dem Weg zur Küche, nicht wieder jemandem das Kleid nachzukaufen."

Eine Bewegung hinter ihr lenkte mich ab, und um ein Haar schrie ich auf, als ich Calebs Mutter sah, die mich anstarrte. Mich sehr aufmerksam beobachtete.

Verfluchte Beatrice. Zur Hölle mit ihnen allen.

Dies war nicht meine Welt. Hier würde ich nie reinpassen. Und das wollte ich auch nie.

„Veronica, warte!", rief Beatrice.

Sie packte meine Hand, wobei meine Clutch nach unten fiel, und als hätte sie daran gezogen, ergoss sich der Inhalt auf den Boden.

Es war ein reiner Reflex. Ich zuckte zurück, traf Beatrice versehentlich und stieß gegen ihr Glas, dessen Inhalt sich auf das Kleid ergoss.

Ich hörte ein wütendes Fauchen, bevor ich erst erbost sie ansah, dann zum Boden. Ich war sehr versucht, alles dort liegen zu lassen.

Aber mein Handy leuchtete auf und vibrierte auf dem Fußboden. Und Calebs Nachricht erschien auf dem Display.

Fast fertig, Red. Kann es nicht erwarten, wieder mit dir zu tanzen.

Frustriert seufzend zügelte ich meine Wut, hockte mich hin und hob meine Sachen auf. Und erstarrte bei dem Anblick einer kleinen viereckigen Plastiktüte, die halb hinter meinem Portemonnaie verborgen war. Sie enthielt weißes Pulver.

Sämtliches Blut wich aus meinem Gesicht. Und mein Puls rauschte in meinen Ohren.

Ich schloss die Augen, blendete für Sekunden alles aus. Ehe ich es mich versah, zog jemand an meinem Arm.

„Bringen wir dich schleunigst hier weg, Engelsgesicht."

Ich hob die Lider. Damons freundliche blaue Augen waren mitfühlend auf mich gerichtet. Er zog wieder an meinem Arm, weil ich nicht reagierte.

Was tat er hier?

„Komm jetzt. Willst du diese Arschlöcher gewinnen lassen?", flüsterte er mir ins Ohr.

Ich schaltete meinen Verstand aus, stand auf, dachte sogar daran, mein Kinn zu recken und sehr festen Schrittes zu gehen. Dabei hielt ich mich sehr energisch an Damons Arm fest.

Das wiederum wurde mir erst klar, als wir stehen blieben und er vor Schmerzen ächzte.

„Autsch! Ich weiß ja, dass du fantastische Armmuskeln hast, aber kannst du vielleicht deinen Griff lockern?"

Blinzelnd murmelte ich eine Entschuldigung und lockerte meinen Griff. Ich lehnte mich an einen Pfeiler und stellte fest, dass Damon mich zu dem Gartenpavillon gebracht hatte, in dem ich vorhin mit Caleb gewesen war.

Immer noch zitternd blickte ich in die Dunkelheit, wo die Blumen um den Pavillon herum nicht von Lichtern erhellt waren, und wünschte, dieselbe Finsternis könnte mich verbergen.

„Oh Gott", stieß ich hervor und bedeckte mein Gesicht mit beiden Händen.

Damon seufzte. Ich fühlte, wie er meine Hände nahm und sie sanft wegschob.

„Ist schon gut, Engelsgesicht."

Nun war er vor mir. Er musste geduckt sein, denn er war so groß wie Caleb, trotzdem war er jetzt auf Augenhöhe mit mir. Und sehr nahe.

„Es war richtig cool zu sehen, wie du die Blonde begossen hast. Sie schien mächtig wütend zu sein." Damon lachte leise und tippte mit dem Daumen gegen mein Kinn. „Sag mal, war das Absicht?"

Er richtete sich auf, faltete die Hände und reckte die Arme in die Höhe, um sich zu strecken. Jetzt fiel mir auf, dass er eine Kellneruniform trug. Mit seinem längeren dunklen Haar und dem silbernen Ohrring wirkte er sehr attraktiv.

Er stöhnte zufrieden, nachdem er sich ausgiebig gedehnt hatte, und blickte breit lächelnd zu mir. Als ich ernst blieb, lehnte er sich neben mir an den Pfeiler und stieß seine Schulter gegen meine.

„Hey, lächle. Wahrscheinlich bin ich gerade deinetwegen gefeuert worden."

Meine Kinnlade fiel herunter.

Dann lachte er. „Dieser Job nervt. Lieber würde ich Drinks in einer Bar servieren oder Gitarre spielen. Wenn ich ehrlich sein soll, hatte ich schon nach einem eleganten Abgang gesucht. Also hast du mich praktisch gerettet." Er zwinkerte. „Die Leute hier sind nicht alle nett."

Ich biss mir auf die Unterlippe und schloss die Augen, während ich an die nicht sehr netten Leute dachte.

„Kaugummi?"

Als ich wieder hinsah, schwenkte er einen Kaugummistreifen vor meinem Gesicht. Ich schüttelte den Kopf.

„Bist du sicher? Die sind mit Cupcake-Geschmack."

Auf meinen verzweifelten Aufschrei hin schob er sich den Streifen in den Mund.

„Schon klar, kein Kaugummi." Er zog etwas aus seiner Schürzentasche und wedelte mit meiner Clutch. „Ich habe sie hier. Siehst du? Weine nicht. Bitte!"

„Damon! Oh Gott, danke!" Ich nahm meine Clutch und sah ihn dankbar an. Als ich sie öffnete, stellte ich fest, dass er alle meine Sachen eingesammelt hatte. Dann jedoch entdeckte ich das Tütchen mit dem weißen Pulver, und prompt wurde ich wieder wütend.

„Ja, nicht der Rede wert. Ich frage mich sowieso dauernd, warum Frauen diese winzigen Taschen mit sich rumschleppen. Ich meine, finden sie es gut, bei einer Party immerzu irgendwas in der Hand zu haben?" Er kratzte sich am Kopf. „Das Ding ist winzig. Was kann man da schon reinpacken? Na ja, jetzt weiß ich's."

Natürlich war mir klar, dass er mich aufmuntern wollte, aber mich holte alles wieder ein.

Vor allem die Wut.

„Calebs Mutter hält mich jetzt garantiert für eine Kokserin."

Und denkt wahrscheinlich, dass die Drogen in seinem Wagen von mir waren. Oh Gott.

„Ich glaube nicht, dass sie die gesehen hat. Was immer die sind. Ist das echt Koks? Mann, Engelsgesicht, ich hatte gar keine Ahnung, dass du auf Drogen bist."

„Nein. Nein! Gott. Dieser Tag ist jetzt offiziell die Hölle." Ein ersticktes Lachen kam aus meiner Kehle. „Das ist nicht meins, Damon. Ich weiß nicht, wie das dahin kommt. Ich … wahrscheinlich hat Beatrice es da reingeschmuggelt. Ich bringe sie um!"

Ich atmete schwer, und Tränen brannten in meinen Augen, weil mein Brustkorb wie zugeschnürt war.

„Okay. Denken wir mal einen Augenblick nach. Kannst du das beweisen?"

„Ich brauche keine Beweise. Hast du nicht gesehen, was da eben los war? Sie hat mir absichtlich die Tasche aus der Hand geschlagen. Hat das gleiche Kleid getragen. Hat die Drogen in Calebs Wagen platziert. Oh mein Gott! Ich reiße ihr ihre künstlichen Haare Stück für Stück raus!"

Damon hob beide Hände. „Ja, ich stimme dir zu. Doch im Moment gibt es viele Zeugen … also wieso holst du nicht einfach mal tief Luft? So ist es gut. Einatmen. Ausatmen."

Genau das tat ich zunächst. Er hatte recht. Als ich mich wieder ein bisschen beruhigt hatte, sah ich dankbar zu ihm.

„Du kannst das richtig gut."

Er zuckte mit den Schultern. „Ich habe Erfahrung mit Kar. Weißt du, wie oft ich sie schon beruhigen musste, damit sie keinen umbrachte, als wir noch jünger waren?"

„Kar! Oh mein Gott. Ich muss sie anrufen."

Ich kramte nach dem Handy in meiner Clutch.

„Ich dachte, sie ist mit dir hier?"

„Damon", sagte ich zögernd. „Hast du noch nichts davon gehört? Es gab einen Brand in der Werkstatt."

„Was?"

Mein Bauch krampfte sich zusammen, sowie ich an die Verwüstung dachte.

„Sag mir bitte, dass keinem was passiert ist."

Ich nickte. „Keine Sorge. Allen geht es gut."

Aufatmend entspannte er sich. „Was ist passiert?"

„Die Polizei hat von einigen Zeugen erfahren, dass Jugendliche eingebrochen waren. Sie hatten hinten Benzin verschüttet und angezündet. Du weißt ja, dass da alle möglichen Chemikalien und Werkzeuge lagern. Die halbe Werkstatt ist abgebrannt und …"

Ich stieß einen stummen Schrei aus, als mich von hinten eine feste Hand an der Schulter packte und herumdrehte. „Kar?"

Camerons Gesicht erschien vor mir. Seine stahlblauen Augen bohrten sich geradezu in meine und wirkten gequält.

„Geht es ihr gut?"

„Cameron. Es geht ihr gut. Allen geht es gut."

Er schluckte erleichtert, ließ mich los und sah über seine Schulter.

„Ich muss weg", sagte er noch.

Und dann bemerkte ich Caleb hinter uns. Sein Gesicht wirkte angespannt, und seine Augen waren kalt vor Wut. So sah er mich an.

63. Kapitel

Veronica

Calebs grüne Augen feuerten Dolche auf Damon ab. Und auf mich, als sein Blick zu mir schwenkte.

Er sah wunderschön und gefährlich aus, während er auf uns zukam. Mich unverwandt weiter ansehend, fasste er mein Handgelenk drehte sich dann um und zog mich hinter sich her.

Ich hörte, dass Damon sich bewegte, schaute über die Schulter zu ihm hin, schüttelte den Kopf. Beruhigt atmete ich auf, sowie ich sah, dass Damon tatsächlich zurückblieb.

Caleb hatte sehr lange Beine, weshalb ich bei jedem seiner Schritte zwei machen musste, um mitzukommen.

Auf hohen Absätzen!

„Caleb?"

Er lief weiter.

„Caleb, warte!"

„Sag mir nicht, was ich tun soll", konterte er.

Mir wurde das Herz schwer.

Zunächst fiel mir nur sein harscher Ton auf; erst dann begriff ich die Worte …

Was hatte er gerade zu mir gesagt? Ich konnte es nicht glauben. Er war wütend auf mich? Warum denn das? Hatte er gedacht, dass ich irgendwas mit Damon in dem Gartenpavillon anstellte? So, wie er sich immer wieder umblickte, offenbar ja. Jetzt wurde ich richtig sauer.

Ich versuchte, mich von ihm loszureißen, aber damit musste er gerechnet haben, denn er hielt mein Handgelenk nur noch fester und wurde schneller.

„Lass mich los", befahl ich ihm.

Wusste er überhaupt, was ich gerade mit der Geisteskranken erlebt hatte, die von ihm besessen war?

War ihm klar, wie viel Anstrengung und Geduld es mich kostete, zu lächeln und mit diesen Leuten zu reden, die mich alle ansahen, als sei ich unter ihrer Würde?

Nahm er eigentlich wahr, durch was für eine *Hölle* ich heute gegangen war, um zu ihm zu kommen?

„Wenn du mich nicht sofort loslässt, Caleb, dann schwöre ich ..."

„Sei still."

Mir klappte die Kinnlade herunter. Für einen Moment fragte ich mich, ob ich ihn richtig verstanden hatte.

Hatte er mir eben den Mund verboten?

Mich erschreckte, dass er so sein konnte. Er war immer so verspielt, so sanft, selbst wenn er wütend war. Ich wusste nicht, wie ich mit seinem Verhalten jetzt umgehen sollte.

„Was hast du gesagt? Was glaubst du denn, wer du ...!"

Der Schrei blieb mir in der Kehle stecken, da er unvermittelt stehen blieb und sich zu mir umwandte, ohne meinen Unterarm loszulassen. Sein schönes Gesicht war angespannt vor Zorn. Und im nächsten Moment hing ich über seiner Schulter und starrte kopfüber auf seinen Rücken.

„Lass mich runter. *Sofort!*"

Rasch ging er weiter. Ich konnte die starken Muskeln an seinem Rücken und seinen Schultern fühlen, während er beinahe rannte und mich trug, als wöge ich nichts.

„Ah, ist es das, was die Prinzessin will?"

Zum zweiten Mal innerhalb weniger Minuten stand mir der Mund offen vor Entsetzen.

Was fiel ihm ein, so mit mir zu reden?

Ich war außer mir vor Wut. Sie pulsierte in meinen Schläfen, kribbelte in meinen Fingerspitzen, und mir war sehr danach, auf Caleb einzuschlagen.

„Du Mistkerl! Lass mich runter!"

Aufgebracht fuchtelte ich mit den Armen, schlug nach seinem Rücken, seinen Schultern und seinen Armen. Alles an ihm war steinhart, und mein Kampf schien rein gar nichts auszurichten. Was mich noch zorniger werden ließ.

„Das ist wirklich nicht der richtige Zeitpunkt, mit mir zu streiten, Red."

Ich hörte ein lautes Knallen, als eine Tür gegen eine Wand flog. Sekunden später blieb mir die Luft weg, weil Caleb mich auf ein Bett warf.

„Was soll das denn!", stieß ich hervor.

Ich rechnete damit, dass er mich wieder festhalten würde, doch als ich mich aufsetzte, war er nicht mal in meiner Nähe. Entgeistert sah ich zu, wie er zur Tür lief.

Wollte er mich hier zurücklassen?

Erbost rappelte ich mich hoch und sprang vom Bett.

„Für wen hältst du dich eigentlich?", schrie ich. „Komm wieder her!"

Ich holte ihn ein, ehe er an der Tür war, griff erbost nach seinem Jackett und riss daran.

Caleb drehte sich so schnell um, dass mir der Atem stockte und ich einen Schritt zurückwich.

Bei aller Wut sah sein Gesicht noch wunderschön aus. Die Hälfte war von Schatten bedeckt, doch der unverkennbare Zorn in seinen Augen erinnerte mich an einen Panther.

Mit seinen großen Händen griff er mich an den Armen und zog mich ruckartig an sich, bis unsere Gesichter nur noch Zentimeter voneinander entfernt waren. Ich konnte seinen heißen, minzigen Atem fühlen und riechen, und mit seinen grünen Augen sah er mich sehr eindringlich an.

„Ich strenge mich hier gerade verdammt an. Stell mich nicht auf die Probe", flüsterte er.

Wie eine Warnung.

Eine Drohung.

Ein Versprechen.

Ich merkte, wie mein Auge zuckte.

Erneut fauchte ich und stieß ihn mit dem Rücken gegen die Wand, woraufhin er erschrocken aufkeuchte.

Ich holte schon mit einer Hand zur Ohrfeige aus, als ich erstarrte, denn ich erkannte den Schmerz in seinem Blick.

Mir war unbegreiflich, dass dies hier alles wegen Damon war. Dachte er allen Ernstes, ich würde ihn betrügen?

Es kränkte mich, dass er nach dem, was wir durchgemacht hatten, so von mir dachte.

Prüfend betrachtete ich sein Gesicht, sah die nackte Verwundbarkeit, die plötzlich in seinem Blick zu lesen war. Caleb atmete schwer, und seine Wangen waren gerötet. Seine Schönheit und seine Stärke, die er so rücksichtsvoll bändigte, wirkten stets auf mich, doch es war die Art, wie er sich nur mir und sonst keinem öffnete, wie er mich seine Schwäche und seine wahren Gefühle sehen ließ, die mein Herz einnahmen.

Seitdem er mich mit Damon in dem Pavillon entdeckt hatte, hatte er sich vor mir verschlossen, mir nur seine Wut gezeigt. Bis jetzt. Seine sagenhaft ausdrucksstarken Augen blickten mich mit einer Mischung aus Schmerz und Traurigkeit an.

Ich war so wütend auf ihn, so entsetzt von seinem ungewöhnlich rücksichtslosen Verhalten, so sprachlos angesichts seines Zorns. Als ich ihn jetzt jedoch anschaute, schwand meine Wut. Wir waren nur ein paar Tage getrennt gewesen, dennoch fühlte es sich lange an. Ich hatte ihn vermisst, und nach dem Vorfall heute in der Werkstatt, als plötzlich mein Leben in Gefahr gewesen war, war mir allzu bewusst geworden, wie schnell alles vorbei sein konnte, dass Caleb mir jederzeit genommen werden könnte.

Trotzdem tat es weh, wie er sich benahm, und ich musste wissen, warum er sich so aufführte. Es war offensichtlich, dass auch er litt, und ich fühlte mich hilflos und frustriert, weil wir beide zu stur, zu stolz und zu wütend waren, um diesen Kampf zu beenden.

„Was ist los, Caleb?"

Er blieb stumm, biss die Zähne zusammen. Plötzlich loderte wieder Zorn in seinen Augen auf, war dieser vorwurfsvolle Blick zurück und wischte alles Verwundbare aus seinen Zügen. Er hatte dichtgemacht und würde mich nicht mehr an sich heranlassen. Alles Verständnis und Mitgefühl, das ich noch Sekunden zuvor empfunden hatte, versiegte, und ich wusste, dass ich meine Wut unmöglich zurückhalten könnte. Sie musste raus.

Caleb lockerte seine Krawatte und sah mich misstrauisch an. Seine Armmuskeln spannten sich unter dem Jackett. Seine verhärteten Gesichtszüge ließen die Konturen noch kantiger wirken, noch maskuliner, noch verlockender. Es machte mich erst recht wütend, dass ich ihn selbst jetzt noch begehrte.

Lust und Zorn strömten durch meine Adern, als ich sein Jackett packte, es ihm abstreifte und achtlos auf den Boden warf. Dann trat ich einen Schritt auf ihn zu, legte eine Hand in seinen Nacken und zog ihn zu mir, um ihn zu küssen, als sei es eine Strafe.

Ich hatte das Gefühl, von einem Tornado mitgerissen zu werden. Würde seine Gier nicht meiner eigenen entsprechen, hätte mich die Intensität meiner Lust erschreckt.

Mein Atem stockte, als Caleb mich herumdrehte und an die Wand drückte. Ich stützte mich mit flachen Händen ab, und er presste seinen harten Körper an meinen Rücken, sodass ich seine Erektion spürte.

Ohne Vorwarnung raffte er mein Haar in seiner Faust zusammen, wickelte es auf und neigte meinen Kopf nach hinten.

„Du machst mich völlig rasend, Red", murmelte er unheimlich ruhig in mein Ohr.

Seine Lippen waren über meinen: eine stumme Forderung nach einem Kuss.

Für einen Moment schloss er die Augen, als hätte er Schmerzen. Dann öffnete er sie, und in ihnen war nichts als ungeduldiges Verlangen.

„Du machst das mit mir, Red. Jedes verfluchte Mal. Deinetwegen verliere ich den Verstand. Du hast keine Ahnung …"

Er hielt mein Haar weiter fest, während er mit der anderen Hand über meinen Hals und meine Schultern strich, meine Brüste umfing und drückte.

„Heute Nacht werde ich nicht sanft sein", sagte er, und dann war sein Mund auf meinem.

Er griff den Stoff meines Kleids, der ihn daran hinderte zu berühren, was darunter war.

Und riss.

„Oh Gott", stöhnte ich.

Ich war unglaublich erregt, als seine rauen Handflächen über meine Haut strichen, seine Finger mich leicht kniffen und kitzelten, und ich presste mich gegen ihn, weil ich dringend mehr wollte.

„Stopp mich jetzt, wenn du das nicht willst, Red. Sonst ...", raunte er atemlos, gab mein Haar frei und machte seinen Gürtel und den Reißverschluss auf. „... nehme ich dich gleich hier."

„Nein."

Ich fühlte, wie er erstarrte, und lächelte siegesgewiss, denn seine feste Umklammerung lockerte sich.

„Ich will nicht, dass du sanft bist", fügte ich hinzu.

Ich drehte mich herum, griff nach seiner Krawatte und zog ihn zu mir, um meinen Mund auf seinen zu pressen.

Meine Lust war nicht zu bändigen. Ich zog Caleb zu Boden, setzte mich rittlings auf ihn und biss ihn in die Unterlippe. Er stöhnte rau, und dann spürte ich, wie seine Zunge in meinen Mund glitt.

Gleichzeitig hob er seine Hüften, um seine Hose und die Boxershorts nach unten zu schieben. Ich packte sein Hemd und zerrte daran. Mit lautem Ratschen flogen die Knöpfe durch die Luft, was mich nur noch mehr befeuerte.

Caleb fasste nach meinem Kleid und zog es bis zu meiner Taille hoch. Dann rieb er mich mit seinen Fingern, bis ich nach Luft rang.

Ich biss mir auf die Lippe, um kein Geräusch zu machen, als er meine Hüften umfing und mich genau dorthin dirigierte, wo er hart war. Es fühlte sich so gut an.

Ich musste mich auf seiner nackten Brust abstützen, damit ich nicht das Gleichgewicht verlor. Seine Haut war sengend heiß und von einem dünnen Schweißfilm bedeckt. Mich schockierte, dass ich sie ablecken wollte.

Mein Atem ging schwer, und meine Haut fühlte sich straff und überempfindlich an.

„Heb die Hüften für mich, Red."

Ich war immer noch wütend und wollte ihn für das bestrafen, was er vorhin zu mir gesagt hatte, und auch für seine bescheuerten Fehlschlüsse in Bezug auf Damon und für alles, was heute Abend sonst noch passiert war. Deshalb ignorierte ich ihn und rieb mich weiter an ihm.

Allerdings ließ er sich nicht ignorieren. Mit seinen starken Armen umfasste er meine Schenkel, hob mich an, zerriss meinen winzigen Spitzenslip und streifte ihn zur Seite.

Ich schrie auf, als er in mich hineinstieß. Er war so hart und so groß, dass ich mich vollständig ausgefüllt fühlte.

„Reite mich, Red. Ja, genau so."

Ich biss mir auf die Unterlippe und wiegte meine Hüften auf ihm.

Auf und ab.
Vor und zurück.
Auf und ab.

„Nimm die Arme nach oben, und halte dein Haar. Fuck, du bist so schön. Fuck, ja. So."

Er griff mich an den Hüften, während ich den Kopf nach hinten bog und die Arme hob, um mein Haar für ihn zu halten.

Und dann ritt ich ihn.

Die Liebe, das Verlangen und die Lust, die ich für ihn empfand, überwältigten mich, während ich zusah, wie sich ein Schleier von Wohlgefühl über sein hübsches Gesicht legte. Seine Augen wurden immer dunkler und seine Züge immer angespannter.

Er ließ die Hände zu meinen Brüsten wandern, deren Spitzen er mit den Daumen umkreiste.

Nimm mich.
Nimm mich.

Ich schaute ihm in die Augen.

Plötzlich wollte ich, dass er kam. Verzweifelt beschleunigte ich das Tempo. Ich hörte, wie Haut auf Haut traf, spürte die Feuchtigkeit zwischen unseren Körpern, roch den berauschenden Duft seines Schweißes.

Er legte beide Hände an meinen Nacken und zog mich zu sich, um mich wild und hart zu küssen.

„Genau so, Red. Langsamer. *Fuuuck!*"

Er presste seine Lippen auf mein Ohr und flüsterte mir schmutzige Dinge zu, die er mit mir tun wollte.

Es machte mich so scharf.

Ich stemmte mich wieder auf, stützte die Hände erneut auf seine Brust. Meine Fingernägel gruben sich in seine Haut, während er meine Hüften umschloss und in mich hineinstieß.

Schnell und kurz, langsam und tief.

Schneller.
Schneller.
Schneller.

Bis mir der Kopf schwirrte, meine Lunge sich zu eng anfühlte und alles um mich herum in einem Rausch von Licht explodierte. Erschöpft sank ich auf Caleb.

„Ich bin noch nicht fertig mit dir", raunte er mir warnend zu.

Ich rang nach Luft und schluckte, sowie er uns herumrollte, sodass er auf mir lag.

„Halt dich fest", meinte er, ehe er mich wieder an den Rand des Orgasmus brachte.

Und wieder.

Und wieder.

64. Kapitel

Veronica

Sanft streichelte Caleb meinen Rücken. Seine Fingerspitzen glitten sacht von meinem Hintern bis in meinen Nacken. Ich fühlte, wie sich sein Brustkorb bei einem tiefen Atemzug dehnte, bevor er mich aufs Haar küsste.

Meine Muskeln und Knochen schienen sich verflüssigt zu haben, doch mein Herz weigerte sich, langsamer zu schlagen. Es pochte immer noch heftig gegen meine Rippen.

Das leise Trommeln des Regens auf dem Dach und das sanfte Rascheln des Windes hätten mich entspannen müssen, taten sie aber nicht. Unser Streit von vorhin war nach wie vor wie ein dumpfer Schmerz in meinem Bauch.

„Red", flüsterte Caleb leise und gequält. „Es tut mir so leid."

Dass er so ernst und unglücklich klang, rührte mich. Trotzdem regte sich aufs Neue Wut in mir, und irgendwie war sie schlimmer als vorher. Ich drehte mich weg von Caleb und griff nach der Decke, um mich zu verhüllen.

Was hatte ich mir nur dabei gedacht? Mit ihm im Bett zu landen, weil ich meinen Zorn nicht von meinem Verlangen nach ihm trennen konnte.

In meinem ganzen Leben hatte ich noch nie etwas so … Schockierendes gemacht.

Vor allem, nachdem er sich wie ein Arsch benommen hatte. Es war erschreckend, welche Macht er über mich hatte. Andererseits hatte ich es im Grunde immer gewusst.

Tränen schnürten mir die Kehle zu, da er mich gequält ansah, aber ich weigerte mich, sie ihm zu zeigen, und setzte eine neutrale Miene auf.

Caleb rieb sich mit einer Hand übers Gesicht und atmete scharf aus, während er sich mit dem Rücken zu mir auf die Bettkante fallen ließ.

„Verdammt", sagte er leise.

Die Muskeln an seinem Rücken und den Schultern traten vor, als er sich vorbeugte, die Ellbogen auf die Knie stützte und den Kopf auf seine Hände senkte. Er sah elend aus, und ich wollte die Hand nach ihm ausstrecken, ihn trösten, doch die Erinnerung daran, wie er sich von seiner Eifersucht steuern ließ, hinderte mich daran.

Ach, jetzt hältst du dich also zurück, höhnte mein Unterbewusstsein. *Das hast du eindeutig nicht getan, als du auf ihm warst. Oder er auf dir.*

Ich schloss die Augen aus Scham über mein Handeln. Ich hatte meinem Verlangen nach ihm nachgegeben. Und jetzt sah man ja, wie es uns beiden damit ging. Wir waren immer noch unglücklich.

Der Sex hatte einiges von den Aggressionen abgebaut, die sich in uns beiden aufgestaut hatten, doch er hatte nichts gelöst.

Mein altes Ich wäre wohl in dem Augenblick weggelaufen, in dem er meine Hand ergriff und mich aus dem Pavillon zerrte, aber ich hatte eine Menge gelernt, seit Caleb in mein Leben getreten war.

Ich hatte gelernt, dass keine Beziehung perfekt war. Dass es bei einem selbst lag, ob sie funktionierte, dass man für sich selbst definierte, wie eine perfekte Beziehung aussah. Dass man für den einen Menschen kämpfen musste und niemals aufgeben durfte, weil dieser Mensch die Mühe und die Liebe lohnte.

Jeder trug Dunkelheit und Licht in sich. Caleb hatte mir immer sein Licht gezeigt und nur flüchtige Blicke auf seine Dunkelheit gewährt. Heute Abend hatte er sie enthüllt. Ich würde nicht davor weglaufen.

Jemanden zu lieben war nie einfach. Das hatte ich von Anfang an gewusst. Caleb hatte mir bewiesen, dass es allen Schmerz wert war, den richtigen Menschen zu lieben. Und er war es allemal wert.

Was nicht bedeutete, dass ich ihn schlicht auf mir herumtrampeln ließ. Es hieß, dass ich gewillt war, zu bleiben und die Dinge zu klären.

Ich würde kämpfen und mit ihm streiten, auch wenn es uns beide wahnsinnig machte, bis wir diese bleierne Schwere geklärt hatten, die wir beide im Innern fühlten. Diesmal würde ich nicht kampflos weggehen.

„Als ich dich mit ihm gesehen habe …"

„Achte auf deine Wortwahl", warnte ich ihn leise. „Falls du denkst, dass ich dich betrüge …"

Er wandte den Kopf zu mir um. „Niemals", sagte er fest.

„… dann denk lieber noch mal nach, denn … was?"

„Ich habe nie gedacht, dass du mich betrügst", fuhr er fort. Seine Züge waren angespannt und seine Lippen zu schmalen Linien gepresst.

„Was denn dann, Caleb?"

„Ich kenne dich, Red. Ich weiß, dass du mich nie betrügen wirst. Tut mir leid, dass ich mich wie ein Arschloch benommen habe. Du verdienst, besser behandelt zu werden. Und ich …"

Die Hilflosigkeit und der Schmerz in seinen grünen Augen berührten mich, genauso wie seine beschämt nach unten gebogenen Mundwinkel.

Ich schloss die Augen und atmete langsam aus, um den Druck in meiner Brust zu lindern. Er war etwas weniger geworden, da ich nun wusste, dass er nicht glaubte, ich würde ihn betrügen, aber noch nicht ganz verschwunden.

Sein Blick war auf mich gerichtet, und ich fühlte, dass er auf eine Antwort von mir wartete. Die ich ihm nicht gab.

Als ich spürte, dass er sich bewegte, öffnete ich die Augen wieder. Nackt und darüber kein bisschen verunsichert trat er ans Fenster und schaute hinaus. Er stand mit dem Rücken zu mir, doch ich erkannte an seinen gestrafften Schultern und seinen geballten Fäusten, wie aufgebracht er war.

„Habe ich dir wehgetan?", fragte er heiser. „Ich war schon wieder zu grob, oder? Anscheinend kann ich mich nicht beherrschen."

Er fuhr sich mit den Fingern durchs Haar, behielt die Hand im Nacken und senkte den Kopf, als würde er sich schämen.

„Ich … will dich viel zu verdammt dringend, wenn ich so wütend bin. Wütend auf dich, deinetwegen. Du treibst mich in den Wahnsinn. Warum verflucht hast du es ihm erzählt und nicht mir?"

Es war nicht zu überhören, dass sein Zorn und sein Schmerz wieder auflebten. Ein Großteil meiner Wut war versiegt, als mir klar wurde, warum er so zornig war. Es war nicht, weil er glaubte, ich würde ihn mit Damon betrügen, sondern weil ich Damon von dem Feuer erzählt hatte.

Caleb hatte vorhin unbedingt herausfinden wollen, was mich belastete, aber ich hatte mich geweigert, es ihm zu erzählen. Und dann hörte er, wie ich mit Damon darüber sprach, und da verlor er die Fassung.

Wäre es andersherum, und ich hätte mitbekommen, wie er mit einer anderen über das redete, was ihn den ganzen Abend bedrückte, wäre ich auch gekränkt und wütend.

Dennoch hatte er kein Recht, sich so aufzuführen, mich wegzuziehen wie ein Kind, mich über seine Schulter zu werfen, als sei ich sein Eigentum.

Er drehte sich um. Ich senkte den Blick und merkte, wie meine Wangen heiß wurden, weil ich ihn vollkommen nackt sah. Caleb fühlte sich wohl mit seinem Körper, und wie sollte er auch nicht? Er war überall fest und schlank.

Erinnerungen an das, was wir wenige Minuten zuvor getan hatten, schossen durch meinen Kopf. Ich musste mich zusammenreißen, um nicht zu stöhnen, weil ich fühlte, dass ich wund zwischen den Beinen war.

„Macht dir das etwas aus?"

„Kannst …" Ich räusperte mich. „Zieh dir eine Hose an, Caleb."

Er betrachtete mich einen Moment lang. „Nein."

Ich blickte zu ihm auf und bemerkte, dass er die Augen verengt hatte. Und da war wieder dieses Funkeln.

Also war er immer noch wütend.

„Du bist kindisch", sagte ich.

„Bin ich das? Du bist diejenige, die meine Fragen abwimmelt."

„Tue ich nicht."

Frustriert strich ich mir mit einer Hand durchs Haar. Dann erhob ich mich vom Bett und sah mich nach meinem Kleid um. Als ich es fand, seufzte ich resigniert. Es war in Fetzen gerissen; Caleb hatte es in Fetzen gerissen. Unmöglich konnte ich das wieder anziehen.

Ich blickte ihn an, und er grinste selbstzufrieden. Verärgert hob ich das Kleid auf und schleuderte es ihm ins Gesicht.

Natürlich fing er es mühelos auf.

„Sehr erwachsen", bemerkte er trocken.

„Noch ein Wort", warnte ich und funkelte ihn aufgebracht an.

Er legte mit einer übertriebenen Geste Zeigefinger und Daumen zusammen und zog sie über seinen Mund, als würde er einen Reißverschluss schließen, dann schnippte er mit dem Zeigefinger.

Streng blickte ich ihn an. Es war unverschämt, wie er dastand, den Kopf zur Seite geneigt und die Augenbrauen hochgezogen. Außerdem war ihm seine Wut wieder anzusehen.

Ah, gut so! Meine kehrte gleichfalls zurück!

„Hast du einen Schimmer, wie viel dieses Kleid gekostet hat?"

Er zuckte so desinteressiert mit den Schultern, dass ich ihm das teure ruinierte Kleid am liebsten in den Rachen gestopft hätte.

„Dann kaufe ich dir eben ein neues."

Ich schloss die Augen und zählte bis zehn. Als das nicht half, atmete ich sehr tief ein und aus.

Okay, ich lobte mich im Geiste, weil ich tatsächlich ruhiger wurde. Ja, okay.

Ich hob sein Hemd auf, zog es mir an und machte rasch die noch verbliebenen Knöpfe zu. Als Nächstes nahm ich seine Anzughose auf und warf sie Caleb zu. Der Gürtel war noch in den Bund gefädelt, sodass es leise klimperte, als Caleb die Hose mit seinen blöden großen Händen auffing.

Ich wünschte, die Schnalle hätte ihn ins Gesicht getroffen.

„Zieh die an. Ich diskutiere nicht mit dir, solange du nackt bist."

„Du machst ganz andere Sachen mit mir, als zu diskutieren, solange ich nackt bin", provozierte er mich.

Ungläubig riss ich die Augen weiter auf. Wollte er mich herausfordern?

Er schien entspannt, obwohl das Glitzern in seinen Augen und die unausgesprochene Aufforderung in seinem Tonfall verrieten, dass er nach wie vor sauer war.

Würde ich mich von meiner Wut steuern lassen, würde ich wohl anfangen zu schreien wie ein gestörtes Tier, und wir könnten überhaupt nichts diskutieren.

Das, oder ich könnte ihn einfach umbringen.

Ich verschränkte meine Arme vor der Brust, lehnte mich Caleb gegenüber an die Wand und hob eine Augenbraue. Ich würde kein Wort mehr sagen, bevor er nicht die beknackte Hose anhatte.

Er lächelte wissend, richtete seinen Blick weiter auf mich und warf die Hose beiseite, um stattdessen seine Boxershorts aufzuheben und die anzuziehen. Danach lehnte er sich an die Wand und starrte mich an.

Ich starrte zurück. Auf keinen Fall würde ich als Erste etwas sagen.

Zum Teufel mit der inneren Reife.

Ich erkannte den Moment, in dem es aufhörte, ein Anstarrspiel zu sein. Die Herausforderung schwand aus seinen Augen, wich Schmerz und unverkennbarer Liebe. Ich beobachtete stumm, wie er sich von der Wand abstieß und auf mich zukam.

Dann stand er dicht vor mir, hob langsam und zögernd die Hand, als wollte er mein Gesicht streicheln. Plötzlich schien er unsicher. Fürchtete er, dass ich ihn abwies? Seine Hand sank wieder nach unten.

„Ich habe meinen Dad auf der Party gesehen", flüsterte er.

Er senkte den Blick, sodass seine langen Wimpern Schatten auf seine Wangen warfen.

„Ich wusste nicht, dass meine Mom ihn eingeladen hatte. Warum sollte sie auch? Sie hasst ihn. Und er hatte auch noch seine Geliebte dabei. Ich glaube, die ist jünger als ich." Ekel und Scham schwangen in seinen Worten mit.

„Er bringt sie in dieses Haus, in dem er seine Kinder großgezogen hat, in dem er sich ein Leben mit meiner Mom aufgebaut hatte. Was für ein Mensch tut so etwas?"

Seine Stimme war hart, brach jedoch, als er fragte: „Was für ein Vater tut so etwas?"

Dieser Schmerz, den er wegen eines gedankenlosen, egoistischen Vaters, den er liebte, erleiden musste, kam mir nur allzu vertraut vor. Hätte er sich in diesem Moment nicht weggedreht und neben mir an die Wand gelehnt, ich hätte ihn in die Arme genommen.

„Ich war tierisch wütend. Er macht mich so rasend, dass mir der Hass das Hirn vernebelt. Und dann habe ich nach dir gesucht", fuhr er fort, wobei seine Stimme so leise wurde, dass ich ihn kaum noch verstand.

Wir schwiegen eine Weile. Gedanken und tausend Emotionen durchfluteten mich, und ich wusste nicht, wie ich sie ihm beschreiben sollte. Deshalb schwieg ich und wartete, dass er mehr sagte.

„Ich wusste, dass du die Dinge für mich besser machst, Red. Du machst es immer besser. Aber dann fand ich dich ... sah dich da mit ihm. Mit Damon. Ich habe gehört, was du ihm erzählt hast, und endlich begriff ich, warum du heute Abend so seltsam warst."

Ich blickte nach unten und stellte fest, dass seine Fäuste geballt waren.

„Es half auch nicht, dass er mit dir redet, als würde er dich richtig gut kennen. Dass er dich so vertraut in seinem Arm hält. Dass du ihn so nahe an dich heranlässt. Tatsache ist, dass ich der Einzige bin, der dir sonst so nahekommen kann. Also verzeih bitte, wenn ich den Verstand verloren habe, als ich feststellte, wie du ihm das Gleiche erlaubst. Du gehörst mir. Und ich will nicht, dass dir irgendwer so nahekommt.

Ich war sowieso schon außer mir vor Wut und Hass auf meinen Dad, und dich mit Damon zu sehen, zu hören, wie du ihm erzählt hast, was dich heute Abend belastet ... Ich bin schlicht durchgedreht. Er hatte dich nicht mal gefragt, Red. Du hast ... ihm einfach von dir aus erzählt, was ich dich die ganze Zeit gebeten hatte, mir zu sagen ..."

Ein schmerzhafter Stich durchfuhr mein Herz.

„Es tut mir leid, Caleb", murmelte ich leise, als er nicht weitersprach. „Ich wollte dir nicht den Tag verderben. Deshalb hatte ich dir nichts gesagt."

„Das weiß ich. Dennoch hätte ich mir gewünscht, dass du es zuerst mir erzählst. Wenn du irgendwelche Probleme hast, möchte ich der sein, an den du dich wendest. Ich möchte der sein, der sie für dich löst."

Langsam bewegte er seine Hand zu meiner, bis sich unsere kleinen Finger berührten. Dann wand er seinen um meinen. Ich drehte mich zu ihm und blickte ihn an.

Etwas drückte auf mein Herz, als ich in Calebs grüne Augen schaute. Er sah mich an, als sei ich das einzige Mädchen auf der Welt, das er für sich haben wollte.

„Ich verzehre mich nach dir und kann nichts dagegen tun. Und ich muss noch sehr viel lernen. Ich verlange zu viel von dir. Das weiß ich. Aber bitte, Red, gib mich noch nicht auf."

Ich spürte, wie meine Kehle sehr eng wurde, und endlich legte er die Hände an meine Wangen.

„Es tut mir leid. Baby. Kannst du mir bitte verzeihen?"

„Alles gut, Caleb", presste ich heraus. „Alles gut. Es tut mir so leid. Ich hätte es dir erzählen müssen."

Seine Erleichterung war offensichtlich, und alle Anspannung wich aus seinem Körper, während Caleb zu lächeln begann.

„Darf ich dich jetzt in den Armen halten? Red? Darf ich jetzt sanft sein?"

Er breitete die Arme aus, und ich schmiegte mich hinein. Zärtlich hielt er mich dicht an sich gedrückt.

„Ich hasse es, wenn wir streiten", murmelte er.

„Weiß ich. Aber ..."

Sanft umfasste er meine Schultern, schob mich ein kleines Stück von sich weg und sah mich aufmerksam an.

„Was aber, Red?"

„Mach das nie wieder. Behandle mich nicht noch mal so grob. Ich mag es nicht."

Beschämt senkte er den Kopf. „Habe ich ... dir Angst eingejagt?"

Für einen Moment schürzte ich nachdenklich die Lippen. „Nein", antwortete ich wahrheitsgemäß. „Du hast mir keine Angst eingejagt. Ich wusste, dass du mir nie wehtun würdest. Physisch, meine ich."

Erschrocken sah er wieder auf. „Niemals! Egal, wie wütend ich bin, das würde ich nie."

„Weiß ich, Caleb. Ist schon gut. Du hast mich richtig sauer gemacht und ... mich erschreckt. Ich konnte nicht glauben, dass du derselbe warst, der all diese Dinge zu mir gesagt hat."

Seine Hände fielen nach unten.

„Red, ich …"

Er blickte mich hilflos und unsicher an, als fürchtete er sich davor, mich wieder zu berühren.

„Ich verstehe, dass jemand einen so rasend vor Wut machen kann, dass man nicht mehr klar denkt. Das begreife ich, Caleb. Aber ich möchte nicht, dass du deine Stärke nutzt, um auf die Art von mir zu bekommen, was du willst."

„Werde ich nicht. Das verspreche ich."

Ich war zufrieden, denn er meinte es sichtlich ernst, und nickte. „Dann ist alles in Ordnung."

„Ich wollte dir nie wehtun." Er küsste mich auf die Stirn, die Nase und schließlich den Mund. „Leg deine Arme um meinen Hals."

Lächelnd hob er mich hoch. Trotz des warnenden Glitzerns in seinen Augen quiekte ich vor Schreck und schlang meine Arme fester um ihn. Caleb stieß mit dem Fuß die Tür auf und betätigte einen Schalter, woraufhin Licht den Raum flutete und eine verglaste Veranda erhellte.

Mir wurde klar, dass wir in der Hütte sein mussten, von der er gesprochen hatte. Es war ein riesiger, quadratischer Raum mit einem fantastischen Blick auf den See. Grau-weiße Liegestühle standen vor den breiten Fenstern, und an den Wänden hing Angelzubehör. Seitlich standen ein paar Mountainbikes, und neben einem klobigen Tisch befand sich ein Minikühlschrank.

Ich rechnete damit, dass er sich auf einen der Liegestühle setzen würde, doch stattdessen lief er zur Hintertür und nach draußen.

„Caleb, gehen wir wieder rein. Jemand könnte uns sehen, und ich bin … nicht anständig angezogen."

Sein Grinsen war vielsagend. „Weiß ich. Und Anstand ist das Letzte, was mir gerade vorschwebt."

Meine Wangen wurden heiß, und kaum bemerkte er es, lachte er leise. „Ich wette, es ist auch das Letzte, woran du denkst. Lass mich mal raten, was dir durch den Kopf geht. Hmm … mal überlegen", neckte er mich erbarmungslos.

„Nein", stieß ich quiekend hervor. „Nicht."

Erneut lachte er. Ich legte die Arme fester um ihn, als er sich hinsetzte und zu schwanken begann. Verwirrt stellte ich fest, dass wir in einer Hängematte waren. Caleb lehnte sich zurück, zog mich an sich und hielt meinen Oberkörper mit seinen Armen umfangen. Es fühlte sich so friedlich an.

Ich wusste, dass die Außenwelt nur einen Katzensprung entfernt war, doch mit Caleb hier zu liegen, in seinen starken Armen zu sein und auf den ruhigen See und den dunklen Horizont vor uns zu blicken, ließ mich alles andere vergessen.

„Ich wünschte, ich könnte mit dir hierbleiben", gestand ich leise.

Er verschränkte seine Finger mit meinen und küsste mich auf die Schläfe. „Dann bleiben wir hier."

„Werden sie nicht nach uns suchen?"

Er zuckte mit den Schultern. „Ist mir egal. Ich bin lieber mit dir hier."

Ich entspannte mich, aber etwas, was er vorhin gesagt hatte, trieb mich um.

„Caleb?"

„Hmm?"

„Ich verstehe es übrigens."

„Was?", murmelte er in mein Haar.

„Das mit deinem Dad."

Ich fühlte, wie er sich hinter mir verkrampfte, ehe er erneut mit den Schultern zuckte. Ich drückte seine Hand, um ihn wissen zu lassen, dass es in Ordnung war, wenn er nicht darüber reden wollte. Mir war bewusst, wie schwierig es sein konnte, über etwas zu sprechen, was einen so tief bewegte.

Er holte hörbar Luft, hob meine Hand an seinen Mund und küsste sie.

„Das weiß ich", meinte er leise. „Er wird sich nie ändern. Damit habe ich mich abgefunden, nur macht es das nicht leichter."

„Weil du ihn immer noch liebst."

Zunächst sagte er nichts. Als er schließlich antwortete, klang seine Stimme heiser. „Ja. Tue ich. Ich habe es noch nie jemandem gesagt. Mir fiel es sogar schwer, es mir selbst einzugestehen. Denn … es spielt keine Rolle, oder? Es ändert nichts."

Ich nickte. „Es bringt ihn nicht zurück. Oder das, was du früher hattest. Und das schmerzt."

„Ja. Ja, genau. Es hilft, dass du es verstehst, Red. Ich bin froh, dass du hier bei mir bist."

„Auch wenn es ihn nicht zurückbringt, darfst du dich nicht dafür verurteilen, ihn zu lieben. Caleb. Er ist dein Dad. Er war ein großer Teil deines Lebens. Nichts wird das ändern. Es heißt, dass man sich die Menschen aussucht, die man liebt. Ich schätze, in den meisten Fällen trifft es zu, aber manchmal eben nicht, und dann kann man diesem Gefühl nicht entkommen, ganz gleich wie hart man dagegen ankämpft. Es ist wie eine lebenslange Strafe."

Ich musste an meine Mutter denken, die nie aufgehört hatte, meinen Vater zu lieben, solange sie lebte. Und daran, dass ich ihn immer noch liebte, egal, wie grausam er zu uns gewesen war. Vielleicht klammerte sich ein Teil von mir bis heute an die schönen Erinnerungen an damals, als er noch nett war.

„Und eventuell entscheiden wir uns sogar dafür, weiterzulieben, obwohl es eine Strafe ist", fuhr ich fort. „Ich weiß es nicht. Was ich kenne, ist der Schmerz, den du gerade empfindest. Irgendwann wird es nicht mehr so sehr wehtun ... du lernst, besser damit umzugehen. Du lernst, dich nicht von ihm auffressen oder kontrollieren zu lassen." Ich berührte seine Wange und küsste sie. „Ich bin für dich da, Caleb."

„Ich liebe dich, Red."

„Ich liebe dich."

Ich schmiegte mich wieder an ihn, schloss meine Augen und lauschte seinem Herzschlag, dem Klang der Wellen, dem spielerischen Tanz des Windes in den Bäumen. Zwar mochte sich dieser Abend schlimmstmöglich entwickelt haben, doch das Ende war vollkommen.

„Kannst du heute Nacht bleiben?", fragte Caleb.

„Ja."

„Schön. Ich muss erst am Dienstag nach Regina zurück, also haben wir morgen den ganzen Tag für uns. Ich fahre mit dir, wohin du willst. Wir können auch Häuser ansehen. Ich rufe den Makler an."

Ich biss mir auf die Unterlippe. „Das geht nicht. Ich würde gern, aber Kar braucht mich. Ich habe Beth gesagt, dass sie morgen zu uns kommen soll. Da machen wir einen Mädelsabend."

„Ist schon in Ordnung." Er küsste mich auf dem Kopf. „Kannst du mir erzählen, was in der Werkstatt war? Ich habe nur mitgekriegt, dass es gebrannt hat. Wo warst du?"

Als ich mich verkrampfte, drückte er sanft meine Hand. „Kar und ich waren im Büro, als wir die Rufe von hinten hörten", begann ich. „Wir sind hin, um nachzuschauen, und da haben wir eine laute Explosion gehört."

Caleb holte tief Luft und legte die Arme fester um mich. „Geht es dir gut?"

Ich nickte. „Alles gut, Caleb. Ehrlich. Dylan hat uns sofort nach draußen gezogen. Dann trafen die Feuerwehr, die Polizei und die Sanitäter ein. Doch es ist Gott sei Dank niemand verletzt worden. Jemand hatte eine Gruppe Teenager kurz vor der Explosion aus der Werkstatt laufen gesehen. Sie fanden einen Benzinkanister, den sie in der Nähe weggeworfen hatten. Sie haben Zeugen. Es dauert sicher nicht lange, bis sie die schnappen."

„Ich bin nur froh, dass du nicht verletzt wurdest." Er seufzte gedehnt. „Oder sonst jemand. Deshalb warst du so spät. Ich hätte nie ... Du hättest mich anrufen sollen."

Er fuhr sich mit den Fingern durchs Haar. „Ich kann nicht glauben, dass du danach trotzdem hergekommen bist. Und ich ... ich habe es dir nicht leicht gemacht. Es tut mir so leid. Hoffentlich kriegen sie die Mistkerle", sagte er wütend. „Die Versicherung wird die meisten Kosten decken, aber sie verlieren eine Menge Aufträge, solange alles wieder instand gesetzt wird. Vielleicht brauchen sie Hilfe. Ich sehe mal, was ich tun kann."

Mein Herz flatterte. „Das freut Kar garantiert."

„Vielleicht solltest du mit mir nach Regina kommen und für mich arbeiten."

Ich erstarrte. Er sagte es einfach so dahin, völlig gelassen. Prompt wurde ich unruhig, rückte weg von ihm, stand auf und ging vorsichtig zum Wasser. Es war pechschwarz, doch unter der Oberfläche waren Lichter und Schatten zu erkennen.

Ich fühlte, dass Caleb hinter mich trat. „Red? Was ist los?"

„Ich will dein Geld nicht, Caleb."

„Wie bitte?"

Er umfasste meine Schultern und drehte mich zu sich.

„Ich bin nicht mit dir zusammen, weil du reich bist. Oder damit du mir all diese ... Sachen schenken kannst."

Caleb atmete langsam aus und musterte meine Miene für einen Moment. Dann erschien ein freches Grinsen auf seinem umwerfenden Gesicht. „Das weiß ich schon. Du bist mit mir zusammen, weil ich jedes deiner Bedürfnisse befriedige." Seine grünen Augen funkelten im Mondlicht. „Noch dazu habe ich dieses traumhafte Gesicht und diesen sexy Körper. Warum sonst solltest du mit mir zusammen sein?"

Mein Lachen konnte ich nicht so ganz unterdrücken.

„Worum geht es hier wirklich?", fragte er ernst.

Seufzend bewegte ich mich ein Stück von ihm weg und wandte mich wieder zum Wasser. Wenn ich ihm die Wahrheit gestand, wollte ich lieber nicht, dass er mein Gesicht sah.

„Bevor ich dich kennengelernt habe", fing ich an und fühlte ihn hinter mir. Er musste merken, dass ich Raum brauchte, denn er hielt nicht wie sonst meine Hand. „War ich schon eine Weile allein. Ich war ganz auf mich gestellt. Es gab niemanden außer mir, der für mich gesorgt hat. Das weißt du bereits."

„Mhm."

„Den Großteil meines Lebens war ich von ... anderen Menschen abhängig. Aber als ich anfing zu arbeiten, gab mir das ein gutes Gefühl. Ich kam mir nicht mehr hilflos vor, weil ich wusste, dass ich mich auf niemanden außer mir selbst verlassen muss. Ich arbeite gern. Ich mag es, mir meinen Unterhalt selbst zu verdienen. Das verleiht mir ein Gefühl von Unabhängigkeit und meinem Leben einen Sinn. Ich habe Ziele, für die ich hart arbeite, und das will ich nicht verlieren. Ich möchte mir selbst beweisen, dass ich es schaffe."

„Entschuldige, Red, aber so habe ich das nie betrachtet", murmelte er nach einem Moment.

Er hob einen Stein auf und sah ihn an, bevor er ihn aufs Wasser schleuderte. Der Stein sprang viermal, ehe er unterging.

„Aber warum nimmst du Damons Jobangebot an und meines nicht?"

„Weil ich Damon nicht liebe und ..."

„Mann, bin ich *froh*, das zu hören!"

„... und", fuhr ich leise lachend fort. „Er würde nicht nachsichtig mit mir sein, wenn ich für oder mit ihm arbeite. Wenn ich auf dein Jobangebot eingehe, komme ich mir vor, als würde ich ... Geld von dir nehmen. Und deshalb bin ich nicht mit dir zusammen. Ich will nichts von dir, sondern dich."

Als ich ihn ansah, war sein Kopf gesenkt, und er massierte seine Nasenwurzel. Gleichzeitig lächelte er. Dann blickte er mich an und wirkte richtig glücklich.

Er biss sich auf die Unterlippe, während er noch einen Stein aufhob. „Ich liebe dich", erklärte er. „Und jetzt kapiere ich es. Tut mir leid, dass ich es nicht früher begriffen habe. Du musst mir solche Sachen so sagen, dass ich es auch kapiere." Er schleuderte den Stein aufs Wasser. Dieser hüpfte siebenmal.

Grinsend schaute er mich an – wie ein kleines Kind. Ich erwiderte sein Grinsen, griff nach dem flachsten Stein, den ich entdecken konnte, und ließ ihn springen. Er schaffte es zehnmal.

„Was zum ...!"

Calebs Empörung war so witzig, dass ich lachen musste.

„Das waren zehn Male!"

„Mhm." Selbstzufrieden warf ich noch einen Stein.

Ich blickte wieder zu Caleb und erwartete, dass seine Kinnlade im Kies hing, doch er wirkte nachdenklich.

„Als ich noch ein Kind war", meinte er leise und schaute mich an, als würde er mein Gesicht zum ersten Mal sehen, „war da dieses kleine Mädchen ..."

Plötzlich ertönte ein gedämpftes Hupen vom Haus aus.

„Caleb, die Party ..."

„Mach dir wegen der keine Gedanken, Red. Ehrlich. Die merken nicht mal, dass wir weg sind. Erst recht nicht jetzt, wo mein Onkel seinen Schofar rausgeholt hat. Er gibt gern damit an, wenn er stockbesoffen ist."

„Sein was?"

„Es ist ein Musikinstrument aus einem Tierhorn. Er behauptet gern, dass er es Zauberern abgekauft hat, aber ich bin sicher, dass er es bei eBay gefunden hat. Wie dem auch sei, ich habe vorhin gesehen, dass du mit meiner Mom gesprochen hast", sagte er vorsichtig. „War sie nett zu dir?"

Ich wurde unsicher. Als ich nicht antwortete, zupfte er sanft an meinen Haaren.

„Sie war ... höflich."

„Höflich", wiederholte er. Seinem Tonfall war sein Stirnrunzeln förmlich anzuhören.

Caleb nahm meine Hand und führte mich zu einer versteckten Stelle zwischen hohen Felsen und alten Bäumen. Dort war ein breiter, abgebrochener Ast, der einige Zentimeter über dem Wasser hing. Auf den setzte Caleb sich und zog mich neben sich.

Ich wollte diesen Moment nicht verderben, aber mir war klar, dass es ihn umso mehr beunruhigen würde, sollte ich ihm nicht erzählen, was vorhin passiert war.

„Deine Mutter war nicht begeistert, dass ich das gleiche Kleid trug wie Beatrice. Anscheinend hatte sie deiner Mom gesagt, dass ich gewusst hätte, welches Kleid sie anziehen würde, und weil ich so wahnsinnig bösartig bin, hatte ich absichtlich das gleiche angezogen."

Caleb stieß einen Fluch aus.

„Die Wahrheit ist, dass sie Kar und mich neulich in dem Geschäft gesehen hatte. Ich hatte das Kleid anprobiert, als Beatrice hereinkam", erklärte ich. „Und das ist noch nicht alles."

Seufzend neigte Caleb den Kopf zur Seite. Er sah müde aus.

„Sie hat auf der Party versucht, mich zu demütigen. Und es ist ihr gelungen, als meine Clutch runterfiel und alle Sachen daraus auf den Boden kullerten. Erinnerst du dich, dass du meine Sachen weggelegt hattest, als wir tanzten?"

„Ja, ich hatte sie auf einem der Tische liegen lassen."

„Da muss sie es reingepackt haben."

„Was reingepackt?"

„Die Drogen."

„Die was?"

Ich schrak so plötzlich hoch, dass ich fast sein Kinn traf. „Oh mein Gott, Caleb! Was ist, wenn sie auch welche in das Geschenk für deine Mutter getan hat? Oh mein Gott! Nein!", schrie ich und hielt mir beide Hände vors Gesicht.

Ich eilte zur Hütte zurück.

„Red, was ist los? Nicht so schnell!"

Caleb hielt mich am Handgelenk zurück und drehte mich zu sich herum, sodass er mein Gesicht sehen konnte.

„Die kleine Plastiktüte mit dem weißen Pulver", brachte ich mühsam heraus. „Das sind Drogen. Ich weiß es. Beatrice muss sie in meine Tasche gesteckt haben, als wir nicht hinschauten."

Er fasste mich an den Armen. „Das gleiche Zeug, das in meinem Wagen gefunden wurde?"

Ich nickte. „Deshalb hatte sie mir absichtlich die Tasche aus der Hand geschlagen. Sie wollte, dass deine Mutter die Drogen in meiner Tasche entdeckt. Aber Damon hatte sie schnell aufgehoben, und er sagt, dass deine Mutter sie nicht gesehen hat. Doch …" Ich war wie versteinert. „Das Geschenk für deine Mutter war auch da. Was ist, wenn sie …?"

„Keine Sorge. Wir ziehen uns schnell an und gehen zum Haus zurück. Mom packt ihre Geschenke nie gleich aus. Wir suchen danach und vergewissern uns, dass alles in Ordnung ist."

Hilflos stöhnte ich auf. „Wir können nicht so zur Party zurück. Du hast mein Kleid zerrissen, schon vergessen?"

„Ich verstecke dich unter meinem Jackett."

„Caleb!"

Ich lachte und funkelte ihn gleichzeitig erbost an. Wie konnte er einer Situation wie dieser noch etwas Komisches abgewinnen? Er machte mich irre.

„Na gut. Ich rufe Ben an. Er kümmert sich darum."

Ich atmete erleichtert auf, als er in der Hütte verschwand. Unruhig ging ich ans Wasser und tauchte meine Füße in den Wellensaum. Ich versuchte, mich auf das sanfte Streicheln auf meiner Haut zu konzentrieren. Fast wäre ich Caleb in die Hütte gefolgt, war aber ziemlich sicher, dass mich das Gefühl von vier Wänden um mich herum in diesem Augenblick ersticken würde.

Ich beschloss, in der Hängematte auf ihn zu warten. Wenige Minuten später kehrte Caleb mit einem Glas in der Hand zurück.

„Hier, Red. Tut mir leid, doch in der Hütte habe ich nur Wasser."

„Das ist gut, danke. Hat Ben es gefunden?"

Er nickte. „Alles klar. Er konnte nichts Verdächtiges entdecken."

Dennoch bemerkte ich, dass seine Züge wieder angespannt wirkten. „Ich muss mit Beatrice reden. Ihr ein Ultimatum stellen. Sie muss aufhören, dich zu belästigen, oder ... ihr wird nicht gefallen, was sonst passiert."

Ich setzte das Wasserglas ab, griff nach Calebs geballter Faust und drückte sie sanft.

„Wo ist die Tüte?", fragte er.

„In meiner Tasche."

„Kannst du sie mir nachher geben? Ich möchte sie an den Privatdetektiv schicken. Vielleicht sind Fingerabdrücke drauf, und eventuell sind es dieselben wie auf der Tüte, die sie in meinem Auto gefunden haben."

„Sicher."

Er neigte den Kopf zur Seite und sah mich besorgt an. Dann hockte er sich vor mich, legte die Hände auf meine Schenkel, spreizte die Finger und spannte sie um meine Taille.

„Geht es dir gut, Red? Sie hat dich nicht verletzt, oder?"

„Nein, alles gut, Caleb."

„Beatrice war es, die mir gesagt hat, dass sie dich mit Damon im Pavillon gesehen hatte. Dass er dich in seinen Armen gehalten hätte. Sie deutete an, dass du mich betrügst."

Ich knirschte mit den Zähnen.

„Natürlich wusste ich, dass sie log. Ich habe ihr keine Sekunde geglaubt, selbst wenn dieser Arsch Damon", er räusperte sich, „dich in seinen Armen halten sollte, war mir klar, dass du mich nicht betrügst." Er sah mich verlegen an. „Es tut mir leid, Red. Anscheinend kann ich gar nicht aufhören, mich zu entschuldigen. Ich komme mir wie der Superidiot vor."

Ich lächelte. „Der warst du, aber es ist in Ordnung. Du kannst nicht anders."

Er lachte und grinste mich an. Blitzschnell zog er mich an sich und hob mich hoch. Ich schlang die Arme um ihn und ließ mich wieder nach drinnen tragen.

„Du warst total wunderschön heute Abend. Danke, dass du diese Farce über dich hast ergehen lassen."

Bei der Erinnerung an die Party, die vielen reichen Leute und die irrwitzige Welt, in der er lebte, wurde mir mulmig.

„Du bist unglaublich reich."

Er sah mich mit großen Augen an.

„Meine Mom ist reich. Ich bin es nicht", korrigierte er mich erneut.

„Da sind jede Menge reiche Leute auf deiner Party. Ich glaube, ich habe sogar Filmstars gesehen. Aus meinen Lieblingsfilmen. Ich war total geblendet."

Er wurde nachdenklich. „Auf jeden Fall lasse ich dich nie wieder auf einer Party aus den Augen." Er ließ mich aufs Bett sinken, streckte sich auf mir aus und fächerte mein Haar auf dem Kissen auseinander.

„Da sind eine Menge schöne Frauen."

Er malte mit einem Finger die Konturen meiner Wange nach, und sein Atem strich warm über meine Haut. „Nicht so schön wie du."

„Ich passe nicht in deine Welt, Caleb."

Er griff nach meiner Hand und küsste sie, ehe er sie an seine Wange legte, mir in die Augen sah und flüsterte: „Wie kannst du nicht in meine Welt passen, wenn du meine Welt bist?"

65. Kapitel

Veronica

„Du hättest mal sehen sollen, wie beschämt sie hier heute Morgen angekrochen kam."

Ich fand den heiteren Sarkasmus in Kars Stimme nicht übermäßig witzig. Sie stand am Küchentresen und rührte in einem Krug mit Cuba Libre herum – oder versuchte zumindest, Cuba Libre zu mixen. Das war Ansichtssache.

Deformierte Limettenachtel lagen verstreut zwischen einer Rum- und Colaflasche. Außerdem stapelten sich auf der Arbeitsplatte drei offene Chipstüten, eine Schale mit Oreos und ein Teller mit Piroggen, Sour Cream und Pommes, die Beth besonders gierig beäugte.

„Ich bin nicht beschämt angekrochen gekommen!"

Doch ich fühlte, wie meine Wangen zu glühen begannen, und senkte den Kopf, damit Kar nicht sah, dass ich rot wurde, während ich zum Schrank ging, um drei Gläser zu holen.

„Ach ja?" Beth gab es auf, nahm sich eine Pommes aus der Schale und knabberte daran. „Ich habe deinen Typen gesehen, Ver. Der ist heiß. Wie ist er so in der Rein-raus-danke-Abteilung?"

„Tja, ich kann nur sagen, dass du lieber hinterher den Küchentresen desinfizierst, wenn sie je eine Nacht bei dir verbringen."

„Kar!"

Kar zwinkerte. „Beth ist unsere Freundin, da hat sie ein Recht, es zu wissen."

Ich wollte im Boden versinken. Das mit dem … Tresen sollte Kar nicht mal wissen. Es war mir einfach herausgerutscht.

Beth rollte mit den Schultern und fächelte sich mit den Händen Luft zu. „Verdammt. Mir ist richtig warm geworden. Stopp!"

Kar erstarrte mit dem Krug in der Hand, bevor sie etwas von ihrer Mischung in Beths Glas schenkte.

„Keinen Alkohol für mich. Ich trinke nichts Zuckerhaltiges mehr, denn ich mache Diät."

Kar verzog den Mund. „Ich habe eben gesehen, wie du Oreos gegessen hast, du Nuss."

„Falsch. Das war ein halber Keks. Und ein halber zählt nicht."

„Und Pommes", ergänzte ich. Ich war heilfroh, dass wir das Thema wechselten.

„Eine Pommes. Das zählt auch nicht."

Plötzlich blitzte es in Kars Augen, und sie griff nach der Keksschale.

Beth hielt die Schüssel fest. „Was soll das?"

„Du hast gesagt, dass du auf Diät bist."

Beth verengte die Augen. „Na und?"

Sie starrten einander an.

„Ich hasse dich", meinte Beth nach einem Moment, schnappte sich einen Oreo aus der Schale und ließ sie los.

Als Kar die Schüssel wegtragen wollte, wurde Beth schwach und griff sich noch einen Keks. „Okay. Das ist der letzte. Jetzt schaff die fiesen Dinger weg. Bring sie sehr weit weg."

Kar grinste mir zu. „Ach, Ver, ich habe Kuchen im Kühlschrank. Willst du?"

„Du bist solch ein Arschloch, Kar." Beth schwieg drei Sekunden lang. „Ist das Schokoladenkuchen?"

„Oh bitte, gibt es vielleicht eine andere Sorte, die meines Mundes würdig ist?"

„Ich hole ihn", bot ich an und trank einen Schluck aus meinem Glas, ehe ich in die Küche lief.

„Und, wie war die Party gestern? Du hättest heute Morgen nicht nach Hause kommen müssen."

„Am liebsten wäre ich gestern Abend gar nicht hingegangen, wenn ..."

Kar winkte ab. „Ich habe dir doch gesagt, dass es mir gut ging. Ich bin nur wahnsinnig froh, dass meinem Dad und Dylan nichts passiert ist. Wäre ..." Ihre Stimme kippte.

Beth drückte Kars Hand. Ich stellte die Kuchenschachtel auf den Tresen und legte eine Hand aufs Kars Schulter.

„Ist schon gut", erwiderte Kar schniefend und drehte sich von uns weg. Ich reichte ihr ein Papiertuch, und sie wischte sich sorgfältig die Wimperntusche unter den Augen weg. „Du weißt ja, dass Dad normalerweise alle nach Hause schickt, wenn nicht so viel los ist. Dann machen er und Dylan alles fertig. Und wären sie hinten gewesen, als das Feuer ausgebrochen ist … hätten sie …"

„Hör auf, Kar. Es ist niemand verletzt worden, und es hilft weder dir noch ihnen und ändert auch nichts, wenn du weiter daran denkst, was hätte passieren können. Ihnen geht es gut. Allein darauf kommt es an."

„Ver hat recht", bestätigte Beth.

Kar nickte und atmete tief durch. „Als Ver vorhin geschlafen und sich von ihren Sexabenteuern letzte Nacht erholt hat, hat Dylan angerufen. Sie haben die Jugendlichen, die das Feuer gelegt hatten, heute Morgen geschnappt."

„Sehr gut! Die Idioten haben garantiert geglaubt, sie kommen damit durch. Warte mal, wer sind die eigentlich?"

„Erinnerst du dich an diese Skater, von denen ich dir erzählt hatte, die auf meinen Wagen eingeschlagen hatten, als Ver und ich aus dem Einkaufszentrum kamen? Und die ich mit meinem Milchshake beworfen hatte?"

„Im Ernst? Die stecken eure Werkstatt an, weil du einen Milchshake nach ihnen geschmissen hast?"

„Ja, und jetzt kommt der Knaller. Jemand hat sie dafür bezahlt."

„Was?" Erschrocken griff ich nach Kars Arm.

Sie nickte ernst. „Der Officer hat gesagt, dass sie alle gestanden haben. Eine *Lady* hatte sie an dem Tag am Einkaufszentrum angesprochen und ihnen fünf Riesen gezahlt, damit sie die Werkstatt abfackeln, und zwar am nächsten Tag und wenn wir beide da sind. Also, *klicke-di-klick*, an Calebs Geburtstag. Versteht ihr zwei schlauen Bitches, was ich meine?"

Ich rang nach Luft, und meine Hand fiel schlaff von Kars Arm. Gleichzeitig jagte mir ein kalter Schauder über den Rücken. „Beatrice", hauchte ich entsetzt. „Kar, das war Beatrice."

„Und ob sie das war! Das Problem ist nur, dass die Jugendlichen aussagen, sie hätte einen großen Hut und eine dunkle Sonnenbrille getragen, sodass sie keine genaue Beschreibung von ihr geben konnten. Sie wussten allerdings noch, was sie angehabt hatte, und das hörte sich nicht nach den Klamotten an, die Beatrice an dem Tag getragen hatte."

„Sie ist gerissen. Sie könnte sich andere Sachen gekauft haben."

Beth schüttelte den Kopf. „Wie gestört ist diese Psychotante eigentlich? Die braucht dringend mal eine kräftige Abreibung."

„Stell dich hinten an, Schwester. Ver, du musst vorsichtig sein."

Ich nickte. „Ja, werde ich. Und du auch."

Mir schossen so viele Dinge durch den Kopf, während ich versuchte, alles zusammenzufügen, was geschehen war, seit Beatrice in Calebs Wohnung aufgekreuzt war. Falls es tatsächlich Beatrice war, die Skater bezahlte, damit sie Kars Werkstatt anzündeten, während wir drinnen waren, ließ sich unmöglich erahnen, wo sie die Grenze zog. Ich beschloss, Caleb baldmöglichst anzurufen und es ihm zu erzählen.

„Kar, war Cameron gestern Abend hier?"

Ein Schatten legte sich über ihre Züge, bevor sie sich wegdrehte.

„Er hat gehört, wie ich Damon von dem Feuer erzählt habe", fügte ich hinzu.

Ich sah zu Kars Rücken, und sie zuckte mit den Schultern.

„Ooh, da unterdrückt jemand seine Gefühle. Brauchst du Dr. Phil, Kar?"

„Halt's Maul, Beth, oder ich stopfe es dir."

„Gern doch. Womit?"

„Mit meinen verfluchten Superkräften. Themenwechsel!"

Grinsend zog Beth die Kuchenschachtel zu sich, und ihre großen verschiedenfarbigen Augen wurden noch größer, als sie mit geradezu kindlicher Freude den Deckel hob und schnupperte.

Ich holte Teller und Kuchengabeln. „Also auf der Party hatte Beatrice das gleiche Kleid an wie ich."

„Willst du mich verarschen?", fragte Kar.

Ich schüttelte den Kopf und stellte Beth einen Teller hin.

„Ich wusste, dass sie etwas vorhatte, als sie an dem Tag im selben Laden herumlungerte, in dem wir dein Kleid gekauft haben."

„Stimmt. Sie hat Calebs Mutter erzählt, dass ich gesehen hätte, wie sie das Kleid in dem Geschäft anprobiert hat, und daher wusste, was sie zur Party tragen würde."

„Und weil du so eine fiese Bitch bist, hast du das gleiche angezogen."

Beth unterbrach das Kuchenschneiden. „Die Schlampe gehört echt exekutiert!"

Ich schürzte die Lippen und überlegte, ob ich ihnen noch mehr verraten sollte. Beide sahen wütend aus – diese zwei Mädchen, die mir so wichtig geworden waren. Hätte mir jemand vor einem Jahr gesagt, ich würde mal in einer gemütlichen Küche bei Drinks mit meinen beiden besten Freundinnen zusammensitzen und über meine Probleme sprechen, ich hätte bloß zynisch gelacht.

„Das ist noch nicht alles. Caleb musste zwischendurch geschäftlich telefonieren, also war ich eine Weile allein. Da hat Beatrice versucht, mich vor den Leuten bloßzustellen ..."

Beth schnitt sich ein winziges viereckiges Stück von dem Schokoladenkuchen ab und legte es behutsam auf ihren Teller. „Du hättest mich anrufen sollen. Ich hätte Theo hingebracht. Ohne Leine."

„Danke. Zuerst hat sie bloß angegeben, dass sie die richtigen Beine fürs Ballett hätte und ..."

„Die Beine sollte sie lieber benutzen, um mir ganz schnell aus den Augen zu kriechen, wenn ich sie das nächste Mal sehe", bemerkte Kar. „Sonst sorge ich dafür, dass sie künftig nicht mehr laufen kann."

„Ich bringe die Kettensäge mit", ergänzte Beth. „Wir *Hannibal-Lectern* sie. Was? Zu viel? Okay. Tut mir leid."

Ich erzählte ihnen den Rest bei Keksen, Chips und Cuba Libre, den Kar reichlich nachschenkte. Kar quittierte meinen Bericht mit verächtlichen Knurrlauten, Beth mit Folterdrohungen.

Schließlich griff Kar nach ihrem Glas. „Und, habt ihr den Küchentresen bei Calebs Mutter letzte Nacht ordentlich genutzt? Aua!"

Ich hatte sie mit der Küchenrolle beworfen.

„Nicht direkt", sagte ich und wurde rot. „Lasst uns ins Wohnzimmer gehen. Ich habe noch mehr zu erzählen."

Beide kreischten mehrmals ohrenbetäubend, als wir in Kars Wohnzimmer saßen und ich ihnen berichtete, was geschehen war, nachdem Caleb mich mit Damon in dem Pavillon gesehen hatte. Und ich gab ihnen auch eine zensierte Version der Ereignisse in Calebs Hütte.

Mir fiel es mit jedem Tag leichter, Dinge von mir zu erzählen – Dinge, die ich nie irgendwem anvertraut hätte, bevor ich die beiden kennenlernte. Diese Dinge mochten für viele Mädchen völlig normal sein, aber für mich waren sie es nicht. Und ich genoss es, mich ihnen öffnen zu können und sicher zu sein, dass sie mir zuhörten, ohne über mich zu urteilen oder sich lustig zu machen.

„Mich erstaunt, dass du nicht über …" Kar verstummte, riss die Augen weit auf und schlug die Hände auf ihren Mund. „Entschuldige! Ich weiß, dass du nicht über deinen Vater reden willst."

„Ist schon gut", erwiderte ich und holte tief Luft. Jedes Mal, wenn ich versuchte, über meinen Vater zu sprechen, bekam ich ein hohles Gefühl im Bauch. Es war auch jetzt da, als ich an meiner Unterlippe nagte und überlegte, wie ich reagieren sollte.

„Ich schätze, wenn man darüber nachdenkt … als Kind misshandelt worden zu sein, hätte Calebs Verhalten ein Panikauslöser für mich sein müssen."

Ich schwieg kurz, um meine Gedanken zu ordnen. „Aber eigentlich war ich nur wütend, weil er mich so behandelt hat. Und vor allem *wusste* ich, dass er mir nicht wehtun würde."

„Woher weißt du das?", fragte Beth.

„Ich erkenne es an den Augen. Ich habe diesen Ausdruck von … Grausamkeit so oft gesehen. Ich habe in die Augen von jemandem geschaut, der einem nicht bloß physischen Schmerz zufügen, sondern einen innerlich beschädigen wollte, dort, wo es am schlimmsten wehtut. Wo es am wirkungsvollsten ist. Ich erkenne es sogar, wenn sie es zu verbergen versuchen. Bei Beatrice etwa. Oder Justin. Beatrice versteckt es gut, aber wenn man genau hinsieht, ist es da.

Caleb hat diese … Gemeinheit gar nicht in sich. Hatte er nie", fuhr ich fort. „Und hätte er die, bestünde auch bloß die geringste Chance, dass er mich jemals so verletzt, könnte ich wohl nicht mit ihm zusammen sein. Nein, dann wäre ich es nicht", korrigierte ich.

„Wenn er Hand an jemanden legt, dann, weil dieser Jemand Menschen bedroht, die er liebt und beschützen will. Er ist nicht wie mein Vater." Einen Moment später ergänzte ich: „Und ich bin nicht meine Mutter."

„Das glaube ich dir", beteuerte Kar. Ihre Augen waren glasig, und sie hickste. „Ich schätze, jeder denkt anders darüber, aber ich finde es höllisch sexy, wenn der Freund einen über die Schulter wirft, um einen ins Bett zu schaffen."

Ich lachte leise.

„Aber, Ver, wo ist dein Dad jetzt?"

Es war idiotisch, doch mein Herz setzte für einen Schlag aus, und dieses hohle Gefühl in meinem Bauch wurde stärker. „Weiß ich nicht genau. Ich habe nie versucht, es herauszufinden", antwortete ich ehrlich. „Er könnte inzwischen sogar ... tot sein. Meine Mutter hatte mir erzählt, dass er ernsthaft krank war, als sie ihn das letzte Mal gesehen hatte, und das ist Jahre her. Seine Leber versagte. Er hat sich zu Tode gesoffen, schon als ich noch klein war, und lehnte jede Behandlung ab."

„Ich hoffe, dass er tot ist."

„Kar!"

„Ist doch wahr." Kar wandte sich zu Beth und verzog angewidert das Gesicht. „Vers Dad ist ein nutzloser Dreckskerl, der – *hicks* – Ver und – *hicks* – ihre Mom nicht verdient hatte."

Ich nickte. Kar hatte recht; trotzdem sprach ich nicht laut aus, was ich dachte ... oder hoffte. Ja, ich hoffte auch, dass er tot war. Zugleich kam ich mir undankbar und grausam vor, weil ich ihm den Tod wünschte, denn egal, wie schrecklich er zu meiner Mutter und mir gewesen war, hatte es auch gute Zeiten gegeben, in denen wir glücklich gewesen waren, und er hatte mich bei sich aufgenommen. Allerdings war ich realistisch genug, um zu begreifen, dass es besser war, ihn nicht mehr in meinem Leben zu haben. Und ich erwartete nicht, ihn jemals wiederzusehen.

„Was ist mit deinen leiblichen Eltern?", fragte Beth. „Warst du nie neugierig, wer die sind?"

„Doch, natürlich. Vor allem, als es zu Hause richtig schlimm wurde. Ich weiß noch, dass ich mir wünschte, meine richtigen Eltern würden kommen und meine Mutter und mich vor meinem Vater retten."

Unwillkürlich dachte ich daran, wie ich vor meiner Mutter verheimlicht hatte, dass ich nach meinen leiblichen Eltern suchte. Als sie es mitbekam, weinte sie und sagte, sie würde mir helfen, sie zu finden.

„Meine richtige Mutter war eine Immigrantin. Ich erfuhr, dass sie mit mir schwanger wurde, als sie erst wenige Monate in Kanada war. Der Mann, der sie geschwängert hatte, haute ab. Sie starb direkt nach meiner Geburt, und mir wurde erzählt, dass sie keine Angehörigen hatte."

Ich wünschte, ich hätte eine Chance gehabt, sie kennenzulernen, das Mädchen, das mich geboren hatte. Sie war erst achtzehn Jahre alt gewesen, als sie starb. Für mich war sie nie real gewesen, dennoch machte es mich traurig, an sie zu denken.

„Wow. Sämtliche Männer in deinem Leben waren rückgratlose Ärsche. Da hat Caleb ein riesiges Loch zu füllen." Kar grinste. „Gott, kann mal jemand mein Gehirn desinfizieren, denn das war jetzt so richtig dreckig, glaube ich. Oder bin ich einfach nur total betrunken?"

„Zu viel, Kar. Zu viel", meinte ich lachend und schenkte mir nach.

Da ich immer noch übermüdet war von letzter Nacht, lehnte ich mich auf der Couch zurück und schloss die Augen. Ich schrak auf, als ich hörte, wie sich Kar und Beth zankten und lachten.

„Captain America ist langweilig. Thor macht den Eindruck, als hätte er eine Menge … Energie. Ich will, dass sich all die leckere Energie auf mich konzentriert", erklärte Kar und schwenkte einen Chip vor Beths Nase.

„Halt verdammt noch mal die Klappe!", konterte Beth. „Captain America ist *nicht* langweilig. Er ist süß und nett und verantwortungsbewusst …"

„Ich wiederhole: langweilig. Er sieht aus, als würde er seine Unterwäsche falten."

„… und sehr diszipliniert. Ich frage mich, wie er ist, wenn er dieses ganze … Beherrschte ablegt."

„Sei ehrlich", mischte ich mich ein und griff nach meinem Glas, das ich mit Eistee statt mit Kars Mix gefüllt hatte. Mir war klar, dass eine von uns dreien nüchtern bleiben sollte. Für alle Fälle. „Du magst Captain America nur, weil er dich an diesen süßen Jungen erinnert, der Tattoos hat und dessen Name mit T anfängt."

„Nee!" Beth schmollte. „Außerdem steht dieser hypothetische süße Junge, dessen Name mit T anfängt, nur auf hagere Bitches. Wie Kar. Würde ich dich nicht schon lieben, ich würde dich echt hassen, du hagere, umwerfende Bitch. Gib mir die Brownies, Ver."

„Ich dachte, du bist auf Diät."

Sie funkelte mich wütend an. „Die mache ich *morgen*."

„Das hast du letzte Woche auch gesagt", warf Kar grinsend ein.

„Das ändert sich eben täglich. Darf ich etwa nicht meine Meinung ändern?" Beth sah verärgert zu Kar. Ist dieses Land jetzt im Ausnahmezustand? Was ist denn dabei, wenn ein Mädchen nicht dürr ist? Ist Dürrsein jetzt eines von den Zehn Geboten? Gib schon her. Essen urteilt nie über mich. Essen liebt mich, und ich liebe Essen." Beth stand auf, um sich die Brownies vom Couchtisch zu schnappen.

„Du hast ja keine Ahnung, wie es ist, Riesenschenkel zu haben", fuhr Beth fort, wobei sie einen strengen Blick auf Kars lange dünne Beine warf. „Weißt du, wie schwer es ist, eine Jeans zu finden, in der deine Beine schlank aussehen und nicht wie fette Würste, die jeden Moment aus der Pelle platzen?"

„Oder Jeans, die an den Beinen passen, aber auf der Hälfte des Hinterns stecken bleiben?", ergänzte ich.

„Das ist doch super", unterbrach Kar uns mit bösem Blick. „Eure dicken Hintern füllen zumindest eine Jeans aus. Und es ist klasse, wenn ein Kleid nicht vorn zusammenfällt, weil man keine Möpse hat, die es halten. Es ist klasse …"

Beth unterbrach Kars Ansprache und redete weiter, als hätte Kar nichts gesagt. „Oder sie passt an deinen fetten Schenkeln und dem gewaltigen Hintern, sitzt aber total lose an der Hüfte."

„Genau."

„Schluss jetzt!", platzte Kar heraus. „Wisst ihr was? Wir sind alle wunderschöne fiese Bitches. Riesige Möpse oder keine, riesiger

Arsch oder flacher, wir sind klasse. Wir sollten stolz auf unsere Körper sein. Die sind Kunstwerke."

„Amen."

„Verdammt richtig. Und wenn ein blöder Idiot das nicht erkennt, ist es sein Pech", ergänzte Beth.

„Noch mal Amen", sagte ich.

„Egal, wie süß oder rücksichtsvoll er ist. Und wie tapsig und niedlich und anbetungswürdig er ist, wenn er seinen Kaffee verschüttet. Oder sein Hemd falsch knöpft oder … Und ich beschreibe hier absolut nicht Theo. Es gibt so viele Jungs da draußen, die so sind."

„Klar doch, Betty." Kar zwinkerte.

„Nenn mich nicht Betty! Theo nennt mich Betty Boop", entgegnete sie stöhnend und verdrehte die Augen. „Oh bitte", murmelte sie, „macht, dass ich aufhöre. Macht, dass mein Mund aufhört."

„Stopf einfach weiter Essen rein", schlug ich vor.

Kar griff nach dem Krug mit Cuba Libre, und als nichts mehr herauskam, sackte sie auf ihrem Platz nach hinten. „Ich bin zu faul, um mehr zu mischen." Sie wandte den Kopf zu mir und verzog unglücklich das Gesicht.

Ich seufzte. „Ich mache noch was. Bin gleich wieder da."

Kar lächelte idiotisch. „Ich liebe dich."

„Ver, kannst du bitte noch Kekse bringen? Bitte? Bitte? Und Chips?", lallte Beth mit halb geschlossenen Augen. Sie war eindeutig abgefüllt.

„Specki", spöttelte Kar. „Wirf einen Film ein."

„Wieso soll ich aufstehen? Es ist gerade so gemütlich. Das hier ist dein Apartment. Ich bin zu Besuch. Du solltest mich bedienen und …"

Kopfschüttelnd ließ ich die beiden allein. Fünf Minuten später hörte ich, dass im Wohnzimmer ein Film lief, und dann rief eine betrunkene Kar: „Wu-huu! Magic Mike, Baby. Schenk Mama ein bisschen Liebe!"

Lachend mixte ich die Drinks. Mit dem Krug in der einen Hand, drei Tüten Chips in der anderen und einer angebrochenen Packung Kekse unterm Arm kehrte ich ins Wohnzimmer zurück.

„Hiernach stehe ich nicht noch mal …" Ich verstummte, als mein Handy auf dem Couchtisch vibrierte. Nachdem ich alles abgestellt hatte, nahm ich es hoch. Es war eine Textnachricht von Caleb.

„Problem?", fragte Kar und hob den Kopf von der Sofalehne, um mich anzusehen.

Ich runzelte die Stirn. „Caleb schreibt, er hat vergessen, dass er heute Abend einen Termin mit dem Makler gemacht hat. Also, jetzt."

„Hatte er nicht gesagt, dass ihr erst am Freitag Häuser anguckt? Und wie spät ist es überhaupt?"

„Ja, das hatte er heute Morgen gemeint. Und jetzt ist es halb sieben. Ich rufe ihn an."

Kar verdrehte die Augen und schaute wieder zum Fernseher. Ich blickte kurz zu Beth, während ich Calebs Nummer wählte. Sie schnarchte bereits.

„Er meldet sich nicht. Wahrscheinlich ist er schon da und redet mit dem Makler."

„Na, dann fahr hin. Ich wette, das ist eine Überraschung. Vielleicht hat das Haus ganz besonders breite Küchentresen." Sie gackerte. „Holt er dich ab?"

„Nein, er hat geschrieben, dass er mich dort trifft. Ich nehme ein Taxi."

Kar sah stirnrunzelnd über die Schulter zu mir. „Das passt gar nicht zu ihm, dass er dich mit einem Taxi fahren lässt."

Ich zuckte mit den Schultern. „Es macht mir nichts aus."

Sie hatte recht, doch ich war durchaus imstande, selbst dorthin zu kommen, wohin ich wollte. Caleb musste mich nicht dauernd herumkutschieren.

„Nimm meinen Wagen."

„Nein, ist schon gut, Kar. Er bringt mich hinterher zurück."

Es war dunkel, als das Taxi mich an der Adresse absetzte, die Caleb mir geschickt hatte. Ich blickte bewundernd hinauf zu dem Haus. Es war im Tudorstil gehalten mit großen Fenstern und einem umlaufenden Balkon im ersten Stock. Drinnen war alles hell erleuchtet.

Ich blieb eine Weile draußen stehen und lächelte. Ja, ich konnte mir vorstellen, wie wir hier wohnten. Eine Familie gründeten. Caleb hatte davon gesprochen, einen Hund zu haben. Vielleicht könnten wir sogar zwei anschaffen, die im Garten toben konnten.

Ich malte mir aus, wie Caleb und ich gemeinsam auf dem Balkon frühstückten oder abends auf der Veranda saßen und über unseren Tag sprachen. Vor meinem geistigen Auge sah ich einen kleinen Jungen mit kupferbraunem Haar und grünen Augen, und etwas drückte mein Herz zusammen.

„Tagträume", murmelte ich und grinste selig vor mich hin. Offenbar hatte ich doch mehr von Kars Cola-Rum-Mischung getrunken, als ich dachte. Ein Verandalicht ging an, als ich auf die Haustür zutrat und klingelte. Niemand öffnete. Ich sah noch mal zur Hausnummer. Es war die richtige Adresse. Vielleicht waren sie irgendwo im Haus, wo sie die Klingel nicht hörten.

Ich holte mein Handy hervor und wählte Calebs Nummer. Wieder meldete er sich nicht. Zögernd legte ich meine Hand auf den Türknauf und drehte. Die Tür öffnete sich lautlos.

Falls Caleb mir aus Versehen die falsche Adresse gegeben hatte und ich wegen Hausfriedensbruch verhaftet wurde, würde ich ihm so in den Hintern treten, dass er bis Timbuktu flog.

Zunächst wartete ich unsicher. Dann nahm ich ein Geräusch aus dem Hausinnern wahr. Ich seufzte und ging hinein.

„Hallo?", sagte ich laut. Meine Stimme hallte in der Diele.

Das Haus war wunderschön. Da keine Möbel drinnen standen, hatte man einen freien Blick in den großen offenen Raum. Mir gefielen die breiten Fenster und die moderne Beleuchtung.

„Caleb?", rief ich. Wieder passierte nichts. Etwas fühlte sich falsch an. Auf einmal wurde mir mulmig, und irgendein Instinkt sagte mir, dass ich verschwinden sollte. Doch ehe ich mich auch nur umdrehen konnte, fühlte ich, dass jemand hinter mir war.

Das metallische Klicken von einer Waffe, die entsichert wurde, ließ mein Blut gefrieren.

„Dreh dich um", sagte eine vertraute Stimme.

Ich hielt den Atem an und wandte mich langsam um. Beatrice stand wenige Schritte entfernt, ein fieses Grinsen auf den blutroten Lippen.

„Hallo, Veronica." Sie richtete die Pistole auf meinen Kopf, dann auf mein Herz. „Hast du mich vermisst?"

66. Kapitel

Caleb

In der Gegend herumzufahren, in der die eigene Verlobte gerade einen gemütlichen Mädelstag mit Freundinnen verbrachte, war kein Indiz dafür, dass man ein besessener Stalker war.

Definitiv nicht.

Ich hatte zwar mit dem Makler schon eine Besichtigung für Freitag vereinbart, doch es schadete nicht, sich auch mal in einem Viertel umzusehen, das sich für Red vertrauter anfühlte.

Es war eine ziemlich gute, ruhige Gegend. Gepflegte Rasenflächen, Paare, die ihre Hunde ausführten, Familien, die in ihren Vorgärten grillten. Als mir ein hübsches kleines Mädchen auf einem pinkfarbenen Barbie-Rad zuwinkte, winkte ich grinsend zurück.

Eines Tages würden Red und ich eine Tochter haben.

Mein Grinsen wurde breiter, als ich ein „Zu Verkaufen"-Schild vor einem großen Haus entdeckte. Ich parkte an der Straße, stieg aus dem Wagen und blieb vor dem Gebäude stehen, um es näher in Augenschein zu nehmen. Es hatte auffällige Dachneigungen, aus denen zwei dicke Schornsteine ragten, und verstärkte Fensterrahmen, um Einbrecher abzuschrecken. Guter Zustand, umlaufender Balkon im ersten Stock, die Bäume lieferten fantastischen Schatten …

„Cal?"

Mein Lächeln schwand, als ich mich umdrehte und Beatrice neben ihrem Auto stehen sah, das sie hinter meinem geparkt hatte. Sie trug ein enges rotes Kleid und einen roten Lippenstift, der sie älter wirken ließ. Oder lag es an den dunklen Ringen unter ihren Augen?

„Ich war gerade in der Gegend, als ich deinen Wagen gesehen habe. Ich habe hier ein Fotoshooting mit einem Kunden." Sie strich sich unsicher das Haar hinters Ohr.

Ich hätte zu Hause bleiben sollen.

Lächelnd zeigte sie auf das Gebäude. „Deine Mom hat mir erzählt, dass du ein Haus kaufen willst. Soll es das hier sein?"

Als ich nicht antwortete, machte sie einen Schritt nach vorn, doch der Blick, den ich ihr zuwarf, bewirkte, dass sie gleich wieder stehen blieb.

„Cal, können wir nicht wieder Freunde sein?"

Ich öffnete meine Wagentür. „Nein, das glaube ich nicht."

„Warte!"

„Was willst du, Beatrice?"

„Trink einen Kaffee mit mir, Cal. Ich muss dir etwas erzählen. Und mich entschuldigen. Bitte." Sie blickte flehend zu mir auf. „Um der alten Zeiten willen?"

Ich zögerte, aber dann wurde mir klar, dass ich ihr auch einiges zu sagen hatte. Also warum nicht jetzt gleich? Ich schlug ihr vor, dass wir uns in dem Coffeeshop ein Stück weiter treffen würden.

Als ich ins Café kam, saß Beatrice schon in einer Nische und beobachtete mich. Ich setzte mich ihr gegenüber hin.

„Ich habe schon für dich bestellt – Orangensaft, Burger und Pommes", begann sie und rang die Hände auf dem Tisch.

„Danke, aber das war nicht nötig. Ich bleibe nicht lange."

Sie verzog unglücklich das Gesicht und griff nach dem Anhänger an ihrem Hals. Schuldgefühle regten sich in mir, die jedoch gleich von der Erinnerung an Red gestern Abend verdrängt wurden.

„Ich komme direkt auf den Punkt, Beatrice. Ich will, dass du aufhörst."

Sie blinzelte langsam. „Aufhörst?"

„Beleidige uns nicht, indem du vorgibst, als wüsstest du nicht, wovon ich rede. Ich kenne dich. Oder dachte zumindest, dass ich es tue."

„Selbstverständlich kennst du mich, Cal! Wir sind zusammen aufgewachsen. Du weißt alles über mich, wie ich alles über dich weiß. Ich weiß, dass Veronica dir Unmengen Lügen über mich aufgetischt hat. Aber, Cal, ich würde dir niemals wehtun. Glaube nicht …"

„Stopp."

„… was sie sagt."

„Stopp", wiederholte ich frostig. „Wenn du noch eine Lüge über sie erzählst, bin ich weg."

„Aber, Cal …"

Ich blickte sie warnend an, und sie verstummte. „Ich will, dass du Veronica in Ruhe lässt. Und ich will, dass du mich in Ruhe lässt. Denkst du, ich weiß nichts von den Drogen, die du gestern Abend in ihre Tasche gesteckt hast? Hast du auch das Zeug in meinem Auto platziert?"

„Nein! Caleb! Bitte, glaub mir. Ich war das nicht! Ich war das nicht!"

„Ich glaube dir nicht mehr. Und ich sage dir, wenn du nicht aufhörst, Veronica oder mich zu belästigen, erwirke ich eine einstweilige Verfügung gegen dich. Du hast schon genug angerichtet."

Tränen liefen ihr über die Wangen.

„Aber ich brauche dich", sagte sie leise schluchzend.

Ich war nicht sicher, ob es echte oder falsche Tränen waren, aber wie sie dasaß, die dünnen Schultern vorgebeugt und das Gesicht in den Händen vergraben, hatte ich Mitleid mit ihr.

„Ich brauche dich, Cal."

„Ich brauche sie", erwiderte ich.

Ihre Hände fielen in ihren Schoß, und sie sah mich an.

„Ich brauche sie", wiederholte ich bestimmt.

„Du weißt gar nicht, wie sehr ich dich liebe. Du hast keine Ahnung, oder?", fragte sie leise.

„Wenn du mich wirklich liebst, wirst du wollen, dass ich glücklich bin. Und nichts macht mich glücklicher, als mit ihr zusammen zu sein. Nichts."

Sie holte tief Luft.

„Ich weiß, dass du krank bist. Ben hat mir von Paris erzählt."

Ehe ich mehr sagen konnte, klingelte mein Handy. Ich sah aufs Display und murmelte einen Fluch.

„Ich bin gleich zurück", meinte ich zu Beatrice und ging nach draußen, um den Anruf von Clooney, dem Privatdetektiv anzunehmen.

„Haben sie Justin verhaftet?"

„Oh ja. Der Mistkerl hatte sich bei seinem Onkel in Devil's Lake versteckt", antwortete er.

„Dieser Kleinstadt südlich von hier?"

„Oh ja. Anscheinend ist der Onkel steinalt und geht nicht mehr aus dem Haus. Er hatte keinen Schimmer, was sein kleiner Neffe angestellt hatte, deshalb hatte er nicht die Polizei gerufen."

„Und wie haben sie ihn gefunden?"

Verächtlich schnaubte er. „Der Idiot hat sich besoffen und das Haus eines Nachbarn verwüstet. Er sitzt jetzt in U-Haft. Ich bin gerade hier, also falls Sie mit ihm reden wollen, kann ich das mit dem Constable arrangieren. Ist ein alter Freund von mir."

„Ja, ich möchte mit ihm reden. Ich bin gleich da."

„Alles klar, aber beeilen Sie sich, ehe er nach einem Anwalt schreit."

Beatrice setzte sich gerade wieder hin, als ich ins Café zurückkam. Das Essen stand auf dem Tisch. Ich blieb vor Beatrice stehen und stellte fest, dass sie gefasster wirkte.

„Tut mir leid, ich muss weg. Keine Sorgen wegen dem hier, ich bezahle", sagte ich und umklammerte mein Handy fester, da sie den Kopf schüttelte und ihr wieder Tränen in die Augen stiegen.

„Caleb, bitte. Iss wenigstens. Ich verspreche, dass ich dich hiernach nicht mehr belästige."

„Hi, Leute! Wie ist das Essen?" Die Bedienung erschien und blickte verwirrt zu den noch unberührten Gerichten.

„Ich möchte bitte bezahlen, mit Kreditkarte", sagte ich zu ihr.

„Sicher. Ich hole eben das Kartenlesegerät."

Ich nickte und setzte mich.

„Ben hat recht. Er hat mich in Paris gesehen. Ich brauche Hilfe, Cal. Nach dem letzten Mal, als ich dich gesehen hatte, auf dem College-Parkplatz, hatte ich ... einen Zusammenbruch. Ich hatte einen Nervenzusammenbruch", sie stockte und beobachtete mich.

Wollte sie mir Schuldgefühle einreden?

„Meine Mom hatte mich direkt nach Paris geschickt. Es soll keiner wissen, dass ihre einzige Tochter psychische Probleme hat. Die ganze Zeit, wenn ich in Paris bin, bin ich ... in einer Klinik dort. Ich hatte versucht, dich anzurufen, aber du hast meine Anrufe nicht angenommen." Sie griff nach ihrem Wasserglas und trank einen Schluck. Ihre Hände zitterten. „Mein Therapeut sagt, dass ich meine

Probleme lösen muss, indem ich mit den Leuten spreche, die ich schlecht behandelt habe, und sie um Verzeihung bitte. Doch er meint auch, dass ich noch alles leugne. Das weiß ich. Ich kann einfach nicht klar denken, Cal. Ich kann nicht … funktionieren, wenn Dad … wenn Dad stirbt. Ich habe sonst keinen. Das weißt du. Ich habe nur dich und Benjamin."

„Hi. Hier ist das Gerät, wenn Sie jetzt zahlen wollen. Oder soll ich später noch mal wiederkommen?"

„Nein", antwortete ich und blickte zu der Kellnerin neben mir. „Ich möchte bitte jetzt zahlen."

Ich legte mein Handy auf den Tisch, holte meine Karte hervor und gab sie ihr. Sie zog sie durch den Leseschlitz und reichte es mir, damit ich meine PIN eingab. Es ertönte nur ein Piepen. Sie schob die Karte nochmals durch den Schlitz, und wieder piepte es.

„Tut mir leid, das Ding spinnt heute ein bisschen. Könnten Sie vielleicht nach vorn zur Kasse kommen und dort bezahlen?"

Ich nickte und folgte ihr nach vorn. Nachdem ich fertig war, stellte ich überrascht fest, dass Beatrice direkt hinter mir war.

„Ich verstehe, dass du jetzt gerade nicht mit mir zusammen sein willst, Cal. Sie ist dein Kaninchen", murmelte sie. Bei ihrem Blick lief es mir eiskalt über den Rücken. „Sie ist dein Kaninchen, so wie Atlas meins war."

„Wovon redest du?"

Sie lächelte. „Nichts. Nur Erinnerungen. Bis bald, Cal."

Erst auf dem Weg zum Polizeirevier in Devil's Lake wurde mir bewusst, dass mich etwas an Beatrices Lächeln und ihrem Tonfall gestört hatte. Aber ich dachte nicht weiter darüber nach, als ich Clooney beim Polizeirevier traf.

Er wartete draußen auf mich und rauchte mit einem älteren Officer, der einen sehr auffälligen Rauschebart und freundliche braune Augen hatte.

„Wir haben Justin Dumont in einer der hinteren Zellen", informierte mich Constable Penner, nachdem er sich vorgestellt hatte. „Der Junge sucht förmlich nach Ärger. Und in einer Kleinstadt wie dieser kriegt man alles von jedem mit. Was den Job enorm erleichtert, wenn Sie mich fragen." Er zog an seiner Zigarette, bevor er sie ausdrückte und in den Müll warf. „Kommen Sie mit."

Ich nahm beige Wände und Plastikstühle wahr, als Clooney und ich Constable Penner in das kleine Gebäude folgten. „Ich habe gehört, dass er schon seit einiger Zeit bei seinem Onkel ist. Meine Frau und ich waren eben aus unserem Hawaii-Urlaub zurück, da erhielt ich den Anruf von Jim. Ihm gehört die White Beaver Farm, an der Sie auf dem Hinweg vorbeigekommen sind."

Ich nickte.

„Jedenfalls schrie Jim Zeter und Mordio. Er wollte dem Jungen das Hirn wegpusten, wenn ich ihn nicht auf der Stelle verhafte. Und das hätte er auch getan, wäre ich nicht rechtzeitig da gewesen. Aufwachen, Junge."

Justin saß auf dem Boden, den Rücken an die Wand gelehnt und das Kinn auf der Brust. Er schlief wie tot. Sein blondes Haar war fettig, seine Kleidung schmutzig. Bei seinem Anblick empfand ich eher Ekel als Wut.

„Junge, aufwachen!"

Justin zuckte zusammen und hatte sichtlich Mühe, die Augen aufzukriegen. „Was ist denn?", fragte er gereizt. Dann entdeckte er mich, schien richtig wach zu werden und blickte mich hasserfüllt an. „Scheiße, was machst du hier, Arschloch?"

„Du nennst mich Arschloch, nachdem du mir Drogen untergeschoben hast?"

Justin richtete sich wacklig auf, packte die Gitterstäbe mit seinen dreckigen Händen und neigte sein Gesicht näher zu mir. „Ich habe keine Ahnung, wovon du verdammt noch mal redest."

„Achten Sie auf Ihre Wortwahl, Junge. Keiner flucht auf meinem Revier."

„Ich sage, was ich will, alter Mann. Dieses Scheißkaff taugt sowieso nichts. Ich war nur auf der Durchreise."

„Sie sollten meine Stadt lieber nicht beleidigen. Sie sind angezeigt wegen Hausfriedensbruch, Zerstörung von Eigentum, Einbruch, Vandalismus und Ruhestörung. Was ist mit Ihnen los? Versauen sich das Leben für nichts. Ist Ihnen klar, wie lange Sie hierfür sitzen, mein Junge?"

„Ich bin nicht Ihr beschissener Junge."

„Und dafür danke ich Gott."

„Ich habe nichts getan."

„Hör mal zu", mischte sich Clooney ein. „Wir haben dich auf Kamera, wie du dich in Mr. Lockharts Haus geschlichen hast, unten in die Tiefgarage. Klingelt's da? Und weißt du, was wir noch haben?"

„Ich weiß einen Scheiß von irgendwas."

„Jetzt verrate mir, woher du die Drogen hattest."

Auf Justins leeren Blick hin schüttelte Clooney den Kopf. „Mach's dir nicht schwerer als nötig. Die buchten dich für zwanzig Jahre ein, wenn du nicht kooperierst."

Angst flackerte in Justins Augen auf. „Das ist gelogen."

„Sicher können auch fünfundzwanzig daraus werden. Was meinst du, Constable Penner?"

Der Constable strich sich über den Bart. „Mit Leichtigkeit, würde ich sagen."

„Drogenbesitz, Diebstahl ... und was ist das da?" Clooney fasste Justin am Handgelenk und stieß einen Pfiff aus. „Eine Piaget-Uhr."

Blitzschnell hatte Clooney sie Justin abgenommen und reichte sie mir. „Schau mal einer an. Ich sehe hier eine Gravur auf der Rückseite. *Für meinen Enkel Caleb.* Mr. Dumont, das ist Besitz von Diebesgut. Und die Uhr ist über fünf Riesen wert, was? Dafür sitzt du noch länger. Kommt Ihnen die Uhr bekannt vor, Mr. Lockhart?"

„Das ist meine. Mein Großvater hat sie mir vor seinem Tod geschenkt. Du Drecksack."

„Ich habe die aus der Pfandleihe!" Justin wich zurück, doch die Zelle war nicht größer als ein Handtuch, sodass er bald an die Wand hinter sich stieß. „Ich habe die nicht geklaut!"

„Wie bist du in meine Wohnung gekommen? Erzähl mir lieber alles. Du weißt, welche Beziehungen meine Familie hat, du Schwein. Ich lasse dich lebenslänglich einbuchten."

Er schüttelte den Kopf und schluckte nervös. „S...sie hat mir den Code geben. Beatrice. Das war Beatrice. Sie hat mich bezahlt, damit ich deine Freundin beobachte."

„Meine. Freundin. Beobachten."

„Ich habe Beatrices Textnachrichten. Ich zeige dir alles. Das sind Beweise. Ich habe Beweise! Es war nicht meine Schuld!"

„Fang an zu reden", sagte ich ruhig. Mit jeder Minute wuchs mein Wunsch, ihm die Faust ins Gesicht zu rammen.

„Sie wollte, dass ich deine Freundin beschatte, als du den Abend bei ihr warst. Ich hatte ihr erzählt, dass ich gesehen habe, wie deine Freundin ein Geschenk gekauft hat, und sie hat gesagt, dass ich es klauen soll."

Ein Geschenk. Red hatte mir davon erzählt. Ein Schlüsselanhänger, wie Kar gesagt hatte.

Ich begriff, dass er über den Abend redete, an dem Beatrice bei mir war und Red getroffen hatte. Ich hatte sie nach Hause gefahren, weil ich dachte, sie hätte eine Panikattacke, und hatte Red allein in meiner Wohnung gelassen.

„Aber ich habe das nicht geklaut. Sie ist rein und war das. Sie hat es geklaut! Sie hat mich dafür bezahlt, dass ich deine Freundin ein bisschen erschrecke."

„Sie erschrecken?"

Ich packte seinen Arm und zog fest daran. Er heulte vor Schmerz, als ich ihn gegen die Gitterstäbe riss.

„Rühr sie noch einmal an, und ich schneide dir beide Arme ab", flüsterte ich ihm ins Ohr, sodass nur er mich hörte.

„Er droht mir! Haben Sie das gehört? Er will mir die Arme abschneiden! Er will mir die Arme abschneiden! Tun Sie was!"

„Ich habe nichts gehört, Junge. Jetzt beruhigen Sie sich." Constable Penner legte eine schwere Hand auf meine Schulter. „Lassen Sie ihn los."

„Was hast du meinem Mädchen getan? Ihr Angst gemacht?"

„Ich sage gar nichts mehr! Schafft ihn weg von mir!"

„Junge, beruhigen Sie sich. Lassen Sie ihn los. Zwingen Sie mich nicht, Sie auch zu verhaften."

Bevor ich Justin freiließ, rammte ich ihn noch mal gegen die Gitterstäbe.

Constable Penner räusperte sich, bis Justin ihn ansah. „Ich sorge dafür, dass Sie nicht im Gefängnis verrotten, wenn Sie uns alles erzählen. Falls nicht, werde ich alles tun, was in meiner Macht steht, damit Sie dreißig Jahre kriegen. Und das ist kein Scherz. Ich nehme meinen Job sehr ernst."

Ich wusste nicht, ob er die Wahrheit sagte, was die Haftstrafe betraf, oder es nur eine Taktik war, um das Arschloch zu einem Geständnis zu bringen, doch ich spielte mit.

Justin zog sich in die Zellenecke zurück, so weit weg von mir wie möglich. „Ich habe nichts gemacht. Ich habe sie bloß ein bisschen geschubst, und sie ist hingefallen. Ich habe sie nicht verletzt oder so."

Meine Hände ballten sich zu Fäusten. „Du Drecksack."

Constable Penner nickte. „Was ist danach passiert?"

„Beatrice hat mir den Code gegeben. Es ist nicht schwer, sich in das Haus zu schleichen. Die Sicherheitsleute sind totale Idioten."

„Und die Drogen in Mr. Lockharts Wagen?"

Justin blickte nach unten. „Ich brauche Wasser. Ich habe Durst."

„Du kannst deine Spucke trinken, bis du uns alles erzählt hast, was wir wissen müssen", sagte Clooney.

„Du bist mir verdammt noch mal was schuldig", brüllte Justin und sah mich wutentbrannt an. „Deinetwegen bin ich von dem beschissenen College suspendiert, wurde aus dem Team geworfen und habe meine Freunde verloren. Ich musste ja wohl was machen, um es dir heimzuzahlen, oder? Du verwöhnter reicher Bastard."

„Hatte Beatrice-Rose von dir verlangt, dass du die Drogen in Mr. Lockharts Wagen platzieren sollst?"

Justin lachte hämisch. „Beatrice würde Lockhart nicht mal ein Haar krümmen. Die ist genauso besessen von ihm wie seine anderen Schlampen. Es war meine Idee, Drogen in den Wagen von dem Arsch zu legen. Und eine verflucht gute Idee. Er war im Knast, oder etwa nicht? War es nett da?", fragte er mich höhnisch und lachte. „Du hältst dich für so schlau, was, reicher Drecksack?"

„Was ist mit den Drogen in Miss Straffords Handtasche auf der Party gestern Abend?"

Justin heulte jetzt vor Lachen. „Das war ihre Idee. Beatrice bringt deine Bitch um, das ist dir doch klar, oder? Sie ist wahnsinnig. Das letzte Mal, als ich mit ihr geredet habe, hat sie mir erklärt, dass sie deine Freundin dem Erdboden gleichmachen will. Jetzt lasst mich raus. Ich habe alles erzählt."

„Du wanderst ins Gefängnis. Dafür sorge ich", versprach ich ihm.

Ich war besorgt und wollte Reds Stimme hören, mich vergewissern, dass bei ihr alles in Ordnung war. Ich würde draußen vor Kars Wohnung Wache stehen, ehe ich zuließ, dass ihr jemand etwas tat. Aber als ich nach meinem Handy suchte, war es nicht da – weder in meiner Tasche noch im Wagen. Wo zur Hölle war es?

Ich lief zurück ins Polizeigebäude und bat, dort das Telefon benutzen zu dürfen. Doch Red meldete sich nicht.

Es ging ihr gut. Sicher hatte sie ihr Handy nur auf lautlos gestellt, weil sie sich mit ihren Mädels amüsierte.

Aber ich konnte nichts gegen die Alarmglocken in meinem Kopf tun. Mein Herz pochte wie wild, als ich Kars Nummer heraussuchte und wählte.

„Was soll das heißen, wo sie ist?", lallte Kar. „Sie hat gesagt, dass du ihr geschrieben hast. Dass du einen Termin mit dem Makler abgemacht hast. Sie ist dahin, um dich zu treffen. Was ist denn eigentlich los, Caleb?"

Mir wurde eiskalt. „Kar, wann ist sie losgefahren?"

„Vor über einer Stunde. Was ist los, Caleb?"

„Das kann ich dir jetzt nicht erklären. Ich muss los."

„Warte! Caleb! Was …?"

Panisch erteilte ich Clooney Anweisungen und nannte ihm die drei Adressen von den Häusern, die Red und ich uns am Freitag ansehen wollten. Und ich sagte ihm, er solle die Polizei alarmieren, dass es eine Entführung gegeben haben könnte. Eventuell unternahmen sie noch nichts, da Red noch keine 24 Stunden vermisst wurde, aber ich wusste, dass meine Mutter Beziehungen hatte. Eilig rief ich sie an. Sie stellte keine Fragen, denn sie hörte, dass ich Angst hatte, und das genügte ihr, um zu tun, worum ich sie bat.

Auf halber Strecke zu der ersten Adresse trat ich auf die Bremse. Etwas fühlte sich falsch an. Als würde ich irgendwas übersehen … Der Wagen hinter mir hupte laut. Woher sollte Beatrice die Adressen kennen? Meine Mutter könnte sie ihr gesagt haben. Ich hätte sie danach fragen müssen.

Aber da war dieser verstörende Gesichtsausdruck von Beatrice gewesen, als sie mich vor dem Haus überraschte, das ich mir heute angeschaut hatte ...

Ich könnte mich irren, aber mein Gefühl sagte mir, dass ich zu diesem Haus musste. Falls Red etwas passierte ... Ich trat aufs Gas und betete, dass ich nicht zu spät kam.

67. Kapitel

Veronica

Eisige Angst regte sich in mir, während ich auf die Waffe starrte, deren Lauf auf mein Herz gerichtet war.

„Na, jetzt bist du nicht mehr frech, was?", höhnte Beatrice.

Ich blickte zu ihrem Gesicht. Da war ein Anflug von Wildheit, Wahnsinn.

„Caleb. Oh Gott, wo ist er? Ich schwöre, wenn du ihm wehtust ..."

„Ihm wehtun?" Sie verzog den Mund, als hätte ich sie beleidigt. „*Meinem* Caleb wehtun?"

„Wo ist er?"

„Wo ist er?", äffte sie mich nach und klang wie ein Kind, während sie auf mich zukam.

Sie schlug mir mit der Waffe ins Gesicht, und ich schrie auf vor Schmerz. Sie lachte.

„Tut weh, was? Ah-ah-ah." Sie trat kopfschüttelnd zurück und richtete die Pistole auf meinen Kopf, als ich mich für den Angriff bereit machte. „Noch eine Bewegung, und ich puste dir das Gehirn weg. Red."

Ihre Augen funkelten irre belustigt. „Red. Verstehst du?" Sie lachte, und es klang irrsinnig. „Du wirst dir den Namen verdienen, wenn erst mal deine Hirnmasse und dein Blut auf dem Boden sind. Red. Red. Red!"

„Du bist wahnsinnig."

Sie erstarrte, und ihr amüsierter Gesichtsausdruck war weg. „Was hast du gesagt?"

Eine Stimme in meinem Kopf schrie eine Warnung, dass ich sehr vorsichtig sein musste.

„Lass mich einfach gehen. Lass mich gehen, und ich sage keinem etwas hiervon."

Ihre Augen verengten sich. „Hältst du mich für blöd? Du kommst hier nicht mehr raus."

Eine neue Angstwelle jagte mir über den Rücken. Sie wollte mich umbringen.

„Wo ist Caleb?"

„Sag seinen Namen nicht! Du verdienst ihn nicht. Beweg dich!", befahl sie und stieß eine Tür auf. Das Knallen hallte durch das leere Haus. „Die Treppe runter."

Es war stockfinster, und ich roch Terpentin und frische Farbe. Beatrice war hinter mir und schubste mich. Ich griff nach dem Handlauf, um nicht zu stolpern, und schürfte mir die Fingerknöchel an der rauen Steinwand auf.

„Du sollst dich bewegen!"

Dies war meine Chance. Hier war es dunkel, und wenn sie dicht genug hinter mir war, könnte ich sie packen und die Treppe hinunterstoßen.

Aber plötzlich ging das Licht an und blendete mich. Bevor ich mich fangen konnte, schubsten mich erbarmungslos Hände von hinten, und mit einem Schrei stürzte ich die Treppe hinunter. Ich stöhnte, als mir bei der Landung unten Schmerz das linke Bein hinaufschoss.

Ich konnte Beatrice lachen hören.

In meiner Gesäßtasche vibrierte mein Handy lautlos. Irgendwie musste ich darankommen, ohne dass sie es sah, und rangehen oder den Notruf wählen. Doch sie kam bereits triumphierend lächelnd die Treppe heruntergehüpft.

„Jetzt bist du nicht mehr so hübsch, was? Vielleicht sollte ich dieses Gesicht zerschlitzen, das er so liebt, bevor ich dich töte. Dann würde er es nicht mehr lieben, nicht wahr?"

Wut stieg in mir hoch und verdrängte die Angst. Ich war schon hilflos gewesen. Ich wusste, dass Furcht den Körper und den Verstand lähmen konnte, sodass man gefangen und der Gnade des Bösen ausgeliefert war.

Diesmal nicht.

Nein, nicht diesmal. Ich würde nicht kampflos untergehen. Eher tötete ich sie, bevor sie mich umbrachte.

Ich fühlte das Taschenmesser, das sich in meinen Rücken drückte, als ich mich vorsichtig aufsetzte. Wenn sie näher kam, könnte ich aufspringen und ihr das Messer in den Leib stoßen.

Dennoch blickte ich mich nach anderen geeigneten Waffen um, mit denen ich mich verteidigen könnte. Es war offensichtlich, dass die Hausbesitzer alles renovierten. Auf der einen Seite des Raums standen einige Möbel aufgestapelt. Überall waren Rigipswände, Träger freigelegt und Tische in Plastik gehüllt. Es müsste Werkzeug hier liegen, auf den Tischen vielleicht, aber die waren zu weit weg.

„Mein ganzes Leben war ich nicht gut genug", stieß sie hervor. „Doch bei Caleb ist es anders. Er gibt mir das Gefühl, schön zu sein, wichtig. Und ich war genug. Du hättest wegbleiben sollen. Er gehört mir. Er ist mein, und du hast ihn mir gestohlen. Tja, ich kriege ihn zurück. Er kommt immer wieder zurück."

„Diesmal nicht. Nicht wenn du mich umbringst."

„Das werden wir ja sehen. Daddy hat Atlas getötet, oder nicht? Daddy hat Atlas ermordet, und ich habe ihm verziehen. Caleb wird mir verzeihen, genau wie ich Daddy verziehen habe, dass er mein Kaninchen umgebracht hat. Du bist Calebs Kaninchen, sein Atlas, verstehst du. Kapierst du das?"

Sie lief auf und ab, die Arme überkreuzt und kratzte sich, bis ihre Haut zu bluten anfing.

Bring sie dazu, weiterzureden. Lenk sie ab.

Vorsichtig griff ich nach meinem Handy hinter mir und wählte blind den Notruf. Als ich die leise Stimme der Zentrale hörte, sackte ich erleichtert zusammen. Jetzt würden sie alles hören und herkommen.

„Leg die Waffe weg, Beatrice. Bitte."

Sie sah mich mit ihren irren Augen an. „Daddy hat Atlas mit einem Hammer getötet, hast du das gewusst? Weil Atlas sein Jackett ruiniert hatte. Er hat Daddys Gefühle verletzt. Und du hast Caleb verletzt. Du hast ihn verletzt!"

„Ja, ich verstehe", meinte ich hastig. „Ich verstehe, was du sagen willst."

Sie nickte, lächelte mich an wie eine stolze Lehrerin, deren Schülerin eine schwierige Frage richtig beantwortet hatte.

„Aber schhhh." Sie legte den Zeigefinger an ihre Lippen. „Du darfst nichts sagen. Du darfst es nicht verraten, okay?"

Ich nickte.

„Ich habe mich wirklich bemüht, ein braves Mädchen zu sein. Aber Caleb erkennt das nicht mehr, weil du mir im Weg bist! Du hast alles kaputtgemacht. Du hast Caleb verdorben."

„Es tut mir leid, Beatrice."

Langsam zog ich das Taschenmesser aus meiner Gesäßtasche und klappte es auf.

„Ich wollte dir noch ein paar Tage mit Caleb geben, ehe ich dich loswerde. Doch dieser Schwachkopf Justin ist verhaftet worden. Ich habe Caleb am Handy gehört. Er ist auf dem Weg dorthin, um diesen Abschaum zu sehen. Jetzt darf ich keine Zeit mehr verlieren. Ich muss dich loswerden. Es war alles Justins Schuld. Er hatte alles geplant."

Ich war ungemein erleichtert, dass es Caleb gut ging.

Beatrice trat näher und schwenkte die Waffe neben sich wie ein Spielzeug. Meine Handflächen schwitzten, und ich packte das Messer fester.

„War es seine Idee, die Drogen in meine Tasche zu stecken? Und in Calebs Auto?"

Sie stockte. „Ich würde nie etwas machen, was Caleb schadet! Das war alles Justin! Ich hätte diesen Idioten fast umgebracht, weil er meinem Caleb das angetan hat. Wäre er nicht weggelaufen, hätte ich es durchgezogen. Die Drogen in deiner Tasche?" Sie lachte. „Das war ich. Nicht sehr originell, das gebe ich zu, doch ich wollte, dass Miranda die sieht! Und dass sie denkt, dass es deine Drogen in Calebs Wagen waren. Dann würde sie dich hassen."

Also hatte ich recht gehabt. Beatrice wollte, dass Calebs Mutter glaubte, ich hätte die Drogen in Calebs Wagen deponiert.

„Dieser billige Schlüsselanhänger, den du ihm gekauft hast? Ich habe ihn verbrannt." Sie lachte. „Er ist weg. Du weißt, wie ich in Calebs Wohnung gekommen bin, oder? Er hatte mir den Code gesagt. Er liebt mich so sehr, dass er mir den Code für sein Apartment gegeben hat. Er vertraut mir. Dir hingegen ist nicht zu trauen. Du bist falsch und verlogen."

Ihre Augen verengten sich vor Wut. „Aber wie zur Hölle kommst du mit allem durch? Sogar Miranda ist jetzt auf deiner Seite! Wie kann sie es wagen, mir zu unterstellen, ich hätte gelogen, was dich angeht? Du bist wirklich gut darin, dein wahres Ich zu verbergen. Du hast sie getäuscht. Und du hast Caleb getäuscht."

„Stimmt. Lass mich gehen. Lass mich einfach gehen, dann rede ich mit ihm."

„Schlampe. Lügnerin. Denkst du, ich würde dir glauben? Hältst du mich für dämlich? Ich konnte dich nicht mal mit dem Feuer töten."

„Das Feuer in der Werkstatt. Du hattest die bezahlt. Du hast diese Jungen bezahlt."

„Natürlich. Idioten. Was für eine Platzverschwendung. Die konnten dich nicht mal umbringen. Konnten nicht mal verhindern, dass du auf seiner Party auftauchst."

„Du hättest fast Kar und ihre Familie ermordet!"

„Ich hätte denen sagen sollen, dass sie auch das Haus der Schlampe abfackeln müssen. Ich werde deine Freundin Kar umbringen, wenn ich dich getötet habe."

„Nein!"

Angetrieben von meiner Wut sprang ich auf und hieb nach ihrer Hand, in der sie die Waffe hielt. Sie schrie. Blut tropfte aus dem tiefen Schnitt. Die Pistole fiel scheppernd auf den Boden und schlitterte unter die Couch.

„Du verfluchte Schlampe!", kreischte sie.

Die Waffe! Ich musste mir die Waffe greifen!

Mein Herz raste wie verrückt, als ich mich aufrappelte, doch der stechende Schmerz in meinem Bein bewirkte, dass ich wieder hinfiel. Beatrice grinste mich böse an. Sie wusste nun, dass ich verwundet war, und rannte zur Pistole.

Ich biss die Zähne zusammen, richtete mich erneut auf und warf mich, einen verzweifelnden Schrei ausstoßend, auf Beatrice, um ihr das Taschenmesser in den Rücken zu rammen. Ich fühlte das eklige Glitschen der Klinge, als sie sich in Beatrices Fleisch grub.

Sie brüllte vor Schmerz, fuhr herum und verpasste mir einen Kinnhaken. Ich stolperte benommen rückwärts. Mein verletzter

Fuß gab nach, und ich fiel zu Boden, wobei ich mir den Hinterkopf anschlug. Mir wurde speiübel.

„Ich bringe jeden um, den du liebst, du verfluchte Bitch!", schrie sie immer wieder.

Ich schluckte die Übelkeit herunter und setzte mich auf. Alles drehte sich. Ich blinzelte, damit sich meine verschwommene Sicht klärte, und sah, dass Beatrice vor der Couch hockte. Mit dem rechten Arm stützte sie sich auf dem Sofa ab, während sie mit der linken Hand unter dem Möbel nach der Waffe tastete.

Zorn und Adrenalin verliehen mir neue Kraft. Ich rannte zu Beatrice, zog das Messer aus ihrem Rücken und stieß es in ihre Hand auf der Couch. Ich fühlte, wie sich die Messerspitze in Holz bohrte. Beatrice war gefangen.

Sie heulte auf wie ein verwundetes Tier, fuchtelte herum. Als sie ihre andere Hand unter der Couch hervorzog, sah ich Metall blitzen. Beatrice drehte sich um und starrte mich voller Hass an, doch ich packte bereits nach ihrer Hand, mit der sie die Pistole umklammerte.

Ein ohrenbetäubender Knall hallte durch den Keller.

Caleb

Ich bremste mit quietschenden Reifen, sprang aus dem Wagen und lief zu dem Haus, vor dem Beatrice mich vorhin gesehen hatte. Da hörte ich den Schuss.

Ich schmeckte beißende Angst in meinem Mund, die wie bitteres Eis in meine Glieder fuhr, als ich zur Tür rannte und sie eintrat. Ich rief nach Red, während ich durch leere Zimmer sprintete.

Sie musste unversehrt sein. Sie musste.

„Red!"

Jemand schrie. Ich lief die Treppe hinunter in den Keller, und erstarrte, als ich das Bild vor mir erblickte.

Oh Gott. Nein! Red hielt einen Arm schützend vor sich, und ihre Hand war vollkommen blutig. Beatrices Gesicht war zu einer angewiderten Fratze verzogen, während sie die Waffe auf Red richtete. Ihre andere Hand war hinter ihr auf der Couch, und es steckte ein Messer darin.

„Ich bringe dich um. Und dann töte ich jeden, den du liebst. Jeden einzelnen verfluchten Menschen, den du liebst, du verdammte Schlampe!", schrie sie Red an.

„Beatrice", flüsterte ich leise. „Leg die Waffe hin."

Beatrices Augen waren riesig vor Entsetzen, als sie sich zu mir umblickte. Ihr Arm schwenkte in meine Richtung, sodass die Pistole nun auf meine Brust wies.

„Caleb! Es ist nicht so, wie du denkst. Veronica hat versucht, mich umzubringen ..."

Red stieß einen gruseligen Schrei aus und warf sich auf Beatrice. Die Waffe flog Beatrice aus der Hand und weg von den beiden, während Red Beatrices Arm umdrehte und sie zu Boden stieß.

Beatrice kreischte vor Schmerz, landete auf dem Rücken und hielt ihre blutige Hand vor sich. Red kniete sich auf Beatrice und knallte ihr die Faust auf die Nase. Blut sprühte. Aber Red war noch nicht fertig. Immer wieder hieb sie mit der Faust in Beatrices Gesicht, kratzte und schlug auf sie ein wie ein wildes Tier.

„Mein Gott, Red."

Ich griff sie an den Hüften und zog sie zurück. Red trat und schrie. Ich drehte sie zu mir und schlang die Arme fest um sie.

„Red. Hör auf. Es ist vorbei. Es ist vorbei."

Beatrice lag bewusstlos am Boden.

Als Red nicht mehr strampelte, drückte ich sie eng an mich.

„Caleb?"

„Ich bin hier, Baby. Ich bin hier."

„Sie hatte die Waffe auf dich gerichtet ... sie wollte dich erschießen ... sie wollte ... sie ..."

„Schhh. Ist ja gut, Baby. Hat sie nicht getan. Alles ist gut."

Sie legte die Arme um mich und hielt mich fest. Als ich ihren rechten Arm berührte, schnappte sie zischend nach Luft. „Du bist angeschossen!"

„Nein. Es ist ... nichts. Nur ein Streifschuss."

Ich schloss die Augen. Meine Hände zitterten, als ich ihr Gesicht berührte.

Ihre Beine knickten ein, und ich hob Red hoch. Sie lehnte ihren Kopf an meine Schulter, und in diesem Moment hörten wir Sirenen.

„Du hast sie plattgemacht, Red."

„Verdammt richtig. Das habe ich."

Ich hielt sie weiter fest, nur noch ein bisschen länger. „Ich hatte eine höllische Angst um dich. Ich dachte …" Meine Kehle war plötzlich wie zugeschnürt. Als ich ihre Lippen an meinem Hals spürte, presste ich Red fester an mich und vergrub mein Gesicht in ihrem Haar. „Ich liebe dich so sehr."

„Ich liebe dich, Caleb. Ich möchte nach Hause. Lass uns nach Hause fahren."

Ich küsste sie und legte meine Stirn an ihre. „Immer."

68. Kapitel

Veronica

Beim Aufwachen spürte ich, wie Calebs Fingerspitzen sanft über meine Wange strichen.

„Hi, Red", sagte er leise. „Guten Morgen."

Er saß auf der Bettkante, und als er sich näher zu mir beugte, fielen ihm ein paar Haarsträhnen über die Augen. „Hast du von mir geträumt?"

Er stützte sich seitlich von mir auf, sodass ich zwischen seinen Händen gefangen war. Tiefgrüne Augen blickten mich durch die bronzefarbenen Strähnen an.

Ich legte eine Hand vor meinen Mund und lächelte hinter meinen Fingern zu ihm hoch.

Er setzte sich wieder aufrecht hin, grinste amüsiert und strich sich das Haar aus dem Gesicht.

„Ich habe dich schon geküsst, als du noch geschlafen hast. Also weiß ich schon, wie dein Atem riecht."

Stöhnend wandte ich den Kopf zur Seite, als er versuchte, meine Hand von meinem Mund zu schieben.

„Caleb!" Sein Name kam unverständlich heraus.

„Was war das?", fragte er lachend.

Wenn es einen Morgenmenschen gab, dann war es Caleb.

„Du musst schon deutlich sprechen, damit ich dich verstehe", fügte er hinzu.

Caleb in Spiellaune war unwiderstehlich. Er umfasste meine Taille, um mich an sich zu drücken, streifte dabei jedoch versehentlich meinen Arm. Ich verzog das Gesicht.

Rasch nahm er die Hände zurück und sah mich besorgt an. „Tut mir leid, Red. Habe ich dir wehgetan?"

Ich schüttelte den Kopf, griff nach seiner Hand und zog ihn wieder an mich.

Seit dem Vorfall mit Beatrice vor einigen Wochen war er noch aufmerksamer als sonst. Er küsste mich aufs Haar und ließ seine Lippen extrem zärtlich an meinem Arm hinabgleiten, bis zu der Stelle, wo mich eine Kugel gestreift hatte. Doch anstatt sich neben mich aufs Bett zu setzen, hockte er sich auf den Fußboden und blickte mich voller Sorge an.

Schlagartig wurde ich richtig wach und bemerkte, wo wir waren. Ich schaute mich in dem wenig vertrauten Zimmer um.

„Ich bleibe lieber hier, damit ich dir nicht wieder wehtun kann", sagte er entschuldigend.

„Mir geht es gut, Caleb. Ehrlich."

Er lehnte sich mit dem Rücken an die Kommode hinter ihm, winkelte die Beine an und stützte die Arme auf seine Knie. Seine grünen Augen blieben ununterbrochen auf mich gerichtet. Wie immer bemerkte er, dass sich meine Stimmung verändert hatte.

„Du hast gestern nach unserer Ankunft hier kaum etwas gesagt."

Mit „hier" meinte er die Hütte der Familie fünf Autostunden von der Stadt entfernt. Er hatte uns gestern Abend direkt vom Flughafen hergefahren, damit wir ein bisschen Ruhe und Erholung fanden.

Nach der Sache mit Beatrice hatte er sich geweigert, von meiner Seite zu weichen, und ging nur noch zur Arbeit, wenn ich ihn nach Saskatchewan begleitete. Wenn seine Mutter oder Ben nicht bei mir bleiben konnte, bestand er sogar darauf, dass ich ihn zu seinen Besprechungen begleitete. Erst als seine Mutter drohte, sie würde mich nach Übersee mitnehmen, hatte Caleb eingelenkt.

Calebs Mutter hatte sich in aller Form dafür entschuldigt, dass sie die Dinge geglaubt hatte, die Beatrice ihr über mich erzählte. Inzwischen hatte ich einige Tage in Saskatchewan mit ihr verbracht, und sie fing an, mit mir warm zu werden. Caleb freute das sehr, und ich war auch froh darüber. Und wie!

Ich stieg aus dem Bett und ging vorsichtig ins Bad, um mir die Zähne zu putzen. Caleb folgte mir.

Er konnte ja nicht ahnen, was dieser Ort für mich bedeutete. Wie übel mir geworden war, als wir das Ortsschild passierten.

Er hob sein T-Shirt hoch, um seinen Bauch zu kratzen, und lehnte sich an den Türrahmen. „Macht dein Bein dir noch Probleme?"

Ich schüttelte den Kopf. „Nicht mehr." Aber ich sah ihn nicht an.

Er seufzte, stemmte sich vom Türrahmen ab und küsste mich auf die Schulter. „Ich habe schon Pancakes gemacht."

Mittlerweile kannte er mich gut genug, um zu wissen, dass ich mit meinen Gedanken allein sein musste. Und er wusste auch, dass ich ihm erzählen würde, was mich belastete, wenn ich so weit war. Vor Caleb war ich völlig anders gewesen. Da hätte ich nicht mal im Traum daran gedacht, meine Probleme einem anderen Menschen anzuvertrauen.

Seine Lippen verweilten auf meiner Haut, während sich unsere Blicke im Spiegel begegneten. „Wir sehen uns in der Küche, Red", murmelte er dann.

Ich lächelte ihm zu. „Ist gut."

Sobald ich die Küche betrat, stellte Caleb eine Platte mit Eiern und Bacon neben einen Stapel Pancakes. Er breitete die Arme aus, um mit dem Essen anzugeben, das er zubereitet hatte, und lächelte von einem Ohr zum anderen.

„Ein Frühstück für meine Königin. Solltet Ihr Euren treuen Diener nicht mit einem Kuss belohnen?"

Ich lachte kurz und küsste ihn auf die Wange.

„Warte mal. Das ist alles?" Er tippte sich an den Mund.

Ich küsste ihn dort.

Er schüttelte den Kopf. „Du hast etwas ausgelassen."

Grinsend schubste ich ihn weg.

Ich setzte mich auf einen der Hocker an der Center Island und schaute mich um. Wie der Rest der Hütte war auch die Küche sehr geräumig, mit modernsten Geräten ausgestattet und geschmackvoll möbliert. Tageslicht fiel durch die breite Fensterfront in den Raum. Caleb hatte die Fenster geöffnet, damit die Morgenbrise hereinwehte.

Ich nahm eine Gabel und starrte auf meinen Teller.

„Ist da ein Käfer oder so was?"

Erschrocken bemerkte ich, dass ich wieder mal in Gedanken versunken war. Ich blickte hoch und stellte fest, dass er mich beobachtete. Er wirkte geduldig, was erstaunlich war, denn normalerweise hätte er mich längst gedrängt, ihm zu erzählen, was mich beschäftigte.

„Caleb, wollen wir spazieren gehen?"

„Ja", antwortete er sofort, stockte und blinzelte. „Bin ich in Schwierigkeiten?"

Ich konnte noch so deprimiert sein, er brachte mich immer zum Lachen. „Weiß ich nicht. Warum sagst du mir nicht, was du getan hast, was dich in Schwierigkeiten bringen könnte?"

„Oh nein." Er schüttelte den Kopf und grinste anbetungswürdig, wobei sich seine Grübchen zeigten. „Dieses Spiel spiele ich nicht mit dir." Dann machte er große Augen. „Warte mal." Er schwieg kurz. „Bist *du* in Schwierigkeiten?"

Erneut lachte ich, auch wenn ich selbst hören konnte, wie gezwungen es klang. Schwierigkeiten. Ja, die gab es durchaus.

„Gehen wir, Caleb."

„Klar. Lass mich nur schnell die Schlüssel holen, damit ich abschließen kann."

„Ist nicht nötig", erwiderte ich beiläufig. „In dieser Gegend schließen die Leute ihre Türen nicht ab."

Jetzt blickte er mich neugierig an und lächelte unsicher, sagte aber nichts.

Der Himmel draußen war von einem klaren Azurblau. Es war angenehm warm, und Sonnenlicht strahlte auf die Tautropfen, sodass es aussah, als funkelten Diamanten im Laub und Gras. Hier gab es keine geteerten Straßen, nur einen Wanderweg und den Wald zu beiden Seiten. Vögel sangen, Grillen zirpten, kleine Wildtiere jagten raschelnd im Unterholz nach ihrer Beute.

Caleb lief neben mir und war ungewöhnlich still. Er hatte den Kopf gesenkt und rieb sich die Unterlippe mit Daumen und Zeigefinger.

Sanft nahm ich seine Hand und verschränkte seine Finger mit meinen. Er sah zu mir und lächelte. Ich konnte an seinen Augen ablesen, dass er tief in Gedanken gewesen war.

„Wohin bringst du mich?", fragte er.

„Nirgendshin. Geh einfach mit mir."

„Wohin du willst." Er drückte meine Hand.

„Was …?" Er stockte und schluckte. Ich fühlte, wie sich seine Armmuskeln anspannten. „Du hast mir nie erzählt, wie es war, als du … sie in der Klinik besucht hast."

Nach dem Vorfall hatte mein Anwalt mir mitgeteilt, dass Beatrice anstatt ins Gefängnis in eine Einrichtung gehen könnte, in der sie die Therapie erhielt, die sie brauchte.

Ich wusste, wie krank sie war, hatte es mit eigenen Augen gesehen. Es wäre praktisch ein Verbrechen, sie ins Gefängnis zu schicken. Also klärte ich meine Bedingungen mit meinem Anwalt: Beatrice würde eingewiesen werden, sich therapieren lassen und erst wieder entlassen, wenn die Ärzte sicher waren, dass es ihr gut ging. Und auch danach würde sie noch unter Hausarrest bleiben und Gemeindearbeit leisten, je nach ihrer Verfassung.

„Da gibt es nicht viel zu erzählen. Ich war nur kurz bei ihr."

Beatrice war blass gewesen und wirkte ziemlich eingefallen. In ihre Augen war nur Leben gekommen, als sie nach Caleb fragte. Sie hatte sich geweigert, mir ins Gesicht zu schauen oder auch nur mit mir zu sprechen, abgesehen von der Frage nach Caleb. Ich hatte sie bloß Minuten gesehen, ehe sie bat, wieder in ihr Zimmer gebracht zu werden.

Ich hatte Caleb gebeten, sie mit mir zu besuchen, doch er hatte abgelehnt. Er meinte, dass er noch nicht bereit war.

In Saskatchewan hatte mir Calebs Bruder Ben erzählt, was Beatrices Vater mit ihrem Zwergkaninchen angestellt hatte und dass ihre Mutter sie permanent emotional misshandelte. Vielleicht hatte ich deshalb beschlossen, sie in der Klinik zu besuchen.

Mir tat leid, was sie mit ihren Eltern durchmachen musste, weil ich verstand, was es hieß, von einem Elternteil misshandelt zu werden. Bei Gott, wäre meine Mutter nicht gewesen, die mich geliebt und vor meinem brutalen Vater beschützt hatte, wäre ich vielleicht genauso geworden.

Und vielleicht, nur vielleicht, wollte Beatrice Vergebung für das, was sie gemacht hatte. Falls nicht, wollte ich sie einfach nur wissen lassen, dass meine Tür offen stand, sollte sie ihre Meinung irgendwann ändern.

Caleb nickte nachdenklich.

„Sie hat nach dir gefragt", sagte ich leise.

„Ich weiß nicht, ob ich ihr verzeihen kann. Wenn sie … wenn

du …" Er holte tief Luft. „Ich könnte es nicht ertragen, wenn dir etwas Schlimmeres passiert wäre. Wenn du …"

Ich rieb tröstend seinen Arm. „Schon gut, Caleb. Ich bin jetzt in Sicherheit."

„Hätte man mich gefragt, ich hätte sie für das, was sie dir angetan hat, ins Gefängnis geschickt."

„Sie ist krank, Caleb. Sie braucht Hilfe. Und die Klinik ist auch eine Form von Gefängnis."

Er senkte den Kopf, sodass ich seine Augen nicht sehen konnte, als würde er sich für das schämen, was er eben gesagt hatte. „Weiß ich. Ich glaube, ich bin immer noch wütend. Nachdem mir klar wurde, dass Beatrice dich hatte …", fuhr er fort, und seine Stimme wurde tiefer. „Ich erinnere mich nicht mal, wie ich dorthin gekommen bin. Alles war verschwommen. Als ich sah, dass sie eine Waffe auf dich richtete, als ich sah, dass du geblutet hast …" Er rieb sich mit beiden Händen übers Gesicht.

„Caleb …"

Plötzlich blieb er stehen, griff nach meinen Armen und zog mich an sich, als hätte er Angst, mich loszulassen. „Ich werde nie wieder zulassen, dass dich irgendwas oder irgendwer verletzt. Ich darf dich nicht verlieren, Red. Ich ertrage das nicht. Und ich werde es nicht erlauben."

Ich schloss die Augen, vergrub das Gesicht an seiner Halsbeuge und legte die Arme um ihn. Mein Herz wurde schwer von dem Schmerz, der in seinen Worten mitschwang.

„Ich werde nirgendshin gehen, Caleb", flüsterte ich.

Danach wirkte er ruhiger, und wir liefen weiter. Ich dachte, dass wir einfach ziellos umherwanderten, doch auf einmal wurde mir bewusst, dass ich uns zu einer bestimmten Stelle führte.

Mein Herz begann zu pochen, sowie ich die vertraute Wegbiegung erblickte. Irgendwie sah sie unheimlicher aus, als ich sie in Erinnerung hatte. Ein riesiger schwarzer Felsen ragte seitlich des Weges aus dem Boden wie ein verrutschter Knochen. Früher war ein Schild an dem Stein gewesen, aber das war fort.

Meine Handflächen begannen zu schwitzen, und ich wollte meine Hand aus Calebs ziehen, doch er hielt sie fest.

„Ich bin hier, Red. Bei dir", versprach er.

Ich lächelte ihn an, nickte und ging weiter, bevor wir vor dem stehen blieben, was einst mein Zuhause gewesen war. Beim Anblick des hässlichen verfallenden Hauses wich ich zurück. Der früher makellose Garten meiner Mutter war von Unkraut und Müll überwuchert. Die meisten Fensterscheiben waren kaputt, es waren Löcher in den Wänden, und das Dach war ganz weg. Mir wurde eiskalt. Ich schlang die Arme um meinen Oberkörper und geriet ins Stolpern.

„Red?"

Ich wollte schlucken, doch mein Mund war ausgetrocknet. Meine Beine fühlten sich bleischwer an, jeder Schritt war mühsam; trotzdem lief ich weiter auf das Haus zu.

„Halt." Caleb klang streng und besorgt. „Was ist das?"

Erneut schloss ich die Augen. Vielleicht träumte ich und stand in Wahrheit vor meinem Kindheitsalbtraum. Für einen Moment versank ich in hässlichen Erinnerungen.

„Komm zurück zu mir, Baby."

Als ich meine Lider wieder hob, war es Calebs Gesicht, das ich vor mir sah. Es waren seine grünen Augen, die mir Freundlichkeit, Ehrlichkeit und vor allem Liebe zeigten.

„Wo warst du?", fragte er, umfing mein Gesicht mit beiden Händen und blickte mir in die Augen. Dabei wollte ich mich nur verstecken.

„Bloß ... bloß Erinnerungen."

„Erzähl sie mir."

„Es sind keine schönen."

„Erzähl sie mir, Red."

Ich wich zurück von ihm und drehte mich wieder zu dem Haus, als könnte ich es allein mit meinem Blick dazu bringen zu verschwinden.

„Ich erinnere mich ..." Ich sah auf und blinzelte die Tränen weg, die mir in die Augen stiegen. „Ich erinnere mich, wie sich die Fingerspitzen meiner Mom anfühlten, wenn sie meine Tränen wegwischte. Wie ihre Stimme kippte, wenn sie mir sagte, dass ich nicht weinen soll. Aber ich konnte nicht aufhören.

Er ... hatte uns da schon verlassen. Wir mussten aus unserem Haus raus, weil sie die Hypothekenraten nicht bezahlen konnte. Sie dachte, dass ich weinte, weil wir unser Haus auf dem Land verlassen und in die Stadt ziehen mussten. Doch das war es nicht.

Ich weinte, weil ich ... erleichtert war. Ich war froh, dass er uns nicht mehr finden würde. Dass er meiner Mom und mir nicht mehr wehtun könnte."

„Dein Dad", sagte Caleb leise.

„Ja. Sie hatte eine Freundin in der Stadt, bei der wir eine Zeit lang bleiben konnten, bis sie einen Job gefunden hatte. Aber meine Mom wartete immer noch auf ihn. Sie hoffte immer noch, dass er zurückkam."

„Ist er?"

„Ja, aber da war ich in der Schule. Ich habe ihn nie wiedergesehen. Er hatte herausgefunden, dass wir bei der Freundin meiner Mutter wohnten. Und da ist er eingebrochen, hat alles geklaut, was er konnte. Danach warf ihre Freundin uns raus.

Trotz allem, was mein Vater uns angetan hatte, blieb meine Mutter ihm treu. Sie welkte dahin, trauerte ihm nach. Ich habe sie nie verstanden." Ich musste Atem holen. „Bis ich dir begegnet bin."

Erneut holte ich tief Luft und sah Caleb an. Seine Augen waren voller Fragen. „Ich habe nie verstanden, dass einen die Liebe zu einem anderen Menschen so vollständig verschlingen kann, bis ich dich kennenlernte. Du hast es mir gezeigt, Caleb.

Aber was ich niemals begreifen werde, ist, wie sie ihn nach allem, was er ihr und mir angetan hatte, zurücknehmen konnte. Und du musst wissen, dass ich nie mit jemandem wie meinem Vater zusammenbleiben würde."

„Ich bin nicht wie er."

„Ich weiß." Ich lächelte ihn an und berührte sein Gesicht. „Gott, ja, das weiß ich. Mir ist noch nie jemand wie du begegnet, Caleb. Nie."

Er neigte den Kopf, bis seine Wange an meiner war. Ich schloss die Augen und fühlte die Wärme seiner Haut, roch den Pfefferminzduft der Seife, die er morgens beim Duschen benutzt hatte. Und diesen wundervollen Duft, der allein Caleb war.

„Ich liebe dich, Caleb."

„Ich liebe dich mehr, Red. Ich verspreche, dass dich keiner mehr verletzen wird. Und vergiss nicht, dass du schon diejenigen plattgemacht hast, die es versuchten. Weißt du es immer noch nicht?"

Er strich mir eine Haarsträhne hinters Ohr und streichelte meine Wange. Als ich die Augen wieder aufmachte, lächelte er mich an. „Mein starkes, tapferes Mädchen. Du kannst dich allem stellen, und jetzt bin ich bei dir. Immer bei dir, Baby."

Ich atmete langsam aus und hielt seine Hand, während ich mich wieder zu dem Gebäude drehte. „Dies war das Haus, in dem ich mit ihnen gelebt habe, Caleb. Mit meiner Mom und meinem Dad."

Er wurde still. Ich wollte ihn ansehen, aber ich war verlegen. Schämte mich.

„Das ist berauschend hässlich", sagte er nach einer Weile.

Zu meiner Verblüffung hätte ich fast gelacht.

„Weißt du, was ich davon halte?", fragte er.

Nun sah ich ihn an und lachte richtig. „Warum bist du nicht ehrlich und sagst mir, was du wirklich denkst?"

Er grinste, schob die Hände in seine Jeanstaschen und ging weg, leise vor sich hin pfeifend.

Als er immer weiterlief, runzelte ich die Stirn. Er ging einfach weg? Ich vermutete, damit wollte er demonstrieren, was er wirklich von dem Haus hielt.

Ich verdrehte die Augen und hätte nach ihm gerufen, wäre er nicht unvermittelt stehen geblieben. Er blickte zum Boden, bückte sich und hob etwas auf. Als er sich wieder zu mir wandte, hielt er einen Stein von der Größe eines Basketballs in der Hand.

„Aufgepasst, Red", rief er und schenkte mir ein Grübchenlächeln.

„Und drei Punkte für Lockhart! Yeah!"

Das Zersplittern von Glas, als der Stein ins Haus flog, fühlte sich wie ein Befreiungsschlag an.

„Ja! Ich bin immer noch der beste Spieler!" Stolz lächelnd hob er einen neuen Stein auf. „Hier, du bist dran, Red."

Warum nicht?

Ich nahm den Stein aus seiner Hand, holte tief Luft und warf so fest, wie ich konnte. Ich konnte gar nicht mehr aufhören, suchte auf dem Boden nach mehr Steinen und schmiss sie auf das Haus, bis ich außer Atem war.

„Das ist mein Mädchen."

Ich lächelte ihn an und klopfte mir den Schmutz von den Händen. „Danke."

„Es ist nur ein Gebäude, Red. Das kann dir nicht wehtun. Und dein Dad auch nicht."

Ich sah ihn fragend an.

„Ich hatte Clooney gebeten, nach deinem Vater zu forschen."

„Was?"

„Ich wollte nicht, dass du dir seinetwegen Sorgen machen musst."

„Caleb …"

„Er ist tot, Red. Vor einigen Jahren gestorben. Deine Mutter müsste es gewusst haben. Sie hatten die nächsten Angehörigen informiert. Er hatte auf der Straße gelebt, obdachlos. Und er war sehr oft im Gefängnis. Einbruch, Diebstahl, Dealen und Drogenmissbrauch."

Er zog die Brauen zusammen, als ich stumm blieb. Meine Kehle war ausgedörrt.

„Ich habe dir doch gesagt, ich lasse nicht zu, dass dir wieder jemand wehtut. Da musste ich sichergehen", verteidigte er sich. „Falls du sauer auf mich bist …"

Ihm blieb die Luft weg, als ich die Arme um ihn warf. Ich wollte ihm antworten, ihm danken und ihn mit Küssen überschütten. Aber wenn ich jetzt versuchte zu sprechen, kämen die Tränen.

„Bist du nicht sauer auf mich?", hakte er einen Moment später nach.

Ich schüttelte den Kopf und umarmte ihn fester. Er konnte nicht mal erahnen, wie viel mir das bedeutete, was er getan hatte. So lange hatte ich mich gefragt, was mit meinem Vater war, hatte Angst gehabt, dass er zurückkommen und mich wieder verletzten könnte. Hatte mich gefürchtet, dass er es nicht täte und ich nie erfahren würde, was aus ihm geworden war. Jetzt wusste ich es.

„Ich werde immer auf dich aufpassen."

„Oh Gott, Caleb", brachte ich mühsam heraus. „Ich liebe dich. Ich liebe dich so sehr."

Er strich mir sanft übers Haar und zog sich ein Stück zurück, um beide Hände an meine Wangen zu legen. Dann beugte er sich vor und küsste mich auf die Stirn. „Das höre ich zu gern täglich von dir, meine Red."

„Ich werde es jeden Tag sagen."

„Dafür werde ich sorgen." Er grinste und küsste mich auf den Mund. „Gehen wir zurück. Möchtest du einen Horrorfilm gucken?"

Ich hatte noch etwas über Caleb gelernt. Er liebte es, sich zu gruseln.

Und er suchte *Tanz der Teufel*, The Descent – *Abgrund des Grauens* und *Jeepers Creepers* aus.

Es war anbetungswürdig und zum Schreien komisch, ihn zu beobachten, wie er sich bei den schlimmsten Szenen die Augen zuhielt oder wie gelähmt auf den Fernseher starrte. Der erste Film war noch nicht mal halb um, als er sich eine Decke schnappte, um sein und mein Gesicht zu verhüllen, einen Arm fest um meine Taille geschlungen, sodass ich praktisch an seiner Seite klebte.

Wenn ich bei einer Szene schrie, dann nur, weil Caleb eine stille Sequenz abwartete, und sobald ich ganz auf den Film konzentriert war, knurrte er auf einmal laut neben mir oder pikte mir in die Rippen, damit ich mich zu Tode erschrak. Dafür kassierte er einige Klapse ins Gesicht.

Am Ende des ersten Streifens waren seine Wangen gerötet, und sein langer, drahtiger Körper war ganz eng an mich geschmiegt. Weil es aussah, als würde er nach dem dritten Film noch einen aussuchen, sprang ich von der Couch und drohte, ihn per Elektroschock in den Schlaf zu versetzen.

Er lachte, hob die Decke vom Sofa und schleifte sie in die Küche. Dann holte er gefühlt sämtliche Vorräte aus dem Kühlschrank und schleppte mich nach draußen in den Garten, wo wir uns auf der ausgebreiteten Decke im Gras niederließen und aßen.

Es war ein wunderbarer Tag.

Ein sehr wunderbarer Tag mit Caleb.

„Red?", fragte er leise.

Es war heiß, denn die Sonne stand noch hoch am Himmel. Caleb hatte sein T-Shirt ausgezogen, weil ihm zu warm war, und mein Haar in etwas entfernt Ähnliches wie einen Zopf nach hinten gerafft.

Seite an Seite lagen wir auf der Decke und schauten hinauf zu den Wolken. Zumindest glaubte ich das. Doch als ich den Kopf zu ihm drehte, stellte ich fest, dass er nur mich ansah. Seine grünen Augen waren unglaublich im Sonnenlicht, und seine Lippen wirkten rosiger als sonst. Er rollte sich auf die Seite, und sein Blick wanderte zu meinem Mund. Unweigerlich leckte ich mir über die Unterlippe.

„Ich fühle mich schon verheiratet", flüsterte er.

Sowie er mir wieder in die Augen schaute, stockte mein Atem. Er war so wunderschön.

„Sollen wir einfach durchbrennen?"

„Kar würde uns umbringen", antwortete ich. „Sie plant schon alles."

Meine Gedanken drifteten ab, als ich sah, wie er seine Unterlippe mit den Zähnen einfing.

„Stimmt", sagte er. Er lächelte. Und das war ein wissendes Lächeln.

Der böse Junge wusste genau, was er mit mir anstellte.

„Was tun verheiratete Paare sonst noch so?", fragte er. Seine Stimme klang jetzt tiefer, leiser. Und er strich mit seinen Fingerspitzen über meinen Arm.

Ich schluckte. „Wir sollten abwaschen. Das Geschirr. Das sollten wir wirklich abwaschen."

Seine rosa Zunge blitzte ganz kurz zwischen seinen Lippen vor. „Nein. Was Netteres."

Ich schrie auf, da er meine Taille umfasste und mich auf sich zog. „Etwas viel, viel Netteres, Red."

„Caleb!" Ich stützte mich links und rechts von ihm ab und setzte mich halb auf. „Es ist … es ist noch heller Tag!"

„Ja, das ist mir nicht entgangen." In seinen Augen flackerte etwas auf. „Weißt du, was mir ebenfalls nicht entgangen ist?"

Seine Brust war warm, sein Duft berauschend. Seine Berührung machte mich wahnsinnig, so wie seine Hand, die meinen Rücken streichelte, dann hinunter zu meinem Hintern wanderte und ihn drückte, bevor seine Fingerspitzen langsam, sehr langsam Kreise auf die Innenseiten meiner Schenkel malten.

„Caleb ..."

„Mir ist nicht entgangen", begann er, während er nicht aufhörte, mich auf so wunderbare Weise zu berühren, „dass ich selbst im Schlaf weiß, wie du dich anfühlst. Wie du riechst, wie deine Augen aufleuchten, wenn du mich siehst. Ich kenne dich."

Seine Hände umfingen meine Taille und manövrierten mich so, dass ich unter ihm lag.

„Ich kenne dieses Gesicht so gut. Besser als mein eigenes. Deine Stimmungen, was du magst und was nicht. Es zieht mich zu dir, und ich kann mich nicht bremsen. Will ich auch nicht. Und ich möchte für den Rest meines Lebens alles über dich wissen, Red."

„Oh Caleb."

„Jetzt möchte ich dir etwas zeigen. Kommst du mit auf einen Spaziergang?"

Ich konnte nur nicken.

Caleb hielt stumm meine Hand, während wir gingen. Ich wusste nicht, wohin er mich brachte, aber mit ihm würde ich überallhin gehen. Wo Caleb war, war mein Zuhause.

Ich hörte das Wasser schon, bevor wir den See erreichten. Diesen Ort, diesen Wald kannte ich. Als Kind hatte ich hier dauernd gespielt, wenn ich allem entfliehen wollte.

Woher kannte Caleb die Stelle? Das hier war eine verborgene, geheime Oase, von der nur die Einheimischen wussten, und die waren viel zu egoistisch, um jemals Touristen hiervon zu erzählen.

Ich sah Caleb fragend an. Er ließ meine Hand los und lief voraus. Dort war eine Holzbrücke, die über den See führte, und Caleb nahm sich Zeit, sie zu überqueren. In der Mitte blieb er stehen. Ein zartes Lächeln erschien auf seinem Gesicht, als er nach unten zu einem bestimmten Punkt sah.

Ich hatte keine Ahnung, warum mein Herz schneller zu pochen begann, außer dass alles so vertraut aussah.

Caleb hockte sich auf den Rand der Brücke und ließ die Beine baumeln, sodass seine Füße im Wasser verschwanden. Dann blickte er gedankenverloren in die Ferne.

Ich hatte Schmetterlinge im Bauch, während ich auf ihn zuging und mich neben ihn setzte. Und dann drehte er sich zu mir um und sah mich an. Die Sonne schien so hell hinter ihm, dass ich sein Gesicht für einen Moment nicht erkennen konnte, aber ich wusste auch so Bescheid.

„Erinnerst du dich, Red?"

Ja, das tat ich.

Ich kannte ihn.

Oh Gott!

„Hi, Batgirl."

Mir entfuhr ein ersticktes Schluchzen, und ich hielt mir beide Hände vor den Mund.

„Schon als wir Kinder waren, fühlte ich mich unwiderstehlich von dir angezogen", flüsterte er, nahm meine Hände von meinem Mund weg und küsste sie.

„Das warst du", murmelte ich.

Er nickte.

„Der Junge, der mir das Erdnussbuttersandwich gegeben hat."

„Ich hatte immer das Gefühl, dich irgendwie zu kennen", sagte er. „Aber woher das kam, ist mir erst vor Kurzem klar geworden."

„Du ... du warst mein allererster Freund."

Sein Lächeln war strahlend und glücklich. „Und du bist meine erste Liebe."

Ich blickte hinunter ins Wasser und bemerkte einen großen Stein, der sich in den Grund gegraben hatte. Hinter dem Stein wedelten zwei Fische träge mit ihren Schwanzflossen. Dort waren sie geschützt vor der Strömung. Und ich musste an den Jungen mit dem Erdnussbuttersandwich denken.

„Red?"

Mein Herz hämmerte wie verrückt gegen meinen Brustkorb, während ich zu ihm hochsah.

„In meinem Leben war ich mir nie irgendeiner Sache sicher, bis du aufgetaucht bist. Danke, dass du mir das schönste Geschenk gemacht hast. Das beste Geschenk, das ich jemals bekommen könnte, ist dein Herz. Ich werde auf dich aufpassen, dich beschützen und dich für den Rest meines Lebens lieben. Das schwöre ich dir, meine Red."

Langsam schmiegte ich meine Lippen an seine und ließ ihn fühlen, wie viel er mir bedeutete.

„Ich dachte, ich würde auf niemanden warten", flüsterte ich. „Aber das tat ich. Und du bist es. Du bist es, Caleb."

Ich blinzelte, und die Tränen, die ich zurückgehalten hatte, liefen über meine Wangen. Lächelnd wischte er sie weg.

„Ich hätte nie gedacht, dass ich dich finden würde, Caleb. Nicht in diesem Leben. Doch das habe ich. Und du sollst wissen, dass du das Beste bist, was mir jemals passiert ist. Das Beste."

Er holte tief Luft und ließ die Schultern sinken, als wäre eine riesige Last von ihm genommen worden. „Ich liebe dich, Red."

Dann stand er auf und reichte mir eine Hand, um mir aufzuhelfen. „Pancakes?"

Als ich zu ihm hochsah, war mir ohne jeden Zweifel klar, dass ich *den einen* gefunden hatte, der mir bestimmt war. Strahlend legte ich meine Hand in seine.

„Pancakes."

Lesen Sie auch:

Isabelle Ronin

Du bist alles

12,99 € (D)
ISBN: 978-3-95649-877-0

1. Kapitel

Kara

Ich war drauf und dran, einen großen Fehler zu begehen.

Es wäre nicht das erste Mal, dass das passierte, würde aber auch nicht das letzte Mal sein. Sämtliche Gründe, die dagegensprachen, waren mir sonnenklar. Auch der Schmerz, der sich zwangsläufig aus dem ergeben würde, was ich im Begriff war zu tun, war mir mehr als vertraut, doch das hielt mich nicht davon ab.

Ich senkte die Lider, zählte im Stillen bis drei und schnupperte ausgiebig. Dann nahm ich einen Bissen der superkäsigen vegetarischen Lasagne, die es einmal in der Woche in der Mensa gab.

»Mhhh.« Ich seufzte hingebungsvoll und genoss den cremigen, salzigen, süchtig machenden Käsegeschmack in meinem Mund. Die weichen Nudeln. Das war meine Belohnung dafür, dass ich mich in dieser Woche so mustergültig verhalten hatte, und ich verdiente ...

»Warum tust du dir das an?«

Ich machte die Augen wieder auf. Meine beste Freundin Tala stand vor mir, in ihrer vollen Größe von knapp einem Meter fünfzig und mit einem enttäuschten Ausdruck im hübschen Gesicht. Sie legte ihre Bücher auf den Tisch, warf ihre Tasche auf den Boden und setzte sich.

Ich grinste und schob mir einen weiteren Bissen in den Mund.

»Du bist laktoseintolerant«, erinnerte sie mich überflüssigerweise und schaute mir beim genießerischen Kauen zu.

Ich leckte mir den warmen Käse von den Lippen und stöhnte.

»Ich hatte einen beschissenen Vormittag bei der Arbeit, deshalb belohne ich mich mit dieser käsigen Perfektion.«

»Ich weiß, dass du jetzt glücklich bist.« Sie öffnete ihre Handtasche und holte eine quadratische, über und über mit Bildern süßer

Kätzchen beklebte Plastikbox heraus. Der Duft von Kräutern stieg auf, als sie ihr Lunchpaket öffnete. »Hast du vergessen, was beim letzten Mal in Professor Balajadias Seminar passiert ist?«

Angewidert verzog ich das Gesicht. »Ich habe die Tabletten genommen.«

Sie schüttelte den Kopf und nahm aus ihrer Tasche eine Serviette, in die Löffel und Gabel eingewickelt waren – sie benutzte stets beides beim Essen. »Du weißt doch, dass die bei dir nicht wirken.«

Ich warf ihr einen finsteren Blick zu. »Du verdirbst mir gerade den ganzen wundervollen Augenblick. Und willst du das da nicht erst in der Mikrowelle aufwärmen?« Ich zeigte mit meiner Gabel auf ihre Lunchbox. Heute gab es Reis Adobo.

Sie sah mich verlegen an. »Und angezeigt werden? Nein danke.«

Ich verdrehte die Augen. Um ihr zu zeigen, wie gern ich sie habe, verschob ich das romantische Date mit meiner Lasagne, schnappte mir ihre Lunchbox und ging schnurstracks zur Mikrowelle. Davor standen nur drei Leute Schlange. Jackpot.

Talas Mom bereitete ihr immer das Mittagessen zu, meist Reis und Fleisch. Wurde es in der Mikrowelle aufgewärmt, erfüllte der durchdringende Duft den ganzen Raum. Ich weiß noch, wie sich die Leute beim ersten Mal, als sie ihr Essen in der Campus-Mensa aufwärmte, darüber beschwerten, dass der Geruch nicht mehr aus der Kleidung herausging. Daher hat sie es nie wieder gemacht.

Aber das hier war ja schließlich die Mensa. Wo sonst sollte sie ihr Essen aufwärmen? In der Sonne? Ich wollte nicht, dass sie wegen ihres Lunches ein schlechtes Gewissen hatte. Die Leute mussten sich einfach damit abfinden.

Ich habe Tala als Studienanfängerin auf dem College kennengelernt. Wir hatten denselben Wirtschaftskurs belegt. Eine Kommilitonin lästerte fies über Talas Figur, hielt ihr vor, sie sei übergewichtig. Ich reagierte *angemessen* auf diese Frechheit. Zwei Jahre später sind wir immer noch Freundinnen, es muss also was Echtes sein. Jedenfalls ist sie einer der besten Menschen auf diesem Planeten.

Als ich an der Reihe war, stellte ich ihr Essen für zwei Minuten in die Mikrowelle. Dreißig Sekunden später roch alles nach Gewürzen. Ich konnte das Gemurre in meinem Rücken hören und warf einen herausfordernden Blick hinter mich. Sollten sie ruhig wagen, etwas zu sagen.

Da sie schwiegen, drehte ich mich wieder um und starrte die Scheibe der Mikrowelle an. Nachdem die zwei Minuten um waren, riss ich die Tür auf, als hinge mein Leben davon ab. Ich hasste den Klingelton.

Warum konnten die kein einzelnes Piepen dafür verwenden? Oder meinetwegen einen netten eingängigen Song?

Ich drückte die Taste, um den Timer wieder auf Null zu stellen, zog meine Ärmel über meine Hände, um mir nicht die Finger an der Tupperdose zu verbrennen, und kehrte an meinen Tisch zurück.

»Es ist zwar nicht dein Gaspard Ulliel«, neckte ich sie; Tala ist besessen von dem Typen, »aber genieße es trotzdem.«

Sie lachte. »Schon gut, es sei dir verziehen.« Vorsichtig öffnete sie die Essensbox. »Weißt du noch, dieser süße Architekturstudent, von dem ich dir erzählt habe? Wir sind uns heute Morgen in der Bibliothek begegnet. Er hat mich angesehen«, berichtete sie. »Ich glaube, wir können zusammen Babys kriegen.«

»Oh, wirklich?« Ich blickte sie skeptisch an. »Wie mit dem angehenden Krankenpfleger, den du in Vegas heiraten wolltest?«

Sie lachte und warf ein Reiskorn nach mir.

Die Mensa füllte sich jetzt rasch. Die Neuankömmlinge schauten zu unserem Tisch herüber und versuchten abzuschätzen, wie lange wir noch hier sitzen würden, bevor sie unseren Platz haben konnten. Ich stellte mit einem von ihnen Blickkontakt her, und mein Lächeln sagte: *Ich fühle mit dir.*

»Man sollte meinen, dass sie uns mit den unchristlichen hohen Studiengebühren, die wir bezahlen, ein Raumschiff als Mensa bereitstellen könnten.« Ich betrachtete den wackligen Tisch und die orangefarbenen Kunststoffstühle abschätzend.

»Aber echt. Und dazu schnuckelige Alien-Kellner.« Sie nahm einen Löffel Reis. »Du weißt schon – Raumschiffe? Aliens? Nur dass es sich in unserem Fall um sexy Aliens handelt«, fügte sie grinsend hinzu. Früher hat sie mir immer angeboten, ihr Essen mit mir zu teilen, bis ich ihr erklärte, dass ich kein Fleisch esse. »Wie gefällt es dir eigentlich, wieder auf dem College zu sein?«

»Gut«, antwortete ich.

Geld war nach wie vor ein Problem in unserem Haushalt, weshalb ich das College ein gutes Jahr lang unterbrochen hatte, um Dad finanziell zu unterstützen. Die finanzielle Situation wurde durch meine leidenschaftliche Liebe zu Klamotten und Make-up nicht unbedingt besser, doch ich kannte meine Prioritäten.

Ich hatte zwei Teilzeitjobs und einen Vollzeitjob: Unter der Woche saß ich am Empfangstresen unserer Autowerkstatt, die mein Dad und mein jüngerer Bruder führten, am Wochenende an der Kasse eines Coffeeshops, und Vollzeit arbeitete ich in einem Pflegeheim. Letzteres hatte ich aufgeben müssen, sowie ich mein Studium wiederaufnahm. Doch gelegentlich machte ich dort noch ein paar Schichten.

»Es ist schon eine gewisse Umstellung«, räumte ich wahrheitsgemäß ein und überlegte, ob ich meinen Teller ablecken sollte. »Doch ich werde mich daran gewöhnen. Ich habe eines der Wahlfächer für Fortgeschrittene belegt, die sie hier für Studenten ab dem dritten Semester anbieten.«

Mir kam es so vor, als hätte das Semester gerade erst begonnen und ich noch wahnsinnig viel aufzuholen. Ich hatte nichts gegen das College, allerdings zählte Studieren nicht zu meinen Lieblingsbeschäftigungen. Manche Menschen wissen von Anfang an, was sie im Leben machen wollen. *Na, herzlichen Glückwunsch! Ich kann euch nicht leiden.*

Aber ich verneige mich vor euch, um ehrlich zu sein.

Ich jedenfalls hatte nicht die leiseste Ahnung, was ich aus meinem Leben machen sollte … zumindest noch nicht. Deshalb hatte ich wie jede unentschlossene Möchtegern-Collegestudentin Betriebswirtschaft belegt. Mit einem solchen Abschluss würde ich viele Möglichkeiten haben.

»Das ist echt großartig, wirklich.« Tala kaute auf ihrer Lippe.

Ich beobachtete sie ein paar Sekunden. Ich wusste, was kommen würde. Sie war ein selbst ernanntes Medium.

Ich glaubte nicht an solche Dinge, doch ich glaubte auch nicht *nicht* daran. Feststand allerdings, dass ich kein besonders geduldiger Mensch war, daher fragte ich sie auf den Kopf zu: »Was ist los?«

Sie legte Löffel und Gabel hin. Hm. Offenbar war es ernst. »Hast du ... heute jemand Neues kennengelernt?«

»Jemanden, der nicht blöd ist?« Ach egal, man lebt nur einmal. Ich leckte meinen Teller blitzblank. »Nee.«

»Kar!« Sie lächelte schon wieder.

Zufrieden wischte ich mir den Mund mit einer Serviette so anmutig wie möglich ab, lehnte mich zurück und tätschelte mir den vollen Bauch. »Werde ich im Lotto gewinnen?«, fragte ich trocken.

So sehr ich auch nicht beziehungsweise *nicht* nicht an ihre seherischen Fähigkeiten glaubte – falls sie überhaupt welche besaß –, konnte ich doch der Chance, dass etwas Aufregendes geschehen würde, nicht widerstehen. Bisher war mein Leben nämlich so aufregend gewesen wie mein leeres Bankkonto.

Ich hatte nicht mal einen Freund gehabt.

Ich gehörte zum Club der geborenen Singles. Yeah.

»Er wird dich finden«, sagte sie nach einem Moment.

»Jetzt bist du mir unheimlich. Wer wird mich finden?«

Ihr Blick schien sich in der Ferne zu verlieren, als liefe in ihrem Kopf ein Film ab. »Du wirst ihn finden. Oder er wird dich finden. Da bin ich mir nicht sicher.«

»Der Typ, dem ich Geld schulde?« Ich riss Witze, aber meine Nackenhaare richteten sich auf. Und mein verräterisches Herz machte einen Hüpfer.

»Du wirst sehen« war alles, was sie noch meinte, bevor sie ihre Sachen zusammenpackte und zum nächsten Kurs aufbrach.

Ich konnte nicht viel auf ihre Worte geben. Manchmal passierte das, was sie prophezeite, und manchmal eben nicht. Es war, als würde man eine Stripperin fragen, ob es nächste Woche regnet oder nicht. Ihre Vorhersage wäre genauso zuverlässig wie meine.

Ich beschloss, zu vergessen, was sie gesagt hatte, und wischte schnell unseren Tisch ab, bevor ich mir meinen Rucksack schnappte. Im Nu hatten zwei Mädchen die freigegebenen Plätze erobert. Ich zeigte ihnen den erhobenen Daumen.

Mir blieb noch etwa eine Stunde bis zum nächsten Seminar, die ich im Aufenthaltsbereich meiner Fakultät überbrücken wollte.

Die Korridore bestanden aus einer Glasfront auf der einen Seite, die reichlich Sonnenlicht durchließ, und einer Reihe von Spinden auf der anderen. Studenten hockten auf dem Boden oder lehnten stehend an den schmalen roten Schränken und unterhielten sich über ihre erste Studienwoche oder das neueste Smartphone. Von Austauschstudenten wusste ich, dass Spinde im College nicht in allen Ländern üblich waren. Am Esther Falls College in Manitoba, Kanada, hatten wir welche. Ich schätzte mich glücklich.

Ich blieb abrupt stehen, als mir einfiel, dass ich ja einen Ausweis vorlegen musste, um Zugang zum Aufenthaltsbereich meiner Fakultät zu erhalten. Ich zog meinen Rucksack nach vorn und kramte darin nach dem Dokument, dann schaute ich unvermittelt hoch.

Sein Haar war dunkler als Luzifers Seele.

Es ringelte sich unterhalb seiner Wangen und reichte bis zum Hemdkragen.

Mein Verstand setzte aus. Ich konnte nur noch denken: *Drehen die einen Film auf dem Campus?*

Wer ist das?

Er ging weiter und bekam entweder gar nichts von meiner Gefühlsaufwallung mit, oder es interessierte ihn wirklich nicht. Sein Gang war selbstsicher, als gehöre ihm das verdammte College. Breite Schultern, lange Beine.

Sein Gesicht war das eines dunklen Erzengels.

Alles an ihm war schwarz – schwarzes Shirt, schwarze Jeans, schwarze Stiefel, schwarzer Rucksack. Umso heftiger traf mich der Schock, als ich in seine Augen sah.

Sie waren von einem durchdringenden Blau.

Es war nur ein kurzer Moment – ein sehr kurzer Moment – in dem sich unsere Blicke trafen.

Aber ich wusste es dennoch.

Der größte Fehler meines Lebens war nicht die Lasagne.

Sondern er.

2. Kapitel

Cameron

»Shit.«

Ich schaute zum strahlenden Morgenhimmel rauf und schloss sofort die Augen, denn das grelle Sonnenlicht blendete mich. Ich versuchte ruhig zu bleiben. Zählte bis fünf. Funktionierte nicht. Ballte meine Hand zur Faust und biss mir auf die Fingerknöchel.

Im Schutzblech meiner Maschine war eine tiefe Delle.

Bei einer genaueren Untersuchung bemerkte ich noch weitere Kratzer überall an der Seitenverkleidung, und die Motorverkleidung war komplett ruiniert. Fahrerflucht, dachte ich zähneknirschend. Irgendwer oder irgendwas war gegen mein Bike gekracht, und wer immer das war, hatte sich immerhin die Zeit genommen, es hinterher wieder aufzustellen, bevor er vom Unfallort floh.

Vielen herzlichen Dank, Arschloch.

Ich kniete mich vor das Motorrad, strich sanft über die einst glatte Oberfläche, die jetzt völlig ramponiert war. Ich besaß dieses Gefährt schon so lange, dass es zu mir gehörte. Es war wie ein Kind für mich.

Jemand würde dafür bezahlen.

Langsam richtete ich mich auf, vor Zorn bebend. Als mein Handy klingelte, griff ich danach wie nach einer Rettungsleine.

»Ja?«

»Hey, Cam«, begrüßt mich Caleb.

»Hey.«

Ich bändigte meine Wut und versuchte, mich auf das zu konzentrieren, was er sagte.

»Ich hab total verpennt«, begann er und klang, als sei er gerade erst aufgewacht. »Heute ist doch nicht Samstag, oder?«

Ich gab meinem Drang nach, an den Schrammen zu reiben, in der Hoffnung, sie würden verschwinden. »Du bist vielleicht ein Genie.«

»Das hör ich ständig.« Er zögerte kurz. »Fährst du mich zum College?«

»Stirbst du?«

»Glaub nicht.«

Ich entdeckte einen Riss auf dem Ledersitz und atmete scharf aus. »Dann nein, ich werde dich nicht fahren.«

»Mein Motorrad ist in der Werkstatt.«

Wo meins auch bald sein würde.

Er räusperte sich. »Und meinen Wagen habe ich letzte Nacht vor dem Club stehen lassen. Hab heute Morgen ein Taxi genommen.«

Er klang schuldbewusst. Das hieß, er hatte wieder mal bei irgendeiner Frau geschlafen und sich anschließend ein Taxi nach Hause genommen, statt vorher sein Auto abzuholen.

»Ich habe meine Meinung geändert«, verkündete er gedehnt. »Ich sterbe tatsächlich und …«

Was immer er sagen wollte, ging in einem Hupkonzert hinter mir unter. Ich drehte mich um und sah gerade noch, wie ein Honda Civic mit höllischem Tempo auf mich zugerast kam.

Mit einem Aufschrei sprang ich zur Seite und stieß dabei gegen mein Motorrad. Hilflos musste ich miterleben, wie es umkippte und auf den Boden krachte.

Dann hörte ich das Geräusch von Metall auf Stein.

Das war mein Seitenspiegel.

Ich riss entsetzt den Mund auf, brachte aber keinen Laut heraus.

Ich beobachtete, wie der Civic mit kreischenden Bremsen zwei Eingänge weiter zum Stehen kam. Er hielt ein paar Sekunden mit laufendem Motor und schoss dann zurück zu dem Haus, das neben meinem lag.

Ich spürte, wie ich mich körperlich für einen Kampf wappnete, und konnte die Wut bereits schmecken.

Dem Wagen entstieg eine große, schlanke kampfbereite Brünette. Sie trug eine Art Uniform – eine grüne Bluse, dazu eine Hose, und ihre langen Haare fielen ihr bis auf den Rücken. Sie marschierte zur Haustür und sah aus, als wollte sie irgendwem eine gepfefferte Predigt halten.

Sie presste ihren Finger auf den Klingelknopf, und da nach zehn Sekunden noch niemand aufgemacht hatte, fing sie an, mit den Fäusten gegen die Tür zu hämmern.

Hitzkopf, dachte ich unwillkürlich. *Was für ein Hitzkopf.*

Ich wohnte hier schon seit einigen Jahren, blieb aber meistens für mich und hielt mich besonders von meinen Nachbarn fern. Leute interessierten mich nicht. *Warum das Leben unnötig verkomplizieren?*

Ich hatte daher keine Ahnung, wer dort wohnte, war mir aber sicher, dass sie diese bedauernswerte Person glatt zum Frühstück verspeisen wollte.

Endlich wurde die Tür geöffnet, und ein alter gebrechlicher Mann mit Gehstock kam heraus. Er sah aus, als könnte ein Windstoß ihn umwerfen. Er trug ein kariertes Hemd, dazu Hosenträger und eine Boxershorts, als hätte er vergessen, seine Hose anzuziehen, bevor er an die Tür ging. Was angesichts der frühen Stunde nicht wirklich überraschend war.

Was in aller Welt konnte sie von dem armen alten Kerl wollen?

Ich sah ihr an, dass sie nicht erwartet hatte, dass er die Tür öffnen würde. Zögernd machte sie einen Schritt zurück. Ich konnte nicht hören, was sie redeten, doch sie schien sich zu entschuldigen. Und dann zeigte der alte Mann auf das Haus nebenan.

Offenbar hatte sie sich in der Adresse geirrt.

Ich musste lachen.

Mit zerknirschter Miene und gesenktem Haupt trat sie den Rückzug an. Als sie wieder aufschaute, hatte sich der Ausdruck in ihren Augen von schuldbewusst zu feurig gewandelt. *Interessant.*

Sie war groß und schlaksig, ohne Kurven. Ich konnte ihr Gesicht nicht deutlich erkennen, doch nach allem, was ich sah, war es eher unscheinbar: unauffällige Augen, kleine gerade Nase, blassrosa Lippen. Ihr Haar war allerdings etwas Besonderes: voll und glänzend, und im Sonnenlicht mischten sich honigblonde Strähnen unter das warme Braun.

Sie war nicht mein Typ, da war ich mir sicher. Warum also faszinierte sie mich dermaßen?

Sie ballte die Fäuste, als wollte sie irgendwen boxen. Sie bewegte sich zielstrebig und wirkte bewusst einschüchternd. Wer auch immer ihre Wut auf sich gezogen hatte, würde nichts zu lachen haben.

Sie mochte keine klassische Schönheit sein, doch das war aus der Entfernung schwer zu beurteilen. Feststand, dass sie auffiel wie eine Nonne im Hungerstreik.

Unwillkürlich musste ich grinsen. Ich wollte sehen, was passierte.

Ihr Blick fiel kurz auf mich, und ich schwöre bei Gott, dass es mich durchfuhr, als hätte man mir einen Stromstoß versetzt. Ich wusste, dass ich diesen Moment für den Rest meines Lebens nicht mehr vergessen würde. Mein ganzer Körper erstarrte. Ich hatte Angst, dass sich das Ganze als Traum entpuppen würde, sobald ich mich rührte.

Bevor sie auf den Klingelknopf drücken konnte, rief ihr jemand etwas von der Seite des Hauses zu. Sie stutzte, dann drehte sie sich quälend langsam zu der Person um. Ich hatte diese ebenfalls noch nicht gesehen, da meine Augen einzig und allein auf den Hitzkopf gerichtet waren.

Die Frau war hypnotisierend und beängstigend wie eine große Flutwelle mitten im Meer, auf dem friedlich dein Rettungsboot trieb. Sie taucht wie aus dem Nichts auf, verschluckt dich und löscht jede Spur von dir hier auf Erden aus.

Und sie hielt meine Aufmerksamkeit komplett gefangen.

Ihr Mund bewegte sich, ihre Oberlippe verzog sich zu einem spöttischen Ausdruck. Sie formte mit den Lippen etwas Unverständliches, und ich wollte mehr sehen, mehr hören. Reflexartig lief ich auf sie zu. Ich war noch nie in Trance gewesen, doch so musste sich das wohl anfühlen.

Weit gehen musste ich nicht, da sie quer über die Auffahrt auf ihr Opfer zumarschierte, noch immer brüllend und wütend gestikulierend.

Habe ich sie eben wirklich für eher unauffällig gehalten? dachte ich, sie unverwandt anschauend.

Sie war fantastisch. Stark. Beeindruckend.

Ihre Augen glühten wie Holzscheite im Feuer und schossen tödliche Blitze.

»Du verdammter Piranha«, stieß sie zischend hervor, und ich löste den Blick von ihr, um herauszufinden, wen sie da gerade in der Luft zerriss. Erschrocken stellte ich fest, dass es sich um einen Typen handelte, der groß wie ein Haus war, mit einem Nacken, so breit wie ihr Oberkörper. Außerdem behaart wie Chubaka.

Was zum Teufel hatte sie vor? Litt sie an Todessehnsucht?

Ich wollte ihr zu Hilfe eilen und überlegte bereits, wie ich diesen Kerl am besten aufhalten könnte. Er war schwer, also würde er langsam sein. Ich konnte sein Gewicht gegen ihn einsetzen. Wahrscheinlich würde ich ein paar Zähne verlieren und eine gebrochene Nase davontragen.

Sie bohrte ihm den Finger in die Brust und schrie ihm ins Gesicht: »Erinnerst du dich an den Typen, den du schikaniert hast? Der hier war, um die Rechnung der Autowerkstatt bei dir einzutreiben? Das war mein Bruder, du verdammter Idiot!«

Es schien nicht, als bräuchte sie Hilfe. Der Kerl wich zurück und hob abwehrend die Hände. Außerdem sah er aus, als sei er schon allein deshalb bereit, sich ihren Mist anzuhören, um sie in aller Ruhe anglotzen zu können.

Ich biss die Zähne zusammen. Sollte ich mich doch einmischen? Es machte nicht den Eindruck, sie wäre in Gefahr. Ich lehnte mich an einen geparkten Wagen auf der gegenüberliegenden Straßenseite und beobachtete die Szene wachsam. Falls nötig, wäre ich innerhalb von fünf Sekunden bei ihnen.

»Hör mal, Süße, dein Bruder schuldet *mir* Geld. Von mir kriegst du jedenfalls keinen Cent!«

Sie kniff die Augen zu schmalen Schlitzen zusammen, als wollte sie ihn wie ein Insekt zerquetschen. »Hör genau zu, Kartoffelgesicht, denn ich werde mich nicht wiederholen: Was zwischen dir und meinem Bruder läuft, hat nichts mit dem zu tun, was du unserem Unternehmen schuldest. Entweder du lässt sofort die Kohle rüberwachsen, oder du trägst die Konsequenzen. Und die werden dir nicht gefallen, glaub mir.«

Er warf sich höhnisch in die Brust. »Denkst du ernsthaft, ein Hungerhaken wie du kann mir Angst einjagen?«

Mein ganzer Körper spannte sich an. Ich stieß mich vom Auto ab, bereit, den Typen zu attackieren, sobald er eine falsche Bewegung machte. Endlich nahm er mich zur Kenntnis. Ich schob die Hände in die Taschen und starrte ihn an. Er wandte sich ab.

»Oh, höchstwahrscheinlich nicht«, konterte sie. »Die Cops aber schon.« Sie hielt ihm ihr Handy direkt vors Gesicht. »Besitzt dein Hirn die Fähigkeit, dies hier als Telefon zu identifizieren? Pass auf, ich werde dir jetzt erzählen, was ich mit diesem schönen Handy tun werde. Ich rufe auf der Stelle die Bullen an und erkläre denen, dass du deinen Wagen bestens repariert zurückerhalten hast, dich aber weigerst, die Rechnung zu begleichen. Wie hört sich das an, Mr. Arschgesicht?«

Arschgesicht gefiel das offenbar gar nicht. Er lief dunkelrot an, und sein linkes Auge begann zu zucken. Er öffnete den Mund, hielt inne und warf mir erneut einen Seitenblick zu.

»Verschwinde von meinem Grundstück«, stieß er knurrend hervor. »Das ist unbefugtes Betreten.«

Er drehte sich um, marschierte zu seinem Haus zurück und warf die Tür hinter sich zu.

Ich stellte mich darauf ein, dass sie sich abwandte und mich bemerkte. Aber sie stand nur da, mit geballten Fäusten. Ich konnte ihre Wut und ihre Frustration förmlich spüren.

Ich wollte etwas sagen, doch sie lief zu ihrem Auto. Ich sprang hinter den Wagen neben mir, nur für den Fall, dass sie auf dumme Gedanken kommen würde.

Mit quietschenden Reifen fuhr sie los und nietete dabei zwei Gartenzwerge an der Ecke des Vorgartens um. Krachend legte sie den ersten Gang ein und raste davon.

Der Kopf einer der Porzellanfiguren rollte über die Straße und mir vor die Füße.

Ich schaute dem kleinen Honda hinterher, bis er um die nächste Ecke verschwand.

Wow ... einfach nur wow.

Ich musste sie wiedersehen ... oder sterben.

Doch zuerst musste ich mich um etwas kümmern. Ich drückte auf den Klingelknopf und wartete auf Arschgesichts Veranda. Er wirkte angriffslustig, während er die Tür aufmachte, doch das änderte sich, sobald er mich sah.

Er hatte wohl mit ihr gerechnet. Ich verkniff mir ein Grinsen.

»Hey«, sagte er und blockierte den Türrahmen.

Das konnte ich ihm nicht verdenken. Andere Menschen waren mir gegenüber meist auf der Hut. Mein bester Freund Caleb vertrat die Meinung, dass es an meiner Größe lag. Ich überragte fast alle anderen Leute. Ich war schlank, aber dem Training im Fitnessstudio und den Abrissarbeiten für einen Freund hatte ich ganz nette Muskeln zu verdanken. Mein Freund sagte außerdem: »Manchmal, wenn du so still und düster wirst, kriegst du diesen Gesichtsausdruck, der die Leute einschüchtert. Du schaust sie an, als könntest du in sie hineinsehen. Du hast keine Angst, das macht dich für sie schwer einschätzbar. Die Leute fürchten dich. Das ist echt cool. Wie Batman, Mann.«

Ich wusste, wie grausam und gemein die Menschen hinter ihren Masken sein konnten. Ich konnte genauso sein, falls es nötig war. Und ich hasste es. Vielleicht fühlte ich mich deshalb so hingezogen zu dieser Frau. Sie verbarg nichts. Sie war so ... echt.

»Du bist der Typ, der gegenüber wohnt, richtig? Der mit dem coolen Bike.«

»Ja.«

Er kratzte sich am Kopf. »Hör mal, ich will keinen Ärger.«

Ich nickte und versuchte, freundlich zu erscheinen. »Dachte ich mir. Siehst du meine Maschine da drüben?« Ich wies mit dem Daumen über meine Schulter.

Er verlagerte sein Gewicht und machte große Augen, sowie er mein Bike entdeckte. »Mann, was ist passiert?«

Ich setzte die traurigste Miene auf, die mir zur Verfügung stand. »*Sie* ist passiert.«

Seine Kinnlade klappte herunter. »Du meinst, *sie* hat das getan?«
Ernst blickte ich ihn an. Weder bestätigte ich seine Schlussfolgerung, noch bestritt ich sie. Streng genommen, hatte sie es getan. »Möglicherweise habe ich vergessen, meine Rechnung zu bezahlen.«

Er seufzte und kratzte sich den Bart. »Es waren doch nur hundertdreißig Mäuse, Mann.«

Ich zuckte mit den Schultern. *Was für ein saudämlicher Idiot.* »Bei mir waren es nur fünfzig.«

»Oh, shit.« Ich konnte praktisch zusehen, wie sich die Rädchen in seinem Kopf drehten. »Ich will wirklich keinen Ärger. Morgen kommt meine Frau zurück.«

»Ich hab von einem anderen Typen gehört, der ihr Geld schuldete, dass sie seinen Arbeitgeber, seine Eltern, die Großeltern, seine Freundin und die Nachbarn mehrmals am Tag angerufen hat. Die hat ihn gestalkt, bis er es nicht mehr aushielt und bezahlte.«

Er machte ein entsetztes Gesicht. »Verdammt.« Er ließ den Kopf hängen. »Dann bezahle ich diese Rechnung wohl lieber.«

Ich war komplett erfüllt von den Gedanken an sie, weshalb mir erst auf dem Weg zum Fitnessstudio einfiel, dass ich gar nicht wusste, wo sie arbeitete. Ich könnte Mr. Arschgesicht fragen, aber dann würde ich leider auffliegen und er sie möglicherweise doch nicht bezahlen.

Verdammter Mist. Wie um alles in der Welt sollte ich sie finden?

Mein Handy vibrierte, als ich gerade meine Sachen in den Spind im Fitnessclub räumte. Es war mein Dad. Als wäre ich darauf konditioniert, stellte ich mich körperlich auf einen Kampf ein. Groll stieg in mir auf. Was zur Hölle wollte er? Ich ignorierte den Anruf und knallte die Spindtür zu. Ich wusste nicht, wie lange ich dort stand, vor mich hinbrütend und in Gedanken wieder in diesem verhassten Haus. Dann schüttelte ich den Kopf, um wieder klar denken zu können, und machte mich auf den Weg zum Pool.

Es war noch immer früh, daher hatte ich das Becken ganz für mich. Genau das gefiel mir: Ich war allein.

Ich setzte meine Schwimmbrille auf, hob die Arme und streckte mich ausgiebig, ehe ich kopfüber ins Wasser sprang. Sobald es mich umgab und alle Geräusche ausblendete, entspannte ich mich.

Ich glitt durchs Wasser und sah sie im Geiste vor mir. Ich lächelte.

Ich bedauerte, ihr nicht so nah gekommen zu sein, dass ich die Farbe ihrer Augen hatte erkennen können. Sie könnten grün oder braun gewesen sein, ich war mir nicht sicher.

Und ihre Beine. Himmel. Dieses Mädchen hatte lange, lange Beine. Ich fragte mich, wie die wohl in einem Kleid aussahen. Oder in einer engen Jeans.

Sie war furchtlos und geradezu waghalsig, einen Mann zu attackieren, der viermal so massig war wie sie. Ich stieß mich von der Poolwand ab, schwamm eine weitere Bahn und lachte bei der Erinnerung daran, wie sie diese Gartenzwerge überfuhr. Natürlich schluckte ich Wasser.

Nachdem ich wieder zu Atem gekommen war, setzte ich meine Bahn fort.

War es wirklich so überraschend, dass ich mich zu ihr hingezogen fühlte? Die meisten Leute, die ich kannte, verdrängten alles und nahmen es hin, bis ihnen all die Zurückweisungen und Enttäuschungen zu viel wurden. Das machte sie unerträglich. Den Großteil meines Lebens habe ich selbst nichts anderes gekannt. Ich war genauso. Und ich habe es gehasst.

Mich selbst auch.

Ich erreichte die gegenüberliegende Wand, stieß mich ab und schwamm eine weitere Bahn. Und dann noch eine. Und noch eine.

Nach einer kurzen Dusche zog ich rasch mein schwarzes T-Shirt und die Hose an und schlüpfte in meine Stiefel. Danach warf ich mir den Rucksack über die Schulter und lief hinaus auf den Parkplatz vor dem Fitnessstudio.

»He, Süßer«, hörte ich ein Mädchen hinter mir rufen. Ich ging weiter.

»Verdammt«, murmelte ich, nachdem die Online-Recherche nach einer Werkstatt in Esther Falls über hundert Treffer ergab. Wie sollte ich sie bloß finden?

Ich grenzte die Suche auf meine eigene Gegend ein, und das reduzierte die Auswahl schon deutlich. Anschließend reduzierte ich die Trefferquote weiter, indem ich nur Familienunternehmen berücksichtigte. Da sie persönlich aufgetaucht war, um das Geld von Mr. Arschgesicht einzufordern, gehörte die Werkstatt vermutlich ihrer Familie. Vielleicht oder vielleicht auch nicht.

Ich musste mein Motorrad ohnehin reparieren lassen, also schlug ich auf diese Weise zwei Fliegen mit einer Klappe. Das war nur vernünftig. Keine große Sache.

Der Gedanke an mein ramponiertes Motorrad machte mich prompt sauer. Ich musste immer noch herausfinden, wer das getan hatte. Der wird dafür büßen müssen, dachte ich, stieg in meinen Wagen und fuhr zum Campus.

Ich machte das Fenster ein Stück herunter, um kühle Luft reinzulassen, schaltete das Radio ein und drehte die Lautstärke auf.

Ich fragte mich, wie es wohl wäre, wenn sie hier neben mir im Auto säße. Ich stellte mir vor, wie sie sich aufrichtete, um durch das Schiebedach zu schauen. Das Grinsen auf meinem Gesicht kam mir dämlich vor, aber das war mir egal.

Ich parkte und erwog kurz, einfach sitzen zu bleiben, bis die Mittagspause vorbei war. Ich mochte Menschenansammlungen nicht und mied sie, wann immer mir das möglich war. Doch nach dem Sport war ich durstig, und ich musste meinen Flüssigkeitshaushalt ausgleichen.

Ich nahm zwei Stufen auf einmal und schlug den Weg zur Mensa ein, um mir etwas zu trinken zu besorgen. Als ich die vielen Leute auf dem Gang entdeckte, verlangsamte ich meine Schritte und bemühte mich gar nicht erst, zu verbergen, wie genervt ich war. Wie gerne wäre ich woanders gewesen.

Ich kramte in meinem Rucksack nach den Kopfhörern, aber es dauerte mir zu lange, deshalb gab ich es auf. Ich fragte mich, ob Caleb schon auf dem Campus war. Zwar hatte ich ihn nicht zum

College mitgenommen, aber der Kerl hatte bestimmt eine seiner Freundinnen dazu bewegen können, ihn abzuholen. Normalerweise hielt er sich auf dem Gang beim Team auf oder mit irgendwelchen Mädchen in einem der Aufenthaltsbereiche.

Ich hielt Ausschau nach ihm – und erstarrte. Da war sie – Hitzkopf! Ich wollte gerade ein zweites Mal hinsehen, da zog jemand von hinten an meiner Jeans. Im letzten Moment hielt ich meinen Hosenbund fest und wirbelte herum.

»Du Arsch«, brüllte ich, während Caleb in Gelächter ausbrach.

Ich boxte ihn gegen den Arm und wandte mich wieder um. Aber sie war fort.

Ich hätte schwören können, dass ich sie gesehen habe.

»Danke, dass du mich nicht abgeholt hast«, sagte Caleb. »Vielen Dank, Kumpel.«

War das wirklich sie gewesen, oder hatte mir meine Fantasie einen Streich gespielt? Mann, es hatte mich echt erwischt. Ich atmete scharf durch die Nase aus und schüttelte den Kopf über diese lächerliche Angelegenheit.

»Wen suchst du?«, wollte Caleb wissen. Er schob die Hände in die Taschen, neigte den Kopf zur Seite und musterte mich. Das tat er für gewöhnlich, wenn er etwas zu durchschauen versuchte.

Ich zuckte mit den Schultern.

»Hm. Das ist eine Acht«, bemerkte er anerkennend, als eine Blondine vorbeiging und ihn anlächelte. Caleb hatte eine Schwäche für Blondinen.

Wir machten so was, um uns die Zeit zu vertreiben, doch heute war ich nicht in der Stimmung dafür. Nicht, wenn *sie* mir noch im Kopf herumspukte.

Was zur Hölle passierte mit mir?